A.G. RIDDLE

DAS ATLANTIS-VIRUS

Roman

Aus dem Amerikanischen
von Marcel Häußler

WILHELM HEYNE VERLAG
MÜNCHEN

Die Originalausgabe THE ATLANTIS PLAGUE
erschien 2013 bei Modern Mythology

Verlagsgruppe Random House FSC® N001967
Das für dieses Buch verwendete
FSC®-zertifizierte Papier *Holmen Book Cream*
liefert Holmen Paper, Hallstavik, Schweden.

Vollständige deutsche Erstausgabe 09/2015
Copyright © 2013 by A. G. Riddle
Published in agreement with the author, c/o Danny Baror International Inc,
Armonk, New York, USA
Copyright © 2015 der deutschsprachigen Ausgabe
by Wilhelm Heyne Verlag, München,
in der Verlagsgruppe Random House GmbH
Redaktion: Sven-Eric Wehmeyer
Printed in Germany 2015
Umschlagillustration: Johannes Wiebel/punchdesign, München,
unter Verwendung von shutterstock.com (Kletr, McLaughlin, haraldmuc)
Satz: Buch-Werkstatt GmbH, Bad Aibling
Druck und Bindung: GGP Media GmbH, Pößneck
ISBN: 978-3-453-53476-6

www.heyne.de

Den unerschrockenen Seelen,
die unbekannten Autoren eine Chance geben

PROLOG

70 000 Jahre in der Vergangenheit
Auf dem Gebiet des heutigen Somalia

Die Forscherin schlug die Augen auf und schüttelte den Kopf, um die Benommenheit loszuwerden. Das Schiff hatte den Aufweckprozess beschleunigt. *Warum?* Normalerweise schritt er langsamer voran, es sei denn ... Als der dichte Nebel in der Röhre sich ein wenig lichtete, sah sie das rote Blinklicht an der Wand – ein Alarm.

Die Röhre öffnete sich, und die hereinströmende kalte Luft brannte auf ihrer Haut und vertrieb die letzten Nebelfetzen. Die Forscherin trat auf den eisigen Metallboden hinaus und schwankte zum Steuerpult. Grün und weiß funkelnde Lichtbögen schossen aus der Konsole empor und umschlossen ihre Hand wie ein Glühwürmchenschwarm. Sie wackelte mit den Fingern, und die Anzeige an der Wand reagierte. Ja – der auf zehntausend Jahre programmierte Schlaf hatte fünfhundert Jahre zu früh geendet. Sie warf erst einen Blick auf die beiden leeren Röhren hinter sich, dann auf die letzte Röhre, in der sich ihr Partner befand. Der Aufweckprozess lief bereits. Sie bewegte schnell die Finger über die Konsole, um ihn aufzuhalten, aber es war zu spät.

Zischend öffnete sich die Röhre. »Was ist passiert?«
»Ich weiß nicht genau.«

Sie rief eine Weltkarte und eine Reihe von Tabellen auf. »Es gibt einen Bevölkerungsalarm. Vielleicht droht die Ausrottung.«

»Ursache?«

Sie scrollte die Karte zu einer kleinen Insel, die von einer gewaltigen schwarzen Rauchwolke umgeben war. »Ein Supervulkan in der Nähe des Äquators. Die Erdtemperatur ist rapide gesunken.«

»Betroffene Subspezies?«, fragte ihr Partner, während er aus der Röhre stieg und ungelenk zum Steuerpult kam.

»Nur eine. 8472. Auf dem Zentralkontinent.«

»Das ist eine Enttäuschung«, sagte er. »Sie war äußerst vielversprechend.«

»Ja, allerdings.« Die Forscherin ließ das Pult los und konnte sich jetzt allein auf den Beinen halten. »Das würde ich mir gern ansehen.«

Ihr Partner bedachte sie mit einem fragenden Blick.

»Nur, um ein paar Proben zu nehmen.«

Vier Stunden später hatten die Forscher das riesige Schiff halb um den kleinen Planeten gesteuert. In der Dekontaminationskammer schloss die Frau die letzten Schnallen ihres Raumanzugs, befestigte den Helm und wartete darauf, dass sich die Tür öffnete.

Sie schaltete den Lautsprecher im Helm ein. »Tonprobe.«

»Ton funktioniert«, sagte ihr Partner. »Videoübertragung auch. Bereit zum Aussteigen.«

Die Tür glitt auf und gab den Blick auf einen weißen Sandstrand frei. Zehn Meter oberhalb der Brandung begann eine dicke Ascheschicht, die sich bis zu einem felsigen Bergrücken erstreckte.

Die Forscherin blickte zu dem dunklen ascheverhüllten

Himmel auf. Irgendwann würde die Asche herabsinken und das Sonnenlicht zurückkehren, aber dann wäre es zu spät für viele Bewohner des Planeten, auch für die Subspezies 8472.

Die Forscherin stapfte den Bergrücken hinauf und sah zurück zu dem schwarzen Schiff, das wie ein überdimensionierter gestrandeter Wal am Ufer lag. Die Welt war dunkel und still wie viele der noch unbewohnten Planeten, die sie erforscht hatte.

»Die letzten Lebenszeichen wurden gleich hinter dem Höhenzug erfasst, halte dich bei fünfundzwanzig Grad.«

»Verstanden.« Die Forscherin drehte sich ein wenig nach rechts und schlug ein schärferes Tempo an.

Vor sich sah sie eine große Höhle, deren felsige Umgebung unter einer noch dickeren Ascheschicht lag als der Strand. Sie ging langsamer weiter. Ihre Stiefel glitten auf den aschebedeckten Steinen aus.

Kurz bevor sie die Höhlenöffnung erreichte, spürte sie etwas anderes unter ihren Sohlen. Fleisch und Knochen. Ein Bein. Sie trat einen Schritt zurück und wartete, bis das Display in ihrem Helm sich scharf gestellt hatte.

»Siehst du das?«, fragte sie.

»Ja, ich schalte den optischen Verstärker an.«

Die Umgebung war jetzt klar zu erkennen. Dutzende von Leichen lagen übereinander, bis hinauf zum Eingang der Höhle. Die ausgemergelten schwarzen Körper schienen mit den darunter liegenden Steinen verschmolzen, und die Ascheschicht darüber bildete Höcker und Knoten, die an die überirdischen Wurzeln eines riesigen Baums erinnerten.

Zur Überraschung der Forscherin waren die Leichen unversehrt. »Bemerkenswert. Keine Anzeichen von Kannibalismus. Die Überlebenden kannten sich. Vielleicht gehörten sie zu einem Stamm mit einem gemeinsamen Moralkodex.

Vermutlich sind sie zum Meer gezogen, um Schutz und Nahrung zu suchen.«

Ihr Kollege schaltete das Display auf Infrarot, damit sie sich vergewissern konnte, dass alle tot waren. Seine unausgesprochene Aufforderung war eindeutig: Halte dich nicht länger damit auf.

Sie bückte sich und holte einen kleinen Zylinder hervor. »Ich nehme eine Probe.« Sie hielt den Zylinder an die nächste Leiche und wartete, bis er eine DNS-Probe eingesammelt hatte, dann stand sie auf und sagte in formellem Tonfall: »*Alpha Lander,* Expeditions-Logbuch, offizieller Eintrag: Vorläufige Untersuchungen bestätigen, dass Subspezies 8472 vom Aussterben bedroht ist. Vermutete Ursache ist der Ausbruch eines Supervulkans und der daraus resultierende vulkanische Winter. Die Spezies entwickelte sich etwa 130 000 hiesige Jahre vor diesem Eintrag. Versuche, Probe von letztem bekannten Überlebenden einzusammeln.«

Sie wandte sich um und ging in die Höhle. Die Lampen an beiden Seiten des Helms blitzten auf und beleuchteten das Innere. Körper lagen aneinandergeschmiegt an den Wänden. Das Infrarotdisplay zeigte keine Lebenszeichen. Die Forscherin schritt tiefer in die Höhle hinein. Nach einigen Metern gab es keine Toten mehr. Sie sah zu Boden. Spuren. Waren sie frisch? Sie ging weiter.

Auf ihrem Helmdisplay leuchtete ein schwacher, purpurroter Fleck vor der Steinwand auf. Lebenszeichen. Als sie um eine Biegung ging, vergrößerte sich der Fleck zu einem gelb, orange, blau und grün schimmerndem Bild. Ein Überlebender.

Die Forscherin tippte schnell auf die Bedienelemente an ihren Handflächen und schaltete auf die normale Ansicht. Es war ein weibliches Exemplar. Ihre dunkle Haut spannte sich über den unnatürlich vorstehenden Rippen, als würde sie beim nächsten flachen Atemzug zerreißen. Der Unterleib hingegen war nicht so eingesunken, wie die Forscherin es erwartet hätte. Sie schaltete wieder das Infrarotbild an, und ihr Verdacht bestätigte sich. Das Weibchen war schwanger.

Die Forscherin griff nach einem weiteren Probenzylinder, hielt jedoch abrupt inne. Hinter sich hörte sie ein Geräusch – schwere Schritte, als schlurfte jemand über den Fels.

Sie drehte gerade rechtzeitig den Kopf, um ein riesiges Männchen in die enge Höhle stapfen zu sehen. Das Exemplar war fast um zwanzig Prozent größer als die anderen Männchen, die sie gesehen hatte, und auch breitschultriger. Der Stammesführer? Seine Rippen standen grotesk hervor, noch schlimmer als bei dem Weibchen. Er hob einen Arm, um seine Augen vor dem Licht aus ihrem Helm abzuschirmen. Dann schwankte er auf sie zu. Er hielt etwas in der Hand. Sie griff nach ihrem Betäubungsstab und wich zurück, weg von dem Weibchen, aber das Männchen kam näher. Die Forscherin schaltete den Stab ein, doch kurz bevor das Männchen sie erreichte, drehte es ab und brach an der Wand neben dem Weibchen zusammen. Es reichte seiner Gefährtin den Gegenstand in seiner Hand – ein von Adern durchzogener, halb verrotteter Fleischklumpen. Sie biss gierig hinein, und das Männchen ließ den Kopf gegen die Wand sinken und schloss die Augen.

Die Forscherin versuchte, ruhig zu atmen.

Die Stimme ihres Partners erklang scharf und drängend in ihrem Helm. »Alpha Lander eins, ich registriere anormale Vitalfunktionen. Bist du in Gefahr?«

Sie tippte hektisch auf ihre Handfläche und schaltete die Sensoren und die Videoübertragung des Anzugs aus. »Negativ, Lander zwei.« Sie zögerte. »Wahrscheinlich eine Störung im Anzug. Fahre fort, Proben vom letzten bekannten Überlebenden der Subspezies 8472 einzuholen.«

Sie zog den Zylinder hervor, kniete sich neben das Männchen und drückte ihn in seine rechte Armbeuge. Als sie den Überlebenden berührte, hob er den anderen Arm. Er legte ihr die Hand auf den Unterarm und drückte ihn sanft; zu mehr schien der sterbende Mann nicht fähig. Neben ihm hatte die Frau ihre Mahlzeit aus verrottetem Fleisch beendet, vermutlich ihre letzte, und sah aus nahezu leblosen Augen zu.

Der Zylinder bestätigte mit einem Piepsen die erfolgreiche Probenentnahme, aber auch nach dem zweiten Ton zog die Forscherin ihn nicht zurück. Sie saß wie versteinert da. Etwas geschah mit ihr. Die Hand des Männchens glitt von ihrem Unterarm, und sein Kopf rollte nach hinten gegen die Wand. Ehe sie sich bewusst wurde, was sie tat, hatte sie ihn hochgehoben, sich über die eine und das Weibchen über die andere Schulter gelegt. Das Exoskelett trug das Gewicht leicht, aber sobald sie die Höhle verlassen hatte, war es schwierig, auf dem aschebedeckten Felshang das Gleichgewicht zu halten.

Zehn Minuten später überquerte sie den Strand, und die Türen des Schiffs öffneten sich. Im Inneren legte sie die beiden auf zwei Rollbahnen, stieg schnell aus ihrem Anzug und schob die Überlebenden in einen Operationsraum. Sie warf einen Blick über die Schulter, dann konzentrierte sie sich auf den Computer. Nachdem sie einige Simulationen durchgeführt hatte, gab sie die Algorithmen ein.

Hinter ihr ertönte eine Stimme. »Was machst du da?«

Sie wirbelte erschrocken herum. Sie hatte nicht gehört, wie die Tür sich öffnete. Ihr Partner stand im Türrahmen und ließ den Blick durch den Raum schweifen. Sein Gesicht spiegelte erst Verwirrung, dann Beunruhigung wider. »Du ...«

»Ich ...« Ihre Gedanken überschlugen sich. Sie sagte das Einzige, was sie sagen konnte. »Ich führe ein Experiment durch.«

TEIL I

GEHEIMNISSE

1

Orchid-Distrikt
Marbella, Spain

Dr. Kate Warner beobachtete, wie die Frau sich verkrampfte und an den Gurten des provisorischen Operationstischs zerrte. Die Anfälle wurden heftiger, und Blut floss aus Mund und Nase.

Das Schlimmste war, dass Kate nichts mehr für sie tun konnte. Auch während ihres Medizinstudiums und der Assistenzzeit hatte sie sich nicht daran gewöhnen können, Patienten sterben zu sehen. Und sie hoffte, das würde nie geschehen.

Sie nahm die linke Hand der Frau und blieb neben ihr stehen, bis das Zittern abebbte. Die Frau stieß zum letzten Mal die Luft aus, während ihr Kopf zur Seite rollte.

Es wurde still, bis auf das Plätschern des Bluts, das vom Tisch rann und auf die dicke Plastikfolie tropfte, mit der der gesamte Raum ausgekleidet war. Von allen Zimmern der Ferienanlage kam dieses einem OP am nächsten – es war ein Massageraum im Wellnessbereich. Kate benutzte die Liege, auf der vor drei Monaten noch wohlhabende Touristen verwöhnt worden waren, um Experimente durchzuführen, die sie selbst nicht verstand.

Das Summen eines Elektromotors durchbrach die Stille, als die kleine Videokamera an der Decke von der Frau auf Kate schwenkte und sie damit aufforderte, Bericht zu erstatten.

Kate zog ihren Mundschutz herunter und legte die Hand der Frau sanft auf ihren Bauch. »Atlantis-Seuche, Versuch Alpha-493: Ergebnis negativ. Proband Marbella-2918.« Kate betrachtete die Frau und dachte über einen Namen nach. Sie weigerten sich, den Versuchspersonen Namen zu geben, aber Kate überlegte sich für jeden von ihnen einen. Das konnten sie ihr nicht verbieten. Vielleicht dachten sie, die Arbeit fiele ihr leichter, wenn die Probanden keine Namen hatten. Aber das stimmte nicht. Niemand verdiente es, eine Nummer zu sein oder ohne Namen zu sterben.

Kate räusperte sich. »Der Name der Probandin lautet Marie Romero. Todeszeitpunkt: 15:14 Ortszeit. Mutmaßliche Todesursache ... Die Todesursache ist dieselbe wie bei den letzten dreißig Menschen auf diesem Tisch.«

Mit einem Knall riss sich Kate die Handschuhe herunter und warf sie neben der sich ausbreitenden Blutlache auf die Plastikfolie. Sie wandte sich um und ging zur Tür.

Die Lautsprecher an der Decke meldeten sich knisternd.

»Du musst eine Autopsie durchführen.«

Kate sah wütend in die Kamera. »Mach's doch selbst.«

»Bitte, Kate.«

Sie hatten Kate fast völlig im Dunkeln gelassen, aber einer Sache war sie sich völlig sicher: Sie brauchten sie. Sie war immun gegen die Atlantis-Seuche und somit perfekt geeignet, um die Versuche durchzuführen. Wochenlang hatte sie mitgemacht, seit ihr Adoptivvater Martin Grey sie hergebracht hatte. Dann hatte sie allmählich angefangen, Fragen zu stellen. Aber es gab immer nur Versprechungen, niemals Antworten.

Sie holte Luft, und ihre Stimme klang jetzt entschlossener. »Ich bin fertig für heute.« Sie öffnete die Tür.

»Halt. Ich weiß, dass du Antworten willst. Nimm nur noch diese Probe, dann reden wir.«

Kate blickte auf den metallenen Rollwagen, der wie bei den dreißig Versuchen zuvor vor der Tür stand. Ein einziger Gedanke schoss ihr durch den Kopf: ein Druckmittel. Sie griff nach dem Blutentnahmeset, kehrte zu Marie zurück und schob ihr die Nadel in die Armbeuge. Wenn das Herz nicht mehr schlug, dauerte es länger.

Als das Röhrchen voll war, zog sie die Nadel heraus, ging zum Rollwagen und stellte es in die Zentrifuge. Einige Minuten lang wurde es herumgewirbelt. Hinter sich hörte sie eine Anordnung aus dem Lautsprecher. Sie wusste, was von ihr verlangt wurde. Als die Zentrifuge anhielt, betrachtete sie sie einen Moment. Dann schnappte sie sich das Röhrchen, steckte es in die Tasche und ging den Gang entlang.

Normalerweise sah sie nach den Jungen, wenn sie mit der Arbeit fertig war, aber heute musste sie erst etwas anderes tun. Sie betrat ihr winziges Zimmer und ließ sich auf das sogenannte Bett fallen. Der Raum ähnelte einer Gefängniszelle: keine Fenster, nackte Wände und ein stählernes Feldbett mit einer Matratze aus dem Mittelalter. Kate vermutete, dass hier früher eine Putzfrau untergebracht gewesen war. Es war nahezu menschenunwürdig.

Sie beugte sich vor und tastete in der Dunkelheit unter der Liege herum. Schließlich fand sie die Wodkaflasche und zog sie heraus. Sie nahm einen Pappbecher von dem Nachttisch, blies den Staub heraus, goss sich einen Doppelten ein und kippte ihn mit einem Schluck hinunter.

Sie stellte die Flasche ab und streckte sich auf dem Bett aus. Hinter ihrem Kopf stand ein altes Radio, das sie jetzt einschaltete. Es war ihre einzige Informationsquelle aus der Außenwelt, aber sie konnte kaum glauben, was sie hörte.

Die Berichte beschrieben eine Welt, die mithilfe eines Wundermittels vor der Atlantis-Seuche gerettet worden war: Orchid. Als Folge des weltweiten Ausbruchs hatten die Industriestaaten ihre Grenzen geschlossen und das Kriegsrecht verhängt. Sie hatte nicht erfahren, wie viele an der Pandemie gestorben waren. Die Überlebenden waren in Orchid-Distrikte getrieben worden – riesige Lager, in denen sich die Leute ans Leben klammerten und ihre tägliche Dosis Orchid nahmen, ein Medikament, das die Krankheit eindämmte, aber nicht völlig heilte.

Kate betrieb seit zehn Jahren klinische Forschung, die in letzter Zeit darauf abzielte, eine Therapie gegen Autismus zu finden. Medikamente wurden nicht über Nacht entwickelt, egal, wie viel Geld investiert wurde oder wie dringend es war. Orchid musste eine Lüge sein. Und wenn es so war, wie sah die Welt da draußen dann wirklich aus?

Sie hatte nicht viel davon mitbekommen. Vor drei Wochen hatte Martin sie und die beiden Jungen aus ihrer Autismusstudie vor dem sicheren Tod in einem riesigen Objekt unter der Bucht von Gibraltar gerettet, wohin sie aus einem ähnlichen Komplex drei Kilometer unter der Antarktis geflüchtet war – an den Ort, den sie nun für das untergegangene Atlantis hielt. Ihr leiblicher Vater, Patrick Pierce, hatte ihre Flucht abgesichert, indem er in Gibraltar zwei Atomsprengköpfe zündete, wodurch das uralte Bauwerk zerstört und die Meerenge durch die Trümmer beinahe versperrt wurde. Kurz vor der Explosion hatte Martin sie mit einem Tauchboot rausgebracht. Der Treibstoff reichte soeben aus, um durch die Trümmer zu navigieren und Marbella zu erreichen – einen beliebten Ferienort ungefähr siebzig Kilometer weiter die Küste hinauf. In einem Jachthafen verließen sie das Tauchboot und begaben sich im Schutz der Nacht in die Stadt.

Martin sagte, es sei nur vorübergehend, und Kate schenkte ihrer Umgebung kaum Aufmerksamkeit. Sie gingen in eine bewachte Ferienanlage, in der sie und die beiden Jungen seitdem in dem Wellnessgebäude eingesperrt waren.

Martin hatte ihr gesagt, sie könne an dem Forschungsprojekt dort teilhaben und mithelfen, eine Therapie gegen die Atlantis-Seuche zu finden. Aber seit ihrer Ankunft hatte sie ihn kaum gesehen, und auch sonst niemanden, außer den Betreuern, die Essen und Arbeitsanweisungen brachten.

Sie drehte das Röhrchen in der Hand und fragte sich, warum es so wichtig für sie war und wann sie es holen würden. Und wer käme, um es zu holen.

Sie sah auf die Uhr. Bald würden die Abendnachrichten gesendet. Sie verpasste sie nie. Sie redete sich ein, dass sie wissen wollte, was dort draußen geschah, aber die Wahrheit war einfacher. Sie wollte wissen, was aus einem bestimmten Menschen geworden war: David Vale. Aber diese Meldung kam nicht und würde vermutlich auch nie kommen. Es gab zwei Wege aus dem Gebilde unter der Antarktis – durch den dortigen Eingang im Eis oder durch das Portal nach Gibraltar. Ihr Vater hatte das Tor für immer geschlossen, und die Immari-Armee wartete in der Antarktis. Sie würde David töten. Kate verdrängte den Gedanken, als die Stimme des Sprechers ertönte.

Sie hören BBC, die Stimme des menschlichen Triumphes am 78. Tag der Atlantis-Seuche. In der kommenden Stunde senden wir drei Reportagen. Die erste handelt von vier Arbeitern auf einer Bohrinsel, die drei Tage lang ohne Essen auf offener See ausgeharrt haben, um sich in die sichere Obhut des Orchid-Distrikts von Corpus Christi in Texas zu begeben. In der zweiten entkräftet Hugo Gordon, der die riesige Orchid-Produktionsstätte bei Dresden besucht hat, bösartige Gerüchte, die Herstellung des Medikaments sei ins Stocken gera-

ten. Zum Abschluss übertragen wir eine Diskussionsrunde mit vier ausgezeichneten Mitgliedern der Royal Society, die prognostizieren, es sei eine Frage von Wochen, nicht von Monaten, bis ein Heilmittel gefunden werde.

Aber zunächst ein Bericht über den Mut und das Durchhaltevermögen der Freiheitskämpfer im Süden Brasiliens, die einen entscheidenden Sieg gegen die Guerillas aus dem unter Immari-Kontrolle stehenden Argentinien errungen haben ...

2

Centers for Disease Control and Prevention (CDC)
Atlanta, Georgia

Dr. Paul Brenner rieb sich die Augen, als er sich an seinen Computer setzte. Er hatte seit vierundzwanzig Stunden nicht geschlafen. Sein Gehirn war ausgelaugt, und das beeinträchtigte seine Arbeit. Er wusste, dass er Ruhe brauchte, aber er konnte sich nicht dazu durchringen. Der Monitor leuchtete auf, und er beschloss, nur seine E-Mails zu lesen und sich dann ein einstündiges Nickerchen zu gönnen – maximal.

1 neue Nachricht

Als er nach der Maus griff und daraufklickte, spürte er einen neuen Energieschub.

Von: Marbella (OD-108)

Betreff: Ergebnisse von Alpha-493 (Proband MB-2918)

Die E-Mail enthielt keinen Text, nur ein Video, das sofort wiedergegeben wurde. Dr. Kate Warner tauchte auf dem Bildschirm auf, und Paul fuhr sich durch das Haar. Sie war hinreißend. Aus irgendeinem Grund wurde er schon nervös, wenn er sie nur sah.

Atlantis-Seuche, Versuch Alpha-493: Ergebnis negativ.

Als das Video endete, griff Paul zum Telefon. »Bereiten Sie eine Konferenzschaltung vor. – Mit allen. – Ja, sofort.«

Fünfzehn Minuten später saß er am Kopfende eines Besprechungstischs und blickte auf zwölf Monitore, auf denen die Gesichter von Wissenschaftlern aus verschiedenen Einrichtungen überall auf der Welt zu sehen waren.

Paul stand auf. »Ich habe soeben die Ergebnisse des Versuchs Alpha-493 erhalten. Negativ. Ich ...«

Die Wissenschaftler überhäuften sich gegenseitig mit Fragen und Anschuldigungen. Vor elf Wochen, kurz nach dem Ausbruch, war diese Gruppe nüchtern, höflich und konzentriert gewesen.

Jetzt war das vorherrschende Gefühl Angst. Und das war berechtigt.

3

Orchid-Distrikt
Marbella, Spanien

Es war der gleiche Traum, und das machte Kate glücklich. Sie hatte das Gefühl, ihn jetzt steuern zu können wie ein Video, das man zurückspulen und erneut ansehen kann. Es war das Einzige, was ihr noch Freude bereitete.

Sie lag in einem Bett im ersten Stock einer Villa in Gibraltar, nur wenige Schritte vom Meer entfernt. Eine kühle Brise wehte durch die offene Balkontür, drückte die dünnen weißen Leinenvorhänge ins Zimmer und ließ sie zurück gegen die Wand fallen. Der Wind schien im Rhythmus der Wellen und ihrer langen tiefen Atemzüge aufzufrischen und abzuflauen. Es war ein perfekter Augenblick, alles war in Harmonie, als hätte die ganze Welt einen gemeinsamen Herzschlag.

Sie lag auf dem Rücken, sah zur Decke und wagte nicht, die Augen zu schließen. David schlief neben ihr auf dem Bauch. Sein muskulöser Arm lag zufällig auf ihrem Unterleib, sodass er die Narbe dort größtenteils verdeckte. Sie hätte den Arm gern berührt, aber sie würde nichts riskieren, das den Traum beenden könnte.

Sie spürte, wie der Arm sich rührte. Die leichte Bewegung schien die Szene zu erschüttern wie ein Erdbeben, das mit einem Zittern beginnt und dann Wände und Decken zum

Einsturz bringt. Das Zimmer wackelte ein letztes Mal, dann wurde es schwarz, und sie war in ihrer dunklen engen Zelle in Marbella. Das weiche Doppelbett war verschwunden, und sie lag auf der harten Matratze des schmalen Feldbetts. Aber ... der Arm war noch da. Nicht Davids Arm. Ein anderer. Er bewegte sich, strich über ihren Bauch. Kate erstarrte. Eine Hand klopfte ihre Taschen ab, dann nestelte sie an ihrer eigenen geschlossenen Hand, um an das Röhrchen zu gelangen. Sie packte das Handgelenk des Diebs und verdrehte es mit aller Kraft.

Ein Mann stieß einen Schmerzensschrei aus, während Kate aufsprang, an der Schnur des Lichtschalters zog und nach unten sah ...

Martin.

»Dich haben sie also geschickt.«

Ihr Stiefvater erhob sich mühsam. Er war weit über sechzig, und die letzten Monate hatten ihm körperlich zugesetzt. Er wirkte ausgezehrt, aber seine Stimme klang noch immer großväterlich. »Du neigst dazu, Dinge zu dramatisieren, Kate.«

»Ich bin nicht diejenige, die in Zimmer einbricht und Leute im Dunkeln abtastet.« Sie hielt das Röhrchen hoch. »Wozu brauchst du das? Was geht hier vor?«

Martin rieb sich das Handgelenk und sah sie aus zugekniffenen Augen an, als blendete ihn die nackte Glühbirne an der Decke. Er drehte sich um, nahm einen Sack von dem kleinen Tisch in der Ecke und reichte ihn ihr. »Zieh das an.«

Bei genauerer Betrachtung stellte Kate fest, dass es kein Sack, sondern ein schlaffer weißer Sonnenhut war. Martin musste ihn den Hinterlassenschaften eines der Touristen entnommen haben. »Warum?«, fragte Kate.

»Kannst du mir nicht einfach vertrauen?«

»Offenbar nicht.« Sie zeigte auf das Bett.

Martins Stimme klang kalt und sachlich. »Um dein Gesicht zu verbergen. Es sind Wachen vor dem Gebäude, und wenn sie dich sehen, nehmen sie dich gefangen oder erschießen dich an Ort und Stelle.« Er ging aus dem Zimmer.

Kate zögerte einen Moment, dann folgte sie ihm mit dem Hut unter dem Arm. »Warte. Warum sollten sich *mich* erschießen? Wo bringst du mich hin?«

»Willst du Antworten auf deine Fragen?«

»Ja.« Sie zögerte. »Aber bevor wir gehen, muss ich nach den Jungen sehen.«

Martin sah sie an und nickte.

Kate stieß die Tür zum kleinen Zimmer der Jungen auf und sah, dass sie das taten, womit sie sich neunundneunzig Prozent ihrer Zeit beschäftigten: Sie beschrieben die Wände. Die meisten sieben- und achtjährigen Jungen hätten Dinosaurier oder Soldaten gekritzelt, aber Adi und Surya hatten fast jede freie Stelle mit Gleichungen und mathematischen Symbolen bedeckt.

Die beiden indonesischen Kinder wiesen noch viele Symptome von Autismus auf. Sie waren völlig in ihre Arbeit versunken; keiner der beiden bemerkte, dass Kate eintrat. Adi balancierte auf einem Stuhl, den er auf einen der Schreibtische gestellt hatte, um eine der wenigen freien Stellen ganz oben an der Wand zu beschreiben.

Kate lief zu ihm und zog ihn herunter. Er schwenkte seinen Stift und protestierte in unverständlichen Worten. Sie stellte den Stuhl dorthin, wo er hingehörte: vor den Schreibtisch, nicht darauf.

Sie ging in die Hocke und fasste Adi bei den Schultern. »Adi, ich habe dir doch gesagt, du sollst keine Möbel stapeln und daraufklettern.«

»Wir haben keinen Platz mehr.«

Sie wandte sich an Martin. »Hol ihnen was zu schreiben.«

Er sah sie ungläubig an.

»Ich meine es ernst.«

Er ging, und Kate konzentrierte sich wieder auf die Jungen. »Habt ihr Hunger?«

»Wir haben vorhin Sandwichs bekommen.«

»Woran arbeitet ihr?«

»Dürfen wir nicht verraten, Kate.«

Kate nickt ernst. »Klar. Streng geheim.«

Martin kam zurück und gab ihr zwei gelbe Notizblöcke.

Kate griff nach Suryas Arm und vergewisserte sich, dass er ihr zuhörte. Sie hielt die Blöcke hoch. »Ab sofort schreibt ihr hier drauf, verstanden?«

Die Jungen nickten und nahmen die Blöcke. Sie blätterten sie Seite für Seite durch, um sicherzugehen, dass sie makellos waren. Als sie zufrieden waren, gingen sie zu ihren Schreibtischen, setzten sich und arbeiteten still weiter.

Kate und Martin verließen das Zimmer ohne ein weiteres Wort. Martin führte Kate den Flur entlang. »Findest du es klug, sie so weitermachen zu lassen?«, fragte Martin.

»Sie zeigen es nicht, aber sie haben Angst. Und sie sind durcheinander. Mathematik macht ihnen Spaß und lenkt sie ab.«

»Ja, aber ist es gesund, wenn sie sich da so reinsteigern? Geht es ihnen dann nicht schlechter?«

Kate blieb stehen. »Schlechter als was?«

»Also, Kate ...«

»Die meisten erfolgreichen Menschen sind einfach von etwas besessen – von etwas, das die Welt braucht. Die Jungen haben etwas Produktives gefunden, das ihnen gefällt. Das tut ihnen gut.«

»Ich meinte nur ... dass es sie verstören würde, wenn wir sie wegbringen müssen.«

»Müssen wir sie wegbringen?«

Martin seufzte und wandte den Blick ab. »Setz deinen Hut auf.« Er führte sie durch einen weiteren Flur und steckte eine Magnetkarte in die Tür am Ende. Als er die Tür öffnete, wurde Kate vom Sonnenlicht geblendet. Sie schirmte ihre Augen ab und versuchte, mit Martin Schritt zu halten.

Allmählich konnte sie ihre Umgebung erkennen. Sie hatten ein einstöckiges Gebäude verlassen, das am Rand der Ferienanlage gleich an der Küste stand. Zu ihrer Rechten ragten drei weißgetünchte Hoteltürme über die opulenten tropischen Bäume und das gepflegte Gelände auf. Die glamourösen Gebäude bildeten einen scharfen Kontrast zu dem drei Meter hohen Maschendrahtzaun mit Stacheldrahtkrone, der das Gelände umgab. Im Tageslicht sah es aus wie eine Ferienanlage, die in ein Gefängnis verwandelt worden war. Dienten die Zäune dazu, die Leute drinnen zu halten – oder draußen? Oder beides?

Mit jedem Schritt wurde der strenge Geruch, der in der Luft hing, intensiver. Was war das? Krankheit? Tod? Vielleicht, aber es roch auch nach etwas anderem. Kate blickte zum Fuß der Türme, um die Ursache auszumachen. Dort standen unter langen weißen Zeltdächern Menschen mit Messern an Tischen und verarbeiteten etwas. Fisch.

»Wo sind wir?«

»Im Orchid-Getto von Marbella.«

»Ein Orchid-Distrikt?«

»Die Leute darin nennen es Getto, aber ja.«

Kate musste laufen, um zu ihm aufzuschließen. Sie hielt den Sonnenhut auf ihrem Kopf fest. Der Anblick dieses Ortes und der Zäune verlieh Martins Worten mehr Gewicht.

Sie blickte zu dem Wellnessgebäude zurück. Die Wände und das Dach waren mit stumpfen grauen Platten abgedeckt. Blei, war ihr erster Gedanke. Im Schatten der glitzernden weißen Türme wirkte das kleine graue Gebäude an der Küste seltsam.

Während sie den Weg entlanggingen, bekam Kate mehr von dem Lager zu sehen. In jedem Gebäude standen in jedem Stockwerk mehrere Leute, die durch die gläsernen Schiebetüren nach draußen blickten, aber niemand war auf einem der Balkone. Dann erkannte sie den Grund dafür: Eine gezackte silberne Narbe zog sich über die Metallrahmen der Türen. Sie waren zugeschweißt.

»Wo bringst du mich hin?«

Martin zeigte auf ein einstöckiges Gebäude vor ihnen. »Zum Krankenhaus.« Das »Krankenhaus« war zweifellos ein großes Strandrestaurant auf dem Gelände der Ferienanlage gewesen.

Am anderen Ende des Lagers, hinter den weißen Türmen, hielt ein Lkw-Konvoi mit röhrenden Motoren vor dem Tor. Kate blieb stehen, um zuzusehen. Die Laster waren alt und verbargen ihre Fracht unter flatternden grünen Planen, die über die Ladeflächen gespannt waren. Der Fahrer des ersten Lasters rief den Wachen etwas zu, und das Tor wurde geöffnet, um den Konvoi einzulassen.

Kate bemerkte blaue Fahnen an den Wachtürmen zu beiden Seiten des Tors. Zuerst dachte sie, es wären UN-Flaggen – hellblau mit einem weißen Symbol in der Mitte. Doch es war keine von Olivenzweigen eingerahmte Weltkugel. Es war eine Orchidee. Die weißen Blätter waren symmetrisch, aber von der Mitte breitete sich ein ungleichmäßiges rotes Muster aus, wie die Strahlen, die während einer Sonnenfinsternis hinter dem dunklen Mond hervorspähten.

Die Laster hielten gleich hinter dem Tor, und Soldaten begannen, Menschen herauszuzerren – Männer, Frauen und auch einige Kinder. Allen waren die Hände gefesselt, und einige rangen mit den Wachen und schrien auf Spanisch.

»Sie treiben die Überlebenden zusammen«, flüsterte Martin, als könnten sie ihn aus dieser Entfernung hören. »Es ist verboten, sich draußen aufzuhalten.«

»Warum?« Ein anderer Gedanke ging Kate durch den Kopf. »Es gibt Überlebende, die kein Orchid nehmen?«

»Ja. Aber ... sie sind anders, als wir erwartet haben. Das wirst du gleich sehen.« Er führte sie zum Restaurant, und nachdem er kurz mit der Wache geredet hatte, wurden sie eingelassen – in eine mit Plastikfolie ausgekleidete Dekontaminationskammer. Sprinklerdüsen an der Decke und an den Seiten öffneten sich und hüllten sie in einen beißenden Nebel. Zum zweiten Mal war Kate froh, dass sie den Hut hatte. Eine kleine Ampel in der Ecke sprang von Rot auf Grün, und Martin schob sich durch den Plastikvorhang. Gleich hinter der Schwelle blieb er stehen. »Du brauchst den Hut nicht mehr. Jeder hier weiß, wer du bist.«

Als Kate den Hut vom Kopf zog, konnte sie den großen Raum zum ersten Mal richtig sehen – es war ein ehemaliger Speisesaal. Sie konnte kaum glauben, was sich dort abspielte. »Was ist hier los?«

Martins Stimme war sanft. »Die Welt ist nicht so, wie sie im Radio beschrieben wird. Das ist das wahre Ausmaß der Atlantis-Seuche.«

4

3 Kilometer unter der Operationsbasis Prisma
Antarktis

David Vale konnte den Blick nicht von seinem eigenen Leichnam abwenden. Er lag dort mit offenen Augen in einer Blutlache im Gang und starrte die Decke an. Eine weitere Leiche lag quer über ihm – die seines Mörders, Dorian Sloane. Sloane war übel zugerichtet; Davids letzte Schüsse hatten ihn aus kurzer Distanz getroffen. Gelegentlich löste sich ein Stück Hirnmasse von der Decke und tropfte zu Boden.

David sah zur Seite. Die Glasröhre, in der er sich befand, hatte einen Durchmesser von weniger als einem Meter, und durch die umherschwebenden weißen Nebelfetzen fühlte sie sich noch enger an. Er blickte durch die Halle, in der kilometerweit Röhren vom Boden bis zur Decke gestapelt waren, so hoch, dass er kein Ende erkennen konnte. In den anderen Röhren war der Nebel dichter und verbarg die Insassen. Der einzige Mensch, den er sehen konnte, stand in der Röhre ihm gegenüber. Sloane. Im Gegensatz zu David blickte er sich nicht um. Sloane starrte David reglos und mit hasserfüllten Augen an, nur gelegentlich zuckte ein Kiefermuskel.

David sah ihm kurz in die Augen, dann untersuchte er zum hundertsten Mal seine Röhre. In seiner CIA-Ausbildung hatte er so etwas nicht gelernt: wie man sich aus einer

Schlafröhre in einem zwei Millionen Jahre alten Bauwerk drei Kilometer unter der Antarktis befreit. Es hatte einen Kurs über die Flucht aus einer Röhre in einem eine Million Jahre alten Bauwerk gegeben, aber den hatte David verpasst. Er lächelte über seinen eigenen lahmen Witz. Was immer mit ihm geschehen war, er hatte nicht sein Gedächtnis verloren – oder seinen Sinn für Humor. Als dieser Gedanke verging, erinnerte sich David, dass Sloane ihn ununterbrochen anstarrte, und er verkniff sich das Lächeln und hoffte, der Nebel habe es vor seinem Feind verborgen.

David spürte, dass ein weiteres Augenpaar ihn ansah. Er blickte sich erneut in der Halle um. Er entdeckte niemanden, aber er war sich sicher, dass dort jemand gewesen war. Er beugte sich vor, um tiefer in den Gang mit den Leichen sehen zu können. Nichts. Als er sich umdrehte, beunruhigte ihn etwas – Sloane. Er sah David nicht mehr an. David folgte seinem Blick in die riesige Halle. Zwischen den Röhren stand ein Mann. Zumindest sah er aus wie ein Mann. War er von draußen gekommen oder aus dem Inneren des Objekts? War er ein Atlanter? Wie auch immer, er war jedenfalls groß, über einen Meter achtzig, und trug einen engen schwarzen Anzug, der aussah wie eine Militäruniform. Seine Haut war weiß, fast durchsichtig, und er war glatt rasiert. Sein einziges Haar bestand aus einem dichten weißen Schopf oben auf dem Kopf, der ein wenig zu groß für den Körper schien.

Der Mann stand einen Moment lang da und sah zwischen David und Sloane hin und her, als schaute er sich auf der Pferderennbahn zwei Vollblüter an und überlegte, auf welchen er wetten sollte.

Dann durchbrach ein rhythmisches Geräusch die Stille und hallte durch den Raum: nackte Füße auf dem Metallboden. David sah in die entsprechende Richtung. Sloane. Er war draußen. Er humpelte, so schnell er konnte, zu den Leichen – und den Pistolen auf dem Boden daneben. Als David wieder zu dem Atlanter sah, glitt seine eigene Röhre auf. Er sprang hinaus, geriet ins Taumeln, weil seine Beine ihm nicht recht gehorchten, und schleppte sich voran. Sloane hatte bereits die Hälfte des Wegs zu den Waffen zurückgelegt.

5

Orchid-Distrikt
Marbella, Spanien

Der improvisierte Krankenhaustrakt war in zwei Abteilungen untergliedert, und Kate hatte Mühe zu begreifen, was sie sah. In der Mitte des Raums standen Reihen von schmalen Betten, wie in einem Armeelazarett. Darauf wanden sich stöhnende Menschen. Einige lagen im Sterben, andere schwankten zwischen Bewusstlosigkeit und Wachzustand.

Martin schritt tiefer in den Raum hinein. »Diese Seuche ist anders als der Ausbruch 1918.«

Martin spielte auf die Spanische Grippe an, die 1918 über die Welt hinweggefegt war und schätzungsweise eine Milliarde Menschen infiziert und fünfzig Millionen davon getötet hatte. Kate und David hatten herausgefunden, was Martin und die anderen aus der Immari-Führung schon seit hundert Jahren wussten: Die Seuche war durch ein uraltes Artefakt ausgelöst worden, das mithilfe von Kates Vater aus dem Atlantis-Bauwerk in Gibraltar geborgen worden war.

Unzählige Fragen schwirrten Kate durch den Kopf, aber während sie die Sterbenden in den Betten ansah, brachte sie nur hervor: »Warum sterben sie? Ich dachte, Orchid hält die Krankheit auf.«

»Das stimmt. Aber wir beobachten einen Rückgang der

Wirksamkeit. Wir vermuten, dass Orchid in einem Monat bei niemandem mehr anschlägt. Manche der Sterbenden melden sich freiwillig für die Versuche. Das sind die Menschen, die zu dir gekommen sind.«

Kate ging näher zu den Betten, betrachtete die Kranken und fragte sich ... »Was passiert, wenn Orchid nicht mehr wirkt?«

»Ohne Orchid sterben fast neunzig Prozent der Infizierten innerhalb von zweiundsiebzig Stunden.«

Kate konnte es nicht fassen. Die Zahlen konnten nicht stimmen. »Unmöglich. 1918 war die Mortalität ...«

»Viel niedriger, ja. Das ist ein Unterschied zu damals. Den zweiten haben wir festgestellt, als wir uns die Überlebenden angesehen haben.«

Martin blieb stehen und nickte zu einer Reihe von halb offenen Zellen an der Wand des Speisesaals. Kate hatte den Eindruck, dass die Menschen darin gesund waren, aber die meisten von ihnen drängten sich zusammen und sahen nicht nach draußen. Irgendetwas stimmte ganz und gar nicht mit ihnen. Kate trat einen Schritt auf sie zu.

Martin hielt sie am Arm fest. »Nicht näher. Diese Überlebenden scheinen zu ... degenerieren. Als würde ihre Gehirnvernetzung durcheinandergebracht. Bei manchen ist es schlimmer als bei anderen, aber in jedem Fall ist es eine Regression.«

»Passiert das mit allen Überlebenden?«

»Nein. Ungefähr die Hälfte erleidet diese Degeneration.«

»Und die andere Hälfte?« Kate hatte Angst vor der Antwort.

»Komm mit.«

Martin redete kurz mit einer Wache am Ende des Raums, und als der Mann den Weg freigab, traten sie in einen kleineren Speisesaal. Die Fenster waren mit Brettern vernagelt, und der Raum war bis auf einen schmalen Gang in der Mitte in geräumige Zellen aufgeteilt.

Martin ging nicht weiter hinein. »Das sind die anderen Überlebenden – die, die im Lager Ärger gemacht haben.«

In dem Raum mussten sich mindestens hundert Menschen aufhalten, aber es war totenstill. Niemand rührte sich. Alle standen nur da und sahen Kate und Martin mit kalten gefühllosen Augen an.

»Es gibt keine dramatischen physischen Veränderungen«, fuhr Martin in gedämpftem Tonfall fort. »Zumindest haben wir keine entdeckt. Aber bei ihnen hat ebenfalls eine Veränderung der Gehirnvernetzung stattgefunden. Sie werden schlauer. Wie bei den Degenerierten sind auch hier die Effekte unterschiedlich stark ausgeprägt, aber einige zeigen unglaubliche Denkleistungen. Manchen werden ein wenig stärker. Und noch etwas verändert sich: Empathie und Mitleid lassen nach. Auch das in unterschiedlichem Maß, aber bei allen leidet das Sozialverhalten.«

Wie auf ein Zeichen teilte sich die Menge auf beiden Seiten des Gangs, sodass Kate und Martin die rote Schrift auf der Wand sehen konnte. Die Worte waren mit Blut geschrieben.

Orchid kann Darwin nicht aufhalten.

Orchid kann die Evolution nicht aufhalten.

Orchid kann die Seuche nicht aufhalten.

Auf der anderen Seite des Raums hatte ein Überlebender geschrieben:

Atlantis-Seuche = Evolution = Bestimmung der Menschheit

In der nächsten Zelle stand:

Evolution ist unvermeidlich.

Nur Narren kämpfen gegen das Schicksal.

»Wir kämpfen nicht nur gegen die Seuche«, flüsterte Martin. »Wir kämpfen auch gegen die Überlebenden, die keine

Behandlung wollen und das Ganze entweder als nächsten Entwicklungsschritt der Menschheit oder als kompletten Neubeginn betrachten.«

Kate stand einfach nur da und wusste nicht, was sie sagen sollte.

Martin drehte sich um, führte sie zurück in den Krankensaal und durch einen anderen Ausgang in die ehemalige Küche, in der sich jetzt ein Labor befand. Ein halbes Dutzend Wissenschaftler saß auf Hockern und arbeitete an den Geräten, die auf den Stahltischen standen. Alle sahen zu ihr auf, stellten die Arbeit ein und begannen zu tuscheln. Martin legte einen Arm um Kate und rief über die Schulter: »Weitermachen.« Schnell führte er Kate durch die Küche. In dem engen Flur dahinter blieb er vor einer Tür stehen. Er gab einen Code ein, und die Tür öffnete sich zischend. Sie traten ein, und sobald sich die Tür geschlossen hatte, streckte er die Hand aus. »Die Probe.«

Kate betastete das Plastikröhrchen in ihrer Tasche. Er hatte ihr nur die halbe Geschichte erzählt – gerade genug, um zu bekommen, was er wollte. Sie wippte auf den Fußsohlen vor und zurück. »Warum hatte die Seuche dieses Mal andere Auswirkungen? Warum ist es nicht so wie 1918?«

Martin ließ sich auf einen Stuhl hinter dem abgenutzten Holzschreibtisch fallen. Es musste sich um das Büro des Restaurantchefs handeln. Es hatte ein kleines Fenster, durch das man auf das Gelände blicken konnte. Der Schreibtisch war voller Geräte, die Kate nicht einordnen konnte. Sechs große Monitore an der Wand zeigten Landkarten und Diagramme und endlose Rolltexte wie bei einem Newsticker an der Börse.

Martin rieb sich die Schläfen, dann blätterte er durch einige Unterlagen. »Die Seuche ist anders, weil wir anders sind. Das menschliche Genom hat sich nicht stark verändert, aber unser Gehirn funktioniert ganz anders als vor hundert Jahren. Wir verarbeiten Informationen schneller. Wir lesen den ganzen Tag E-Mails, sehen fern, saugen Informationen aus dem Internet auf, hängen an unseren Smartphones. Es ist bekannt, dass der Lebensstil, die Ernährung und sogar Stress sich auf die Genaktivierung auswirken können, und das hat einen direkten Effekt auf die Wirkung von Krankheitserregern. Wir haben genau den Entwicklungsstand erreicht, auf den der Schöpfer der Atlantis-Seuche gewartet hat. Die Seuche wurde anscheinend für den Zeitpunkt geschaffen, an dem das menschliche Gehirn eine gewisse Reife erreicht hat, damit sie ihren Zweck erfüllen kann.«

»Welchen Zweck?«

»Wir kennen die Antwort nicht, aber wir haben ein paar Anhaltspunkte. Wir wissen, dass die Atlantis-Seuche sich in erster Linie auf die Gehirnvernetzung auswirkt. Bei einer kleinen Gruppe von Überlebenden werden die neuronalen Netzwerke gestärkt. Bei anderen werden sie zerstört. Die Übrigen müssen sterben – die Seuche kann sie offenbar nicht brauchen. Sie verändert die Menschheit auf genetischer Ebene und formt sie so um, dass das gewünschte Ergebnis herauskommt.«

»Weißt du, auf welche Gene die Seuche abzielt?«

»Nein, aber wir sind dicht dran. Unsere Arbeitshypothese lautet, dass die Atlantis-Seuche einfach eine genetische Aktualisierung ist, die das Atlantis-Gen manipuliert. Sie versucht, die Veränderung der Gehirnvernetzung zu vollenden, die vor siebzigtausend Jahren mit der Verabreichung des Atlantis-Gens begonnen hat – dem großen Sprung nach vorn. Aber wir wissen nicht, was das Ziel ist. Ist es ein zweiter großer Sprung nach vorn – eine Weiterentwicklung – oder ist es ein großer Schritt rückwärts – eine Umkehrung der menschlichen Evolution?«

Kate versuchte, die neuen Informationen zu verarbeiten. Durch das Fenster sah sie, wie bei dem nächsten Turm ein heftiger Kampf ausbrach. Eine Reihe von Menschen stob auseinander, und einige griffen die Wachen an. Kate vermutete, dass es dieselbe Gruppe war, die vorhin hereingebracht worden war.

Martin warf einen Blick aus dem Fenster, dann sah er wieder zu Kate. »Es gibt häufig Unruhen, besonders wenn neue Leute hergebracht werden.« Er streckte die Hand aus. »Ich brauche wirklich die Probe, Kate.«

Kate blickte sich erneut in dem Zimmer um – die Geräte, die Bildschirme, die Diagramme an der Wand ... »Das ist dein Versuch, oder? Es war deine Stimme in dem Raum. Ich habe für dich gearbeitet.«

»Wir arbeiten alle für jemanden ...«

»Ich habe gesagt, dass ich Antworten will.«

»Die Antwort lautet Ja. Das ist mein Versuch.«

»Warum? Warum hast du mich belogen?« Kate konnte nicht verbergen, dass sie verletzt war. »Ich hätte dir auch so geholfen.«

»Ich weiß, aber du hättest Fragen gestellt. Ich habe mich vor diesem Tag gefürchtet, an dem ich dir die Wahrheit erzählen und dir sagen muss, was ich getan habe und in welchem Zustand die Welt ist. Ich wollte dich davor beschützen ... nur noch ein bisschen länger.« Martin wandte den Blick ab, und in diesem Moment wirkte er viel älter, als er war.

»Orchid ist eine Lüge, oder?«

»Nein. Orchid gibt es wirklich. Es hält die Seuche auf, aber es verschafft uns nur Zeit. Die Wirkung lässt nach, wir haben Produktionsprobleme, und die Menschen verlieren die Hoffnung.«

»Ihr könnt es nicht über Nacht entwickelt haben«, sagte Kate.

»Haben wie auch nicht. Orchid war unser Notfallplan – oder eigentlich der deines Vaters. Er hat uns darauf hingewiesen, dass eine Seuche freigesetzt würde, und uns gezwungen, nach einem Heilmittel zu forschen. Wir arbeiten seit Jahrzehnten daran, aber wir haben kaum Fortschritte gemacht, bis wir eine Therapie gegen HIV gefunden haben.«

»Moment, es gibt eine Therapie gegen HIV?«

»Ich erzähle dir alles, Kate, das schwöre ich. Aber ich brauche die Probe. Und du musst zurück in dein Zimmer gehen. Das SAS-Team kommt dich morgen holen. Es bringt dich nach England, in Sicherheit.«

»Was? Ich gehe nirgendwo hin. Ich will helfen.«

»Das kannst du auch. Aber ich muss wissen, dass du in Sicherheit bist.«

»Sicher wovor?«, fragte Kate.

»Den Immari. Sie haben Truppen ans Mittelmeer entsandt.«

In den Radioberichten, die Kate gehört hatte, wurde meist gemeldet, dass Immari-Truppen in den Drittweltländern besiegt worden seien. Sie hatte sich nicht viele Gedanken um die Organisation gemacht. »Die Immari sind eine Bedrohung?«

»Allerdings. Sie haben den Großteil der Südhalbkugel erobert.«

»Das kann nicht dein Ernst ...«

»Doch.« Martin schüttelte den Kopf. »Du hast es noch nicht verstanden. Als die Atlantis-Seuche zugeschlagen hat, wurden innerhalb von vierundzwanzig Stunden mehr als eine Milliarde Menschen infiziert. Die Regierungen, die nicht sofort gestürzt sind, haben das Kriegsrecht erklärt.

Dann haben die Immari begonnen, die Welt zu säubern. Sie haben eine neue Lösung geboten: eine Gesellschaft der Überlebenden – aber nur mit denen, die sich weiterentwickelt haben. Sie nennen sie ›die Auserwählten‹. Angefangen haben sie auf der Südhalbkugel, mit bevölkerungsreichen Ländern in der Nähe der Antarktis. Sie kontrollieren Argentinien, Chile, Südafrika und ein Dutzend andere Länder.«

»Was ...«

»Sie bauen eine Armee für die Invasion in der Antarktis auf.«

Kate sah ihn ungläubig an. Das konnte nicht sein. Die BBC-Nachrichten waren so optimistisch. Unwillkürlich zog sie das Röhrchen aus der Tasche und reichte es ihm.

Martin nahm es und drehte sich mit seinem Stuhl um. Er drückte einen Knopf auf einem Behälter, der aussah wie eine Thermoskanne mit einem kleinen Display und einem Satellitentelefon an der Seite. Der Deckel öffnete sich, und Martin ließ das Plastikröhrchen hineinfallen.

Vor dem Fenster wurden die Kämpfe immer heftiger.

»Was machst du?«, fragte Kate.

»Ich lade die Ergebnisse in unser Netzwerk hoch.« Er sah über die Schulter zu Kate. »Wir sind nur eine von mehreren Forschungsabteilungen. Ich glaube, wir sind dicht dran.«

Draußen ertönten Explosionen, und Kate spürte die Hitze durch die Wand. Martin drückte einen Knopf auf der Tastatur, und ein Monitor zeigte Aufnahmen vom Lager und dann von der Küste. Ein Geschwader von schwarzen Hubschraubern füllte den Bildschirm. Martin sprang auf und warf Kate zu Boden. Einen Sekundenbruchteil später wurde das Gebäude erschüttert. In Kates Ohren klingelte es, und sie spürte, dass Martin auf ihr lag und sie vor den herabfallenden Trümmern schützte.

6

3 Kilometer unter der Operationsbasis Prisma
Antarktis

Dorian hatte die Leichen – und die Waffen – in dem Gang vor der gewaltigen Halle fast erreicht. Hinter sich hörte er Davids nackte Füße über den Boden stapfen. Dorian wollte gerade losspringen, als David ihn umklammerte und bäuchlings zu Boden warf. Mit einem schrillen Quietschen rutschte er über den kalten Boden.

Sie landeten in der trocknenden Blutlache um die Leichen – ihren Leichen. Dorian reagierte schneller als sein Verfolger. Er hob seinen blutverschmierten Oberkörper weit genug, um David den Ellbogen ins Gesicht zu rammen.

David wurde nach hinten gestoßen, und Dorian nutzte die Gelegenheit. Er drehte sich um, warf David ab und kroch auf die Pistole zu, die nur zwei Meter entfernt lag. Er musste sie erreichen; es war seine einzige Chance. Dorian hätte es zwar niemals zugegeben, aber David war einer der besten Nahkämpfer, denen er jemals begegnet war. Es war ein Kampf auf Leben und Tod, und Dorian wusste, dass er ihn ohne die Pistole verlieren würde.

Dorian spürte, wie David die Fingernägel in die Rückseite seiner Oberschenkel bohrte und ihm dann einen Faustschlag ins Kreuz versetzte. Der Schmerz breitete sich bis in den Unterleib und die Brust aus. Eine Welle von Übelkeit überspülte ihn. Dorian würgte, als der zweite Schlag ihn ein Stück höher genau am Rückgrat traf. Er verlor das Gefühl in den Beinen. Als er zu Boden sackte, kroch David auf ihn, um ihm mit einem Schlag gegen den Hinterkopf den Rest zu geben.

Dorian setzte die Handflächen auf den blutigen Boden, stieß sich mit aller Kraft nach oben und warf den Kopf in den Nacken. Sein Schädel traf David am Kinn, sodass dieser das Gleichgewicht verlor.

Dorian fiel auf den Bauch zurück, robbte auf den Ellbogen voran und schleifte seine Beine durch das Blut. Als er sich die Pistole schnappte und herumwirbelte, landete David auf ihm. Dorian hob die Waffe, aber David packte sein Handgelenk. Aus dem Augenwinkel bemerkte Dorian, wie der Atlanter näher kam. Er sah emotionslos zu, wie ein Zuschauer bei einem Hundekampf, auf den er nicht gewettet hatte.

Dorian dachte nach – er musste sich irgendwie einen Vorteil verschaffen. Er löste die Spannung in seinen Armen und ließ sie schnell zu Boden fallen. David sackte nach vorn, ließ aber nicht los. Dorian drehte die Pistole in der rechten Hand, richtete sie auf den Atlanter und drückte den Abzug.

David ließ Dorians Linke los, um mit seiner rechten Hand nach der Waffe zu greifen. Dorian versteifte die linke Hand und stieß David die Fingerknöchel in den Solarplexus. Nach Luft schnappend, schwankte David zurück. Dorian befreite sich aus seinem Griff, hob die Pistole und jagte ihm eine Kugel in den Kopf. Dann drehte er die Waffe und schoss auf den Atlanter, bis das Magazin leer war.

7

3 Kilometer unter der Operationsbasis Prisma
Antarktis

Der Atlanter sah Dorian milde lächelnd an. Dorians Geschosse waren einfach durch ihn hindurchgeflogen. Dorians Blick schweifte zu der anderen Pistole.

»Willst du noch eine Waffe ausprobieren, Dorian? Nur zu. Ich warte. Ich habe alle Zeit der Welt.«

Dorian erstarrte. Das Ding wusste, wie er hieß. Und es hatte keine Angst.

Der Atlanter kam näher. Er trat in die Blutlache, aber nicht ein Tropfen blieb an seinen Füßen haften. »Ich weiß, weshalb du gekommen bist, Dorian.« Er sah Dorian an, ohne zu blinzeln. »Du bist heruntergekommen, um deinen Vater zu retten und deinen Feind zu töten – damit eure Welt sicher ist. Du hast gerade deinen einzigen Feind hier unten getötet.«

Dorian riss seinen Blick von dem Monstrum los und suchte den Raum nach etwas Nützlichem ab. Das Gefühl war in seine Beine zurückgekehrt. Er stand auf und taumelte zurück, weg von dem Atlanter. Der Atlanter beobachtete ihn lächelnd, machte aber keine Anstalten, ihm zu folgen.

Ich muss hier raus, dachte Dorian. Seine Gedanken überschlugen sich. *Was brauche ich? Einen Schutzanzug.* Sein Vater hatte Dorians Anzug angezogen. Kates Anzug war kaputt, aber vielleicht könnte er ihn reparieren. Die Anzüge der Kinder waren zu klein, doch das Material könnte er nutzen, um Kates Anzug zu flicken. Er musste sich nur einige Minuten vor der Kälte schützen – lang genug, um nach oben zu kommen und den Angriff zu befehlen.

Er drehte sich um und rannte den Gang entlang, aber die Türen vor ihm und um ihn herum schlugen zu, sodass es keinen Ausweg mehr gab.

Der Atlanter materialisierte sich vor Dorian. »Du kannst gehen, wenn ich es dir sage, Dorian.«

Dorian sah ihn mit einer Mischung aus Trotz und Entsetzen an.

»Wie hättest du es gern, Dorian? Auf die einfache oder auf die harte Tour?« Der Atlanter wartete, und als Dorian nicht reagierte, nickte er leidenschaftslos. »Also gut.«

Dorian spürte, wie die Luft aus dem Raum gesaugt wurde. Alle Geräusche verklangen, und ein harter Schlag traf ihn an der Brust. Er öffnete den Mund und versuchte vergeblich, Luft zu holen. Er sank auf die Knie. Vor seinen Augen blitzten Sterne auf. Der Boden schoss auf ihn zu, als er in die Dunkelheit fiel.

8

Orchid-Distrikt
Marbella, Spanien

Kate rollte Martin von sich herunter und untersuchte kurz seine Verletzungen. Blut floss aus einem Schnitt an seinem Hinterkopf. Sie vermutete, dass er eine leichte Gehirnerschütterung hatte, aber zu ihrer Überraschung blinzelte er nur ein paarmal und sprang auf. Er sah sich in dem Zimmer um, und Kate folgte seinem Blick. Der Großteil der Computer und der Geräte auf dem Tisch war zerstört.

Martin ging zu einem Schrank und nahm ein Satellitenfoto und zwei Pistolen heraus. Eine der Waffen reichte er Kate.

»Die Immari werden versuchen, dass Lager zu schließen«, sagte er, während er einen Rucksack packte. Er inspizierte kurz das thermoskannenähnliche Gerät auf dem Schreibtisch und stopfte es zusammen mit mehreren Notizbüchern und einem Laptop in den Rucksack. »Sie haben ein paar Mittelmeerinseln erobert, um zu testen, ob die Orchid-Staaten sich wehren können.«

»Und, können sie?«

Die Erschütterungen hatten aufgehört, und Kate wollte Martins Kopfverletzung behandeln, aber er lief zu schnell umher.

»Nein. Die Orchid-Allianz steht kurz vor dem Zusammenbruch. Alle Ressourcen – auch die militärischen – werden für die Orchid-Produktion gebraucht. Es kommt keine Hilfe. Wir müssen verschwinden.« Er stellte ein eiförmiges Gerät auf den Tisch und drehte an der Oberseite. Es begann zu ticken.

Kate versuchte sich zu konzentrieren. Martin zerstörte das Büro. Sie würden nicht hierher zurückkommen. Sofort dachte sie an die Jungen in dem Wellness-Gebäude. »Wir müssen Adi und Surya holen.«

»Kate, wir haben keine Zeit. Wir kommen zurück und holen sie später – mit den SAS-Soldaten, die unterwegs sind.«

»Ich lasse sie nicht zurück. Auf keinen Fall«, sagte Kate mit einer Bestimmtheit, die Martin nicht entgehen konnte. Er hatte sie mit sechs Jahren adoptiert, gleich nachdem ihr leiblicher Vater verschwunden war, und kannte sie gut genug, um zu wissen, dass sie keinen Kompromiss eingehen würde.

Er schüttelte in einer Mischung aus Fassungslosigkeit und Unglauben den Kopf. »Okay, aber mach dich darauf gefasst, die hier zu benutzen.« Er zeigte auf die Pistole. Dann gab er den Code ein, um die Bürotür zu öffnen, ließ Kate hinausgehen und verschloss die Tür wieder.

Der Flur war voller Rauch, und am Durchgang zur Küche tobte ein Feuer. Schreie drangen zu ihnen heraus. »Gibt es noch einen anderen Ausgang?«

»Nein. Die Dekontaminationskammer ist der einzige Ausgang«, sagte Martin, während er vor sie trat. Er hob seine Pistole. »Wir rennen. Erschieß jeden, wirklich *jeden*, der dich aufhalten will.«

Kate blickte auf ihre Pistole. Plötzlich hatte sie Angst. Sie hatte noch nie eine Waffe abgefeuert und war sich nicht sicher, ob sie auf jemanden schießen konnte. Martin griff nach der Pistole, zog den Schlitten zurück und ließ irgendetwas klicken. »Es ist nicht schwierig. Einfach zielen und abdrücken.« Er drehte sich um und stürzte in die in Rauch und Flammen gehüllte Küche.

9

3 Kilometer unter der Operationsbasis Prisma
Antarktis

Dorian versuchte die verschwommene Gestalt zu erkennen. Er konnte kaum atmen – nur flache, abgehackte Züge, die ihm das Gefühl gaben zu ertrinken. Alles tat ihm weh. Die Lunge brannte, wenn die Luft eindrang.

Dann sah er die Gestalt scharf vor sich. Der Atlanter stand über ihm, beobachtete ihn und wartete ... worauf?

Dorian wollte etwas sagen, aber er brachte nur ein Krächzen hervor und schloss die Augen. Jetzt bekam er ein wenig mehr Luft. Er schlug die Augen wieder auf. »Was ... was willst du?«

»Dasselbe wie du, Dorian. Ich will, dass du die Menschheit vor dem Untergang bewahrst.«

Dorian sah ihn aus zusammengekniffenen Augen an.

»Wir sind nicht das, wofür du uns hältst, Dorian. Wir würden dir nie etwas tun, so wie Eltern ihren Kindern nichts Böses antun.« Er nickte. »Es ist wahr. Wir haben euch geschaffen.«

»Schwachsinn«, stieß Dorian hervor.

Der Atlanter schüttelte den Kopf. »Das menschliche Genom ist viel komplexer, als ihr bisher wisst. Wir hatten eine Menge Probleme mit eurer Sprachfunktion. Es gibt eindeutig noch einiges zu tun.«

Dorian konnte jetzt wieder normal atmen und setzte sich auf. Was wollte der Atlanter von ihm? Wozu das ganze Theater? Er kontrollierte offensichtlich das Schiff. *Wozu braucht er mich?*

Der Atlanter antwortete, als hätte Dorian es laut ausgesprochen. »Mach dir keine Gedanken darüber, was ich will.« Auf der anderen Seite des Raums glitt die schwere Tür auf. »Komm mit.«

Dorian stand auf und zögerte einen Moment. *Was bleibt mir anderes übrig? Er kann mich jederzeit töten. Ich spiele mit und warte auf eine gute Gelegenheit.*

Der Atlanter führte Dorian einen weiteren schwach beleuchteten Gang mit grauen Metallwänden entlang. »Es ist erstaunlich, Dorian. Obwohl du intelligent bist, lässt du dich von deinem Hass und deiner Angst lenken. Denk doch einmal logisch: Wir sind in einem Raumschiff hergekommen, das auf physikalischen Gesetzen beruht, die deine Rasse noch nicht mal entdeckt hat. Ihr tuckert in lackierten Blechbüchsen, die die flüssigen Überreste von urzeitlichen Lebewesen verbrennen, über diesen winzigen Planeten. Glaubst du wirklich, ihr könntet uns im Kampf besiegen?«

Dorian dachte an die dreihundert Atomsprengköpfe, die um das Schiff herum bereitstanden.

Der Atlanter drehte sich zu ihm. »Glaubst du, wir wissen nicht, was eine Atombombe ist? Wir haben Atome gespalten, bevor ihr Feuerholz gespalten habt. Das Schiff kann der Gewalt jedes Atomsprengkopfs auf diesem Planeten standhalten. Du würdest nur das Eis auf diesem Kontinent schmelzen, die Erde überfluten und eure Zivilisation beenden. Sei vernünftig, Dorian. Wenn wir euch hätten töten wollen, wärt ihr längst tot, schon seit Zehntausenden von Jahren. Aber wir haben euch gerettet und uns seitdem um euch gekümmert.«

Der Atlanter musste lügen. Wollte er Dorian von dem Angriff abbringen?

Der Atlanter grinste. »Du glaubst mir immer noch nicht. Eigentlich sollte mich das nicht überraschen. Schließlich haben wir euch so programmiert, dass ihr alles tut, um zu überleben, und jede Bedrohung angreift.«

Dorian ignorierte ihn. Er streckte den Arm aus, trat näher zu dem Atlanter und fuhr mit der Hand durch ihn hindurch. »Du bist gar nicht hier.«

»Was du siehst, ist mein Avatar.«

Dorian blickte sich um. Zum ersten Mal verspürte er einen Hoffnungsschimmer. »Wo bist du?«

»Dazu kommen wir später.«

Eine Tür glitt auf, und der Atlanter ging hindurch.

Dorian folgte ihm. Zwei Schutzanzüge hingen an der Wand, und auf der Bank darunter stand ein glänzender silberner Aktenkoffer. Dorian begann, Fluchtpläne zu schmieden. *Er ist nicht hier. Er ist nur eine Projektion. Kann ich ihn ausschalten?*

»Ich habe dir schon gesagt, dass wir es auf die leichte oder auf die harte Tour machen können, Dorian. Ich lasse dich gehen. Jetzt zieh den Anzug an.«

Dorian warf einen Blick auf den Anzug und sah sich hektisch nach etwas um, das ihm nützlich sein könnte. Die Tür schlug zu, und Dorian spürte, dass die Luft aus dem Raum gesaugt wurde. Während er den Anzug anzog, nahm in seinem Kopf ein Plan Gestalt an. Er klemmte den Helm unter den rechten Arm. Der Atlanter zeigte auf den silbernen Koffer.

»Nimm den Koffer.«

Dorian betrachtete ihn.

»Was ...«

»Keine Diskussionen mehr, Dorian. Nimm den Koffer, aber öffne ihn nicht. Egal, was passiert, mach den Koffer nicht auf.«

Dorian nahm den Koffer und folgte dem Atlanter aus dem Raum und mehrere Gänge entlang bis zu der Stelle, wo die Leichen lagen. Die Schiebetüren standen nun wieder offen, und die riesige Halle erstreckte sich vor ihnen. Dorian blickte zu der geöffneten Röhre, aus der David gekommen war. Er und David waren nach ihrem Tod in den Röhren »wiedergeboren« worden. Würde David noch einmal zurückkehren? Falls ja, könnte das Ärger bedeuten. Dorian zeigte auf die leere Röhre. »Was ist mit ...«

»Ich habe mich um ihn gekümmert. Er kommt nicht zurück.«

Ein anderer Gedanke schoss Dorian durch den Kopf: die Zeitdifferenz. Sein Vater hatte siebenundachtzig Jahre hier unten verbracht, aber im Schiff waren nur siebenundachtzig *Tage* vergangen. Die Glocke am Eingang bildete eine Blase, in der die Zeit gedehnt wurde. Ein Tag im Inneren war ein Jahr außerhalb. Welches Jahr war nun draußen? Wie lange war er in der Röhre gewesen? »Welches Jahr ...«

»Ich habe das Gerät, das ihr ›die Glocke‹ nennt, abgeschaltet. Es sind nur ein paar Monate vergangen. Jetzt geh. Ich sage es dir nicht noch einmal.«

Ohne ein weiteres Wort ging Dorian den Gang entlang. Auf dem Boden war eine dünne Blutspur – von seinem Vater. Zu Dorians Erleichterung wurden die Tropfen mit jedem Schritt kleiner und hörten schließlich ganz auf. *Bald sind wir wieder zusammen und bringen die Sache zu Ende.* Das, wovon er sein ganzes Leben geträumt hatte, schien wieder in Reichweite.

In der langgestreckten Dekontaminationskammer sah er

Kates zerrissenen Anzug und die beiden kleinen Anzüge, die die Kinder aus ihrem Labor getragen hatten.

Dorian ging zum Eingangstor und setzte den Helm auf. Er wartete mit dem Koffer unter dem rechten Arm.

Als sich die drei Dreiecke des Tors auseinanderschoben, schritt Dorian schnell darauf zu. Kurz bevor er über die Schwelle trat, warf er den Koffer weg.

Dorian prallte gegen ein unsichtbares Kraftfeld, das so hart war wie eine Stahlwand, und wurde zurück in die Kammer geworfen.

»Vergiss dein Gepäck nicht, Dorian«, sagte die Stimme des Atlanters in seinem Helm.

Dorian hob den silbernen Koffer auf. *Was habe ich für eine Wahl? Ich lasse den Koffer vor dem Eingang. Es spielt keine Rolle.* Er verließ das Schiff und blieb stehen, um sich umzusehen. Es hatte sich nicht viel verändert, seit er durch das Tor hineingegangen war: eine Eiskammer mit hoher Decke, ein Schneehaufen, auf dem ein verbeulter Metallkorb und die Schlingen eines Drahtseils lagen, und ein Schacht mit einem Durchmesser von ungefähr drei Metern, der drei Kilometer weit nach oben führte. Doch etwas Neues war dort. In der Mitte der Kammer, gleich unter dem Schacht, standen drei mit einem Kabelstrang verbundene Atomsprengköpfe auf einer Stahlplattform. Ein Lämpchen nach dem anderen leuchtete an den Sprengköpfen auf, als sie scharf geschaltet wurden.

10

Orchid-Distrikt
Marbella, Spanien

Kate folgte Martin durch die brennende Küche in den Speisesaal, der als Krankenstation diente. Die Zerstörungen waren schlimmer ausgefallen, als sie gedacht hatte. Die Hälfte der gegenüberliegenden Wand war weggesprengt worden. Die Menschen rannten durch die herabfallenden Trümmer ins Freie und trampelten die Kranken und Langsamen nieder.

Martin stürzte sich in die Menge und bahnte sich mit den Ellbogen einen Weg. Kate versuchte, Schritt zu halten. Sie war überrascht, wie behände Martin sich trotz seiner Kopfverletzung bewegte.

Als sie das Gebäude verließen, sah Kate, was die Angriffe im Lager angerichtet hatten. Hohe Feuer loderten entlang des Zauns, wo die Wachtürme gestanden hatten. Von dem Konvoi aus Lastwagen und Jeeps stiegen weiße und schwarze Rauchwolken auf, ein giftiges Gemisch aus brennendem Gummi und Plastik. Kate musste würgen und bedeckte Mund und Nase mit ihrem T-Shirt. Die weißen Hoteltürme schienen unbeschädigt, aber ein endloser Strom von Menschen floss heraus.

Alles war voller Leute, die in jede Richtung rannten und verzweifelt nach einem Ausgang oder Schutz vor den Explosionen suchten, die im Sekundentakt ertönten. Es sah aus wie eine Herde, die in der Savanne vor einem unsichtbaren Raubtier flüchtete, wobei jeder Einzelne nur auf die Bewegung neben sich reagierte.

Martin sah sich um und suchte nach einem Ausweg.

Kate lief an ihm vorbei und rannte geradewegs auf das mit Bleiplatten verkleidete Wellnessgebäude zu. An einem Ende brannte ein kleines Feuer, aber ansonsten war es von dem Angriff verschont geblieben. Hinter sich hörte Kate, wie Martins Büro explodierte.

Sie erreichte die Tür und hob die Pistole, um das Schloss zu zerschießen, aber Martin war schon an ihrer Seite. »Spar dir deine Munition.« Er schob seine Codekarte in die Tür, und das Schloss öffnete sich mit einem Klicken. Sie rannten die Gänge entlang. Kate stieß die Tür zu Adis und Suryas Zimmer auf und war erleichtert, dass die Jungen an ihren Schreibtischen saßen und in ihre Blöcke schrieben, ohne sich um sonst irgendetwas zu sorgen.

»Jungs, wir müssen los.«

Beide ignorierten sie.

Sie ging zu Adi und hob ihn hoch. Er war dünn, wog aber trotzdem knapp fünfundzwanzig Kilo. Kate hatte Mühe, ihn auf dem Arm zu halten, denn er zappelte, um seinen Block zu erreichen. Sie setzte ihn ab, gab ihm den Block, und er beruhigte sich einigermaßen. In der anderen Ecke kümmerte sich Martin um Surya.

Sie schleiften die Jungen praktisch aus dem Gebäude, und Martin führte Kate über das Gelände in die Menschenmenge hinein. Vor ihnen brach ein Schusswechsel aus, der die Leute auseinandertrieb. Hinter den Fliehenden sah Kate die spanischen Soldaten gegen die Überlebenden kämpfen – sie erkannte Gesichter aus der Zelle und aus der neu hereingebrachten Gruppe wieder. Die hellblaue Orchid-Flagge flatterte über ihnen brennend im Wind.

Martin griff in seinen Rucksack und reichte Kate ein grünes Ei mit einem Griff. »Du hast stärkere Arme«, sagte er. »Wenn die Spanier verlieren, kommen wir hier nicht raus.« Er zog den Stift, und Kate ließ das Ding beinahe fallen, als sie begriff, worum es sich handelte. Martin griff nach ihrer Hand. »Wirf sie.«

Das Gedränge wurde immer schlimmer, und jemand rempelte sie an, sodass Adis Hand aus ihrer gerissen wurde und der kleine Junge zu Boden fiel. Sie würden ihn niedertrampeln. Kate warf die Handgranate in Richtung des Tors und der Schüsse, dann stürzte sie sich in die Menge. Als sie Adi in ihre Arme zog, fegten die Hitze und der Lärm der Explosion durch die Menschenmasse.

Sobald sich der Rauch verzogen hatte, drehte die Menge um und lief auf das Tor zu. Kate, Martin und die Jungen schlossen sich an. Kaum hatten sie das Tor passiert, ertönten wieder Schüsse – dieses Mal hinter ihnen.

Die Ferienanlage lag an einer kleinen Straße, die zur Landstraße führte. Kate blieb stehen – es war ein erstaunlicher Anblick. So weit sie sehen konnte, standen verlassene Autos. Auf beiden Spuren parkten die Wagen vor dem Eingang zum Orchid-Distrikt. Die Türen standen offen, und die Straße war voller Kleider, verfaultem Essen und Gegenständen, die Kate nicht einordnen konnte. Die Leute hatte sich hier in Sicherheit bringen und an das lebensrettende Medikament gelangen wollen. Wenn sie mit Martin und den Jungen in eines der vorderen Autos gelangte, könnten sie schnell davonfahren.

Martin schien ihre Gedanken zu lesen. Er schüttelte den Kopf. »Das Benzin wurde schon vor Wochen abgesaugt. Wir müssen es in die Altstadt schaffen. Das ist unsere einzige Chance.«

Sie liefen weiter in der Menge mit, die sich mit jedem Meter ausdünnte, weil Einzelne und ganze Familien ausbrachen und sich auf eigenen Wegen von der Küste und dem Tod im Orchid-Distrikt entfernten. Martin ging vor, und sie zogen die Kinder mit sich.

Hinter der Landstraße sah die Stadt aus wie viele spanische Ferienorte: überall Strandläden, Supermärkte und Hotels. Alles stand leer, und die meisten Fenster waren zertrümmert. Die Sonne war mittlerweile fast untergegangen, und die Schusswechsel in der Ferne hatten abgenommen.

Kate nahm einen süßlichen und zugleich fauligen Geruch wahr. Leichen. Wie viele würde es hier draußen geben? Martins Worte hallten ihr durch den Kopf: Neunzig Prozent sterben innerhalb von zweiundsiebzig Stunden. Wie viele waren gestorben, bevor die Orchid-Distrikte errichtet wurden? Was würde sie jenseits der Zäune vorfinden?

Nachdem sie schweigend einige Häuserblocks weitergegangen waren, veränderten sich die Straßen. Der Asphalt wurde von Kopfsteinpflaster abgelöst, und die Geschäfte wurden kleiner und malerischer. Galerien, Cafés und Andenkenläden, die handgemachten Krimskrams verkauften, säumten die Straßen. Ihnen war es besser ergangen als den Geschäften an der Hauptstraße, aber auch hier hatte die Katastrophe ihre Spuren hinterlassen: ausgebrannte Häuser, verlassene Autos und Müll.

Martin blieb an einer weißgetünchten Mauer mit einem Eisentor, das vermutlich in die Altstadt führte, stehen, um Atem zu schöpfen. Der Adrenalinstoß, der ihn im Lager angetrieben hatte, schien abgeflaut zu sein, und Kate fand, dass er ausgezehrter denn je aussah – wie ein Trinker am Morgen nach der Sauftour. Er stützte die Hände auf die Knie und atmete tief durch.

Kate wandte sich um und blickte zur Küste hinter ihnen. Marbellas Altstadt lag auf einem Hügel, und die Aussicht war unglaublich. Ohne die Rauchsäulen wäre der Blick auf den Sonnenuntergang über dem Mittelmeer und den weißen Sandstrand atemberaubend gewesen. Aus dem Rauch tauchte ein Dutzend schwarzer Objekte auf: ein Helikoptergeschwader.

Sie fasste Adi und Surya bei den Händen, drehte sich um und wollte losrennen, aber Martin hielt sie mit dem ausgestreckten Arm auf. Er packte Kate an der Schulter und schob sie und die Jungen hinter sich. Als Kate über seine Schulter spähte, sah sie den Grund dafür.

Aus der nächsten Querstraße trippelten zwei Wölfe auf die Kreuzung vor ihnen. Die Tiere standen einen Augenblick reglos da, lauschten und drehten ihnen langsam die Köpfe zu. Der Moment der Stille schien ewig zu dauern. Dann hörte Kate das leise Tapsen von Pfoten auf dem Pflaster. Zwei weitere Wölfe gesellten sich zu den ersten beiden, dann noch einer und schließlich noch einmal drei. Die acht Tiere blieben mitten auf der Straße stehen und starrten sie an.

Der größte Wolf löste sich aus dem Rudel und kam näher, ohne Martin aus den Augen zu lassen. Ein zweites räudiges Tier folgte ihm auf den Fersen.

Sie blieben einen Meter vor Martin stehen und musterten ihn. Kate begann zu zittern. Sie spürte, wie sich dort, wo ihre Hände die der Jungen berührten, Feuchtigkeit sammelte.

Hinter ihnen wurde das Flap-flap-flap der Hubschrauber immer lauter.

11

3 Kilometer unter der Operationsbasis Prisma
Antarktis

Dorian hob die Arme und ließ den Aktenkoffer neben sich in den harten Schnee fallen. Was würden seine Immari-Mitarbeiter tun? Er war soeben in einem Atlanter-Anzug mit einem geheimnisvollen Koffer in der Hand herausgekommen. Er an ihrer Stelle hätte die Bomben schon gezündet.

Das Visier seines Helms war verspiegelt – sie konnten sein Gesicht nicht erkennen. Irgendwie musste er mit ihnen Kontakt aufnehmen. Er sah sich nach etwas Nützlichem um. In das Eis konnte er keine Nachricht kratzen; es war zu hart gefroren. Er malte mit den Händen Buchstaben in die Luft: D-O-R-I-A-N. Eine zweite Reihe von Lämpchen leuchtete an den Sprengköpfen auf. Er wiederholte die Buchstaben. Es funktionierte nicht. Noch einmal sah er sich um, ob er etwas finden könnte, das ...

Eine Leiche lag halb von Eis bedeckt an der Wand. Dorian lief zu ihr, schlug auf das Eis und versuchte sie auszugraben. Vielleicht könnte er das Funkgerät des Anzugs einschalten. Er wischte die Eisschicht vom Helm und wich entsetzt zurück. Sein Vater. Ströme von gefrorenem Blut rahmten sein Gesicht ein. Die Kälte hatte ihn vollständig konserviert. Sie hatten ihn getötet, ihn der Glocke überlassen. Warum? Wer?

Dorian sank zu Boden und starrte seinen toten Vater an. Die Bomben kümmerten ihn nicht mehr.

Vom anderen Ende hallte das Knirschen von Stahl auf Eis durch die Kammer. Dorian drehte sich um. Ein Korb stand dort für ihn bereit. Die Lämpchen an den Bomben blieben an, aber es leuchteten keine weiteren auf.

Dorian grub seinen Vater ganz aus, hievte ihn hoch und schleppte ihn zum Korb. Er legte ihn sanft hinein und stellte sich über ihn. Der Korb bewegte sich nach oben.

12

Altstadt
Marbella, Spanien

Jetzt konnte Kate es erkennen: Die acht Tiere waren keine Wölfe, sondern abgemagerte und verzweifelte Hunde.

Kate entzog Adi ihre zitternde Hand und griff nach der Pistole in ihrer Tasche. Als sie die Waffe herauszog, fletschte der größere der beiden Hunde die Zähne und knurrte. Sein verwilderter Gefährte machte es ihm nach. Beide stellten das Fell auf und duckten sich zum Sprung.

Martin nahm Kates Hand und zwang sie, die Pistole langsam wieder in die Tasche zu stecken, wo die Hunde sie nicht sehen konnten. Er blickte nach vorn, ohne den Tieren in die Augen zu sehen.

Nach einer Weile schien die Luft aus den Hunden zu entweichen. Das verfilzte Fell auf dem Rücken legte sich, und die von weißem Schaum umgebenen Zähne verschwanden. Die Tiere blinzelten ein paarmal, dann drehten sie sich um, trippelten zurück zu ihrem Rudel und rannten lautlos von der Straße hinunter.

Martin schüttelte den Kopf. »Sie bilden Rudel, aber sie sind nur auf Futtersuche. Und es gibt hier genug Nahrung für sie, die wir nicht essen können.«

Das Dröhnen der Hubschrauber war jetzt fast über ihnen.

Kate sah einen Scheinwerferstrahl, der durch den Himmel schnitt. Wonach suchten sie?

Martin nahm Suryas Hand und lief los. Kate und Adi folgten ihm. »Ein paar Straßen weiter gibt es eine Kirche. Sie liegt in der Nähe unseres Treffpunkts«, sagte Martin. »Wenn wir bis morgen durchhalten, holt uns das SAS-Team raus.«

Kate rannte schneller, um nicht zurückzufallen. Mit jedem Schritt schwand das spärliche Tageslicht. Über ihnen bohrten sich nun drei Scheinwerfer durch die anbrechende Nacht.

Kate blieb auf der Straße stehen. Die Hubschrauber warfen etwas ab. Sie und Martin sprangen in die nächste Seitengasse, als die Bomben fielen. Eine große explodierte zehn Meter über ihnen und ließ ... Zettel auf sie herabregnen. Kate hob einen davon auf. Ein Flugblatt. Es war auf Spanisch, aber auf der Rückseite stand eine englische Übersetzung.

> **An die Einwohner und Gefangenen Andalusiens**
> Wir haben euren Hilferuf gehört.
> Die Freiheit ist zum Greifen nah.
> Immari International ist gekommen, um euch die grundlegenden Freiheitsrechte zurückzugeben, die der Orchid-Block euch verweigert.
> Unterstützt uns und fordert euer Recht ein, so zu leben und zu sterben, wie ihr es wollt.
> Eure Diktatoren haben euch das Recht aberkannt, eine eigene Regierung zu wählen.
> Legt Bettlaken auf eure Dächer und zeigt der Welt so, wie ihr euch entschieden habt.
> Wir kommen in Frieden, aber wir schrecken auch vor Krieg nicht zurück.

Kate ließ den Blick über den Horizont schweifen. Weiße Laken schwebten von den Hubschraubern herunter und bedeckten die Stadt. Die Immari fälschten offenbar die »Wahl«. Was hatten sie vor? Wollten sie der Welt Satellitenaufnahmen präsentieren, um ihre Invasion zu rechtfertigen?

Kate bemerkte, dass Martin schon wieder auf der Straße war und auf die Kirche zulief. Sie stopfte das Flugblatt in die Tasche und eilte ihm hinterher.

Hinter ihr erfüllte das Knattern eines zweiten Hubschraubergeschwaders die Luft. Sie warfen etwas anderes ab. Fallschirme mit ... Soldaten? Fallschirmjäger?

Martin blickte sich zu den Hubschraubern um, und Kate sah Angst in seinen Augen aufblitzen.

Die schweißtreibende Flucht von der Küste und ihr hohes Tempo seitdem hatten seinen Blutdruck mit Sicherheit durch die Decke schießen lassen – nicht gerade optimal, wenn man eine Kopfverletzung hatte. Kate sah, wie das Blut aus dem Schnitt an seinem Hinterkopf sickerte. Sie würde die Wunde schließen müssen, und zwar bald.

Sie liefen weiter. Haus um Haus flog die Altstadt an ihnen vorbei und verschwamm vor Kates Augen.

Vor ihnen schwebte ein Fallschirm lautlos schaukelnd herab.

Martin und Kate blieben stehen und hielten die Jungen bei sich. Sie konnten nirgendwo hin, aber ... an den Fallschirmseilen hing kein Mensch. Es war ein Metallfass.

Das Fass landete scheppernd auf dem Kopfsteinpflaster und rollte ein Stück, bevor ein Stöpsel an der Seite herausflog. Es begann, sich wild zu drehen und grünes Gas zu versprühen.

Martin bedeutete Kate umzudrehen. »Sie vergasen die Stadt. Los, wir müssen irgendwo rein.«

Sie suchten die Straße nach einem Geschäft ab, dessen Fenster nicht zerbrochen waren, aber es war überall das Gleiche: Ketten um die Türgriffe und zerbrochene Scheiben. Adi wurde langsamer, und Kate zog an seinem Arm. Die Jungen waren erschöpft. Kate blieb stehen und hob Adi hoch. Sie sah, dass Martin Surya auf den Arm nahm. Wie weit konnten sie die Kinder tragen? Vor ihnen trieb eine grüne Gaswolke über die Kreuzung.

Kate musste ihnen ein wenig mehr Zeit verschaffen. Sie setzte Adi ab und lief zu einem der Laken, die auf der Straße lagen. Sie riss vier Streifen ab. Schnell band sie den Jungen Mund und Nase zu und reichte Martin ein Stück des Stoffs.

In den Gassen rechts und links von ihnen tauchten Gaswolken auf. An den Kreuzungen vor und hinter ihnen war es genauso. Sie nahm Adi auf den Arm und folgte Martin ins Gas.

13

Vor der Operationsbasis Prisma
Antarktis

Dorian wartete ruhig, während der Korb durch die völlige Dunkelheit nach oben fuhr. Das schwache Licht aus der Eiskammer unter ihm war schon lange nicht mehr zu sehen, und von oben drang weder Tageslicht noch künstliche Beleuchtung in den Schacht.

Dorian hockte über dem Leichnam seines Vaters und überlegte, was er tun würde, wenn er die Oberfläche erreichte – und was die Immari tun würden.

Den Korb nach unten zu schicken war ein raffinierter Schachzug gewesen. Sie mussten Dorian für einen feindlichen Kämpfer halten. Es war immer besser, das Schlachtfeld selbst zu wählen und dafür zu sorgen, dass es in der Nähe der eigenen Truppen lag. Die Immari konnten nur wenige Soldaten in den Schacht hinabschicken, und sie wussten nicht, ob sie dort unten weitere Atlanter erwarteten. Es dauerte lange, Verstärkung zu schicken, und die Einheit könnte leicht vernichtet oder schlimmstenfalls gefangen genommen und verhört werden, um Erkenntnisse über Truppenstärke und Verteidigungsfähigkeit von Immari zu gewinnen.

Dorian war sich sicher: Sie würden ihn ausschalten, sobald der Korb die Oberfläche erreichte.

Er legte sich neben seinen Vater mit dem Rücken auf den Boden des Korbs und wartete. Bald durchdrangen die Flutlichter der Plattform über ihm die Dunkelheit, wurden heller, und die Umgebung nahm Gestalt an.

Der Korb kam ruckartig zum Stehen und schwankte im Wind. Dorian hörte Stiefel im Schnee knirschen, und dann war er von Reihen von Männern umringt, die ihre automatischen Waffen auf ihn richteten.

Einen Moment lang war es still, und nichts passierte. Sie warteten auf eine Reaktion von ihm. Dorian rührte sich nicht. Schließlich trat ein Soldat vor und fesselte seine Hände und Füße. Zwei Männer trugen ihn und seinen Vater zur Operationsbasis. Die Umgebung war in helles Licht getaucht, sodass er sehen konnte, was aus der Basis geworden war. Der vordere Bereich war noch so, wie Dorian ihn in Erinnerung hatte: Ein riesiges weißes Raupenfahrzeug erstreckte sich im Halbkreis über die Länge eines Fußballfelds. Aber jetzt standen, soweit sein Blick reichte, weitere dieser Kettenfahrzeuge herum – mindestens dreißig Stück. Wie viele Soldaten waren hier stationiert? Er hoffte, es wären genug. Er würde den Mörder seines Vaters finden und zur Rechenschaft ziehen, aber zuerst musste er sich der Bedrohung dort unten widmen.

Die Soldaten brachten ihn in eine große Dekontaminationskammer, und die Sprinkleranlage überzog ihn und seine Bewacher mit einem Sprühnebel. Als die Düsen sich wieder schlossen, trugen die Männer ihn hinaus und warfen ihn auf einen Tisch.

Einer der Soldaten löste den Verschluss des Helms und zog ihn Dorian vom Kopf. Der Mann erstarrte.

»Ich bin entkommen. Binden Sie mich los. Sie sind aufgewacht. Wir müssen angreifen.«

14

Immari-Ausbildungslager Camelot
Kapstadt, Südafrika

Raymond Sanders beobachtete, wie die ersten Soldaten den Bergrücken überquerten. Sie rannten mit Höchstgeschwindigkeit – fast fünfunddreißig Stundenkilometer – und trugen siebenundzwanzig Kilo in ihren Rucksäcken. Die Sonne ging in der Ferne über den Bergen Südafrikas auf, aber Sanders konnten den Blick nicht von der wachsenden Armee von Supersoldaten abwenden, die dort trainierte.

»Zeit?«, fragte er seinen Assistenten Kosta, ohne sich umzudrehen.

»14:23.« Kosta schüttelte den Kopf. »Unglaublich.«

Sanders war begeistert. Je mehr sie die Soldaten antrieben, desto stärker wurden sie.

»Aber es gab Todesfälle.«

»Wie viele?«

»Sechs. Diese Kohorte hat mit zweihundert Teilnehmern begonnen.«

»Ursache?«

Kosta blätterte durch seine Unterlagen. »Vier sind bei dem Marsch gestern tot umgefallen. Wir führen eine Autopsie durch. Zwei sind in der Nacht gestorben. Autopsie folgt ebenfalls.«

»Drei Prozent sind ein kleiner Preis, wenn man die Vorteile betrachtet. Was ist mit den anderen Kohorten?«

»Verbesserungen, aber weit entfernt von Kohorte fünf.«

»Stellen Sie die anderen Behandlungen ein. Aber lassen Sie uns weiter testen«, sagte Sanders.

»Dieselben Kohorten?«

»Nein. Fangen wir von vorn an. Ich will nicht, dass die vorigen Trainingspläne die Ergebnisse verzerren. Hat die Wissenschaftsabteilung neue Vorgehensweisen entwickelt?«

Kosta nickte. »Massenhaft.«

»Gut ...«

»Aber ich muss es einfach sagen, Sir. Sie pendeln sich ein. Wir sind an einem Punkt, wo mehr Einsatz nicht automatisch mehr Ertrag bedeutet. Es sind Menschen, keine Zahlen in einer Tabelle, die man beliebig verändern kann. Ich habe das Gefühl ...«

»Sie werden immer noch besser. Stärker, schneller, klüger. Der letzte Intelligenztest war der beste bisher.«

»Stimmt, aber irgendwann müssen wir beschließen, dass sie gut genug sind. Wir können die Messlatte nicht immer höher legen und es weiter aufschie...«

»Wollten Sie gerade ›aufschieben‹ sagen, Kosta? Ich bin mir nicht mehr sicher, aber ich glaube, ich habe hier das Kommando, und Sie sind nur ein kleiner Bürohengst.« Er schüttelte theatralisch den Kopf. »Es gibt nur eine Methode, es herauszufinden. Wenn ich anordne, Sie in die nächste Kohorte zu stecken, und genau das geschieht, dann kennen wir die Antwort.«

Kosta schluckte und zeigte aus dem Fenster auf die Zeltreihen in dem nahezu endlosen Feldlager. »Ich versuche nur zu helfen und ... Was ich sagen will, ist ... Wir haben fast eine Million Soldaten. Wir haben einen brauchbaren Trainingsplan, der sie fast so stark macht, wie es jemals möglich sein wird. Und wir wissen nicht, wie viel Zeit uns noch bleibt.«

»Aber wir wissen auch, dass wir nur einen Versuch haben. Wir werden nur einmal eine Armee in das Objekt schicken. Entweder sie siegt, oder das Ungewisse erwartet uns. Und das will ich nicht. Sie etwa? Sie können meine Befehle befolgen oder sich da unten zu den anderen in die Zelte begeben. Und jetzt sagen Sie mir, wie die Lage in Spanien ist.«

Kosta nahm einen anderen Aktenordner. »Wir haben die wichtigsten Städte in Andalusien eingenommen – Sevilla, Cádiz, Granada und Córdoba. Auch alle bedeutenden Küstenstädte haben wir unter Kontrolle, einschließlich Marbella, Málaga und Almería. Wir setzten die Medien unter Druck, unsere Sicht der Dinge zu verbreiten. Unsere Agenten sagen, dass sie schwanken. Wenn sie glauben, dass wir gewinnen, könnten sie die Unterstützung der Orchid-Allianz einstellen. Wir werden es bald erfahren. Unsere Landetruppen sind auf dem Weg zur Küste.«

»Irgendwelche Reaktionen der Orchid-Allianz?«

»Bis jetzt nicht. Wir erwarten keinen großen Widerstand. Clocktower meldet, dass die Alliierten mit einer Verlangsamung der Orchid-Produktion in Frankreich und Nordspanien rechnen müssen. Die Mitgliedsstaaten geraten in Panik.«

Das Timing war perfekt; Sanders hätte es nicht besser planen können.

Die Tür öffnete sich, und ein Immari-General kam herein. »Sir ...«

»Wir arbeiten hier«, schnauzte Sanders.

»Das Tor in der Antarktis hat sich geöffnet.«

Sanders starrte ihn nur an.

»Dorian Sloane ist herausgekommen. Er hatte einen Koffer dabei. Er sagt ...«

»Wo ist er jetzt?«, fragte Sanders mit tonloser Stimme.

»Sie haben ihn hochgeholt. Er ist im Hauptkonferenzraum und wird auf den neuesten Stand gebracht.«

»Sie wollen mich wohl verarschen.«

Der General wirkte verwirrt. »Er ist das ranghöchste Mitglied des Immari-Rats.«

»Hören Sie mir jetzt gut zu, General. *Ich* bin das ranghöchste Mitglied des Immari-Rats. Dorian Sloane war fast elf Wochen in dem Bauwerk. Wir wissen nicht, was ihm da unten zugestoßen ist, aber ich kann Ihnen garantieren, dass es zu nichts Gutem führt. Wir müssen davon ausgehen, dass sie ihn einer Gehirnwäsche unterzogen und umgedreht und mit einem Auftrag rausgeschickt haben.«

»Was soll ...«

»Setzen Sie die Clocktower-Agenten vor Ort ein. Sie sollen Sloane sagen, dass sie ihm etwas zeigen müssen, und ihn in eines der Labors bringen. Da können sie ihn mit Gas betäuben. Dann sollen sie ihn in einen Verhörraum schaffen und ordentlich fesseln. Unterschätzen Sie ihn nicht. Weiß Gott, was die da unten mit ihm gemacht haben. Postieren Sie Wachen vor der Tür.« Sanders dachte kurz nach. »Sie haben gesagt, er hätte einen Koffer dabeigehabt. Wo ist er?«

»Sloane hat ihn am Boden des Schachts stehen gelassen. Er sagt, er glaubt, dass das Ding gefährlich ist. Wir sollen es nicht öffnen.«

Sanders erster Gedanke war, dass es sich um eine Bombe handelte. Vielleicht glaubte Sloane das auch. Wenn sie den Koffer hochbrachten, könnte er das ganze Lager zerstören oder Schlimmeres anrichten. Es gab noch eine andere Möglichkeit: Vielleicht hatte Sloane ihn unten gelassen, weil er oder die Atlanter ihn dort benötigten. Brauchte die Armee der Atlanter ihn, um das Objekt zu verlassen? Diente er einem anderen Zweck? Konnte er das Eis schmelzen und das Schiff befreien? Sanders brauchte Gewissheit. Er konnte den Koffer nicht dort lassen, und er konnte ihn nicht hochholen, bis er wusste, um was es sich handelte.

»Was haben wir an wissenschaftlichem Personal vor Ort?«

»Minimalbesetzung. Wir haben fast alle evakuiert, als wir die Truppen für den Angriff umorganisiert haben.«

»Schicken Sie in den Schacht, wen auch immer wir dort haben. Finden Sie heraus, was in dem Koffer ist. Aber machen Sie ihn nicht auf. Schicken Sie jemanden, der nichts über unsere militärischen Kapazitäten weiß. Rufen Sie mich sofort an, wenn Sie wissen, was es ist.«

Der General nickte und wartete.

»Das ist alles, General.« Als er gegangen war, wandte sich Sanders wieder Kosta zu. »Brechen Sie die Versuche ab. Es geht los. Wir müssen mit der Armee in den Krieg ziehen, die wir haben. Und ich habe das Gefühl, dass wir mehr Soldaten brauchen. Beschleunigen Sie die Säuberungsaktion in Andalusien. Wie ist die Transportsituation?«

»Wir versuchen noch, Schiffe aufzutreiben.«

»Machen Sie Druck. Wir müssen eine Million Soldaten in die Antarktis bringen, und zwar bald.«

15

Sie hören BBC, die Stimme des menschlichen Triumphes am 79. Tag der Atlantis-Seuche.

Der BBC liegen zahlreiche Meldungen vor, die bestätigen, dass die Immari nach Kontinentaleuropa vorgedrungen sind. Die Invasion begann gestern in der Abenddämmerung, als Helikopter und Drohnen Raketen auf Städte in Südspanien abschossen. Angaben über die Zahl der Todesopfer liegen bisher nicht vor.

Laut Augenzeugenberichten aus Andalusien waren die Orchid-Distrikte die vorrangigen Ziele des Angriffs der Immari. Politische Beobachter spekulieren seit Wochen, dass die Immari beginnen würden, sich wehrlose Völker in Europa und Asien einzuverleiben.

Dr. Stephen Marcus, ein Experte des Thinktanks Western Century, kommentierte dies folgendermaßen: »Niemand weiß genau, was die Immari letztlich erreichen wollen, aber eines ist klar: Sie bauen eine Armee auf. Und man baut keine Armee auf, wenn man sich nicht verteidigen muss oder plant, damit einen Feind anzugreifen. Es ist schwer vorstellbar, dass die Orchid-Allianz einen Gegenschlag führen kann.«

Die Schwäche der Orchid-Allianz hat weltweit Befürchtungen geweckt, dass der Einfall der Immari in Andalusien nur der Auftakt zu einem größeren Angriff auf Kontinentaleuropa sein könnte – einem Angriff, den die Orchid-Allianz nicht abwehren kann.

Janet Bauer, eine Expertin in der Orchid-Produktion, teilt diese Einschätzung. »Die Alliierten tun gut daran, die Orchid-Produktion so aufrechtzuerhalten, wie sie ist. Sie können keinen Krieg führen. Selbst wenn sie es wollten, die Notwendigkeit, Orchid an die Front zu schaffen, damit die Soldaten überleben können, macht es unmöglich. Und eine Armee aus den Überlebenden zu bilden wirft völlig neue Probleme auf, insbesondere die der Loyalität. Die meisten Überlebenden, deren Gehirnfunktionen nicht beschädigt wurden, sind Sympathisanten von Immari – sie wurden gezwungen, seit mittlerweile fast drei Monaten in Orchid-Distrikten zu leben, und viele von ihnen betrachten das als Gefangenschaft.«

Experten vermuten, dass die Immari probeweise an den Rändern Europas nagen – dass sie eine Provinz einnehmen, die die Alliierten nicht verteidigen können, um die Entschlossenheit der Allianz und den Willen der Bevölkerung zu eruieren. Sie wollen Europa auf den Puls fühlen.

Dr. Marcus führte diesen Punkt weiter aus: »Das ist das kleine Einmaleins der Kriegsstrategie: Der Aggressor macht einen Schritt über die Grenze und wartet, was passiert. Reagieren wir mit Beschwichtigung oder Vergeltung? Unsere Reaktion bestimmt seinen nächsten Zug. Wenn die Immari Schwäche spüren, machen sie einen weiteren Schritt und bald darauf den nächsten.«

Der nächste Schritt, wird häufig vermutet, könnte Deutschland betreffen. Frau Bauer stimmt dem zu. »In Wahrheit geht es um Deutschland. Es ist der Schlüssel zum ganzen Kontinent. Deutschland produziert siebzig Prozent des Orchids in Europa. Falls die Immari-Armee Deutschland erobert, geht Europa unter. Wenn Deutschland fällt, fällt Europa.«

Im Sinne einer ausgewogenen Berichterstattung haben wir uns bereit erklärt, die Stellungnahme der Immari zu den Angriffen zu verlesen:

»Immari International hat gestern eine große Rettungsaktion in

Spanien begonnen. Seit fast drei Monaten lebt die Bevölkerung Andalusiens in Konzentrationslagern und unterliegt einer Zwangsmedikation. Immari International beruht auf der Idee, eine globale Gemeinschaft zu schaffen. Unser Ursprung liegt im Handel, der die Welt miteinander verbindet. Wir führen diese Tradition auch heute noch fort, aber die schrecklichen Umstände, die der Welt von den Orchid-Staaten aufgezwungen wurden, haben uns dazu gebracht, neue Wege zu beschreiten, um eine freie Welt zu schaffen. Wir sind nicht gewalttätig, aber wir werden die Völker der Welt vor Unterdrückung und allen Maßnahmen, die ihren freien Willen einschränken, beschützen.«

Die BBC möchte ihren Hörern mitteilen, dass sie in bewaffneten Konflikten nicht Partei ergreift. Wir berichten und werden weiter berichten, egal, wer die Oberhand gewinnt.

16

Immari-Jet eins
Über dem Südatlantik Richtung Antarktis

Raymond Sanders wandte sich vom Fenster des Flugzeugs ab und nahm den Anruf auf dem Satellitentelefon entgegen. »Sanders.«

»Wir haben soeben den Bericht des Teams erhalten, das den Koffer untersucht hat. Sie sagen, er sei leer.«

»Leer?« Damit hatte Sanders nicht gerechnet. »Woher wollen sie das wissen?«

»Sie haben ein transportables Röntgengerät eingesetzt. Auch das Gewicht lasse darauf schließen, dass nur Luft darin ist.«

Sanders lehnte sich in seinem Sitz zurück.

»Sir?«

»Ich bin noch dran«, sagte Sanders. »Gibt es sonst noch was?«

»Ja. Sie glauben, der Koffer könnte Strahlung emittieren.«

»Was soll das heißen? Ist es …«

»Sie wissen es nicht, Sir.«

»Wie lautet die Arbeitshypothese?«, fragte Sanders.

»Sie haben keine.«

Sanders schloss die Augen und rieb sich über die Lider. Jemand im Inneren des Objekts wollte, dass der Koffer draußen war. »Sloane hat den Koffer gleich vor dem Tor stehen gelassen. Ist es möglich, dass die Atlanter ihn brauchen, um rauszukommen – dass er irgendeine Funktion dort hat?«

»Möglich wäre es. Aber ich weiß nicht, wie wir diese Theorie überprüfen sollen. Wir haben sehr wenig Wissenschaftler und Ausrüstung vor Ort.«

»Okay ... Lassen Sie den Koffer nach oben bringen. Stecken Sie ihn in eine Bleikiste oder so, irgendwas, das die Strahlung abhält, und bringen Sie ihn in unsere Hauptforschungseinrichtung, wo wir ihn richtig untersuchen können.«

»Wen sollen wir damit beauftragen?«

Sanders überlegte kurz. »Wie heißt dieser zugeknöpfte Wissenschaftler, Chang?«

»Er ist auf einem Seuchenschiff im Mittelmeer ...«

»Nein, nicht der. Der Atom-Typ.«

»Chase?«

»Ja. Er soll es sich ansehen. Sagen Sie ihm, er soll die Ergebnisse direkt an mich melden.«

17

Altstadt
Marbella, Spanien

Das grüne Gas war so dicht wie Nebel, und Kate konnte nur wenige Meter weit sehen. Sie folgte Martin in der Hoffnung, dass er wusste, was er tat, und sie bald in Sicherheit bringen würde. Er war stehen geblieben, um die Fenster eines Geschäfts zu inspizieren, aber jetzt lief er mit Surya auf dem Arm weiter. Adis Kopf lag an Kates Schulter, und sie hatte fest die Arme um ihn geschlungen. Alle paar Sekunden wurde er von einem Hustenanfall durchgeschüttelt.

Das Gas brannte Kate in den Augen und hinterließ einen metallischen Geschmack in ihrem Mund. Sie fragte sich, worum es sich handelte und was es mit ihnen machte.

Vor ihr bog Martin unvermittelt nach rechts in einen kleinen Innenhof ein. Eine weiß getünchte Kirche stand am anderen Ende, und Martin rannte auf die schwere Holztür zu. Als sie dort ankamen, untersuchte Kate die Buntglasfenster. Die verzweifelten Einwohner von Marbella hatten sie nicht eingeschlagen.

Martin stieß die Tür auf, und Kate lief mit den Jungen hinein. Er schloss sie wieder, als die ersten Wolken des grünen Gases hineinwehten.

Kate setzte Adi ab und brach beinahe zusammen. Sie war

völlig ausgelaugt, zu schwach, um sich in der Kirche umzusehen. Mit letzter Kraft zog sie die Tücher von Adis und Suryas Gesichtern und untersuchte die beiden kurz. Sie waren erschöpft, aber ansonsten unversehrt.

Sie ging zur nächsten Holzbank und streckte sich darauf aus. Kurz darauf kam Martin zu ihr und reichte ihr einen Eiweißriegel und eine Flasche Wasser. Sie aß einen Bissen und trank einen Schluck, dann schloss sie die Augen und wurde vom Schlaf übermannt.

Martin betrachtete die schlafende Kate, während er darauf wartete, dass die sichere Chatverbindung eingerichtet wurde.

Das Fenster öffnete sich auf dem Bildschirm, und eine Textzeile erschien.

Standort 23.DC> Lagebericht?
Standort 97.MB> Notfall. Immari-Invasion in Marbella. Sitze fest. Habe Kate sowie Beta-1 und Beta-2. Zurzeit in Sicherheit. Aber nicht lange. Bitte um sofortige Evakuierung. Kann nicht warten. Position: Kirche Santa María.
Standort 23.DC> Bitte warten.
Standort 23.DC> Einsatzteam meldete vor 2 Std.: Bei Marbella. Gasangriff auf Stadt, aber Kampfmittel verflüchtigt sich. Erreichen Treffpunkt um 0900 Ortszeit. /ENDE/
Anmerkung: Team besteht aus 5 schwer bewaffneten Soldaten in spanischer Militäruniform.

Martin lehnte sich zurück und stieß die Luft aus. Vielleicht hatten sie eine Chance. Er warf einen Blick zu Kate. Sie zuckte und verzog das Gesicht. Wahrscheinlich hatte sie einen

Albtraum, und die harte Holzbank trug sicher auch nicht zu einem angenehmen Schlaf bei, aber mehr konnte Martin nicht für sie tun. Es war wichtig, dass sie sich ein wenig ausruhte.

Kate träumte, aber es fühlte sich so echt an. Sie war wieder in der Antarktis, in dem Objekt der Atlanter. Die glänzenden grauen Wände und die perlenartigen Lämpchen an Boden und Decke ließen sie erschaudern. Es war still, und sie war allein. Der Widerhall ihrer eigenen Schritte erschreckte sie. Sie sah nach unten. Sie trug Stiefel – und eine Art Uniform. Wo war David? Ihr Vater? Die Jungen?

»Hallo?«, rief sie, aber nur ihr eigenes Echo antwortete ihr in dem kalten leeren Flur.

Zu ihrer Linken öffnete sich eine Doppeltür und ließ Licht in den halb dunklen Gang fallen. Kate trat durch die Tür und sah sich um. Sie kannte den Raum. Sie hatte ihn schon einmal gesehen. Dort standen ein Dutzend Röhren, in denen sich verschiedene menschliche Vorfahren befanden, Exemplare der einzelnen Subspezies. Aber jetzt war nur die Hälfte der Röhren belegt. Wo waren die anderen Körper?

»Wir bekommen weitere Testergebnisse.«

Kate wandte sich schnell um, aber bevor sie das Gesicht sehen konnte, löste sich der Raum auf.

18

Immari-Operationsbasis Prisma
Antarktis

Dorian kannte das Zimmer – es war derselbe Verhörraum, in dem er Kate Warner gefangen gehalten hatte, bis sie geflohen war. Jemand hatte eine Art Zahnarztstuhl hineingestellt, in dem er an Füßen, Händen und Brust festgeschnallt war. Die Soldaten hatten die dicken Riemen so stramm angezogen, dass er kaum Luft bekam. Die Benommenheit, die das Gas hinterlassen hatte, wollte sich nicht auflösen. Warum hatten seine Leute sich gegen ihn gewandt? Hatte sich das Tor erneut geöffnet? War ein anderer Dorian Sloane mit einer anderen Geschichte herausgekommen? Oder ein weiterer Koffer? War der Koffer, den er herausgebracht hatte, explodiert?

Dorian musste nicht lange auf eine Antwort warten. Die Tür schwang auf, und ein geschniegelter Mann schlenderte mit zwei Männern aus der Immari-Sondereinheit an seiner Seite herein. Dorian kannte ihn. Wie hieß er noch gleich? Sanford? Anders? Sanders. Genau. Er stammte aus der mittleren Führungsebene bei Immari Capital. Der Ausdruck auf seinem Gesicht verriet Dorian, worum es hier ging: um Macht. Diese Erkenntnis erleichterte Dorian. Bei einem Machtkampf war er in seinem Element.

Dorian holte flach Luft, aber sein Kontrahent ergriff zuerst das Wort. »Dorian. Lange nicht gesehen. Wie geht es Ihnen?«

»Wir haben keine Zeit für solche ...«

Sanders nickte wissend. »Stimmt. Die Atlanter. Sie wachen auf. Kommen raus. Wir wissen Bescheid.«

»Da drin ist etwas, das das Schiff kontrolliert. Wir müssen es von außen zerstören.«

Sanders kam näher zu Dorian und musterte ihn kritisch. »Was haben die mit Ihnen gemacht? Ich meine, Sie sehen hervorragend aus. Fast wie neugeboren. Glatte Haut. Sie haben Ihre jämmerliche Keiner-arbeitet-so-hart-wie-ich-Attitüde tatsächlich abgelegt.«

Sanders' Plan war also, Dorian zu demütigen, und jedem, der durch die Scheibe zusah, zu demonstrieren, dass er das Sagen hatte und Dorian keine Bedrohung darstellte. Dorian stemmte sich gegen den Brustgurt und beugte sich so weit wie möglich vor. Er spuckte seine Worte aus. »Hören Sie mir gut zu, Sanders. Wenn Sie mich jetzt freilassen, vergessen wir diese Sache. Wenn nicht, dann schwöre ich Ihnen, dass ich Sie aufschlitze und Ihr Blut trinke, während ich Ihnen beim Sterben zusehe.«

Sanders zuckte mit dem Kopf zurück, zog die Brauen hoch und hielt diesen Ausdruck eine Weile, ehe er in Lachen ausbrach. »Mein Gott, was haben die mit Ihnen angestellt, Dorian? Sie sind ja noch verrückter als vorher. Das hätte man nicht für möglich gehalten.« Er entfernte sich einige Schritte, und als er sich wieder Dorian zuwandte, war seine Miene ernst. »Und jetzt hören Sie mir gut zu, weil ich Ihnen nämlich sage, was *wirklich* passieren wird. Sie bleiben hier angebunden und können weiter herumzappeln und verrücktes Zeug schreien. Dann setzen wir Sie unter Drogen, damit Sie uns erzählen, was da unten passiert ist, und wenn wir mit Ihnen fertig sind, werfen wir Ihren schlaffen Körper in den Schacht, wo Sie erfrieren werden, was immer noch ein angenehmerer Tod ist als der, den mein Vorgänger Ihrem irren Vater zukommen lassen hat.«

Entsetzen breitete sich auf Dorians Gesicht aus.

»Ja, das waren wir. Was soll ich sagen, Dorian? Wechsel an der Führungsspitze können manchmal grausam sein. Ich zeige Ihnen, was ich meine.« Sanders drehte sich zu einer der Wachen. »Holen Sie die Drogen, damit wir anfangen können.«

Kalte Wut erfasste Dorian, ein klarer, berechnender Hass, der seinen Verstand schärfte. Er ließ den Blick über die Riemen an Brust und Händen schweifen. Er konnte sie nicht zerreißen. Eher würden seine Arme brechen. Dorian versuchte, die linke Hand aus dem Riemen zu reißen. Er gab nicht nach. Der Schmerz strahlte von der Hand in den ganzen Körper aus. Er hatte sich beinahe den Daumen gebrochen. Er zerrte fester am Riemen und spürte, wie der Daumen aus dem Gelenk sprang. Der Schmerz kämpfte gegen die Wut in ihm. Die Wut siegte.

Sanders griff nach der Türklinke. »Es heißt Abschied nehmen, Dorian.«

Einer der Soldaten legte den Kopf schief und kam auf Dorian zu. Hatte er gesehen, was Dorian tat?

Dorian zog mit aller Kraft an seinem linken Arm. Die Knöchel des Zeigefingers und des kleinen Fingers knackten und rutschten unter den Mittelfinger, sodass er die Hand aus dem Riemen zerren konnte. Aber sie war übel zugerichtet – er konnte nur die mittleren beiden Finger benutzen. Würde das reichen? Er griff nach dem Riemen, der seinen rechten Arm fesselte. In seinem Mittelfinger hatte er kaum genug Kraft, um den Riemen gegen die Handfläche zu drücken. Aber er schaffte es. Der Schmerz drohte ihn zu überwältigen. Er zog, und die Schnalle öffnete sich. Der Soldat stürmte auf ihn zu. Dorian riss den Brustgurt auf, stieß dem Soldaten den rechten Handballen unter die Nase, wirbelte herum und sprang nach Sanders' Beinen.

Die Riemen an den Füßen hielten ihn am Stuhl fest, aber er zog Sanders zu Boden und dann weiter zu sich. Sanders schrie auf, als Dorian ihm in den Hals biss. Blut spritzte in Dorians Gesicht und bedeckte innerhalb von Sekunden den weißen Boden. Dorian stieß sich von Sanders ab und sah gerade noch, wie der andere Soldat seine Pistole zog. Er jagte Dorian zwei Kugeln in den Kopf.

19

Santa María de la Encarnación
Marbella, Spanien

Kate wurde von dem Geräusch eines hektischen Tippens geweckt. Sie hob die Hand, um sich den Schlaf aus den Augen zu reiben, und bemerkte sofort, wie zerschlagen sie war. Die panische Flucht aus dem Orchid-Distrikt und das Schlafen auf der harten Kirchenbank hatten ihren Tribut gefordert. Zum ersten Mal, seit Martin sie nach Marbella gebracht hatte, vermisste sie das schmale Bett in dem Wellnessgebäude und das ruhige, abgeschiedene Leben, das sie dort geführt hatte.

Sie setzte sich auf und sah sich um. Die Kirche war dunkel, nur im Mittelgang standen zwei Kerzen, und der Schein eines Laptops beleuchtete Martins Gesicht. Sobald er sie sah, klappte er den Laptop zu, zog etwas aus seinem Rucksack und rutschte zu ihr. »Hast du Hunger?«, fragte er.

Kate schüttelte den Kopf. Sie suchte nach den Jungen. Sie lagen aneinandergekuschelt unter mehreren der weißen Laken, die die Hubschrauber abgeworfen hatten, auf der nächsten Bank. Es wirkte so friedlich. Martin musste nach draußen gegangen sein, um die Laken zu holen, nachdem sie eingeschlafen war. Sie sah ihn an. »Ich möchte, dass wir unsere Unterhaltung fortsetzen.«

Widerwillen zeichnete sich auf Martins Gesicht ab, und er drehte sich um und zog zwei weitere Gegenstände aus seinem Rucksack. »Gut, aber zuerst muss ich etwas erledigen. Zwei Sachen, eigentlich.« Er hielt ein Blutentnahme-Set hoch. »Ich brauche eine Blutprobe von dir.«

»Du glaubst, dass es irgendeine Verbindung zwischen mir und der Seuche gibt?«

Martin nickte. »Wenn ich mich nicht täusche, bist du ein wichtiges Puzzlestück.«

Kate hätte gern gewusst, was er damit meinte, aber eine andere Frage brannte ihr auf der Zunge. »Was ist die zweite Sache?«

Martin streckte ihr eine runde Plastikflasche mit einer braunen Flüssigkeit entgegen. »Ich will, dass du dir die Haare färbst.«

Kate sah auf Martins Hände. »Einverstanden«, sagte sie. »Aber ich will wissen, wer nach mir sucht.« Sie nahm das Blutentnahme-Set, und Martin half ihr damit.

»Alle.«

»Alle?«

Martin wandte den Blick ab. »Ja. Die Orchid-Allianz, die Immari und die ganzen zerfallenden Regierungen dazwischen.«

»Was? Warum?«

»Nach den Explosionen in der Anlage in China hat Immari International der Öffentlichkeit erklärt, du wärst für den Anschlag verantwortlich und hättest die Seuche freigesetzt – einen zur biologischen Waffe modifizierten Grippestamm aus deinem Forschungsprogramm. Sie hatten Videoaufzeichnungen, die natürlich echt waren. Und es passte zu dem Statement der indonesischen Regierung vorher, die behauptet hat, du wärst in die Anschläge in Jakarta verwickelt und würdest unerlaubte Forschung an autistischen Kinder durchführen.«

»Das ist eine Lüge«, sagte Kate tonlos.

»Ja, es ist eine Lüge, aber die Medien wiederholen sie, und wenn man eine Lüge oft genug wiederholt, verankert sie sich im Bewusstsein und wird zur Realität. Und dann lässt sie sich kaum noch korrigieren. Als die Seuche sich auf der ganzen Welt ausbreitete, wollten die Menschen einen Schuldigen. Du wurdest als Erste genannt und warst aus vielen Gründen die beste Erklärung.«

»Die beste Erklärung?«

»Überleg doch mal. Eine vermutlich verwirrte Frau, die allein arbeitet und ein Virus erschafft, um die Welt zu infizieren und ihre wahnhaften Ziele zu erreichen? Das ist weniger bedrohlich als die Alternativen: eine Verschwörung oder schlimmstenfalls ein natürliches Ereignis, etwas, das jederzeit und überall geschehen kann. Diese Alternativen sind permanente Bedrohungen. Die Welt will keine permanenten Bedrohungen. Sie will eine verrückte Einzelgängerin, die vermutlich tot ist. Oder noch besser, die gefangen und bestraft wird. Die Welt ist ein verzweifelter Ort; einen Verbrecher zu fangen und zu töten ist ein Erfolg, der den Menschen ein wenig Hoffnung gibt, dass wir das alles überstehen.«

»Was ist mit der Wahrheit?«, fragte Kate, während sie ihm das Röhrchen mit ihrem Blut gab.

Martin steckte es in den Thermobehälter. »Denkst du, irgendjemand würde sie glauben? Dass die Immari unter Gibraltar ein Hunderttausende von Jahren altes Gebilde ausgegraben haben und der Apparat, der den Eingang bewachte, die globale Pandemie ausgelöst hat? Das ist die Wahrheit, aber sie klingt abwegig, selbst für einen Roman. Die meisten Leute haben eine sehr begrenzte Vorstellungskraft.«

Kate rieb sich den Nasenrücken. Sie hatte ihr gesamtes Erwachsenenleben mit Autismusforschung verbracht, um etwas Gutes zu bewirken. Jetzt war sie der Staatsfeind Nummer eins. Großartig.

»Ich habe es dir nicht gesagt, weil ich dich nicht beunruhigen wollte. Du hättest sowieso nichts dagegen unternehmen können. Ich habe verhandelt, um dich hier rauszuholen und an einen sicheren Ort bringen zu lassen. Vor zwei Tagen habe ich eine Vereinbarung getroffen.«

»Eine Vereinbarung?«

»Die Engländer haben sich bereit erklärt, dich aufzunehmen«, sagte Martin. »Wir treffen ihr Team in ein paar Stunden.«

Unwillkürlich warf Kate einen Blick zu den schlafenden Jungen auf der Bank.

»Sie gehen mit dir«, fügte Martin schnell hinzu.

Als ihr bewusst wurde, dass Martin einen Plan hatte und sie bald in Sicherheit wären, fiel die Hälfte der Angst und der Anspannung von ihr ab. »Warum England?«

»Meine erste Wahl wäre Australien gewesen, aber das ist zu weit von hier. England ist näher und vermutlich genauso sicher. Kontinentaleuropa wird wahrscheinlich an die Immari fallen. Die Engländer werden bis zum Schluss durchhalten. Das haben sie schon mal geschafft. Du wirst dort sicher sein.«

»Was hast du ihnen dafür gegeben?«

Martin stand auf und hielt die Flasche mit dem Haarfärbemittel hoch. »Los, es wird Zeit für ein neues Outfit.«

»Du hast ihnen ein Heilmittel versprochen. Das hast du gegen meine Sicherheit eingetauscht.«

»Irgendjemand muss das Heilmittel ja zuerst kriegen. Komm jetzt, wir haben nicht viel Zeit.«

20

*Immari-Forschungseinrichtung
Bei Nürnberg, Deutschland*

Dr. Nigel Chase sah durch das breite Fenster in den Reinraum. Der mysteriöse silberne Koffer stand auf einem Tisch und reflektierte das helle Licht. Das Team aus der Antarktis hatte ihn vor einer Stunde angeliefert, und Nigel hatte bisher noch nichts herausgefunden.

Es wurde Zeit, einige Experimente durchzuführen und Hypothesen aufzustellen. Vorsichtig bewegte er den Joystick. Der Roboterarm im Inneren ruckte wild umher und warf den Koffer beinahe von dem Stahltisch. Nigel würde mit dem Ding niemals klarkommen. Es war wie dieses dämliche Gerät im Supermarkt, in das man einen Vierteldollar einwerfen musste, um versuchen zu dürfen, ein Stofftier herauszuangeln. Es klappte nie. Er dachte nach. Vielleicht musste er den Koffer gar nicht drehen. Er könnte stattdessen mithilfe des Arms die Ausrüstung verschieben.

»Soll ich es mal versuchen?«, fragte sein Laborassistent Harvey.

Nigel liebte seine Schwester Fiona sehr, fast so sehr, wie er es bereute, ihren Sohn Harvey als Assistenten eingestellt zu haben. Aber sie wollte, dass Harvey auszog, und dafür brauchte er eine verdammte Arbeit.

»Nein, Harvey. Aber danke. Hol mir doch mal schnell eine Cola Light, ja?«

Eine Viertelstunde später hatte Nigel die Ausrüstung neu positioniert, und Harvey war immer noch nicht mit seiner Cola zurückgekehrt.

Nigel programmierte den Computer, mit dem Strahlenbeschuss zu beginnen, lehnte sich auf seinem Stuhl zurück, sah durch die Scheibe und wartete auf die Ergebnisse.

»Cola Light ist aus. Ich war bei jedem Automat im ganzen Gebäude.« Harvey streckte ihm eine Dose entgegen. »Ich habe dir eine normale Cola geholt.«

Einen Moment lang erwog Nigel, Harvey zu erklären, dass es logischer gewesen wäre, ein anderes Light-Getränk mitzubringen, aber der Junge hatte sich Mühe gegeben, und das war doch schon mal was. »Danke, Harvey.«

»Schon was Neues?«

»Nein.« Nigel riss die Dose auf und trank einen Schluck.

Der Computer piepste, und ein Dialogfenster erschien auf dem Bildschirm.

Datenerfassung.

Nigel stellte die Dose ab und beugte sich zum Monitor. Wenn die Messungen korrekt waren, emittierte der Koffer Neutrinos – Elementarteilchen, die beim radioaktiven Zerfall und bei Kernreaktionen in der Sonne und Atomkraftwerken entstanden. Wie konnten sie hier vorhanden sein?

Dann leuchteten die Messwerte rot auf, und die Neutrino-Anzeige sank auf null.

»Was ist passiert?«, fragte Harvey.

Nigel war in Gedanken versunken. Reagierte der Koffer auf die Bestrahlung? War es ein Signal wie von einem Leuchtturm in der Nacht? Oder ein SOS-Ruf, ein Morsezeichen mit Elementarteilchen?

Nigel war Nuklearingenieur – er beschäftigte sich vor allem mit Kernenergieanlagen, aber er hatte in den Achtzigern auch an Atomsprengköpfen und in den Neunzigern an Atom-U-Booten gearbeitet. Teilchenphysik war absolut nicht sein Fachgebiet. Er überlegte, einen Experten hinzuzuziehen, aber etwas ließ ihn zögern.

»Harvey, lass uns die Strahlung verändern und sehen, was der Koffer macht.«

Eine Stunde später leerte Nigel die dritte Cola und lief unruhig auf und ab. Die letzten Partikel, die der Koffer emittiert hatte, könnten Tachyonen sein. Tachyonen waren hypothetische Teilchen, die sich schneller als das Licht bewegten, was Einsteins spezieller Relativitätstheorie widersprach. Diese Partikel könnten auch Zeitreisen ermöglichen.

»Harvey, lass uns ein neues Verfahren ausprobieren.«

Nigel programmierte den Computer, während Harvey mit dem Joystick den Roboterarm steuerte. Der junge Mann war gut. *Vielleicht sind Videospiele und Jugend im Allgemeinen doch zu etwas zu gebrauchen,* dachte Nigel.

Nigel stellte das Bestrahlungsprotokoll fertig und beobachtete, wie sich der Apparat im Reinraum in Position drehte. Er hatte eine Theorie: Vielleicht beeinflusste der Koffer die Chamäleon-Teilchen – hypothetische Skalar-Teilchen, deren Masse von der Umgebung abhing. Chamäleon-Teilchen hätten im All eine geringe und auf der Erde eine große Masse, sodass sie dort nachweisbar wären. Wenn es stimmte, stand Nigel kurz davor, die Grundlagen der Dunklen Energie, der Dunklen Materie und der Ausbreitung des Weltalls zu entdecken.

Aber die Chamäleon-Teilchen waren nur die eine Hälfte seiner Theorie. Die andere Hälfte besagte, dass der Koffer eine Kommunikationseinrichtung war – dass er ihnen mitteilte, welche Teilchen er brauchte, damit er tun konnte, was immer er tun würde. Der Koffer bat um spezielle Elementarteilchen. Aber wozu brauchte er sie? Waren sie die Zutaten, um etwas zu schaffen, oder eine Kombination, um es freizuschalten? Nigel glaubte, dass sie den Schlüssel gefunden hatten, die Strahlenbehandlung, die der Koffer brauchte. Vielleicht war es einer Art atlantischer Intelligenztest, eine Aufgabe. Das war einleuchtend. Mathematik war die Sprache des Universums, und Elementarteilchen waren die Schrifttafeln, das kosmische Papyrus. Was versuchte der Koffer ihnen mitzuteilen?

Der Monitor leuchtete auf. Enorme Emissionen: Neutrinos, Quarks, Gravitonen und sogar Teilchen, die nicht zugeordnet werden konnten.

Nigel blickte durch die Scheibe. Der Koffer veränderte sich. Die glänzende silberne Oberfläche wurde stumpf, dann öffneten sich winzige Vertiefungen, als zerfiele der Koffer zu Sand. Die Körner vibrierten kurz auf der Stelle, ehe sie in die Mitte glitten, wo sich ein Wirbel bildete.

Der Wirbel fraß den Koffer von innen heraus auf. Dann kollabierte der Koffer völlig, und Licht erfüllte den Raum.

Das Gebäude explodierte in einem weißen Blitz, der sofort die sechs umstehenden Bürotürme verschlang, sich kilometerweit ausbreitete, Bäume niederriss und die Erde versengte. Dann zog sich das Licht zu seinem Ursprungspunkt zurück.

Die Nacht war einen Augenblick lang dunkel und still, bevor ein winziger Lichtfaden vom Boden emporschwebte und im Wind schaukelte. Tentakel breiteten sich von dem Lichtfaden aus und verbanden sich mit anderen Fäden, bis sie zu einem Netz wurden, das sich immer weiter verdichtete und schließlich eine massive Lichtwand bildete, die im oberen Teil einen Bogen beschrieb und doppelt so groß wie eine gewöhnliche Tür war. Das Portal aus Licht flimmerte geräuschlos und wartete.

21

Santa María de la Encarnación
Marbella, Spanien

Kate hockte auf dem Rand der gusseisernen Wanne im Bad und ließ das Färbemittel einwirken.

Martin hatte darauf bestanden, das Färben zu überwachen, als befürchtete er, Kate könne sich davor drücken. Das Wissen, dass die ganze Welt hinter ihr her war, war ein seltsamer, aber unwiderstehlicher Grund, ihr Aussehen zu verändern. Trotzdem ... in ihrem Kopf meldete sich eine übertrieben rationale Stimme und rief: *Wenn die ganze Welt nach dir sucht, wird es dich auch nicht retten, dir das Haar zu färben.* Andererseits hatte sie sonst nichts zu tun, und es würde bestimmt nicht schaden. Sie zwirbelte eine Strähne ihres nun braunen Haars zwischen den Fingern und überlegte, ob sie noch weitere Veränderungen vornehmen müsste.

Martin saß ihr gegenüber mit ausgestreckten Beinen auf dem Fliesenboden und lehnte mit dem Rücken an der stabilen Holztür. Er tippte abwesend auf seinem Laptop und hielt nur gelegentlich inne, um nachzudenken. Kate überlegte, was er tat, aber sie fragte nicht nach.

Andere Fragen gingen ihr durch den Kopf. Sie war sich nicht sicher, womit sie beginnen sollte, aber Martin hatte eine Sache gesagt, die sie beunruhigte: Die Seuche habe innerhalb von vierundzwanzig Stunden eine Milliarde Menschen infiziert. Das war kaum zu glauben – vor allem, wenn man bedachte, dass Martin und seine Mitarbeiter sich im Geheimen seit Jahrzehnten auf den Ausbruch vorbereitet hatten.

Sie räusperte sich. »Eine Milliarde Infizierter in vierundzwanzig Stunden?«

»M-h«, murmelte Martin, ohne aufzublicken.

»Das ist unmöglich. Kein Erreger verbreitet sich so schnell.«

Er sah sie an. »Das stimmt. Aber ich habe dich nicht angelogen, Kate. Die Seuche ist in gewisser Hinsicht anders. Ich erzähle dir alles, wenn du in Sicherheit bist.«

»Meine Sicherheit ist nicht meine größte Sorge. Ich will wissen, was wirklich los ist, und ich will etwas tun. Sag mir, was du vor mir verbirgst. Ich erfahre es sowieso. Lass es mich wenigstens von dir hören.«

Martin zögerte einen Moment, dann klappte er den Laptop zu und holte tief Luft. »Okay. Zuerst solltest du wissen, dass die Atlantis-Seuche komplexer ist, als wir dachten. Wir verstehen erst jetzt den Mechanismus. Das größte Rätsel war die Glocke.«

Bei der Erwähnung der Glocke lief Kate ein Schauder über den Rücken. Die Immari hatten sie 1918 in Gibraltar entdeckt. Der geheimnisvolle Apparat war an dem Atlantis-Objekt angebracht, das die Immari mithilfe von Kates Vater ausgegraben hatten. Sobald die Glocke freigelegt war, hatte sie die Spanische Grippe auf die Welt losgelassen – die tödlichste Pandemie der jüngeren Geschichte. Die Immari hatten schließlich um die Glocke herumgegraben und sie ausgebaut, damit sie sie untersuchen konnten. Dorian Sloane, der Direktor von Immari Security, hatte vor Kurzem Opfer der

Glocke benutzt, um die Welt mit der Atlantis-Seuche zu infizieren und einen neuen Ausbruch auszulösen, sodass er die Menschen ausfindig machen konnte, deren Gene Immunität gegen die Glocke gewährleisten. Sein Ziel war es, eine Armee aufzubauen, um die Atlanter anzugreifen, die die Glocke geschaffen hatten.

»Ich dachte, du wüsstest, wie die Glocke funktioniert und auf welche Gene sie sich auswirkt«, sagte Kate.

»Das dachten wir auch. Wir haben zwei entscheidende Fehler gemacht. Erstens war unsere Stichprobe zu klein. Zweitens haben wir nur die Opfer untersucht, die direkten Kontakt zu der Glocke hatten, nie diejenigen, die sich bei anderen angesteckt haben. Die Glocke selbst setzt den Auslöser der Infektion frei, aber es ist kein Virus und kein Bakterium. Sie emittiert Strahlung. Unsere Arbeitshypothese war, dass diese Strahlung eine Mutation eines körpereigenen Retrovirus hervorruft, eines uralten Virus, das den Wirt verändert, indem es eine Reihe von genetischen und epigenetischen Markern beeinflusst. Wir vermuten, dieses uralte Virus ist der Schlüssel zu allem.«

Kate hob die Hand. Das musste sie erst verarbeiten. Falls Martins Theorie stimmte, war das unglaublich. Sie deutete auf ein völlig neues Pathogen und eine ebenso neue Pathogenese hin – erst radioaktiv, dann viral. War das möglich?

Retroviren sind einfach Viren, die DNS in das Genom eines Wirts einschleusen können und den Wirt so auf genetischer Ebene verändern. Sie sind wie ein Softwareupdate. Wenn sich jemand mit einem Retrovirus infiziert, bekommt er letztlich eine DNS injiziert, die das Genom in einigen Zellen verändert. Abhängig von der Art der eingeschleusten DNS kann ein Retrovirus positive, negative oder unbedeutende Auswirkungen haben, und da das Genom jedes Menschen unterschiedlich ist, ist das Ergebnis in der Regel ungewiss.

Retroviren existieren nur aus einem Grund: um ihre eigene DNS zu vervielfältigen. Und sie sind gut darin. Viren machen den Großteil des genetischen Materials auf der Erde aus. Wenn man die DNS aller Menschen, Tiere und Pflanzen zusammennimmt – sämtliche nicht viralen Lebensformen auf diesem Planeten –, reicht das nicht an die virale DNS heran.

Viren entwickeln sich nicht, um ihrem Wirt zu schaden – schließlich brauchen sie einen lebendigen Organismus für ihre Replikation –, sondern suchen sich einen passenden Wirt und replizieren sich gutartig, bis dieser eines natürlichen Todes stirbt. Diese Reservoirwirte, wie die Wissenschaftler sie bezeichnen, tragen ein Virus in sich, ohne Symptome zu entwickeln. Zum Beispiel beherbergen Zecken FSME-Viren, Mäuse Hantaviren, Moskitos West-Nil-, Gelbfieber- und Denguefieber-Viren und Schweine und Hühner Grippeviren.

Menschen sind Reservoirwirte für unzählige Bakterien und Viren, die bis jetzt nicht einmal klassifiziert wurden. Ungefähr zwanzig Prozent der genetischen Information in der Nase passen zu keinem bekannten Organismus. Im Darm wurden vierzig oder fünfzig Prozent der DNS niemals zugeordnet.

Selbst im Blut befinden sich bis zu zwei Prozent »biologische Dunkle Materie«. In vielerlei Hinsicht ist diese Dunkle Materie, dieses Meer von unbekannten Viren und Bakterien, ein weißer Fleck auf der Landkarte der Wissenschaft.

Fast alle Viren sind harmlos, bis sie von ihrem natürlichen Wirt zu einer anderen Lebensform wechseln. Dann treffen sie auf ein völlig neues Genom und lösen neue und unerwartete Reaktionen aus – Krankheiten.

Das war die große Gefahr bei Viren, aber Martin sprach nicht von diesen infektiösen Viren, die von außen in den menschlichen Körper eindrangen. Er beschrieb die Aktivierung einer früheren Infektion, einer schlummernden viralen DNS, die dem menschlichen Körper entstammte und im Genom eingebettet war. Es war, als infizierte man sich bei sich selbst – eine Art Trojanisches Pferd, das begann, dem Körper Schaden zuzufügen.

Diese humanen endogenen Retroviren sind im Wesentlichen »virale Fossilien« – die Überbleibsel früherer Infektionen, die das Genom des Wirts verändert haben und sich mittels der DNS im Sperma auf zukünftige Generationen übertragen. Wissenschaftler entdeckten vor Kurzem, dass acht Prozent des gesamten menschlichen Genoms aus endogenen Retroviren zusammengesetzt sind. Diese Spuren früherer Virusinfektionen zeigen sich auch bei unseren engsten genetischen Verwandten: Schimpansen, Neandertalern, Denisova-Menschen. Sie waren oft mit denselben Viren infiziert wie wir.

Kate grübelte über Martins Theorie nach. Endogene Retroviren waren als inaktiver wesentlicher Teil einer großen Menge von »DNS-Schrott«, den jeder mit sich trug, betrachtet worden. Sie waren nicht infektiös, beeinflussten jedoch die Genexpression. Die Wissenschaft zog neuerdings in Betracht, dass endogene Retroviren bei Autoimmunerkrankungen wie Lupus erythematodes, Multiple Sklerose, Sjörgen-Syndrom oder sogar Krebs eine Rolle spielten. Wenn die Atlantis-Seuche von einem endogenen Retrovirus ausgelöst wurde, bedeutete das ...

»Du sagst also, die gesamte Menschheit ist infiziert. Wir sind schon an dem Tag unserer Geburt infiziert, weil das Virus, das die Atlantis-Seuche verursacht, Teil unserer DNS ist.« Sie dachte kurz nach. »Die Glocke und die Leichen der Menschen, die durch sie gestorben sind, aktivieren nur ein schlummerndes Virus.«

»Genau. Wir glauben, die viralen Komponenten der Atlantis-Seuche wurden vor Zehntausenden von Jahren dem menschlichen Genom hinzugefügt.«

»Du meinst, das geschah mit Absicht? Jemand oder etwas hat das endogene Virus eingepflanzt, weil er wusste, dass es eines Tages aktiviert würde?«, fragte Kate.

»Ja. Ich glaube, die Atlantis-Seuche wurde vor sehr langer Zeit geplant. Die Glocke ist nur ein Auslösemechanismus für die endgültige Transformation der menschlichen Rasse. Die Atlanter wollen entweder einen zweiten Großen Sprung nach vorn auslösen – einen endgültigen Sprung nach vorn – oder einen Rücksprung, eine Regression zu einem Punkt vor der Einschleusung des Atlantis-Gens.«

»Hast du das Virus, das die Seuche auslöst, isoliert?«

»Nein, und genau das steht uns im Weg. Wir vermuten, dass sogar zwei endogene Retroviren am Werk sein könnten, eine Art viraler Krieg im Körper. Die beiden Viren kämpfen um die Kontrolle über das Atlantis-Gen, wahrscheinlich um es dauerhaft zu verändern. In neunzig Prozent der Fälle überfordert dieser virale Krieg das Immunsystem und führt zum Tod.«

»Wie bei der Spanischen Grippe.«

»Exakt. Und das hatten wir erwartet – eine traditionelle biologische Infektion, die sich über die üblichen Wege ausbreitet: Körperflüssigkeiten, Luft und so weiter. Darauf waren wir vorbereitet.«

»Inwiefern vorbereitet?«

»Wir sind eine Gruppe – größtenteils Regierungsangestellte und Wissenschaftler. In den letzten zwanzig Jahren haben wir im Geheimen an einem Heilmittel gearbeitet. Orchid war unsere schärfste Waffe gegen die Seuche – eine innovative Behandlung, die auf der HIV-Therapie beruht.«

»Welche HIV-Therapie?«

»2007 wurde ein Mann namens Timothy Ray Brown, der später als ›Berliner Patient‹ bekannt wurde, von HIV geheilt. Bei Brown wurde akute myeloische Leukämie diagnostiziert. Dass er HIV-positiv war, hat seine Behandlung verkompliziert. Während der Chemotherapie kämpfte er gegen eine Sepsis, und die Ärzte mussten auf wenig erprobte Methoden zurückgreifen. Sein Hämatologe Dr. Gero Hütter beschloss, eine Stammzellentherapie durchzuführen; eine vollständige Knochenmarktransplantation. Hütter entschied sich nicht für den passenden Spender, sondern für einen mit einer speziellen Genmutation: CCR5-Delta 32. CCR5-Delta 32 macht Zellen immun gegen HIV.«

»Unglaublich.«

»Ja. Zuerst dachten wir, die Delta-32-Mutation müsste während der Pest in Europa entstanden sein, denn vier bis sechzehn Prozent der Europäer haben zumindest eine mutierte Kopie. Aber wir konnten sie weiter zurückverfolgen. Wir dachten an die Pocken, aber wir haben DNS-Proben aus der Bronzezeit gefunden, die davon betroffen waren. Der Ursprung der Mutation ist ungeklärt, aber eines ist gewiss: Die Knochenmarktransplantation mit CCR5-Delta 32 heilte sowohl Browns Leukämie als auch die HIV-Infektion. Nach der Transplantation hörte er auf, antiretrovirale Medikamente zu nehmen, und wurde nie wieder positiv auf HIV getestet.«

»Und das half bei der Entwicklung von Orchid?«, fragte Kate.

»Es war ein großer Durchbruch, der der Forschung jede Menge Möglichkeiten eröffnete. CCR5-Delta 32 schützt die Träger nicht nur vor HIV, sondern auch vor den Pocken und sogar dem Pesterreger. Wir haben uns darauf konzentriert. Natürlich war uns die Komplexität der Atlantis-Seuche damals nicht in vollem Umfang bewusst, aber wir haben Orchid so weit entwickeln können, dass es die Symptome stoppt. Es war bei Weitem nicht fertig, als der Ausbruch begann. Es heilt die Krankheit nicht vollständig, aber uns blieb keine Wahl. Es gab ein Element bei der Seuche, das wir nicht isolieren konnten. Noch einen anderen Faktor. Aber ... wir dachten, wir könnten Orchid einsetzen. Unser Ziel hieß jetzt Eindämmung. Wenn wir die Infizierten einschließen und die Symptome unterdrücken könnten, würden wir Zeit gewinnen, bis wir das endogene Retrovirus isolieren, das die Seuche auslöst und das Atlantis-Gen beeinflusst – die wahre Ursache. Deshalb war deine Arbeit so ... interessant.«

»Ich verstehe immer noch nicht die hohe Ansteckungsrate – durch Strahlung?«

»Wir haben das am Anfang auch nicht verstanden. In den ersten Stunden des Ausbruchs ist etwas Unerwartetes passiert. Die Seuche hat sämtliche Quarantänemaßnahmen durchbrochen. Sie wütete wie ein Buschfeuer; so etwas hatten wir noch nie gesehen. Die Infizierten in den Lagern haben Menschen angesteckt, die über dreihundert Meter entfernt waren.«

»Unmöglich.«

»Zuerst dachten wir, es gäbe Probleme mit den Quarantänemaßnahmen, aber es passierte weltweit.«

»Wie?«

»Durch eine Mutation. Irgendwo hatte jemand ein endogenes Retrovirus, ein anderes uraltes Virus, in seinem Genom eingebettet. Als es aktiviert wurde, ist die Welt innerhalb von Stunden zusammengebrochen. Eine Milliarde Menschen wurden in vierundzwanzig Stunden infiziert. Wie gesagt, unsere Stichprobe war zu klein, um es zu finden; es gab keine Möglichkeit, dieses andere endogene Retrovirus zu entdecken. Wir suchen noch immer danach.«

»Ich verstehe nicht, wie es die Übertragungsrate beeinflussen kann.«

»Es hat Wochen gedauert, bis wir das herausgefunden haben. Unsere ganzen Eindämmungsmaßnahmen überall auf der Welt, jahrzehntelange Planung – das alles ist in den ersten Tagen zusammengebrochen. Die Atlantis-Seuche ließ sich nicht aufhalten. Sobald sie ein Land erreichte, hat sie sich explosionsartig ausgebreitet. Wir hätten niemals erwartet, was wir dann entdeckt haben. Die Infizierten haben selbst Strahlung ausgesandt, nicht nur die Strahlung von der Glocke aus ihrem Gewebe. Wir vermuten, dass das zweite endogene Retrovirus Gene aktiviert, die den Körper dazu bringen, eine veränderte Strahlung zu emittieren.«

Kate versuchte, die neuen Informationen zu verarbeiten. Jeder menschliche Körper emittierte Strahlung, aber es war wie ein statisches Rauschen, eine Art Schwitzen auf subatomarer Ebene.

»Jeder Betroffene wurde zu einer Strahlungsquelle«, fuhr Martin fort, »die jeden in der Umgebung infizierte, selbst wenn er sich in einem Isolationszelt befand. Jemand, der eine Meile entfernt steht, kann einen anderen ohne Kontakt anstecken. Es gibt keine Schutzmaßnahmen gegen so etwas. Deshalb haben die Regierungen der Welt sich der allumfassenden Infektion gefügt – sie konnten sie nicht aufhalten. Sie haben sich darauf konzentriert, die Bevölkerung unter Kontrolle zu halten, damit die Überlebenden und die Immari nicht die Macht übernehmen. Sie haben Orchid-Distrikte eingerichtet und die Überlebenden hineingetrieben.«

Kate dachte an das Gebäude, in dem sie die Versuche durchgeführt hatte. »Deswegen hast du die Wände mit Blei verkleiden lassen – um die Strahlung abzuhalten.«

Martin nickte. »Wir haben eine weitere Mutation befürchtet. Ehrlich gesagt, übersteigt das unsere Kompetenz. Wir reden über Quanten-Biologie: Elementarteilchen, die das menschliche Genom beeinflussen. Die Überschneidung von Biologie und Physik. Es geht weit über das hinaus, was wir in beiden Fachgebieten wissen. Wir kratzen nur an der Oberfläche, aber wir haben in den letzten drei Monaten viel dazugelernt. Wir wussten, dass du und die Jungen immun gegen die Seuche wart, weil ihr in China die Glocke überlebt habt. Wir versuchen, das Retrovirus zu isolieren, das die Strahlung verursacht. Unsere größte Angst war, dass die Strahlung von den Versuchsteilnehmern – von einer neuen Mutation – in das Lager durchdringt und die Wirksamkeit von Orchid gefährdet. Wenn das passiert wäre, hätte die Seuche nichts mehr aufhalten können. Die Wirksamkeit von Orchid lässt nach, aber wir brauchen es; wir benötigen noch ein bisschen Zeit. Ich glaube, wir sind kurz davor, ein Heilmittel zu finden. Es fehlt nur noch ein Puzzlestück. Ich dachte, es wäre hier in Südspanien, aber ich habe mich geirrt ... bezüglich mehrerer Dinge.«

Kate nickte. Von draußen hörte sie ein Rumpeln wie ein fernes Donnergrollen. Etwas irritierte sie noch immer. Als Wissenschaftlerin wusste sie, dass die einfachste Erklärung meist die richtige war. »Wie habt ihr so schnell herausgefunden, dass es ein weiteres endogenes Retrovirus gibt? Warum bist du so sicher, dass zwei Retroviren am Werk sind? Warum nicht nur eins? Ein Virus könnte verschiedene Auswirkungen haben – die Weiterentwicklung und den Rückschritt, das Auslösen der Strahlung.«

»Stimmt...« Martin schien zu überlegen, was er sagen sollte. Kate öffnete den Mund, aber Martin hob die Hand und fuhr fort. »Wegen der Schiffe. Sie sind unterschiedlich.«

»Die Schiffe?«

»Die Schiffe der Atlanter – in Gibraltar und der Antarktis. Als wir das in der Antarktis gefunden haben, haben wir erwartet, dass es in etwas dasselbe Alter und denselben Aufbau hätte wie das in Gibraltar.«

»Und das stimmt nicht?«

»Nicht einmal annähernd. Wir glauben jetzt, dass das Schiff in Gibraltar ein Landefahrzeug ist oder, besser gesagt, war. Das Ding in der Antarktis ist ein Raumschiff, und zwar ein gewaltiges.«

Kate versuchte zu verstehen, was das mit der Seuche zu tun hatte. »Du glaubst, der Lander stammt von dem Schiff in der Antarktis?«

»Das war unsere erste Vermutung, aber die Radiokarbondatierung hat gezeigt, dass das unmöglich ist. Das Schiff in Gibraltar ist älter als das in der Antarktis und, noch wichtiger, es ist länger auf der Erde, vielleicht hunderttausend Jahre.«

»Das verstehe ich nicht«, sagte Kate.

»Soweit wir das beurteilen können, ist die Technik auf beiden Schiffen gleich; beide haben eine Glocke, aber sie kommen aus verschiedenen Zeiten. Ich glaube, die Schiffe gehören zu unterschiedlichen Fraktionen der Atlanter, die miteinander im Krieg liegen. Vermutlich haben diese Fraktionen versucht, das Atlantis-Gen für ihre Zwecke zu manipulieren.«

»Die Seuche ist ihr Werkzeug, um uns biologisch umzuformen.«

Martin nickte. »So ist die Theorie. Es klingt verrückt, aber es ist die einzige vernünftige Erklärung.«

Draußen wurde das Rumpeln lauter.

»Was ist das?«, fragte Kate.

Martin lauschte einen Moment, dann stand er schnell auf und verließ das Badezimmer.

Kate ging zum Waschbecken und betrachtete sich im Spiegel. Ihr Gesicht war hagerer als sonst, und durch das dunkle, offensichtlich gefärbte Haar wirkte sie fast wie ein Goth. Sie drehte das Wasser auf und wusch sich die braunen Rückstände von den Fingern. Durch das Rauschen hörte sie Martin nicht zurückkommen. Er hielt sich am Türrahmen fest und rang um Atem. »Spül dir das Zeug aus den Haaren. Wir müssen los.«

22

Santa María de la Encarnación
Marbella, Spanien

Kate weckte rasch die Jungen und schob sie aus der Kirche in den Hof, wo Martin bereits ungeduldig wartete. Der schwere Rucksack hing auf seinen Schultern, und er wirkte besorgt. Als Kate aus dem Hof sah, erkannte sie den Grund. Eine endlose Menschenmenge rannte panisch und mit polternden Schritten über das Kopfsteinpflaster der Straße. Der Anblick erinnerte Kate an den Stierlauf von Pamplona.

In einer Ecke des Hofs lagen zwei tote Hunde an der weißgetünchten Mauer der Kirche. Die Jungen hielten sich die Ohren zu.

Martin lief zu Kate und nahm Adis Hand. »Wir tragen sie.«

»Was ist los?«, brachte Kate hervor, während sie Surya auf den Arm nahm.

»Das Gas war offenbar gegen die Hunde. Die Immari treiben alle zusammen. Wir müssen uns beeilen.«

Kate folgte Martin in den Menschenstrom. Jetzt, da keine Gaswolken mehr ihre Sicht einschränkten, bemerkte Kate, dass die engen Straßen von Trümmern übersät waren: ausgebrannte Autos und geplünderte Fernseher, Tische und Stühle aus den längst aufgegebenen Cafés, die die Gassen säumten.

Die Sonne ging hinter den Gebäuden auf, und Kate kniff

die Augen zu, um sie vor den zwischen den Häusern aufblitzenden Strahlen zu schützen. Mit der Zeit gewöhnte sie sich an die Helligkeit, und das Poltern der Schritte wurde zu einem Hintergrundgeräusch, das ihren frühmorgendlichen Lauf begleitete.

Jemand rempelte sie von hinten an und warf sie beinahe zu Boden. Martin nahm ihren Arm, um sie zu stützen, während sie weiterdrängten. Hinter ihnen schob sich eine schnellere Gruppe durch die Menge nach vorn. Kate sah, dass einige krank waren – ein Tag ohne Orchid genügte, um die Symptome der Atlantis-Seuche wieder auftreten zu lassen. Sie wirkten angsterfüllt und wild.

Martin zeigte auf eine Gasse zehn Meter vor ihnen. Sie verstand nicht, was er ihr zurief, folgte ihm jedoch, als er sich durch die Menge zum Rand der Hauptstraße schob. Sobald sie in die Gasse gesprungen waren, füllte sich die kleine Lücke, die sie in der Menge hinterlassen hatten.

Martin stürmte weiter, und Kate versuchte, Schritt zu halten. »Wo laufen die alle hin?«, fragte sie.

Martin blieb stehen, stützte die Hände auf die Knie und schnappte nach Luft. Mit sechzig Jahren war er nicht mehr so gut in Form wie Kate, und sie wusste, dass er dieses Tempo nicht lange durchhalten konnte. »Nach Norden. In die Berge. Idioten«, keuchte er. »Sie werden dahin getrieben. Wir sind fast an unserem Treffpunkt. Komm.« Er hob Adi hoch und lief weiter durch die schmale Gasse.

Der Lärm der fliehenden Menschenmenge verklang, während sie sich nach Osten bewegten, in einen verlassenen Teil der Stadt. Nur ab und an hörte Kate, wie sich in den scheinbar leeren Häusern etwas rührte.

Martin nickte zu den Gebäuden. »Sie können weglaufen oder sich verstecken.«

»Was ist schlauer?«

»Verstecken. Vermutlich. Nachdem die Immari die Stadt geräumt haben, ziehen ihre Truppen weiter in den nächsten Ort. So haben sie es zumindest in den anderen Ländern gemacht.«

»Wenn es sicherer ist, sich zu verstecken, warum rennen *wir* dann weg?«

Martin sah sie an. »Damit der SAS dich hier rausholen kann.«

Kate blieb stehen. »Nur mich?«

»Ich kann nicht mitkommen, Kate.«

»Was soll das heißen ...«

»Sie suchen mich auch. Wenn die Immari weiter nach Norden vorgedrungen sind, gibt es dort Kontrollen. Falls sie mich erwischen, halten sie nach dir Ausschau. Das kann ich nicht riskieren. Und es gibt etwas ... das ich finden muss.«

Ehe Kate widersprechen konnte, ertönte von der nächsten Kreuzung das Brüllen eines Dieselmotors. Martin rannte zur Straßenecke und kniete sich hin. Er zog einen kleinen Spiegel aus seinem Rucksack, streckte ihn um die Ecke und richtete ihn so aus, dass er die Straße sehen konnte. Kate lehnte sich neben ihm an die Mauer. Ein großer Lastwagen mit grüner Plane über der Ladefläche ähnlich dem, der die Überlebenden ins Lager gebracht hatte, kroch die Straße entlang. Soldaten mit Gasmasken schwärmten daneben aus. Sie gingen von Tür zu Tür und durchsuchten die Häuser. Hinter ihnen stieg eine Gaswolke in der Straße auf.

Kate wollte etwas sagen, aber Martin sprang auf und zeigte auf einen engen Durchgang zwischen den Häusern in der Mitte der Gasse. Sie rannten in demselben wahnwitzigen Tempo wie zuvor hinein.

Nach einigen Minuten wurde der Gang zu einer breiteren Gasse, die zu einer Promenade mit einem großen Steinbrunnen führte.

»Martin, du musst mit uns ...«

»Sei still«, fuhr Martin sie an. »Darüber wird nicht diskutiert.« Er blieb kurz vor der Promenade stehen. Wieder zog er den kleinen Spiegel hervor, doch dieses Mal hielt er ihn hoch, um das Sonnenlicht einzufangen. Lichtblitze auf der anderen Seite des Platzes antworteten ihm.

Als Martin sich zu Kate wandte, erschütterten Explosionen den Platz. Staub erfüllte die Luft. In Kates Ohren klingelte es, und sie konnte kaum noch etwas erkennen. Sie spürte, wie Martin ihren Arm packte, und sie griff ihrerseits nach Adi und Surya, während sie in das Chaos auf dem Platz hineinstürmten.

Durch den sich legenden Staub sah Kate Immari-Truppen aus den Seitenstraßen und Gassen strömen. Soldaten in spanischen Uniformen – zweifellos das SAS-Team, dem Martin signalisiert hatte – gingen hinter dem Steinbrunnen in Deckung und eröffneten das Feuer auf die Immari. Sekunden später ertönte der ohrenbetäubende Lärm von Granaten und automatischen Waffen. Zwei SAS-Soldaten fielen. Die verbliebenen Männer waren in der Unterzahl und umzingelt.

Martin zog Kate zu einer Straße, die nach Norden führte. Kaum hatten sie die Kreuzung erreicht, als eine Welle von Menschen aus der Querstraße auf Kate, Martin und die Jungen zuschwappte.

Kate sah zurück zu dem Platz. Die letzten Schüsse verklangen, und zurück blieb nur das Donnergrollen – das Poltern der Menschenmasse, die auf sie zustürmte. Die SAS-Soldaten waren tot. Zwei lagen in dem rot gefärbten Wasser des Springbrunnens und zwei andere mit dem Gesicht nach unten auf dem Kopfsteinpflaster.

23

Altstadt
Marbella, Spanien

Kate konnte den Blick nicht von den Immari-Soldaten abwenden. Sie hatte erwartet, dass sie über die Promenade stürmen und sie, Martin und die Jungen gefangen nehmen würden. Aber sie lungerten nur an den einmündenden Straßen und Gassen herum, liefen vor den Lastern auf und ab, rauchten und sprachen in ihre Funkgeräte, während sie mit ihren Maschinenpistolen auf irgendetwas warteten.

Sie drehte sich zu Martin. »Was machen sie ...«

»Es ist eine Ladezone. Sie warten, dass die Leute herkommen. Los.« Er lief in die schmale Straße, direkt auf die Menschenmenge zu. Kate zögerte, aber dann folgte sie ihm. Die Menge war hundert Meter entfernt und kam schnell näher.

Martin versuchte, die nächste Tür zu öffnen – sie führte in einen Blumenladen –, aber sie war verschlossen.

Kate rannte über die Straße und rüttelte vergeblich an der Tür zu einem Café. Sie zog die Jungen näher an sich. Die Menge war noch fünfzig Meter entfernt. Sie versuchte es mit der Tür zu einem Wohnhaus nebenan. Auch abgeschlossen. Es war nur noch eine Frage von Sekunden, bis die Menge sie erreichen und niedertrampeln würde. Sie schob die Jungen in den Eingang, stellte sich vor sie und wartete.

Sie hörte, wie Martin angerannt kam. Er stellte sich hinter sie, um sie zu schützen, so wie sie die Jungen schützte.

Die Menge war noch dreißig Meter entfernt. Einige hatten sich aus der Masse gelöst und liefen voraus. Sie stürmten mit entschlossenen kalten Augen vorbei, ohne Kate, Martin und die Jungen anzusehen.

An einem Fenster im ersten Stock wurde der dünne weiße Vorhang zur Seite geschoben. Ein Gesicht tauchte auf. Eine Frau in Kates Alter mit dunklem Haar und olivfarbener Haut. Sie sah nach unten und blickte Kate in die Augen. Nach einem Moment veränderte sich ihr Gesichtsausdruck von Angst zu ... Mitleid? Kate öffnete den Mund, um ihr etwas zuzurufen, aber sie war schon verschwunden.

Kate drückte die Jungen gegen die Tür. »Seid still, Jungs. Es ist wichtig.«

Martin sah sich nach der näher kommenden Menge um.

Dann klickte die Tür und schwang auf, sodass Kate, Martin und die Jungen in den Hausflur fielen. Ein Mann zog sie auf die Beine, während die Frau, die am Fenster gestanden hatte, die Tür zuschlug. Das Rumpeln der Menge drang durch Tür und Fenster.

Die beiden führten sie aus dem Vorraum in ein fensterloses Wohnzimmer mit großem offenen Kamin. Kerzen beleuchteten den unheimlichen Raum, und Kate versuchte, ihre Augen an das Dämmerlicht anzupassen.

Martin sprach schnell auf Spanisch mit den beiden. Kate wollte die Jungen untersuchen, aber sie zappelten und entzogen sich ihr. Beide waren aufgeregt, erschöpft und verwirrt. Sie waren an der Grenze ihrer Belastbarkeit angelangt. *Können wir uns hier verstecken?* Es waren Martins Worte: verstecken oder weglaufen.

Sie öffnete den Reißverschluss des Rucksacks auf Martins

Rücken, nahm die beiden Notizblöcke und einige Stifte heraus und gab sie Adi und Surya, die sich sofort damit in eine Ecke verzogen. Sie brauchten ein wenig Normalität, irgendetwas Vertrautes, wenn auch nur für einen Moment, um sich zu beruhigen.

Martin gestikulierte so wild, dass Kate kaum den Reißverschluss seines Rucksacks zubekam. Er wiederholte immer wieder ein Wort: *túnel*. Das Paar sah sich zögernd an, nickte schließlich und gab Martin die Antwort, die er hören wollte. Er blickte sich zu Kate um. »Wir müssen die Jungs hierlassen.«

»Auf keinen Fall ...«

Er zog sie zur Seite, zu dem offenen Kamin, und sprach leise mit ihr. »Die beiden haben ihre Söhne durch die Seuche verloren. Sie nehmen die Jungs auf. Wenn die Immari die Säuberungen nach ihrer üblichen Vorgehensweise durchführen, werden Familien mit kleinen Kindern verschont – wenn sie den Eid ablegen. Nur Jugendliche und kinderlose Erwachsene werden einberufen.«

Kate sah sich um, während sie nach einem Gegenargument suchte. Auf dem Kaminsims entdeckte sie ein Foto, auf dem ein Mann und eine Frau mit den Händen auf den Schultern zweier lächelnder Jungen im Alter von Adi und Surya am Stand standen. Die Haarfarbe und der Hautton der Kinder ähnelten sich.

Kate sah von dem Paar zu Adi und Surya, die sich über ihre Blöcke gebeugt hatten und still neben einigen Kerzen in der Ecke arbeiteten. Sie kniff die Augen zusammen und dachte nach. »Sie sprechen kein Spanisch.«

»Kate, sie sprechen sowieso kaum. Diese Leute werden sich so gut um sie kümmern, wie sie können. Das ist unsere einzige Chance. Überleg doch mal: Wir können *vier* Leben retten.« Er zeigte auf die beiden Erwachsenen. »Wenn sie die Jungs bei dir oder mir erwischen, wissen sie sofort, wer sie sind. Wir bringen sie in Gefahr. Wir müssen es so machen. Wir kommen zurück und holen sie. Außerdem können wir sie sowieso nicht dahin mitnehmen, wo wir hingehen. Das wäre ... noch belastender.«

»Wo gehen wir ...«

Martin ließ sie nicht ausreden. Er sprach mit dem Paar, das daraufhin zur Wohnzimmertür eilte.

Kate folgte ihnen nicht. Sie ging zu den Jungen in der Ecke und nahm sie in die Arme. Sie wehrten sich und umklammerten ihre Blöcke, aber nach einer Weile beruhigten sie sich. Sie küsste sie auf den Kopf und ließ sie los.

Das Paar führte Martin und Kate durch einen engen Flur in ein vollgestelltes Arbeitszimmer mit einem großen Eichenholzschreibtisch und Regalwänden. Der Mann ging zu einem der Regale an der hinteren Wand und begann, die schweren Bände auf den Boden zu werfen. Die Frau half ihm, und bald waren die Bretter leer. Der Mann stemmte die Füße auf den Boden und zog das Regal von der Wand. Er drückte einen Knopf an dem Regal daneben. Die Wand ruckte und gab ein wenig nach. Als er dagegendrückte, schwang die verborgene Tür auf, und dahinter tauchte ein dunkler, schmutziger Steintunnel auf.

24

Altstadt
Marbella, Spanien

Kate verabscheute den Tunnel. Die Steinwände waren feucht und sonderten einen schwärzlichen Schlick ab, mit dem sie sich bei jeder Kurve beschmutzte, und sie waren schon um unzählige Kurven gebogen. Einmal hatte sie Martin flüsternd gefragt, ob er wisse, wohin er ging, aber er hatte ihr nur zugezischt, sie solle still sein, was sie als Nein auffasste. Aber was sollten sie sonst tun? Martin ging mit einem LED-Stab voran, der immerhin so viel Licht spendete, dass sie nicht mit dem Kopf gegen die Steinwand liefen.

Vor ihnen öffnete sich der Tunnel zu einem kleinen runden Raum, von dem drei Gänge abgingen. Martin blieb stehen und hielt sich den Leuchtstab vors Gesicht. »Hast du Hunger?«

Kate nickte. Martin zog sich den Rucksack vom Rücken und wühlte einen Eiweißriegel und eine Flasche Wasser heraus.

Kate kaute auf dem Riegel, trank gierig und sagte mit gedämpfter Stimme: »Du hast keine Ahnung, wo wir hingehen, oder?«

»Nein. Ich weiß nicht mal, ob die Tunnel überhaupt irgendwo hinführen.«

Kate sah ihn fragend an.

Martin legte den Leuchtstab zwischen ihnen auf den Boden und trank einen Schluck Wasser. »Wie die meisten alten Mittelmeerstädte war Marbella Tausende von Jahren umkämpft. Zwischen den Griechen, den Phöniziern, den Karthagern, den Römern, den Moslems. Die Liste lässt sich fortsetzen. Marbella wurde hundertmal geplündert. Ich wusste, dass die Kaufmannshäuser in der Altstadt Fluchttunnel haben. Die Reichen haben sich so vor den hässlichen Sachen geschützt, die passieren, wenn eine Stadt erobert wird. Einige Tunnel sind nur Verstecke. Manche sollen aus der Stadt herausführen, aber das kann ich mir nicht vorstellen. Bestenfalls gelangt man in das neuere Abwassersystem der Stadt. Aber ich glaube, wir sind hier sicher. Vorläufig.«

»Die Immari durchsuchen die Tunnel nicht?«

»Ich bezweifle es. Sie werden die Häuser durchkämmen, aber nur oberflächlich. Sie suchen vor allem nach Unruhestiftern. Vermutlich begegnen wir hier unten schlimmstenfalls Ratten und Schlangen.«

Kate erschauderte bei der Vorstellung, dass in der Dunkelheit eine Schlange über sie hinwegkroch. Der Gedanke, hier unten bei den Schlangen und Ratten zu übernachten ... Sie hob die Hände zu einer flehendlichen Geste. »Manche Details kannst du mir ruhig ersparen.«

»Ah, klar. Entschuldigung.« Er griff nach seinem Rucksack. »Noch was zu essen?«

»Nein. Danke. Was jetzt? Wie lange warten wir?«

Martin dachte kurz nach. »Angesichts der Größe von Marbella würde ich sagen: zwei Tage.«

»Was passiert da draußen?«

»Sie treiben alle zusammen und führen eine erste Selektion durch.«

»Eine Selektion?«

»Zuerst trennen sie die Sterbenden und die Degenerierten von den Überlebenden. Jeder Überlebende muss sich entscheiden, ob er den Immari-Eid ablegt oder sich weigert.«

»Und wenn er sich weigert?«

»Dann kommt er zu den Sterbenden und Degenerierten.«

»Was geschieht ...«

»Die Immari evakuieren die gesamte Bevölkerung. Sie verfrachten diejenigen, die den Eid ablegen, zusammen mit den anderen auf ein Seuchenschiff, das zu einem ihrer Stützpunkte fährt. Aber nur die Vereidigten kommen dort an.« Er hob den Leuchtstab auf, damit er Kates Gesicht sehen konnte. »Das ist jetzt wichtig, Kate. Wenn wir geschnappt werden und du vor die Wahl gestellt wirst, musst du den Eid ablegen. Versprich mir das.«

Kate nickte.

»Es sind nur Worte. Wichtig ist, dass man überlebt.«

»Und du wirst auch den Eid ablegen?«

Martin ließ den Leuchtstab zu Boden fallen, und Dunkelheit breitete sich zwischen ihnen aus. »Bei mir ist es etwas anderes, Kate. Sie wissen, wer ich bin. Wenn wir gefangen werden, müssen wir uns trennen.«

»Aber du legst den Eid ab.«

»Die Frage stellt sich bei mir nicht.« Martin stieß ein raues Husten aus, als hätte er sein Leben lang geraucht. Kate fragte sich, welche Partikel sie hier unten einatmeten. Er schüttelte den Kopf. »Ich habe mich ihnen damals angeschlossen. Es war der größte Fehler meines Lebens. Bei mir ist es etwas anderes.«

»Es sind nur Worte«, ahmte Kate ihn nach.

»Der Punkt geht an dich«, murmelte Martin. »Es ist schwierig zu erklären ...«

»Versuch es.« Kate trank noch einen Schluck Wasser. »Wir müssen schließlich irgendwie die Zeit totschlagen.«

Martin hustete erneut.

»Du brauchst frische Luft«, sagte Kate.

»Es liegt nicht an der Luft.« Martin griff in seinen Rucksack und zog eine weiße Dose heraus.

Im trüben Licht sah Kate, wie er sich eine weiße Tablette in den Mund steckte. Sie ähnelte einer Blume mit drei herzförmigen Blütenblättern und einem roten Ring in der Mitte. Eine Orchidee.

Kate war so entsetzt, dass sie kaum ein Wort herausbrachte. »Du ...«

»Ich bin nicht immun, nein. Ich wollte es dir nicht sagen, weil ich wusste, dass du dir Sorgen machen würdest. Wenn wir erwischt werden, komme ich in das Lager mit den Sterbenden. In diesem Fall musst du meine Forschung zu Ende bringen. Hier.« Er gab ihr etwas aus dem Rucksack – ein kleines Notizbuch.

Kate legte es desinteressiert zur Seite. »Wie viele Tabletten hast du noch?«, fragte sie.

»Genug«, sagte Martin trocken. »Mach dir keine Gedanken um mich. Und jetzt ruh dich aus. Ich übernehme die erste Wache.«

25

Altstadt
Marbella, Spanien

»Kate! Aufwachen!«

Kate schlug die Augen auf. Martin stand über ihr. Im schwachen Licht des LED-Stabs sah sie sein erschrockenes Gesicht.

»Los.« Martin zog Kate auf die Beine. Er nahm den Rucksack, gab ihn ihr und zog etwas heraus. Eine Pistole. »Setz den Rucksack auf. Bleib hinter mir«, sagte er, während er auf die Öffnung an der gegenüberliegenden Seite des runden Raums zusteuerte.

Kate sah nichts, aber da war ... ein entferntes Geräusch. Schritte. Martin richtete die Waffe auf die Öffnung. Mit der anderen Hand griff er nach unten und knipste das Licht aus, sodass sie in völlige Dunkelheit getaucht wurden.

Einige quälende Sekunden vergingen, während die Schritte lauter wurden. Sie gehörten zu zwei Menschen. Ein Lichtschimmer tauchte auf. Langsam wurde er heller, zog sich zusammen und nahm die Form einer Laterne an. Das Licht überquerte die Schwelle eine halbe Sekunde vor seinem Träger, einem bärtigen fetten Mann, der die junge Frau, die ihm auf den Fersen folgte, fast verbarg.

Als er Martin mit der ausgestreckten Pistole sah, ließ der

Mann die Laterne fallen, taumelte zurück und warf die Frau zu Boden.

Martin lief zu ihnen. Der Mann riss die Hände hoch und sprach schnell auf Spanisch. Martin sah von dem Mann zur Frau, dann redete er mit dem Bärtigen. Schließlich entstand eine Pause, und Martin taxierte die beiden, als versuchte er, die Glaubwürdigkeit ihrer Geschichte einzuschätzen. Er wandte sich zu Kate. »Nimm die Laterne. Sie sagen, dass Hunde in den Tunnels sind und Soldaten kommen.«

Kate hob die Laterne auf, und Martin bedeutete dem Mann und der Frau mit seiner Pistole, aufzustehen und in den Gang zu gehen, in dem Kate und Martin sich verborgen hatten. Das Paar gehorchte wie Gefangene, die zum Hofrundgang geschickt wurden, und alle vier schlugen schweigend ein scharfes Tempo ein.

Der Tunnel führte zu einem anderen runden Raum, in dem sie auf sechs weitere Leute stießen. Sie unterhielten sich hektisch, und die Gruppe schloss sich Kate, Martin und dem Paar an.

Kate fragte sich, wie sie mit den Hunden und den Soldaten fertigwerden sollten. Unwillkürlich tastete sie nach dem Rucksack, in dem sich ihre Pistole befand. Aber bevor sie etwas unternehmen konnte, endete der Tunnel in einem großen quadratischen Raum mit hoher gewölbter Decke. Es gab keinen Ausgang.

Zwei Dutzend Menschen standen dort. Alle wandten den Kopf, als Kates und Martins Gruppe eintrat.

Hinter sich hörte Kate den dicken Mann etwas rufen. Sie drehte sich um. Er sprach in ein Funkgerät. *Was ...*

Die hintere Wand explodierte, und Erde und Schutt flogen durch die Luft. Kate wurde von der Druckwelle zu Boden geworfen. Licht durchflutete den Raum, als der Staub sich legte. Kate sah Immari-Soldaten durch die Öffnung strömen. Sie schleiften die Leute aus dem zerstörten Gemäuer. Der dicke Mann, die Frau und fünf oder sechs andere halfen ihnen.

Das helle Licht und das Klingeln in ihren Ohren verwirrten Kate. Alles drehte sich in ihrem Kopf, und sie hatte das Gefühl, sich übergeben zu müssen.

Sie sah, wie einer der Soldaten Martins Pistole aufhob und Martin hochhievte und hinaustrug. Ein anderer Soldat packte sie. Sie wehrte sich, aber es war sinnlos. Die Immari hatten sie erwischt. Sie hatten sie alle.

26

Dorian öffnete die Augen und blickte durch die breite Glasscheibe. Er war nicht in einer Röhre – jedenfalls nicht in so einer wie bei seinem letzten Erwachen. *Wo bin ich? Bin ich dieses Mal wirklich tot?* Er musste tot sein. Die Wache hatte ihm in den Kopf geschossen. Er sah an sich hinunter. Er trug eine Uniform – die gleiche Uniform, die der Atlanter angehabt hatte. Durch das große Fenster konnte er in das Weltall sehen. Ein blauer und grüner Planet füllte die untere Hälfte der Scheibe aus. Gewaltige Maschinen krochen über die Oberfläche, wühlten die Erde auf und schickten rote Staubfahnen in die Atmosphäre. Nein, das war nicht nur Erde – die Maschinen verschoben ganze Berge.

»Die geologischen Messdaten liegen vor, General Ares. Die tektonischen Platten auf der Nordhalbkugel werden in den nächsten viertausend Jahren keine Probleme machen. Sollen wir sie so lassen?«

Dorian drehte sich zu dem Mann. Er stand neben ihm auf dem Aussichtsdeck des Raumschiffs. Dorian hörte sich selbst sagen: »Nein. Wir wissen nicht, ob sie das in viertausend Jahren reparieren können. Bringen Sie das jetzt in Ordnung.« Er wandte sich wieder zum Fenster. In der Spiegelung sah er sich selbst, aber der Mann, der ihn ansah, war nicht Dorian; es war der Atlanter in jüngeren Jahren. Er hatte dichtes weiß-goldenes Haar, das glatt am Kopf anlag.

Die Scheibe verschwand, und die Luft und die Schwerkraft veränderten sich. In der Ferne explodierte eine Bombe, und Dorian begriff, dass er sich in einer großen Stadt befand. Es war keine Stadt auf der Erde, das wusste er sofort. Jedes Gebäude schien eine einzigartige Form zu haben und glitzerte, als wäre es erst gestern aus einem ihm unbekannten Material erbaut worden. Schmale Stege verbanden die Bauwerke und durchzogen die Stadt wie ein Spinnennetz zwischen den funkelnden Kristallen einer Druse. Dann stürzte eines der Gebäude ein, und die Stege rissen von den benachbarten Häusern ab und gingen mit zu Boden, als wären es die Arme eines fallenden Menschen. Eine weitere Explosion ertönte, und das nächste Gebäude stürzte ein.

Der Soldat neben Dorian räusperte sich und sagte ruhig: »Sollen wir beginnen, Sir?«

»Nein. Lassen Sie es noch eine Weile weitergehen, damit die Welt sieht, was das für Leute sind, die wir bekämpfen.«

Wieder ereignete sich eine Explosion, alles wurde schwarz, und Dorian blickte erneut in die klaren Weiten des Alls. Jetzt stand er auf einer anderen Aussichtsplattform – auf einem Planeten. Nein, einem Mond. Er konnte den Planeten zu seiner Rechten sehen, aber der Blick ins All war viel beeindruckender. Eine Flotte von Schiffen reichte bis zu dem weiß brennenden Stern in der Ferne. Es waren Hunderte oder sogar Tausende. Der Anblick der gesamten Flotte verschlug ihm den Atem. Er spürte, wie die Härchen an seinen Armen sich aufstellten. Ein einziger Gedanke erfüllte seinen Kopf: *Ich habe gesiegt.*

Dorian versuchte seinen Blick zu fokussieren, aber das Bild entglitt ihm. Er war woanders, wiederum auf einem Planeten, und schritt über einen langen Betonweg auf ein monumentales Bauwerk zu. Er ging allein, aber zu beiden Seiten des Wegs drängte sich eine Menschenmenge, und viele versuchten, sich mit den Ellbogen den Weg nach vorn zu bahnen, um einen Blick auf ihn werfen zu können. Eine Frau und zwei Männer warteten am Fuß des Monuments, gleich vor der dunklen Öffnung. Dorian konnte die eingravierte Schrift über dem Eingang nicht richtig lesen, aber aus irgendeinem Grund wusste er schon, was dort stand: »Hier ruht unser letzter Soldat.«

Die Frau trat vor. »Es ist beschlossen. Sie werden den Weg in die Ewigkeit beschreiten.«

Dorian wusste, dass die Frau für die Kamera agierte und ihre Worte für die Geschichtsschreibung aufgezeichnet wurden. Sie hatte ihn betrogen. »Jeder hat das Anrecht zu sterben«, sagte er.

»Legenden sterben nicht.«

Dorian wandte sich ab, und den Bruchteil einer Sekunde lang erwog er, einfach wegzulaufen. Aber das war sein letzter Auftritt; so würde er in Erinnerung bleiben. Er ging in die Gedenkstätte und an der steinernen Fassade vorbei ins Schiff hinein. Die glitzernden grauen Wände reflektierten die perlenförmigen Lichter an der Decke und dem Boden. Die letzten Sonnenstrahlen verschwanden aus dem Gang hinter ihm, und die Lichter der riesigen Halle wurden heller. Reihen von Röhren erstreckten sich, so weit er sehen konnte. Sie waren alle leer. Mit einem Zischen öffnete sich langsam die erste Röhre, und Dorian ging hinein. So sollte es sein.

Kaum hatte sich die Röhre geschlossen, war sie schon wieder offen, und Dorian rannte aus seiner Gruft. Der Himmel war dunkel, bis auf die Blitze überall um ihn herum. Er blinzelte, und dann stand er in einer leeren Straße einer anderen

Spinnennetz-Stadt. Die Explosionen waren viel heftiger als die vorigen. Die ganze Stadt schien einzustürzen, und er sah Raumschiffe aus dem Himmel herabgleiten.

Dann war er wieder in der Halle mit den Röhren. Sie waren jetzt alle voll. Er rannte den langen Gang entlang. Entsetzt sah er zu, wie die Atlanter, sein Volk, aufwachten, schrien, aus den Röhren taumelten und starben. Der Strom von Menschen war endlos. Sobald einer starb, nahm ein Ersatzkörper in der Röhre Gestalt an, und der Kreislauf der Qual begann von vorn. Dorian stürmte zum Steuerpult und bewegte seine Finger in dem weißen und grünen Licht, das seine Hand einhüllte. Er musste das Wiedergeburtprogramm stoppen und ihre Höllenqualen beenden. Sie konnten nie mehr erwachen. Aber er konnte für ihre Sicherheit sorgen. Er war ein Soldat. Das war seine Aufgabe ... seine Pflicht.

Er trat von dem Steuerpult zurück und war wieder auf dem Aussichtsdeck eines Schiffs. Von unten schwebte eine blaue, grüne und weiße Kugel in sein Blickfeld. Die Erde. Der Himmel war klar und das Land darunter unberührt. Keine Städte, keine Zivilisation. *Ein ungeschliffener Diamant. Die Chance zu einem Neuanfang.*

Dorian drehte sich um und war wieder in dem anderen Schiff, aber nicht in der großen Halle mit den Röhren. Er stand in einem kleineren Raum, in dem sich zwölf Röhren befanden, alle leer. Er blinzelte, und ein Körper tauchte in einer Röhre in der Mitte auf – ein Frühmensch. Er blinzelte noch einmal, und ein zweiter Vorgänger der Menschen erschien.

Der Raum verschwand, und er war draußen auf einem Berggipfel. Die Sicht war durch gebogenes Glas verzerrt – das Visier seines Helms. Er trug einen Raumanzug, der dem ähnelte, den der Atlanter ihm gegeben hatte, und stand auf einem Streitwagen aus Metall, der knapp über den Baumwipfeln schwebte.

Die Sonne hing hoch am Himmel, und der dichte grüne Wald unter ihm wurde nur von Felsvorsprüngen durchbrochen, die wie Stufen hinab ins Tal führten.

Auf dem Grat bekämpften sich Höhlenmenschen mit Waffen aus Holz und Stein. Es waren zwei Spezies, das konnte Dorian jetzt erkennen. Eine Spezies war kleiner, aber sie hatte bessere Waffen. Sie gingen in Wellen auf ihre größeren Kontrahenten los. Sie warfen Speere und kommunizierten mit gutturalen Lauten, um ihre Angriffe zu koordinieren.

Die Sonne rückte am Himmel vor, und das Tal füllte sich mit Kämpfern. Die Schlacht wurde immer erbitterter geführt, bis sie zu einem einzigen Gemetzel wurde. Blut floss über die Erde und befleckte die weißen und grauen Felsen. Dorian stand auf dem Streitwagen und sah zu und wartete.

Dann ging die Sonne unter und ebenso schnell wieder auf, und das Tal war ruhig. Die Toten lagen so dicht, dass Dorian den Boden nicht sehen konnte. Fliegen umschwärmten die Leichen. Geier kreisten am Himmel. Auf den Felsgraten standen die siegreichen Menschen mit Speeren und Äxten in den Händen. Die Schlacht hatte rote und schwarze Flecke auf ihren Leibern hinterlassen, und sie blickten schweigend nach unten. Ein großer Mensch – der Anführer, dachte Dorian – trat vor und entzündete eine Fackel. Er sprach ein paar Worte oder gab Grunzlaute von sich und warf die Fackel ins Tal. Von dem Felsgrat ringsum folgten weitere, bis der Feuerregen das Unterholz, die Bäume und die Leichen in Brand setzte.

Dorian lächelte und schaltete den Stimmrekorder an seinem Helm ein. »Subspezies 8472 zeigt eine bemerkenswerte Begabung für die organisierte Kriegsführung. Sie ist die logi-

sche Wahl. Sie rottet die anderen Abstammungslinien aus.«
Zum ersten Mal schöpfte er Hoffnung, während er die primitive kriegslüsterne Spezies betrachtete.

Rauch breitete sich im Tal aus, stieg langsam auf und hüllte den Wald und schließlich den Grat ein. Der siegreiche Stamm verschwand in den schwarzen und weißen Wolken, die Dorian umgaben. Als der Rauch sich verzog, blickte Dorian wieder aus der Röhre in der Antarktis – auf demselben Schiff, das auch auf dem Heimatplaneten der Atlanter gewesen war. Seine Gedanken waren wieder seine eigenen, und er befand sich in seinem Körper.

Ein weiterer neuer Körper.

Der Atlanter stand da und sah ihn ruhig an. Dorian betrachtete ihn, sein Gesicht, den weißen Schopf auf seinem Kopf. Er war der Mann in dem Schiff gewesen, in seinem Traum. War es überhaupt ein Traum?

Die Röhre öffnete sich, und Dorian trat hinaus.

27

3 Kilometer unter der Operationsbasis Prisma
Antarktis

Dorian betrachtete den Atlanter eine Weile. Dann sah er sich um und sagte: »Okay, ich höre dir zu.«

»Du enttäuschst mich nicht, Dorian. Ich habe dir den Untergang meiner Welt und die Entstehung deiner Spezies gezeigt, und das reicht gerade einmal, um deine Aufmerksamkeit zu erringen?«

»Ich will wissen, was ich da gesehen habe.«

»Erinnerungen«, sagte der Atlanter.

»Wessen?«

»Unsere. Deine und meine. Erinnerungen aus meiner Vergangenheit, Erinnerungen aus deiner Zukunft.« Der Atlanter ging auf den Gang zu, in dem Dorians und Davids Leichen lagen.

Dorian folgte ihm und dachte über das nach, was er gesagt hatte. Aus unerfindlichen Gründen wusste er, dass es wahr war. Die Ereignisse waren real – seine Erinnerungen. Wie war das möglich?

Der Atlanter führte ihn den metallisch-grauen Gang entlang. »Du bist anders, Dorian. Du wusstest schon immer, dass du etwas Besonderes bist, dass du eine Bestimmung hast.«

»Ich ...«

»Du bist ich, Dorian. Mein Name ist Ares. Ich bin Soldat, der letzte Soldat meines Volks. Durch eine seltsame Wendung des Schicksals hast du meine Erinnerungen geerbt. Sie haben die ganze Zeit in deinem Kopf geschlummert. Ich habe sie erst bemerkt, als du in dieses Schiff gekommen bist.«

Dorian sah den Atlanter – Ares – fragend an und wusste nicht, was er sagen sollte.

»Tief in deinem Inneren weißt du, dass es wahr ist. 1918 wurde ein sterbender Siebenjähriger in Gibraltar in die Röhre gesteckt. Als du 1978 erwacht bist, warst du nicht mehr derselbe. Es war nicht die Zeit, die dich verändert hat. Du warst voller Hass und besessen von der Idee, Rache zu nehmen und eine Armee aufzubauen, um den Feind der Menschheit zu besiegen und deinen Vater zu finden. Du hast deine Bestimmung gespürt – der Kampf um die Zukunft deiner Rasse. Deshalb bist du hierhergekommen. Du wusstest sogar, was du tun musst: die Menschheit auf genetischer Ebene verändern. *Du* wusstest all das, weil *ich* es wusste. Es war mein Verlangen. Du hast meine Erinnerungen. Du hast meine Kraft. Du hast meinen Hass und meine Träume. Dorian, es gibt einen Feind in diesem Universum, der mächtiger ist, als du es dir vorstellen kannst. Mein Volk war das höchstentwickelte im bekannten Universum, und dieser Feind hat uns innerhalb eines Tags und einer Nacht besiegt. Er wird auch zu euch kommen. Es ist nur eine Frage der Zeit. Aber ihr könnt ihn schlagen – wenn du bereit bist, das Nötige zu tun.«

»Und das wäre?«

Ares drehte sich zu Dorian und sah ihm in die Augen. »Du musst dafür sorgen, dass die genetische Umwandlung deiner Spezies vollendet wird.«

»Warum?«

»Du weißt, warum.«

Eine Gedanke schoss Dorian durch den Kopf: *um eine Armee aufzubauen.*

»Genau«, sagte Ares. »Wir führen einen Krieg. Im Krieg überleben nur die Stärksten. Ich habe eure Evolution nur zu einem Zweck beeinflusst: Überleben. Ohne die letzten genetischen Veränderungen werden die Menschen hier nicht überleben. Keiner von uns.«

Dorian wusste, dass es wahr war; er hatte es schon immer gewusst. Das erklärte alles: seinen Ehrgeiz, seinen blinden, unerklärlichen Wunsch, die menschliche Rasse umzuwandeln und den unbekannten Feind zu besiegen. Zum ersten Mal in seinem Leben erschien ihm alles logisch. Er war zufrieden mit sich. Er hatte *die* Antwort gefunden. Er konzentrierte sich auf die bevorstehende Aufgabe. »Wie bauen wir eine Armee auf?«

»Der Koffer, den du nach draußen gebracht hast. Er sendet eine neue Strahlensignatur aus, die den Prozess abschließt. Nicht einmal Orchid kann das mutierte Virus aufhalten, das er entfesseln wird. Während wir uns unterhalten, breitet sich eine neue Infektionswelle von der Explosionsstelle mitten in Deutschland aus. Bald wird sie die ganze Welt erfassen. Die endgültige Umwandlung wird in den kommenden Tagen stattfinden.«

»Wenn das stimmt, was soll ich dann noch tun? Du hast die Lage offenbar gut im Griff.«

»Du musst dafür sorgen, dass niemand ein Gegenmittel findet. Wir haben Feinde dort draußen. Dann musst du mich befreien. Zusammen können wir die Überlebenden kontrollieren. Wir können den Kampf um diesen Planeten gewinnen. Sie sind unser Volk. Sie sind die Armee, die wir gegen unseren alten Feind ins Feld führen. Endlich werden wir den Krieg gewinnen.«

Dorian nickte. »Dich befreien. Wie?«

»Der Koffer hat zwei Funktionen. Er emittiert Strahlung, die Orchid unwirksam macht, und er hat ein Portal zu meinem Aufenthaltsort errichtet – ein künstliches Wurmloch, eine Brücke durch Raum und Zeit.« Der Atlanter blieb stehen, und Dorian begriff, dass sie vor der Tür zu dem Raum standen, in dem der Koffer und die beiden Anzüge gewesen waren. Die Tür glitt auf. Der Raum war bis auf den verbliebenen Anzug leer.

Dorian ging wortlos hinein und begann, den Anzug anzulegen.

»Es gibt noch etwas, das du tun musst, Dorian. Du musst mir die Frau bringen, die hier war. Finde sie, und nimm sie mit durch das Portal.«

Dorian zog den letzten Stiefel an und sah auf. »Die Frau?«

»Kate Warner.«

»Was hat sie damit zu tun?«

Der Atlanter führte ihn aus dem Raum und den Gang entlang. »Eine Menge, Dorian. Sie ist der Schlüssel zu allem. In Kürze wird sie eine Information erhalten – einen Code. Dieser Code ist entscheidend, um mich zu befreien. Du musst sie gefangen nehmen, *nachdem* sie den Code erhalten hat, und sie zu mir bringen.«

Dorian nickte, aber ihm schwirrte der Kopf. Woher wusste der Atlanter das alles?

»Ich weiß es, weil ich ihre Gedanken lese, so wie ich auch deine Gedanken lesen kann.«

»Unmöglich.«

»Es ist nur nach eurem wissenschaftlichen Verständnis unmöglich. Was ihr als Atlantis-Gen bezeichnet, ist in Wirklichkeit komplexe Biologie und Quantentechnik. Es nutzt physikalische Prinzipien, die ihr noch nicht entdeckt habt. Es hat euch durch die Evolution geleitet. Es hat viele Funktionen, aber eine davon setzt Prozesse in eurem Körper in Gang, die die Strahlung steuern.«

»Welche Strahlung?«

»Jeder menschliche Körper sendet Strahlung aus. Das Atlantis-Gen verwandelt dieses Rauschen in einen geordneten Datenstrom – einen kontinuierlichen Upload eurer Erinnerungen und physischen Veränderungen bis hinab zur zellulären Ebene. Es ist wie eine inkrementelle Sicherung, die jede Millisekunde Daten an einen zentralen Server übermittelt.«

Sie standen am Eingang zu der Halle mit den endlosen Reihen von Röhren. »Wenn dieses Schiff ein Todessignal empfängt und feststellt, dass keine weitere Übertragung stattfindet, stellt es einen neuen Körper her, eine bis zur letzten Zelle exakte Kopie.«

»Dann ist das hier ...«

»Ein Auferstehungsschiff.«

Dorian versuchte, das zu begreifen. »Sie sind alle tot?«

»Sie sind vor sehr langer Zeit gestorben. Und ich kann sie nicht aufwecken, werde sie nicht aufwecken. Du hast es selbst gesehen. Sie sind eines schrecklichen Todes gestorben, in einer Welt, in der man sich nicht einmal mehr an einen gewaltsamen Tod erinnern konnte. Aber wir beide können sie retten. Sie sind die Letzten unseres Volks. Sie verlassen sich auf dich, Dorian.«

Dorian betrachtete die Röhren mit neuer Wertschätzung. *Mein Volk.* Gab es noch andere? »Was ist mit dem Schiff in Gibraltar? Ist das auch ein Auferstehungsschiff?«

»Nein. Das ist etwas anderes. Ein Forschungsschiff. Ein Landefahrzeug, das nicht für lange Weltraumreisen geeignet ist. Es ist der *Alpha Lander* der wissenschaftlichen Expedition zur Erde. Darin gibt es acht Auferstehungskammern. Expeditionen sind gefährlich, und die Wissenschaftler erleiden manchmal Unfälle. Wie du weißt, haben die Auferstehungskammern auch die Fähigkeit zu heilen. Auferstehung funktioniert nur bei Atlantern. Und die Reichweite ist begrenzt. Die Atombombenexplosion in Gibraltar hat die Kammern dort wahrscheinlich zerstört. Diese Röhren hier sind die einzigen, die dich auferstehen lassen können. Aber wenn du dich mehr als hundert Kilometer entfernst, wirst du nicht wiederauferstehen. Das System stellt keine Kopie her, wenn es keine aktuellen Daten hat – das prometheische Gesetz. Wenn du hinaus in die Welt gehst, bist du wieder sterblich. Und wenn du stirbst, bist du für immer tot, Dorian.«

Dorian sah zu Davids Leiche. »Warum ist er nicht …«

»Ich habe die Auferstehungsfunktion für ihn deaktiviert. Du brauchst dir um ihn keine Gedanken zu machen.«

Dorian warf einen Blick in den Gang, der aus dem Schiff hinausführte. »Sie haben mich schon mal gefangen genommen. Sie trauen mir nicht.«

»Sie haben dich sterben sehen, Dorian. Wenn du wieder hier rauskommst, von den Toten auferstanden und mit der Erinnerung an das, was dir zugestoßen ist, wird sich niemand gegen dich stellen.«

Dorian zögerte einen Augenblick. Es gab noch eine letzte Frage, aber er wollte sie nicht stellen.

»Was?«, fragte Ares.

»Meine Erinnerungen … deine Erinnerungen …«

»Sie werden kommen, rechtzeitig.«

Dorian nickte. »Dann sehen wir uns bald.«

28

David Vale schlug die Augen auf. Er stand wieder in einer Röhre, aber an einem anderen Ort – nicht in der scheinbar endlosen Halle unter der Antarktis. Dieser Raum war höchstens sechs mal sechs Meter groß.

Sein Blick klärte sich. Dort standen drei andere Röhren, alle leer. Ein Bildschirm nahm den Großteil der gegenüberliegenden Wand ein, und darunter stand ein Steuerpult, das denen in den Schiffen in Gibraltar und der Antarktis ähnelte. Auf dem Boden lag ein zerknitterter Anzug. An beiden Enden des Raums befanden sich verschlossene Türen.

Wo bin ich? Was ist mit mir passiert? David hatte den Eindruck, dass der Raum sich von denen in der Antarktis unterschied; er erinnerte mehr an das Forschungslabor in Gibraltar, das Kates Vater in seinem Tagebuch beschrieben hatte. War das ein Labor? *Wenn ja, warum bin ich dann hier? Für ein Experiment?* Außerdem fragte er sich, warum er jedes Mal, wenn Sloane ihn tötete, in einer dieser Röhren aufwachte. Es war ohnehin schwer zu begreifen, dass er schon mehrmals erschossen worden war, aber jetzt musste er sich auf eine dringendere Angelegenheit konzentrieren: Wie er aus der Röhre kam. Als hätte sie nur darauf gewartet, öffnete sich die Röhre zischend, und die dünnen Wolken aus grauem und weißem Nebel wehten hinaus und lösten sich auf.

David musterte die Umgebung und wartete auf den nächsten Schachzug seines unsichtbaren Wärters. Als nichts geschah, taumelte er auf seinen nur widerspenstig gehorchenden Beinen hinaus. Er stützte sich am Steuerpult ab. Hinter ihm lag der Raumanzug. Der Helm lehnte auf der anderen Seite des Pults an der Wand. David sah jetzt, dass der Anzug beschädigt war. Er bückte sich und drehte ihn um. Es war ein Anzug gleich denen, die er in den Holo-Filmen in Gibraltar gesehen hatte. Die Atlanter hatten sie getragen, als sie das Schiff verließen und einen Neandertaler in der Nähe des Felsens von Gibraltar vor einem Opferritual retteten.

Er untersuchte den Anzug genauer. Über das Oberteil zog sich ein großer Riss. Von einer Schusswaffe? Das Material war durchtrennt worden, schien aber nicht versengt. Was hatte das zu bedeuten? In den Videos, die er gesehen hatte, war das Schiff in Gibraltar explodiert, nachdem es von einem gewaltigen Tsunami ans Ufer gespült worden war, und anschließend wieder ins Meer getrieben. Die Immari vermuteten, dass Methantaschen auf dem Meeresboden explodiert waren und das Schiff in mehrere Teile gerissen hatten.

Die Explosion hatte einen der Atlanter in den Anzügen ausgeschaltet, und der andere hatte ihn durch ein Portal getragen, das wahrscheinlich in die Antarktis führte.

Stammte dieser Anzug von einem der beiden Atlanter in Gibraltar? David suchte den Raum nach weiteren Hinweisen ab. Auf einer kleinen Bank hinter dem Steuerpult entdeckte er ein ordentlich gefaltetes Stoffstück.

Er humpelte hinüber. Seine Beine fühlten sich besser an, aber sie waren noch nicht zu hundert Prozent in Ordnung. Er faltete den Stoff auseinander. Es war eine schwarze Militäruniform. Er hielt sie in das schwache Licht der LED-Lampen in Boden und Decke. Die Uniform glitzerte und schien das Licht zu reflektieren. Es sah aus, als blickte er in einen sternenklaren Nachthimmel. Als er die Uniform bewegte, passte sie sich dem Licht und den Wänden dahinter an. Es war eine Art aktive Tarnung. Die Uniformjacke war völlig glatt und trug außer am Kragen keine Abzeichen. Dort befand sich auf der rechten Seite ein quadratisches Emblem: [II].

I.I. – Immari International. Es war eine Uniform der Immari-Armee.

Die linke Seite des Kragens bedeckte ein silbernes Eichenblatt – das Abzeichen eines Lieutenant Colonel.

David warf die Uniform zurück auf die Bank. Er war nackt, und er würde lieber so bleiben, als diese Uniform anzuziehen.

Er ging zurück zum Steuerpult und strich mit der Hand darüber. Kates Vater hatte gelernt, die Pulte der Atlanter zu bedienen. Bei ihm war ein blaues und grünes Licht erschienen, das mit der Hand interagierte, aber dieses Pult blieb dunkel. David drückte die Finger auf die Oberfläche, doch es reagierte nicht.

David sah zwischen den Türen hin und her. Es gab nichts Schöneres, als wie eine Ratte im Käfig festzusitzen. Er ging zur nächsten Tür und blieb einen Moment davor stehen, aber sie öffnete sich nicht. Er strich mit der Hand über die Bedienkonsole daneben. Nichts. Er legte die Hände auf das graue Metall und drückte. Die Tür gab nicht nach. Sie war so dicht verschlossen wie die Luke eines U-Boots.

Er probierte es bei der gegenüberliegenden Tür und erreichte das gleiche Ergebnis. Er saß in der Falle. Wie viel Luft hatte er? Wie lange würde es dauern, bis er verhungerte?

Er setzte sich in der Stille auf die Bank und dachte nach. Gegen seinen Willen schweiften seine Gedanken immer wieder zu Kate. Er fragte sich, wo sie in diesem Augenblick war. Er betete, dass sie sich in Sicherheit befand.

Er dachte an ihre eine gemeinsame Nacht in Gibraltar, in der er sich so anders gefühlt hatte als sonst. Dann war er aufgewacht, und sie war verschwunden gewesen. Er vergab es ihr, denn sie hatte versucht, ihn zu retten. Aber er hatte einen Fehler begangen: Als er in der Antarktis zurückgeblieben war, um Dorian und seine Männer aufzuhalten, hatte er sie erneut aus den Augen gelassen.

David beschloss, dass er das nicht mehr zulassen würde. Falls er jemals aus diesem Raum gelangen sollte, würde er Kate finden, egal, wo sie sich befand und was noch von der Welt übrig war, und dann würde er sie nie mehr gehen lassen.

29

Marbella, Spanien

Kate war in der dunklen Enge eines Laderaums aufgewacht, in dem die Menschen eingequetscht waren wie der frische Fang eines Fischers auf dem Weg zum Markt. Und so roch es auch: nach Schweiß und Fisch. Die Leute husteten und stießen sich gegenseitig mit den Ellbogen, während der Lastwagen mit Höchstgeschwindigkeit durch die holprigen Straßen von Marbella rumpelte.

Kate wollte Martin suchen, aber sie konnte kaum einen Meter weit sehen. Sie setzte sich in einem weniger beengten Teil mit dem Rücken an die Wand, weit weg von den Doppeltüren am Heck.

Der Laster wurde langsamer, hielt ein paar Sekunden und fuhr dann im Kriechtempo weiter. Dann bremste er abrupt. Die Luftbremsen zischten. Kurz darauf erstarb der dröhnende Motor.

Unter den eingepferchten Menschen breitete sich Panik aus. Alle sprangen auf und stürmten zu den Türen, die kurz darauf geöffnet wurden.

Das Licht der untergehenden Sonne beleuchtete die Umgebung. Kate stand da, ließ die Leute an sich vorbeiströmen und nahm alles in sich auf.

Von den beiden blauen Orchid-Flaggen am Zaun waren

nur noch verkohlte Reste übrig. Die Immari hatten sie hängen lassen, vielleicht als Zeichen ihres Triumphs. Ihre eigenen schwarzen Fahnen hatten sie zu beiden Seiten des Lagereingangs platziert. Immari-Soldaten in schwarzen Uniformen schritten in dem Wachturm, der nicht völlig zerstört worden war, auf und ab.

Der Lastwagen leerte sich jetzt schnell. Kate überlegte fieberhaft, was sie tun sollte. Sie nahm den Rucksack von den Schultern und öffnete ihn. Er war mit einem dicken Innenfutter ausgekleidet. Feuer- und wasserfest? Kate begutachtete den Inhalt: eine Pistole, ein Laptop, ein Satellitentelefon, Martins Notizbuch und das thermoskannenähnliche Gerät, in das er die Probe gesteckt hatte. Kate nahm die Pistole heraus. Sie konnte sich wohl kaum den Weg freischießen; sie war sich nicht einmal sicher, ob sie die Waffe überhaupt abfeuern konnte. Sie brauchte einen besseren Plan. Wenn sie mit der Pistole erwischt würde … Sie schob sie in eine dunkle Ecke. Den Rest der Ausrüstung musste sie behalten – Martin hatte die Sachen in Sicherheit gebracht; sie mussten wichtig sein, um das Heilmittel zu finden.

Martin hatte ihr gesagt, was als Nächstes geschehen würde: Die Immari würden die Menschen selektieren. Die Sterbenden mussten hier verrecken. Die Überlebenden konnten entweder den Eid ablegen oder ebenfalls sterben.

Sie musste eine Entscheidung treffen.

30

CDC
Atlanta, Georgia

Dr. Paul Brenner ging vor den Monitoren an der Wand auf und ab. Die Weltkarte, die sie zeigten, war mit roten Punkten übersät, die die Orchid-Distrikte darstellten. Über jedem Punkt stand eine Zahl: die Misserfolgsquote von Orchid für den jeweiligen Distrikt. Zu Beginn des Ausbruchs hatte Orchid bei ungefähr 0,3 Prozent der Infizierten nicht gewirkt, aber jetzt stiegen die Zahlen. In einem Distrikt in Deutschland starben mittlerweile fast ein Prozent der Bewohner an der Seuche. Würde Orchid letztendlich unwirksam werden?

Sie hatten zeitlich und räumlich begrenzte Misserfolge beobachtet, aber das hatte an der Rezeptur gelegen – Probleme bei der Herstellung. Jetzt war es ein globales Phänomen. Wenn es sich um eine neue ... Paul weigerte sich, das Wort »Mutation« auch nur zu denken, aber wenn es so war ...

»Spulen Sie es zurück«, sagte Paul. »Zeigen Sie mir die Misserfolgsquoten vor einer Stunde, vor zwei Stunden und so weiter, bis die Quote sich stabilisiert.«

Paul sah zu, wie die Zahlen sanken und schließlich konstant blieben. »Halten Sie an.« Er blickte auf die Zeitanzeige.

Er ging zu seinem Arbeitsplatz in dem großen Konferenzraum und blätterte durch einen Stapel Papiere. *Was war zu dem Zeitpunkt geschehen?* Hatten die Immari ein mutiertes Virus freigesetzt – eines, das Orchid nicht aufhalten konnte? Das war ihr Plan, zumindest lautete so die Arbeitshypothese. Er konzentrierte sich auf die Berichte über die Aktivitäten von Immari. Einer fiel ihm ins Auge. Er sah auf die Uhrzeit. Sie war dicht dran. Er überflog die Meldung.

Vertraulich
Mögliche Nuklearexplosion in der Immari-Forschungseinrichtung bei Nürnberg, Deutschland
Grund (wahrscheinlichste Theorie): Industrieunfall; Detonation einer experimentellen Waffe aus dem Waffenforschungsprogramm der Immari.

Paul wusste, dass Immari Research an allen möglichen fortschrittlichen Waffen arbeitete. Aber der Zeitpunkt ... Er las den Rest des Berichts.

Alternative Erklärungen:
(1) Immari hat vermutlich ein Objekt aus der Antarktis zur Untersuchung nach Deutschland gebracht; Zusammenhang möglich.
(2) Immari könnte die Einrichtung absichtlich zerstört haben, um zu verhindern, dass sie nach der Invasion in Südspanien den Alliierten in die Hände fällt.

Paul atmete tief durch. In zwei Punkten war er sich sicher: Erstens versagte Orchid überall auf der Welt, und zweitens hatte es mit einer Aktion von Immari begonnen. Wie viel Zeit blieb ihnen noch? Ein oder zwei Tage? Konnten sie in der Zeitspanne überhaupt etwas unternehmen?

»Verbinden Sie mich mit der Arbeitsgruppe«, sagte Paul. Es war Zeit für einen Schuss ins Blaue.

31

David hatte unzählige Male versucht, die Türen zu öffnen und das Steuerpult zu bedienen. Er war sogar zurück in die Röhre gestiegen, weil er hoffte, sie würde einen Fluchtweg öffnen. Seit er aufgewacht war, hatte sich im Raum nichts verändert. Er spürte, dass er schwächer wurde. Ihm blieben vielleicht noch ein paar Stunden.

David musste etwas unternehmen. Er ging zu dem beschädigten Atlanter-Anzug, der zerknüllt am Boden lag. Vielleicht, wenn er ihn anziehen würde ... Er hielt ihn sich vor die Brust und ließ die Beine herunterbaumeln. Sie reichten ihm kaum bis zu den Waden. David war einen Meter neunzig groß und breitschultrig. Der Besitzer des Anzugs musste unter einen Meter achtzig und von zarter Gestalt gewesen sein, vielleicht eine Frau. Er ließ den Anzug fallen und sah zu der nagelneuen Immari-Uniform.

Er setzte sich neben die Uniform auf die Bank. Sie war das Einzige, das er noch nicht ausprobiert hatte. *Was habe ich für eine Wahl?* Widerwillig zog er die Hose und die Stiefel an. Er stand mit der Jacke in der Hand auf. In den vier Röhren sah er sein verzerrtes Spiegelbild. Die frischen Schusswunden an Brust und Schulter waren verschwunden. Auch die älteren Narben auf der Brust waren ausradiert: Brandmale von dem einstürzenden Gebäude, unter dem er bei den Anschlägen vom 11. September verschüttet worden war, eine Stichwunde unter dem Brustkorb, die er sich bei einem Einsatz bei Jakarta zugezogen hatte, und Verletzungen von Granatsplittern aus Pakistan. Er war ein neuer Mensch. Nur seine Augen waren dieselben – eindringlich, aber nicht hart.

Er strich sich durch das kurze blonde Haar, schnaufte und betrachtete eine Weile die Jacke, das letzte Uniformteil. Schließlich zog er sie an, und sie passte sich funkelnd an das Licht an.

David fragte sich, ob er wieder in einer Röhre aufwachte, falls er sterben würde. Als wären seine Gedanken gelesen worden, bildete sich der Länge nach ein feiner Riss durch die erste Röhre. Weitere Risse zweigten davon in alle Richtungen ab und vervielfältigten sich wie Zellen in einer Petrischale. Bei den anderen Röhren geschah das Gleiche, bis alle vier von einem weißen Netz durchzogen waren. Ein Knacken ging durch die Röhren, und die winzigen Glasstücke fielen nach innen.

Wo die vier Röhren gestanden hatten, glitzerten jetzt Kegel aus Splittern wie Diamanten im Licht.

Das beantwortet wohl meine Frage, dachte David. Was immer auch außerhalb dieses Raums geschah, hier würde er nicht wiederauferstehen.

Die Tür zu seiner Rechten löste sich mit einem Zischen von der Wand und glitt langsam auf. David ging zur Schwelle und streckte den Kopf hinaus. Ein enger Gang erstreckte sich, so weit er sehen konnte. Perlenartige Lichter an Decke und Boden erleuchteten ihn schwach.

Als er in den Gang trat, schloss sich die Tür zum Röhrenraum hinter ihm. Es gab keine Türen an den Seiten des Korridors, und er war enger als die, die David zuvor gesehen hatte. War es ein Fluchtweg oder ein Wartungsschacht? Nach einigen Minuten endete der Gang vor einer ovalen Tür. Sie öffnete sich, als er sich näherte, und dahinter befand sich ein runder Raum, der ein Aufzug sein musste. David ging hinein und wartete. Es fühlte sich nicht an, als bewegte der Aufzug sich vertikal, aber der Boden schien sich zu drehen.

Nach einer Minute öffnete sich die Tür mit einem Zischen. Der Luftstrom warf David gegen die Rückwand, ebbte jedoch schnell ab.

Die Luft war feuchtkalt wie unter der Erde. Hinter der Tür war es stockdunkel. David trat hinaus. Die Wände waren aus Stein, aber glatt – eine Maschine hatte dieses Loch gebohrt. *Wo bin ich?* Es war kühl, aber nicht eisig. Dies war nicht die Antarktis. Gibraltar?

Der Gang hatte eine Steigung von ungefähr zwanzig Grad. Führte er an die Oberfläche? Es gab kein Licht am Ende des Tunnels. Vielleicht lag eine Kurve vor ihm.

David breitete die Arme aus und ging los. Er ließ die Finger über die Seitenwände gleiten und hoffte, dass sich etwas veränderte. Nichts geschah, aber die Luft wurde mit jedem Schritt wärmer und trockener. Noch immer war es dunkel vor ihm. Dann glitt ein elektrisches Feld über ihn hinweg. Es fühlte sich an wie das Prickeln von statischer Ladung auf der Haut.

Der kühle dunkle Tunnel war verschwunden, und David stand draußen in einer bergigen Landschaft. Es war Nacht, und die Sterne leuchteten hell – heller, als er es jemals gesehen hatte, selbst in Südostasien. Falls er sich in Europa oder Afrika befand, musste die ganze Lichtverschmutzung aufgehört haben. Und wenn das der Fall war ... In der Ferne, hinter dem nächsten Bergrücken hallten Schüsse und Explosionen durch die Nacht. David lief los, stolperte über den rauen Fels und lehnte sich oben an den Grat.

Zu seiner Linken fielen die Berge steil zur Küste ab, die sich bis in die Ferne zog. David versuchte zu begreifen, was er dort sah – es wirkte fast, als wären zwei Welten aus verschiedenen Zeiten vermischt worden.

Eine postapokalyptische Festung oder eine Militärbasis aus der Zukunft stand auf einer Halbinsel mit einem langgezogenen Hafen. Die Halbinsel ragte mindestens fünf Kilometer ins Meer hinein und war an der Landverbindung vielleicht hundert Meter breit – ein Engpass, an dem man sie hervorragend gegen Bodenangriffe verteidigen konnte. Eine hohe Mauer ragte dort hinter der verbrannten Einöde auf. Berittene Soldaten stürmten in mehreren Wellen schießend und brüllend auf die Mauer zu. Es sah aus wie ein mittelalterlicher Angriff auf eine Burg – eine Burg aus einer fernen Zukunft. Verwundert trat David näher an die Kante, um einen besseren Blick zu haben. Die vorderen Reiter warfen etwas.

Eine gewaltige Explosion erschütterte die Mauer. Die auflodernde Feuerwand ließ David zurücktaumeln und erhellte das Gebiet um die Festung. Auf der anderen Seite der Meerenge sah David einen Berg über dem Wasser aufragen. Die Überreste des Felsens von Gibraltar. Er war in Nord-Marokko, auf der anderen Seite der Straße von Gibraltar. Auf der Halbinsel lag die spanische Exklave Ceuta oder das, was davon übrig war, nachdem sie jemand in eine Festung verwandelt hatte. Teile der Stadt standen noch, aber ...

Hinter sich hörte David einen Lastwagen anspringen. Als er sich umdrehte, leuchteten Scheinwerfer auf und blendeten ihn. Im Licht der Explosion hatte ihn jemand in den Bergen entdeckt.

Eine Männerstimme rief herab: »Keine Bewegung!«

David sprang von dem Grat, während Projektile gegen den Stein schlugen. Er taumelte zurück zu der Felswand, aus der er gekommen war, und tastete fieberhaft nach dem Eingang. Er war nicht mehr da. Wo auch immer er durchgekommen war, der Durchgang musste nur in eine Richtung passierbar sein, eine Art Kraftfeld, das sich schloss und von außen wie Stein anfühlte.

Er hörte hinter sich Stiefel poltern. Als er sich umwandte, stürmten Immari-Soldaten auf die Felszunge und umzingelten ihn.

32

Immari-Ausbildungslager Camelot
Kapstadt, Südafrika

Dorian stand an dem hohen Fenster. Die Immari-Soldaten, die das Gelände unter ihm bevölkerten, brachen ihr Lager ab und begaben sich auf den Weg zum Hafen, wo die Schiffe auf sie warteten.

Eine Frau kommandierte einen Trupp von Soldaten. Sie hatte ... Haltung und ein gewisses Etwas, das Dorian nicht recht fassen konnte. »Kosta«, sagte er zu seinem neuen Assistenten, der hinter ihm am Schreibtisch arbeitete.

Der kleine dicke Mann kam zu Dorian. »Sir?«

»Wer ist die Frau?«

Kosta blickte hinab. »Welche ...« Dorian zeigte auf sie. »Da, die mit den blonden Haaren und dem ... markanten Gesicht.«

Kosta zögerte. »Ich ... ich weiß nicht, Sir. Sind Sie mit ihr unzufrieden? Ich kann sie versetzen ...«

»Nein, nein. Finden Sie nur heraus, wer sie ist.«

»Ja, Sir.« Kosta zögerte. »Die übrigen Schiffe sind bald da. Wir versuchen noch, mehr warme Kleidung aufzu...«

»Nicht nötig.«

»Sir?«

»Wir fahren nicht in die Antarktis. Wir fahren nach Norden. Unser Kampf findet in Europa statt.«

TEIL II

WAHRHEIT, LÜGEN & VERRÄTER

33

Immari-Flotte
Vor der Küste von Angola

Dorian fuhr mit den Fingern über Johannas nackten Rücken, über den Hintern, am Bein hinab. Wunderschön. Makellos.

Als er seine Hand wegnahm, seufzte sie, hob den Kopf und strich sich das goldene Haar aus den Augen. »Habe ich geschnarcht?«, fragte sie schüchtern.

Dorian gefiel ihr Akzent. Niederländisch, dachte er. Waren ihre Eltern nach Südafrika ausgewandert? Wenn er sie fragte, würde er persönliches Interesse zeigen. Schwäche. Er hatte sich einzureden versucht, dass sie geistlos und oberflächlich wäre, dass sie sein Interesse nicht verdiente, dass sie nur eine von vielen Frauen auf diesem oder einem anderen Schiff der Flotte wäre. Aber ... sie hatte etwas an sich. Es lag nicht daran, dass man sich gut mit ihr unterhalten konnte. Sie hatte die meiste Zeit in der Kabine damit verbracht, nackt herumzuliegen, in alten Klatschzeitschriften zu blättern, zu schlafen oder ihm gefällig zu sein.

Er drehte sich von ihr weg. »Wenn du schnarchen würdest, wärst du nicht hier.«

Ihr Tonfall änderte sich. »Willst du ...«

»Wenn ich Sex will, mache ich mich schon bemerkbar.«

Es klopfte leise an der Stahltür.

»Herein«, rief Dorian.

Die Tür öffnete sich quietschend, und Kosta trat ein. Sobald er Dorian mit der Frau auf dem Bett liegen sah, wirbelte er herum und stürmte zur Tür.

»Um Himmels willen, Kosta, haben Sie noch nie zwei nackte Menschen gesehen? Bleiben Sie hier. Was zum Teufel wollen Sie?«

»Die Übertragung zu den spanischen Gefangenen ist in einer Stunde bereit, Sir«, sagte Kosta mit abgewandtem Gesicht. »Die Kommunikationsabteilung würde gern die Themen mit Ihnen durchsprechen.«

Dorian stand auf und zog seine Hose an. Johanna sprang vom Bett, suchte seinen Pullover und reichte ihn ihm lächelnd. Dorian sah sie nicht an. Er warf den Pullover auf den Stuhl vor dem Schreibtisch.

»Ich schreibe meine Reden selbst, Kosta. Holen Sie mich, wenn es so weit ist.«

Dorian hörte, wie Johanna sich im Bett wälzte, um seine Aufmerksamkeit zu erregen. Er ignorierte sie. Er musste sich konzentrieren, um die richtige Botschaft herauszuarbeiten. Die Ansprache war wichtig – sie gab den Ton vor für den folgenden Vorstoß nach Europa und alles, was danach geschehen würde. Er musste verdeutlichen, dass es um mehr ging als um das Überleben, um mehr als Eigeninteresse. Die Menschen sollten die Entscheidung, sich Immari anzuschließen, als etwas Höheres betrachten – als den Eintritt in eine Bewegung. Eine Unabhängigkeitserklärung, einen Neuanfang. Befreiung von Orchid ... und was noch? Was bewegte die Spanier? Was gab es für Probleme? Was war ihre »Seuche« vor der Atlantis-Seuche? Worauf würden sie anspringen?

Er kritzelte etwas auf ein Blatt:

Seuche = globaler Kapitalismus: eine darwinistische Kraft, die man nicht aufhalten kann; sie durchsetzt jedes Land, löscht die Schwachen aus und erwählt die Starken.

Orchid = Impuls der Zentralbank: billiges Geld, eine falsche Behandlung, die niemals die grundlegenden Probleme löst, nur die Symptome unterdrückt und die Qualen verlängert.

Aktueller Ausbruch = wie eine neue weltweite Finanzkrise: nicht eingrenzbar, unheilbar, irreversibel. Unabwendbar.

Es könnte funktionieren. Er beschloss jedoch, es ein wenig abzumildern.

Ares hat recht, dachte Dorian. Die Seuche war die ultimative Gelegenheit, die Menschheit zu erneuern. Eine einheitliche Gesellschaft ohne Klassen und Konflikte. Eine Armee, die wie ein Mann ein gemeinsames Ziel verfolgte: Sicherheit.

Johanna warf das Laken zur Seite und präsentierte ihm ihren atemberaubenden Körper. »Ich habe meine Meinung geändert.«

Deine Meinung geändert?, dachte Dorian. Er war überrascht, dass sie überhaupt eine Meinung zu irgendetwas hatte. Und jetzt hatte sie es sich anders »überlegt«. Er malte sich aus, was als Nächstes käme. Vielleicht eine Bemerkung zu der möglichen Trennung irgendwelcher »Stars«, von denen Dorian noch nie gehört hatte? Oder etwas wie: »Meinst du, das Kleid würde mir gut stehen?« Als gäbe es den Fummel im Schiffsladen im Sonderangebot.

»Faszinierend ...«, murmelte Dorian und widmete sich wieder seiner Arbeit.

»Ich habe mir überlegt, dass ich dich lieber mochte, als du nur geschlafen, getrunken und mich gebumst hast.«

Dorian schnaufte und legte den Stift auf den Tisch. Seine Rede konnte warten.

34

Immari-Selektionslager
Marbella, Spanien

Während Kate in der Schlange stand, sah sie sich im Lager um und überlegte, wie sie entkommen könnte. Der Orchid-Distrikt lag in Trümmern. Die ausgebrannten Ruinen hatten kaum noch Ähnlichkeit mit der Fünf-Sterne-Ferienanlage am Meer vor dem Ausbruch der Seuche oder dem Zufluchtsort, den Martin ihr gestern gezeigt hatte. An den Wachtürmen und auf dem Gelände des Fuhrparks schwelten noch Feuer und schickten dünne schwarze Rauchsäulen in den Himmel, die wie Schlangen an den weißen Hoteltürmen hochkrochen. Die untergehende Sonne glühte rot und orange über dem Mittelmeer. Kates Kolonne marschierte schweigend auf die Küste zu wie Schafe auf dem Weg zum Schlachthaus.

Die Immari-Soldaten taten das, was Martin vorhergesagt hatte: Sie selektierten die Gefangenen. Die Kranken wurden zu dem nächsten Turm geleitet, wo Wachen mit Gewehren und Viehtreibern sie durch die Türen scheuchten. Kate fragte sich, was sie mit ihnen tun würden. Würden sie sie dort sterben lassen? Ohne Orchid wären sie innerhalb von drei Tagen tot. Martin musste irgendwo unter ihnen sein. Kate hatte ihn nicht mehr gesehen, seit sie gefangen genommen worden waren. Sie suchte die Menge nach ihm ab.

»Vorwärts!«, rief ein Soldat.

Entweder hatten sie Martin schon in den Turm gebracht, oder er war noch hinter ihr. Sie konnte den Blick nicht von dem Turm mit den Kranken abwenden. Was würden sie in ein paar Tagen tun, wenn er voller Toter wäre? Und wenn sie Marbella evakuierten? Vor ihrem inneren Auge sah Kate, wie das Gebäude von Explosionen erschüttert wurde und einstürzte. Sie musste Martin irgendwie herausholen. Sie ...

»Weitergehen!«

Jemand packte sie am Arm und zerrte sie nach vorn. Ein anderer Mann betastete grob die Lymphknoten an ihrem Hals. Er stieß sie nach links, wo ihr ein dritter – kein Soldat, vielleicht ein Arzt – ein langes Wattestäbchen in den Mund schob und damit über die Innenseite ihrer Wange strich. Er steckte das Stäbchen in ein mit einem Barcode versehenes Plastikröhrchen. Das Röhrchen wurde mit vielen anderen in eine Maschine gestellt. DNS-Proben. Sie sequenzierten die Genome der Überlebenden. Dank ihres gefärbten Haars und des Schmutzes aus dem Tunnel war Kate sich ziemlich sicher gewesen, dass die Soldaten sie nicht erkennen würden – sie sah völlig anders aus als vierundzwanzig Stunden zuvor. Aber wenn sie eine DNS-Probe hatten und sie abgleichen konnten, würden sie sofort wissen, wer sie war.

In diesem Augenblick packte eine Wache auf der anderen Seite ihre Hand und schob sie in die kleine runde Öffnung einer zweiten Maschine. Ein stechender Schmerz schoss ihr ins Handgelenk, aber ehe sie aufschreien konnte, war es schon vorbei. Die Wache stieß sie zurück, und sie stand einem anderen Mann gegenüber, der mit einem Handscanner über ihren Körper fuhr.

»Negativ«, sagte er und schob Kate in die Menge auf der anderen Seite der Techniker und der Maschinen.

Kate stand eine Weile dort und überlegte, was sie tun sollte. Als die Gruppe sich ein wenig lichtete, entdeckte sie zwei bekannte Gesichter: der Mann und die Frau, die sie in den Tunneln in die Hände der Immari geführt hatten.

Ein untersetzter Mann mit blasser Haut kam zu ihr. »Alles in Ordnung! Es ist vorbei!«, sagte er mit einer Mischung aus Nervosität und Begeisterung. »Sie sind eine Überlebende. Wir sind gerettet.«

Kate sah erst zurück zu den Technikern, dann auf ihr Handgelenk und die brennende rote Schwellung, die den schwarzen Barcode umgab.

»Woher wissen Sie ...«

»Dass Sie eine Überlebende sind? Sie hatten keine Orchid-ID – kein Implantat.«

Implantat? Martin hatte nichts von einem Implantat gesagt.

Der nervöse Mann schien Kates Verwirrung zu erahnen. »Sie wissen nichts von den Implantaten?«

»Ich ... habe nichts mitgekriegt.«

»Oh Gott. Lassen Sie mich raten, Sie waren hier im Urlaub und haben sich versteckt, als die Seuche ausgebrochen ist? Ich auch!«

Kate nickte langsam. »Ja, so ungefähr.«

»Wahnsinn! Wo soll ich anfangen? Also, Sie haben kein Implantat, also wurden Sie nicht eingefangen und mussten nicht die Zwangstherapie über sich ergehen lassen. Sie werden es nicht glauben. Nach dem Ausbruch wurde in Spanien das Kriegsrecht verhängt. Die Regierung hat alles unter ihre Kontrolle gebracht und die, die noch am Leben waren, in riesige Konzentrationslager getrieben. Alle wurden gezwungen, das Medikament zu nehmen. Orchid, das die Seuche hinauszögert, aber nicht heilt. Jedem wurde ein Implantat eingesetzt, eine Art biotechnisches Gerät, das aus den körpereigenen Aminosäuren ein Heilmittel herstellt oder so. Jedenfalls hat die Regierung das behauptet. Wer weiß, was das Ding wirklich macht. Aber Sie haben keins, also sind Sie definitiv eine Überlebende. Jetzt sind wir aus dem Schneider. Die Immari haben Marbella befreit. Es gibt Gerüchte, dass es in ganz Südspanien so abläuft. Sie räumen hier auf und sorgen dafür, dass die Welt wieder normal wird.«

Kate betrachtete noch einmal die Menge. Sie sah jetzt, dass es zwei Gruppen gab. Ihre eigene, in der sich die bekannten Überlebenden befanden, und eine viel größere, die aus den symptomfreien Einwohnern der Orchid-Distrikte bestand. Die DNS-Proben, die Barcodes ... allmählich begriff Kate. Die Immari katalogisierten alle und führten ihre eigenen Versuche durch, ein Feldexperiment, um das endogene Retrovirus zu isolieren, das das Atlantis-Gen steuerte. Das war ihr Ziel – die Stichprobe zu vergrößern. Die Befreiung war nur ein Nebeneffekt. Eine Tarnung. Oder steckte noch etwas anderes dahinter?

Martins Worte gingen ihr durch den Kopf: *Versprich mir, dass du den Eid ablegst.* Kate würde es nicht machen. Nicht nach alldem, was sie getan hatten. Und immer noch taten. Was könnte sie erreichen, wenn sie den Eid ablegte? Sie würden sie früher oder später entdecken. Sie konnte es nicht verhindern. Und sie wusste nicht, wie sie Martin damit helfen sollte. Wenn sie die Wahl hatte, würde sie lieber in dem Wissen sterben, keinen falschen Eid geschworen und sich nicht dem Feind gebeugt zu haben.

Hinter Kate leuchtete eine Leinwand auf, die aus von den Soldaten aufgehängten weißen Laken bestand und so groß war wie im Autokino. In der darauf projizierten Szene konnte man einen Holzschreibtisch vor einer stählernen Schottwand sehen. Das Büro eines Kapitäns auf einem Schiff? Ein Mann ging an der Kamera vorbei, drehte sich um und setzte sich aufrecht an den Schreibtisch. Sein Gesicht war hart und gefühllos.

Kate verkrampfte sich. Ihr Mund wurde trocken.

»Mein Name ist Dorian Sloane.«

Sie blendete seine Worte aus und wurde völlig von einem einzigen Gedanken beherrscht: *Wenn Dorian lebt, ist David tot.* Der Beweis war dort auf der Leinwand, drei Meter hoch und sieben Meter breit, und blickte auf die verängstigte Menge. *Wenn Dorian lebt, ist David tot.* Jetzt, da sie Gewissheit hatte, wurde ihr erst klar, wie viel Hoffnung sie noch in sich getragen hatte. Tränen traten ihr in die Augen, aber sie blinzelte sie weg. Sie atmete tief durch und unterdrückte den Impuls, sich die Augen zu reiben. Um sie herum wischten sich einige die Tränen aus den Augen, aber aus völlig anderen Gründen. Einige Leute klatschten, fielen sich in die Arme und jubelten. Manche Gesichter waren hart wie Kates, und viele Menschen sahen einfach zu Boden oder wandten den Blick von der Leinwand ab. Dorian fuhr mit seiner Rede fort, ohne etwas von all den Gefühlsausbrüchen mitzubekommen.

»Ich spreche zu Ihnen nicht als Befreier, nicht als Erlöser, nicht als Führer. Ich bin nur ein Mensch, ein Mann, der zu überleben versucht und so viele andere Leben wie möglich retten möchte. Allerdings bin ich in einer einzigartigen Position. Als Vorsitzender von Immari International verfüge ich über die Mittel, um etwas zu bewirken. Immari hat eine Sicherheitsabteilung, einen privaten Geheimdienst, natürliche Ressourcen, Kommunikationsunternehmen, Transportfirmen und – das ist vielleicht das Wichtigste – eine der fortschrittlichsten Forschungs- und Entwicklungsabteilungen der Welt. Kurz gesagt, wir sind in der Lage, in diesen schwierigen Zeiten zu helfen. Aber auch unsere Mittel sind begrenzt. In dem Sinne, dass wir nur die Schlachten schlagen können, die wir auch gewinnen können. Aber wir drücken uns nicht vor dem Kampf und unserer Verantwortung als Menschen. Wir werden die Leben retten, die wir retten können. Sehen Sie sich an. Sehen Sie, was die Regierungen der Welt für Sie getan haben.

Wir stehen einer in der menschlichen Evolution beispiellosen Bedrohung gegenüber. Einem Wendepunkt. Einer Flut. Das Blut derer, die in dieser neuen Welt nicht überleben können, reicht uns bis zur Hüfte. Die Regierungen haben Sie an diese Leute gekettet, die in der Flut nicht schwimmen können. Sie lassen Sie mit ihnen untergehen. Wir bieten Ihnen einen Ausweg, eine ausgestreckte Hand von einer Rettungsinsel. Wir geben Ihnen die Wahl. Immari International hat den Mut zu tun, was getan werden muss, die Leben zu retten, die wir retten können, und die anderen zu beenden und ihnen Frieden zu schenken. Das möchte ich Ihnen heute anbieten: Leben, eine neue Welt, aufgebaut von den Überlebenden. Wir wollen keine Gegenleistung, außer Ihrer Loyalität und Hilfe beim Aufbau dieser neuen Welt. Und wir werden die Hilfe aller körperlich gesunden Menschen brauchen. Die wahre Herausforderung liegt noch vor uns. Wir wollen nur die Gelegenheit ergreifen, in der kommenden Katastrophe unseren Beitrag zu leisten, und ich stelle Sie jetzt vor eine Entscheidung: Schließen Sie sich uns an, oder unterlassen Sie es. Wenn Sie es unterlassen, werden wir Ihnen nichts tun. Wir werden Sie denen übergeben, die mit uns uneins sind, sodass Sie Ihre eigenen Lösungen finden können. Wir wollen kein Blutvergießen; die Welt hat genug Blut an den Händen.

Unsere Gegenspieler nennen uns ein Imperium. Sie verbreiten Lügen, in dem verzweifelten Versuch, sich an ihre

Macht zu klammern. Überlegen Sie, was sie mit ihrer Macht getan haben – sie haben eine Welt geschaffen, in der es zwei Klassen von Ländern gibt: die Erste und die Dritte Welt. Und sie haben dem Kapitalismus erlaubt, die Bürger aller Länder – sowohl der Ersten als auch der Dritten Welt – mit Füßen zu treten, indem er sie nach ihrem ökonomischen Wert einteilt. Der Platz eines Menschen in der Gesellschaft wird davon bestimmt, wie viel die Welt bereit ist, für seine tägliche Arbeit zu zahlen. Die Seuche ist lediglich das biologische Äquivalent des Programms, mit dem sie uns seit Jahrhunderten entzweien.

Die Lösung von Immari International ist einfach: eine Welt mit einem Volk, in dem alle zusammenarbeiten. Wenn Sie die alte Welt bevorzugen, wenn Sie lieber Orchid nehmen, in einem Konzentrationslager sitzen und auf ein Heilmittel warten wollen, das niemals kommen wird, wenn Sie einfach abwarten wollen, ob Sie leben oder sterben werden, dann können Sie das tun. Oder Sie können sich für das Leben entscheiden, für eine gerechte Welt und die Chance, etwas Neues aufzubauen. Entscheiden Sie sich jetzt. Wenn Sie nicht Teil der Immari-Lösung sein wollen, dann bleiben Sie stehen, wo Sie sind. Wenn Sie uns unterstützen und helfen wollen, so viele Leben wie möglich zu retten, dann treten Sie vor zu den Männern mit den Immari-International-Schildern. Die Mitarbeiter an den Schreibtischen werden Sie befragen, um herauszufinden, welche Fähigkeiten Sie haben und wie Sie Ihren Mitmenschen helfen können.«

Die Menge um Kate begann sich aufzulösen. Vielleicht jeder Zehnte blieb stehen. Vermutlich weniger.

Kate gab es nur ungern zu, aber Dorian hatte für jeden, der sein wahres Wesen nicht kannte, eine überzeugende Ansprache gehalten. Er war ein gewandter Redner; das wusste sie nur zu gut. Während sie dastand und zusah, wie die Leute zu den Immari-Soldaten strömten, zog ein Bilderreigen durch ihren Kopf. Ihr Vater: gestorben, weil er ein Massaker der Immari zu verhindern versucht hatte. Ihre Mutter: gestorben an der Seuche, die sie entfesselt hatten. David: getötet von Dorian. Und Martin, ihr Adoptivvater, würde ihr nächstes Opfer sein. Er hatte so viele schwere Entscheidungen getroffen und Opfer gebracht, damit es ihr gut ging und sie in Sicherheit war. Er hatte so lange versucht, sie zu beschützen.

Sie würde ihn nicht im Stich lassen. Egal, was geschah. Und sie würde seine Forschung zu Ende bringen.

Sie tastete nach dem Rucksack auf ihrem Rücken. Enthielt er den Schlüssel zu einem Heilmittel?

Sie trat einen Schritt vor. Und noch einen. Sie würde das Spiel mitspielen – so lange es nötig war. Das hatte ihr Vater auch getan. Aber er hatte sich von ihnen abgewandt, und sie hatten ihn in einer Grube unter Gibraltar begraben. Sie würde nicht aufgeben.

Sie mischte sich unter die wachsende Menge, die plappernd zu den Schreibtischen strömte. »Da sind Sie ja.«

Kate drehte sich um. Es war der Mann mittleren Alters, der sie vorhin angesprochen hatte. »Hallo«, sagte Kate. »Tut mir leid, wenn ich vorhin so kurz angebunden war. Ich ... war mir nicht sicher, auf welcher Seite Sie stehen. Es hat sich herausgestellt, dass ich eine Überlebende bin.«

35

Bei Ceuta
Nord-Marokko

In der Dunkelheit der Nacht konnte David die gigantische Militärbasis hinter den Lichtern am Absperrzaun nur erahnen.

Die Umgebung der Basis gab ihm ebenfalls Rätsel auf. Zuerst hätte David schwören können, dass ihr Konvoi aus drei Jeeps über ein erstarrtes Lavafeld raste. Hier und dort stiegen Rauchwolken von dem verklumpten und verkohlten Boden auf. Der Geruch bestätigte Davids schlimmste Befürchtungen. Die Immari hatten einen Graben um diesen Teil der Stadt gezogen, alles niedergebrannt und die Überreste eingeebnet, sodass eine freie Fläche entstand, die ihre Feinde durchqueren mussten, wenn sie angreifen wollten. Raffiniert. Drastisch, brutal, aber raffiniert.

Die Szene erinnerte ihn an etwas, an eine Vorlesung. Für einen Moment war er zurück an der Columbia University, bevor die Welt sich verändert hatte und ihm im wahrsten Sinne des Wortes auf den Kopf gefallen war. Die Stimme seines Professors hallte durch den Hörsaal.

»Der römische Kaiser Justinian befahl, die Leichen zu verbrennen. Das war Mitte des sechsten Jahrhunderts. Das Weströmische Reich war den Goten zugefallen, die Rom geplündert und die Kontrolle über seine Verwaltung übernommen hatten. Das Oströmische Reich mit der Hauptstadt Konstantinopel, dem heutigen Istanbul, war eine entscheidende Macht in der zivilisierten Welt. Damals war es der größte Ballungsraum der Erde. Es herrschte über Persien, das Mittelmeer und jedes Land, in das seine Armee segeln konnte. Die Pest, die 541 ausbrach, veränderte alles, für immer. Es war eine Pestilenz, wie sie die Welt noch nie gesehen hat – bis zum heutigen Tag. Die Straßen der Stadt färbten sich rot vom Blut der Toten.

Es gab so viele Opfer, dass Justinian befahl, die Leichen ins Meer zu werfen. Aber es waren immer noch zu viele. Gleich hinter den Stadtmauern gruben die Römer riesige Massengräber, die jeweils siebzigtausend Menschen aufnehmen konnten. Die Feuer brannten tagelang.«

Die Geschichte wiederholt sich, sinnierte David. Wenn das in Ceuta geschehen war, wie sah es dann im Rest der Welt aus? Die Seuche, entfesselt durch Toba-Protokoll – das Ereignis, das er seit zehn Jahren zu verhindern suchte –, hatte sich ausgebreitet. Er hatte versagt. Wie viele waren gestorben? Gegen seinen Willen konzentrierte er sich auf einen Menschen: Kate. War sie aus Gibraltar weggekommen? Wenn ja, wo war sie dann? In Südspanien? Hier in Marokko? Sie war die sprichwörtliche Nadel im Heuhaufen, aber falls er den vor ihm aufragenden Koloss überleben sollte, würde er ihn niederbrennen, um sie zu finden. Er musste auf seine Gelegenheit warten, auf eine Chance zu fliehen. Vom Rücksitz des Jeeps aus sah er, wie sie den verbrannten Streifen der Stadt hinter sich ließen.

Der Konvoi bremste vor dem Stahltor in der Mitte der Mauer. Auf beiden Seiten hing eine schwarze Flagge. Als das Tor sich öffnete, um die Jeeps durchzulassen, wurden die Fahnen von einem Windstoß erfasst und breiteten sich aus:

[II]. Immari International. Die weiße Mauer ragte mindestens zehn Meter hoch auf und war an einigen Stellen von schwarzen Streifen überzogen, die zweifellos Spuren der Belagerung durch den berittenen Feind darstellten. Durch diese Musterung wirkte das geöffnete Tor wie das Maul eines Zebras, das den Konvoi verschlingen wollte. Die Flaggen flatterten wie Ohren im Wind. *In den Schlund der Bestie,* dachte David, als sie unter der Mauer hindurchfuhren und sich das Tor schnell hinter ihnen schloss.

Die acht Soldaten, die ihn in den Bergen ergriffen hatten, hatten ihm die Hände gefesselt und an den Gürtel gebunden. Schweigend hatte er auf dem Rücksitz des Jeeps gesessen und die holprige, manchmal schmerzhafte Fahrt aus den Bergen erduldet. Er hatte verschiedene Fluchtszenarien durchgespielt, aber alle endeten damit, dass er aus dem Jeep sprang, sich die Knochen brach und kampfunfähig war.

Jetzt drehte er sich auf dem Sitz nach links und rechts, um das Innere der Basis für eine mögliche Flucht auszukundschaften. Immari-Soldaten liefen zu den Türmen an der Mauer und schafften Nachschub hinauf. Das Ausmaß verblüffte David. Wie viele Soldaten waren hier? Mindestens tausend arbeiteten an der landeinwärts gerichteten Mauer. Und die anderen Mauern zum Meer hin waren mit Sicherheit auch bemannt. Jenseits der Mauer und der Türme und der breiten Versorgungswege standen Häuserreihen an der Straße. Sie wirkten unbewohnt, aber gelegentlich trat ein Soldat hinein oder hinaus.

Drei Reihen aufgehäufter Erde verliefen auf beiden Seiten parallel zur Straße. Ungefähr alle fünf Meter steckte ein Holzpfahl wie ein abgeschnittener Telefonmast im Boden. An jedem hingen in unterschiedlicher Höhe zwei pralle Säcke. Zuerst dachte David, es wären riesige Wespennester.

Vor ihnen ragte eine weitere weißgetünchte Mauer auf, die sich kaum von der Außenmauer unterschied, und das verriet David, worum es sich hier handelte: eine Todeszone. Falls die Feinde der Immari jemals die äußere Mauer durchbrechen sollten, würden sie sie in diesem Zwischenbereich zerfetzen. In der aufgehäuften Erde verbargen sich mit Sicherheit Minen, und David vermutete, dass die Säcke an den Pfählen mit leeren Patronenhülsen, Nägeln und anderem Schrott gefüllt waren, um jeden, der zwischen diesen Mauern gefangen war, in Stücke zu reißen.

Die alte Festung war auch in anderer Hinsicht modernisiert worden. Auf allen Wachtürmen standen gewaltige Geschütze. David erkannte das Model nicht. Etwas Neues? Viele Häuser hatten keine Dächer mehr, und David nahm an, dass im Inneren Luftabwehrgeschütze darauf warteten, auf hydraulischen Liften hochgefahren zu werden, um feindliche Flugzeuge vom Himmel zu holen. Allerdings bezweifelte er, dass die berittenen Angreifer welche hatten.

Die Soldaten sprachen ins Funkgerät, und das Tor in der inneren Mauer öffnete sich. Diese Mauer war weniger verkohlt als die äußere, dennoch reichten einige Zebrastreifen vom Fuß bis zur Krone. Als er durch das Tor gefahren wurde, sah David seine Fluchtchancen schwinden. Die nächste Wache niederzuschlagen und wegzurennen würde hier nicht funktionieren. Er musste sich konzentrieren.

Hinter dem inneren Tor reihten sich Häuser und Geschäfte an einer Straße, die nicht mit Minen und improvisierten Sprengsätzen versehen war. Es sah eher aus wie in einer malerischen Altstadt. Hier gab es neben weiteren Soldaten auch Leute in Zivilkleidung. Es war eindeutig der Hauptwohnbereich der Basis.

Jenseits der zweiten Reihen von Wohnhäusern und Geschäften stand eine viel ältere Steinmauer. Wieder wurde ein Tor geöffnet. Die Stadt ähnelte einer russischen Matrjoschka.

Ceuta war entstanden wie andere Städte am Mittelmeer. Vor Tausenden von Jahren hatten Menschen eine kleine Siedlung am Ufer errichtet. Diese Siedlung hatte als Handelsposten floriert. Das hatte weitere Siedler und gewissenlose Schmarotzer angezogen: Piraten und Diebe. Während der Handel und das Verbrechen aufblühten, war die erste Stadtmauer erbaut worden, und im Laufe der Jahrhunderte hatte die Stadt sich ausgebreitet, und immer wieder waren neue Außenmauern errichtet worden, um die neuen Bürger zu schützen.

Hier, im innersten Bereich, waren die Gebäude viel älter, und es gab keine Zivilisten, nur Soldaten und scheinbar endlose Mengen von Artillerie, Munition und anderer Ausrüstung. Die Immari bereiteten sich auf einen Krieg vor, und das war ein eindeutig ein wichtiger Stützpunkt. Und dies war auch die Zitadelle der Stadt. Hier würde über sein Schicksal entschieden werden.

David drehte sich zu dem Soldaten, der neben ihm saß. »Corporal, ich weiß, dass Sie nur Ihre Befehle befolgen, aber Sie müssen mich freilassen. Sie machen einen großen Fehler. Bringen Sie mich aus dem Stadttor, und lassen Sie mich gehen. Niemand wird es mitbekommen, und Sie ersparen sich das Kriegsgericht, weil Sie eine verdeckte Operation behindert haben.«

Der junge Mann sah David an, zögerte und blickte dann schnell zur Seite. »Unmöglich, Colonel. Der ständige Befehl lautet, jeden außerhalb der Mauern zu inhaftieren oder zu töten.«

»Corporal ...«

»Es wurde schon gemeldet, Sir. Sie müssen mit dem Major sprechen.« Der junge Soldat wandte sich ab, während der

Jeep in einen Hof fuhr, in dem der Fuhrpark untergebracht war. Der Konvoi hielt an, und die Soldaten zogen David aus dem Wagen, brachten ihn in das Gebäude, führten ihn durch mehrere Flure und verfrachteten ihn in eine Zelle mit Eisengittern und einem schmalen hohen Fenster.

David stand in der Zelle und wartete. Seine Hände waren noch immer an den Gürtel gebunden. Nach einer Weile hallten laute Schritte durch den steinernen Gang, und ein Soldat tauchte auf. Auf der Schulter seiner glatt gebügelten Uniform prangte ein silberner Streifen. Ein Lieutenant. Er kam zu David, hielt jedoch Abstand zum Gitter. Im Gegensatz zu dem Corporal im Jeep klang seine Stimme nicht zögerlich. »Wie heißen Sie?«

David trat vor. »Meinten Sie, wie heißen Sie, *Colonel?*«

Auf seinem Gesicht zeichnete sich Unsicherheit ab. »Wie heißen Sie, Colonel?«, sagte er langsam.

»Wurden Sie über die verdeckten Operationen hier in Marokko informiert, Lieutenant?«

Der Lieutenant sah sich nervös um. »Nein ... darüber wurde ich nicht unterrichtet ...«

»Und wissen Sie auch, warum?« David hob seine gefesselten Hände. »Antworten Sie nicht. Das war eine rhetorische Frage. Sie wurden nicht informiert, weil die Operationen *verdeckt* sind. Geheim. Wenn Sie meine Anwesenheit hier zu den Akten geben, ist meine Operation erledigt. Und somit auch Ihre Chance, jemals befördert zu werden oder etwas anderes zu tun, als Kartoffeln zu schälen. Verstanden?«

David ließ seine Worte auf den jungen Mann wirken. Als er fortfuhr, war sein Ton weniger scharf. »Im Moment kenne ich Ihren Namen nicht, und Sie kennen meinen nicht. Das ist gut so. Im Moment ist es nur eine Verwechslung, ein dummer Fehler einer niederrangigen Grenzpatrouille. Wenn Sie mich freilassen und mir einen Jeep geben, ist die Sache vergessen.«

Der Lieutenant zögerte, und David hatte den Eindruck, er stehe kurz davor, die Schlüssel aus der Tasche zu ziehen, als Stiefel über den Gang polterten und ein weiterer Soldat erschien, ein Major. Der höherrangige Offizier sah von dem Lieutenant zu David, als hätte er sie bei etwas ertappt. Seine Miene war sanft, nahezu ausdruckslos. Er schien sich zu amüsieren, dachte David.

Der Lieutenant straffte sich bei seinem Anblick und sagte: »Sir, er wurde in den Bergen unterhalb von Jebel Musa aufgegriffen. Er weigert sich, seinen Namen zu nennen, und ich habe keinen Überstellungsbefehl.«

David musterte den Major. Ja, er kannte den Mann. Sein Haar war länger und das Gesicht schlanker, aber die Augen waren dieselben, die David vor Jahren auf einem Foto gesehen hatte, das an die Kopie eines Einsatzberichts geheftet war. Der Agent hatte den Bericht in ordentlichen Druckbuchstaben geschrieben, als wäre jedes Zeichen und jedes Wort wohlüberlegt. Der Major war ein Clocktower-Agent gewesen – ein Mitglied des Geheimdienstes, für den David gearbeitet hatte. Vor Kurzem hatte David erfahren, dass Clocktower in Wahrheit von Immari kontrolliert wurde. Der Major wusste möglicherweise, wer David war. Aber wenn nicht ... So oder so war David erledigt, wenn er nichts unternahm.

Er trat dichter an die Gitterstäbe. Der Lieutenant ging einen Schritt zurück und legte die Hand auf den Pistolengriff. Der Major wich nicht von der Stelle. Er drehte langsam den Kopf.

»Sie haben recht, Lieutenant«, sagte David. »Ich bin kein Colonel. Genauso wenig wie der Mann neben Ihnen ein Major ist.« David fuhr fort, ehe der Lieutenant etwas sagen konnte. »Und ich erzähle Ihnen noch etwas, das Sie nicht über den ›Major‹ wissen. Vor zwei Jahren hat er einen hochrangigen Terroristen namens Omar al-Quso ausgeschaltet. Er hat ihn in der Abenddämmerung aus einer Entfernung von fast zwei Kilometern erschossen.« David nickte dem Major zu. »Ich erinnere mich daran, weil ich den Einsatzbericht gelesen habe und mir dachte, Wahnsinn, was für ein Schuss.«

Der Major legte den Kopf schräg, dann zuckte er die Achseln und wandte zum ersten Mal den Blick ab. »Ehrlich gesagt, war es ein Glückstreffer. Ich hatte schon die zweite Kugel in die Kammer geladen, als ich gemerkt habe, dass al-Quso nicht mehr aufstand.«

»Ich ... verstehe nicht«, stammelte der Lieutenant.

»Ganz einfach. Unser geheimnisvoller Besucher hat soeben eine geheime Clocktower-Operation beschrieben, also ist er entweder ein Niederlassungsleiter oder ein Chefanalyst. Ich glaube nicht, dass die Analysten so oft ins Fitnessstudio gehen wie unser Colonel hier. Lassen Sie ihn frei.«

Der Lieutenant schloss die Zelle auf und band Davids Hände los, dann wandte er sich wieder dem Major zu. »Soll ich ...«

»Sie sollen verschwinden, Lieutenant.« Er drehte sich um und ging den Gang entlang. »Folgen Sie mir, *Colonel*.«

Während David durch den Steingang ging, fragte er sich, ob er jetzt noch tiefer in der Falle saß oder sich gerade daraus befreite.

36

Immari-Operationsbasis in Ceuta
Nord-Marokko

Der Major führte David aus dem Gebäude mit den Arrestzellen und durch einen großen Hof voller Bretterverschläge. David hörte es aus dem Inneren rascheln. Hielten sie hier ihr Vieh? Undefinierbare Geräusche drangen durch die Nacht.

Der Major schien Davids Interesse zu bemerken. Er sah zu den Ställen. »Barbaren, die auf den Fährmann warten.«

David überlegte, was er damit meinte. In der griechischen Mythologie brachte der Fährmann die Seelen der kürzlich Verstorbenen über die Flüsse Styx und Acheron in die Unterwelt. David beschloss, es dabei bewenden zu lassen. Er musste wichtigere Rätsel lösen.

Sie gingen schweigend zu einem großen Gebäude in der Mitte der inneren Stadt.

Im Büro des Majors sah sich David schnell um. Er wollte nicht zu neugierig wirken, aber einige Dinge fielen ihm ins Auge. Es war zu groß. Es handelte sich eindeutig um das Büro des Kommandanten der Militärbasis. Und es war karg. Nackte weiße Wände, eine schwarze Immari-Flagge in der Ecke und ein einfacher Holzschreibtisch mit einem Drehstuhl dahinter und zwei Klappstühlen auf der anderen Seite.

Der Major ließ sich auf den Drehstuhl fallen, nahm ein Päckchen Zigaretten aus der oberen Schublade und zündete sich mit einem Streichholz schnell eine an. Mit dem Streichholz in der Hand sah er David an. »Rauchen Sie?«

»Ich habe nach dem Ausbruch aufgehört. Ich dachte mir, in ein paar Wochen gibt es sowieso keine Zigaretten mehr.«

Der Major schüttelte das Streichholz aus und warf es in den Aschenbecher. »Zum Glück bin ich nicht so schlau.«

David setzte sich nicht an den Schreibtisch. Er wollte Abstand zu dem Major wahren. Er ging zum Fenster, sah hinaus, dachte nach und hoffte, der Major würde etwas preisgeben, das er nutzen konnte.

Der Major blies eine Rauchwolke aus und sprach langsam, als wöge er jedes Wort sorgfältig ab. »Ich bin Alexander Rukin. *Colonel* ...«

Er ist gut, dachte David. Gleich zur Sache. Ohne sich eine Blöße zu geben. *Was habe ich, das mir weiterhilft?* Das Zimmer. Ein Major, der eine so große Basis kommandierte? Das war unwahrscheinlich, aber David hatte den Eindruck, dass es keinen Vorgesetzen vor Ort gab. »Man hat mir gesagt, der Kommandant der Basis würde informiert, falls wir in Kontakt kämen.«

»Vielleicht wurde er das ja.« Rukin zog an seiner Zigarette. David spürte eine Veränderung. *Wechselt er die Strategie?*

»Er ist in Südspanien und leitet die Invasion. Er hat fast alle Männer zu sich abkommandiert. Wir haben hier nur eine Rumpftruppe. Unser Basiskommandant, Colonel Garrott, wurde vor zwei Tagen umgenietet. Der blöde Arsch hat seine Runde gedreht, jeden Wachturm besucht und den Männern die Hände geschüttelt, als wäre er zum Bürgermeister gewählt worden. Ein Scharfschütze der Berber hat ihn mit einem Schuss erledigt. Wir nehmen an, dass der Schütze in den Hügeln war, deshalb haben wir die Patrouillen verstärkt. Und die Schallortung an den Mauern. Jetzt müssen Sie mir sagen, was Sie hier tun.«

Rukin fütterte ihn mit wertlosen Details und spekulierte darauf, dass David seinerseits zu erzählen begann und einen Fehler beging. »Ich habe einen Auftrag.«

»Was ...«

»Es ist geheim.« David wandte sich zu Rukin um. *Wie viel Zeit bleibt mir? Vielleicht eine Stunde, bis er rausfindet, dass ich ihm was vormache. Bestenfalls kann ich es ein bisschen hinauszögern.* »Fragen Sie nach. Wenn Sie die nötige Freigabe haben, wird man Sie einweihen.«

»Sie wissen, dass das nicht geht.«

»Warum nicht?«

»Die Explosion.« Rukin sah David aufmerksam an. »Wissen Sie nichts davon?«

»Offensichtlich nicht.«

»Jemand hat im Immari-Hauptquartier in Deutschland eine subatomare Bombe gezündet. Im Moment stellt niemand irgendwelche Anfragen, schon gar nicht bezüglich verdeckter Operationen.«

David konnte seine Überraschung nicht verbergen. Das war der Ansatzpunkt, den er brauchte. »Ich ... war unterwegs, ohne Kommunikationsmittel.«

»Von wo aus?«

Das war der Test. »Von Recife«, sagte David.

Rukin beugte sich vor. »Es gibt keine Clocktower-Niederlassung in Recife.«

»Wir waren in der Aufbauphase, als die Analysten eliminiert wurden. Dann hat die Seuche zugeschlagen. Ich konnte gerade noch entkommen. Seitdem bin ich mit einem Spezialauftrag unterwegs.«

»Interessant. Eine wirklich interessante *Geschichte*, Colonel. Und das ist die Realität: Wenn Sie mir nicht *sofort* sagen, wer Sie sind und warum Sie hier sind, muss ich Sie in eine Zelle sperren, bis ich Ihre Identität feststellen kann. Sonst bin ich es, den sie am Arsch kriegen.«

David sah ihn an. »Sie haben recht. Es ist ... die übliche Geheimniskrämerei im Einsatz. Eine alte Angewohnheit. Vielleicht war ich zu lange bei Clocktower.« Dann erzählte David die Geschichte, die er sich zurechtgelegt hatte, seit er durch das Tor gebracht worden war. »Ich bin hier, um zu helfen, die Basis zu sichern. Sie wissen ja, wie wichtig Ceuta für die Sache ist. Ich heiße Alex Wells. Wenn das Hauptquartier zerstört ist, muss es jemand aus der Kommandoebene der Spezialkräfte geben, der das bestätigen kann.«

Rukin kritzelte Notizen auf einen Block. »Bis dahin muss ich Sie unter Bewachung in die Quartiere sperren. Das verstehen Sie doch, Colonel.«

»Natürlich«, sagte David. *Ich habe ein bisschen Zeit gewonnen.* Würde es reichen, um hier rauszukommen? David hatte ein vorrangiges Ziel: Kate zu finden. Dazu brauchte er weitere Informationen. »Ich habe eine ... Bitte. Wie gesagt, ich war unterwegs. Ich würde gern alle Neuigkeiten erfahren, die Sie kennen. Nichts Geheimes natürlich.«

Rukin lehnte sich auf seinem Metallstuhl zurück und schien sich zum ersten Mal zu entspannen. »Es geht das Gerücht um, dass Dorian Sloane zurückgekehrt ist. Natürlich wurde er in der Antarktis inhaftiert. Aber es heißt, er hatte einen Koffer dabei. Die Idioten, die das Kommando hatten, haben den Koffer ins Hauptquartier gebracht, und das Ding hat das Gebäude in die Luft gesprengt. Natürliche Auslese, wenn Sie mich fragen.«

»Was ist aus Sloane geworden?«

»Das ist das Seltsamste dabei. Angeblich hat er, als er verhört wurde, einen Wachmann getötet und dem Vorsitzenden Sanders die Kehle aufgerissen. Dann, kaum zu glauben, haben sie ihn getötet – zwei Schüsse in den Kopf aus kurzer Distanz. Eine Stunde später ist er wieder aus den Gewölben gekommen. Ein völlig neuer Körper – mit all seinen Erinnerungen. Er hatte keinen Kratzer.«

»Unmöglich ...«

»Und das ist noch nicht alles. Die Immari wollen unbedingt diesen Mythos um ihn herum aufbauen. Es funktioniert. Das Fußvolk verehrt ihn jetzt. Das Ende aller Tage, der Messias, Verzückung ... hier in Ceuta und überall, wo die Immari-Flagge weht. Es ist widerlich.«

»Sie glauben nicht an die Sache?«

»Ich glaube, dass die Welt den Bach runtergeht und Immari das Stück Scheiße ist, das oben schwimmt.«

»Dann ... hoffen wir, dass es weiterschwimmt. Major, ich bin ziemlich erschöpft von meiner Reise.«

»Klar.«

Rukin rief zwei Soldaten herbei und befahl ihnen, David zu den Quartieren zu eskortieren und eine Rund-um-die-Uhr-Bewachung einzurichten.

Alexander Rukin drückte die Zigarette aus und starrte auf die Worte auf dem Papier.

Die Tür öffnete sich. Captain Kamau, sein Stellvertreter, trat ein.

Der große Afrikaner sprach mit tiefer Stimme. »Kaufen Sie ihm die Geschichte ab, Sir?«

»Natürlich. Ich glaube ja auch an den Osterhasen.« Rukin zündete sich eine neue Zigarette an und warf einen Blick in die Schachtel. Noch drei.

»Wer ist er?«

»Keine Ahnung. Aber er ist nicht zu unterschätzen. Ein Profi. Vielleicht einer von uns, aber wahrscheinlich eher einer von der anderen Seite.«

»Soll ich es melden?«

»Bitte.« Rukin reichte ihm das Blatt. »Und lassen Sie ihn scharf bewachen. Sorgen Sie dafür, dass er nicht mehr sieht, als die Alliierten sowieso aus der Luft sehen.«

»Ja, Sir.« Kamau sah auf das Blatt. »Lieutenant Colonel Alex Wells?«

Rukin nickte. »Ich bin nicht sicher, dass es ein falscher Name ist, aber die Ähnlichkeit zu Arthur Wellesley ist schon seltsam.«

»Wellesley?«

»Der Duke of Wellington. Er hat Napoleon in der Schlacht von Waterloo besiegt. Aber egal.«

»Wenn er ein Schwindler ist, warum knöpfen wir ihn uns nicht sofort vor und verhören ihn?«

»Sie sind ein guter Soldat, Kamau, aber Sie haben keine Ahnung von Geheimdienstarbeit. Wir müssen rausfinden, worum es hier geht. Er könnte uns zu einem dickeren Fisch führen oder eine größere Operation verraten. Manchmal benutzt man kleine Fische als Köder.«

Der Major drückte seine Zigarette aus. Er war ein geduldiger Mensch. »Bringen Sie ihm eine Frau. Mal sehen, ob er bei ihr gesprächiger ist.« Wieder sah er auf seine Zigarettenpackung. »Und besorgen Sie mir neue Zigaretten.«

»In der Verpflegungsstelle gibt es keine mehr, Sir.« Kamau zögerte. »Aber ich habe gehört, dass Lieutenant Shaw gestern welche beim Kartenspielen gewonnen hat.«

»Wirklich? Schade, dass sie ihm gestohlen wurden. Manche Männer sind wirklich vom Pech verfolgt.«

»Ich kümmere mich darum, Sir.«

David rieb sich die Augen. Zwei Dinge standen fest: Major Rukin hatte ihm seine Geschichte nicht abgenommen, und er konnte sich den Weg hier raus nicht freischießen. Er beschloss, sich auszuruhen und dann die Wachen vor der Tür zu überwältigen. Wie es danach weitergehen sollte, wusste er nicht.

Ein leichtes Klopfen an der Tür unterbrach seine Gedankengänge.

David stand auf. »Herein.«

Eine schlanke Frau mit wehendem schwarzem Haar und karamellfarbener Haut trat ein und schloss schnell die Tür hinter sich. »Mit den besten Empfehlungen von Major Rukin«, sagte sie leise und ohne ihn anzusehen.

Sie war wirklich wunderschön. Je mehr David von dieser Welt sah, desto weniger gefiel sie ihm.

»Du kannst wieder gehen.«

»Bitte ...«

»Geh«, beharrte David.

»Bitte, Mister. Ich bekomme Ärger, wenn Sie mich wegschicken.«

Vor seinem geistigen Auge sah David, wie die junge Frau auf ihn stieg, nachdem er eingeschlafen war, und ihm mit einem Messer die Kehle aufschlitzte. Er würde es Rukin durchaus zutrauen. Das Risiko konnte er nicht eingehen. »Und ich könnte in Schwierigkeiten geraten, wenn du bleibst. Geh jetzt. Ich sage es dir nicht noch mal.«

Sie ging ohne ein weiteres Wort hinaus.

Wieder klopfte es, dieses Mal heftiger.

»Ich habe nein gesa...«

Die Tür wurde geöffnet, und ein großer Afrikaner tauchte auf. Er nickte den beiden Wachen zu, trat ein und schloss die Tür hinter sich.

Ein einziger Gedanke schoss David durch den Kopf. *Ausgespielt.* »Kamau«, flüsterte er.

»Hallo, David.«

37

Immari-Operationsbasis in Ceuta
Nord-Marokko

Eine Weile sagten weder David noch Kamau ein Wort. Sie standen einfach da und sahen sich an.

Schließlich brach David das Schweigen. »Bist du gekommen, um mich zum Major zu bringen?«

»Nein.«

»Hast du ihm verraten, wer ich bin?«

»Nein. Und ich habe es auch nicht vor.«

Eine einzige Frage beschäftigte David: Auf welcher Seite stand Kamau? Er musste eine Möglichkeit finden, seine Gesinnung zu testen, ohne die eigene preiszugeben. »Warum hast du es ihm nicht verraten?«

»Weil du es ihm nicht verraten hast. Ich vermute, du hattest einen Grund dafür, auch wenn ich nicht weiß, welchen. Vor drei Jahren hast du mir im Golf von Aden das Leben gerettet.«

David erinnerte sich an die Operation: Eine Einsatztruppe aus verschiedenen Clocktower-Zellen hatte einen Piratenring sprengen wollen. Kamau war ein Agent aus Nairobi gewesen. Er war ein fähiger Soldat, der an diesem Tag einfach Pech gehabt hatte. Sein Team war an Bord des zweiten von drei Piratenschiffen gegangen und schnell überrannt worden – es war unmöglich gewesen, die Anzahl der Kämpfer auf den Schiffen vorher festzustellen. Davids Team hatte sein Schiff gesichert und war Kamaus Team dann zu Hilfe geeilt. Für viele Agenten war es zu spät gewesen.

»Ich habe noch nie jemanden so wie dich kämpfen gesehen«, fuhr Kamau fort. »Bis heute nicht. Wenn ich damit meine Schuld bei dir begleichen kann, werde ich deine Identität geheim halten. Und ich werde dir helfen, wenn du es willst und du hier bist, um das zu tun, was ich glaube.«

War das ein Köder, um ihn aus der Reserve zu locken?, fragte David sich. Er neigte dazu, Kamau zu trauen, aber er brauchte mehr Informationen. »Wie bist du hier gelandet?«

»Ich habe vor drei Monaten einen Granatsplitter ins Bein bekommen. Clocktower hat mir Krankenurlaub gegeben, und ich wollte aus Nairobi weg. Ich hatte Familie in Tanger. Ich habe mich dort erholt, bis die Seuche ausbrach. Sie hat die ganze Stadt in ein paar Tagen ausgelöscht. Dann bin ich hierhergekommen. Die Immari-Armee hat alle Clocktower-Agenten aufgenommen. Ich habe den Rang eines Captain bekommen. Die Niederlassungsleiter wurden zu Lieutenant Colonels, deshalb klang dieser Teil deiner Geschichte für Major Rukin glaubwürdig. In Nord-Afrika ist es gefährlich, wenn man allein ist, selbst für Soldaten. Ich habe hier Zuflucht gefunden; ich hatte keine Wahl.«

»Was ist das für ein Ort?«

Kamau wirkte verwirrt. »Weißt du das nicht?«

David sah ihn durchdringend an. Die nächste Antwort würde offenbaren, was aus Kamau geworden war, was er wirklich glaubte. »Ich will es von dir hören.«

Kamau straffte sich. »Das ist ein elender Ort. Das Tor zur Hölle. Es ist ein Abfertigungszentrum. Sie bringen die Überlebenden aus Afrika und von den Mittelmeerinseln her. Und bald auch die aus Südspanien.«

»Überlebende ...«, sagte David. Dann dämmerte es ihm. »Der Seuche.«

Kamau sah ihn jetzt noch verwirrter an.

»Ich habe eine Zeit lang ... nichts mitbekommen. Du musst mich auf den neuesten Stand bringen.«

Kamau erzählte ihm von dem weltweiten Ausbruch und dem Untergang vieler Länder, der Errichtung der Orchid-Distrikte und dem Plan der Immari. David hörte zu. Es war ein echter Albtraum.

»Sie bringen die Überlebenden her«, sagte David. »Und was machen sie mit ihnen?«

»Sie trennen die Starken von den Schwachen.«

»Was machen sie mit den Schwachen?«

»Sie schicken sie zurück auf die Seuchenschiffe. Sie werfen sie ins Meer.«

David setzte sich an den Tisch und versuchte, die schreckliche Entwicklung zu begreifen. *Warum?*

Kamau schien Davids Gedanken zu lesen. »Die Immari bauen eine Armee auf. Die größte aller Zeiten. Es wird gemunkelt, dass sie in der Antarktis etwas gefunden haben. Aber es gibt so viele Gerüchte. Es heißt, Dorian Sloane ist zurückgekehrt. Er soll unsterblich sein. Es stimmt, was Rukin dir erzählt hat: Es gab gestern eine Explosion im Immari-Hauptquartier in Deutschland. Man redet vom totalen Krieg, aber die Alliierten haben ein weiteres Problem. Angeblich wirkt Orchid nicht mehr, und eine neue Todeswelle geht um die Welt. Die Leute glauben, das ist das Ende.«

David rieb sich die Schläfen. »Du hast gesagt, du glaubst zu wissen, warum ich hier bin.«

Kamau nickte. »Du bist gekommen, um die Basis zu zerstören, oder?«

Bei diesen Worten traf David eine Entscheidung. Waren das die Wertvorstellungen eines Soldaten, dass man einen gerechten Kampf kämpfte, auch wenn man ihn nicht gewinnen konnte? Was konnte er sonst tun? Er wollte unbedingt Kate finden, aber er würde nicht von hier fliehen. Er würde kämpfend untergehen. Das wurde allmählich zur Gewohnheit. Er versuchte, nicht darüber nachzudenken, über das Erwachen in den Röhren, über das, was er war. Das Hier und Jetzt – das war das Entscheidende. »Ja, ich bin hier, um die Basis zu zerstören. Du hast gesagt, du würdest mir helfen?«

»Ich bin dabei.«

David musterte Kamau und überlegte noch immer, ob er ihm trauen konnte. »Warum hast du es bis jetzt noch nicht versucht? Wie lange bist du schon hier?«

»Seit zwei Monaten.« Kamau trat einen Schritt zurück. »Ich wusste nichts von den Plänen von Clocktower, bevor ich hergekommen bin. Und ich wusste auch nicht, dass Clocktower ihre Geheimdienstorganisation war. Ich war entsetzt, als ich die Wahrheit erfahren habe.«

David kannte das Gefühl. Er ließ Kamau weiterreden.

»Ich saß in Ceuta in der Falle. Der Zustand der Welt war hoffnungslos. Ich wusste nur, dass die Überlebenden hierherkamen und Zuflucht fanden. Ich hatte keine Ahnung, dass ich ... einen Pakt mit dem Teufel schließen würde, um zu überleben. Ich hatte keine Möglichkeit, die Basis einzunehmen. Mir blieb keine Wahl. Bis vorgestern waren fast hunderttausend Immari-Soldaten hier stationiert.«

»Und jetzt?«

»Ungefähr sechstausend.«

»Wie viele würden sich uns anschließen?«

»Nicht viele. Es gibt nur ein Dutzend, für die ich meine Hand ins Feuer legen würde. Und wir müssten sie bitten, für uns zu sterben.«

Ein Dutzend gegen sechstausend. Keine Chance. David musste einen Hebel finden, einen Ansatzpunkt, um die Dynamik zu ändern.

»Was brauchst du, David?«

»Im Moment vor allem Ruhe. Kannst du Rukin aufhalten und verhindern, dass er rausfindet, wer ich bin?«

»Ja, aber nicht lange.«

»Danke. Komm um sechs Uhr wieder.«

Kamau nickte und ging hinaus.

David legte sich auf das Bett. Zum ersten Mal, seit er aus der Röhre gekommen war, war er zuversichtlich. Er wusste auch, warum: Er hatte ein Ziel, eine Mission und einen Feind, den er bekämpfen konnte. Das fühlte sich gut an. Er schlief schnell ein.

38

Immari-Selektionslager
Marbella, Spanien

Die Immari-Soldaten hatten Kate und die anderen Überlebenden, die den Eid abgelegt hatten, zu einem der weißen Hoteltürme geleitet und jeweils zu zweit auf die Zimmer verteilt. Die Sonne war schon vor Stunden untergegangen, aber Kate spähte aus der Glasschiebetür, wie sie es bei den Orchid-Bewohnern gestern beobachtet hatte.

Auf dem Mittelmeer gab es keine Lichter. Sie hatte es noch nie so dunkel gesehen. Nur das schwache Glitzern einer Stadt in Marokko war zu sehen.

»Nimmst du das Bett?«, fragte ihre Zimmergenossin. Sie zeigte auf das Bett am Fenster.

»Klar.«

Die Frau legte ihre Sachen auf das andere Bett und begann, das Zimmer zu durchwühlen. Kate hatte keine Ahnung, wonach sie suchte.

Sie hätte gern den Rucksack geöffnet und nachgesehen, ob sie irgendetwas Nützliches darin fände, aber sie war zu ausgelaugt, körperlich und geistig.

Sie schob den Rucksack unter die Bettdecke, legte sich daneben und ließ sich vom Schlaf überwältigen.

Sie war nicht in einem Schiff der Atlanter, das wusste Kate sofort. Es fühlte sich eher an wie eine Villa in einer Mittelmeerstadt, vielleicht in der Altstadt von Marbella. Der mit Marmor ausgelegte Flur führte zu einer gewölbten Holztür. Kate hatte das Gefühl, etwas Wichtiges würde geschehen, wenn sie die Tür öffnete, eine Offenbarung.

Sie trat einen Schritt vor.

Zu ihrer Rechten gingen zwei weitere Türen ab. Sie hörte, wie sich hinter der nächsten etwas bewegte.

»Hallo?«

Das Geräusch verstummte.

Sie ging zu der Tür und schob sie langsam auf.

David.

Er saß auf einem Bett mit zerwühlten Laken. Sein Oberkörper war nackt, und er beugte sich vor, um seine hohen schwarzen Stiefel aufzubinden. »Da bist du.«

»Du ... lebst.«

»Offenbar ist es zurzeit nicht so einfach, mich umzubringen.« Er sah auf. »Moment. Du dachtest, du würdest mich nie wiedersehen. Du hast mich aufgegeben.«

Kate schloss die Tür. »Ich gebe nie jemanden auf, den ich liebe.«

Kate erwachte mit einem unheimlichen Gefühl: Sie konnte sich an jede Sekunde ihres Traums erinnern, als wäre sie wirklich dort gewesen. David. Lebte er? Oder war es nur ihr Unterbewusstsein, das ihr Hoffnung einflüsterte? Sie musste sich konzentrieren. Martin. Flucht. Das waren jetzt die Prioritäten.

Die ersten Sonnenstrahlen krochen ins Zimmer, und ihre Mitbewohnerin war schon auf.

Kate öffnete den Rucksack und durchsuchte ihn. Sie

schlug das kleine Notizbuch auf und blättert die erste Seite um.

Martin hatte ihr eine Nachricht hineingeschrieben.

Meine liebste Kate,
wenn du das liest, haben sie uns geschnappt. Das war in den letzten 40 Tagen meine größte Angst. Ich habe 4-mal versucht, dich rauszuholen. Aber es war zu spät. Bei jedem der 30 Patienten, die während der Studie gestorben sind, habe ich gehofft, er würde uns zu einem Heilmittel führen. Aber uns läuft die Zeit davon. Seit dein Vater am 29.5.87 verschwand, habe ich jede wache Stunde versucht, für deine Sicherheit zu sorgen. Ich bin kläglich gescheitert.
Erfülle meinen letzten Wunsch: Bring dich in Sicherheit. Lass mich zurück. Um mehr bitte ich dich nicht.
Ich bin stolz darauf, was aus dir geworden ist.

Martin

Kate klappte das Buch zu, schlug es wieder auf und las die Nachricht noch einmal. Martins Botschaft war eindeutig. Und rührend. Aber sie hatte das Gefühl, dass noch mehr dahintersteckte. Sie nahm einen Stift aus dem Rucksack und kreiste alle Zahlen ein. Zusammen ergab das:

4043029587

Eine Telefonnummer. Kate setzte sich im Bett auf.

»Was hast du da?«, fragte ihre Zimmergenossin.

Kate war so in Gedanken versunken, dass sie sie kaum hörte. »Äh ... ein ... Kreuzworträtsel.«

Ihre Mitbewohnerin ließ ihr Buch sinken und drehte sich interessiert zu Kate um. »Kann ich es haben, wenn du fertig bist?«

Kate zuckte die Achseln. »Tut mir leid, aber ich habe schon reingeschrieben.«

Ihre Zimmergenossin warf ihr einen bösen Blick zu, stand auf und stapfte wortlos ins Bad. Das Schloss wurde verriegelt.

Kate zog das Satellitentelefon aus dem Rucksack und wählte die Nummer.

Das Telefon piepste einmal, dann klickte es, und eine aufgezeichnete Stimme begann zu sprechen. Es war eine Frau, eine Amerikanerin.

»Continuity. Statusbericht folgt. Aufzeichnungszeit: 22:15 Ortszeit in Atlanta, der neunundsiebzigste Tag der Seuche. Versuch 498: Ergebnis negativ.«

Versuch 498. Was war der letzte Versuch, den sie durchgeführt hatte – als Marie Romero gestorben war? Das Röhrchen, das Martin unbedingt haben wollte, um das Ergebnis mit dem thermoskannenähnlichen Gerät hochzuladen? 493? Es hatte seitdem fünf weitere Versuche gegeben, offenbar an anderen Standorten.

»Netzwerkstatus: offline. Wählen Sie die Null, um verbunden zu werden.« Dann meldete sich eine neue Stimme. »Continuity. Statusbericht folgt ...«

Die Nachricht wurde auf Deutsch wiederholt. Kate drückte die Null. Sie hörte ein Rascheln aus dem Badezimmer.

Wenn ihre Mitbewohnerin das Satellitentelefon sah, würde sie es sofort melden, und Kate würde verhört werden. Die Soldaten hatten den »Ehrenkodex« verkündet, der im Turm der Überlebenden galt: Alle »Mitglieder« mussten sämtliche Waffen und elektronische Geräte abliefern. Sie wurden jedoch nicht durchsucht – es gehörte offenbar zur Gehirnwäsche, dass so getan wurde, als wären sie freiwillige Mitglieder, keine Gefangenen, und diese Illusion wäre durch erzwungene Durchsuchungen zerstört worden. Allerdings hatten die Immari ernsthafte Konsequenzen bei Verstößen angedroht. Jeder, der mit etwas Verdächtigem ertappt wurde, allem, das spitz oder scharf war oder einen Schalter hatte, würde sofort in den anderen Turm überstellt werden – zu den Leuten, die nicht den Eid abgelegt hatten.

Kate legte das Kissen vor das Telefon, sodass ihre Zimmergenossin es nicht sehen konnte, falls sie aus dem Bad kam. Sie hielt das Ohr an den Lautsprecher.

Eine Frau meldete sich und sagte schnell: »Zugangscode?«

Kate brauchte einen Augenblick, um zu begreifen, was sie von ihr wollte.

»Ich ...«

»Zugangscode.«

»Ich kenne ihn nicht«, flüsterte sie, ohne die Tür aus den Augen zu lassen.

»Wer sind Sie?«, fragte die Frau mit einem Anflug von Besorgnis oder Misstrauen.

»Ich ... ich arbeite mit Martin Grey zusammen.«

»Holen Sie ihn ans Telefon.«

Kate dachte einen Augenblick lang nach. Sie hätte gern ihre Anonymität gewahrt und weitere Informationen herausgeholt, aber wie? Ihr lief die Zeit davon. Sie hatte keine andere Wahl, als ihre Geschichte zu erzählen und um Hilfe zu bitten.

Die Badezimmertür klickte.

Kate bedeckte das Telefon mit dem Kissen. Dann fiel ihr ein, dass sie das Gespräch noch beenden musste, und sie drückte schnell den Knopf.

Als sie aufsah, beäugte ihre Mitbewohnerin sie.

Kate sah auf das Notizbuch, das sie in der anderen Hand hielt. »Was ist?«, fragte sie unschuldig.

»Hast du mit jemandem geredet?«

»Mit mir selbst.« Kate hielt den Block hoch. »So fällt mir das Schreiben leichter. Rechtschreibung ist nicht gerade meine Stärke.« *Lügen auch nicht,* dachte sie.

Die Miene ihrer Mitbewohnerin blieb misstrauisch, aber sie legte sich wieder auf ihr Bett und las weiter.

Die nächsten drei Stunden verbrachten sie schweigend. Kate lag auf ihrem Bett, dachte nach und fragte sich, wie sie Martin befreien könnte. Ihre Zimmergenossin las und lachte gelegentlich.

Als sie zum Frühstück gerufen wurden, sprang ihre Mitbewohnerin auf und lief zur Tür. »Kommst du mit?«

»Ich warte, bis die Schlange kürzer wird«, sagte Kate.

Sobald die Tür zufiel, wählte Kate erneut die Nummer.

»Zugangscode?«

»Ich bin's wieder. Ich arbeite mit Martin Grey.«

»Holen Sie Dr. Grey ...«

»Das geht nicht. Wir wurden getrennt. Die Immari haben uns gefangen genommen.«

»Wie lautet Ihr Zugangscode?«

»Hören Sie, ich kenne ihn nicht. Wir brauchen Hilfe. Er hat mich nicht eingeweiht. Ich weiß nichts, aber Martin wird in wenigen Stunden sterben, wenn wir keine Hilfe bekommen.«

»Name?«

Kate stieß die Luft aus. »Kate Warner.«

Es blieb still in der Leitung, und Kate dachte, sie wären getrennt worden. Sie sah auf die Anzeige am Telefon. Die Sekunden liefen weiter. »Hallo?« Sie wartete. »Hallo?«

»Bleiben Sie dran.«

Es piepste zweimal, dann ertönte die Stimme eines Manns, jung, frisch, konzentriert. »Dr. Warner?«

»Ja.«

»Hier ist Paul Brenner. Ich habe eine Zeit lang mit Martin zusammengearbeitet. Ich war wirklich ... ich habe all Ihre Berichte gelesen, Dr. Warner. Wo sind Sie jetzt?«

»Marbella. Im Orchid-Distrikt. Die Immari haben ihn eingenommen, und die Stadt auch.«

»Das wissen wir.«

»Wir brauchen Hilfe.«

»Die Telefonistin hat gesagt, Sie und Dr. Grey seien getrennt worden.«

»Ja.«

»Haben Sie Zugriff auf Dr. Greys Aufzeichnungen?«

Kate warf einen Blick auf den Rucksack. Die Frage machte sie nervös. »Ich ... kann mir Zugang verschaffen. Warum?«

»Wir glauben, dass er Forschungsergebnisse hat, die wir dringend brauchen.«

»Und wir brauchen *dringend* Hilfe, um von hier zu verschwinden, also lassen Sie uns ein Geschäft machen.«

»Wir können nicht helfen ...«

»Warum nicht? Was ist mit der Nato? Können Sie keinen Trupp schicken, der uns rausholt?«

»Die Nato existiert nicht mehr. Hören Sie, die Lage ist komplizierter ...«

»Was Sie nicht sagen.«

»Orchid wirkt nicht mehr gegen die Seuche. Die Menschen sterben – überall. Vor ein paar Stunden hat es den Präsidenten erwischt und kurz danach den Vizepräsidenten.«

»Wer führt die Regierung?«

»Der Sprecher des Repräsentantenhauses hat die Präsidentschaft übernommen, aber dann wurde er ermordet. Er stand unter dem Verdacht, ein Immari-Anhänger zu sein. Es geht das Gerücht um, dass der Generalstab einspringen und sein Vorsitzender sich zum Notfallpräsidenten ernennen will. Er hat einen Plan, um ... Dr. Warner, wir brauchen die Forschungsergebnisse.«

»Warum wirkt Orchid nicht mehr?«

»Eine neue Mutation. Wir glauben, dass Martin an etwas gearbeitet hat, aber wir wissen nicht, was es war. Ich muss mit ihm sprechen.«

Kate schlug das Notizbuch auf und begann, darin zu lesen. Sie verstand nicht, was dort stand.

»Dr. Warner?«

»Ich bin noch dran. Können Sie uns rausholen?«

Eine lange Pause. »Wir können niemanden in den Orchid-Distrikt schicken, aber wenn Sie es schaffen, herauszukommen ... dann versuche ich, Ihren Weitertransport zu organisieren. Aber – unsere Informanten sagen, dass die Immari planen, Südspanien heute Nacht zu evakuieren, zumindest die Überlebenden.«

Kate sah aus der Glastür. Die Sonne war gerade aufgegangen. Es würde ein langer Tag werden.

»Ich rufe Sie wieder an. Halten Sie sich bereit.«

39

Immari-Operationsbasis in Ceuta
Nord-Marokko

David wurde von dem zweitlautesten Alarm geweckt, den er jemals gehört hatte. Der lauteste war aus einer Hupe gedrungen, die man ihm 2003 in Langley ans Ohr gehalten hatte, woraufhin er halb nackt aus dem Bett gesprungen war. Seine CIA-Ausbilder hatten ihn, noch immer halb nackt, aus der Baracke geschleift und in den Wäldern im Norden Virginias ausgesetzt.

»Es sind sechs Scharfschützen im Wald. Du hast bis zum Abend Zeit, zurück zu den Baracken zu kommen. Die Schützen haben Farbpatronen, und wenn du eine abkriegst, kannst du deine Sachen packen.«

Sie hatten ihn aus dem fahrenden Wagen gestoßen, und er hatte sie wiedergesehen, als die Sonne hinter den Baracken unterging.

Seitdem hatte er nie mehr nur in Unterwäsche geschlafen, bis auf ein einziges Mal, als er mit Kate in Gibraltar gewesen war – eine kleine Nachlässigkeit, ein Moment der Schwäche.

Jetzt hallte ein Ansturm von Schritten durch die Tür. Er hockte sich diagonal gegenüber der Tür in die Ecke und bereitete sich darauf vor, jeden anzugreifen, der hereinkommen sollte. Hatte Rukin ihn durchschaut? Hatte er den Raum verwanzt und alles mitgehört?

Das Schloss klickte, aber die Tür schwang nicht auf. Zwei schwarze Hände wurden durch den Spalt gestreckt, um zu zeigen, dass ihr Besitzer unbewaffnet war. »Kamau«, rief eine Stimme aus dem Gang.

»Komm rein. Mach die Tür hinter dir zu«, sagte David, ehe er schnell und lautlos auf nackten Füßen in die andere Ecke ging, die im toten Winkel der Tür lag.

Kamau trat ein und schloss die Tür hinter sich. Er sah in die Ecke, aus der Davids Stimme gekommen war, dann wirbelte er zu David herum.

»Wir werden angegriffen«, sagte er.

»Von wem?«

»Das wissen wir nicht. Der Major will dich sprechen.«

David folgte Kamau in den Flur, der voller Männer war, die zu ihren Stellungen stürmten, ohne David und Kamau zu beachten.

Im inneren Hof der Zitadelle herrschte hektisches Treiben. David wollte stehen bleiben, um die taktische Lage einzuschätzen, aber Kamau drängte ihn weiter zu einem hohen Turm.

Sie stürmten die wacklige Stahltreppe hinauf. Kurz vor dem letzten Absatz griff Kamau nach Davids Arm. »Sie wissen auch nicht, was los ist. Er will dich auf die Probe stellen.«

David nickte und folgte Kamau in die Kommandozentrale. Sie übertraf Davids wildeste Vorstellungen. Jede zweite Wand des achteckigen Raums war vom Boden bis zur Decke verglast, sodass man zu allen Seiten des Lagers freie Sicht hatte. An den anderen vier Wänden standen Monitore, die Karten, Diagramme und Anzeigen darstellten, deren Bedeutung David schleierhaft war.

In der Mitte beugten sich zwei Techniker über Tische mit Bildschirmen. Auf einem Stuhl etwas abseits saß der Major. »Bringen Sie die Batterien vier und fünf in Stellung. Feuer nach eigenem Ermessen.« Er drehte sich zu David um.

»Sie wussten darüber Bescheid.«

»Ich weiß nicht, wovon Sie reden.«

Ein Techniker meldete sich zu Wort. »Die Flugzeuge haben ihre Last abgeworfen.«

Der Major beobachtete David.

An der Nordmauer drehten sich schnell die Geschütze und schossen in die Nacht.

Die Geschosse schienen ihr Ziel sofort zu erreichen und explodierten in der Luft. Die Trümmer der angreifenden Flugzeuge regneten ins Meer hinab.

»Sieben Ziele, sieben Abschüsse«, meldete der andere Techniker.

David bestaunte die Luftabwehr. Er war in Boden-Luft-Abwehrsystemen nicht sehr versiert, aber das, was er gerade gesehen hatte, übertraf alles, von dem er je gehört hatte.

Diese Basis würde nicht aus der Luft eingenommen werden.

Der Techniker, der den Raketenhagel abgefeuert hatte, drückte ein paarmal auf seine Tastatur und schüttelte den Kopf. »Auf dem Radar ist nichts zu sehen. Es war nur ein Geschwader.«

Der Major stand auf und ging zum Fenster. »Ich habe nur sieben Explosionen gesehen. Warum wurden wir nicht getroffen? Haben ihre Raketen das Ziel verfehlt?«

»Sie sind vorher runtergekommen.«

Vor dem westlichen Fenster stieg eine Fontäne aus Wasser und Licht auf.

»Was zum Teufel war das?«, fragte Rukin.

Die Techniker arbeiteten an ihren Computern. Ein anderer Mann stand auf und zeigte auf einen der Bildschirme. »Ich glaube nicht, dass wir das Ziel waren, Sir. Vermutlich haben sie die Meerenge vermint. Ein Wrackteil hat wohl eine der Minen getroffen, als es gesunken ist.«

Der Major stand einen Augenblick lang da und starrte auf das Wasser, wo die Mine explodiert war. »Verbinden Sie mich mit der Flotte des Vorsitzenden. Sie müssen ihren Kurs ändern«, sagte der Major. Er winkte David und Kamau aus dem Raum.

Draußen konnte David von oben einen Blick auf die Verschläge werfen, aus denen er die Geräusche gehört hatte, als sie ihn hereingebracht hatten. Im Inneren drängten sich Menschen. Es mussten zwei- oder dreitausend sein. *Barbaren, die auf den Fährmann warten,* hatte Rukin gesagt. *Wer konnte so etwas tun?*

David und Kamau gingen schweigend zurück zum Wohnflügel. In seinem Zimmer bedeutete David Kamau zu bleiben. »Was war das?«

»Ein Geschwader der RAF. Wir haben seit Monaten keins mehr gesichtet. Sie haben kurz nach dem Ausbruch versucht, die Basis einzunehmen, bevor die Immari die Stadt niedergebrannt und die Luftabwehr installiert haben. Wir dachten, die Engländer hätten kein Kerosin mehr.«

»Warum haben sie die Minen abgeworfen?«

»Dorian Sloane ist auf dem Weg hierher. Er führt die Hauptflotte der Immari nach Norden. Sie wollen in Europa einfallen. Ich vermute, die Engländer haben die Meerenge vermint, um ihnen den Weg zum Mittelmeer abzuschneiden.«

»Wie weit ist Sloane weg?«

»Die Hauptflotte ist noch mehrere Tage entfernt. Ich habe vorhin einen Bericht gelesen, in dem stand, dass Sloane die

Küste hinaufgeflogen ist und eine kleinere Flotte als Vorhut anführt. Er ist hinter irgendwas her. Er könnte noch heute Nacht hier ankommen.«

David nickte. Sloane. Hier. Ceuta einzunehmen, bevor er ankam, könnte noch mehr Leben retten, als David gedacht hatte – falls er Sloane töten oder gefangen nehmen konnte. Und er hatte gerade den Schlüssel dazu gefunden. »Was sind das für Geschütze?«

»Railguns«, sagte Kamau.

»Unmöglich.«

»Sie stammen aus einem geheimen Waffenforschungsprogramm der Immari.«

David wusste, dass das US-Militär mit der Technologie experimentiert hatte, aber Railguns waren bisher nicht im Einsatz. Das grundlegende Problem war die Energieversorgung. Railguns brauchten gewaltige Mengen an Strom, um ein Projektil auf Hyperschallgeschwindigkeit zu beschleunigen – über sechstausendzweihundert Kilometer pro Stunde. »Woher nehmen sie die Energie?«

»Sie haben spezielle Solarfelder, mehrere Spiegelanlagen in der Nähe des Hafens.«

»Reichweite?«

»Ich weiß nicht genau. Während der Invasion von Südspanien haben sie Ziele in Marbella und sogar Malaga beschossen – über hundert Kilometer entfernt.«

Unglaublich. Die Geschütze in Ceuta konnten wahrscheinlich jede sich nähernde Flotte zerstören, möglicherweise sogar die gesamte Immari-Armee in Südspanien. Konnten sie sie benutzen, um ...

Kamau schien seine Gedanken zu lesen. »Selbst wenn wir den Kommandoturm einnehmen würden, die Kanonen können nicht auf die Basis selbst gerichtet werden.«

David nickte. »Wer sind die Reiter?«

»Überlebende der Seuche. Berber. Als die Zivilisation zusammengebrochen ist, sind sie zu ihren kulturellen Wurzeln zurückgekehrt. Unsere Geheimdienstinformationen über sie sind begrenzt.«

»Wie viele sind es?«

»Unbekannt.«

»Rukin. Was ist er für ein Mensch?«

»Grausam. Kompetent.«

»Laster?«

»Nur Rauchen und ... Frauen.«

David zog die Jacke seiner Immari-Uniform aus. Kamaus Worte erinnerten ihn an die junge Frau, die in sein Zimmer gekommen war. Im Geiste ersetzte er sie durch ein Bild von Kate. Er versuchte, nicht mehr daran zu denken, aber er musste es einfach wissen ... Es war ein Risiko, trotzdem stellte David die Frage, die ihm seit seiner Ankunft in Ceuta auf der Zunge lag. »Hast du irgendwelche Berichte über eine Frau namens Kate Warner gesehen?«

»Tausende. Sie ist der meistgesuchte Mensch der Welt.«

Ein Anflug von Angst überkam ihn. Damit hatte er nicht gerechnet. »Wer sucht sie?«

»Alle. Die Immari, die Orchid-Allianz.«

»Vermutlicher Aufenthaltsort?«

»Die Immari wissen es nicht. Oder zumindest wurden wir nicht informiert.«

David nickte. Sie könnte noch am Leben sein. Er hoffte, sie versteckte sich irgendwo weit weg, außerhalb der Reichweite der Immari. Selbst wenn er sie suchte, würde er sie wahrscheinlich nicht finden. Und er musste hier eine Aufgabe erledigen. »Okay, bring mir Zivilkleidung. Und das beste Pferd, das du auftreiben kannst.«

40

Seuchenschiff Destiny
Mittelmeer

Der Kapitän drehte sich zu den beiden Männern. »Wir sind so weit. Sie können anfangen. Und sehen Sie nach, ob Dr. Chang und Dr. Janus irgendwelche Leichen entsorgen müssen.«

Der ältere der beiden Männer nickte, und sie verließen die Brücke des Schiffs.

Unter Deck zogen sie die Anzüge an, die sie jedes Mal trugen.

»Denkst du gelegentlich darüber nach, was wir tun?«, fragte der jüngere Mann.

»Ich versuche, es zu vermeiden.«

»Glaubst du, es ist falsch?«

Der ältere Mann sah zu ihm auf.

»Es sind Menschen, sie sind nur krank.«

»Wirklich? Bist du Wissenschaftler? Ich nicht. Unsereins wird nicht fürs Denken bezahlt.«

»Ja, aber ...«

»Hör auf damit. Zerbrich dir nicht den Kopf. Ich bin auf dich angewiesen. Mein Leben liegt in deinen Händen. Wenn du zu viel nachdenkst, sterben wir beide. Wenn die Verrückten auf Deck uns nicht erledigen, tun es die Irren im Kommandoraum. Wir haben nur eine Chance: unseren Job zu machen. Also halt die Klappe und zieh dich an.«

Der jüngere dichtete seinen Anzug mit Klebeband ab und warf dem älteren verstohlene Blicke zu.

»Was hast du vor der Seuche gemacht?«

»Ich hab nichts gemacht«, sagte der ältere.

»Arbeitslos? Ich auch. So wie fast alle in meinem Alter in Spanien. Aber ich hatte gerade Arbeit als Aushilfslehrer ...«

»Ich war im Knast.«

Der jüngere Mann zögerte, dann fragte er: »Weswegen?«

»Ich war in der Art von Gefängnis, in dem man nicht fragt, warum jemand sitzt. Und man freundet sich mit niemandem an. Es ist so ähnlich wie hier. Hör zu, Junge, ich erkläre es dir ganz einfach: Die Welt geht unter. Das Einzige, was noch eine Rolle spielt, ist, wie man überlebt. Es gibt zwei Arten von Menschen. Die mit den Flammenwerfern und die, die verbrannt werden. Im Moment hältst du den Flammenwerfer. Also halt die Klappe und sei froh. Und freunde dich mit niemandem an. Du kannst nie wissen, wen du in dieser Welt als Nächstes verbrennen musst.«

In diesem Moment wurde die Tür geöffnet, und der Wissenschaftler, den die Crew Dr. Doolittle nannte – sein richtiger Name war Dr. Janus –, kam in den kleinen Raum. Seine Miene war ausdruckslos, und er sah den beiden Männern nicht in die Augen. Zwei Laborassistenten schoben Tragen mit Leichensäcken herein und verschwanden sofort wieder.

»Sind das alle?«, fragte der ältere Mann.

»Vorläufig«, sagte der Arzt sanft und zu niemandem im Besonderen. Er wandte sich zum Gehen, aber der jüngere Mann sprach ihn an.

»Irgendwelche Fortschritte?«

Dr. Janus blieb stehen. »Kommt drauf an ... was Sie unter Fortschritt verstehen.« Er ging hinaus.

Der jüngere Mann drehte sich zu seinem Kollegen. »Denkst du …«

»Ich schwöre, wenn du noch einmal das Wort ›denken‹ in den Mund nimmst, fackel ich dich höchstpersönlich ab. Und jetzt komm.«

Sie setzten die Helme auf, stiegen die Treppe hinauf und öffneten die Türen zu den Verschlägen, in denen die Degenerierten und die Überlebenden, die den Eid verweigert hatten, eingesperrt waren. Wenige Sekunden später fielen die ersten Menschen ins Meer.

41

Immari-Selektionslager
Marbella, Spanien

Kate sah aus dem Fenster im siebten Stock auf das Gelände der Ferienanlage. Sie und die anderen Überlebenden waren in dem Turm untergebracht, der dem Meer am nächsten lag. Die Soldaten hatten sich im mittleren Turm einquartiert, und der hintere Turm war randvoll mit Toten und Sterbenden. Martin war dort drin. Kate fragte sich, zu welcher Gruppe er gehörte: zu den Toten oder zu den Sterbenden? Sie sah die vier Wachen, die vor dem Eingang herumlungerten, rauchten, sich unterhielten, lachten und Zeitschriften lasen.

Das Warten war eine Qual, aber ihr blieb nichts anderes übrig. Sie musste die Zeit totschlagen, bis der richtige Moment kam. Sie würde eine Chance bekommen, ihn herauszuholen.

Sie drehte sich um und setzte sich auf das Bett. Ihre Zimmergenossin lag auf der anderen Seite in ihrem Bett und las ein altes Buch. »Was liest du da?«, fragte Kate.

»Sie.«

»Sie?«

Die Frau drehte den Umschlag in ihre Richtung. *Sie. Ein Abenteuerroman.* »Möchtest du es lesen, wenn ich fertig bin?«

»Nein, danke«, sagte Kate. »Ich habe im Moment genug Abenteuer«, fügte sie leise hinzu.

»Was?«

»Nichts.«

Als das Rumpeln von schweren Lastern am Tor durch das Lager dröhnte, sprang Kate auf und spähte wieder aus dem Fenster. Sie wartete und hoffte – ja, sie brachten eine neue Lieferung. Die Immari hatten immer wieder neue Leute ausgeladen, vielleicht aus den ländlichen Regionen hinter Marbella. Der ehemalige Orchid-Distrikt schien ihr Hauptsammelpunkt für die Region zu sein. Alle paar Stunden brachte ein Konvoi weitere Menschen, sowohl kranke als auch gesunde, und mit ihnen kamen Soldaten. Durcheinander. Eine Stunde Chaos. Kates Chance. Sie rannte zur Tür.

»Wohin gehst du? In zwanzig Minuten ist Anwesenheitskontrolle ...«, rief ihre Mitbewohnerin, aber Kate ließ sich nicht aufhalten. Sie lief die Treppe hinunter. Im Empfangsbereich im Erdgeschoss suchte sie nach einem Gebäudeplan. Würde es hier geben, was sie brauchte? Was sollte sie sagen, wenn ein Wachmann sie aufhielt? Sie zählten zweimal am Tag durch, und sie wusste nicht, was geschah, wenn jemand fehlte – es war noch nie vorgekommen.

Am Empfangspult fand sie den ersten Gegenstand, den sie benötigte: ein Namensschild. Xavier Medina, Vargas Resorts. Es spielte keine Rolle. Sie brauchte nur ein Namensschild. Wenn sie es überprüften, war sie sowieso aufgeflogen.

Kate ging an dem Andenkenladen vorbei und stellte erleichtert fest, dass ein Restaurant den Gebäudeteil dahinter einnahm. Sie betrat den abgedunkelten Speisesaal und schritt durch die Doppeltür aus Edelstahl in die Küche. Der Gestank war nahezu unerträglich. Mit zugehaltener Nase ging sie tiefer in den Raum hinein. Es war dunkel, zu dunkel. Sie blockierte die Schwingtür mit einem Barhocker und suchte weiter.

In einer Ecke entdeckte sie, was sie brauchte: eine Kochjacke. Kate faltete sie auseinander. Sie war vorn mit grünen und roten Streifen beschmutzt. Damit es funktionieren konnte, musste sie sie zurechtschneiden. Sie schnappte sich ein Fleischermesser von dem Tisch in der Mitte und nahm ihre Hand lange genug von der Nase, um die Jacke umzugestalten. Dann drehte sie sie auf links und schlüpfte hinein. Sie steckte Xaviers Namensschild an das abgeschnittene Revers und betrachtete ihr Spiegelbild auf der stählernen Oberfläche des Kühlschranks: weißer Kittel, Namensschild, das brünette Haar zum Pferdeschwanz gebunden, eingefallene Wangen und blasse Haut. *Das klappt nie im Leben,* schoss es ihr durch den Kopf. Sie atmete tief aus und fuhr sich mit der Hand durch den Pferdeschwanz. *Was zum Teufel mache ich?*

Aber was sollte sie sonst tun? Sie ging schnell aus der Küche und zurück zum Empfangspult. Sonnenlicht fiel durch die Glasdrehtür in die Lobby. Draußen standen zwei Wachmänner. *Ich sollte das Ding ausziehen und zurück in mein Zimmer gehen.* Sie schüttelte den Kopf. Was würden sie machen, wenn sie sie ertappten? Aber sie konnte nicht zurückgehen. Sie musste etwas tun. Sie konnte nicht da oben sitzen, wenn sie wusste, dass Martin starb und die ganze Welt mit ihm. Sie würde das Risiko eingehen. Es war ihre einzige Chance.

Sie trat durch die Drehtür nach draußen. Die Wachen unterbrachen ihre Unterhaltung und sahen sie an. Kate ging an ihnen vorbei, und sie riefen ihr etwas zu. Sie sah zurück und winkte. Dann ging sie ein wenig schneller. Nicht zu schnell, nicht so schnell, dass sie Verdacht erregte. Folgten sie ihr? Ein weiterer Blick zurück könnte sie verraten.

Aus dem Augenwinkel bemerkte Kate etwas, das sie erschreckte: Lichter, auf dem Wasser. Ihr Hotelzimmer hatte keinen Meerblick. Sie blieb einen Augenblick stehen, um es sich anzusehen. Das monströse weiße Schiff steuerte langsam die Küste entlang. Es gab keinen Zweifel an seinem Ziel: Marbella. Es sah fast aus wie ... ja, ein Kreuzfahrtschiff mit großen Geschützen an Heck und Bug. War es ein Seuchenschiff? Würden die Überlebenden – also auch sie – zusammengetrieben und auf das Schiff verfrachtet werden? Sie musste zu Martin gelangen, ehe das Schiff in den Hafen einlief.

Vor ihr, wo die Laster entladen wurden, bildete sich eine breite Schlange. Die Leute marschierten zu den Tischen mit den Sachbearbeitern, so wie Kate es gestern getan hatte. Würden sie wieder Dorians Rede abspielen? Der Gedanke an ihn machte sie wütend und stählte sie ein wenig.

Sie hängte sich an einen Mann und eine Frau, die hustend auf das Gebäude für die Kranken zuschwankten.

Die vier Wachen unterhielten sich miteinander und kümmerten sich nicht um den endlosen Strom von Kranken, der ins Gebäude floss. Als Kate die Drehtür erreichte, sah einer der Wachmänner zu ihr, runzelte die Stirn und kam auf sie zu. »Hey, was machen Sie ...«

Kate hob Xaviers Namensschild hoch und passte auf, dass es nicht von dem improvisierten Revers rutschte. »O-offizielle Angelegenheit«, stammelte sie.

Sie schob sich schnell in die Drehtür. *Offizielle Angelegenheit?* Mein Gott, man würde sie erwischen. Die Drehtür spuckte sie in der Lobby aus, und als ihre Augen sich an das Dämmerlicht angepasst hatten, nahm sie die Szene in sich auf. Nichts hätte sie darauf vorbereiten können.

Sie wäre beinahe zurückgetaumelt, aber hinter ihr strömten weitere Leute herein und schoben sie in das Gebäude.

Überall lagen Menschen. Tote, sterbende, schreiende, hustende und alles dazwischen. Das war eine Welt ohne Orchid. Und es geschah überall in Südspanien – wenn Paul Brenner recht hatte, überall auf der Welt. Wie viele waren schon gestorben, am ersten Tag? Millionen? Noch eine Milliarde? Sie konnte jetzt nicht darüber nachdenken; sie musste sich konzentrieren.

Sie hatte Menschen in das Gebäude strömen sehen, aber sie hatte keine Vorstellung, wie viele sich tatsächlich im Inneren befanden. Allein in der Lobby, an diesem beengten Ort, waren mindestens hundert. Wie viele waren im gesamten Gebäude? Ein paar Tausend vielleicht? Es gab dreißig Stockwerke. Sie würde Martin niemals finden.

Hinter sich sah sie den Wachmann durch die Drehtür kommen. Er wusste Bescheid. Er verfolgte sie.

Kate lief durch die Lobby ins Treppenhaus. Wenn sie das Gebäude zerstören würden, wann wäre es so weit?

Sie verdrängte diesen Gedanken, während sie durch das relativ leere Treppenhaus nach oben rannte. In welchem Stock sollte sie es versuchen? Unter ihr wurde die Tür zum Treppenhaus aufgestoßen.

»Stopp!«, brüllte der Wachmann aus dem Erdgeschoss.

Obwohl sie wusste, dass es keine gute Idee war, spähte Kate über das Geländer, und ihre Blicke trafen sich. Er stürmte die Treppe hinauf.

Kate öffnete die Tür zum dritten Stock und ...

Der Flur war voller Leute, einige lagen, andere saßen, viele von ihnen schon tot. Eine Frau griff nach ihrem weißen Kittel. »Sie sind gekommen, um uns zu helfen.«

Kate schüttelte den Kopf und versuchte, die Hand der Frau abzustreifen, aber weitere Menschen drängten sich um sie und redeten alle gleichzeitig.

Hinter ihr öffnete sich die Tür, und der Wachmann tauchte mit gezogener Pistole auf. »Okay, verschwindet. Geht weg von ihr.«

Die Leute zerstreuten sich.

»Was machen Sie hier?«, fragte er Kate.

»Ich ... nehme Proben.«

Der Wachmann wirkte verwirrt. Er trat einen Schritt vor und blickte auf ihr Namensschild. Ihr falsches Namensschild. Die Verwirrung wich einem erschrockenen Ausdruck. »Drehen Sie sich um. Legen Sie die Hände hinter den Rücken.«

»Sie gehört zu mir«, mischte sich ein anderer Soldat ein, der lässig aus dem Treppenhaus geschlendert kam. Er war größer und muskulöser als der Mann, der sie verfolgt hatte, und Kate meinte, einen leichten englischen Akzent herauszuhören.

»Wer zum Teufel sind Sie?«

»Adam Shaw. Ich bin mit der Lieferung aus Fuengirola gekommen.«

Der kleinere Wachmann schüttelte den Kopf, als hätte er Mühe, einen klaren Gedanken zu fassen. »Sie hat ein falsches Namensschild.«

»Natürlich. Sollen die Leute hier etwa wissen, wer sie ist? Glauben Sie, die wissen, wie ein echter Immari-Ausweis aussieht?«

»Ich ...« Der Wachmann musterte Kate. »Ich muss das melden.«

»Nur zu«, sagte der Soldat, während er hinter ihn trat, schnell seinen Kopf packte und ihn mit einem scharfen Ruck zur Seite drehte. Ein lautes Knacken hallte durch den Flur. Der Wachmann fiel zu Boden, und die Leute im Flur, die sich noch bewegen konnten, verschwanden, sodass Kate mit dem geheimnisvollen Soldaten allein zurückblieb.

Er sah sie an. »Es war sehr dumm von Ihnen, hierherzukommen, Dr. Warner.«

42

Immari-Operationsbasis in Ceuta
Nord-Marokko

Major Alexander Rukin richtete das Scharfschützengewehr aus. Durch das Zielfernrohr sah er, wie sich der mysteriöse Colonel auf einem Pferd dem Lager der Berber näherte. Der Mann hatte die Basis in Zivilkleidung verlassen, als würde das irgendwas nützen.

Auf die Frage nach dem Zweck seines Ausflugs hatte er ausweichend geantwortet, und Rukin hatte nur um der Glaubwürdigkeit willen kurz protestiert. In Wahrheit war das die Gelegenheit, auf die er gewartet hatte. Er hatte einen Sender und eine Wanze in der Kleidung des Colonels versteckt; sie würden jederzeit wissen, wo er hinging, und hören, was er sagte. Außerdem wurde er von einem Team beschattet, falls er einen Fluchtversuch unternehmen sollte. Das würde ihn ebenfalls verraten. So oder so würde Rukin bald wissen, was dieser »Alex Wells« vorhatte.

Der Colonel hielt sein Pferd an, stieg ab und hob die Hände.

Drei Berber kamen aus dem Zelt gerannt. Sie trugen automatische Waffen und schrien ihn an, aber der Colonel blieb ruhig. Nachdem sie ihn umzingelt hatten, verpassten sie ihm einen Hieb auf den Kopf und schleppten ihn ins Zelt.

Rukin schüttelte den Kopf. »Mein Gott. Ich dachte, der Idiot hätte einen besseren Plan.« Er nahm das Gewehr und reichte es Kamau. »Ich würde sagen, wir haben unseren geheimnisvollen Colonel zum letzten Mal gesehen.«

Kamau nickte und warf noch einen Blick zu dem Zeltlager, eher er dem Major in das Treppenhaus folgte, das vom Dach herabführte.

»Ich bin gekommen, um euch zu helfen«, beharrte David.

Die Berber-Soldaten zogen ihm die letzten Kleider aus und trugen sie aus dem Zelt.

Die Stammesführerin trat vor. »Lüg uns nicht an. Du bist gekommen, um dir selbst zu helfen. Du kennst uns nicht. Wir sind dir egal.«

»Ich bin ...«

»Erzähl uns nicht, wer du bist. Ich will es selbst sehen.« Sie gab einem Mann, der am Zelteingang stand, ein Zeichen. Er nickte einmal, ging schnell hinaus und kehrte mit einem kleinen Leinensack zurück. Als er die Zeltklappe schloss, versank der Raum in Dunkelheit, nur der Kerzenschein tanzte über die Stoffwände. Die Anführerin nahm dem Mann den Sack ab und warf ihn David auf den Schoß.

David griff danach.

»Das würde ich bleiben lassen.«

David sah auf, dann spürte er es. Muskeln, die wie ein Finger über seinen Unterarm strichen. Ein Seil, das sich über sein Bein wand. Schlangen. Seine Augen hatten sich jetzt fast an das Dämmerlicht angepasst, und er wusste sofort, worum es sich handelte: Uräusschlangen. Ein Biss würde ihn erledigen. Er wäre in zehn Minuten tot.

David versuchte, seinen Atem zu kontrollieren, aber er drohte, den Kampf gegen die Angst zu verlieren. Seine

Muskeln spannten sich an, und er hatte das Gefühl, dass die Schlangen darauf reagierten. Die auf seinem Unterarm kroch jetzt schneller hinauf, zu seiner Schulter, dem Hals, dem Gesicht. Er atmete erneut flach ein. Die Bewegung eines tiefen Atemzugs hätte sie erschrecken können. Langsam ließ er die Luft durch die Nase entweichen und konzentrierte sich auf den Punkt, an dem der Atem über die Nasenspitze strich. Er verengte seine Wahrnehmung auf diese eine Empfindung und blendete alles andere aus. Sein Blick richtete sich auf einen dunklen Punkt auf dem Boden. Er spürte einen letzten Kitzel am Schlüsselbein, aber er konzentrierte sich weiter auf seinen Atem, ein und aus, und das Streichen der Luft über seine Nasenspitze. Schließlich nahm er die Schlangen nicht mehr wahr.

Am Rande seines Gesichtsfelds erahnte er die Anführerin, die auf ihn zukam.

»Du hast Angst, aber du kannst sie kontrollieren. Kein vernünftiger Mensch geht ohne Angst durch die Welt. Nur die, die sie kontrollieren können, führen ein Leben ohne Angst. Du bist ein Mann, der unter Schlangen gelebt und gelernt hat, sich zu verstecken. Du bist ein Mann, der Lügen erzählen kann, als würde er sie selbst glauben. Das ist sehr gefährlich. Im Augenblick eher für dich als für mich.« Als sie dem Schlangenbeschwörer zunickte, kam er vorsichtig zu David gekrochen und sammelte die Schlangen ein.

Die Anführerin setzte sich David gegenüber auf den Boden. »Jetzt kannst du mich belügen oder mir die Wahrheit sagen. Überlege es dir gut. Ich bin vielen Lügnern begegnet. Und ich habe viele von ihnen begraben.«

David erzählte die Geschichte, die zu erzählen er gekommen war, und als er geendet hatte, wandte die Anführerin den Blick ab und schien nachzudenken.

David ging im Geiste ihre möglichen Fragen durch und legte sich Antworten zurecht. Aber es kamen keine Fragen. Sie stand auf und ging.

Drei Männer kamen ins Zelt gestürmt, packten David und schleiften ihn zu einem Lagerfeuer, das in der Mitte des improvisierten Dorfs brannte. Die Stammesmitglieder versammelten sich, während er vorbeigeschleppt wurde. Kurz bevor sie das Feuer erreichten, kam David auf die Beine und schüttelte den Mann zu seiner Rechten ab, aber ein anderer hielt seinen linken Arm fest. David schlug ihm hart ins Gesicht. Der Mann ließ ihn los und fiel schlaff in den Sand. Als David sich umdrehte, stürzten sich drei weitere Kämpfer auf ihn, zerrten ihn zu Boden, setzten sich auf ihn und hielten seine Arme fest. Dann ragte jemand anders vor ihm auf – die Anführerin. Etwas schoss auf ihn zu, ein Schwert oder ein Speer. Es leuchtete orange, und Rauch kringelte sich in der Luft. Die Anführerin stieß das glühende Eisen gegen seine Brust. Wellen von Schmerz flossen durch seinen Körper, und der widerliche Geruch von verbranntem Fleisch und Haar stieg ihm in die Nase. Er kämpfte gegen den Würgereiz an, bis sich seine Augen nach oben drehten und er das Bewusstsein verlor.

43

Immari-Selektionslager
Marbella, Spanien

Kate war in Sicherheit, oder zumindest nahm sie das an. Der große englische Soldat, Adam Shaw, hatte den Wachmann getötet, und ... er kannte ihren Namen.

»Wer sind Sie?«, fragte Kate.

»Ich bin der fünfte Mann aus dem SAS-Team, das hergeschickt wurde, um Sie rauszuholen.«

»Der fünfte ...«

»Wir waren uns uneinig über die Taktik. Ich habe vorgeschlagen, dass wir unsere Pläne ändern sollten, nachdem die Immari in Marbella eingefallen waren. Die anderen vier wollten nicht auf mich hören.«

Kate sah auf seine Uniform. »Wie haben Sie ...«

»Es herrscht ziemliches Chaos im Moment. Viele neue Gesichter. Wir haben die Immari-Armee intensiv studiert. Ich weiß genug darüber, um so zu tun, als würde ich dazugehören. An die Uniform zu kommen war einfach. Ich musste bloß einen von ihnen töten. Apropos.« Er beugte sich über den toten Wachmann. »Helfen Sie mir, ihm die Uniform auszuziehen.«

Kate betrachtete den toten Mann. »Warum?«

»Ist das eine ernst gemeinte Frage? Wollen Sie so hier rausgehen? Jeder Idiot sieht, dass Sie eine Kochjacke zurechtgeschnitten haben, und wer es nicht sieht, der riecht es aus einem Kilometer Entfernung. Sie sind ein wandelnder Komposthaufen.«

Kate zog eine Schulter hoch und schnüffelte beiläufig an der weißen Jacke. Ja, sie war alles andere als frisch. Der überwältigende Gestank in der Küche hatte offenbar ihren Geruchssinn für eine Weile betäubt.

Shaw reichte ihr die Uniformjacke des Toten, zog ihm die Hose aus und gab sie ihr ebenfalls.

Kate zögerte. »Drehen Sie sich um.«

Er grinste. »Lassen Sie mich raten, Kate. Zwei wohlgeformte Brüste, ein unnatürlich flacher Bauch und gebräunte Beine. Das habe ich alles schon gesehen, Prinzessin. Ich hatte vor der Seuche nämlich Internet.«

»Tja, von mir gibt es aber keine Bilder im Internet, also drehen Sie sich um.«

Er schüttelte den Kopf und wandte ihr den Rücken zu.

Kate glaubte, ihn murmeln zu hören: »Diese prüden Amerikanerinnen.« Sie ignorierte es und schlüpfte in die Uniform. Es würde funktionieren, auch wenn sie etwas zu groß war. »Was jetzt?«

»Jetzt bringe ich meinen Auftrag zu Ende – indem ich Sie nach London schaffe. Sie werden die Forschung abschließen, ein Heilmittel gegen diesen Albtraum finden, und danach wird die Welt glücklich weiterleben bis ans Ende aller Zeiten. Ich bekomme ein Foto mit der Queen und so weiter und so fort. Alles wird gut, vorausgesetzt, Sie stellen nicht wieder irgendwelche Dummheiten an.«

Kate ging um den toten Wachmann herum und stellte sich vor Shaw. »Hier drin ist ein Mann – Dr. Martin Grey. Er ist mein Adoptivvater und hat das Geschäft mit Ihrer Regierung vereinbart. Wir müssen ihn finden und mitnehmen.«

Shaw führte Kate aus dem Flur ins Treppenhaus. »Wenn er hier ist, ist er entweder tot oder liegt im Sterben. Wir können ihm nicht helfen. Mein Auftrag lautet, Sie rauszuholen, nicht ihn.«

»Das hat sich jetzt geändert. Ich gehe nicht ohne ihn.«

»Dann gehen Sie gar nicht.«

»Und Sie bringen Ihren Auftrag nicht zu Ende. Kein Empfang bei der Queen.«

Er schnaufte. »Das war ein Scherz. Aber die Sache hier ist ernst.«

Kate nickte. »Allerdings. Das Leben eines Mannes steht auf dem Spiel.«

»Nein, Kate, Milliarden Leben stehen auf dem Spiel.«

»Aber bei denen bin ich nicht aufgewachsen.«

Shaw stieß die Luft aus und zeigte auf den toten Wachmann. »Die anderen drei werden bald nach ihm suchen. Wir müssen aus diesem Gebäude raus.«

Kate dachte einen Augenblick nach. »Das klingt nach etwas, um das Sie sich kümmern müssen.« Sie überlegte, wie sie vorgehen sollte. Sie konnte unmöglich das ganze Gebäude durchsuchen, aber irgendwo musste sie anfangen. Wo würde Martin hingehen? Er kannte den Aufbau der Gebäude und wusste über die Pläne der Immari Bescheid. Vor ihrem geistigen Auge tauchte der Hotelsafe auf. Könnte er den Einsturz des Turms überstehen? Nein, dort wäre Martin nur gefangen, und irgendwann würde ihm das Essen ausgehen – vorausgesetzt, dass überhaupt jemand in den Trümmern nach ihm suchte, was ohnehin unwahrscheinlich war. Essen. Natürlich. »Wenn Sie sich um die Wachen gekümmert haben, treffen wir uns in der Küche.«

»Warum in der Küche?«

»Weil Martin dort ist.« Sie lief die Treppe hinab.

»Warten Sie.« Shaw nahm dem toten Wachmann den Pistolengurt ab und schlang ihn Kate um die Hüfte. »Nehmen Sie die Waffe, aber versuchen Sie nicht sie zu benutzen.«

»Warum nicht?«

»Erstens erregt es Aufmerksamkeit. Zweitens ist wahrscheinlich jeder, der hier mit einer Pistole herumläuft, ein besserer Schütze als Sie.«

»Woher wollen Sie wissen, dass ich kein Meisterschütze bin?«

»Ich habe Ihre Akte gelesen, Kate. Seien Sie vorsichtig.« Ohne ein weiteres Wort sprang er in großen Sätzen die Stufen hinab. Ehe Kate etwas entgegnen konnte, hatte er unten schon das Treppenhaus verlassen.

Kate folgte ihm in ihrem eigenen Tempo. In der Lobby wichen die Internierten vor ihr zurück und gaben den Weg frei.

Durch die Glasdrehtür sah sie Shaw mit den drei Wachen reden und wild gestikulieren, während die anderen lachten.

Kate ging zum Restaurant, das dem in dem anderen Turm ähnelte, auch wenn es vermutlich einen anderen Stil gehabt hatte, aber es war zu heruntergekommen, um das jetzt noch zu erkennen. Es befanden sich Leute darin, doch weniger, als sie erwartet hatte. Sie krochen davon, als ihre Schritte durch den Speisesaal hallten.

Kate drückte gegen die Küchentüren. Sie ließen sich nicht öffnen. Sie drückte fester. Die Türen gaben nicht nach. Sie spähte durch das ovale Fenster hinein.

Martin saß dort auf dem Boden und lehnte zusammengesackt an dem Stahlschrank unter der Arbeitsfläche. Ein Haufen von leeren Wasserflaschen lag zu seinen Füßen. Kate konnte nicht erkennen, ob er noch lebte.

44

Immari-Operationsbasis in Ceuta
Nord-Marokko

Die Wache stellte den Feldstecher scharf, um den Reiter besser erkennen zu können. Das Pferd gehörte ihnen; es war das, das der Colonel genommen hatte. Der Reiter trug jedoch die Kopfbedeckung eines Beduinen. Die Wache schlug Alarm.

Fünf Minuten später stand die Wache bei den anderen Männern des Grenzkommandos, während der Reiter vor dem Stadttor anhielt und langsam die Hände hob. Er griff nach dem roten Stoff, der um seinen Kopf gewickelt war, und rollte ihn ab.

Die Wache wandte sich zu den anderen Soldaten um. »Fehlalarm. Es ist der Colonel.« Dann blickte er wieder den Mann an. Irgendwas hatte sich verändert.

David ging in den Aufenthaltsraum der Offiziere und geradewegs auf den Major zu.

Der Major legte seine Karten auf den Tisch, lehnte sich im Stuhl zurück und grinste. »Der große Reiterkrieger kehrt zurück! Wir dachten schon, die Wilden hätten Sie zum Abendessen verspeist.«

David nahm, ohne zu fragen, einen Stuhl vom Nebentisch,

schob ihn zwischen zwei Männer am Tisch des Majors und stieß sie dabei zur Seite. Er knöpfte sein Hemd auf und präsentierte sein verbranntes, entzündetes Fleisch. »Sie haben es versucht. Ich bin zu zäh für sie.« David sah zu den anderen Männern am Tisch. »Lassen Sie uns einen Moment allein?«

Der Major nickte, und die Männer standen grummelnd auf, warfen einen letzten Blick in ihre Karten, ehe sie sie widerwillig auf den Tisch warfen, als wäre sich jeder von ihnen sicher, das Gewinnerblatt in Händen gehalten zu haben.

»Ich kann Ihr Berber-Problem lösen.«

»Ich höre«, sagte Rukin.

»Geben Sie dem Anführer seine Tochter zurück. Dann hören die Angriffe auf.«

Der Major neigte ein wenig den Kopf. »Wen?«

»Das Mädchen, das Sie auf mein Zimmer geschickt haben.«

»Schwachsinn.«

»Es stimmt.«

»Das ist eine List.«

»Das Mädchen ist alles, was er will. Er wird nachgeben und die Angriffe einstellen, verdammt, er wird uns sogar helfen, die anderen Stämme zusammenzutreiben. Er hat eine Zeit und einen Ort für den Angriff festgelegt. Er wird sie uns alle ausliefern. Aber zuerst will er seine Tochter und die anderen Frauen zurück.«

»Unmöglich. Ich kann sie nicht übergeben.«

»Warum nicht?«

»Zunächst einmal ...« Rukin schien nach einem vernünftigen Grund zu suchen. »Wenn wir die Frauen freilassen, stärkt das die Berber nur. Der Anführer wird die Frauen als Zeichen seiner Macht und unserer Schwäche und Nachgiebigkeit präsentieren. Das gibt ihm die Initiative. Und das ist nur ein Grund. Ich brauche die Frauen für ... die Moral. Sie sind die einzige Freude, die ich den Männern in diesem trostlosen Drecksloch machen kann. Sobald sie die Stadtmauern verlassen, habe ich eine Meuterei am Hals.«

»Männer können ohne Sex leben. Es wäre nicht das erste Mal. Und der Anführer wird die Angriffe einstellen. Hören Sie, ich hatte einen Auftrag – Ceuta zu sichern, bevor der Vorsitzende Sloane eintrifft. Ich habe Ihnen die Möglichkeit dazu gegeben. Sie können es ablehnen, aber wenn die Reiter auf Sloanes Hubschrauberstaffel schießen, müssen Sie sich dafür verantworten.«

Die Drohung mit Sloane und die Möglichkeit, in einem so entscheidenden Moment zu versagen, schienen Rukin zu belasten. Er schlug einen anderen Ton an. »Sind Sie sicher, dass die Angriffe aufhören werden?«

»Absolut.«

»Wieso? Ich meine, diese ganzen Angriffe seit Monaten dienten nur dazu, sie zurückzubekommen?«

»Ja. Also, eigentlich dienten sie dazu, unsere Stärke einzuschätzen. Die Stadtmauern zu testen. Sie haben bisher nur ein Zehntel der Berberstreitkräfte zu Gesicht bekommen. Es gibt weitere Lager. Die Berber wollten herausfinden, wie man die Basis am besten einnehmen kann. Und sie werden keine Gefangenen machen.«

»Das will er alles für ein Mädchen riskieren?«

»Unterschätzen Sie nicht, was Eltern für das Leben ihres Kindes tun würden.«

Rukin sah zur Seite und schien zu überlegen, was er sagen sollte.

David kam ihm zuvor. »Wir geben das Mädchen zurück, und sie helfen uns, die anderen Stämme zusammenzutreiben. So können wir die Basis sichern und haben die Freiheit, uns auf die bevorstehenden Operationen zu konzentrieren, auf unsere Rolle im Gesamtplan der Immari. Wenn wir dazu nicht bereit sind, wenn wir ständig kämpfen müssen, um unsere Stadtmauern zu verteidigen ... werden Köpfe rollen, und meiner gehört nicht dazu. Ich habe meinen Auftrag ausgeführt. Ich habe Ihnen die Mittel gegeben, Ceuta zu sichern.« David stand auf und wandte sich zum Gehen. An sämtlichen Tischen im Offiziersraum herrschte Stille, und aller Augen waren auf ihn und den Major gerichtet.

Der Major ergriff das Wort. »Wenn ich die Frau freilasse ... die Tochter ... Glauben Sie im Ernst, der Anführer wird uns nicht sofort angreifen, wenn er sieht, was wir mit ihr gemacht haben?«

»Nein ...«

»Er ...«

»Er hat mir sein Versprechen gegeben, vor dem gesamten Stamm. Seine Ehre hängt davon ab. Wenn er sein Versprechen bricht, selbst einem Feind gegenüber, verliert er das Vertrauen seines Volks. Das kann er sich nicht leisten. Und Sie irren sich. Seit Monaten betet er, dass er sie wiedersehen wird, dass sie nicht tot ist. Er wird hocherfreut sein, sie zu sehen. Alles andere wird keine Rolle spielen.« David drehte sich um und ging. »Die Entscheidung liegt bei Ihnen, Major.«

45

Immari-Selektionslager
Marbella, Spanien

Kate schlug den Pistolengriff erneut gegen die Scheibe, bis sie endlich brach und die Scherben in die Küche fielen. Der Lärm verjagte die letzten Leute aus dem Speisesaal.

Mit dem Lauf befreite sie den Fensterrahmen von den scharfen Zähnen aus Glas. Sie griff hinein und versuchte die Metallstange zu erreichen, die Martin durch die Türgriffe geschoben hatte. Als sie sich streckte, spürte sie, wie die letzten Scherben ihr in den Arm schnitten, und wich zurück. Sie nahm die Pistole in die Hand, beugte sich wieder hinein, und dieses Mal reichte es. Sie stieß mit dem Lauf die Stange hinaus, die mit einem lauten Klirren auf dem Boden landete.

Schnell drückte sie die Türen auf und lief zu Martin. Er lebte, aber sein Gesicht glühte. Sie nahm seinen Kopf in die Hände. Dunkle Flecke bedeckten seine Wangen. Seine Haut kochte.

Kate schob seine Augenlider auf. Die Augäpfel rollten herum, und das Weiße war trüb und gelblich verfärbt. Gelbsucht. Leberversagen. Welche Organe waren noch betroffen?

»Martin?« Kate schüttelte ihn, und seine Atemfrequenz steigerte sich.

Er schlug die Augen auf, und als er Kate sah, zuckte er zurück. Er hustete heftig.

Kate klopfte ihn ab und suchte nach dem Döschen mit den Orchid-Tabletten. Es was das Einzige, was sie für ihn tun konnte, aber er trug das Döschen nicht bei sich. Er hustete erneut und bäumte sich dabei auf. Als er zur Seite rutschte und auf den Boden sank, sah Kate das Döschen – es lag hinter ihm vor dem Unterschrank.

Sie öffnete es schnell. Eine Tablette. Sie sah zu Martin, der leise auf dem Boden hustete. Er hatte sich die Pillen eingeteilt, weil er hoffte, so ein wenig länger durchzuhalten.

Die Doppeltür flog auf, und Kate wirbelte herum. Shaw stand mit einem Sack in der Hand im Durchgang. Er betrachtete Kate und Martin. »Oh, verdammt.«

»Helfen Sie mir, ihn hochzuheben«, sagte Kate, während sie versuchte, Martin gegen den Schrank zu lehnen.

»Er ist erledigt, Kate. In dem Zustand können wir ihn nicht hier rausbringen.«

Kate nahm eine Wasserflasche und zwang Martin, die letzte Tablette zu schlucken. »Wie war Ihr Plan?«

Shaw warf den Sack zu Boden, und Kate sah, dass er eine weitere Immari-Uniform enthielt.

Shaw schüttelte den Kopf. »Ich dachte, wir könnten so hier rausgehen. Wenn er in einem besseren Zustand wäre. Immari-Soldaten sehen nicht so krank aus. Wir würden sofort zur Zielscheibe.«

Martin drehte den Kopf und wollte etwas sagen, aber es kam nur unverständliches Gemurmel heraus. Das Fieber verzehrte ihn. Kate wischte ihm mit der Uniform den Schweiß ab. »Wenn es ihm gut gehen würde, was hätten Sie dann gemacht, nachdem wir das Gebäude verlassen hätten? Wie ist der Plan?«

»Wir folgen der Menge – den Überlebenden. Wir gehen auf das Seuchenschiff nach Ceuta, dem größten Selektionslager ...«

»Was? Wir sollten zusehen, dass wir von den Immari *wegkommen*.«

»Es geht nicht. Es gibt keinen Weg hier raus. Sie brennen einen Streifen von fast einem Kilometer Breite um den Orchid-Distrikt ab.«

Kate musste sofort an die Jungen und das Paar in der Altstadt denken. »Brennen sie die Altstadt nieder?«

Shaw wirkte verwirrt. »Nein. Nein, nur einen Verteidigungsstreifen um das Lager. Sie bauen es zu einem neuen Abfertigungszentrum um. Jedenfalls wird das Feuer bei Einbruch der Dunkelheit die Mauern erreichen, und dann ist auch das Seuchenschiff hier. Es ist der einzige Ausweg.«

Kate traf eine Entscheidung. »Dann gehen wir an Bord.«

Shaw öffnete den Mund, aber Kate schnitt ihm das Wort ab. »Das ist keine Bitte. In meinem Zimmer liegt ein Rucksack. Wissen Sie, wo das ist?«

Er nickte.

»Holen Sie ihn. Er enthält die Forschungsergebnisse. Dann suchen Sie ...« Sie brauchte etwas, um das Voranschreiten der Erkrankung zu bremsen. Normalerweise, bei jedem anderen Virus, wären Virostatika und Geduld die Mittel der Wahl. Aber wenn diese Krankheit sich so verhielt wie 1918, würde Martin an einer Überreaktion des Immunsystems zugrunde gehen. Sein Körper griff sich selbst an. »Bringen Sie mir Steroide.«

»Steroide?«

»Tabletten.« Kate versuchte sich an die europäischen Namen zu erinnern. »Prednisolon, Kortison, Methylprednisolon ...«

»Okay, ich hab's kapiert.«

»Und wir brauchen Essen. Wenn das Schiff beladen wird, bringen wir ihn raus. Wir sagen, er ist ein betrunkener Soldat.«

Shaw warf den Kopf in den Nacken. »Das ist eine ganz schlechte Idee.« Er musterte Kate, und als er sah, wie ernst sie es meinte, drehte er sich einfach um und ging hinaus. An der Tür blieb er stehen und zeigte auf die Metallstange, die die Griffe blockiert hatte. »Schieben Sie die wieder rein, wenn ich weg bin. Und seien Sie leise.«

46

Immari-Vorhut-Flotte Alpha
Bei den Kapverden

Dorian ging auf die Brücke des Schiffs und zuckte zusammen, als alle Offiziere einschließlich des Kapitäns ihre Tätigkeiten unterbrachen und ihm salutierten.

»Um Gottes willen, hören Sie auf damit. Den nächsten Seemann, der mich grüßt, degradiere ich zum Leichtmatrosen.« Er war sich nicht sicher, ob das wirklich ein Dienstgrad war, aber aus den Mienen um sich herum schloss er, dass die Botschaft angekommen war. Dorian führte den Kapitän zur Seite. »Irgendwelche Neuigkeiten von Operation Genesis?«

»Nein, Sir.«

In diesem Fall waren keine Nachrichten schlechte Nachrichten. Wenn sein Agent sich nicht meldete, ging es mit dem Plan, Kate Warner zu fangen, offenbar nicht voran. Er überlegte, ob er den Kurs ändern sollte.

Der Atlanter hatte sich deutlich ausgedrückt: *Du musst warten, bis sie den Code erhalten hat.*

»Haben Sie neue Befehle, Sir?«

Dorian wandte ihm den Rücken zu. »Nein ... Halten Sie Kurs, Captain.«

»Da ist noch etwas, Sir.«

Dorian sah ihn scharf an.

»Eine Meldung aus Ceuta. Sie sagen, die Engländer hätten die Straße von Gibraltar vermint. Wir können sie nicht passieren.«

David schnaufte und schloss die Augen. »Sind Sie sicher?«

»Ja, Sir. Sie haben mehrere Schiffe hineingeschickt. Sie haben gehofft, sie könnten eine freie Passage für uns finden, aber die Engländer haben Nägel mit Köpfen gemacht. Doch die Nachricht hat auch etwas Gutes.«

»So?«

»Sie hätten die Meerenge nicht vermint, wenn sie uns vor der spanischen Küste abfangen wollten.«

Die Überlegungen des Kapitäns waren einleuchtend. Dorian gingen mehrere Möglichkeiten durch den Kopf, aber er wollte zuerst die Meinung des Kapitäns hören. »Optionen?«

»Zwei. Wir fahren nach Norden, versuchen, um die britischen Inseln herumzukommen, und steuern einen Hafen in Norddeutschland an. Von dort aus könnten wir uns nach Süden durchschlagen. Aber das würde ich nicht empfehlen. Es ist das, was die Engländer wollen. Sie haben kaum noch Kerosin. Aber ihre U-Boote und die Hälfte ihrer Zerstörer haben Nuklearantriebe. Sie könnten eine kleine Flotte ins Feld schicken, vorausgesetzt, sie haben noch genügend Überlebende, um sie zu bedienen. Vor der englischen Küste, zwischen ihren See- und Luftstreitkräften, könnten sie uns leicht aufreiben.«

»Und die andere Option?«

»Wir gehen vor Marokko vor Anker, fliegen Sie mit einem Hubschrauber nach Ceuta, und Sie fahren mit einem Schiff, das die Basis konfisziert hat, über das Mittelmeer.«

»Risiken?«

»Sie müssen mit einer kleineren Flotte fahren, weniger Kriegsschiffen und weniger Ihrer gut ausgebildeten Soldaten – nur die, die wir mit Ihnen in den fünf Helikoptern ausfliegen können. Sie legen in Nord-Italien an und reisen von dort nach Deutschland. Die Meldungen besagen, dass überall in Europa die Orchid-Distrikte evakuiert werden. Es herrscht völliges Chaos. Sobald Sie in Italien sind, werden Sie keine Schwierigkeiten mehr haben.«

»Warum können wir nicht einfach die ganze Strecke fliegen? Wir können bestimmt einen Jet auftreiben.«

Der Kapitän schüttelte den Kopf. »Auf dem europäischen Festland gibt es noch einige Luftabwehrstellungen, und ihre Notstromversorgung reicht für Jahre. Sie schießen jedes unbekannte Flugzeug ab – mehrere am Tag.«

»Dann also nach Ceuta.«

Als Dorian in seine Kabine zurückkehrte, war Johanna wach. Sie räkelte sich nackt auf dem Bett und las in einer alten Klatschzeitschrift, etwas, das er niemals verstehen würde.

Er setzte sich aufs Bett und zog die Stiefel aus. »Hast du das Ding nicht schon zehnmal gelesen? Ich habe Neuigkeiten für dich: Diese ganzen Idioten sind tot, und der Schwachsinn, den sie getrieben haben, hat sowieso keine Rolle gespielt – schon vor der Seuche nicht.«

»Es erinnert mich an die Zeit vor der Seuche. Es ist wie ein Ausflug in die normale Welt.«

»Findest du, die Welt war normal? Du bist verrückter, als ich dachte.«

Sie warf die Zeitschrift zur Seite, schmiegte sich an ihn und küsste seine Rippen, als er das Hemd auszog. »Harter Tag im Büro, mein großer Grübler?«

Dorian stieß sie von sich. »Du würdest nicht so mit mir reden, wenn du mich besser kennen würdest.«

Sie lächelte unschuldig. Es bildete einen scharfen Kontrast zu seinem grausamen Gesichtsausdruck. »Dann ist es gut, dass ich dich nicht besser kenne. Aber ... ich weiß, wie ich dich aufheitern kann.«

47

Immari-Operationsbasis in Ceuta
Nord-Marokko

Auf dem Wachturm fokussierte David den Feldstecher und wartete darauf, dass die Schlacht begann. Die Immari-Divisionen jagten die Berberstämme seit fast drei Stunden. Von seinem Aussichtspunkt konnte David die Falle sehen, die sie aufgebaut hatten – eine Reihe von befestigten Stellungen mit schwerer Artillerie auf einem Bergrücken über einem engen Tal. Die Berber würden bald den gegenüberliegenden Kamm passieren und ins Tal hinabsteigen, dann würde die große Schlacht beginnen. Die Immari würden siegen und alle Berber im Tal gefangen nehmen oder töten.

»Wie schlagen sich die Stämme?«

David drehte sich um und sah Kamau hinter sich auf der Plattform stehen.

»Nicht so gut. Sie sind beinahe im Hinterhalt der Immari. Wie viele Männer haben wir?«

»Elf.«

David nickte.

»Ich kann das Netz weiter auswerfen, aber damit steigt das Risiko.«

»Nein. Elf müssen reichen.«

Einige Stunden später hallte der Lärm schwerer Geschütze

über das verkohlte Feld, das einmal Ceuta gewesen war. David stand auf, ging zum Rand des Wachturms und hob den Feldstecher. Im Tal ereignete sich ein Blutbad. Ein Trupp von Reitern stürmte den Hang hinauf, wo die Artillerie in Stellung gebracht war, aber die Immari erschossen die Pferde und mähten die Männer mit Maschinengewehren nieder. Hinter ihnen fielen die Stammeskrieger Welle um Welle. David ließ den Feldstecher sinken, kehrte zu seiner Bank zurück und wartete.

Als die Sonne unterging, erreichte der Zug der Immari das äußere Tor. David beobachtete ihn vom Wachturm aus. Major Rukin fuhr voran, und als sein Jeep vorbeiraste, warf er David einen Blick zu. Er zog ein wenig die Mundwinkel hoch, aber David starrte ihn nur an.

David saß in seinem Zimmer und wartete. Er würde noch ein letztes Nickerchen machen, bevor die Entscheidungsschlacht begann. In den nächsten Stunden würde sich sein Schicksal entscheiden – und das Millionen anderer Menschen.

48

Immari-Selektionslager
Marbella, Spanien

Kate zwang Martin, noch ein wenig von dem Schokoriegel zu essen, der Teil des armseligen »Buffets« war, das Shaw aufgetrieben hatte. Sie hielt ihm die Wasserflasche an die Lippen, und er trank gierig. Er schien unstillbaren Durst zu haben.

Shaw stand in der Ecke. Kate kannte ihn bereits gut genug, um zu wissen, was sein Gesichtsausdruck bedeutete: *Das ist reine Zeitverschwendung und kann uns das Leben kosten.*

Sie nickte zu der silbernen Doppeltür. Shaw verdrehte die Augen und ging hinaus.

»Martin, ich muss dich etwas wegen deiner Notizen fragen. Ich verstehe sie nicht.«

Sein Kopf rollte am Stahlschrank von einer Seite zur anderen. »Die Antwort ist ... tot. Tot und begraben. Nicht unter den Lebenden ...«

Kate wischte eine frische Schweißschicht von seiner Stirn. »Tot und begraben? Wo? Das verstehe ich nicht.«

»Finde die Wendepunkte. Wenn das Genom sich verändert. Wir haben gesucht ... nicht lebendig. Wir haben versagt. Ich habe versagt.«

Kate schloss die Augen und rieb sich über die Lider. Sie überlegte, ob sie ihm noch mehr Steroide geben sollte. Sie brauchte Antworten. Aber es gab auch Risiken. Sie griff nach dem Röhrchen mit dem Prednisolon.

Die Küchentüren öffneten sich, und Shaw streckte den Kopf herein. »Es geht los. Wir müssen aufbrechen.«

Kate nickte und half Shaw, Martin auf die Beine zu hieven und aus dem Gebäude zu führen. Als sie aus der Drehtür kam und das Lager sah, hielt sie kurz inne. Aus dem Turm der Überlebenden strömte eine endlose Reihe von Menschen. Über der gewaltigen Menge rauschten die Palmen im Wind. Wachleute schwenkten ihre Taschenlampen, um die Leute zu dirigieren. Ein riesiges Kreuzfahrtschiff ragte am Ufer auf. Über zwei Rampen wurden die Menschen an Bord gebracht, als wäre es die Arche Noah.

»Die hintere«, sagte Shaw und zog Martin mit sich.

Vier Wachen bemannten die hintere Rampe, von der Kate annahm, dass es die Verladestelle der Immari-Anhänger war.

Das ehemals weiße Luxusschiff wirkte heruntergekommen, und Kate fragte sich, ob es überhaupt seetüchtig war.

Shaw sprach kurz mit den Wachen und sagte etwas von »ein Schlückchen zu viel Hustensaft« und »morgen wieder auf dem Damm«.

Zu Kates Erleichterung passierten sie die Kontrollstelle ohne Probleme und konnten sich in die Schlange einreihen. Auf dem Schiff gelangten sie in einen Gang, der zu beiden Seiten geschlossen war, aber oben das Mondlicht hereinfallen ließ. Es war wie ein Viehstall auf einem Markt oder bei einem Rodeo. Shaw ging voran, und sie schlängelten sich durch den Gang zur Mitte des Schiffs. Zweimal mussten sie stehen bleiben, damit Martin sich an die Wand lehnen und Atem schöpfen konnte, während die Leute sich an ihnen vorbeidrängten. An den Seiten führten Türen zu quadratischen Kabinen, die sich schnell mit Menschen füllten.

»Wir müssen nach unten, in eine Kabine. Hier oben wird es morgen heiß wie in einem Backofen.« Er zeigte auf Martin. »Das hält er nicht lange durch.«

Am Ende des Gangs erreichten sie ein Treppenhaus, stiegen einige Absätze hinab und drängten sich durch eine Reihe weiterer Gänge, bis sie schließlich eine leere Kabine fanden. »Bleiben Sie hier, verhalten Sie sich still, und lassen Sie die Tür zu. Ich klopfe dreimal hintereinander dreimal, wenn ich zurückkomme«, sagte Shaw.

»Wohin gehen Sie?«

»Ich hole Vorräte.« Er zog die Tür zu, ehe Kate etwas entgegnen konnte. Sie schob den Riegel vor.

In der Kabine war es völlig dunkel. Kate tastete nach einem Schalter, fand jedoch keinen. Sie nahm den Leuchtstab aus dem Rucksack und tauchte das kleine Zimmer in Licht. Martin lehnte keuchend an der Wand. Kate half ihm in eine der unteren Kojen. Sie befanden sich offenbar in den Mannschaftsquartieren, denn die Einrichtung bestand lediglich aus zwei Stockbetten und einem kleinen Spind in der Mitte.

Sie holte das Satellitentelefon hervor und überprüfte die Anzeige. *Kein Empfang.* Sie musste nach oben gehen, um ihr Gespräch fortzuführen. Sie brauchte Antworten. Ihr Gespräch mit Martin war wenig hilfreich gewesen. *Die genetischen Wendepunkte. Die Antwort ... tot und begraben.*

Kate war völlig erschöpft. Sie streckte sich in der Koje gegenüber von Martin aus. Sie würde nur kurz die Augen zumachen und sich ein wenig ausruhen, damit sie wieder klar denken konnte.

In regelmäßigen Abständen hörte sie Martin husten. Sie wusste nicht, wie viel Zeit vergangen war, aber irgendwann spürte sie, wie sich das Schiff bewegte. Bald darauf schlief sie ein.

Kate war barfuß, und sie verursachte kaum ein Geräusch, als sie über den Marmorboden ging. Vor ihr, am Ende des langen Flurs, befand sich die gewölbte Holztür. Zu ihrer Rechten zeichneten sich zwei gleiche Türen ab. Die erste stand offen: Es war die Tür, hinter der sie David gesehen hatte. Sie spähte in das Zimmer. Leer. Sie ging zur zweiten Tür und stieß sie auf. Der runde Raum wurde aus geöffneten Fenstern und gläsernen Terrassentüren von Licht überflutet. Dahinter erstreckte sich das blaue Meer, aber es waren keine Boote zu sehen, nur eine Halbinsel mit bewaldeten Bergen und Wasser, so weit ihr Blick reichte.

Der Raum war leer bis auf einen Zeichentisch aus Stahl und Eichenholz. Dahinter saß David auf einem alten eisernen Hocker.

»Was zeichnest du?«, fragte Kate.

»Einen Plan«, antwortete er, ohne aufzublicken.

»Wofür?«

»Um eine Stadt zu erobern. Leben zu retten.« Er hielt die kunstvolle Zeichnung eines hölzernen Pferdes hoch.

»Du willst mit einem Holzpferd eine Stadt erobern?«

David legte die Zeichnung auf den Tisch und arbeitete weiter daran. »Wäre nicht das erste Mal ...«

Kate lächelte. »Ja, klar.«

»Denk an Troja.«

»Genau. Brad Pitt war gut darin.«

David schüttelte den Kopf. Er radierte einige Linien aus. »Wie bei anderen Sagen glaubte man, es wäre nur eine Geschichte, bis man den wissenschaftlichen Beweis fand.« Er fügte ein paar letzte Bleistiftstriche hinzu, lehnte sich zurück und betrachtete seine Zeichnung. »Ich bin übrigens sauer auf dich.«

»Auf mich?«

»Du hast mich verlassen. In Gibraltar. Du hast mir nicht getraut. Ich hätte dich beschützen können.«

»Ich hatte keine Wahl. Du warst verletzt ...«

»Du hättest mir vertrauen sollen. Du hast mich unterschätzt.«

49

Immari-Operationsbasis in Ceuta
Nord-Marokko

Major Rukin goss sich ein großes Glas Whiskey ein, trank es leer und ließ sich auf einen Sessel an dem runden Tisch hinter seinem Bett fallen. Langsam knöpfte er seine Uniformjacke auf, dann schenkte er sich noch ein Glas ein, genauso voll wie das vorige. Es war ein langer anstrengender Tag gewesen, aber es bestand die Hoffnung, dass er sich zum letzten Mal um diese elenden barbarischen Stammeskrieger jenseits der Mauern kümmern musste. Ein Glück. Sie alle zu töten wäre optimal; einige zu töten und den Rest gefangen zu nehmen wäre auch nicht übel. Der Basis mangelte es leider ständig an Dienstpersonal. Apropos ... wo blieb sie eigentlich?

Rukin streifte die schweißgetränkte Jacke ab und ließ sie auf den Sessel fallen. Er goss sich ein drittes Glas ein, unachtsam, sodass die braune Flüssigkeit auf den Tisch spritzte, schüttete es hinunter und beugte sich vor, um seine Stiefel aufzubinden. Seine Füße schmerzten, aber das Gefühl ließ nach, als der Alkohol seine Wirkung zeigte.

Jemand klopfte laut an der Tür.

»Was ist?«

»Hier ist Kamau.«

»Kommen Sie rein.«

Kamau stieß die Tür auf, trat jedoch nicht ein. Neben ihm stand eine große schlanke Frau, die Rukin noch nie gesehen hatte. Hervorragend. Ein neues Mädchen. Das hatte Kamau gut gemacht – die Frau war eigentlich zu alt für Rukins Geschmack, aber er war in der Stimmung für etwas Neues. Abwechslung brachte Würze ins Leben. Sie hatte etwas Besonderes an sich. Ihre Haltung. Die Augen – stark, fast trotzig. Selbstbewusst. Ohne Angst. Sie würde es schon noch lernen.

Rukin stand auf. »Die ist okay.«

Kamau nickte kaum merklich, stieß die Frau ins Zimmer und schloss die Tür.

Sie sah den Major an und wirkte unbeeindruckt von seinem riesigen Quartier.

»Du sprechen englisch?«

Sie runzelte die Stirn und schüttelte leicht den Kopf.

»Nein, wer spricht das schon von euch Pack. Macht nichts. Wir machen es wie die Höhlenmenschen.« Er bedeutete ihr, stehen zu bleiben, trat hinter sie, zog ihr das Gewand von den Schultern und band es an der Taille los.

Als es lautlos zu Boden sank, drehte er sie um, um sie zu begutachten.

Sie war ganz anders, als er erwartet hatte. Muskulös. Zu muskulös, und ihre Beine und Arme waren von Narben bedeckt – Stichwunden, Schusswunden und andere ... vielleicht von Pfeilen? Unakzeptabel. Er wollte hier nicht an den Krieg erinnert werden. Er schüttelte den Kopf und ging zu dem Tisch, auf dem sein Funkgerät stand. *Zurück in den Stall mit ihr.*

Er spürte eine starke Hand an seinem Arm und wandte sich erschrocken um. Sie sah ihm in die Augen, nicht mehr nur selbstbewusst, sondern mit feurigem Blick. Wusste sie, dass er sie zurückschicken wollte? Rukin betrachtete sie nun mit anderen Augen.

Als sich auf seinem Gesicht ein Lächeln ausbreitete, flog ihre Faust auf ihn zu und traf ihn am Solarplexus. Keuchend fiel er auf die Knie. Während er verzweifelt nach Luft schnappte, versetzte sie ihm einen Tritt gegen die linke Seite, knapp unterhalb des Brustkorbs, sodass er umfiel und der Whiskey in seiner Kehle hochschoss. Er hustete und stöhnte, als die braune Flüssigkeit ihm brennend aus Mund und Nase floss. Es fühlte sich an, als ertränke er in Feuer. Sein Bauch schmerzte von den Treffern und dem heftigen Aufstoßen.

Sie trat bedächtig um ihn herum, ohne ihn aus den Augen zu lassen. Auf ihren Lippen zeichnete sich ein Lächeln ab, und ihre Augen verengten sich.

Sie genießt es. Sie will mir beim Sterben zusehen, dachte Rukin. Er drehte sich um und kroch auf die Tür zu. Wenn er wieder zu Atem kam, könnte er schreien. Vielleicht, wenn er die Tür erreichte ...

Sie trat ihm so hart auf den Rücken, dass er auf den Boden schlug und sich die Nase brach. Rukin verlor beinahe das Bewusstsein.

Er spürte, wie sie seine Handgelenke packte und die Arme nach hinten zog, während ihr Fuß noch auf seinem Rücken stand. Sie wollte ihn in Stücke reißen. Er versuchte zu schreien, brachte jedoch nur ein animalisches Grunzen heraus. Seine rechte Schulter wurde ausgekugelt, und der Schmerz traf ihn wie ein Schlag. Er wäre ohnmächtig geworden, wenn der Schnaps ihn nicht ein wenig betäubt hätte. Seine linke Schulter knackte, und die Frau zog die beiden unnatürlich verdrehten Arme nach hinten.

Rukin hörte, wie sie wegging, und hoffte, sie würde seine Pistole holen. Der Tod wäre eine Erlösung. Doch stattdessen riss sie Streifen von Klebeband ab und fesselte ihm die

Hände hinter dem Rücken. Jede Berührung sandte eine neue Schmerzwelle durch seinen Körper.

Er war jetzt wieder zu Atem gekommen und wollte um Hilfe rufen, aber in diesem Moment bedeckte sie seinen Mund mit Klebeband und wickelte es von der Rolle mehrmals um seinen Kopf. Sie band seine Beine von den Knöcheln bis zu den Knien zusammen, dann hob sie ihn hoch und warf ihn praktisch mit dem Rücken gegen die Wand. Er hyperventilierte, als er versuchte, durch die Nase zu atmen und die Schmerzen in seinen gegen die Wand gepressten Schultern zu ertragen.

Sie sah ihn einen Augenblick lang an, dann schlenderte sie zum Tisch. Ihr nackter muskulöser Körper spannte sich nur leicht bei jedem gemächlichen Schritt. Sie blickte auf die Schnapsflasche, dann zog sie die Pistole aus Rukins Halfter.

Tu es, dachte er.

Sie warf das Magazin aus und zog den Schlitten zurück. Keine Patrone in der Kammer. Rukin lud nie die erste Kugel hinein. Sie ließ das Magazin wieder einrasten und beförderte eine Patrone in die Kammer.

Tu es.

Sie legte die Pistole auf den Tisch, setzte sich, schlug die Beine übereinander und starrte ihn an.

Rukin schrie durch das Klebeband vor seinem Mund, aber sie ignorierte ihn.

Sie nahm das Funkgerät, drehte den Knopf an der Oberseite, um einen anderen Kanal auszuwählen, und hielt es sich vor den Mund. »Feuer reinigt alles.«

Einige Minuten vergingen. In der Ferne hörte Rukin eine laute Explosion, dann noch eine und noch eine, wie ein Donnergrollen. Sie griffen die Mauern an.

50

Seuchenschiff Destiny
Mittelmeer

Kate hatte lange genug auf Shaw gewartet. Sie rollte sich aus ihrer Koje. Es war Zeit, nach oben zu gehen, um zu telefonieren. Sie warf einen Blick auf Martin und beschloss, dass sie ihn nicht allein lassen konnte. Sie zog ihn hoch und half ihm zur Tür. Dann blickte sie in den Gang und vergewisserte sich, dass dort niemand war.

Sie gingen zu den winzigen Aufzugtüren. Kate drückte den Knopf. Wenige Sekunden später ertönte ein Gong, und die Türen zu der engen Kabine öffneten sich. Welche Etage? Kate drückte den Knopf mit der Eins und wartete.

Die Türen teilten sich. Zwei Männer in weißen Kitteln, vermutlich Ärzte, standen mit Klemmbrettern in der Hand vor ihr und besprachen etwas.

Der eine war Chinese, der andere Europäer. Der chinesische Arzt trat vor, neigte den Kopf zur Seite und sagte: »Dr. Grey?«

Kate erstarrte. Sie war schon halb aus dem Aufzug gestiegen und überlegte umzudrehen, aber der chinesische Arzt kam schnell zu ihr. Der Europäer folgte ihm auf den Fersen. »Kennen Sie den Mann?«, fragte er.

Martin hob träge den Kopf. »Chang ...« Seine Stimme war kaum zu hören.

Kates Herz raste.

»Ich ...«, begann Chang. Er drehte sich zu seinem Kollegen. »Ich habe mit ihm zusammengearbeitet. Er ist ... ein Forscherkollege bei Immari.« Er sah Kate an. »Folgen Sie mir.«

Kate blickte nach links und nach rechts. An beiden Enden des Gangs standen Wachen.

Sie saß in der Falle. Chang ging vor ihr den engen Korridor entlang, und der europäische Wissenschaftler sah sie neugierig an. Kate folgte Chang.

Der Flur führte zu einer großen Küche, die zu einem Forschungslabor umgebaut worden war. Die Stahltische dienten als provisorische OP-Tische. Der Raum erinnerte Kate ein wenig an die Küche im Orchid-Distrikt, wo Martin ihr in seinem Büro nebenan die Wahrheit über die Seuche erzählt hatte.

»Helfen Sie mir, ihn auf den Tisch zu legen«, sagte Chang.

Der Europäer kam näher, um Martin zu untersuchen.

Martin drehte langsam den Kopf und sah Kate an. Seine Miene war ausdruckslos, und er sagte nichts.

Chang trat zwischen den anderen Wissenschaftler und Kate und Martin. »Könnten Sie ... uns einen Moment allein lassen? Ich muss mit den beiden reden.«

Als der Europäer gegangen war, wandte sich Chang an Kate. »Sie sind Dr. Warner, oder?«

Kate zögerte. Er hatte es schon vermutet, sie aber nicht verraten ... sie nahm an, dass sie ihm trauen konnte. »Ja.« Sie nickte zu Martin. »Können Sie ihm helfen?«

»Das bezweifle ich.« Chang öffnete einen Stahlschrank und nahm eine Spritze heraus. »Aber ich kann es versuchen.«

»Was ist das?«

»Etwas, an dem wir arbeiten. Die Immari-Variante von Orchid. Es ist noch im Versuchsstadium und wirkt nicht bei jedem.« Er sah Kate an. »Es könnte ihn töten. Oder ihm ein paar Tage Aufschub verschaffen. Soll ich es ihm verabreichen?«

Kate warf einen Blick auf ihren sterbenden Stiefvater. Sie nickte.

Chang setzte ihm die Spritze. Er sah nervös zur Tür.

»Was ist los?«, fragte Kate.

»Nichts ...«, murmelte Chang und konzentrierte sich wieder auf Martin.

51

Immari-Operationsbasis in Ceuta
Nord-Marokko

David sah die elf Männer an, die sich im Waffenlager versammelt hatten. »Meine Herren, unser Vorhaben ist aussichtslos. Aber es dient einer gerechten Sache. Diese Basis ist das Tor zur Hölle und der Welt, die Immari erschaffen will. Wenn wir sie zerstören, haben die Menschen in Europa eine Chance, den Kampf zu gewinnen. Wir sind in der Unterzahl, schlechter bewaffnet und mitten im feindlichen Territorium. Drei Dinge sprechen für uns: das Überraschungsmoment, der Kampfeswille und die gerechte Sache. Wenn wir den Morgen erleben, werden wir siegen. Diese Nacht wird nicht nur unser Schicksal bestimmen, sondern auch das Millionen anderer. Kämpft hart und fürchtet den Tod nicht. Es gibt viel schlimmere Dinge – zum Beispiel, ein Leben zu führen, auf das man nicht stolz ist.«

Er nickte Kamau zu, der daraufhin vortrat und jedem Einzelnen seine Befehle mitteilte.

Kurz nachdem der große Afrikaner geendet hatte, durchbrach das Knistern des Funkgeräts in der Ecke die Stille. »Feuer reinigt alles.«

»Es ist so weit«, sagte David.

David und Kamau stiegen mit dreien ihrer Männer die Außentreppe hinauf. Das Kommandozentrum der Basis befand sich oben auf dem Turm inmitten der Zitadelle, weit entfernt von den Mauern, gut vor Angriffen geschützt und hoch genug, um mit bloßem Auge – oder, besser noch, mit einem Feldstecher – erkennen zu können, was vor sich ging. Das war schlau. Die Kommandeure wollten sich nicht auf Kameras und Meldungen verlassen, die ausfallen oder manipuliert werden konnten. Sie wollten die Schlacht mit eigenen Augen beobachten.

David blieb auf dem Absatz stehen und blinkte mit der Taschenlampe in die Nacht, um den Berber-Soldaten, die hinter der äußeren Mauer warteten, das Zeichen zu geben.

Als das letzte Aufblinken von der Dunkelheit verschluckt wurde, stieg er weiter hinauf, und die Männer folgten dicht hinter ihm. Der Raum oben auf dem Turm war so, wie er ihn in Erinnerung hatte: eine Mischung aus einem Flughafentower und der Brücke eines Kriegsschiffs. Vier Offiziere saßen an den Steuerpulten, blickten auf Reihen von Flachbildschirmen und tippten gelegentlich auf ihren Tastaturen. In der Ecke lief eine Kaffeemaschine.

Der nächste Techniker wirbelte herum, als er David sah, stand auf und salutierte nervös, als wäre er nicht ganz sicher, wie er auf den unerwarteten Besuch reagieren sollte. Die anderen drei folgten seinem Beispiel.

»Weitermachen, meine Herren«, sagte David. »Es war ein langer Tag, und wie Sie vielleicht schon gehört haben, hat Major Rukin in den Bergen einen großen Sieg errungen. Er feiert unten und bekommt, was ihm zusteht.« Davids Lächeln kam von Herzen. »Legen Sie eine Pause ein. Leisten Sie ihm in der Messe Gesellschaft. Es gibt Essen und Getränke und ... Kriegsbeute. Neuankömmlinge.« David zeigte auf seine Männer. »Wir übernehmen die Schicht.«

Die Techniker bedankten sich murmelnd und verließen ihre Steuerpulte. Es gab keine bessere Gelegenheit, ihre Schicht zu beenden, als den Befehl eines Colonels.

Als die Männer hinausgegangen waren, nahmen Davids Soldaten ihre Plätze an den Konsolen ein. David blickte zweifelnd auf die Monitore. »Sind Sie sicher, dass Sie die Dinger bedienen können?«

»Ja, Sir. Ich habe einen Monat lang die Tagesschicht gehabt, als ich hierher überstellt wurde.«

Kamau ging durch den Raum und reichte jedem Soldaten eine Tasse Kaffee. Dann kam er zu David, und beide blickten eine Weile in die Nacht hinaus. David rechnete es ihm hoch an, dass er nichts sagte. Nach einigen Minuten hob Kamau einfach seine Uhr: zweiundzwanzig null null. David schaltete das Funkgerät ein. »Alle Stellungen melden.« Eine nach der anderen knisterten die Stimmen der Männer in seinem Ohrhörer. Die Männer hatten Namen aus dem trojanischen Krieg angenommen; Davids Rufzeichen lautete »Achilles«.

»Achilles, hier Ajax. Die Trojaner sind im Bankettsaal. Das Festmahl kann beginnen.«

Das Festmahl kann beginnen war das Signal, sie einzuschließen und das Gas einzuleiten.

»Verstanden, Ajax«, sagte David. Er verließ die Kommandozentrale und stieg bis zum ersten Absatz hinunter. Erneut hielt er die Taschenlampe hoch und blinkte. Als er in die Kommandozentrale zurückkehrte, ereigneten sich am Grenzwall die ersten Explosionen. Flammen und Rauchwolken stiegen hinter der äußeren Mauer auf. Die drei Männer an den Steuerpulten sprachen in ihre Funkgeräte und bedienten die Computer.

Die Bildschirme enthüllten, was geschah. Wellen von Reitern griffen die Mauer an. Die Maschinengewehre auf den Wachtürmen mähten sie reihenweise nieder, aber sie stürmten unablässig voran.

Ein Techniker wandte sich zu David. »Turm zwei bittet um Erlaubnis, die Railgun einzusetzen.«

Kamau warf David einen Blick zu.

Die Railguns würden die Streitkräfte der Berber dezimieren. Doch die Erlaubnis, sie einzusetzen, würde die Soldaten davon überzeugen, dass die Basis tatsächlich in Gefahr war.

David zeigte auf das Scharfschützengewehr an Kamaus Seite. »Erledige sie nach dem ersten Schuss.«

David ging zum Kommandoplatz und schaltete das Mikrofon ein. »Turm zwei, hier spricht Colonel Wells. Der Major hat mir das Kommando übergeben. Railgun Delta scharfmachen und Feuer nach eigenem Ermessen.« Er schaltete das Funkgerät aus und wartete. Die Railgun sandte einen Feuerstrahl durch die Luft, und dort, wo eben noch Soldaten und Pferde gewesen waren, stieg eine schwarze Wolke auf. Danach schien einen Augenblick lang alles still zustehen. David hoffte, dass die Berber weiter angriffen. Er war darauf angewiesen.

Auf dem Absatz unter ihm ertönten in schneller Folge drei Schüsse. Die Railgun verstummte.

David aktivierte wieder das Mikrofon an der Konsole. »Bataillone ein, zwei und drei, begeben Sie sich in Zone eins. Ich wiederhole, Bataillone ein, zwei und drei, hier spricht die Ceuta-Kommandantur, die äußere Mauer droht zu fallen, begeben Sie sich in Zone eins, und nehmen Sie Ihre Stellungen ein.«

Fast im selben Moment sah David, wie sich die Truppen in der Zitadelle und dem umgebenden Ring in Bewegung setzten. Der Boden bebte unter den marschierenden Soldaten, das innere Tor wurde geöffnet, und Fahrzeuge strömten hindurch. Die Berber verstärkten ihre Angriffe, und die Schlacht gewann an Intensität.

»Kommandozentrale, hier Turm eins. Turm zwei ist gefallen, wiederhole, Turm zwei ist gefallen.«

»Verstanden, Turm eins«, sagte einer von Davids Männern. »Wir sind im Bilde. Verstärkung ist unterwegs.«

Ungefähr eine Minute nach Davids Befehl wimmelte der Bereich vor der Mauer von Immari-Soldaten. Es waren fast viertausend. Das war der Moment, auf den Davids Plan abgezielt hatte, ihrer Chance, die Basis einzunehmen. Seine Hände zitterten ein wenig, und er fragte sich, ob er es wirklich tun konnte. Was, wenn nicht? Es gab kein Zurück mehr.

Die Techniker blickten sich zu ihm um; sie wussten, was als Nächstes geschehen würde. Schließlich sagte einer der Männer: »Ich warte auf Ihren Befehl, Sir.«

Massenmord. Der Tod von viertausend Männern – Soldaten. Feindlichen Soldaten. *Schurken,* sagte David sich. Aber sie konnten nicht alle Schurken sein. Nur Menschen, die auf der falschen Seite kämpften, Menschen, die genug Leid erfahren hatten, Menschen, die durch die Umstände zu seinen Feinden geworden waren.

David musste nur die Worte aussprechen. Der Techniker würde die Knöpfe drücken, die Minen vor der Mauer würden scharf gemacht, die Sprengfallen explodieren, und dort unten bräche die Hölle los. Tausende von Soldaten – Menschen – würden sterben.

»Es wird keinen Befehl geben«, sagte David.

Die Männer sahen ihn entsetzt an, nur Kamaus Gesicht glich einer Maske, die keine Gefühle verriet.

David trat an die Konsole des ranghöchsten Technikers.

»Zeigen Sie mir, welche Knöpfe ich drücken muss.« Er würde diese Bürde auf sich nehmen; er allein musste und würde die Verantwortung schultern. Der Mann zeigte ihm die Kommandofolge, und David prägte sie sich ein. Als er die Codes eingab, lösten die Explosionen in dem Ring vor der Mauer ein Gemetzel aus. Das Blut sammelte sich wie das Wasser in einem Burggraben. Aus dem Funkgerät drangen Schreie, und einer der Techniker stellte es augenblicklich leiser.

David schaltete sein eigenes Funkgerät an. »Ajax, hier Achilles. Die äußere Mauer ist durchbrochen. Brecht das Pferd auf.«

»Verstanden, Achilles«, antwortete der Soldat.

Auf den Bildschirmen tauchten die Gefangenenflügel auf. Drei von Davids Soldaten rannten hindurch, öffneten die Zellen und bewaffneten die gefangenen Berber. Jetzt begann die Schlacht um die Zitadelle und Ceuta.

»Öffnen Sie das Tor«, sagte David. »Und machen Sie den Anruf.«

Er ließ sich auf den Kommandostuhl fallen und wartete. Der Techniker rief über die Schulter: »Sie sind verbunden.«

»Immari-Flotte Alpha, hier spricht die Ceuta-Kommandatur. Wir werden angegriffen. Ich wiederhole, wir werden angegriffen. Unsere Außenmauer wurde durchbrochen. Ich bitte um sofortige Luftunterstützung.«

»Verstanden, Ceuta-Kommandatur. Bleiben Sie dran.«

David wartete. Sloane war bei dieser Flotte, und David kannte ihn – er würde den Luftschlag selbst anführen. Das musste man ihm trotz allem zugutehalten – er war immer an vorderster Front.

»Ceuta-Kommandatur, hier Flotte Alpha. Zu Ihrer Kenntnisnahme: Wir schicken sofort Luftunterstützung. Voraussichtliche Ankunftszeit: fünfzehn Minuten.«

»Verstanden, Flotte Alpha. Fünfzehn Minuten. Ende.«

Als er sicher war, dass der Kanal geschlossen war, gab er den Technikern die letzten Befehle. »Ich will, dass Sie warten, bis sie tief in unserem Schussbereich sind. Gehen Sie kein Risiko ein.«

»Und wenn sie schießen ...«

»Auch wenn sie alles abschießen, was sie haben. Warten Sie. Und richten Sie die Railguns nicht aus, bevor Sie schussbereit sind. Jemand könnte die Piloten vom Boden aus warnen. Wenn Sie diese Helikopter runterholen, könnten wir den Lauf der Geschichte ändern.« Er ging zu Kamau, der schon an der Tür stand. »Es war mir eine Ehre, meine Herren. Wir werden Ihnen jetzt ein wenig Zeit verschaffen.«

David griff nach der Tür, aber einer der Techniker rief: »Sir, es nähert sich ...«

»Ein Helikopter?«

»Ein Seuchenschiff. Es ist knapp über eine Seemeile entfernt. Aus Marbella. Sie haben uns gerade um Anlegeerlaubnis gebeten und ihr Manifest übermittelt.«

David wirbelte zu Kamau herum. »Warum wussten wir davon nichts?«

Er zuckte die Achseln. »Die Schiffe kommen und gehen, wie es ihnen gefällt, es gibt keinen festen Zeitplan. Sie können tagelang im Hafen warten, bis sie anlegen, deshalb spielt es keine Rolle.« Er durchquerte den Raum und tippte auf der Tastatur. Die Ladeliste scrollte über den großen Monitor.

52

Immari-Vorhut-Flotte Alpha
Vor Tanger, Marokko

Dorian marschierte den engen Gang entlang. Die Luke stand offen, sodass er das dunkle Deck sehen konnte. Vier Helikopter schnurrten auf der Startplattform. Daneben standen Soldaten und warteten darauf, ihn in die Schlacht zu fliegen.

Zum ersten Mal, seit er in der Antarktis in der Röhre erwacht war, fühlte er sich normal. Er hatte das Empfinden, wieder er selbst zu sein. Ein Soldat, der in den Krieg zog. Es war, als käme er nach Hause.

Seemänner streckten die Köpfe aus den kreuzenden Gängen und hofften, einen Blick auf ihn werfen zu können – auf den Vorsitzenden des letzten Reichs, das die Menschheit erleben würde, auf den Mann, der gestorben und auferstanden war, der mehr war als ein gewöhnlicher Sterblicher – ein Gott oder der Teufel.

Das Klatschen von nackten Füßen auf dem Metallboden erregte seine Aufmerksamkeit, und als er sich umdrehte, sah er, dass Johanna auf ihn zurannte. Sie sprang, und er fing sie auf.

Sie schlang die Arme um ihn und küsste ihn. Erst stand er wie versteinert da, aber dann legte er langsam die Arme um sie, zog sie an sich und erwiderte ihren Kuss.

Pfiffe und Jubelrufe ertönten aus den Gängen.

Dorian lächelte, als er sie absetzte. Doch sobald er sich umgedreht hatte, um durch die Luke zu den wartenden Soldaten bei den Hubschraubern zu gehen, war sein Gesicht wieder ernst.

Martin schlug die Augen auf. Er konnte wieder klar denken. Kate war bei ihm. Er war in einem Labor oder Krankenhaus. Ein Mann beugte sich über ihn. Martin kannte ihn. Eine Erinnerung stieg in ihm auf: Er hatte mit dem Mann bei einer Videokonferenz gesprochen. Es war der Forscher aus China, der die Versuche mit der Glocke durchgeführt hatte. Dr. ...

»Chang«, sagte Martin mit heiserer Stimme.

»Wie geht es Ihnen?«

»Erbärmlich.«

Er hörte Kate lachen. Sie kam näher. »Wenigstens spürst du überhaupt was. Das ist ein Fortschritt.«

Martin lächelte Kate an. Er fragte sich, was sie getan hatte, um ihn zu retten. Hatte sie ihr Leben aufs Spiel gesetzt? Er hoffte nicht. Es wäre eine Schande. Er hatte ihr so viel zu erzählen, so viel, das sie wissen musste. »Kate ...«

Das Schiff wurde erschüttert, und Martin flog durch den Raum. Er prallte gegen einen Stahlkühlschrank und sah dunkle Punkte vor den Augen.

53

Vor Ceuta
Nord-Marokko

Dorian beobachtete, wie das bewaldete Land unter ihm vorbeizog. Durch die Windschutzscheibe des Hubschraubers sah er in der Ferne etwas aufblitzen, wie Glühwürmchen in der Nacht. Gleich würden sie in die Schlacht eingreifen, und kurz darauf würde ihr Sieg folgen.

Er setzte seinen Helm auf. »Kommunikationscheck, Einsatzteam Delta, hier spricht General Sloane.«

Die vier Helikopter antworteten.

Sloane lehnte sich gegen das Sitzpolster. Er sah noch eine Weile zu den Blitzen und überlegte, was Johanna gerade tat, was sie anhatte, was sie las.

Was war los mit ihm? Zuneigung. Rührseligkeit. Schwäche. Er musste sie loswerden, wenn er zurückkehrte.

Die ersten Geschosse prallten gegen das Metallgerüst, als David und Kamau den Fuß der Treppe erreichten.

Sie stellten sich Rücken an Rücken, drückten sich gerade fest genug aneinander, um zu spüren, wo der andere sich befand, und eröffneten das Feuer. Die leeren Hülsen prasselten zu Boden, während sie sich von einer Seite zur anderen drehten.

Immari-Infanteristen strömten aus den Baracken, die den Kommandoturm umgaben, und David und Kamau mähten sie reihenweise nieder. Aber es kamen immer mehr. Ein Trupp ging auf der anderen Seite des Hofs in Stellung und konzentrierte sein Feuer auf David und Kamau.

David schritt seitlich auf das dem Kommandoturm gegenüberliegende Gebäude zu, um dort Deckung zu finden. Kamau folgte seinen Bewegungen.

Davids Ohrhörer knisterte. »Achilles, hier Ajax. Ich habe die Myrmidonen. Wir rücken zu Ihrer Position vor.«

»Verstanden, Ajax«, sagte David. »Je schneller, desto besser.« Er schoss eine neue Garbe ab, bis sein automatisches Gewehr klickte. Schnell lud er nach und eröffnete wieder das Feuer.

Drei gewaltige Explosionen erhellten den Nachthimmel, dann stiegen Flammen über dem Wasser auf. Dorian konnte jetzt die Umrisse der Ceuta-Basis erkennen.

»Was zum Teufel war das?«, fragte er.

»Wahrscheinlich schießen sie mit der Railgun von der Mauer«, sagte der Pilot.

»Wohl kaum, Sie Idiot. Es brennt über dem Wasser. Wer hat die Schüsse abgefeuert?«

»Die angreifenden Stämme?«, sagte der Pilot in fragendem Tonfall.

Dorians Gedanken überschlugen sich. Diese Barbaren auf den Pferden. Würden sie ein einlaufendes Seuchenschiff angreifen? Unwahrscheinlich. Irgendwas stimmte da nicht.

»Einsatztrupp Delta, bleiben Sie auf Position, wiederhole, brechen Sie den Angriff auf Ceuta ab.«

Die Helikopter flogen weiter in die Nacht hinein, auf die

brennende Basis und das seltsame Feuer über dem Wasser zu.

Er packte den Piloten an der Schulter. »Bringen Sie uns runter. Bringen Sie uns runter.« Der Pilot gehorchte, und der Hubschrauber stürzte mit der Nase voran durch die Baumkronen.

»Einsatzteam ...«

Der vorausfliegende Helikopter explodierte, und die beiden daneben gingen fast im selben Moment in Flammen auf. Splitter regneten auf Dorians Hubschrauber. Der Rotor setzte aus, und der Hubschrauber geriet ins Trudeln. Rauch hüllte die Kabine ein. Dorian spürte die Hitze der Flammen über sich. Sie stürzten durch die Bäume, Äste drangen ins Innere, und dann fiel er aus dem Hubschrauber und flog.

David schoss die letzte Patrone aus dem Gewehr ab und zog seine Pistole. Sie kamen so schnell, dass er nicht mehr mithalten konnte. Kamau wirbelte herum und kämpfte jetzt Schulter an Schulter mit ihm. Er mähte die aus den Baracken stürmenden Soldaten reihenweise nieder, aber der Strom nahm kein Ende.

Davids Pistole klickte. Er hatte kein Reservemagazin mehr. Kamau trat vor ihn und feuerte weiter.

David schaltete das Funkgerät an. »Ajax, hier Achilles. Die Trojaner überrennen unsere Stellung.«

Kamau stürzte gegen David und warf ihn zu Boden. David hörte, dass Ajax antwortete, konnte jedoch nichts verstehen. Schnell griff er sich Kamaus Gewehr, begann im Liegen zu schießen und richtete sich dann auf einem Knie auf. Wie viele Patronen hatte er noch?

David blickte zurück zu Kamau, der sich auf dem Boden wand. Er musste ihn umdrehen, um zu sehen, wo er getroffen worden war.

Kate versuchte auf die Beine zu kommen, aber das Schiff schwankte zu stark. Das Kreischen von sich biegendem Stahl dröhnte in ihren Ohren. Sie tastete nach dem Rucksack auf ihrem Rücken. Er war noch da. Sie kroch zu Martin und zog ihn auf ihren Schoß.

Ein weiterer Schlag erschütterte das Schiff, und sie wurde durch den Raum geworfen. Der Wissenschaftler, Chang, fing sie auf. »Alles in Ordnung?«, rief er.

Die Sprinkleranlage ging an, und der Alarm heulte.

Die Tür flog auf. Shaw kam hereingestürmt. »Kommen Sie. Wir müssen zu den Rettungsbooten.«

Der europäische Wissenschaftler war dicht hinter ihm. Entsetzt sah er sich im Raum um. »Unsere Forschung!«, rief er Chang zu.

»Vergessen Sie es!«, brüllte Chang.

Chang und Shaw zogen Martin mit sich, und Kate folgte ihnen.

Projektile zischten von hinten über Davids Kopf, und er wirbelte herum, aber es waren Ajax und die Berber-Streitkräfte. Sie stürmten an ihm vorbei und vernichteten die Immari-Soldaten.

David zog Kamau zur Wand des Gebäudes und drehte ihn um. Es war kein Blut zu sehen. Kamau sah zu ihm auf. »Ich habe meine Weste an. Mir ist nur die Luft weggeblieben.«

Ajax und der Berber-Kommandeur kamen zu ihnen. »Wie ist die Lage?«, fragte David.

»Wir haben die Zitadelle fast unter Kontrolle«, sagte Ajax. »Viele haben sich ergeben, aber ein paar Einheiten kämpfen bis zum Ende.«

»Kommen Sie mit«, sagte David. Er half Kamau auf die Beine, und sie gingen in die Baracken.

Draußen ließ das Gewehrfeuer nach. Gelegentlich durchbrach die Explosion einer Granate den Lärm. Sie blieben vor einer großen Tür stehen, und David klopfte leise. »Ich bin's, Achilles.«

Als sich die Tür öffnete, stand die Anführerin der Berber vor ihm. Sie trug ein blaues Kleid und hielt eine Pistole in der Hand. Sie winkte sie hinein.

Major Rukin lag geknebelt und an Händen und Füßen gefesselt auf dem Boden. Auf Davids Gesicht breitete sich ein trockenes Lächeln aus. Der Major zerrte an seinen Fesseln und schrie in den Knebel.

David wandte sich zu der Anführerin. »Wirst du Wort halten?«

»Ja, wie du Wort gehalten hast. Denen, die sich ergeben, wird nichts geschehen.« Sie sah auf die Stelle an Davids Brust, wo sie ihm das Brandzeichen verpasst hatte. »Ein echter Anführer bricht nie ein Versprechen, das er seinen Leuten gegeben hat.«

David ging zu dem Major und zog ihm das Klebeband vom Mund.

»Sie sind ein Idiot ...«

»Schnauze«, sagte David. »Wir kontrollieren Ceuta. Die einzige offene Frage ist, wie viele Immari-Soldaten heute Nacht sterben. Wenn Sie in die Kommandozentrale gehen mit der Berber-Chefin hier ...« David legte eine Pause ein, um den Schrecken im Gesicht des Majors auszukosten. »Ja, genau, sie ist die Anführerin. Und es war ihre Tochter. Die Berber haben eine lange Tradition weiblicher Stammesführer. Manchmal sind geschichtliche und kulturelle Kenntnisse ganz nützlich. Selbst im Krieg. Wenn Sie mit ihr gehen und Ihren verbliebenen Soldaten befehlen, sich zu ergeben, können Sie Menschenleben retten. Wenn Sie sich weigern, tun Sie ihr und ihrem Volk einen großen Gefallen, das kann ich Ihnen versichern.«

»Wer sind Sie?«, verlangte Rukin zu wissen.

»Das spielt keine Rolle«, sagte David.

Rukin grinste verächtlich. »Männer wie Sie gewinnen solche Kriege nicht. Das ist keine Welt für *nette Jungs*.«

54

Seuchenschiff Destiny
Mittelmeer

Kate beobachtete, wie Shaw eine weitere Tür öffnete. Er wollte gerade hindurchgehen, als Flammen vor ihm in den Gang schlugen.

»Zurück!«, brüllte er und schlug die Tür zu.

Kate sah sich um. Rauch drang von der anderen Seite in den Korridor. Sie konnte nicht einmal mehr das Ende des Gangs erkennen. Das Feuer breitete sich auf dem Schiff aus, trieb sie in die Enge und drohte, sie zu ersticken.

Sie saßen in der Falle.

Über sich hörte Kate Trümmer auf den Boden fallen. Sie spürte die Hitze von der Decke. Sie würden zerquetscht werden oder verbrennen oder ersticken. Es gab keinen Ausweg – sie waren zu tief im Inneren des Schiffs.

»Wir können nicht zurück ...«

»Klappe«, sagte Shaw, während er eine Kabinentür aufriss und Kate hineinstieß. Chang half Martin durch die Tür, und der andere Wissenschaftler folgte ihnen.

»Wir können nicht hier ...«, begann Kate, aber Shaw war schon wieder draußen und schlug die Tür hinter sich zu.

Kate drückte vergeblich gegen die Tür. Shaw hatte sie eingeschlossen.

Im Hof der Zitadelle war es fast ruhig. Hier und dort flackerte noch Gewehrfeuer auf, wenn Immari-Soldaten und Berber zusammenstießen. David folgte der Anführerin und dreien ihrer Männer, von denen einer Major Rukin am Arm mit sich zog, sodass er bei jedem Schritt vor Schmerz das Gesicht verzog.

Zu Davids Rechten brannte das riesige Seuchenschiff auf dem Meer. Gelegentlich wurde es von einer Explosion erschüttert.

Opfer des Kriegs, sagte David sich. Kamau hatte gesagt, es seien alles feindliche Kämpfer – Immari-Soldaten oder neue Rekruten, die den Eid abgelegt hatten: Loyalisten. Es hatte keine Alternative gegeben.

Kate hörte eine Reihe von Explosionen. Es war stockdunkel in der Kabine, und die einzigen Geräusche im Inneren waren ein gelegentliches Husten oder Stöhnen von Martin, Chang oder dem europäischen Wissenschaftler.

Dann ertönte ein Klicken, und als Kate zur Tür lief, wurde diese aufgestoßen. Shaw packte ihren Arm und zog sie mit sich.

Sie hoffte, dass Martin hinter ihr war, aber sie konnte nichts sehen. Der Rauch war zu dicht. Er brannte in den Augen und drang in ihre Lunge.

Sie hustete und würgte, während Shaw sie weiterzerrte. Er würde ihr noch den Arm abreißen.

Die Dunkelheit und der Rauch ließen nach, als sie den nächsten Quergang erreichten. Kate hörte und spürte das Feuer, bevor sie es sah.

Die Flammen schlugen an einer Seite des Gangs hoch, züngelten zur Decke und standen kurz davor, auf die andere Seite überzugreifen. Durch das Feuer konnte sie nach draußen blicken. Das Schiff war aufgerissen. Shaw hatte mit Handgranaten einen Weg freigesprengt. Es sah aus, als hätte ein riesiges Tier in den Schiffsrumpf gebissen und ein gezacktes Loch hinterlassen.

Shaw zog sie auf die Flammen zu.

David lehnte am Türrahmen der Kommandozentrale oben auf dem Turm.

Einer der Berber stieß Rukin zum Mikrofon. Rukin sah erst zu der Stammesführerin und dann zu David, bevor er zu sprechen begann. »Achtung, an alle Immari-Soldaten. Hier spricht Major Alexander Rukin. Ich befehle Ihnen, sich unverzüglich zu ergeben. Legen Sie die Waffen nieder. Ceuta ist gefallen ...«

David blendete Rukins Worte aus, als er die Bilder des Blutbads auf den Monitoren betrachtete: um die Basis herum, hinter der Mauer, auf dem Wasser.

Was habe ich getan?, fragte er sich. *Was du tun musstest*, gab er sich selbst die Antwort. Kamau sah ihm in die Augen. Er nickte ihm einmal kurz zu.

Kate schloss die Augen, als Shaw sie durch die Flammen zog. Dann hatten sie das Ende des Gangs erreicht, die Wände um sie herum waren verschwunden, und sie fielen ...

Sie landete hart auf den Füßen, ihre Knie knickten ein, und sie rollte über das Deck. Shaw stand bereits wieder. Der Kerl schien über Superkräfte zu verfügen. Über sich sah Kate Martin, Chang und den anderen Mann durch das brennende Loch springen. Eine Sekunde nachdem sie sich weggerollt hatte, landeten sie neben ihr auf dem Deck. Alle drei lebten noch, aber Kate vermutete, dass der ein oder andere Knochen gebrochen war. Sie streifte den Rucksack ab und kroch auf sie zu, aber eine Explosion über ihr sprengte einen Teil des Schiffs in die Luft. Trümmerteile regneten auf sie herab. Um sich zu schützen, rollte sie sich zu einer Kugel zusammen.

Shaw zog sie hoch. »Wir müssen springen!« Er zeigte auf das Wasser unter ihnen.

Kates Augen weiteten sich. Das waren fast zehn Meter. Ein gewaltiges Feuer brannte auf dem Wasser und umringte das Schiff. »Auf keinen Fall.«

Er schwang sich ihren Rucksack auf die Schultern, packte sie am Arm und zog sie zur Kante. Kate schloss die Augen und holte tief Luft.

David nahm den Styroporbecher entgegen und bedankte sich bei dem Soldaten.

Er schlürfte den Kaffee, während er auf die Monitore im Raum sah. Die entwaffneten Immari-Soldaten strömten in die Zitadelle. Sie würden die neuen Bewohner der Ställe sein.

Zwei Techniker zoomten auf das brennende Seuchenschiff, um den Schaden zu begutachten und zu entscheiden, ob sie noch einen weiteren Schuss abgeben mussten.

Eine Seite des Schiffs wurde von Explosionen aufgerissen. Ein Immari-Soldat zerrte eine Frau durch die Flammen und warf sie auf das darunterliegende Deck. Sie rollte sich zu einer Kugel zusammen, aber der Soldat zog sie auf die Beine.

David erstarrte. Ihr Haar war dunkel ... aber er kannte das Gesicht. Das war unmöglich. Doch, es war Kate. Oder hatte er den Verstand verloren? Hatten die Belastungen der Schlacht und seiner schweren Entscheidung seinen Realitätssinn zerstört? Sah er, was er sehen wollte?

Er beobachtete, wie Kate mit dem Immari-Soldaten kämpfte, ehe er sie ins Wasser warf, wo sie wahrscheinlich sterben würde.

David stürmte zur Konsole des Technikers. »Spulen Sie das zurück.«

Die Aufnahme lief rückwärts.

»Stopp.«

David beugte sich vor. Jetzt war er sich sicher. Es war Kate. Und ein todgeweihter Immari-Soldat, der sie wie eine Puppe herumgestoßen und vom Schiff geworfen hatte.

David wirbelte herum und sagte zu der Stammesführerin: »Du übernimmst das Kommando, bis ich zurück bin. Schieß nicht auf das Seuchenschiff. Egal, was passiert.«

Sekunden später hatte er die Kommandozentrale verlassen und war die erste Treppe hinuntergestürmt.

Kamau rief ihm nach. »David! Kann ich dir helfen?«

55

Ehemalige Immari-Operationsbasis in Ceuta
Nord-Marokko

Im Hafen musterte David die Boote. Es gab jede Menge Fischerboote, aber nur wenige Motorjachten. David dachte nach. Was war das Wichtigste? Reichweite oder Geschwindigkeit? Er brauchte beides, aber wie viel von jedem? Dort lag eine Sunseeker 80. Er versuchte, sich an die technischen Daten zu erinnern. Vor zwei Jahren hatte er überlegt, sich so eine Jacht zu kaufen. Sie war vierundzwanzigeinhalb Meter lang, hatte eine Marschgeschwindigkeit von vierundzwanzig Knoten und schaffte in der Spitze dreißig. Die Reichweite betrug dreihundertfünfzig Seemeilen. Aber ganz hinten lag ein Koloss, eine vierzig Meter lange Sunseeker. Wenn er Glück hatte, war ein Tauchboot an Bord. Er zeigte auf die Jacht. »Die nehmen wir«, sagte er zu Kamau.

Einige Minuten später fuhr die Vierzig-Meter-Jacht auf das Mittelmeer hinaus und steuerte auf das in der Dunkelheit brennende Kreuzfahrtschiff zu.

Kates Arme und Beine waren erschöpft. Sie konnte kaum noch den Kopf über Wasser halten. Das Schiff spuckte weiter Rauch in die Luft, und alle paar Sekunden wurde sie von den Wellen der ins Meer fallenden Wrackteile überspült.

Aber sie konnten nirgendwo hin. Eine Feuerwand loderte über dem Wasser, ein breiter Ring, der sie in dem kleinen Bereich um das Schiff herum einschloss.

Ihr tat alles weh, und jeder Atemzug brannte in der Lunge.

Shaw schwamm zu einem Wrackteil. Er schleppte es zu ihr und den drei Männern. »Haltet euch fest. Wir müssen warten, bis das Feuer erloschen ist, dann schwimmen wir zum Ufer.«

David beobachtete das hilflose Kreuzfahrtschiff. Die Flammen loderten auf dem Wasser wie ein Buschfeuer. Das Schiff fiel in sich zusammen, und hier und dort blitzten Explosionen auf. Die Tanks waren beschädigt, und auf der Wasseroberfläche brannte in einem Halbkreis um das Schiff der Treibstoff. Von allen Decks sprangen Menschen herab, manche in ihren sicheren Tod. Sie verschwanden jenseits der Feuerwand im Wasser. David konnte sich nicht vorstellen, wie sie entkommen sollten. Sie konnten auf keinen Fall durch die Flammen schwimmen, und der Ring war zu breit, um darunter herzutauchen.

Seine einzige Hoffnung war, dass Kate den Sprung überlebt hatte und dort auf ihn wartete.

David ging unter Deck und fand das Tauchboot. Er öffnete es und überprüfte die Anzeigen. Kein Sauerstoff mehr. Was konnte er jetzt noch tun? Warten, bis die Flammen erloschen? Was, wenn sie verletzt war?

»David, was brauchst du?«

»Sauerstoff.«

Kate sah einen Schemen unter Wasser. Einen Sekundenbruchteil später wurde Shaw gepackt und nach unten gezogen.

Zuerst dachte Kate, es wäre ein Hai oder ein anderes Meeresgeschöpf, aber Shaw tauchte wieder auf und wedelte verzweifelt mit den Armen. Er ertaste das Wrackteil hinter sich und zog sich darauf. Das Ding sprang aus dem Wasser, landete auf Shaw und warf ihn auf das Wrackteil. Jetzt konnte Kate sehen, dass es ein Mann war. Er war unglaublich muskulös. Er trug einen Taucheranzug und hatte zwei Flaschen auf dem Rücken. Shaw wehrte sich tapfer und schlug mit aller Kraft zurück, doch das Monstrum war zu stark. Eines seiner Hiebe erwischte Shaw im Gesicht und ließ seinen Kopf auf die harte Oberfläche schlagen. Shaw sank schlaff auf das Wrackteil. Der Mann packte ihn und wollte ihn ins Wasser ziehen.

Kate stürzte sich in den Kampf. Sie schlug gegen die Maske des Tauchers. Mit der anderen Hand griff sie nach Shaw, um ihn loszureißen.

Das Monstrum riss sich die Maske vom Gesicht. »Was zum Teufel machst du?«

David.

Kate erstarrte. Ein Ansturm von Gefühlen überwältigte sie. Sie spürte, wie ihre Glieder taub wurden, und schluckte einen Mund voll Salzwasser.

David ließ Shaw los und hielt sie fest. Er sah ihr in die Augen und öffnete den Mund, um etwas zu sagen. Shaws Faust traf ihn mitten ins Gesicht und ließ ihn untergehen. Shaw tauchte ihm hinterher, aber Kate hatte die Fassung wiedergewonnen und drängte sich zwischen sie.

»Jungs, Jungs!« Sie drückte sie auseinander.

»Du beschützt ihn?«, brachte David hervor.

»Er hat mir das Leben gerettet«, sagte Kate.

»Er hat dich vom Schiff geworfen.«

»Die Sache ist ... *kompliziert*.«

David sah sie an. »Egal. Wir verschwinden hier.« Er löste eine der Flaschen von seinem Rücken und schob sie zu Kate. »Setz die auf.«

Kate zeigte auf Martin, Chang und den anderen Wissenschaftler. »Was ist mit ihnen?«

»Was soll mit denen sein?«

»Sie kommen mit«, sagte Kate.

David schüttelte den Kopf. Er begann, die Gurte der Flasche über Kates Schultern zu streifen. »Ich lasse Martin und die anderen nicht zurück.«

»Okay, sie können sich zu dritt eine Flasche teilen.« Er warf Shaw einen kalten Blick zu. »Von mir aus auch zu viert.«

»Kate, ich muss mit dir reden. Es ist dringend«, sagte Martin. Er konnte kaum den Kopf über Wasser halten.

Der europäische Wissenschaftler meldete sich zu Wort. »Ich brauche keine Druckluft. Ich komme allein durch.«

Alle sahen ihn an.

»Ich bin ein extrem guter Schwimmer«, erklärte er.

David warf Shaw die Flasche zu. »Okay, Sie können ja erst mal eine Sitzung einberufen, um sich zu einigen. Wir verschwinden.« Er nahm Kate beim Arm.

»Warte«, sagte sie. »Martin ist verletzt. Und krank. Du musst ihn nehmen, David.«

»Nein.« Er zog sie dichter an sich. »Ich lasse dich nicht aus den Augen. Nicht noch einmal.«

Sie hörte Shaw hinter sich stöhnen. Die Zeit schien stillzustehen. Schließlich nickte sie.

»Verdammt«, sagte Shaw. »Dann nehme ich eben Martin mit. Sie nehmen den Doktor, der braucht sowieso nicht viel Luft.« Er zeigte auf den europäischen Wissenschaftler. »Und Sie ... Sie sind ja ein extrem guter Schwimmer.«

Der Wissenschaftler tauchte unter. Martin protestierte,

aber Shaw packte ihn, und sie verschwanden ebenfalls. David drückte Kate die Maske aufs Gesicht und tauchte ab, aber sie kämpfte sich an die Oberfläche zurück.

»Was ist los?«, fragte David.

»Chang.«

David sah zu ihm.

Dr. Chang trat Wasser. »Ich dachte, Sie würden mich hierlassen.«

Er hat Martin das Leben gerettet, dachte Kate. »Wir lassen Sie nicht zurück.« Sie gab David ein Zeichen. »Nimm seine Hand.«

»Du strapazierst meine Geduld.«

»Ach, komm!« Sie griff nach Changs Hand und klammerte sich fester an Davids, als sie untertauchten.

Kate atmete als Erste, dann folgte Chang. David schien weniger Luft zu brauchen.

Kate konnte weder Shaw und Martin noch den anderen Mann sehen. Die Strecke unter dem Feuer schien sich endlos hinzuziehen. Sie sah durch die Maske nach oben. Das Feuer war von unvergleichlicher Schönheit. Eine orangefarbene und rote Blume, die sich auf dem Wasser ausbreitete und wieder zusammenzog wie in einer Zeitrafferaufnahme.

Chang strampelte neben ihr. Er hatte die Augen geschlossen. Es musste Diesel im Wasser sein.

David zog sie weiter. Er trug Flossen und beförderte Kate und Chang mit seinen starken Beinen durch das Wasser.

Schließlich endete das Flammenmeer, und Kate sah den dunklen Himmel über dem Wasser. David geleitete sie hinauf, und er und Chang schnappten nach Luft, als sie die Oberfläche durchbrachen.

Kate hielt eine Hand vor Augen, um sich vor dem grellen Licht zu schützen. Ein Schiff trieb gleich hinter der Feuerwand. Eine weiße Jacht mit dunklen Fenstern. Sie war drei Stockwerke hoch. Kate wusste, dass es vermutlich einen seemännischen Begriff für »dreistöckig« gab, aber für sie sah das Schiff aus wie ein dreistöckiges weißes Reihenhaus, das sich nach oben verjüngte.

David schob sie und Chang darauf zu. Ein großer schwarzer Mann ragte am Heck auf. Er beugte sich vor, packte Kate an den Armen und zog sie mühelos an Bord.

Kate streifte die Druckluftflasche ab, während der Afrikaner Chang an einem Arm heraushob und ihn neben ihr absetzte.

David kletterte die Leiter hinauf. »Sind wir die Ersten?«
Der Afrikaner nickte.

David blieb auf der Leiter stehen, nahm Kate die Flasche und die Maske ab und war schon wieder halb unten, als ein Kopf aus dem Wasser auftauchte.

Der europäische Wissenschaftler.

»Haben Sie die beiden anderen gesehen?«, rief David ihm zu.

»Nein.« Er wischte sich das Wasser aus dem Gesicht. »Ich musste die Augen zumachen. Es ist Diesel im Wasser.«

Kate fiel auf, dass er kaum außer Atem war. Sie musste unbedingt mit David sprechen, aber er war schon wieder im dunklen Wasser verschwunden.

Die Sekunden schienen sich zu Stunden zu dehnen.
»Ich bin Kamau.«
Kate wandte sich zu ihm um. »Kate Warner.«
Seine Augenbrauen schossen in die Höhe.
»Ja, das passiert mir öfter.« Sie blickte wieder auf das Wasser.
Ein weiterer Kopf tauchte auf. Shaw. Martin war nicht bei ihm. Kate ging zur Reling. »Wo ist Martin?«

»Ist er nicht hier?« Shaw drehte sich im Wasser um. »Er ist ausgerastet, hatte wahrscheinlich Angst, zu ertrinken. Ich

dachte, er wäre vorgeschwommen. Ich konnte nichts sehen.«
Er tauchte wieder unter.

Kate starrte auf die Flammenwand. Wenn Martin mittendrin aufgetaucht war ...

Sie wartete. Nach einer Weile spürte sie, wie eine Decke um ihre Schultern gelegt wurde. Ohne sich umzusehen, murmelte sie ein Dankeschön.

Zwei Köpfe tauchten auf, und ein Mann zog den anderen zum Boot: David und Martin.

Martins Kopf war übel verbrannt, und er war kaum noch bei Bewusstsein.

David trug Martin an Bord und legte ihn im Salon auf ein weißes Ledersofa. Chang lief zu Martin und begutachtete seine Verletzungen. Kamau stellte einen Erste-Hilfe-Koffer auf den Boden, und Kate begann, darin herumzuwühlen.

Wieder durchbrach ein Kopf die Wasseroberfläche. »Haben Sie ihn?«, rief Shaw.

»Ja!«, antwortete Kate.

Sobald Shaw die Leiter erreicht hatte, rief David Kamau zu: »Bring uns hier weg.«

Kate und Shaw kümmerten sich um Martin, bis sein Kopf ordentlich verbunden war und seine Atmung sich stabilisiert hatte.

»Er kommt wieder in Ordnung«, sagte Chang. »Ich kann das jetzt übernehmen, Kate.«

David nahm Kate beim Arm und führte sie unter Deck. Seine Hand umschloss fest ihren Bizeps. Sie war durchnässt und völlig erschöpft, aber ihn zu sehen, zu wissen, dass er lebte, munterte sie auf und gab ihr neue Kraft.

Er schloss die Tür und verriegelte sie. »Wir müssen *reden*«, sagte David noch zur Tür gewandt.

56

Nord-Marokko

Dorian erwachte von einem stechenden Schmerz in der Seite.

Er drehte sich um und schrie vor Qual. Die Bewegung verstärkte den Schmerz nur noch. Was auch immer ihn getroffen hatte, es steckte noch in ihm und bohrte in seinen Eingeweiden wie eine glühende Klinge.

Er riss den Helm vom Kopf und beugte sich vor, um es anzusehen.

Der Ast hatte sich knapp über der Hüfte und unterhalb des Körperpanzers komplett durch sein Fleisch gebohrt. Vorsichtig löste er die Schnallen der Schutzweste. Wieder schwappten Schmerzwellen über ihn hinweg, und er musste eine Pause einlegen. Er warf die Schutzweste zur Seite und zog das Unterhemd hoch.

Der Ast steckte fast ganz außen. Wenn er ihn weiter innen erwischt hätte, hätte er möglicherweise die Leber durchbohrt.

Er biss die Zähne zusammen und zog das Holzstück langsam heraus.

Er begutachtete die Wunde. Sie blutete, aber er würde durchkommen. Im Moment musste er sich um größere Probleme kümmern.

Selbst in der Dunkelheit konnte er die drei Rauchsäulen

über den Bäumen erkennen, die aus den brennenden Hubschraubern aufstiegen.

Ceuta hatte keine Luftwaffe – sie war komplett nach Südspanien verlegt worden –, aber wer auch immer die Basis eingenommen hatte, verfügte offenbar über reichlich Bodentruppen. Würden sie nach ihm suchen?

Er stand auf.

Schreie – von der Absturzstelle. Sein Instinkt übernahm das Kommando. Er schnappte sich den Helm und den Körperpanzer und rannte auf das brennende Wrack zu.

Der Helikopter hatte den Wald in Brand gesetzt. Eine Flammenwand versperrte Dorian den Blick. Die Schreie wurden lauter, aber Dorian konnte nichts verstehen.

Er setzte den Helm auf und legte die Weste an, dann rannte er um das Feuer herum und versuchte, einen Durchgang zu finden. Auf der anderen Seite war das Flammenmeer nicht so dicht, aber er hatte noch immer keine klare Sicht auf den Hubschrauber. Er nahm an, dass er es hindurchschaffen würde.

Dorian zog seine Pistole, warf sie zusammen mit den Reservemagazinen zu Boden und legte das Satellitentelefon daneben. Dann schob er die Hände unter den Körperpanzer und näherte sich den Flammen. Die Stiefel, der Anzug und die Weste waren feuerfest, aber sie widerstanden der Hitze nur begrenzt, und sein Körper war nicht vollständig bedeckt.

Er atmete tief ein und stürmte in das Feuer. Seine Stiefel hämmerten über den Boden. Die Hitze war überwältigend. Er hielt die Luft an und ... schaffte es durch die Flammen auf eine kleine Lichtung. Dorian sah jetzt, dass drei der Hubschrauber dicht nebeneinander abgestürzt waren und ihre Feuer sich zu einem Ring zusammengeschlossen hatten. Alle Helikopter brannten lichterloh. Dort gab es nichts zu holen, und die Hilferufe waren auch nicht aus ihrem Inneren gekommen.

Wieder ertönten Schreie. Dorian wirbelte herum und entdeckte den Mann. In seiner schwarzen Immari-Uniform war der Pilot auf der dunklen Erde trotz des Feuers, das die Nacht erhellte, kaum zu erkennen.

Dorian rannte zu ihm. Sein Bein stand in unnatürlichem Winkel ab und hatte eine tiefe Schnittwunde an der Seite. Er hatte es sich selbst an der Hüfte abgebunden, und das hatte ihm das Leben gerettet, aber Dorian war sich nicht sicher, ob das eine gute Nachricht war. Der Mann hatte es geschafft, aus dem brennenden Hubschrauber zu kriechen, doch er konnte nicht aufstehen und erst recht nicht laufen.

»Hilfe!«, rief er.

»Halt's Maul«, sagte Dorian unwillkürlich hinter seinem dunklen Helm. Was sollte er tun? Der Mann hatte schon viel Blut verloren, und es gab kein Verbandszeug. Dorian tastete nach seiner Pistole, bis ihm einfiel, dass er sie auf der anderen Seite des Feuers zurückgelassen hatte. *Erlöse ihn von seinem Elend und verschwinde hier. Der Feind wird bald hier sein und die Gegend absuchen.* Aber Dorian konnte sich nicht dazu überwinden, einen seiner eigenen Soldaten hier im Feuer sterben zu lassen. Er bückte sich und griff nach seinem Arm.

»Danke, Sir«, sagte der Pilot keuchend.

Dorian zögerte, dann setzte er seinen Helm ab. »Setzen Sie den auf. Wir müssen durch das Feuer.«

Dorian rüstete sich für den Schmerz, als er den Mann auf die Schulter hievte. Die Wunde an seiner Seite brannte und stach. Es fühlte sich an, als würde er auseinandergerissen.

Er rannte zum Rand des Feuers, holte tief Luft und lief hinein. Dieses Mal musste er langsamer gehen, und es kostete ihn all seine Kraft.

Als er das Feuer hinter sich gelassen hatte, warf er den Mann zu Boden und brach zusammen. Die Flammen bewegten sich mit dem Wind von ihnen weg. Sie waren fürs Erste in Sicherheit.

Dorian bekam kaum noch Luft und hätte sich vor Schmerz übergeben können. Es war eine einzige Qual. Er konnte nicht einmal ausmachen, wo es überall wehtat. Aus dem Augenwinkel sah er die Pistole, die Magazine und das Satellitentelefon auf dem Boden liegen. Er könnte den Mann erlösen, wenn er die Sachen erreichte. Dorian versuchte sich aufzurichten, aber der Schmerz und die Erschöpfung hielten ihn am Boden und zwangen ihn, stillzuhalten.

Der Pilot kroch zu ihm und machte sich an ihm zu schaffen. Dorian wollte ihn wegstoßen, aber der Mann wehrte sich. Ein neuer Schmerz schoss durch seine Beine. Der Mann folterte ihn. Dorian strampelte mit den Beinen, aber der Pilot warf sich darauf. Der Schmerz wurde immer stärker und überspülte ihn wie eine Welle. Er würde ihn ertränken. Der Wald um ihn herum verschwamm.

Als Dorian aufwachte, war es noch dunkel, doch an der Absturzstelle brannte kein Feuer mehr, nur Rauch stieg auf. Der Schmerz hatte kaum nachgelassen, aber er konnte sich wieder bewegen. Neben ihm lag der Pilot und schlief.

Dorian setzte sich auf und verzog das Gesicht. Seine Füße. Sie waren übel verbrannt und mit schwarzen Flecken übersät. Die aufgeschnürten, halb geschmolzenen Stiefel lagen daneben. Die Sohlen waren glatt, und der Gummi war über seine Füße geflossen. Hätte der Pilot ihm die Stiefel nicht ausgezogen, wären Dorians Füße vermutlich verloren gewesen. Wie lange hätte es gedauert, bis der Gummi abgekühlt wäre? Er hätte wohl nie wieder laufen können.

Ein unversehrtes Paar Stiefel lag gleich neben Dorians verschmortem.

Dorian warf einen Blick auf den schnarchenden Piloten. Er war barfuß. Dorian hielt sich seine Stiefel an die Füße. Ein wenig klein, aber es würde gehen, wenn er nicht allzu weit damit laufen musste. Und das würde er bald herausfinden.

Er kroch zu der Pistole und dem Satellitentelefon. Während er den Piloten ansah, überlegte er, wie er vorgehen sollte. Die Haut um die Schnittwunde an seinem Bein zeigte bereits Anzeichen einer Infektion.

Dorian betätigte das Telefon.

»Flottenkommando.«

»Hier ist Sloane ...«

»Sir, wir haben ...«

»Schnauze. Geben Sie mir Captain Williams.«

»General ...«

»Captain, warum zum Teufel sitze ich hinter den feindlichen Linien im Wald fest?«

»Sir, wir haben zwei Rettungstrupps losgeschickt. Beide wurden abgeschossen. Sie befinden sich tief in der Reichweite der feindlichen Geschütze.«

»Ich will nicht hören, wie oft Sie *versagt* haben, Captain. Schicken Sie eine topographische Karte, in der ihre Feuerreichweite eingezeichnet ist, an mein Telefon.«

»Ja, Sir. Wir befürchten, dass Ceuta Bodentruppen zu Ihnen schicken ...«

Er nahm das Gerät vom Ohr, studierte die Karte und ignorierte den Captain. Von seinem Standpunkt würde er vermutlich drei Stunden bis zu dem nächsten möglichen Treffpunkt außerhalb ihrer Feuerreichweite brauchen. Er sah auf seine verbrannten Füße. Vier Stunden waren realistischer. Es wäre kein leichter Marsch, aber er könnte es schaffen.

Der Pilot stieß ein Schnauben aus, das Dorians Aufmerksamkeit auf sich zog. Genervt sah er zu ihm hinüber. Was sollte er tun? Die Pistole und die Magazine lagen gleich neben ihm und gaben stillschweigend die Antwort.

Sein Blick schweifte durch die Gegend, während er die Alternativen erwog. Jede andere Möglichkeit wurde von einem einzigen Gedanken durchkreuzt, kalt und endgültig: *Sei kein Narr. Du weißt, was zu tun ist.* Zum ersten Mal in seinem Leben konnte Dorian ein Gesicht mit dieser inneren Stimme verbinden: Ares. Jetzt verstand er es. Erstmals spürte er seine eigenen Gedanken, seine wahren Gedanken, die Persönlichkeit, die er vor dem ersten Ausbruch gewesen war, als sein Vater ihn in die Röhre gesteckt hatte. Dieser Moment war exemplarisch für sämtliche schwierigen Entscheidungen, die er je hatte treffen müssen: ein Ringen zwischen seinem emotionalen, menschlichen Ich und der grausamen, kalten Stimme. Ares. Ares war die Triebfeder im Hintergrund gewesen; unsichtbar hatte er Dorian angetrieben und seine Gedanken beeinflusst. Bisher war sich Dorian dieses Kampfes nie bewusst gewesen. Ares schrie erneut: *Zeig keine Schwäche. Du bist etwas Besonderes. Du musst überleben. Die Zukunft deiner Spezies hängt von dir ab. Er ist nur ein Soldat, der für unsere Sache stirbt. Lass nicht zu, dass sein Opfer dein Urteilsvermögen trübt.*

Dorian hob das Telefon ans Ohr. »Captain, ich schicke Ihnen die Koordinaten.«

Er sah zu dem Piloten, dann auf seine verbrannten Füße – Füße, mit denen er noch laufen konnte.

»Sir?«

Dorians Gedanken schwankten hin und her wie ein kleines Boot in stürmischer See. Die Stimme klang jetzt energisch. *Diese Welt wurde nicht für die Schwachen geschaffen. Dorian, du spielst die größte Schachpartie aller Zeiten. Bring nicht den König in Gefahr, um einen Bauern zu retten.*

»Ich bin noch dran«, sagte Dorian. »Ich bin am Evakuierungspunkt in ...«

Nicht ...

»... acht Stunden. Zu Ihrer Information, ich habe hier einen weiteren Überlebenden. Wenn wir nicht bei diesen Koordinaten sind, lautet der Befehl für den Rettungstrupp, in den Wald vorzustoßen und auf siebenundvierzig Grad nach uns zu suchen.«

Und plötzlich war die Stimme in seinem Kopf verstummt. Dorians Gedanken waren seine eigenen. Er war frei. Er hatte sich verändert – oder war er der Mensch, der er schon immer hatte sein sollen? Die Stimme an seinem Ohr unterbrach seine Reflexionen.

»Verstanden, General. Viel Glück.«

»Captain.«

»Sir?«

»Die Frau in meinem Quartier«, sagte Dorian.

»Ja, Sir. Sie ist hier ...«

»Sagen Sie ihr ... dass es mir gut geht.«

»Ja, Sir. Wird erledigt.«

Dorian beendete das Gespräch und ließ sich auf den Boden sinken. Er hatte Hunger. Er musste etwas essen, um wieder zu Kräften zu kommen, besonders angesichts des zusätzlichen Gewichts, das er zu tragen hatte. Er würde auf die Jagd gehen müssen.

In der Ferne hörte er ein tiefes Grollen. Donner? Nein. Es war der Hufschlag von Pferden, die durch den Wald galoppierten.

57

Vor der Küste von Ceuta
Mittelmeer

Während der letzten Stunden hatten Kate und David kaum geredet, und das machte sie sehr glücklich. Sie lagen nackt auf dem Doppelbett in der Mitte der Hauptkabine.

Kate erschien es fast surreal, als wären sie in einem Luxushotel und die Welt draußen nur ein schlechter Traum. Sie fühlte sich sicher und frei, zum ersten Mal seit ... seit sie sich erinnern konnte.

Ihr Kopf lag auf seiner Brust. Es gefiel ihr, seinen Herzschlag zu hören und zuzusehen, wie seine Brust sich mit jedem Atemzug hob und senkte. Sie fuhr mit dem Finger über die roten Male. Es sah aus, als hätte man ihm ein Brandzeichen verpasst. »Das ist neu«, sagte sie leise.

»Der Preis für ein hölzernes Pferd in dieser kaputten Welt.« Seine Stimme klang ernst.

Sollte das ein Witz sein? Sie drückte sich hoch und suchte die Antwort in seinen Augen, aber er sah sie nicht an.

Irgendwie hatte er sich verändert. Er war härter. Distanzierter. Sie hatte es gespürt, als sie miteinander schliefen. Er war nicht so sanft wie in Gibraltar.

Sie legte den Kopf wieder auf seine Brust. »Ich habe von einem Holzpferd geträumt. Du hast es gezeichnet ...«

David schob sie herunter. »An einem Zeichentisch ...«

Der Schreck fuhr ihr in die Glieder. Sie nickte zögerlich. »Ja ... auf einer Veranda, von der aus man eine blaue Bucht und eine bewaldetete Halbinsel sehen konnte.«

»Unmöglich«, flüsterte David. »Wie kann das sein?«

Martins Worte gingen ihr durch den Kopf. *Wir vermuten, dass das Atlantis-Gen mit quantenbiologischen Prozessen zusammenhängt. Subatomare Teilchen, die sich schneller fortbewegen als das Licht ...*

Kate hatte David eine Bluttransfusion gegeben, aber das konnte sein Genom nicht verändert oder ihm das Atlantis-Gen übertragen haben, trotzdem gab es eine Verbindung zwischen ihnen. »Ich glaube, es hängt mit dem Atlantis-Gen zusammen – es aktiviert eine Art quantenbiologische Schnittstelle ...«

»Okay, hör auf damit. Kein wissenschaftliches Kauderwelsch mehr. Wir müssen reden.«

Kate wich zurück. »Dann rede. Oder brauchst du eine formelle Einladung?«

»Du hast mich sitzen lassen.«

»Was?«

»In Gibraltar. Ich habe dir vertraut ...«

»Darf ich dich daran erinnern, dass du drei Schusswunden hattest? Keegan wollte dich töten.«

»Hat er aber nicht.«

»Ich habe einen Handel mit ihm ...«

»Nein. Er brauchte mich. Er wollte, dass ich Sloane töte. Er hat uns gegeneinander ausgespielt. Du hättest zu mir kommen ...«

»Ist das dein Ernst? David, du konntest kaum laufen. Keegan hat mir erzählt, dass es in dem Haus von seinen Männern wimmelte – Immari-Agenten. Und es waren doch seine Männer, oder?«

»Es waren ...«

»Und was hättest du an meiner Stelle gemacht? Du warst umzingelt ...«

»Ich hätte dich nicht angelogen. Ich hätte nicht mit dir geschlafen und mich nachts davongeschlichen.«

Wut stieg in ihr auf. Sie rang um Fassung. »Ich habe dich nicht belogen ...«

»Du hast mir nicht vertraut. Du hast nicht mit mir geredet.«

»Ich habe dir das Leben gerettet.« Kate stand kopfschüttelnd auf. »Was ich getan habe, kann ich nicht ungeschehen machen.«

»Würdest du es wieder tun?«

Kate widerstand dem Drang, zu antworten.

»Antworte mir!«

Sie sah ihn an, und er erwiderte ihren Blick grimmig. Er hatte sich so sehr verändert. Trotzdem war er noch der Mann, den sie ...

»Ja, David. Ich würde es wieder tun. Du bist hier. Ich bin hier. Wir leben beide noch.« Es gab noch etwas, das sie ihm sagen wollte, aber das war jetzt unmöglich, wenn er sie so ansah, mit kalten toten Augen.

»Ich kann niemanden unter meinem Kommando haben, der mir nicht vertraut.«

Kate explodierte. »Unter deinem *Kommando*?«

»Genau.«

»Tja, das trifft sich gut, ich wollte nämlich nicht in die Armee eintreten, oder was auch immer du hier befehligst.«

Es klopfte an der Tür, und für Kate fühlte es sich an wie ein Schluck Wasser für einen Verdurstenden. Sie öffnete den Mund, um etwas zu sagen, aber David kam ihr zuvor.

»Jetzt nicht ...«

»Hier ist Kamau. Es ist dringend, David.«

David und Kate ließen die Laken fallen, mit denen sie sich bedeckt hatten, und kleideten sich voneinander abgewandt an. David warf ihr in kühler Höflichkeit einen Blick zu, und als sie nickte, öffnete er die Tür.

»David ...«, begann Kamau.

»Was ist?«

»Der alte Mann.«

»Was ist mit ihm?«

»Er ist tot.«

David wandte sich zu Kate um. Sein Gesicht hatte sich verändert. Sie sah Mitgefühl und den Mann, in den sie sich verliebt hatte. Das Hochgefühl rang mit dem Schmerz, den sie bei Kamaus Worten empfand. Es war ein Schock: Martins Gesicht war verbrannt, aber die Verletzungen hatten nicht lebensbedrohend gewirkt. Hatte Changs Medikament gegen die Seuche plötzlich versagt? Was würde Kate ohne Martin tun? Sie hatte sich nie bei ihm bedankt. Was hatte sie als Letztes zu ihm gesagt?

»Danke ... dass du uns Bescheid gegeben hast«, sagte David.

»Du musst sofort kommen, David. Nimm deine Waffe mit.«

»Was?«

Kamau sah sich um, um sich zu vergewissern, dass sie allein waren. »Ich glaube, er wurde ermordet.«

Martin lag friedlich auf dem weißen Ledersofa in dem geschlossenen Wohnbereich auf dem Oberdeck.

Alle waren dort: Kate, David, Kamau, Shaw, Chang und der europäische Wissenschaftler, der sich als Dr. Arthur Janus vorgestellt hatte. Kate sah Martin einen Augenblick lang an, ehe sie zu ihm ging und neben ihm niederkniete. Sie versuchte, ihre Gefühle unter Kontrolle zu halten. Einen anderen Vater hatte sie nie gehabt. Er war der Aufgabe nicht gewachsen gewesen, aber er hatte es auf jeden Fall versucht. Aus irgendeinem Grund machte es das noch schwerer für Kate. Sie versuchte, einen klaren Kopf zu bekommen. Sie musste sich konzentrieren.

Kamaus Worte fielen ihr ein: *Ich glaube, er wurde ermordet.*

Kate sah keine Spuren eines Kampfs. Sie untersuchte seine Fingernägel. Keine Haut, kein Blut. Er wies einige Blutergüsse auf, aber Kate entdeckte keine Verletzungen, die erst nach ihrer Flucht von dem Seuchenschiff entstanden waren. Martin sah so aus, wie Kamau ihn aus dem Wasser gezogen hatte. Sie sah den Afrikaner an, und ihre Augen fragten: *Bist du dir sicher?*

Er neigte ein wenig den Kopf.

Kate betastete Martins Hals. Ja ... Sie drehte den Kopf, um den Bewegungsspielraum zu testen. Jemand hatte ihm das Genick gebrochen ... Kates Kehle schnürte sich zu. Der Mörder befand sich hier im Raum und sah sie an.

»Kate, es tut mir leid um Martin«, begann Shaw. »Wirklich, aber wir müssen das Boot verlassen und uns auf den Weg machen. Sie sind hier nicht sicher.«

Hatte Shaw es auch bemerkt? Wusste er es?

»Sie geht nirgendwo hin«, sagte David.

»Doch«, beharrte Shaw. »Und jetzt sagen Sie mir, wo Sie uns hinbringen, dann sorge ich dafür, dass wir abgeholt werden.«

David ignorierte ihn. Er trat einen Schritt auf Kate zu.

Shaw packte seinen Arm. »Hey, ich spreche mit Ihnen.«

David wirbelte herum und stieß ihn weg, sodass er beinahe zu Boden fiel. »Wenn Sie mich noch mal anfassen, werfe ich Sie über Bord.«

»Worauf warten Sie? Versuchen Sie es doch sofort.«

Kamau stellte sich hinter David, um Shaw zu bedeuten, dass er es mit zwei Männern zu tun bekäme.

Kate lief zu ihnen. »Okay, Schluss mit der Testosteron-Show.«

Sie nahm David am Arm und zog ihn weg.

58

Nord-Marokko

Danke, Sir, dass Sie mich gerettet haben«, sagte der Pilot.

Dorian schnitt ein Stück des halb verbrannten Fleischs ab und verschlang es. »Reden Sie nicht darüber. Im Ernst. Erzählen Sie es niemandem.«

Der Pilot zögerte. »Ja, Sir.«

Sie aßen schweigend, bis sie den Großteil des Fleischs verspeist hatten.

»Das erinnert mich an die Campingausflüge mit meinem Vater, als ich noch ein Kind war.«

Dorian wünschte, der rührselige Trottel würde den Mund halten oder ohnmächtig werden. Er sah auf seine Beinwunde, an der sich die Entzündung ausbreitete. Der Mann würde auf jeden Fall sein Bein verlieren ... wenn er überhaupt bis morgen durchhielt. Der Gedanke brachte Dorian dazu, zu antworten. »Mein Vater war kein Freund von Campingausflügen.«

Der Hubschrauberpilot wollte etwas sagen, aber Dorian fuhr fort.

»Er war beim Militär. Darauf war er sehr stolz. Und auf seine Beteiligung an Immari International natürlich, auch wenn es damals, als ich jung war, eher wie ein Klub war, ein gesellschaftliches Engagement. Es wurde erst später zu seiner Vollzeitbeschäftigung. So ungefähr das Einzige, was wir zusammen gemacht haben, war, zu Militärparaden zu gehen. Schon bei der ersten wusste ich, was ich einmal werden wollte. Die Soldaten des Kaisers zu sehen, die aufgereiht im Gleichschritt marschierten, und dazu der Taktschlag der Musik in meiner Brust ...«

»Fantastisch, Sir. Sie wussten schon damals, dass Sie Soldat werden wollten?«

Dorian hatte es seinem Vater an diesem Abend erzählt. *Ich will in der ersten Reihe marschieren, Papa. Bitte, kauf mir eine Trompete. Ich werde der beste Trompeter in der Armee des Kaisers.* Bei Dorians Wiedergeburt in der Röhre waren die Narben an seinen Beinen und am Gesäß verschwunden, aber er konnte sich noch gut an die Prügel erinnern, die sein Vater ihm verpasst hatte. *So geht die Welt mit Trompetern um, Dieter.*

»Ja. Ich wusste es damals schon. Ein Soldat ...«

Aber wann war aus ihm geworden, was er war? An dem Tag, als er 1986 aus der Röhre kam. Da war er verändert gewesen. Er war Ares. Es stimmte. Es war jetzt so deutlich. Aber ...

»Moment, Sir, sagten Sie, die Armee des *Kaisers?*«

»Ja. Das ist eine lange Geschichte. Jetzt halten Sie den Mund und ruhen sich aus. Das ist ein Befehl.«

Dorian schlief in dieser Nacht nur wenige Stunden, aber als er aufwachte, fühlte er sich sehr ausgeruht. Das erste Sonnenlicht tauchte im Osten auf, und der Wald erwachte allmählich zum Leben.

Beim Aufwachen kam ihm eine Idee. Warum hatte er nicht gleich daran gedacht? Er musste schnell handeln, damit es gelingen konnte.

Er kroch zu dem Piloten. Sein Atem ging flach. Aus der

Wunde sickerte noch immer Blut auf den Waldboden und bildete eine dunkelrote und schwarze Lache um ihn herum. Gelegentlich zuckte er im Schlaf.

Dorian entfernte sich von ihm, setzte sich auf einen Stein und lauschte eine Weile, um die Richtung auszumachen. Als er sich sicher war, überprüfte er seine Pistole und ging los.

Aus dem Gebüsch heraus sah Dorian zwei Berber. Einer schlief im Freien, der andere, wie ein Offizier, in seinem Zelt. Dorian war sich ziemlich sicher, dass sie nur zu zweit waren, denn an einem Baum in der Nähe waren nur zwei Pferde angebunden.

Neben dem glimmenden Feuer lag eine große Machete. Dorian würde sie benutzen. Schüsse würden Aufmerksamkeit erregen, und das war nicht nötig. Zwei schlafende Stammeskrieger wären kein Problem.

Dorian versetzte dem Pferd einen weiteren Tritt. Es trabte durch den Wald. In ihrem Lager würde er als Erstes anrufen, um den Evakuierungszeitpunkt vorzuverlegen. Wie schnell konnte er mit dem Hubschrauberpiloten auf den Pferden dort sein? Die bessere Frage war: Wie lange hatte der Mann noch zu leben? Dorian wünschte, er wüsste es. Das war die Deadline. Die Pferde würden dem Piloten das Leben retten. Dorian trat das Pferd erneut, und es lief schneller. Als er am Zügel des anderen Pferds zog, passte es sich ihrer Geschwindigkeit an. Fantastische Tiere.

Im Lager sprang Dorian ab, ehe die Pferde zum Stillstand gekommen waren.

»Hey! Aufstehen!«

Dorian ging zum Satellitentelefon.

Der Pilot reagierte nicht.

Dorian blieb stehen. *Nein.* Er drehte sich um. Obwohl er wusste, was geschehen war, rannte er zu seinem Kameraden. Er legte ihm zwei Finger an den Hals. Er spürte die kalte Haut, bevor er feststellte, dass kein Pulsschlag mehr vorhanden war, trotzdem ließ er die Finger noch eine Weile dort liegen und sah auf die geschlossenen Augen.

Wut brodelte in ihm. Beinahe hätte er den Toten getreten. Er wäre am liebsten auf die Knie gefallen und hätte ihm ins Gesicht geschlagen – weil er gestorben war, weil er ihn aufgehalten hatte, weil ... einfach wegen allem. Als er aufstand, scheuten die Pferde. Eines wieherte und sprang. Diese dämlichen stinkenden Viecher. Er drehte sich um, um nach einem von ihnen zu schlagen, aber sie waren außer Reichweite. Es spielte keine Rolle. Er würde das erste zu Tode reiten, dann auf das andere steigen und galoppieren, bis es ebenfalls tot umfiel.

Er rannte zum Satellitentelefon.

»Flottenkommando.«

»Geben Sie mir Captain Williams.«

»Ihren Namen, bitte.«

»Was zum Teufel glauben Sie, wer ich bin? Rufen des Öfteren Leute an, die sich verwählt haben? Holen Sie Williams, sonst reiße ich Ihnen den Kopf ab, sobald ich aus diesem Dreckloch raus bin!«

»W-Warten Sie bitte, S-Sir.«

Zwei Sekunden vergingen.

»Williams.«

»Planänderung. Ich bin in weniger als einer Stunde am Treffpunkt.«

»Wir können in ...«

»In weniger als einer Stunde! Maximal eine Stunde. In der Zeit kann man Fotos entwickeln lassen, also können Sie auch Ihren Arsch hierherbewegen. Wenn ich auf eigene Faust zur Flotte zurückkommen muss, verkürzt sich Ihre Lebenserwartung drastisch, Captain.«

Dorian hörte, wie der Kapitän brüllte, dass die Helikopter sofort aufsteigen sollten.

»Wir ... werden da sein, Sir.«

»Die Frau ...«

»Wir kümmern uns gut um sie.«

»Schaffen Sie sie weg.«

»Sie möchten ...«

»Es ist mir egal, was aus ihr wird, Hauptsache, sie ist weg, wenn ich zurückkomme.«

Dorian trennte die Verbindung.

Er stieg auf das erste Pferd und trat es, so fest er konnte.

59

Vor der Küste von Ceuta
Mittelmeer

»Shaw hat ihn getötet«, sagte David rundheraus.

Kate zuckte zusammen und sah zur Kabinentür. »Nicht so laut.«

»Warum nicht? Er weiß, dass er es getan hat. Und er weiß, dass ich es weiß.«

Kate blickte ihm in die Augen. Er war furchtbar wütend. Sie sah es ihm an und hörte es an seinem Tonfall, aber sie spürte es auch – auf einer tieferen Ebene, als wäre ein Teil von ihr in ihm und umgekehrt. Die Wut schien von ihm aufzusteigen und in sie einzudringen wie die Hitze von einer asphaltierten Straße. Sie spürte, wie sie davon infiziert wurde, sich gegen ihn sperrte und sich unbewusst auf einen weiteren Streit vorbereitete. Alles geriet außer Kontrolle. Sie musste es aufhalten, musste irgendwo damit anfangen. Kate traf eine Entscheidung: Sie würde bei David beginnen. Sie brauchte ihn, wollte ihn, konnte nicht ohne ihn weitermachen ... und *wollte* es auch nicht.

David schritt durch den Raum und dachte nach – düstere Gedanken, Kate spürte es. Sie streckte die Hand aus und fing ihn ab. Ohne ein Wort geleitete sie ihn zum Bett und setzte ihn hin. Sie kniete sich vor ihn.

»Ich möchte, dass du mit mir redest. Machst du das?« Sie nahm sein Gesicht in die Hände.

David sah zu Boden und wich ihrem Blick aus. »Ich fessle sie alle, Kamau auch, nur sicherheitshalber. Wir setzen sie irgendwo ab. Es spielt keine Rolle, wo. Dann bleibt mehr zu essen für uns beide. Danach muss ich die Engländer und die Amerikaner kontaktieren.« Er schüttelte den Kopf. »Sloanes Flotte liegt vor der marokkanischen Küste. Warum haben sie sie noch nicht angegriffen? Worauf warten sie? Wir könnten den Krieg schnell beenden. Ist ihnen der Treibstoff ausgegangen? Vielleicht das Kerosin, aber sie haben massenweise Atom-U-Boote. Wir schalten die Flotte aus, dann erobern wir die Immari-Lager und halten an Ort und Stelle Kriegsgerichte ab. Kurzer Prozess.«

»David ...«

Er sah sie noch immer nicht an. »Es klingt brutal, ich weiß, aber es ist die einzige Möglichkeit. Vielleicht geht es bei der Seuche genau darum. Es ist der endgültige Test. Das Jüngste Gericht, der Tag der Abrechnung, bei dem sich zeigt, was die Menschen wirklich sind. Du hättest sehen sollen, was sie gemacht haben, Kate. Ja, es ist ein Test, eine Gelegenheit, die Welt von denjenigen, die keine Moral, keine Werte, kein Mitgefühl haben, zu säubern.«

»Die Leute sind verzweifelt, sie sind nicht sie selbst ...«

»Nein, ich glaube, die Seuche enthüllt, wer sie *wirklich* sind, ob sie den weniger Glücklichen helfen oder sich abwenden und ihre Mitmenschen sterben lassen. Und wir wissen jetzt, wer sie sind. Wir treiben alle Immari und sämtliche Sympathisanten zusammen und vernichten sie. Danach ist die Welt ein besserer Ort. Ein friedlicher Ort, wo die Menschen sich umeinander kümmern. Kein Krieg, kein Hunger, kein ...«

»David. David. Du bist nicht du selbst.«

Zum ersten Mal sah er sie an. »Tja, vielleicht ist das mein *neues* Ich. Das ist eine Art Insiderwitz.«

Kate biss die Zähne zusammen. Sie hätte ihm am liebsten eine Ohrfeige verpasst. »Du klingst wie jemand anderes, den ich kenne. Er will die Weltbevölkerung verringern und die Menschen auslöschen, die nicht seinem Ideal entsprechen.«

»Hm, vielleicht hat Sloane die richtige Idee und nur die falsche Methode.«

Kate stand kurz vor dem Explodieren. Sie schloss die Augen. Sie musste das Gespräch in eine andere Richtung lenken und ihn aus der Reserve locken, damit sie erfuhr, was ihm zugestoßen war und warum er sich so verändert hatte. Konzentriere dich auf die Fakten, sagte sie sich. Sie hörte David im Hintergrund murmeln.

»Ich meine, wenn es ein Problem mit den U-Booten gibt, könnten sie einfach ein paar Cruise Missiles abschießen ...«

»Ich weiß, warum sie die Immari-Flotte nicht angreifen.«

»Was?«

»Ich sage es dir, aber zuerst musst du mir erzählen, was dir zugestoßen ist.«

»Mir? Nichts. Ein ganz normaler Tag im Büro.«

»Ich meine es ernst.«

»Tja, mal überlegen ... wo soll ich anfangen? Sloane hat mich getötet – zweimal.« Er zog sein Hemd hoch. »Siehst du, keine Narben mehr.«

Seine Haut war, abgesehen von dem Brandmal, glatt wie die eines Neugeborenen. Kate hatte es nicht bemerkt, als sie ... Sie musste ihre ganze Willenskraft aufbringen, um nicht von ihm wegzurücken. Was *war* er? »Ich ... verstehe nicht.«

»Willkommen im Club. Hast du genug gehört?«

»Erzähl mir *alles*.«

»Okay, nachdem David Vale zum zweiten Mal gestorben ist, bin ich natürlich in einem geheimnisvollen Atlantis-Gebilde aufgewacht, was ja total logisch ist. Ich saß wie eine Ratte in einem Labyrinth, aus dem es nur einen Ausweg gab. Besagtes Labyrinth hat mich in den Hügeln über Ceuta ausgespuckt.« Er starrte ins Leere, als erinnerte er sich. »Es war entsetzlich. Eine abgebrannte Einöde. Die Summe all meiner Ängste, alles, wogegen ich gekämpft hatte. Die Immari, Toba-Protokoll, sie haben dort auf mich gewartet. Mein völliges Versagen. Der Anblick war surreal. Eine Immari-Patrouille hat mich aufgegriffen und in die Basis gebracht. Dann habe ich gesehen, um was es sich handelte und was sie da gemacht haben.«

Kate nickte. »Und du hast beschlossen, sie zu bekämpfen.«

»Nein. Zuerst nicht, und dafür schäme ich mich. Sehr sogar. Mein erster Impuls war, zu fliehen und dich zu suchen.« Er blickte sie an, und in diesem Sekundenbruchteil sah sie den Mann, in den sie sich verliebt hatte. Er war stark und verletzlich zugleich und ... einfach David.

Er wandte den Blick ab. »Aber ich hatte keine Ahnung, wo du stecken könntest oder wo ich anfangen sollte. Dann habe ich beschlossen, zu kämpfen und die Basis zu erobern.«

»David, es hat dich irgendwie verändert.«

»Vorher hatte ich Hunderte von Menschen getötet – verdammt, ich weiß nicht mal, wie viele es waren. Die meisten waren Verbrecher, die mich oder mein Team töten wollten. Okay, einige habe ich auch mit dem Scharfschützengewehr getötet, aber es war dasselbe Prinzip. In Ceuta war es anders. Anders, als einfach Befehle zu befolgen. *Ich* habe den Plan geschmiedet, einige Männer dafür gewonnen und, als es so weit war, den Knopf gedrückt, der Tausenden Soldaten den Tod gebracht hat. Es war mein Blutbad, und ich dachte, es wäre gerecht und sie hätten es verdient. Ich will den Kampf zu

Ende bringen. Ich spüre es in mir brennen wie ein Feuer. Ich will mehr. Ich will sie alle vernichten, solange es noch geht.«

Kate verstand. Ihr Verschwinden in Gibraltar und sein Entschluss, in Ceuta zu kämpfen. Seine Verletzungen würden nicht über Nacht heilen, und die Wut würde nicht so bald abflauen. Aber es gab eine Möglichkeit, ein Fenster, durch das sie ihn erreichen konnte. David rutschte auf dem Bett herum. Er war jetzt verwundbar, und sie spürte, dass von ihren nächsten Worten abhängen könnte, was aus ihnen wurde und wie das Schicksal vieler anderer verlief. »Ich brauche deine Hilfe, David«, sagte sie leise.

Er drehte den Kopf, sagte jedoch nichts.

»In den nächsten achtundvierzig Stunden werden neunzig Prozent der Weltbevölkerung sterben.«

»Was?«

»Die Seuche, das Virus hat mutiert. Es gab eine Explosion in Deutschland ...«

»Sloane. Er hat einen Koffer aus dem Atlantis-Objekt in der Antarktis mitgebracht.«

»Was auch immer in dem Koffer war, hat eine Strahlungssignatur um die Welt geschickt. Die Strahlung hat die Seuche verändert. Es gibt kein Gegenmittel. Orchid wirkt nicht mehr. Jedem Land der Welt stehen großflächige Infektion und massenhafter Tod bevor. Alles bricht zusammen. Aber ich glaube, ich kann ein Heilmittel finden. Martin hat mit einem Untergrundkonsortium namens Continuity zusammengearbeitet. Die Leute vom CDC gehören auch dazu. Ich glaube, er stand kurz davor, ein Heilmittel zu finden. Ich habe seine Notizen, aber ich brauche deine Hilfe.«

»Du meinst ...«

»Da ist noch etwas. Etwas, das ich dir sagen muss. Ich liebe dich, David, und es tut mir leid, dass ich dich verletzt habe, weil ich dich in Gibraltar verlassen habe. Es tut mir leid, dass ich dir nicht von Keegan erzählt habe. Es tut mir leid, dass ich dir nicht vertraut habe. Es wird nicht mehr vorkommen. Egal, was passiert, von jetzt an bringen wir die Sache gemeinsam zu Ende. Und, nebenbei bemerkt, es ist mir egal, wie oft du gestorben bist und welche Narben du hast oder nicht hast.«

Er küsste sie auf den Mund, und es war wie der Kuss in Gibraltar. Sie spürte, wie seine Wut nachließ, als öffnete sich ein Überdruckventil, das kurz vor der Explosion stand.

Als sie sich voneinander lösten und er sie ansah, war die Sanftheit in seine Augen zurückgekehrt.

»Und noch etwas: Ich werde deine Befehle befolgen.«

»Vielleicht ... wäre es besser, wenn du eine Weile die Befehle gibst. Ich komme gerade ein bisschen zu mir, sehe die Dinge wieder sachlicher und erinnere mich an das, was ich eben gesagt habe.« David schüttelte den Kopf. »Es war nicht gerade das Vernünftigste, was ich je von mir gegeben habe. Und du scheinst zu wissen, was vor sich geht. Du übernimmst das Denken und ich das Schießen.«

»So machen wir es.«

David stand auf und sah sich in der Kabine um. »Kreuzfahrt mit Mördersuche und der Countdown zur Apokalypse. Was für ein zweites Date.«

»Du bist jedenfalls nicht langweilig.«

»Ich versuche nur, dein Interesse aufrechtzuerhalten. Womit willst du anfangen: mit der Seuche oder mit Martins Mörder?«

»Ich glaube ...«

Plötzlich verlor das Boot an Geschwindigkeit. Kate hatte das Gefühl, es würde gleich zum Stehen kommen. »Was ist da los?«

»Ich weiß es nicht.« David legte den Arm um sie und führte sie durch die Kabine. Er zeigte auf einen Gang, der zu dem luxuriösen Badezimmer am Fuß einer kurzen Treppe führte, und reichte ihr eine Pistole. »Geh da rein. Schließ die Tür ab. Ich ...«

Sie küsste ihn sanft. »Sei vorsichtig. Das ist mein erster Befehl.«

60

Immari-Vorhut-Flotte Alpha
Vor Tanger, Marokko

Dorian betrat die Brücke des Schiffs. Die Männer drehten sich schnell zu ihm und nahmen Haltung an. »Stillgestanden!«

»Sie haben eine Nachricht für mich«, sagte Dorian zum Kapitän.

Der Kapitän reichte ihm einen Zettel, und Dorian faltete ihn auseinander.

> *Ich habe Warner.*
> *Sie hat den Code.*
> *Bitte um Evakuierung.*
> *Sie ist gut bewacht.*
> *Auf einer Jacht vor Ceuta.*
> *Ziel unbekannt.*
> *Bereit halten.*

Dorian dachte über seine Möglichkeiten nach. Wenn diese verdammten Engländer nicht die Meerenge vermint hätten, könnte er die Jacht mit seiner Flotte erreichen. Die Kontrolle der Berber über Ceuta und Nord-Marokko schränkte seine Optionen weiter ein.

»Wir haben von Fuengirola aus Schiffe losgeschickt, die sie verfolgen«, sagte der Kapitän.

»Voraussichtliches Aufeinandertreffen?«, fragte Dorian.

»Unbekannt.«

»Was soll das heißen?«

»Die Jacht fährt mit fast dreißig Knoten. Wir haben kein Schiff, das schnell genug ist, um sie einzuholen.«

Dorian schüttelte den Kopf.

»Aber wenn sie langsamer werden oder anhalten, kriegen wir sie. Und wenn sie in einen Hafen einlaufen, kesseln wir sie ein.«

»Benachrichtigen Sie unseren Informanten. Und besorgen Sie mir eine Karte, auf der der Schussradius von Ceuta eingezeichnet ist. Ich muss wissen, wie man um die Geschütze herumfliegen kann.«

61

Vor der Küste von Ceuta
Mittelmeer

David wartete an der Tür zu seiner und Kates Kabine und lauschte auf ein Geräusch, das ihm verriet, was auf dem Schiff vorging. Die Maschinen waren komplett zum Stillstand gekommen, und die Vierzig-Meter-Jacht glitt fast lautlos durch das Meer. David warf einen Blick zu der verglasten Wand, hinter der ihr Balkon lag.

Er wich von der Tür zurück. Falls derjenige, der Martin getötet hatte, das Schiff unter seine Kontrolle bringen wollte, würde er vor der Hauptkabine auf ihn warten.

Er ging auf den Balkon hinaus. Es waren keine anderen Boote in Sicht. Die Lichter von Ceuta waren verschwunden, und die Jacht wurde nur vom Mond beleuchtet.

David schritt langsam über den Balkon und spähte in den Salon – den Wohnbereich hinter der Schlafkabine. Leer.

In der Decke eingelassene Lämpchen beleuchteten die luxuriöse Einrichtung.

Das Hauptdeck wurde komplett von der größten Kabine und dem Wohn- und Essbereich eingenommen. Im Unterdeck befanden sich die Mannschaftsquartiere und die Gästezimmer.

Falls er die nächsten Minuten überlebte, würde er Kate

ins Unterdeck in ein Zimmer ohne Balkon und mit weniger Fenstern bringen müssen. Dort würde er sie leichter beschützen können. Oder er könnte den Balkon einfahren, sodass der Seiteneingang zur Hauptkabine geschlossen war. Was würde ihnen besseren Schutz bieten? Er konnte die Entscheidung später treffen.

In diesem Moment hörte er Schritte auf dem Oberdeck über sich. Dort befanden sich das Cockpit, eine geräumige Gästekabine sowie ein teilweise überdachter Sitzbereich.

David ging schnell durch die Kabine und lief mit der Pistole im Anschlag die Treppe hinauf.

Der obere Salon war leer.

Er hörte Stimmen aus dem Cockpit. David näherte sich leise.

Dr. Janus stand dort mit seinem üblichen gelassenen Gesichtsausdruck und zeigte auch keinerlei Besorgnis, als er David mit seiner Waffe sah. David schwenkte herum. Auf der Backbordseite stritten Kamau und Shaw miteinander. Sie wandten sich um und sahen ihn an.

»David ...«, begann Kamau.

Davids Gedanken überschlugen sich. Chang. »Wo ist Chang?«

»Wir haben ihn nicht gesehen ...«

David rannte aus dem Cockpit zurück in den Salon. Als er die Treppe umrundete, öffnete sich die Tür zum Bad. Chang trat heraus, anscheinend in ein Selbstgespräch vertieft.

David wirbelte herum und lief mit ausgestreckter Pistole auf ihn zu.

Chang stürzte beinahe zurück ins Bad. Er hob zitternd die Hände. »Ich ... es tut mir leid, ich wusste nicht, ob ich spülen sollte ... dann habe ich gespürt, dass das Boot stehen bleibt ... ich ...«

Kamau, Shaw und Janus kamen in den Salon. Der Afrikaner ergriff das Wort. »Wir haben keinen Treibstoff mehr.«

David ließ die Pistole sinken, hielt den Griff jedoch fest umklammert. »Das ist unmöglich. Der Tank war noch mehr als halb voll, als wir in Ceuta losgefahren sind.«

»Stimmt«, sagte Kamau. »Aber es ist ein Loch in der Dieselleitung. Wir haben Sprit verloren.«

David starrte die vier Männer an. Einer von ihnen hatte Martin getötet, und dann hatte er die Leitung beschädigt. Er wollte, dass das Boot liegen blieb. Warum? Damit er herausgeholt werden konnte?

»Es könnte noch weitere Beschädigungen geben«, sagte Shaw. »Es sind Einschusslöcher im Maschinenraum.«

Kamau bestätigte mit einem Nicken den Schaden.

Einschusslöcher, dachte David. Könnte das Boot von den Soldaten auf dem Seuchenschiff oder während des Gefechts in Ceuta beschossen worden sein? Möglich war es …

Ein Plan nahm in Davids Kopf Gestalt an. Er würde das Leck reparieren müssen, bevor sie weiterfuhren, aber seine Größe – ob es von einem Schnitt oder einer Kugel stammte – könnte den Mörder entlarven. »Wo waren Sie alle gerade?«

»Ich war in der Kombüse, um etwas zu essen zu machen«, sagte Janus.

»Ich war im Cockpit«, sagte Kamau. »Als ich zufällig auf die Tankanzeige gesehen habe, habe ich die Maschinen angehalten.«

»Ich war …«, begann Chang. »… auf der Toilette.«

Shaw räusperte sich und straffte die Schultern. »Ich wollte gerade an Ihrer Tür klopfen und Sie auffordern, mir Dr. Warner zu überlassen. Eine Forderung, der ich unter den gegebenen Umständen Nachdruck verleihen möchte.«

David hatte gehofft, dass einer der Wissenschaftler Kamau gesehen hatte und ihm ein Alibi verschaffte. Er wollte ihn unbedingt ausschließen können. Seine Hauptverdächtigen waren Shaw und Chang – in dieser Reihenfolge.

»Ich will Ihre Pistolen.«

»Ich ... habe keine Pistole.«

»Mit Ihnen habe ich nicht gesprochen, Dr. Chang.« David sah Kamau und Shaw an. Keiner von beiden rührte sich.

»David, es gibt Piraten im Mittelmeer«, sagte Kamau. »Wir brauchen unsere Waffen.«

»Das ist ein Befehl.«

Kamau nickte, warf Shaw einen Seitenblick zu und reichte David dann mit dem Griff voran seine Pistole.

»Tja, mir können Sie keine Befehle erteilen, und ich verzichte nicht auf meine ...«

»Wenn Sie mir Ihre Waffe nicht geben, erschieße ich Sie auf der Stelle, Shaw, verlassen Sie sich drauf.« David trat einen Schritt näher und hob seine Pistole auf Brusthöhe.

Fluchend übergab Shaw seine Waffe. Er wollte den Salon verlassen.

»Alle hierbleiben.« David nickte Kamau zu. »Bring mir mein Scharfschützengewehr und unsere Schnellfeuerwaffen.«

David wusste, dass weder Kamau noch Shaw eine Pistole brauchten, um ihn oder Kate zu töten, aber es war ein beruhigender Gedanke, dass sie es im unbewaffneten Nahkampf versuchen mussten. Wenn es dazu käme, stünden seine Chancen bei beiden gut.

Kate horchte, um herauszufinden, was über ihr passierte. Sie hörte gelegentlich Schritte, aber keine Schüsse. Das war ein gutes Zeichen. Sie überlegte, ob sie das Bad verlassen sollte, um das Satellitentelefon zu holen und Continuity anzurufen. Sie hätte gern in Erfahrung gebracht, wie die Lage war und wie viel Zeit ihr blieb. Dann hörte sie, wie die äußere Tür – die Tür zur Kabine – mit einem Klicken geöffnet wurde.

Sie wollte nach David rufen, doch dann zögerte sie. Jemand lief durch die Kabine und durchwühlte sie.

Es klopfte an der Badezimmertür.

»Wer ...«

»Ich bin's, David.«

Sie öffnete die Tür. Erleichterung breitete sich in ihr aus. »Was ist passiert?«

»Wir verlieren Sprit.«

»Wieso?«

»Entweder hat jemand absichtlich die Leitung beschädigt, oder sie wurde von einer Kugel getroffen. Ich glaube, es war Sabotage.« Er führte sie in die Kabine, in der völliges Chaos herrschte.

»Was hast du gesucht?«

»Einen Safe.« David zeigte auf einen Wandtresor mit einem Kombinationsschloss. Er war geschlossen, aber ein kleinerer transportabler Safe, in dem man eine große Halskette hätte aufbewahren können, stand offen. Mehrere Pistolen und Magazine lagen darin. David schloss ihn und gab Kate den Schlüssel. »Wir beide sind bewaffnet. Sonst niemand. Wir müssen entscheiden, was wir jetzt tun. Bleib wachsam. Einer von ihnen ist ein anderer, als er zu sein vorgibt. Sein nächster Zug könnte ihn verraten.«

62

Vor der Küste von Ceuta
Mittelmeer

David führte Kate auf das Oberdeck, wo die vier Männer warteten. Kamau und Shaw schritten unruhig auf und ab; Chang und Janus saßen und blickten aus dem Fenster, als wäre alles in bester Ordnung.

David sah Kamau an. »Wie viel Sprit haben wir noch?«
»Weniger als ein Viertel des Tankinhalts.«
»Reichweite?«
»Hängt von der Geschwindigkeit ab.«
»Schaffen wir es bis zur Küste?«
Kamau wirkte unschlüssig. Das machte David nervös. »Falls wir das Leck reparieren, vermutlich schon, aber es gibt keine Garantie, dass wir dort Diesel auftreiben können.«
»Hier draußen sind wir leichte Beute«, sagte Shaw. »Die Luxusjacht ist der fetteste Happen auf dem Mittelmeer. In ein paar Stunden fallen die Piraten über uns her, spätestens bei Sonnenaufgang.«
David hätte gern widersprochen, aber ... es stimmte. In der Welt nach der Seuche dienten die Meere als Zuflucht für diejenigen, die den Ausbruch überlebt hatten und die Immari-Lager und die Orchid-Distrikte mieden. Viele Leute warteten auf im Mittelmeer verstreuten Booten auf das Ende der

Seuche. Die Überlebenden konnten fischen und Regenwasser auffangen – auf einem Boot dieser Größe sogar eine ganze Menge. Die Vierzig-Meter-Jacht war ein unwiderstehlicher Köder und würde Piraten anlocken.

Als David nicht antwortete, fuhr Shaw fort. »Kate, ich muss Ihr Satellitentelefon benutzen. Ich bringe meine Regierung dazu, uns innerhalb von Stunden auf dem Luftweg rauszuholen. Sie wissen, dass uns hier die Zeit davonläuft. Wir könnten bald in London sein. Dort können Sie Ihre Forschung fortsetzen und hoffentlich ein paar Menschenleben retten.«

Chang und Janus standen auf. »Wir würden gern mitkommen.«

»Niemand geht irgendwohin«, sagte David.

»Wir haben unsere eigenen Forschungen durchgeführt«, sagte Chang.

»Was für Forschungen?«, fragte Kate.

»Forschungen nach einem Heilmittel«, sagte Janus. »Wir standen kurz davor, eine dauerhafte Therapie zu entwickeln, oder zumindest eine Alternative zu Orchid. Wir haben im Geheimen daran gearbeitet und unsere Ergebnisse vor Immari verborgen.«

»Das Mittel, dass Sie Martin gegeben haben«, sagte Kate.

»Ja«, sagte Chang. »Das war unsere neueste Entwicklung. Es wirkt nicht hundertprozentig, aber es war einen Versuch wert.«

Kate flüsterte David ins Ohr: »Kann ich dich kurz sprechen?«

Unter Deck wandte sich Kate zu David und sagte trocken: »Du weißt, dass Shaw recht hat.«

David sah aus dem Fenster. Shaws Vorschlag war die beste Möglichkeit. David konnte Kate nicht zurück nach Ceuta bringen. Jeder würde wissen, wer sie war. Ihr brünett gefärbtes Haar würde niemanden täuschen. Wenn es sich herumsprach, dass sie in Ceuta war, würde die ganze Welt versuchen, die Basis zu erstürmen.

Er fragte sich, was er in London tun würde. Wahrscheinlich wurde nach ihm gefahndet, aber dieses Problem ließe sich wohl lösen.

Aber falls Shaw Martin getötet hatte, falls er die Dieselleitung beschädigt hatte, um diese Situation heraufzubeschwören, wäre Kate ihm ausgeliefert.

»Lass mich darüber nachdenken«, sagte er, ohne Kate anzusehen.

»David, was gibt es da zu überlegen? Komm mit uns.«

»Gib mir ein paar Stunden, Kate. Lass uns das Boot reparieren.«

David hatte erwartet, dass Kate ihn drängen würde, aber sie sah ihn nur einen Augenblick lang an, dann nickte sie. »In der Zeit möchte ich mit Chang und Janus arbeiten. Ich will ihnen Martins Aufzeichnungen zeigen. Sie sind in einem Code geschrieben, den ich noch nicht knacken konnte.«

David musste grinsen. In Jakarta hatte Martin all die Ereignisse in Gang gebracht, indem er ihm eine verschlüsselte Nachricht übermittelte. Der alte Mann hatte versucht, David zu warnen, aber er und sein Team hatten die Nachricht nicht schnell genug decodieren können. »Martin war ein großer Freund von Codes.« David dachte über die Folgen nach. Es wäre der Sache sicher dienlich: Kate konnte Fortschritte bei der Entwicklung eines Heilmittels erreichen, während er grübelte, wie sie weiter vorgehen sollten.

»Pass nur auf, dass sie niemanden anrufen«, sagte er.

Kate hatte die letzten Stunden damit verbracht, Martins Aufzeichnungen mit Dr. Chang und Dr. Janus zu besprechen. Beide Männer hatten aufmerksam zugehört und gelegentlich die Hand gehoben, um eine Frage zu stellen.

Als Kate fertig war, gaben die beiden einen kurzen Einblick in ihren Lebenslauf, ehe sie ihre eigene Forschung vorstellten.

Kate fand, dass Dr. Changs Werdegang Martins stark ähnelte. Shen Chang war einundsechzig Jahre alt und hatte gleich nach dem Medizinstudium bei Immari angeheuert. Er war begeistert von den Forschungsmöglichkeiten gewesen, die sich ihm dort boten, aber bald hatte er die Wahrheit über Immari erfahren. Während seiner beruflichen Laufbahn hatte er versucht, die schlimmsten Gräueltaten von Immari zu verhindern, doch letztendlich war er wie Martin gescheitert.

»Ich muss Ihnen etwas gestehen, Dr. Warner. Und ich verstehe absolut, wenn Sie danach nicht mehr mit mir zusammenarbeiten wollen. Ich war der wissenschaftliche Leiter der Immari-Anlage Quino. Ich war vor Ort, als Sie in den Glockenraum gebracht wurden.«

Es herrschte eine Weile Schweigen, ehe Kate schließlich sagte: »Wir stehen jetzt auf derselben Seite. Wir sollten uns auf die anstehende Arbeit konzentrieren, nämlich darauf, ein Heilmittel zu finden.«

»Es wäre mir ein Vergnügen. Da ist noch eine Sache. Sie ... kommen mir irgendwie bekannt vor. Ich frage mich, ob wir uns schon einmal begegnet sind.«

Kate betrachtete sein Gesicht. »Ich glaube nicht.«

»Na ja, mein Gedächtnis ist auch nicht mehr, was es einmal war, Dr. Warner.«

»Nennen Sie mich Kate. Beide.«

Als Chang geendet hatte, erzählte Janus von sich. Dr. Arthur Janus war ein Evolutionsbiologe und Virologe, der auf virale Evolution spezialisiert war – die Wissenschaft von der Mutation und Anpassung der Viren.

»Ich war im Auftrag der WHO in Algier, als die Seuche ausgebrochen ist«, sagte Janus. »Ich bin gerade noch rausgekommen und habe mich nach Ceuta durchgeschlagen. Da haben die Immari mich auf das Seuchenschiff geschickt, damit ich Dr. Chang assistieren konnte.«

Dr. Chang lachte. »Aber seitdem war ich derjenige, der assistiert hat. Dr. Janus ist das Genie in unserem Team. Er ist für die Durchbrüche verantwortlich.«

Beide versuchten die Anerkennung zurückzuweisen.

Danach berichteten sie von ihrer Forschung und ihrer Herangehensweise. Kate war verblüfft. Die Männer waren die Seuche aus einem anderen Blickwinkel angegangen – sie hatten nach Ähnlichkeiten zu vorigen Ausbrüchen gesucht und versucht, jemanden zu finden, der aufgrund einer genetischen Anomalie immun gegen die Krankheit war.

Janus kochte Tee und verteilte ihn, und jetzt saßen sie da, nippten an ihren Tassen und redeten abwechselnd. Wenn einer geendet hatte, entstand eine Pause, in der sie die Hypothesen der anderen erwogen.

Meinungsverschiedenheiten wurden nie konfrontativ ausgetragen. Es war so nett, dachte Kate. Die entspannte Atmosphäre und die Kollegialität machten es einfacher, sich auf die Arbeit zu konzentrieren.

Trotzdem kamen sie mit Martins Aufzeichnungen nicht voran.

Ihre Überlegungen konzentrierten sich jetzt auf eine Seite, die eine Art Code enthielt.

PIE = Immaru?
535...1257 = Zweites Toba? Neues Verteilsystem?

Adam => Flut / A$ versinkt => Toba 2 => KBW
Alpha => Fehlendes Delta? => Delta => Omega
Vor 70T => vor 12.5T => 535...1257 => 1918...1978

Mysterium von Atlantis liegt tief in Alpha?

Theorien wurden aufgestellt und kollektiv verworfen. Kate befürchtete, dass ihnen die Ideen ausgingen.

Gelegentlich hörte sie ein Hämmern aus dem Maschinenraum unten, worauf unweigerlich ein Schwall von Flüchen folgte, die David und Shaw sich an den Kopf warfen. Es endete jedes Mal damit, dass Kamaus Bassstimme sich mit den Worten »Bitte, Leute!« einschaltete.

Kate fragte sich, ob von den Maschinen noch etwas übrig wäre, wenn sie fertig waren.

Unter Deck klang es wie bei einer Kneipenschlägerei und oben wie in einem Buchklub.

Nach einer weiteren Runde von heftigem Hämmern und einem letzten »Bitte, Leute!« aus Kamaus Mund tauchte David ölverschmiert auf.

»Wir sind fast fertig«, sagte er. »Aber das ist auch die einzige gute Nachricht. Wir haben nicht mehr genug Diesel, um die Küste zu erreichen.«

Kate nickte. Sie überlegte, ob sie Shaws Plan, die englischen Regierungsstellen einzuschalten, vorbringen sollte, verschob es jedoch auf später. David wirkte noch immer aufgebracht. Was würden sie tun, wenn die Piraten auftauchten? In ihre Kabine rennen, die Waffen verteilen und hoffen, dass sie sie verjagen konnten? Und dass derjenige, der Martin getötet hatte, nicht während des Feuergefechts einen Schuss auf sie oder David abgab?

David ging in die Kombüse, wahrscheinlich um sich zu waschen.

Janus stellte seine Teetasse ab. »Am meisten verwirrt mich die Zeile ›PIE = Immaru?‹. Das klingt fast komisch. Vielleicht soll es unberechtigte Leser abhalten. Eine Art Tarnung. Wir sollten erwägen, es zu überspringen …«

»Was haben Sie gesagt?« David kam aus der Kombüse zurück.

»Ich …«

David griff mit seinen ölverschmierten Händen nach dem Blatt mit Martins Code.

»Du verschmierst es.«

»Weißt du, was das bedeutet?«, fragte David Kate.

»Nein. Du?«

»Ja.«

»Welcher Teil?«

»Alles. Ich weiß, was das Ganze bedeutet. Das sind keine wissenschaftlichen Aufzeichnungen. Es sind historische Verweise.«

63

Vor der Küste von Ceuta
Mittelmeer

David sah zu Kate und den beiden Wissenschaftlern, dann las er Martins Code noch einmal.

PIE = Immaru?
535...1257 = Zweites Toba? Neues Verteilsystem?

Adam => Flut / A$ versinkt => Toba 2 => KBW
Alpha => Fehlendes Delta? => Delta => Omega
Vor 70T => vor 12.5T => 535...1257 => 1918...1978

Mysterium von Atlantis liegt tief in Alpha?

Hatte er recht? Ja, er war sich sicher. Aber er würde nicht mit dem ersten Teil beginnen – es war zu abwegig, so ... fantastisch, dass er es selbst kaum glauben konnte.

»Kannst du dir bitte die Hände waschen?«, sagte Kate.

David ließ den Zettel sinken. »Es ist nicht die Magna Charta ...«

»Für mich schon. Und es könnte der Schlüssel sein, um ein Heilmittel gegen die Seuche zu finden.« In diesem Moment fiel David auf, wie süß sie war. Sie saß auf einem weißen ledernen Clubsessel in dem großzügigen Salon auf dem Oberdeck, während die anderen beiden Wissenschaftler auf dem Sofa daneben hockten. Drei weiße Porzellantassen standen, halb voll mit schwarzem Tee, auf dem Tisch vor ihnen. Die ganze Szene wirkte bizarr, wie der Ausklang eines Brunchs in einem Penthouse in Dubai.

David gab ihr den Zettel und ging zurück in die Kombüse. Während er sich die Hände schrubbte, dachte er über den Code nach. Ja, er hatte recht. Von unten hörte er hin und wieder ein Hämmern aus dem Maschinenraum. Shaw und Kamau waren fast fertig. Und dann? David musste sich ihren nächsten Schritt überlegen. Es war eine wichtige Entscheidung, und sie belastete ihn. Wenn er sich irrte, spielte er demjenigen in die Hände, der Martin getötet und das Boot sabotiert hatte ...

Er ging zurück. »Wissen Sie wirklich nicht, was das bedeutet? Sie machen sich nicht über mich lustig?«

»Nein.«

Die bestenfalls skeptischen Blicke der Wissenschaftler ließen David lächeln. »Alle Wissenschaftler der Welt arbeiten daran, und Sie brauchen jemanden mit einer abgebrochenen Doktorarbeit, um das Rätsel zu lösen?«

»Ich wusste nicht, dass du ... Wirklich, eine Doktorarbeit ...«

»In europäischer Geschichte an der Columbia University.«

»Warum hast du sie abgebrochen?«, fragte Kate, nun weniger skeptisch.

»Aus ... gesundheitlichen Gründen. Im September 2001.« Nach einem Terroranschlag unter einem eingestürzten Gebäude begraben zu werden und ein Jahr lang in die Reha zu müssen waren zwar keine typischen »gesundheitlichen

Gründe«, aber David wusste nicht, wie er es sonst umschreiben sollte. Dieser Tag hatte sein Leben und seine berufliche Laufbahn verändert. Er hatte sich völlig vom akademischen Leben verabschiedet, aber seine Begeisterung für Geschichte hatte nicht nachgelassen.

»Ah, klar ...«, sagte Kate leise.

»Ich habe dir schon einmal gesagt, dass ich Geschichte mag.« Er fragte sich, ob sie sich an seine Worte in Jakarta erinnerte.

»Ja, stimmt«, sagte Kate einfühlsam.

Er nahm sich einen Augenblick Zeit, um seine Gedanken zu ordnen. Seine Theorie war, dass der Code in groben Zügen die Menschheitsgeschichte beschrieb, vor allem die entscheidenden Wendepunkte. Aber er würde mit den Dingen beginnen, bei denen er sich sicher war. »Zunächst einmal: PIE ist kein Kuchen und keine Pastete. Es ist eine Bevölkerungsgruppe.«

Leere Augen sahen ihn an.

»PIE bedeutet Proto-Indoeuropäer. Man kann behaupten, dass sie eine der wichtigsten Gruppen in der Weltgeschichte sind.«

»Proto...«, begann Kate. »Ich habe nie von ihnen gehört.«

»Ich auch nicht«, sagte Dr. Chang.

»Mir sind sie auch nicht vertraut«, sagte Dr. Janus.

»Sie sind ziemlich unbekannt, obwohl sie die Vorläufer fast aller heutiger Zivilisationen in Europa, dem Mittleren Osten und Indien sind. Die Hälfte der Weltbevölkerung *stammt direkt* von proto-indoeuropäischen Gruppen ab.«

Janus beugte sich vor. »Woher wissen Sie das? Der Genpool ...«

David hob eine Hand. »Wir Historiker haben ein anderes Werkzeug, das genauso wichtig ist wie der Genpool. Es wird von Generation zu Generation weitergegeben. Wir können feststellen, wie es sich im Laufe der Zeit verändert, und wir können seine Ausbreitung in der Welt verfolgen – es wandelt sich an verschiedenen Orten.«

Keiner der drei Wissenschaftler äußerte eine Vermutung.

»Sprache«, sagte David. »Wir wissen, dass fast alle Sprachen in Europa, dem Mittleren Osten und Indien aus einer gemeinsamen Ursprache entstanden sind: dem Indogermanischen, das von einer einzigen Gruppe, den Proto-Indoeuropäern vor rund achttausend Jahren gesprochen wurde. Wir vermuten, dass diese Menschen entweder in Anatolien oder den eurasischen Steppen gelebt haben – der heutigen Türkei oder dem Südwesten Russlands.«

»Faszinierend«, murmelte Janus, während er aus dem Fenster sah.

»David, das ist interessant, aber ich verstehe nicht, inwiefern das mit der Seuche zusammenhängt«, sagte Kate freundlich.

Janus sah zu David, dann zu Kate. »Stimmt, aber ich für meinen Teil würde gern mehr darüber hören.«

David warf Kate einen Blick zu, der besagte: *Wenigstens einer, der mich zu schätzen weiß.*

»Ich habe zwei Fragen«, fuhr Janus fort. »Erstens, woher wissen Sie, dass es stimmt, was Sie sagen?«

»Also, wir wussten nichts von den PIE, bis 1783 ein englischer Richter namens William Jones nach Indien beordert wurde. Jones war ein brillanter Gelehrter, unter anderem auf dem Gebiet der Linguistik. Er sprach Griechisch und Latein und begann, Sanskrit zu lernen – vor allem, um sich mit den indischen Gesetzen vertraut zu machen, von denen viele in Sanskrit geschrieben waren. Jones machte eine erstaunliche Entdeckung: Sanskrit und die klassischen westlichen Sprachen ähnelten sich auf geradezu unheimliche Weise. Das war völlig unerwartet. Als er Sanskrit genauer mit Griechisch und Latein verglich, stellte er fest, dass sie einen gemeinsamen Ursprung haben. Es sind drei Sprachen, die durch Tausende Kilometer und Tausende Jahre von Entwicklung getrennt sind, und trotzdem stammen sie von einer gemeinsamen Ursprache ab, dem Indogermanischen. Als echter Gelehrter ging Jones dem Rätsel auf den Grund. Er machte eine aufregende Entdeckung. Auch andere Sprachen waren indogermanischen Ursprungs, und nicht nur unbedeutende, sondern jede Sprache von Indien bis England. Latein, Altgriechisch, Altnordisch, Gotisch – sie haben sich aus dem Indogermanischen entwickelt. Die Liste der modernen Sprachen ist lang. Alle germanischen Sprachen, einschließlich Norwegisch, Schwedisch, Dänisch, Deutsch, Englisch ...«

Janus meldete sich leise zu Wort. »Wenn Sie uns den Gefallen tun könnten, ich würde gern mehr über die PIE erfahren. Sie haben gesagt, es gäbe weitere von ihnen abstammende Sprachen?«

»Ja, reihenweise. Alle romanischen Sprachen: Italienisch, Französisch, Portugiesisch, Spanisch ... mal überlegen ... die slawischen Sprachen: Russisch, Serbisch, Polnisch. Welche noch, die Balkansprachen. Und natürlich Griechisch; die Griechen sind Nachkommen der PIE. Sanskrit, wie gesagt; Hindi, Farsi, Paschtu. Es gibt auch zahlreiche ausgestorbene indogermanische Sprachen. Hethitisch, Tocharisch, Gotisch. Es ist den Gelehrten sogar gelungen, die Sprache der PIE zu rekonstruieren. Und das ist die Basis von allem, was wir über sie wissen. Sie hatten Worte für Pferd, Rad, Tierzucht, schneebedeckte Gipfel und einen Himmelsgott.«

David zögerte kurz, weil er unsicher war, wie er fortfahren sollte. »Ansonsten wissen wir, dass die PIE für ihre Zeit sehr fortschrittlich waren – der Gebrauch von Pferden, das Rad, die Werkzeuge und die Landwirtschaft begründeten ihr Macht in der Region, und ihre Nachfahren dominierten die Welt von Europa bis Indien. Wie gesagt, heutzutage spricht ungefähr die Hälfte der Welt eine indogermanische Sprache. In vielerlei Hinsicht sind die PIE die ultimative untergegangene Zivilisation.« Erneut legte David eine Pause ein. Er sah zu Janus. »Sie haben gesagt, Sie hätten zwei Fragen?«

Janus war tief in Gedanken versunken. Nach einer Weile bemerkte er, dass alle auf ihn warteten. »Ja. Ich ... ich würde gern wissen ... wo sie jetzt sind.«

»Das ist das wahre Rätsel. Wir wissen nicht einmal, wo wir nach ihnen suchen sollen. Alles, was wir von ihnen wissen, basiert auf Sprachrekonstruktion und Mythen – vor allem den Mythen, die sie gemeinsam mit ihrer Sprache an ihre Nachfahren weitergegeben haben. Das ist das Handwerkszeug der Historiker: Sprache, Überlieferungen, Artefakte. In diesem Fall gibt es nicht viele Artefakte, nur ihre Sprache und die Mythen.«

»Mythen?«, fragte Janus.

»Wir rekonstruieren die Vergangenheit anhand von gemeinsamen Mythen verschiedener Kulturen – Fälle, bei denen die gleichen Geschichten mit kleinen Änderungen an verschiedenen Ort auftauchen. Die Namen ändern sich natürlich, aber die Erzählung bleibt im Grunde gleich. Ein weit verbreiteter Glaube ist, dass es zwei Vorfahren der Menschheit gibt: Brüder, manchmal Zwillinge. Für die Inder waren es Manu und Yemo; die Germanen haben Sagen von Mannus und Ymir. Diese Mythen wurden schließlich in Geschichten eingebaut. Für die Römer waren es Romulus und Remus; für die Hebräer Kain und Abel. Ein weiterer, weit verbreiteter Mythos ist der von der Sintflut – sie taucht in irgendeiner

Form in jeder PIE-Kultur auf. Aber der mit Abstand häufigste Mythos handelt von einer monumentalen Schlacht, die mit dem Tod einer Schlange oder eines Drachens endet.«

Chang nahm den Zettel. »Dr. Grey scheint eine Vorstellung davon gehabt zu haben, wer die PIE waren. Was soll das bedeuten: PIE = Immaru? Ich kenne die Immaru nicht.«

David sah zu Kate. *Sollen wir es ihnen erzählen?*

Kate zögerte nicht. »Die Immaru sind, oder eher waren, eine Gruppe von Mönchen in den tibetanischen Bergen. Nach dem Vorfall in China, bei dem David beinahe getötet worden wäre, haben sie uns gerettet.«

Chang schreckte zusammen, und David hatte den Eindruck, er wolle etwas sagen, vielleicht eine Entschuldigung vorbringen, aber Kate fuhr fort.

»Ich habe mit einigen der Mönche gesprochen. Ein junger, Milo, hat sich um uns gekümmert, und ein alter, Qian, hat mir ein uraltes Artefakt gezeigt: einen Gobelin. Er glaubte, es sei ein historisches Dokument, das seit Tausenden Jahren von Generation zu Generation weitergegeben wurde. Darauf waren vier Fluten abgebildet. Die erste war die Feuerflut, die ich für die Toba-Katastrophe halte – ein Vulkanausbruch vor siebzigtausend Jahren, der die menschliche Rasse verändert hat. Der Gobelin zeigt einen Gott, der einen sterbenden Menschenstamm rettet. Dieser Gott gibt ihm sein Blut. Ich glaube, es handelt sich um eine Allegorie, eine Darstellung der Gentherapie, die ein Atlanter diesen sterbenden Menschen verabreicht hat. Das Gen – das Atlantis-Gen – hat der kleinen Gruppe geholfen, den folgenden vulkanischen Winter zu überleben.«

Dr. Chang nickt energisch. »Das passt zu der Immari-These, dass das Atlantis-Gen vor siebzigtausend Jahren eingeschleust wurde und die Umwälzung ausgelöst hat: eine

Änderung der Gehirnvernetzung, die den Menschen einen Vorteil vor den anderen Hominini verschafft hat.«

»Qian hat mir auch erzählt, dass die Immari eine Splittergruppe der Immaru sind – eine Fraktion von Mönchen, die sich vor Tausenden von Jahren abgespalten hat. Die Immari hatten genug von Allegorien und Mythen. Sie wollten Antworten in der Wissenschaft finden«, sagte Kate.

»Möglich, aber ich kann dazu nichts sagen«, meinte Chang. »Ich bin nicht hoch genug aufgestiegen, um in die wahre Geschichte der Immari eingeweiht zu werden. Sie wurde streng geheim gehalten und mit einem eigenen Mythos umgeben. Dr. Grey muss sie gekannt haben – er war ein Mitglied des Rats, einer der höchsten Offiziere. Glauben Sie, dass er deshalb die Zeile über die Immari und die PIE hinzugefügt hat? Haben Sie etwas, das mit der Seuche in Verbindung steht?«

Kate dachte darüber nach. »Ich weiß, dass Martin nach etwas gesucht hat. Er hat zu mir gesagt: ›Ich dachte, es wäre hier in Südspanien, aber ich habe mich geirrt.‹ Vielleicht hat er die Geschichte der Immaru und der Proto-Indoeuropäer zurückverfolgt, um das Objekt zu finden. Vielleicht haben sie es.« Ihr kam ein anderer Gedanke. »Die Immaru hatten tatsächlich etwas, eine Kiste. Die zweite Flut auf dem Gobelin war die Wasserflut. Auf diesem Bild kehrt der Gott zurück und sagt den Menschen, sie sollen Buße tun und sich ins Inland zurückziehen, aber viele weigern sich und ignorieren die Warnung. Die Immaru waren gläubig. Sie beachteten die Warnung und trugen eine große Kiste in die Berge.«

»Was war darin?«, fragte David.

»Ich weiß es nicht.«

»Du hast nicht gefragt?«

»Qian wusste es selbst nicht.«

»Hm ... wie sah sie aus?«

»Eine große schlichte Kiste, die sie an Stangen trugen.«

»Was war sonst noch auf dem Gobelin abgebildet?« Er hoffte, es könnte bei der Entschlüsselung von Martins Code helfen. Die ersten beiden Darstellungen hatten Davids Theorien bestätigt. Er stand kurz davor, die Nachricht zu decodieren.

»Das Dritte war die Blutflut. Eine weltweite Apokalypse. Das Vierte war die Lichtflut. Unsere Erlösung. Qian hat gesagt, es handele sich um zukünftige Ereignisse.«

»Glaubst du, die Seuche ist die Blutflut?«, fragte David.

»Vermutlich.«

»Hast du Martin von dem Gobelin erzählt?«

»Ja.«

David nickte. »Der Gobelin ist eine Zeittafel, die die wichtigsten Wendepunkte in der Menschheitsgeschichte darstellt. Ich glaube, der Code ist auch eine Art Zeittafel: Martin hat sie aufgestellt, um den Gobelin zu dechiffrieren und bestimmte Ereignisse in der Vergangenheit ausfindig zu machen, die der Schlüssel für ein Heilmittel gegen die Seuche sind.«

»Interessant«, murmelte Kate.

»Bravo«, sagte Janus.

»Ich stimme Ihnen zu«, sagte Chang.

David lehnte sich in seinem Sessel zurück. Das war der Zweck von Martins Code, dessen war er sich jetzt gewiss. Es blieb noch die Frage, wer ihn aus welchem Grund getötet hatte. Es war jemand auf dem Boot. Hatte es einer der Wissenschaftler getan – wegen Martins Forschung?

Das Geräusch von Stiefeln auf dem dünnen Teppich unterbrach seinen Gedankengang. Er wandte sich um und sah Shaw in den Raum stürzen.

»Wir sind fertig. Wir müssen eine Entscheidung ...« Er sah sich um und nahm die vier zum ersten Mal richtig wahr. »Was zum Teufel soll das werden? Eine gemütliche Teestunde?«

»Wir besprechen Martins Aufzeichnungen«, sagte Kate und zeigte auf das Blatt auf dem Tisch.

Shaw schnappte es sich.

David sprang auf und riss es ihm aus der Hand. »Nicht. Sie verschmieren es mit Öl.« Er legte das Blatt zurück auf den Tisch. Kates Miene sagte: *Es ist anstrengend, wenn man es mit Barbaren zu tun hat, stimmt's?* Er kannte sie so gut. Hinter sich hörte er, wie Shaw der Kragen platzte.

»Wollen Sie mich auf den Arm nehmen? Wir sind mitten in ...«

David wandte sich langsam zu Shaw um, bereit zum Kampf, aber ein schwaches Leuchten am Horizont erregte seine Aufmerksamkeit. Er beobachtete es einen Moment lang, dann ging er zum Fenster. Ja – Lichter in der Nacht. Ein Boot. Nein, zwei. Und sie schienen direkt auf sie zuzuhalten.

64

Von Tibet nach Tel Aviv

Milo setzte den schweren Rucksack ab und ging zum Rand des Felsvorsprungs. Die unberührte grüne Hochebene im Westen Tibets erstreckte sich bis zum Horizont, wo die Sonne hinter einem weiteren Bergrücken unterging. Die friedliche malerische Landschaft erinnerte ihn an das Kloster. Sofort tauchten die letzten Momente an diesem Ort, das einzige Zuhause, das er je hatte, vor seinem inneren Auge auf. Damals hatte er auf einem anderen Felsvorsprung gestanden und beobachtet, wie unter ihm die Holzgebäude brannten, einstürzten, vom Berg hinunterrutschten und nur versengten schwarzen Fels zurückließen.

Milo schob die Erinnerungen beiseite. Er weigerte sich, darüber nachzudenken. Qians Worte hallten in ihm wider: »Ein Geist, der in der Vergangenheit verweilt, errichtet ein Gefängnis, dem er nicht entrinnen kann. Kontrolliere deinen Geist, oder er kontrolliert dich, und du kannst seine Mauern niemals durchbrechen.«

Milo läuterte seinen Kopf und drehte sich zu seinem Rucksack um. Er würde hier sein Lager aufschlagen und in der Morgendämmerung aufbrechen, wie er es auch an den Tagen zuvor getan hatte. Er packte das Zelt, die Fallen und die Karte aus, die er jeden Abend zurate zog. Vermutlich befand er sich in der Nähe von Kaschmir oder vielleicht auch im Osten Afghanistans. Wenn er ehrlich war, musste er zugeben, dass er keine Ahnung hatte. Er hatte keine Menschenseele getroffen, niemanden, der ihm einen Hinweis geben konnte. Qian hatte recht gehabt. »Du hast einen langen einsamen Weg vor dir, aber du wirst alles haben, was du brauchst.«

Auf all seine Fragen hatte Qian eine schnelle Erwiderung gegeben. Essen? »Die Tiere des Waldes werden deine einzigen Begleiter sein, und sie werden dich auch ernähren.« Wie an den Abenden zuvor ging Milo in den Wald und begann, die Fallen aufzustellen. Auf dem Weg fand er Nüsse und Beeren, die er aß. Meist nahm er genug zu sich, um sein Energieniveau bis zu dem proteinreichen Frühstück aus Fleisch am nächsten Morgen zu halten.

Als er die Fallen verteilt hatte, baute er das Zelt auf und rollte seine Matte aus. Er setzte sich, konzentrierte sich auf seine Atmung und suchte die innere Ruhe. Allmählich stellte sie sich ein, und die Erinnerungen und Grübeleien lösten sich auf. Vage war er sich der Sonne bewusst, die hinter dem fernen Bergrücken versank und den Vorhang der Dunkelheit über die Landschaft zog.

Er hörte, wie eine der Fallen zuschnappte. Es würde morgen Frühstück geben, so viel war sicher.

Milo zog sich in das Zelt zurück, wo die letzten beiden Gegenstände, die Qian ihm gegeben hatte, in einer Ecke auf ihn warteten. Es waren zwei Bücher. Das erste trug den Titel *Hymnen der Sterbenden,* doch zu Milos Überraschung enthielt es keine Lieder, sondern drei simple Geschichten.

Die erste Geschichte handelte von einem Vater, der sich selbst opferte, um seine Tochter zu retten. In der zweiten ging es um einen Mann und eine Frau, die durch eine endlose Einöde reisten, um den Schatz zu finden, den ihre Vorfahren ihnen hinterlassen hatten und der die einzige Hoffnung darstellte, ihr sterbendes Volk zu retten. Im letzten Teil wurde die Geschichte eines einfachen Manns erzählt, der einen Riesen erschlug und zum König gekrönt wurde, jedoch auf seine Macht verzichtete.

Qian hatte auf das Buch gezeigt. »Das ist ein Führer für deine Zukunft.«

Milo hatte gezögert. »Wie kann die Zukunft geschrieben stehen?«

»Sie steht in unserem Blut geschrieben, Milo. Der Krieg ist immer derselbe, nur die Namen und Orte ändern sich. Es gibt Dämonen auf dieser Welt. Sie leben in unserem Herzen und unserem Geist. Dies ist die Geschichte unseres Kampfes, die Chronik eines Krieges, der sich wiederholen wird. Die Vergangenheit und unsere Natur bestimmen unsere Zukunft. Lies das Buch. Präge es dir gut ein.«

»Werde ich abgefragt?«

»Das ist keine Zeit für Scherze, Milo. Das Leben stellt uns jeden Tag auf die Probe. Du musst dich konzentrieren. Du musst für sie da sein, wenn sie dich brauchen.«

»Wer?«

»Du wirst sie früh genug kennenlernen. Sie werden hierherkommen und deine Hilfe brauchen, jetzt und vor allem in der Zukunft. Du musst vorbereitet sein.«

Milo dachte einen Augenblick darüber nach. Er war aufgeregt. Sein Leben hatte nun einen Sinn. »Was muss ich tun?«

»Ein großer Drachen verfolgt sie. Ihre Ruhepause wird kurz sein. Der Drachen wird sie finden und Feuer auf uns herabspucken. Du musst einen Himmelswagen bauen, um sie fortzuschaffen. Sie müssen überleben.«

»Moment, es gibt einen Drachen? Er kommt hierher?«

Qian schüttelte den Kopf. »Milo, es ist eine Metapher. Ich weiß nicht, was kommen wird, aber wir müssen bereit sein. Und du musst dich auf die Reise vorbereiten, die danach folgt.«

Die nächsten Wochen hatte Milo damit verbracht, einen Korb zu bauen – für den Himmelswagen, der diese Leute vor dem Drachen in Sicherheit bringen sollte. Er hatte gedacht, das Ganze sei nur eine Ablenkung, die Qian sich ausgedacht hatte, damit er die älteren Mönche in Ruhe ließ. Aber dann waren sie gekommen – Dr. Kate und Mr. David –, wie Qian es gesagt hatte. Mr. David war im gleichen Zustand, in dem er ihn beim letzten Mal gesehen hatte: an der Pforte zum Tod. Aber Dr. Kate hatte ihn geheilt.

Qians andere Prophezeiung hatte sich ebenfalls bewahrheitet. Der Drache kam aus der Luft und spuckte Feuer, und Dr. Kate und Mr. David entkamen nur knapp. Milo stand auf dem Berggipfel und sah auf den Korb, den er gebaut hatte. Er hing an einem riesigen Ballon, einem von vielen, die auf den Horizont zuschwebten, fort von dem brennenden Kloster unter ihm. Die älteren Mönche hatten es gewusst. Sie hatten nur einen jüngeren Mönch aufgenommen. Milo. Sie waren nicht vor ihrem Schicksal davongelaufen. »Es steht geschrieben«, hatte Qian gesagt. Aber wer hatte es niedergeschrieben?

Milo schlug das zweite Buch auf. *Die Geschichte der ersten Stämme der Menschheit*. Dieses Buch verstand er noch weniger. Es war in einer alten Sprache geschrieben, die Qian ihn zu lernen beauftragt hatte. Milo hatte mit Begeisterung Englisch gelernt, aber diese Sprache war anders – viel schwieriger. Und der Text ... was sollte er bedeuten?

»Deine Reise wird erst beginnen, wenn du die Antwort kennst«, hatte Qian gesagt.

»Wenn Sie die Antwort kennen, warum verraten Sie sie mir nicht einfach?«, fragte Milo lächelnd. »Wir könnten Zeit sparen. Ich könnte in den Ballon steigen und schon bald dort ...«

»Milo!« Qian stützte sich am Tisch ab. »Der Weg ist das Ziel. Es ist Teil der Reise, die Antwort selbst zu finden und Verständnis zu erlangen. Es gibt keine Abkürzungen auf diesem Weg.«

»Ah, verstehe.«

Als Milo die Überreste von Tel Aviv erreichte, glaubte er, das Buch verstanden zu haben. Und was er gesehen und was er getan hatte, um zu überleben, hatte ihn verändert.

Er fand ein Fischerboot und hoffte, es könne ihn mitnehmen.

»Was willst du, Junge.«

»Eine Überfahrt«, antwortete Milo.

»Wohin?«

»Nach Westen.«

»Hast du etwas zum Tauschen?«

»Nur meine Bereitschaft, hart zu arbeiten. Und die tollste Geschichte, die Sie jemals gehört haben.«

Der Fischer musterte ihn misstrauisch. »Also gut, komm an Bord.«

65

Vor der Küste von Ceuta
Mittelmeer

David sah noch einen Moment zu den beiden Lichtern auf dem Wasser. »Kamau!«, rief er.

Sekunden später taucht der große Afrikaner verschwitzt und voller Ölflecke im Salon auf.

»Fahr los«, sagte David.

»Wohin?«, brüllte Shaw.

David wandte sich zu ihm um. »Schalte die Beleuchtung ab.« Zu Kamau sagte er: »Wir fahren weg von diesen Lichtern.« Er zeigte aus dem Fenster. »Mit Höchstgeschwindigkeit.«

»Mein Gott«, sagte Shaw. Er rannte aus dem Salon. Die Lichter auf der Jacht erloschen.

David holte den Feldstecher aus dem Cockpit und richtete ihn auf die Lichter in der Ferne. Kaum hatte er auf die Boote scharf gestellt, ging ihre Beleuchtung aus. Im Mondlicht konnte David weder Kennzeichen an den Booten erkennen noch um welchen Typ es sich handelte, aber eines stand fest: Sie hatten ihre Lichter ausgeschaltet, sobald Shaw die Jacht verdunkelt hatte.

David spürte einen Ruck, und sie nahmen Fahrt auf.

Shaw kehrte in den Salon zurück. »Sie haben die Lichter ausgeschaltet.«

»Ich habe es gesehen.«

»Sie folgen uns.«

David ignorierte ihn. Zu Kamau, der an der Tür stand, sagte er: »Hol die Karte. Zeig mir unsere Position.«

»Lassen Sie mich den Anruf machen, David. Meine Regierung kann uns ausfliegen. Es ist der einzige Ausweg, das wissen Sie doch selbst«, sagte Shaw.

Kamau kam mit der Karte zurück und breitete sie über Martins Aufzeichnungen auf dem Tisch aus. Er zeigte auf einen Punkt im Wasser zwischen Spanien und Marokko. »Wir sind hier.«

David dachte angestrengt nach.

»Gut«, sagte Shaw trocken. »Dann spreche ich es aus. Jemand hat Martin getötet.«

Aller Augen richteten sich auf Shaw. »Wir wissen es alle. Es sind drei Wissenschaftler und drei Soldaten hier im Raum; wir alle wissen, dass er ermordet wurde. Einer von uns hat ihn getötet. Ich war es nicht, und Kate war es auch nicht. Deshalb schlage ich Folgendes vor: Kate schließt sich mit allen Waffen in der Kabine ein. Wir fünf Männer bleiben auf dem Oberdeck, bis die SAS-Soldaten hier sind. So ist Kates Sicherheit gewährleistet.« Er sah David an. »Das ist doch das Wichtigste für Sie, nehme ich an.«

David las Kates Körpersprache, die auf subtile Weise ausdrückte: *Keine schlechte Idee.* Und es war wirklich eine gute Idee, vorausgesetzt, man konnte Shaw trauen. Aber falls er Martin getötet hatte, wäre es die perfekte Falle. Er entwaffnete sie, rief die Leute an, für die er arbeitete, und sie konnten Kate ohne Schwierigkeiten gefangen nehmen.

David zeigte auf einen kleinen Punkt auf der Karte. »Was ist das?«

»Isla de Alborán«, sagte Kamau.

»Du hast in Ceuta gesagt, die Immari würden die Mittelmeerinseln kontrollieren.«

»Ja. Sie haben Alborán besetzt. Es ist ein sehr kleiner Außenposten.«

»Wie klein?«

»Winzig. Die ganze Insel ist weniger als ein Zehntel Quadratkilometer groß. Es gibt einen Leuchtturm und ein Gebäude mit vielleicht sechs Soldaten. Und einen Landeplatz mit zwei großen Hubschraubern. Nicht besonders gesichert ...« Er schien Davids Gedanken zu lesen. »Aber ... es wäre schwierig, die Insel mit zwei Leuten zu erobern.« Sein Blick wanderte unwillkürlich zu Shaw.

»Verteidigungseinrichtungen?«, fragte David.

»Ja, ein paar stationäre Artilleriegeschütze. Das müssten wir uns genauer ansehen. Der Außenposten dient vor allem der Luftunterstützung von Immari-Schiffen, die in Schwierigkeiten geraten – Rettungsaktionen und Piratenabwehr.«

»Sind es Helikopter mit großer Reichweite?«

»Ja, auf jeden Fall. Es wurde diskutiert, sie bei der Invasion in Spanien einzusetzen, aber man hat sich dagegen entschieden.«

David nickte. Wenn sie den Außenposten in Alborán einnähmen, könnten sie überall hinfliegen.

Schließlich platzte Shaw der Kragen. »Das kann nicht Ihr Ernst sein. Sie haben die Möglichkeit, aus der Luft rausgeholt zu werden, und entscheiden sich dafür, einen Immari-Außenposten anzugreifen? Das ist absurd.«

David faltete die Karte zusammen. »So machen wir es. Darüber wird nicht diskutiert.« Er reichte Kamau die Karte. »Stell unseren Kurs ein.«

Shaw stand einfach nur da.

»David«, sagte Kate. Ihr Blick genügte, um ihn wissen zu

lassen, dass sie mit ihm allein reden wollte. Er folgte ihr nach unten in die Kabine.

Sie schloss leise die Tür hinter ihm. »Entschuldigung, aber ich glaube, wir sollten ...«

»Ich will, dass du mir vertraust, Kate. Überlass das mir.« Er wartete auf eine Antwort.

Sie nickte langsam. »Okay.«

»In fünf Stunden erreichen wir Alborán, vorausgesetzt, unsere Verfolger holen uns nicht ein. Wir müssen herausfinden, wer Martin getötet hat, bevor wir dort sind.«

»Stimmt. Aber zuerst will ich, dass wir den Rest von Martins Code entschlüsseln, damit ich Continuity anrufen und unsere Entdeckungen weiterleiten kann. Falls uns in Alborán etwas zustößt, haben sie wenigstens die Forschungsergebnisse. Ich hoffe, dass sie dann ein Heilmittel finden.«

So einigten sie sich: David würde ihr helfen, ein Heilmittel zu finden, und sie würde bei seinem Plan mitmachen – und ihm vertrauen. Abmachungen, Kompromisse, Vertrauen. Es entwickelte sich zu einer richtigen Beziehung. *Ich habe nichts dagegen*, dachte David. *Mir gefällt es sogar.* Er nickte. »Ja, okay.«

Die Kabinentür öffnete sich und ein schüchterner Seemann wagte sich herein. Er reichte Dorian einen verschlossenen Umschlag.

Dorian riss ihn auf.

Wo zum Teufel bleibt ihr?
Warner steht kurz davor, den Code zu entschlüsseln.
Unser Ziel ist Isla de Alborán.
Ankunft in voraussichtlich 5 Stunden.
Seid dort.
Seid bereit.

66

Mittelmeer

Als David und Kate in den Salon zurückkehrten, saßen die beiden Wissenschaftler nebeneinander auf dem weißen Ledersofa und erwarteten sie mit gelassenen Mienen, als ginge die Welt nicht an einer Seuche zugrunde und als wären sie nicht soeben des Mordes beschuldigt worden. David wunderte sich über sie. Er war sich nicht sicher, ob er sie für ihre Selbstbeherrschung beneiden sollte.

»Wir sind bereit weiterzumachen. Natürlich nur, wenn Sie so weit sind«, sagte Janus.

Kate und David setzten sich in die Clubsessel neben dem Sofa.

Die Einrichtung aus Holz und Glas wurde nur von drei Kerzen auf dem niedrigen Tisch beleuchtet, sodass die Atmosphäre eher an einen gemütlichen Abend bei Freunden erinnerte als an eine wissenschaftliche Besprechung.

David drehte das Blatt mit Martins Code auf dem Tisch um, sodass die anderen es lesen konnten. Alle studierten es eine Weile.

PIE = Immaru?
535...1257 = Zweites Toba? Neues Verteilsystem?

Adam => Flut / A$ versinkt => Toba 2 => KBW
Alpha => Fehlendes Delta? => Delta => Omega
Vor 70T => vor 12.5T => 535...1257 => 1918...1978

Mysterium von Atlantis liegt tief in Alpha?

»Einige Punkte verwirren mich noch«, sagte David. »Ich glaube, die beiden ersten Zeilen sind einfach Notizen – die erste betrifft die PIE. Wie gesagt, ich bin ziemlich sicher, dass Martin geglaubt hat, die Immaru sind die Proto-Indoeuropäer oder zumindest eine von ihnen abstammende Gruppe. Die zweite Notiz spielt auf Ereignisse in den Jahren 535 und 1257 an. Ich weiß, welche gemeint sind, und werde es gleich erklären. Die folgenden drei Zeilen sind eine Zeittafel, die sich mit dem tibetanischen Gobelin, den Kate im Immaru-Kloster gesehen hat, überschneidet. Aber ich glaube, Martins Chronologie ist unvollständig.«

David zeigte auf das Wort »Adam«. »Adam, Alpha, vor 70T.«

»In der Medizin«, sagte Kate, »steht Alpha für den ersten Probanden einer klinischen Studie – den ersten, der eine neu entwickelte Therapie erhält.«

»Ja«, sagte David. »Ich vermute, ›Adam‹ ist der erste Mensch, der das Atlantis-Gen erhalten hat. Das wird in der Feuerflut des Gobelins dargestellt und ist das erste Ereignis in Martins Zeittafel. Dann kommt ... ›Flut, A$ versinkt‹, vor 12 500 Jahren. A$ ist vermutlich die Abkürzung für Atlantis. Also: ›Flut, Atlantis versinkt‹. Als ich in dem Atlantis-Schiff in Gibraltar war, habe ich eine Kammer gesehen, in der mehrere ... Holofilme liefen. Ich glaube, sie haben dieses Ereignis gezeigt – den Untergang des Schiffs vor dem Fels von Gibraltar. In einem Film schwebte das Schiff über dem Wasser und ist dann an der Küste gelandet, gleich vor einer prähistorischen, megalithischen Siedlung. Zwei Atlanter in Raumanzügen sind ausgestiegen, haben ein Stammesritual unterbrochen und einen Neandertaler gerettet. Sobald sie wieder in dem Schiff waren, wurde es von einer Welle erfasst, die es auf das Land geworfen und die Siedlung zerstört hat. Als das Wasser das Schiff wieder aufs Meer hinausgezogen hat, wurde das Schiff von Explosionen erschüttert und zerstört.«

»Und dort lag es fast dreizehntausend Jahre lang, bis mein Vater den Immari 1918 geholfen hat, es freizulegen«, sagte Kate.

»Genau. Verwirrend ist die Stelle: ›Fehlendes Delta?‹«

»Delta bedeutet Veränderung«, sagte Kate. »›Fehlendes Delta‹ ... Also hat eine Veränderung nicht stattgefunden?«

»Wenn wir Martins Code, den Gobelin und das, was ich in dieser Nacht in Gibraltar gesehen habe, zusammensetzen ... In den ersten beiden Fluten auf dem Gobelin interagieren die Atlanter unmittelbar mit den Menschen. Sie retten oder warnen sie. Das setzt eine direkte Beziehung voraus.«

Kate lehnte sich in ihrem Sessel zurück. »Was, wenn die Atlanter irgendwie die menschliche Evolution steuern? Wie bei einem Experiment, bei dem man gelegentlich eingreift – und vor 12 500 Jahren fehlt der Eingriff, weil das Schiff explodiert ist: der Untergang von Atlantis.«

»Ich vermute, dass Martin das geglaubt hat.« Ein neuer Gedanke kam David; hatte er das fehlende Teil des Puzzles?

Als David in der Antarktis in der Röhre gewesen war, hatte der Atlanter Dorian zuerst hinausgelassen und ihm so einen Vorsprung verschafft. Der Atlanter hatte zugesehen, wie David und Dorian auf Leben und Tod kämpften, als hätte er das Ergebnis schon gekannt, als hätte er nur darauf gewartet, dass sein Favorit siegt – Dorian.

David war in der Antarktis ein zweites Mal gestorben, aber anders als beim ersten Mal war er nicht in der Antarktis wiedergeboren worden. Er war in dem Atlantis-Schiff von Gibraltar aufgewacht – in einem Teil am Fuße des Bergs Jebel Musa in Marokko. Jemand hatte dafür gesorgt, dass David dort wiedergeboren wurde. Ein anderer Atlanter? David hatte einen weiteren beschädigten Anzug auf dem Boden des Röhrenraums gefunden. Er rief sich den Holofilm ins Gedächtnis. Darin war keiner der Anzüge beschädigt worden, dessen war er sich sicher.

Trotzdem gab es keinen Zweifel: ein anderer Atlanter hatte ihn zurückgeholt, nachdem Dorian und der erste Atlanter ihn in der Antarktis getötet hatten.

Gab es zwei Fraktionen? Die eine wollte eindeutig, dass er starb. Die andere hatte ihn gerettet.

David war sich jetzt in zwei Punkten sicher. Erstens führten die Atlanter eine Art Bürgerkrieg. Zweitens gab es keine Möglichkeit, Kate oder den beiden Wissenschaftlern zu erzählen, was ihm zugestoßen war.

»Ich habe eine Theorie«, sagte David. »Ich vermute, die Ereignisse in dem Holofilm – der Untergang des Schiffs – waren kein natürliches Phänomen. Ich glaube, es war ein Angriff.«

»Von wem?«, fragte Chang.

»Das weiß ich nicht«, sagte David. »Aber vielleicht gibt es zwei Fraktionen von Atlantern oder einen Verräter, der das Schiff sabotiert und so den geplanten Eingriff verhindert hat? Ich meine, betrachten Sie doch mal den großen Bogen der Menschheitsgeschichte. Alle wichtigen Dinge haben sich in den letzten dreizehntausend Jahren entwickelt – Landwirtschaft, Städte, Schrift und so weiter. Die Bevölkerung ist seitdem sprunghaft angestiegen. Es fällt mit dem Ende der letzten Kaltzeit zusammen, aber ...«

Janus beugte sich vor. »Ich finde Ihre Theorie vom fehlenden Eingriff faszinierend. Aber ich sehe eine Schwachstelle dabei. Der nächste Punkt in der Zeittafel: ›...535...1257, Toba 2, Delta‹ – das impliziert, dass eine Veränderung eingetreten ist, und zwar vor Kurzem. Und Sie haben gesagt, in dem Film sei zu sehen, wie das Schiff zerstört wurde.«

David nickte. »Ich glaube, die beiden Atlanter wurden in Gibraltar getötet. Es ist die einzige Erklärung. Und derjenige, der sie umgebracht hat, hat die Veränderung im Jahr 535 ermöglicht.«

»Und deshalb stellt sich folgende Frage«, sagte Janus. »Wenn ein Atlanter 535 eingegriffen hat – ein weiteres Delta, wie Sie sagen –, wo ist er dann? Wenn er die Macht hat, die menschliche Evolution zu kontrollieren, wo versteckt er sich?«

David dachte darüber nach. Es war eine gute Frage, und er konnte sie nicht beantworten. Weil er so viele Theorien geäußert hatte, fühlte er sich in die Defensive gedrängt und hatte das Bedürfnis, sie mit Fakten zu untermauern. Er bereitete sich auf ein Streitgespräch vor und spannte sich ein wenig an.

Dr. Chang stellte seine Teetasse ab. »Das ist eine berechtigte Frage. Trotzdem würde ich gern mehr über das letzte Ereignis erfahren – Toba 2, im Jahr 535 oder 1257? War sich Dr. Grey unsicher, was das Datum angeht?«

Die Frage riss David aus seinen Gedanken, und er konzentrierte sich wieder. »Nein. Das glaube ich nicht. Vermutlich markieren die Daten Beginn und Ende einer Periode, die durch zwei spezielle Ereignisse bestimmt wurde.«

»Welche Periode?«, fragte Janus.

»Das Mittelalter in Europa.«

»Und die ... Ereignisse?«

»Vulkanausbrüche gefolgt von Seuchen«, sagte David. »Eine hat Europa in das Mittelalter gestürzt, eine andere hat es beendet. Es gibt starke Indizien dafür, dass der erste Ausbruch – im Jahr 535 – mit einem gewaltigen Vulkanausbruch in der Nähe des Mount Toba in Indonesien zusammenhängt.« Er dachte kurz nach. »Man könnte es als *zweite Toba-Katastrophe* bezeichnen.«

»Ich habe noch nie von einer zweiten Toba-Katastrophe gehört«, sagte Kate.

David grinste. Dass er ihr von einem Vulkanausbruch erzählen konnte, der das Schicksal der Menschheit verändert hatte! »Die Theorie ist nicht besonders verbreitet«, sagte er in Anspielung auf ihre Worte, als sie ihm damals in Jakarta von der Toba-Katastrophe erzählt hatte.

»Eins zu null für dich«, sagte Kate.

»Wir wissen Folgendes: 535 sind die Temperaturen weltweit rapide gefallen. Wir reden von einem achtzehn Monate langen Winter – einem grimmigen Winter mit sehr wenig Sonnenlicht. So wird er in den historischen Quellen beschrieben. Es ist das heftigste Klimaereignis in der jüngeren Geschichte. In China hat es im August geschneit. In ganz Europa fielen die Ernten aus, und Hungersnöte breiteten sich aus.«

»Ein vulkanischer Winter.«

»Ja. Die historischen Darstellungen in Asien und Europa bestätigen das. Eisbohrproben weisen ebenfalls darauf hin, und Baumringe in Skandinavien und West-Europa zeigen ein stark vermindertes Wachstum in den Jahren 536 bis 542, das sich erst in den 550er-Jahren normalisiert. Aber es war nicht der jahrelange Winter, der die Menschheit in die Dunkelheit gestürzt hat, sondern die Seuche, die darauf folgte – die schlimmste Pandemie der bekannten Geschichte.«

»Die Justinianische Pest«, flüsterte Kate. »An Todesfällen

gemessen, war es die schlimmste Katastrophe aller Zeiten. Aber ich verstehe nicht, was das mit einem Vulkanausbruch zu tun hat. Und, Moment, woher weißt du das alles überhaupt?«

»Du kannst es dir wahrscheinlich schwer vorstellen, aber ich stand *ganz knapp* vor meinem Doktortitel. Meine Dissertation handelte von den Ursachen und Auswirkungen des Mittelalters.« Er sah sie einen Augenblick lang an, dann zuckte er theatralisch die Achseln. »Ich habe eben nicht nur ein hübsches Gesicht und eine schlanke Taille.«

Kate schüttelte halb ungläubig, halb beschämt den Kopf. »Ich nehme alles zurück. Bitte fahr fort.«

»Es ist bekannt, dass bis zu einem Drittel der Bevölkerung am östlichen Mittelmeer starb. Das oströmische Reich war verwüstet. Die Hauptstadt Konstantinopel schrumpfte von einer halben Million Einwohner auf weniger als hunderttausend. Die Pest wurde nach dem römischen Kaiser Justinian benannt. Man kann das Ausmaß des Grauens kaum beschreiben. So etwas hatte die Welt noch nicht gesehen. Bei manchen Opfern dauerte es Tage, bis sie starben. Andere wurden krank und verendeten innerhalb von Minuten. Auf den Straßen stapelten sich die Leichen. Der Geruch des Todes war allgegenwärtig. In Konstantinopel befahl der Kaiser, die Leichen ins Meer zu werfen.« David musste an Ceuta denken. Er konzentrierte sich wieder. »Aber es waren zu viele. Leichen waren gefährlich für die Städte des Altertums. Deshalb ordnete der Kaiser an, Massengräber außerhalb der Stadt auszuheben. Dort wurden die Toten verbrannt. Die historischen Quellen sprechen davon, dass sie bei dreihunderttausend zu zählen aufhörten.«

Keiner der Wissenschaftler sagte ein Wort. David trank einen Schluck Wasser und fuhr fort.

»Für die Historiker ist die Pest nicht nur wegen der vielen Todesfälle interessant, sondern auch, weil sie die halbe Welt umgestaltet hat. In vielerlei Hinsicht hat sich die Welt, in der wir leben, direkt aus den Ereignissen des sechsten Jahrhunderts entwickelt.«

»Wie meinst du das?«, fragte Kate.

»In der Folge der Pest sind die Großstädte der antiken Welt untergegangen. Persien, vorher eine Großmacht, zerbrach. Das oströmische Reich war kurz davor, sich die westliche Hälfte einzuverleiben – das Rom, von dem jeder spricht. Aber nach der Pandemie wird es belagert und fällt beinahe. Schließlich wird es zum byzantinischen Reich. Diese Niedergänge kann man überall auf der Welt beobachten. Mächtige Reiche schrumpfen, und barbarische Stämme gewinnen an Boden. Die wichtigste Lehre aus der Justinianischen Pest ist, dass die fortschrittlichsten Zivilisationen mit großen Städten und einem weit verzweigten internationalen Handelsnetz am meisten litten. Den isolierten einfachen Gesellschaften erging es am besten. Britannien im sechsten Jahrhundert ist ein gutes Beispiel. Es wurde damals von romano-britischen Stämmen beherrscht. Aus Fundstücken wissen wir, dass sie mit weit entfernten Ländern wie Ägypten Handel trieben. In Ägypten ist die Pest übrigens zuerst aufgetaucht, oder jedenfalls wurde sie dort zuerst beschrieben.«

»Das verstehe ich nicht«, sagte Dr. Chang.

»Die Pest kam über die Handelsrouten. Die Briten befanden sich im Krieg mit einigen germanischen Stämmen, die an ihrer Westküste siedelten. In der Mitte des sechsten Jahrhunderts waren diese Stämme isoliert und wurden als Barbaren betrachtet. Niemand handelte mit ihnen, und die Briten vermischten sich kaum mit ihnen. Nach der Pest ergriffen die Stämme die Initiative, breiteten sich in Britannien aus und übernahmen schließlich die Herrschaft. Die wichtigsten Stämme waren die Angeln und die Sachsen. Manche glauben, die Legende von König Artus beschreibe den Kampf der britannischen Ritter gegen die Angeln und Sachsen, die in ihr Reich eingedrungen waren. Nur wegen der Pest und des darauffolgenden Triumphs der Angeln und Sachsen wird heute auf der ganzen Welt Englisch – eine germanische Sprache – gesprochen. Und Britannien ist keine Ausnahme, es geschah überall: Entwickelte Zivilisationen mit Städten, hoher Bevölkerungsdichte und ausgebauten Handelsrouten gingen zugrunde. Die Barbaren hinter ihren Grenzen stiegen auf, fielen in die Reiche ein und zogen meist weiter. Wenn die barbarischen Eindringlinge ihre eigenen Regierungen errichteten, wurden sie meist ein Jahrhundert später von den nächsten umherschweifenden Plünderern vertrieben. Es war das Ende einer Ära, einer Zeit großartiger Städte und Zivilisationen. Es folgte das Mittelalter, das fast tausend Jahre dauerte. Es war der größte Rückschlag in der Geschichte. Das Mittelalter endete erst nach dem nächsten großen Ausbruch ...«

»Warte«, sagte Kate. »Ich muss zugeben, dass ich das nicht verstehe. Ich bin Genetikerin. Ich sehe keinen Zusammenhang zwischen einem Vulkanausbruch mit anschließendem vulkanischem Winter und der Justinianischen Pest.«

»Historiker spüren Artefakte auf und suchen nach Mustern. Ein Muster, das sich bei der Pest zeigt, ist, dass sie in Nordafrika begann, Ägypten erreichte und sich von dort explosionsartig in den östlichen Mittelmeerraum ausbreitete. Sobald sie Konstantinopel erreicht hatte, fiel der Rest der Welt wie Dominosteine, weil Handelsschiffe die Seuche überall einschleppten. Es ist noch strittig, aber manche Historiker glauben, dass die Pest mit den Ratten auf den Getreideschiffen von Nordafrika nach Europa kam.«

»David hat recht«, sagte Dr. Janus. »Ironischerweise ist die größte Gefahr eines plötzlichen Klimawandels nicht das veränderte Wetter. Die Gefahr geht von destabilisierten Ökosystemen aus, die dazu führen, dass Organismen, die normalerweise keinen Kontakt haben, miteinander in Berührung kommen. Wir wissen, dass die meisten Seuchen daher rühren, dass Wildtiere, die einem tödlichen Pathogen als Wirt dienen, aus ihrem natürlichen Lebensraum vertrieben werden. In der Folge der ›Zweiten Toba-Katastrophe‹ wurden die Ökosysteme überall auf der Welt destabilisiert. Falls Dr. Greys Theorie stimmt, ist das äußerst interessant. In der antiken Welt muss es sehr schwierig gewesen sein, eine globale genetische Veränderung durchzuführen. Eine Seuche ist das perfekte Hilfsmittel, aber es bleibt ein großes Problem.«

»Die Verbreitung«, sagte Kate.

»Exakt«, sagte Janus. »Die Welt war kaum miteinander verbunden. Alle Kulturen zu besuchen und die Krankheit zu verbreiten muss unmöglich gewesen sein. Ein Vulkanausbruch, der die Welt mit Asche bedeckt, wäre ein perfektes globales Verteilsystem. Der Vulkan verursacht den Winter, in manchen Landstrichen Dürre, dann extreme Regenfälle. Die Vegetation stirbt ab, dann erholt sie sich. An Orten wie Nordafrika würde es den Nagerpopulationen gut ergehen. Sie vermehren sich explosionsartig. Die größeren Populationen suchen sich neue Territorien, da die vorhandenen Ökosysteme sie nicht mehr ernähren können. Manche Ratten tragen die Pest mit sich und bringen sie in von Menschen besiedelte Gebiete. Während die Ratten gegen die Pest immun sind – sie sind Reservoirwirte –, erkranken die Flöhe auf ihrem Rücken. Sie sterben an der Pest, und die Art ihres Ablebens bringt sie dazu, den Erreger zu verbreiten. Flöhe, die sich mit der Pest infizieren, verhungern buchstäblich.

Das Bakterium vermehrt sich in ihrem Darm und hindert sie daran, Nahrung zu verdauen. Sie drehen durch, springen von den Nagetieren auf jeden Wirt, den sie finden, und infizieren die Menschen. Natürlich verbreiten die Nagetiere und ihre Flöhe die Pest schon seit Tausenden von Jahren. Das Geniale – wenn Sie den Ausdruck in diesem Zusammenhang erlauben – an diesem Ausbruch war eine genetische Modifikation des Pesterregers, die meiner Meinung nach durch den Vulkanausbruch herbeigeführt wurde. Die herabregnende Asche hat das Bakterium in den Ratten verändert – sie hat keine Pandemie bei den Menschen ausgelöst. Eine menschliche Pandemie wäre irgendwann ins Leere gelaufen und vorbei gewesen. Dr. Greys Notiz – ›Zweites Toba? Neues Verteilsystem?‹ – beschreibt vermutlich seine eigene Ungewissheit in diesem Punkt. Basierend auf unserer Forschung, der Arbeit, die Dr. Chang und ich geleistet haben, können wir bestätigen, dass es sich um ein neues Verteilsystem handelte, ein überaus geniales sogar. Indem derjenige, der dafür verantwortlich ist, die vorhandenen Bakterien in den Ratten modifiziert hat, hat er sichergestellt, dass es mehrere Ausbruchswellen geben würde, eine andauernde genetische Transformation. Sie schlummert in den Reservoirwirten – Ratten, in diesem Fall – und wartet auf den richtigen Moment.«

»Das passt zu den historischen Überlieferungen«, sagte David. »Die erste Ausbruchswelle kam im Jahr 535, aber weitere folgten, manche sogar noch heftiger. Die Zahl der Opfer ist unvorstellbar. Die Pestwellen hielten zweihundert Jahre lang an. Fast die Hälfte der Europäer starb. Um 750 herum hörten die Ausbrüche auf, bis 1257, der nächste Punkt in Martins Notizen. 1257 brach ein anderer Vulkan aus, wieder in Indonesien. Es sind neue Erkenntnisse, aber man ist sich ziemlich sicher, dass der Samalas-Vulkan auf der Insel Lombok mit unglaublicher Gewalt ausbrach. Die Folgen waren stärker als die des Tambora-Ereignisses im Jahr 1815, worauf das sogenannte ›Jahr ohne Sommer‹ folgte. An den Baumringen kann man für 1257 das Gleiche erkennen: ein vulkanischer Winter, der über ein Jahr anhielt. Die infizierten Ratten kommen zurück und bringen wieder die Pest nach Europa. Aus dieser Zeit, fast siebenhundert Jahre später, sind die historischen Zeugnisse eindeutiger. Dieser Ausbruch ähnelt dem letzten, aber er schlägt sich stärker in den Aufzeichnungen nieder. In Europa nennt man es den Schwarzen Tod. Aber es war dieselbe Krankheit ...«

»Beulenpest«, warf Kate ein.

»Genau«, sagte David. »Die gleiche Seuche kehrt fast ein Jahrtausend später zurück, um die gleichen Verwüstungen ...«

»Moment.« Kate hob eine Hand. »Der Schwarze Tod hat in Europa um 1348 begonnen, fast hundert Jahre nachdem dieser Vulkan ...«

»Stimmt«, sagte David. »Aber betrachte mal die historischen Tatsachen: 1257 hat ein gewaltiger Vulkanausbruch, seltsamerweise an fast derselben Stelle und mit fast denselben Auswirkungen wie im sechsten Jahrhundert, einen vulkanischen Winter und eine Hungersnot in Europa ausgelöst. Ich kann nur vermuten, dass die Seuche zurückgekehrt ist, aber es gab einen Unterschied, eine Art Immunität ...«

»CCR5-Delta 32«, sagte Kate in Gedanken versunken.

»Was?«

»Martin hat es mir gegenüber erwähnt. Bis zu siebzehn Prozent der Europäer haben es. Es ist eine Mutation, die sie immun gegen HIV, Pocken und andere Viruserkrankungen macht, Möglicherweise auch gegen das Bakterium, das die Pest auslöst.«

»Interessant«, sagte David. »Eines der größten Rätsel der Geschichte ist die Herkunft des Schwarzen Tods. Man weiß ziemlich genau, dass der Ausbruch im sechsten Jahrhundert, die Justinianische Pest, aus Afrika in den östlichen Mittelmeerraum vorgedrungen ist. Aber beim Schwarzen Tod war es anders. Dasselbe Szenario – ein Vulkanausbruch – und dieselbe Krankheit, aber es wird vermutet, dass der Schwarze Tod aus Zentralasien stammt. Der Mongolische Friede hat den Armeen in Zentralasien ermöglicht, die Krankheit über die Seidenstraße auszubreiten. Während der mongolischen Belagerung von Kaffa auf der Krim haben die Angreifer tatsächlich infizierte Leichen über die Stadtmauern katapultiert.«

»Im Ernst?«, fragte Kate.

»Hey, das war ziemlich genial für die Zeit. Man könnte es biologische Kriegsführung nennen. Danach hat sich die Pest schnell in Europa ausgebreitet. Historiker haben angenommen, dass die Migration aus Asien der Grund für die hundertjährige Zeitdifferenz ist, aber es könnte auch ...«

»Die Mutation«, sagte Kate.

»Vielleicht.« David wollte die Spekulationen hinter sich lassen und zu dem zurückkehren, was er wusste. »In den folgenden Jahren starben dreißig bis sechzig Prozent der gesamten Bevölkerung in Europa am Schwarzen Tod. In China starb jeder Dritte. Es dauerte hundertfünfzig Jahre, bis die Weltbevölkerung wieder auf dem Stand vor dem Ausbruch der Pest war. Mehr weiß ich leider nicht. Ich kann nicht sagen, worauf die Zeittafel hinausläuft. Ich weiß nur, was die Verweise zu bedeuten haben, und ich kenne die Daten.«

»Ich kann etwas Licht in die Sache bringen«, sagte Dr. Chang. »Wie Dr. Janus schon erwähnt hat, lautete unsere Arbeitshypothese, dass die gegenwärtige Seuche nur vergan-

gene Ausbrüche aktiviert, um einen halbvollendeten genetischen Wandel fertigzustellen. Wir haben versucht, die Erreger der vergangenen Ausbrüche zu isolieren, damit wir besser verstehen, wie sich das menschliche Genom geändert hat.«
Er zeigte auf David. »Mr. Vale, Sie haben recht, was die Verbindung zwischen den beiden Seuchen angeht. Vor einigen Jahren hat eine Forschergruppe herausgefunden, dass die Justinianische Pest von *Yersinia pestis* ausgelöst wurde – dem Bakterium, das die Beulenpest verursacht. Diese Entdeckung war sehr interessant: Die beiden schlimmsten Pandemien in der Geschichte – die Justinianische Pest und der Schwarze Tod – waren Ausprägungen von Beulenpest. Wir vermuten, dass es in beiden Fällen eine genetische Mutation des *Y.-pestis*-Bakteriums gegeben hat. Wir haben Immari benutzt, um Beweise zu sammeln. Sie haben sich Proben von Opfern beider Ausbrüche beschafft. Wir haben sowohl diese Genome als auch Proben von *Y. pestis* aus beiden Epochen sequenziert. Auch von der Spanischen Grippe aus dem Jahr 1918 haben wir Proben. Wir konnten gemeinsame Gensequenzen finden. Und wir glauben, dass sie mit der Atlantis-Seuche zusammenhängen. Aufgrund von Dr. Greys Aufzeichnungen und unserer Besprechung vermute ich, dass unsere Daten ein wichtiger Teil des Puzzles sind, der Schlüssel zu einem Heilmittel. Leider sind sie bei dem Untergang des Seuchenschiffs verloren gegangen.«

Janus richtete sich auf dem Sofa auf. »Dr. Chang, ich muss mich bei Ihnen entschuldigen.«

Chang sah ihn verwirrt an.

»Ich habe Ihnen nie ganz vertraut«, sagte Janus. »Ich wurde Ihnen zugeteilt. Wir haben gemeinsam geforscht, aber bis gerade eben dachte ich, dass Sie ein Immari-Anhänger sein könnten, jemand, der versucht, an meine Forschungsergebnisse zu kommen. Ich habe vieles von dem, was ich von Ihnen erfahren habe, zurückgehalten.« Er zog einen USB-Stick hervor. »Aber ich habe es gespeichert. Zusammen mit unserer gemeinsamen Forschung. Es ist alles hier, und ich glaube, es wird die Genveränderungen offenbaren, nach denen Dr. Grey gesucht hat – dieses Delta-2, die der Atlantis-Seuche zugrunde liegende Genstruktur.«

Chang warf einen Blick auf den Stick. »Hauptsache, Sie haben die Daten. An Ihrer Stelle ... hätte ich vielleicht dasselbe getan. Jedenfalls gibt es noch eine offene Frage, das Omega. Für mich bedeutet das den Schlusspunkt – das Ende der genetischen Veränderung. Die Notiz ›1918...1978‹ scheint zu bedeuten, dass Dr. Grey glaubte, es sei in diesem Zeitraum geschehen. Das ›KBW‹ in der ersten Zeile sagt mir gar nichts. Mr. Vale, ist das ein weiterer historischer Verweis?«

David hatte über das ›KBW‹ nachgegrübelt, seit er den Code zum ersten Mal gesehen hatte. Er hatte keine Ahnung. »Nein. Ich weiß nicht, was es bedeutet.«

»Ich weiß, was es bedeutet«, sagte Kate. »»KBW‹ sind meine Initialen. Katherine Barton Warner. Ich glaube, ich bin das Omega.«

67

Vor der Küste von Ceuta
Mittelmeer

Durch das Fenster des Helikopters sah Dorian, wie das Wasser unter ihm vorbeizog. Die Sonne glitzerte auf der dunklen Weite wie ein Leuchtturm, der ihn zu seinem Ziel leitete.

Er dachte an das weiße Lichtportal in Deutschland. Wohin würde es führen? In eine andere Welt? Eine andere Zeit?

Er schaltete das Mikrofon an seinem Helm an. »Ankunftszeit?«

»Drei bis dreieinhalb Stunden.«

Würden sie Kate und ihren Begleitern zuvorkommen? Es würde knapp werden.

»Verbinden Sie mich mit dem Außenposten.«

Eine Minute später sprach David mit dem befehlshabenden Offizier der Isla de Alborán.

Der Lieutenant von Immari auf der Isla de Alborán beendete den Anruf und sah zu den vier anderen Soldaten, die Karten spielten und rauchten. »Setzt Kaffee auf. Wir müssen nüchtern werden. Wir kriegen bald Besuch.«

David versuchte zu begreifen, was Kate gesagt hatte. »*Ich bin das Omega.*«

Shaw kam herein. »Ich setze Kaffee auf ...« Er sah in die Runde. »Was ist los? Sie sehen alle aus, als hätten Sie einen Geist gesehen.«

»Wir arbeiten«, fuhr David ihn an.

Kate löste die Anspannung. »Ich hätte gern einen Kaffee. Danke, Adam.«

»Klar«, sagte Shaw. »Dr. Chang? Dr. Janus?«

David bemerkte, dass ihm kein Kaffee angeboten wurde. Es störte ihn nicht.

»Ja, gern«, murmelte Dr. Chang, in Gedanken versunken.

Dr. Janus sah mit undurchdringlicher Miene aus dem Fenster. Als ihm auffiel, dass alle auf ihn warteten, sagte er schnell: »Nein, danke.«

Shaw kam mit zwei Tassen zurück und stellte sich ans Fenster, schräg hinter David. David konnte ihn nicht sehen, aber er wusste, dass er dort war. Das gefiel ihm ganz und gar nicht.

Janus ergriff als Erster das Wort. »Ich zweifle nicht an dem, was Sie gesagt haben, Kate. Aber ich würde gern unsere wichtigsten Annahmen noch einmal überprüfen und verschiedene Möglichkeiten durchgehen.«

David hatte das Gefühl, dass Kate sich ein wenig anspannte, aber sie nippte an ihrem Kaffee und nickte.

Janus fuhr fort. »Die erste Annahme: Der tibetanische Gobelin stellt die Interaktion der Atlanter mit den Menschen dar, vor allem ihre Rettungsaktion vor siebzigtausend Jahren – die Verabreichung des Atlantis-Gens, das die Gehirnvernetzung der Menschen geändert und ihr Schicksal bestimmt hat –, und die Warnung vor der Sintflut. Auf der anderen Seite sind die Ereignisse, die erst in Zukunft geschehen. Ich habe eine Frage dazu, aber ich werde sie erst einmal zurückstellen.

Unsere zweite Annahme lautet, dass Martins Aufzeichnungen eine Art Zeittafel sind – ein Versuch, die Vergangenheit zu entschlüsseln und die genetischen Wendepunkte in der Menschheitsgeschichte auszumachen, um uns zu einem Heilmittel zu führen.

Die dritte und letzte Annahme ist, dass die Zeittafel ein fehlendes Delta ausmacht: Einen Punkt, an dem der Eingriff der Atlanter in die menschliche Evolution fehlgeschlagen ist – irgendwann zur Zeit der Sintflut und des Untergangs von Atlantis. Mr. Vale vertritt die Theorie, dass ein Kampf zwischen verschiedenen Fraktionen der Atlanter dazu geführt hat. In Anbetracht dessen würde ich annehmen, dass das Omega – das Ziel aller Eingriffe der Atlanter in die menschliche Evolution – die Überlebenden der Seuche sind. Vor allem die, die sich schnell weiterentwickeln. Ist das nicht das, was die Atlanter erreichen wollten? Es ist das Naheliegende. Als Wissenschaftler überprüfe ich immer erst die einfachste Erklärung, bevor ich ... exotischere Möglichkeiten betrachte.«

David fand Janus' Argumentation überzeugend. Er wollte etwas sagen, aber Kate kam ihm zuvor. »Warum hat Martin dann meinen Namen in die Zeittafel aufgenommen, gleich über dem Omega?«

»Das ist die Frage«, sagte Janus. »Ich glaube, die Antwort liegt in Martins Motiven. Wir wissen, dass alles, was er getan hat, seine ganze Forschung, die Abmachungen, die Kompromisse nur einem Zweck dienten: sie zu schützen. Ich vermute, darum geht es auch hier. Er wollte, dass derjenige, der seine Aufzeichnungen liest, Sie findet und Ihre Sicherheit gewährleistet, damit Sie ihm helfen können, die Notizen zu entschlüsseln und ein Heilmittel zu finden.«

David nickte unwillkürlich. Es klang überzeugend.

»Das Muster ist einleuchtend«, sagte Chang. »Aber meiner Meinung nach gibt es ein Problem mit dem Zeitablauf. Vor 70 000 Jahren: Adam, die Verabreichung des Atlantis-Gens. Vor 12 500 Jahren: der Untergang von Atlantis, das fehlende Delta. 535 und 1257: zweites Toba, die beiden Vulkanausbrüche und die Beulenpest, der Beginn des Mittelalters, dann sein Ende, gefolgt von der Renaissance. 1919: die Glocke, ein Apparat der Atlanter, der die Spanische Grippe auslöst. Und dieses Jahr der zweite Ausbruch durch die Glocke. Die Atlantis-Seuche. Martin hat sich mit den Daten geirrt. 1918...1978. Statt 1978 sollte das aktuelle Jahr stehen – der jetzige Ausbruch schafft das Omega.«

»Das wäre logisch«, sagte Janus.

»Wann wurdest du geboren?«, fragte David. »Ähm, ich erkundige mich natürlich nur aus wissenschaftlichen Gründen.«

»Wie nett«, sagte Kate. »Ich wurde 1978 geboren. Aber ... die Schwangerschaft war 1918.«

»Was?«, fragten Janus und Chang wie aus einem Munde.

Shaw trat hinter Davids Rücken hervor und stellte sich zu der Gruppe. Zum ersten Mal zeigte er Interesse an der Unterhaltung.

»Es stimmt«, sagte Kate. »Martin war mein Adoptivvater. Mein leiblicher Vater war Bergbauingenieur und Offizier in der amerikanischen Armee im Ersten Weltkrieg. Er wurde von den Immari eingestellt, um das Atlantis-Objekt unter Gibraltar auszugraben. Er hat sich darauf eingelassen, weil er nur so meine Mutter heiraten durfte. Was er ausgrub, die Glocke, hat die Spanische Grippe ausgelöst. Die grausame Wendung des Schicksals war, dass der Ausbruch meine Mutter das Leben gekostet hat. Aber in dem Objekt der Atlanter befand sich ein Raum mit vier Röhren. Mein Vater entdeckte, dass es Heil- und Schlafröhren waren. Er hat meine Mutter – und mich in ihrem Bauch – hineingebracht. Dort blieben wir bis 1978, meinem Geburtsjahr.«

Dr. Janus lehnte sich auf dem Sofa zurück. *Das könnte alles ändern.*

Kates Worte schockierten Dr. Shen Chang, obwohl er schon von der Glocke und den Schlafröhren gewusst hatte – dieser Teil war keine Überraschung.

1978 war Shen Forscher bei einem von Immari finanzierten Projekt gewesen. Eines Morgens erhielt er einen Anruf von Howard Keegan, einem ihm unbekannten Mann. Keegan sagte, er sei der neue Vorsitzende der Immari-Organisation und brauche Shens Hilfe. Shen werde großzügig entlohnt, müsse sich nie mehr Sorgen um Forschungsgelder machen und könne eine unglaublich bedeutende Arbeit leisten – eine Arbeit, die die Welt retten werde, von der er jedoch nie jemandem erzählen könne.

Shen sagte zu. Keegan brachte ihn in einen Raum mit vier Röhren. In einer befand sich ein Junge, den er später als Dorian Sloane kennenlernen sollte. Die zweite enthielt Patrick Pierce, der laut Keegan die Röhren entdeckt hatte. In der dritten Röhre war eine schwangere Frau.

»Wir holen sie als Letzte raus, und Sie werden alles tun, um sie zu retten, aber das Wichtigste ist das Kind.«

Shen hatte in seinem ganzen Leben noch nicht solche Angst gehabt. Was dann geschah, blieb für immer in sein Gedächtnis eingebrannt. Er erinnerte sich, wie er das Kind in den Armen gehalten hatte, seine Augen ... dieselben Augen, mit denen Kate Warner ihn nun ansah. Unglaublich.

Adam Shaw wunderte sich über Kates Geschichte. *Es steckt mehr dahinter, als ich dachte, es steckt mehr in* ihr, *als ich dachte. Aber ich werde sie sicher abliefern, egal, was passiert.*

Kate hatte lange genug gewartet. »Kann bitte jemand etwas sagen?«

»Ja«, begann Janus. »Ich möchte meine Behauptungen revidieren. Ich glaube jetzt, dass Sie Omega sind. Und ... das verändert einiges. Mein Verständnis von Martins Arbeit, zum einen. Ich glaube nicht mehr, dass diese Notizen nur eine Zeittafel sind. Das ist nur die eine Hälfte. Es steckt viel mehr dahinter. Martins Code ist eine Anleitung, um das menschliche Genom zu reparieren – die Probleme mit dem Atlantis-Gen zu beheben und lebensfähige menschlich-atlantische Hybriden zu schaffen, eine neue Spezies, von der Sie die Erste sind. Die Notizen beginnen mit der Verabreichung des Atlantis-Gens – mit Adam –, beschreiben die Eingriffe, die fehlende Korrektur zur Zeit der Flut, das darauf folgende Mittelalter ... und enden bei Ihnen, Kate, jemandem, der dank der lebensrettenden Röhre und seiner außergewöhnlichen Geburt ein stabiles, funktionierendes Atlantis-Gen hat. Aber die eigentliche Frage ist: Was tun wir jetzt? Wir haben unsere Forschungsergebnisse, und wir verstehen Martins Aufzeichnungen. Wir müssen ein Labor ...«

Kate unterbrach ihn. »Es gibt noch eine letzte Sache, die ich Ihnen nicht erzählt habe. Martin war einer der Gründer eines Konsortiums namens Continuity. Das ist eine Gruppe von Forschern aus aller Welt. Sie führen seit Jahren Experimente durch und suchen nach einem Heilmittel. Martin hatte eine Forschungseinrichtung in Marbella.« Ihr kam ein Gedanke. »Ich habe in einem mit Blei abgeschirmten Gebäude gearbeitet. Da habe ich eine Reihe von Experimenten durchgeführt, und Martin hat mir regelmäßig DNS-Proben entnommen.«

»Glauben Sie, er hat an Ihnen experimentiert oder an den Versuchspersonen?«, fragte Dr. Chang.

Kate war sich sicher. »Beides. Martin hat mir erzählt, er glaube, ich sei der Schlüssel zu allem. Wenn ich den Code sehe, Omega ... ja, es stimmt. Continuity hat alle Ergebnisse. Ich habe mit ihnen Verbindung aufgenommen.«

David sah sie erschrocken an.

»Was ist?«, fragte Kate.

»Nichts.« Er schüttelte den Kopf.

Sie konzentrierte sich auf Chang und Janus. »Ich finde, wir sollten Continuity die Forschungsergebnisse schicken und unsere Theorien mit ihnen besprechen.«

Dr. Janus hielt seinen USB-Stick hoch. »Einverstanden.«

Chang nickte.

68

In der Nähe der Isla de Alborán
Mittelmeer

Das Telefonat mit Continuity war äußerst aufschlussreich.

Kate hatte das Gefühl, dass sie die Experimente, an denen sie in Marbella teilgenommen hatte, endlich verstand.

Continuity hatte in jahrelanger Arbeit einen Algorithmus entwickelt, der »Genom-Symphonie« genannt wurde. Wann immer eine Gentherapie oder ein eingeschleustes Retrovirus eine Änderung an einem beliebigen Gen bewirkte, konnte dieser Algorithmus die Gen-Expression voraussagen. Wenn man diese Voraussagen mit dem Wissen kombinierte, wo die endogenen Retroviren der Atlanter im Genom verborgen waren, konnte man die Reaktion eines Menschen auf die Atlantis-Seuche und eine zu verabreichende Therapie prognostizieren.

Changs und Janus' Forschung, die die Genomveränderungen durch die beiden Pestausbrüche am Beginn und Ende des Mittelalters analysierte, war das fehlende Puzzleteil – zumindest hoffte Continuity das.

Kate sah zu, wie Dr. Janus den Computer bediente und die Forschungsergebnisse in Symphonie hochlud. Er war ein Genie. Kate hatte noch nie jemanden in seinem Alter gesehen, der so gut mit Computern umgehen konnte.

Kate sprach in das Satellitentelefon, das sich im Freisprechmodus befand. »Was geschieht jetzt?«

»Jetzt warten wir ab«, sagte Dr. Brenner. »Der Algorithmus läuft und wird mögliche Therapien ausspucken. Dann testen wir sie und hoffen, dass wir Glück haben. Falls wir eine wirksame Therapie finden, können wir sie schnell einsetzen. Hat Martin Ihnen unsere Gen-Implantate erklärt?«

»Das sagt mir nichts«, meinte Dr. Janus.

»Im Wesentlichen implantieren wir ein biotechnisches Gerät unter die Haut, das uns ermöglicht, jedem eine individuelle Therapie zur Verfügung zu stellen. Die Implantate sind kabellos mit Servern in den Orchid-Distrikten verbunden.«

Diese Enthüllung schockierte Kate. »Ich dachte, die Implantate wären dazu da, die Menschen zu lokalisieren. Und ist Orchid nicht die Therapie?«

»Ja und nein«, sagte Brenner schnell. »Die Implantate dienen der Bestandskontrolle – ich meine, man kann die Leute damit orten. Aber weil das menschliche Genom so unterschiedlich ist, muss die Therapie individuell zugeschnitten werden, ein wenig angepasst.«

Kate nickte. Das war extrem innovativ – ein implantiertes biotechnisches Gerät, das eine genetisch angepasste Therapie für jeden Einzelnen lieferte. Das war dem Stand der Technik um Jahrzehnte voraus. Es war eine Schande, dass die Bedrohung durch die Immari und die Seuche hatten kommen müssen, um einen solchen Durchbruch zu erreichen.

»Wenn die Implantate die Therapie liefern, warum bekommen dann immer noch alle Orchid?«, fragte Dr. Janus.

»Aus drei Gründen. Bei den ersten Versuchen haben wir festgestellt, dass die Implantate keine brauchbare Therapie für jeden herstellen können. Die Implantate erschaffen Virostatika aus den Enzymen und Proteinen im Wirtskörper –

im Wesentlichen ist es eine komplizierte Schnipselei. Aber der Prozess funktioniert allein mit einem Implantat nur bei achtzig Prozent der Wirte. Deshalb geben wir den Implantaten einen Virenvorrat, eine Art virale Rohmasse, aus dem sie die Therapie formen können. Das sind die Orchid-Tabletten – ein Virenvorrat.«

»Sehr interessant ...« Janus schien in Gedanken versunken.

»Und die anderen Gründe?«, fragte Kate.

»Ah, ja«, sagte Brenner. »Ich verzettele mich in den wissenschaftlichen Einzelheiten. Der zweite Grund war die Geschwindigkeit. Wir wussten, dass wir schnell eine neue Therapie bereitstellen müssen; ein neues Medikament herzustellen kam nicht infrage, und dies ist eine variable Lösung. Wir wussten, dass wir eine Basistherapie hatten, die mit Tausenden von kleinen Anpassungen durch die Implantate weltweit wirken könnte.«

»Und der letzte Grund?«

»Hoffnung. Die Menschen nehmen Orchid jeden Tag ... wir waren der Meinung, dass wir ihnen etwas geben müssen, das sie sehen und anfassen können, etwas Handfestes: ein Medikament gegen eine Krankheit. Und jetzt hoffe ich, dass Sie uns das fehlende Teil liefern – die Formel, die wir an die Implantate weitergeben können. Symphonie bearbeitet gerade Ihre Daten. Falls eine verbesserte Therapie dabei herauskommt, können wir sie innerhalb weniger Stunden weltweit der Orchid-Allianz zur Verfügung stellen.«

Die Wissenschaftler in dem kleinen Salon nickten. David und Shaw beäugten sich misstrauisch.

Dr. Brenner unterbrach die angespannte Situation. »Es gibt etwas, das ich Ihnen noch nicht erzählt habe, Dr. Warner.«

»Was?« Kate machte sich nicht die Mühe, die Freisprechfunktion abzuschalten.

»Die Orchid-Führung hat uns befohlen, das Euthanasieprogramm auszuführen.«

»Ich verstehe nicht ...«

»Es ist eine Dienstanweisung«, fuhr Brenner fort. »Wenn Orchid versagt oder die Immari zu einer existenziellen Bedrohung werden, lautet unser Befehl, die Implantate abzuschalten, damit die Sterbenden schnell sterben. Dann hätten wir eine Welt der Überlebenden, eine bessere Voraussetzung, um die Allianz zu retten. Bis jetzt haben wir diesen Befehl einfach ignoriert. Wir haben uns auf die Forschung konzentriert und gehofft, die Führung würde den Plan nicht durchpeitschen. Aber wir haben Gerüchte gehört. Wenn wir das Euthanasieprogramm nicht ausführen, könnten alliierte Truppen das Kommando über Continuity übernehmen und es an unserer Stelle tun.«

Kate lehnte sich auf dem weißen Sofa zurück.

Niemand sagte ein Wort.

»Können Sie das Euthanasieprogramm verzögern?«, fragte Kate.

»Wir können es versuchen. Aber ... hoffen wir, dass die Therapie wirkt.«

Unten in ihrer Kabine schrie David Kate fast an. »Du hast die ganze Zeit eine Telefonverbindung zu einem internationalen Konsortium gehabt?«

»Ja. Und?«

»Ruf noch mal an. Du sagst ihnen Folgendes ...«

Kate wählte die Nummer von Continuity.

Dr. Brenner? ... Nein, alles in Ordnung. Sie müssen mir einen Gefallen tun. Nehmen Sie bitte Kontakt zum britischen Geheimdienst auf, und fragen Sie, ob es da einen Agenten namens Adam Shaw gibt.

Und könnten Sie sich bei der WHO nach einem Dr. Arthur Janus erkundigen? ... Ja, das würde uns sehr weiterhelfen. ... Gut. Rufen Sie mich zurück, sobald Sie Bescheid wissen. Es ist sehr wichtig.

Dr. Paul Brenner legte den Hörer auf und sah auf die Namen. Shaw und Janus. Was war auf dem Schiff los? War Kate in Gefahr?

Nachdem er sie seit Wochen in den Videos gesehen und jetzt auch noch persönlich mit ihr gesprochen hatte, fühlte er sich ihr ziemlich verbunden. Er hoffte, dass ihr nichts passieren würde. Er nahm das Telefon und rief seine Kontakte bei der WHO und dem britischen Geheimdienst an. Beide versprachen, sich zu melden, sobald sie etwas wussten.

Paul hatte noch einen weiteren Anruf zu erledigen, hoffte er, aber das würde warten müssen, bis er die Ergebnisse von Symphonie hatte.

Er verließ sein Büro und ging durch den Flur der Seuchenschutzbehörde. Die Stimmung war trüb; alle waren überarbeitet und ausgebrannt. Die Niedergeschlagenheit hatte einen guten Grund: Sie hatten keinen Fortschritt bei der Entwicklung eines Heilmittels gemacht und auch keine Aussichten darauf – bis zu Kates Anruf vor einer halben Stunde.

Wie lange würde Symphonie brauchen? Falls sich aus den Forschungsergebnissen überhaupt eine Therapie ergab ...

Die Türen in der Glaswand, hinter der die Orchid-Arbeitsgruppe saß, öffneten sich und ließen Brenner passieren. Alle Anwesenden in dem umgebauten Konferenzraum wandten sich ihm zu. Es sah aus, als wäre ein Haufen Studenten sechzig Tage lang zum Lernen zusammengesperrt worden: die Konferenztische standen wahllos im Raum verstreut, und überall lagen Laptops, Papierstapel, Karten, kaffeefleckige Berichte und halb volle Styroporbecher herum.

Der Ausdruck auf den Gesichtern sagte Paul alles, was er wissen musste.

Die vier großen Bildschirme an den Wänden bestätigten es. Die blinkende Textzeile lautete: *Eine Therapie identifiziert*.

Sie hatten das schon so oft gelesen, und mit jedem Mal war der Jubel etwas gedämpfter ausgefallen. Aber heute herrschte eine andere Atmosphäre. Das Team umringte Paul, und alle sprachen aufgeregt über die neuen Daten und ihre nächsten Schritte. Forschungseinrichtungen wurden vorgeschlagen und wieder verworfen.

»Wir testen es hier, an unserer eigenen Kohorte«, sagte Paul.

»Sind Sie sicher?«

»Wir haben einige Leute hier, die nicht warten können.« Er sah auf den Countdown für das Euthanasieprogramm. Weniger als vier Stunden verblieben. Es gab viele Menschen, die nicht mehr warten konnten.

Aber er wollte sicher sein, ehe sie es weltweit verteilten. Er musste einen Anruf erledigen.

Auf dem Rückweg zu seinem Büro machte er einen Abstecher zu der provisorischen Krankenstation.

Er blieb vor dem Bett seiner Schwester stehen. Ihr Atem ging flach, aber er wusste, dass sie ihn erkannte. Sie streckte die Hand aus.

Er trat vor und nahm sie. Ihr Griff war schwach.

»Ich glaube, wir haben es gefunden, Elaine. Du wirst wieder gesund.«

Er spürte, wie sie seine Hand ganz leicht drückte.

Paul hob den Hörer ab. Einige Minuten später war er mit dem Lagezentrum des Weißen Hauses verbunden.

»Mr. President, wir haben eine neue Therapie. Wir sind äußerst optimistisch. Ich bitte darum, das Euthanasieprogramm zu verschieben.«

69

In der Nähe der Isla de Alborán
Mittelmeer

»Wie lang dauert es?«, wollte David wissen.

»Brenner hat gesagt, er würde mich so schnell wie möglich zurückrufen. Continuity hat alle Hände voll ...«

»In drei Stunden sind wir vor der Isla de Alborán. Dann muss ich Shaw und Kamau bewaffnen und irgendwas mit den Wissenschaftlern machen. Wir müssen rausfinden, wer Martin getötet und das Boot sabotiert hat.«

Kate setzte sich auf das Bett. Sie wusste, wenn sie über den Mörder spekulierten, würde das zu einem weiteren Streit ausarten. Und sie wollte nicht streiten, nicht mit ihm, nicht in diesem Moment. Sie zog ihr T-Shirt aus und warf es auf den Stuhl.

Davids Augen leuchteten auf. Er nahm seine Pistole und legte sie unter das Kopfkissen. Dann zog er das Hemd und die Hose aus.

Als er zu Kate trat, küsste sie seinen Bauch. Er schob sie auf das Bett und kroch auf sie.

Einen Augenblick lang schien sich die Welt um sie herum aufzulösen. Sie dachte nicht an die Seuche, die Immari, Martins Aufzeichnungen oder den Mörder an Bord. David. Er war alles, was sie wollte, das Einzige von Bedeutung.

Es war glühendheiß unter Deck, aber David hatte sich nicht damit aufgehalten, die Klimaanlage einzustellen.

Er drehte sich um und lag nackt neben Kate, die genauso verschwitzt war wie er. Sein Atem beruhigte sich schneller als ihrer, aber keiner von ihnen sagte ein Wort.

Die Zeit schien stillzustehen. Sie blickten beide zur Decke empor. Irgendwann drehte sich Kate zu ihm und küsste seinen Hals.

Die Berührung brachte ihn zurück in die Realität, und er stellte die Frage, der er seit dem Gespräch mit Dr. Brenner aus dem Weg gegangen war. »Glaubst du, dass es funktioniert? Dass Continuity die Forschungsergebnisse von Janus und Chang nehmen und einfach ... ich weiß nicht ... zusammensetzen kann wie das Triforce und wundersamerweise eine Therapie findet?«

»Das Triforce?«

»Ist das dein Ernst?«

»Was?«

»Aus Zelda«, sagte David. »Du weißt schon, Link führt das Triforce zusammen, um Prinzessin Zelda und Hyrule zu retten.«

»Den habe ich nicht gesehen.«

»Das ist kein Film, sondern ein Videospiel.« *Wieso kennt sie das nicht?* Das verblüffte David mehr als Martins Code. Aber ... darüber sollten sie lieber später reden. Wahrscheinlich kannte sie auch den Unterschied zwischen *Star Wars* und *Star Trek* nicht. Er hatte eine Menge Arbeit vor sich, falls sie die nächsten Stunden überleben sollten. »Okay, vergiss Zelda, ich wollte nur wissen, ob das funktionieren kann. Glaubst du daran?«

»Mir bleibt nichts anderes übrig. Wir tun, was wir können, mehr geht nicht.«

David lehnte sich zurück und blickte wieder an die Decke. Worauf wollte er eigentlich hinaus? Er wusste es selbst nicht. Plötzlich hatte er Angst. Machte sich Sorgen. Es lag nicht an dem Kampf, der hinter dem Horizont auf sie wartete. Es war etwas anderes, etwas, das er nicht zu fassen bekam.

Kate setzte sich auf. »Wieso kennst du dich so gut mit Booten aus?« Offensichtlich versuchte sie, das Thema zu wechseln.

»Ich hatte eins in Jakarta.«

»Ich wusste gar nicht, dass Geheimagenten Zeit für solche Hobbys wie Boote haben«, sagte sie neckisch.

David grinste. »Es war kein Hobby, das kannst du mir glauben, auch wenn ich nichts dagegen hätte. Es gehörte zu meinem Notfallplan, falls ich jemals flüchten musste. Und es hat sich als nützlich erwiesen, wie du dich vielleicht erinnerst.«

»Ich erinnere mich nicht. Leider.« Sie strich das Laken glatt.

Sie hatte recht; jetzt fiel es David wieder ein. Die Immari hatten sie während ihres Verhörs unter Drogen gesetzt. Sie erinnerte sich kaum an seine Rettungsaktion und die gemeinsame Flucht.

»Was hast du damit gemacht?«, fragte sie.

»Mit dem Boot? Ich habe es einem Fischer aus Jakarta geschenkt.« Er lächelte und sah zur Seite. »Obwohl es ein gutes Boot war.« Er fragte sich, wo es sich jetzt befand. Wenn Harto mit seiner Familie von der Hauptinsel Java auf eine der unzähligen unbewohnten Inseln in der Java-See gezogen war, stünden seine Chancen nicht schlecht. Er könnte fischen, und seine Familie könnte Nahrung sammeln. Dort konnte ihnen die Seuche nichts anhaben. Die Immari würden sich um ein paar Leute auf einer einsamen Insel nicht kümmern. So wie die Welt sich entwickelte, könnten sie bald die letzten Menschen auf der Erde sein. Vielleicht erginge es der Welt besser, wenn einfache Leute sie bevölkerten und so lebten, wie die Menschheit es neunundneunzig Prozent ihrer Geschichte getan hatte.

»Wo hast du gelernt, ein Boot zu steuern? Oder hast du es dir selbst beigebracht?«

»Bei meinem Vater. Er hat mich als Kind oft zum Segeln mitgenommen.«

»Hast du viel Kontakt zu ihm?«

David rutschte unbehaglich auf dem Bett herum. »Nein. Er ist gestorben, als ich noch jung war.«

Kate wollte etwas sagen, aber David kam ihr zuvor. »Mach dir keine Gedanken. Es ist schon lange her. 1983. Im Libanon. Ich war sieben.«

»Der Anschlag auf das Hauptquartier des Marineregiments?«

David nickte. Sein Blick schweifte zu der Immari-Uniform mit dem silbernen Eichenblatt eines Lieutenant Colonels. »Er war siebenunddreißig und schon Lieutenant Colonel. Er hätte es bis zum Brigadegeneral oder noch weiter bringen können. Davon habe ich als Kind geträumt. Ich hatte dieses Bild vor Augen, dass ich in einer Uniform des Marine Corps mit dem Generalsstern auf der Schulter dastehe. Seltsamerweise ist es mir bis heute im Gedächtnis geblieben. Es ist erstaunlich, wie klar unsere Träume sind, wenn wir Kinder sind, und wie kompliziert das Leben später wird. Wie ein einziges Ziel sich in Hunderte aufspaltet – meistens geht es darum, was man sich wünscht und wer man sein will.«

Kate drehte sich um und wandte ihm den Rücken zu.

War das ihre Art, ihm Freiraum zu geben? David wusste es

nicht, aber es gefiel ihm, sie neben sich liegen zu haben, ihre weiche Haut und ihre Wärme zu spüren.

»Nach der Beerdigung kam meine Mutter nach Hause und legte die gefaltete Flagge über den Kaminsims. Dort blieb sie in einem dreieckigen dunklen Holzkästchen mit zu dicker Lackschicht und Glasklappe die nächsten zwanzig Jahre liegen. Daneben hat meine Mutter zwei Fotos gestellt: eine Nahaufnahme von ihm in Uniform und ein Bild von ihnen beiden an irgendeinem tropischen Ort, an dem sie glücklich waren. An diesem Tag war das Haus voller Leute. Sie haben immer wieder die gleichen Dinge gesagt. Ich bin in die Küche gegangen, habe mir den größten Müllsack geholt, den ich finden konnte und meine Spielsachen reingeworfen – alle Soldaten, Panzer und anderen Sachen, die auch nur im Entferntesten mit dem Militär zu tun hatten. Dann habe ich die nächsten drei Jahre Nintendo gespielt.«

Kate küsste ihn sanft auf die Stirn. »Zelda?«

»Ich habe das Triforce ungefähr zwei Millionen Mal zusammenbekommen.« Er sah sie lächelnd an. »Irgendwann habe ich dann angefangen, mich für Geschichte zu interessieren. Ich habe alles gelesen, was ich in die Finger bekam. Besonders über Militärgeschichte. Und die Geschichte Europas und des Mittleren Ostens. Ich wollte wissen, wie die Welt so werden konnte, wie sie ist. Oder vielleicht dachte ich auch, Geschichtslehrer zu sein wäre der sicherste Beruf, den es gibt, so weit wie nur möglich vom echten Schlachtfeld entfernt. Aber nach den Anschlägen vom 11. September wollte ich nur noch Soldat sein. Meine Welt wurde auf den Kopf gestellt, ich wollte Rache, aber ich wollte auch das tun, was ich gut kann – was schon immer meine Bestimmung war, vor der ich jedoch Angst hatte. Vielleicht kann man seinem Schicksal nicht entkommen. Egal, was man tut, man kann sein eigentliches Wesen nicht ändern, das, was tief in einem begraben liegt und eigentlich längst tot sein sollte, einen aber trotzdem antreibt.«

Kate sagte nichts, und David wusste es zu schätzen. Sie schmiegte sich einfach nur an ihn und vergrub ihr Gesicht zwischen seinem Kopf und seiner Schulter.

Nach einer Weile spürte David, wie ihr Atem sich verlangsamte, und wusste, dass sie schlief.

Er küsste sie auf die Stirn.

Als seine Lippen sich von ihr lösten, bemerkte er, wie erschöpft er war. Geistig von der Besprechung von Martins Aufzeichnungen, körperlich von seinem Beisammensein mit Kate und emotional, weil er ihr Dinge erzählt hatte, über die er noch nie mit jemandem gesprochen hatte.

David zog die Pistole unter dem Kissen hervor und legte sie neben sich, wo er sie leicht erreichen konnte. Er warf einen Blick zur Tür. Wenn sie aufging, würde er es hören. Ihm würde genug Zeit bleiben zu reagieren, falls jemand ihnen etwas tun wollte. Er würde nur ein paar Sekunden lang die Augen schließen.

70

Als David die Augen öffnete, wusste er, dass er wieder in der Villa am Mittelmeer war. Kate stand neben ihm. Eine gewölbte Holztür wartete am Ende des Flurs. Zu ihrer Rechten fiel aus zwei geöffneten Türen Licht in den engen Gang.

David kannte die Türen und die Zimmer dahinter – er hatte Kate dort gesehen.

Das ist ihr Traum, und ich bin darin, dachte David.

Kate ging zum Ende des Flurs und griff nach der Türklinke.

»Nicht«, sagte David.

»Ich muss. Die Antworten liegen dahinter.«

»Tu es nicht, Kate ...«

»Warum nicht?«

David hatte Angst, und jetzt, in dem Traum, wusste er warum. »Ich will nicht, dass sich etwas ändert. Ich will dich nicht verlieren. Lass uns hierbleiben.«

»Komm mit mir.« Sie öffnete die Tür, und Licht durchflutete den Korridor.

Er rannte ihr hinterher, sprang durch die Tür ...

Keuchend setzte sich David im Bett auf.

Er hatte Kate von sich gestoßen, aber sie war nicht aufgewacht.

Er drehte ihren Kopf in seine Richtung. »Kate!«

Schweiß rann über ihre Haut. Ihr Puls war schwach. Sie hatte Fieber. Und sie war bewusstlos.

Was soll ich tun? Janus oder Chang holen? Ich kann ihnen nicht trauen. Entsetzen in bisher unbekanntem Ausmaß überkam ihn. Er zog sie dicht an sich.

Zu Kates Überraschung führte die Tür ins Freie.

Als sie sich umwandte, um zurück zur Tür zu blicken, ragte dort ein gewaltiges Schiff auf. Sie stand an einem Strand, und das Schiff lag am Ufer. Aus unerfindlichen Gründen wusste Kate, was es war – der *Alpha Lander*. Das, was die primitiven Menschen dieser Welt Atlantis nennen würden.

Kate sah an sich herab. Sie trug einen Raumanzug.

Der Himmel war dunkel. Zuerst dachte sie, es wäre Nacht, aber dann sah sie die trübe Sonne, die versuchte, die Aschewolken zu durchdringen.

Unglaublich, dachte Kate. *Das ist die Toba-Katastrophe vor siebzigtausend Jahren.*

Eine Stimme hallte durch ihren Helm. »Die letzten Lebenszeichen wurden gleich hinter dem Höhenzug erfasst, halte dich bei fünfundzwanzig Grad.«

»Verstanden«, hörte sie sich selbst sagen, während sie schnellen Schritts über den aschebedeckten Strand ging.

Hinter dem Felsgrat sah sie sie: schwarze Leichen im ganzen Tal verteilt bis hinauf zur Höhle.

Sie stieg hinauf und betrat die Höhle.

Die Infrarotsensoren an ihrem Anzug bestätigten es: Sie waren alle tot.

Sie hatte die Hoffnung schon fast aufgegeben, als ein purpurroter Fleck auf ihrem Display aufleuchtete. Ein Überlebender. Sie ging näher heran.

Hinter sich hörte sie Schritte. Als sie sich umdrehte, stand ein großes Männchen vor ihr, ein enorm kräftiges Exemplar. Es stürmte mit einem Gegenstand in der Hand auf sie zu.

Sie griff nach ihrem Betäubungsstab, aber das Männchen blieb stehen. Es brach neben einem Weibchen zusammen und reichte ihm etwas: ein verrottetes Stück Fleisch. Das Weibchen schlug seine Zähne hinein.

Jetzt bemerkte Kate es. In dem Weibchen befand sich ein weiteres Lebenszeichen. Ein Embryo. Im zweihundertsiebenundvierzigsten Erdentag seiner Entwicklung.

Das Männchen sackte mit dem Rücken gegen die Höhlenwand. War es der Stammesführer gewesen? Vermutlich. Die beiden würden hier sterben, und das wäre das Ende ihrer Spezies.

Und meiner auch, dachte Kate. *Es ist mein Volk, vielleicht die letzten Exemplare. Mit einer einzigen Genveränderung kann ich sie retten. Ich kann nicht zusehen, wie sie sterben.*

Ehe sie sich bewusst wurde, was sie tat, hatte sie sich die beiden Hominini schon auf die Schultern gehievt. Das Exoskelett des Anzugs und das automatische Balancesystem bewältigten die Last mit Leichtigkeit. Sie waren zu schwach, um sich zu wehren.

Im Schiff lief sie sofort ins Labor.

Die Spezies war zu jung für eine komplette genetische Modifikation. Das würde sie töten. Kate traf eine Entscheidung: Sie würde ihnen eine Vorstufe geben. Das würde sie retten, aber auch Probleme verursachen. Sie würde da sein, um ihnen zu helfen, sie zu leiten, die Probleme zu beheben. Schließlich hatte sie alle Zeit der Welt. Sie würde sie aufziehen. Die vollständige Aktivierung musste warten, bis sie so weit waren.

»Was machst du da?«, rief eine Männerstimme hinter ihr.

Es war ihr Partner. Kates Gedanken überschlugen sich. Was sollte sie ihm sagen? »Ich ...«

Er stand in der Tür, durch die grelles Licht in das Labor fiel. Kate konnte sein Gesicht nicht erkennen. Sie musste herausfinden, wer er war. Sie ging auf ihn zu, aber sein Gesicht konnte sie immer noch nicht ausmachen.

Kate wusste, dass er auf eine Antwort wartete. *Ich muss ihm etwas sagen. Am besten die Wahrheit, nur ein bisschen verdreht.*

»Ich führe ein Experiment durch«, sagte sie, als sie ihn erreichte. Sie griff nach seiner Schulter, aber das Licht verbarg noch immer sein Gesicht.

David wischte erneut den Schweiß von Kates Gesicht. *Das war's, ich muss einen Arzt holen. Ich lass sie nicht in meinen Armen sterben.* Er legte sie aufs Bett, aber sie griff nach ihm und sog scharf die Luft ein. Nachdem sie ein paarmal geschluckt hatte, riss sie die Augen weit auf.

David versuchte, in ihrem Gesicht zu lesen. »Was zum Teufel ist passiert? Ich bin durch die Tür gerannt, aber ...«

»Ich habe es getan«, keuchte sie.

»Was?«

»Toba. Vor siebzigtausend Jahren. Ich habe die Menschen vor dem Aussterben gerettet.«

Sie ist im Delirium, dachte David. »Ich hole einen Arzt.«

Sie klammerte sich an seinen Unterarm und schüttelte den Kopf. »Mir geht es gut. Ich bin nicht verrückt. Das sind nicht nur Träume. Es sind Erinnerungen.« Endlich kam sie wieder zu Atem. »*Meine* Erinnerungen.«

»Das verstehe ich nicht.«

»Ich wurde 1978 nicht in der Röhre *geboren* – ich wurde *wiedergeboren*. Es steckt so viel mehr dahinter, als wir dachten.«

»Du ...«

»Ich bin die Forscherin, die uns das Atlantis-Gen gegeben hat. Ich bin ein Atlanter.«

TEIL III

DAS ATLANTIS-EXPERIMENT

71

In der Nähe der Isla de Alborán
Mittelmeer

David versuchte, Kates Worte zu verarbeiten. »Du bist ...«

»Ein Atlanter«, wiederholte Kate.

»Warte, ich ...«

»Hör mir einfach zu, okay?«

Es klopfte an der Tür.

David griff nach seiner Pistole. »Wer ist da?«

»Kamau. Ankunft in einer Stunde.«

»Verstanden. Noch was?«

Eine Pause entstand.

»Nein, Sir.«

»Ich komme gleich raus«, rief David zur Tür. Er drehte sich zu Kate um.

»Was zum Teufel ist los?«

»Ich erinnere mich jetzt, David. Es strömt auf mich ein, als wäre ein Damm gebrochen. Erinnerungen. Wo soll ich anfangen?«

»Woher hast du diese Erinnerungen?«

»Die Röhren – die Immari dachten, es wären Heilvorrichtungen. Das ist nur die halbe Wahrheit. Ihr Hauptzweck ist die Wiedergeburt von Atlantern.«

»Wiedergeburt?«

»Wenn ein Atlanter stirbt, kehrt er in den Röhren zurück, mit all seinen Erinnerungen, wie sie vor seinem Tod waren. Das Atlantis-Gen kann mehr, als wir dachten. Es ist eine ausgefeilte Biotechnologie. Es sorgt dafür, dass der Körper Strahlung emittiert, einen Datenstrom auf Elementarteilchenebene. Erinnerungen, Zellstruktur, alles wird gesammelt und repliziert.«

David stand da und wusste nicht, was er sagen sollte.

»Du glaubst mir nicht.«

»Doch«, sagte er. »Wirklich, ich glaube dir. Ich glaube alles, was du gesagt hast.« Seine Gedanken schweiften zu seiner eigenen Wiedergeburt in der Antarktis und jenseits von Gibraltar. Er spürte, dass Kate ihn brauchte. Sie machte etwas durch, das er nicht einmal ansatzweise verstand. »Wenn dir irgendjemand auf der Welt glaubt, bin ich das. Ich habe dir meine Geschichte erzählt – von meiner Wiedergeburt. Aber gehen wir es der Reihe nach durch: Wie kannst du die Erinnerungen eines Atlanters haben?«

Kate wischte sich den Schweiß aus dem Gesicht. »Das Schiff wurde in Gibraltar beschädigt, fast zerstört. Das Letzte, an das ich mich erinnere, ist, wie ich zurück in das Schiff gegangen bin. Bei den Explosionen wurde ich bewusstlos, und mein Partner ... er hat mich gepackt. Ich weiß nicht, was danach passiert ist. Ich muss gestorben sein. Aber ich wurde nicht wiedergeboren. Die Wiedergeburtsfunktion des Schiffs muss ausgeschaltet gewesen sein – entweder war es beschädigt, oder es gab keinen Ausweg. Oder mein Kollege hat sie ausgeschaltet.« Kate schüttelte den Kopf. »Ich kann sein Gesicht fast vor mir sehen ... Er hat mich gerettet. Aber aus irgendeinem Grund bin ich nicht in der Röhre erwacht. 1919 hat mein Vater Helena Barton, meine Mutter, in die Röhre gesteckt. Ich wurde 1978 geboren. Die Röhre ist darauf programmiert, Atlanter zurückzuholen, sobald sie sterben. Sie erzeugt einen Fötus, setzt die Erinnerungen ein und lässt den Fötus zum Standardalter reifen.«

»Standardalter?«

»Ungefähr mein Alter.«

»Die Atlanter altern nicht?«

»Doch, aber mit ein paar einfachen Genveränderungen kann man es abschalten. Altern ist nur programmierter Zelltod. Aber es ist tabu für die Atlanter, den Alterungsprozess zu stoppen.«

»Es ist tabu, nicht zu altern?«

»Es wird ... hm, schwer zu erklären, als eine Art *Lebensgier* betrachtet. Moment, das stimmt nicht ganz. Es ist auch ein Zeichen der Unsicherheit – der Verzicht aufs Altern bedeutet, dass man sich an eine unerfüllte Jugend klammert und nicht bereit ist voranzuschreiten. Die Weigerung zu sterben ist ein Zeichen für ein unerfülltes Leben, ein Leben, mit dem man nicht zufrieden ist. Aber einigen Gruppen ist es erlaubt, den Alterungsprozess zu stoppen und im Standardalter zu bleiben – zum Beispiel den Weltraumforschern.«

»Die Atlanter sind also ...« David zögerte. »Du bist Weltraumforscherin?«

»Nicht ganz. Entschuldigung, ich habe mich falsch ausgedrückt.« Sie hielt sich den Kopf. »Kannst du mal nachsehen, ob es im Bad Kopfschmerztabletten gibt?«

David ging hinaus und kehrte mit einem Röhrchen Aspirin zurück. Kate schluckte vier Tabletten trocken hinunter, ehe David Bedenken bezüglich der Dosierung äußern konnte. *Sie ist die Medizinerin. Was weiß ich schon davon?*

»Wir beide waren ein Forschungsteam.«

»Warum wart ihr hier?«

»Ich ... erinnere mich nicht.« Sie rieb sich die Schläfen.

»Forscher. Was für welche? Was war euer Fachgebiet?«

»Anthropologie. Wie kann man es am besten beschreiben? Evolutionsanthropologen. Wir haben die menschliche Evolution studiert.«

David schüttelte den Kopf. »Wieso soll das gefährlich sein?«

»Forschung in primitiven Welten ist immer gefährlich. Falls wir bei unserer Feldstudie getötet würden, war unsere Wiedergeburt programmiert, damit wir die Arbeit fortsetzen konnten. Aber bei meiner Wiedergeburt ging etwas schief. Meine Erinnerungen wurden eingepflanzt, aber das System konnte mich nicht weiterentwickeln, weil mein Fötus im Körper meiner Mutter gefangen war. Diese Erinnerungen lagen seit Jahrzehnten in meinem Unterbewusstsein vergraben, bis jetzt, wo ich das Standardalter erreicht habe.« Sie ließ sich auf das Bett fallen. »Alles, was ich getan habe, wurde von diesen unbewussten Erinnerungen gesteuert. Meine Entscheidung, Medizin zu studieren und in die Forschung zu gehen. Mein Wunsch, eine Gentherapie gegen Autismus zu entwickeln. Dahinter steckt der Drang, das Atlantis-Gen zu korrigieren.«

»Korrigieren?«

»Ja. Als ich vor siebzigtausend Jahren das Atlantis-Gen eingesetzt habe, war das menschliche Genom noch nicht bereit dafür.«

»Das verstehe ich nicht.«

»Das Atlantis-Gen ist extrem hoch entwickelt. Es ist ein Überlebens- und Kommunikationsgen.«

»Kommunikation ... unsere gemeinsamen Träume?«

»Ja. So haben wir uns Zugang verschafft – indem wir unbewusst auf Elementarteilchenebene Strahlung zwischen unseren Gehirnen ausgetauscht haben. Es fing an, als du in

Marokko warst und ich in Spanien. Wir haben beide das Atlantis-Gen, deshalb sind wir miteinander verbunden. Menschen werden noch für Tausende von Jahren nicht dazu fähig sein, die Verbindung zu nutzen. Ich habe ihnen das Atlantis-Gen gegeben, damit sie überleben. Das war das einzige Ziel. Aber es ist außer Kontrolle geraten.«

»Was?«

»Die Menschen, das Experiment. Wir mussten regelmäßig genetische Modifikationen vornehmen – Änderungen am Atlantis-Gen.« Sie nickte. »Wir haben gentherapeutische Retroviren verwendet, um die Modifikationen durchzuführen. Ja, so ist es, die endogenen Retroviren im menschlichen Genom sind Fossilien früherer Gentherapien, die wir den Menschen gegeben haben, Überbleibsel der Verbesserungen.«

»Ich verstehe es immer noch nicht, Kate.«

»Martin hatte recht. Es ist unglaublich. Er war ein Genie.«

»Ich …«

»Martins Zeittafel der Änderungen am Atlantis-Gen – sie haben nicht vor zwölftausendfünfhundert Jahren aufgehört.«

»Stimmt …«

»Das ›fehlende Delta‹ und das ›Atlantis versinkt‹ verweisen auf die Zerstörung unseres Schiffs und den Tod meines Forscherteams. Das Ende unserer Veränderungen des menschlichen Genoms.«

»Das heißt also …«

»Die Veränderungen gingen weiter. Jemand anders hat sich in die menschliche Evolution eingemischt. Deine Theorie war richtig. Es gibt zwei Fraktionen.«

Dorian schloss die Augen. Vor einem Gefecht konnte er nie schlafen. Sie waren nur wenige Stunden von der Isla de Alborán entfernt, wo er Kate gefangen nehmen würde, um sie zu Ares zu bringen. Wenn er den Atlanter befreit hatte, würde er endlich herausfinden, was und wer er wirklich war. Dorian war nervös. Was würde er erfahren?

Er versuchte, sich Ares vor Augen zu rufen. Ja, da war er und sah ihn an, ein verzerrtes Bild, das von einer gebogenen Glasscheibe widergespiegelt wurde – einer leeren Röhre.

Dorian trat einen Schritt zurück. Ein Dutzend Röhren standen in einem Halbkreis vor ihm. Vier davon enthielten Primaten oder Menschen. Es war schwer zu sagen.

Die Türen hinter ihm öffneten sich mit einem Zischen.

»Du hättest niemals hierherkommen sollen!«

Dorian kannte die Stimme, aber er konnte es kaum glauben. Langsam drehte er sich um.

Vor ihm stand Kate. Ihr Anzug ähnelte auf gewisse Weise seinem eigenen. Aber seiner war eine Uniform und ihrer eher ein Overall, wie man ihn in Reinraumlaboren benutzte.

Kates Augen weiteten sich, als sie die Röhren sah. »Du hast nicht das Recht, sie zu nehmen ...«

»Ich beschütze sie.«

»Lüg mich nicht an.«

»*Du* hast sie in Gefahr gebracht. Du hast ihnen einen Teil unseres Genoms gegeben. Du unterschätzt den Hass unseres Feindes. Er wird uns bis zum letzen Mann jagen.«

»Und deshalb hättest du niemals herkommen sollen.«

»Ihr seid die Letzten meines Volks. Und sie sind es auch.«

»Ich habe nur eine Subspezies behandelt«, sagte Kate.

»Ja. Das habe ich bemerkt, als ich die Proben genommen habe. Diese Spezies wird nie mehr sicher sein. Du brauchst meine Hilfe.«

72

In der Nähe der Isla de Alborán
Mittelmeer

Kate ging zum Waschbecken und wusch sich das Gesicht, als könnte sie so einen klaren Kopf bekommen und ihrer Erinnerung auf die Sprünge helfen. Sie spürte, dass die Antwort, die ganze Wahrheit, in den Tiefen ihres Geistes verborgen lag, knapp außer Reichweite.

Als sie zurückkehrte, wartete David in der Kabine auf sie. Er hatte seinen Körperpanzer angelegt und diese Auf-in-den-Kampf-Miene aufgesetzt, die sie mittlerweile sofort erkannte.

»Woher weißt du, dass es zwei Fraktionen von Atlantern gibt?«

»Ich weiß es einfach. Und die Schiffe. Martin hatte recht. Sie sind von verschiedenen Gruppen.«

»Unter der Antarktis gibt es einen kilometergroßen Raum mit Röhren. Was ist darin? Weitere Forscher? Soldaten? Eine Armee?«

Kate schloss die Augen und rieb sich über die Lider. Die Antworten waren da, doch in ihrem Kopf herrschte ein einziges Chaos. »Ich ... erinnere mich nicht. Ich glaube nicht, dass es Forscher sind.«

»Also Soldaten.«

»Nein. Vielleicht. Lass mir etwas Zeit. Es fühlt sich an, als würde mein Kopf in Flammen stehen.«

David setzte sich auf das Bett und legte den Arm um sie. Schweigend saßen sie eine Weile nebeneinander. Schließlich sagte er: »In spätestens einer Stunde kommt Land in Sicht. Wir müssen überlegen, wer der Mörder ist.«

Kate nickte.

»Meine Verdächtigen sind Shaw und Chang, in dieser Reihenfolge«, sagte er.

»Lass uns die Sache von hinten aufziehen«, sagte Kate. »Fangen wir mit dem Motiv an. Wer von ihnen hat einen Grund, Martin zu töten, und welchen?«

»Martin war kurz davor, ein Heilmittel zu finden.«

»Also sollte derjenige unser Hauptverdächtige sein, der ihn daran hindern wollte«, sagte Kate. »Chang und Janus wollen ein Heilmittel finden. Das schließt sie meiner Meinung nach aus. Wir wissen, dass es für die Immari höchste Priorität hat, die Entwicklung einer Therapie zu stoppen. Hier an Bord ist nur einer, der ein loyaler Immari-Soldat war, als alles anfing. Kamau.«

»Er war es nicht«, entgegnete David.

»Wie kannst du da so sicher sein?«

»Er hat mir in Ceuta das Leben gerettet.«

»Vielleicht war das sein Auftrag – dich zu retten und dir zu mir zu folgen.«

David schnaufte. »Moment mal. Chang war auch ein Immari-Loyalist, als das hier anfing.« Kate sah, dass er wütend war. »Verdammt, er ist der größte Massenmörder hier auf dem Boot. Wie viele Menschen hat er in China getötet? Hunderte, Tausende?«

»Ich glaube nicht, dass er Martin das Genick hätte brechen können.«

»Nicht, solange er gelebt hat, aber was ... was, wenn Chang ihn schon vorher getötet hat. Du hast gesagt, er hat ihm auf dem Seuchenschiff ein Medikament gegeben. Was, wenn er ihn damit getötet und ihm erst *danach* das Genick gebrochen hat, um es zu verschleiern?«

»Diese Theorie können wir nicht überprüfen. Wir haben keine Möglichkeit, hier eine Autopsie durchzuführen. Kamau ist ein besserer Verdächtiger. Er ist ein ausgebildeter Killer.«

»Genau wie ich. Und Shaw.«

»Du hast Janus nicht erwähnt.«

»Ich glaube einfach nicht, dass er es war. Ich weiß selbst nicht, warum.«

»Shaw hat mir in Marbella das Leben gerettet«, sagte Kate.

»Das könnte sein Auftrag gewesen sein.«

»Es *war* sein Auftrag ...«

»Sein *Immari*-Auftrag«, sagte David. »Es gibt noch ein anderes Motiv. Vergiss das Heilmittel. Was, wenn Martin die SAS-Agenten kannte und wusste, dass Shaw nicht dazugehörte?«

Das brachte Kate zum Schweigen.

»Du hast gesagt, Shaw kannte sich im Immari-Lager aus.«

»Ich glaube, du findest dich auch ziemlich schnell zurecht.«

David schüttelte den Kopf. »Auch wieder wahr.«

Kate wollte etwas sagen, bevor die Diskussion oder der Streit, oder was immer es war, weiter ausuferte. »Hör zu, ich weiß nicht, wer Martin getötet hat oder was wir tun sollen. Aber eines weiß ich: Was immer du beschließt, ich bin dabei.«

David küsste ihre glühende Stirn. »Das reicht mir.«

Alle waren auf dem Oberdeck der Jacht versammelt. David händigte Kamau ein Sturmgewehr und eine Pistole aus. Das gleiche Gewehr hing über Davids Schulter.

Shaw sah von Kamau zu David. »Sie wollen mir keine Waffe ...«

»Schnauze«, sagte David. »In fünfundzwanzig Minuten erreichen wir Isla de Alborán. Und Folgendes werden wir tun.«

Als David seinen Plan dargelegt hatte, schüttelte Shaw den Kopf. »Sie werden uns alle ins Grab bringen. Kate ...«

»So wird es gemacht«, sagte sie knapp.

Im Cockpit nickte David Kamau zu, der daraufhin das Funkgerät einschaltete. »An den Außenposten auf Isla de Alborán, wir sind Immari-Offiziere, Überlebende der Schlacht von Ceuta. Wir bitten um Erlaubnis anzulegen.«

Der Außenposten antwortete und fragte nach Kamaus Rang und seiner Immari-Kennnummer. Schnell und ruhig gab er ihnen mit dem Rücken zu David Auskunft.

»Wir haben die Erlaubnis zum Anlegen«, sagte Kamau.

»Gut. Machen wir weiter wie geplant.«

73

Isla de Alborán

Im Cockpit des Boots stellte David den Feldstecher scharf. Isla de Alborán kam in Sicht. Die aufgehende Sonne beschien die felsige Insel, die sich aus dem Mittelmeer erhob. Sie war vielleicht sechshundert Meter lang und zweihundert Meter breit. Am entfernten Ende stand ein einfaches zweistöckiges Betongebäude, das fast aussah wie ein mittelalterliches Gefängnis. In der Mitte ragte ein Leuchtturm auf.

Am anderen Ende standen drei Helikopter reglos auf einem Landeplatz.

Am Fuß der sechs Meter hohen Felswand befand sich ein kleiner Hafen. David korrigierte ihren Kurs.

»Ist es normal, dass drei Eurocopter X3 hier stationiert sind?«

Kamau schüttelte den Kopf. »Nein. Normalerweise nur einer. Sie haben Verstärkung bekommen. Entweder von der Hauptflotte der Immari oder von der Invasionstruppe in Südspanien.«

David dachte über die neue Entwicklung nach. Jeder Hubschrauber konnte ungefähr zwölf Mann transportieren. Es könnten sich also über vierzig bewaffnete und angriffsbereite Soldaten in dem Gebäude befinden. Zu viele.

Er passte seinen Plan an.

Kamau machte das Boot am Kai fest und stieg die Treppe an der Felswand hinauf.

Im Hafen waren keine Soldaten gewesen. Kamau blieb am oberen Ende der Treppe stehen und ließ den Blick über die Landschaft aus nacktem Fels und Sand schweifen. Auch hier waren keine Soldaten, nur Staub, der im Wind trieb. Der Leuchtturm stand fünfzig Meter vor ihm. Sein dunkler Schatten durchschnitt die Ebene wie ein Weg, der ins Unbekannte führte.

Kamau trat ins Morgenlicht. Sie sollten sehen, dass er unbewaffnet war – das könnte ihm das Leben retten. Er streckte die Hände zu den Seiten aus.

Es war ein unangenehmes Gefühl, sich ohne eine einzige Waffe einer Militäranlage zu nähern, aber ihm blieb nichts anderes übrig.

Ein Schuss ertönte, und ein paar Meter neben ihm spritzte Staub auf.

Kamau blieb stehen und hob die Hände.

Auf dem Dach des Gebäudes tauchten drei Scharfschützen auf. Sieben Soldaten kamen aus dem Gebäude gerannt und umzingelten Kamau.

»Name und Dienstgrad!«, brüllte einer von ihnen.

Kamau behielt die Hände oben und sagte mit ruhiger Stimme: »Ich gehe davon aus, dass Sie meine Nachricht erhalten haben. Sie müssen mir eine Waffe geben, damit wir sofort das Boot stürmen können. Sie sind mir auf der Spur.«

Der Soldat zögerte. »Wie viele sind auf dem Boot?«

»Zwei Soldaten, gut bewaffnet und ausgebildet. Sie sind auf dem Oberdeck und warten auf meine Rückkehr. Unter Deck sind drei Wissenschaftler, jeder in einer eigenen Kabine eingesperrt. Unbewaffnet. Die Frau ist die Zielperson. Wir brauchen sie unverletzt.«

Der Immari-Soldat sprach in sein Funkgerät, und drei weitere Soldaten kamen aus dem Gebäude zu den sieben, die Kamau umringten.

»Sie müssen mir eine Waffe ...«

»Maul halten. Sie bleiben hier«, sagte der Soldat. »Um Sie kümmern wir uns später.« Er bedeutete seinen Männern, ihm zu folgen. Nur zwei blieben zurück, um Kamau zu bewachen. Auch auf dem Dach waren nur noch zwei Männer; einer der Scharfschützen musste sich dem Angriffstrupp angeschlossen haben.

Kamau beobachtete mit leicht erhobenen Händen, wie die Soldaten die Felswand erreichten, die Treppe hinabstürmten und den Hafen erreichten.

Er konzentrierte sich auf das Boot.

Fünf Sekunden, zehn Sekunden, fünfzehn Sekunden, zwanzig ...

Eine heftige Explosion schickte einen Feuerball aus dem Hafen über die Felswand hinauf. Die Druckwelle warf Kamau und die beiden Soldaten neben ihm zu Boden. Er rollte sich ab und schlug den ersten Soldaten mit einem einzigen Hieb bewusstlos. Der andere erhob sich auf die Knie. Kamau warf sich auf ihn. Der Mann versuchte, einen Schlag zu landen, aber Kamau zog ihn dicht an sich. Er hämmerte seinen Kopf auf den Boden und spürte, wie der Mann erschlaffte.

Ohne aufzublicken, zog er eine Handgranate vom Gürtel des Soldaten und warf sie auf das Dach des Gebäudes, um die beiden Scharfschützen auszuschalten, ehe sie wieder ihre Positionen eingenommen hatten. Er schleuderte eine zweite hinterher, falls die erste ihr Ziel verfehlt hatte. Als Kamau eine dritte Granate durch die Fensterscheibe im Erdgeschoss warf, explodierten die beiden ersten.

Er schnappte sich das Sturmgewehr und rannte auf das Gebäude zu, um neben dem Fenster in Deckung zu gehen. Wenn die dritte Granate vorher explodierte, würde er von Glasscherben und Splittern durchbohrt.

David schlug fester mit den Beinen. Die Flossen trieben ihn durch das Wasser, und unwillkürlich nahm ihn die Schönheit der Riffe um Isla de Alborán gefangen. Unter anderen Umständen hätte er tagelang hier tauchen und sich alles ansehen können. Aber er musste sich beeilen. Er schwamm noch schneller. Er versuchte, sich die Umgebung auf einer Landkarte vorzustellen und abzuschätzen, wie weit er gekommen war. Wenn er zu früh auftauchte, in der Nähe des Gebäudes, könnten die Scharfschützen auf dem Dach ihn leicht erledigen.

Schließlich beschloss er, an Land zu gehen. Schnell legte er die Flasche und die übrige Tauchausrüstung ab. Er war nur mit seinem Messer bewaffnet.

Er stieg bis zur Felskante hinauf und wartete. Gern hätte er einen Blick über die Kante geworfen, um zu sehen, wie weit er noch von den Hubschraubern entfernt war, aber er wagte es nicht.

Er wartete.

Die Explosionen ertönten. David sprang auf. Er zog sich auf die staubige Ebene hinauf und rannte, so schnell er konnte, auf die Hubschrauber zu. Sie waren mindestens sechzig Meter entfernt.

Von dem Gebäude hörte er zwei weitere Explosionen.

Kate probierte, das Gewehr anders zu halten. Sie fühlte sich damit so unbeholfen. Das winzige Rettungsboot schaukelte wild im Meer.

»Ich weiß, das macht's auch nicht besser, aber es tut mir wirklich leid, Leute.«

»Ich verstehe das vollkommen«, sagte Dr. Janus.

»Das sehe ich auch so«, meinte Dr. Chang. »Es war wirklich die einzige Möglichkeit.«

Shaw fluchte leise vor sich hin. Kate konnte nur Schimpfwörter verstehen und war froh, dass sie den Rest nicht mitbekam.

In der Ferne erschütterte eine Explosion die winzige Insel. Kate sah Trümmer der Vierzig-Meter-Jacht auf das Mittelmeer regnen.

Zu ihrer eigenen Überraschung empfand sie Bedauern, als sie das Boot in Flammen aufgehen sah. Trotz all der Belastungen und Sorgen, die die Reise mit sich gebracht hatte, würde ihr die Zeit unter Deck mit David in guter Erinnerung bleiben. Sie fragte sich, was die Zukunft bringen würde.

David hatte die drei Helikopter fast erreicht, als er Kamau auf dem Dach des Gebäudes auftauchen sah.

Er blieb abrupt stehen und wartete.

Kamau hob ein Scharfschützengewehr an die Schulter, richtete es auf David und die Hubschrauber und schwenkte es hin und her.

Schließlich ließ er die Waffe sinken und gab David ein Zeichen: alles sicher.

Das hatte David nicht erwartet. Er war davon ausgegangen, dass zumindest ein Soldat die Hubschrauber bewachte. Sloane hätte die Helikopter nicht unbewacht gelassen. Er war nicht hier, davon war David jetzt überzeugt.

Der Kommandeur des Stützpunkts hatte alle Kräfte für die Erstürmung des Boots eingesetzt. Oder ...

David erreichte den ersten Hubschrauber, warf einen Blick

hinein und lief zwischen die beiden anderen. Alle leer. Kamau hatte recht, es war niemand hier.

Warum nicht? Hatten sie Sprengfallen angebracht? David musste feststellen, welcher Hubschrauber am meisten Treibstoff im Tank hatte. Er ging zur Tür des ersten und blickte hinein. Es gab keinen Stolperdraht. Er packte den Türgriff und drehte ihn.

Kamau rannte durch das Gebäude und suchte nach Reservekanistern. Er fand sie in einem Lagerraum im Erdgeschoss. Mit zwei Kanistern in den Händen trat er aus dem Haus. David erwartete ihn schon.

»Irgendeine Spur von Sloane?«

Kamau schüttelte den Kopf.

»Es muss ein Voraustrupp gewesen sein, um zu testen, ob die Railguns sie abschießen. Sloane würde sein Leben nicht aufs Spiel setzen. Wir sollten uns beeilen; er kann nicht weit entfernt sein.« David überlegte kurz. »Hast du da drin irgendwelchen Sprengstoff gesehen?«

»Ja.«

»Hol ihn. Wir lassen eine Überraschung für Sloane zurück.«

Fünf Minuten später saß David im Helikopter und sah, wie die Isla de Alborán unter ihnen hinwegglitt. Sie flogen auf das Meer hinaus, und Kamau passte den Kurs an. Das Rettungsboot, in dem Kate und die drei Männer saßen, war ein wenig abgetrieben, trotzdem fanden sie es ohne Schwierigkeiten.

Sie hielten sich an die Vorgehensweise, die David auf der Jacht erläutert hatte: Kate und die Tasche mit den Waffen und dem Computerequipment wurden zuerst hochgezogen, dann folgten Janus, Chang und Shaw – in dieser Reihenfolge.

Als alle an Bord waren, meldete sich Kamau über das Funkgerät in Davids Helm. »Wohin?«

David hatte keine Ahnung. Aber ... sie konnten nicht nach Norden, denn dort lag Spanien, und im Süden war Marokko und im Westen der Atlantik. »Nach Osten. Im Tiefflug.«

74

Isla de Alborán

Dorian sah die beiden dichten Rauchsäulen, lang bevor die winzige Insel am Horizont auftauchte.

Der Pilot ließ den Helikopter einen halben Kilometer vor der Insel auf der Stelle schweben, damit die beiden anderen aus dem Geschwader aufschließen und alle die Insel inspizieren konnten.

Eine große Jacht brannte im Hafen. Aus einem zweigeschossigen Gebäude aus Stein und Beton schlugen ebenfalls Flammen. Dorian hatte sie nur knapp verpasst. Vielleicht um eine Stunde.

»Sir«, sagte der Pilot, »anscheinend kommen wir zu spät zur Party.«

Der Mann litt eindeutig unter dem zwanghaften »Sprich-das-Offensichtliche-aus-Syndrom«, das sich Dorians Meinung nach wie eine Epidemie unter seinen Leuten ausbreitete.

»Äußerst scharfsinnig. Sie hätten Analyst werden sollen«, murmelte Dorian, während er überlegte, wie sie vorgehen sollten.

»Bravo eins, hier ist Bravo drei. Unsere Tankanzeige ist bei vierzig Prozent. Bitte um Erlaubnis, runterzugehen und Treibstoff aufzunehmen.«

»Negativ, Bravo drei«, fuhr Dorian ihn über das Helmmikrofon an.

»Sir?« Der Pilot seines eigenen Helikopters wandte sich zu ihm um. »Wir sind auch bei unter fünfzig Prozent ...«

»Bravo-Staffel: Halten Sie den Abstand zum Außenposten. Bravo drei, schießen Sie den nächstliegenden Hubschrauber ab.«

Der Hubschrauber neben Dorians feuerte eine Rakete ab, die einen der beiden verbliebenen Helikopter auf dem Landeplatz zerstörte.

Sekundenbruchteile nach dem Einschlag ereignete sich eine zweite, heftigere Explosion.

»Sie haben Sprengfallen an den Hubschraubern angebracht?«, sagte der Pilot.

»Ja. Schießen Sie den zweiten auch ab«, sagte Dorian. »Wo ist unsere nächste Treibstoffquelle?«

»In Marbella oder Granada. Die Invasionstruppen melden, dass beide Gegenden gesichert ...«

»Sie fliegen nach Osten.«

»Woher wissen Sie ...«

»Weil sie wissen, dass wir hinter ihnen sind und sie nirgendwo sonst hinkönnen.« Dorian sah zu seinem Assistenten Kosta, der ihm gegenübersaß. »Haben wir ein Seuchenschiff in der Gegend – im Osten?«

Kosta tippte hektisch auf seinem Laptop. »Ja, aber es ist schon fast im Hafen von Cartagena.«

»Es soll umdrehen. Sagen Sie dem Kapitän, er soll nach Süden fahren, sodass sich unsere Kurse schneiden.«

»Ja, Sir.«

»Hat unser Mann sich gemeldet?«, fragte Dorian. Die letzte Nachricht hatte gelautet: *Isla de Alborán. Beeilt euch.* War er in Gefahr?

»Nein, Sir.« Kosta sah aus dem Fenster auf die brennende Insel. »Er könnte im Kampf gefallen ...«

»Sagen Sie das nie wieder, Kosta.«

Dr. Paul Brenner schlief in seinem Büro auf dem Sofa, als die Tür aufflog, gegen die Wand schlug und ihn zu Tode erschreckte.

Paul stieß sich vom Sofa hoch und tastete auf dem Couchtisch nach seiner Brille. Er war benommen und orientierungslos. Die paar Stunden Schlaf waren mehr, als ihm seit einer ganzen Weile vergönnt gewesen war.

»Was ...«

»Das müssen Sie sich ansehen, Sir.« Die Stimme des Labortechnikers zitterte.

Aufregung? Angst? Bis Paul seine Brille aufgesetzt hatte, war der Mann schon aus dem Zimmer geflüchtet.

Paul rannte ihm über den Flur der Einsatzzentrale der Seuchenschutzbehörde bis zur Krankenstation hinterher. Mehrere Reihen von Betten erstreckten sich vor ihm. Unter den Plastikzelten konnte Paul die Patienten nur verschwommen erkennen. Am meisten Angst machte ihm, was er nicht wahrnahm. Keine Bewegung, keine Lichter, kein rhythmisches Piepsen.

Er ging tiefer in den Raum hinein. Am ersten Bett schlug er die Plastikfolie zurück. Der Herzmonitor war still, dunkel, abgeschaltet. Die Patientin rührte sich nicht. Blut floss aus ihrer Nase auf das weiße Laken.

Paul ging langsam zum Bett seiner Schwester. Das Gleiche.

»Überlebensrate?«, fragte er den Techniker mit ausdrucksloser Stimme.

»Null Prozent.«

Paul schleppte sich aus der Krankenstation. Er fürchtete

sich vor dem, was ihn erwartete, und musste sich zwingen weiterzugehen. Zum ersten Mal, seit Martin Grey ihn vor zwanzig Jahren nach Genua eingeladen und ihm mitgeteilt hatte, dass er seine Hilfe bei einem Projekt brauche, das die Menschheit in ihrer dunkelsten Stunde retten könne, war jegliche Hoffnung in ihm erstorben.

Die Glastür zum Raum der Orchid-Arbeitsgruppe öffnete sich. Auf den Bildschirmen, die vor einigen Stunden noch die Ergebnisse des Symphonie-Algorithmus angezeigt hatten, waren jetzt Weltkarten zu sehen. Blutrot leuchteten die Sterberaten auf ihnen auf.

Die Gesichter im Raum spiegelten das Entsetzen wider, das die Daten hervorriefen. Ernste Blicke trafen Paul, als er eintrat. Es wurden immer weniger, die ihn ansahen. Einige Teammitglieder waren Überlebende und immun, genau wie Paul. Aber für die meisten war Orchid der Schlüssel zum Überleben, und es hatte sie nun endgültig im Stich gelassen. Diese Mitarbeiter waren in der Krankenstation. Oder im Leichenschauhaus.

Die übrigen Männer und Frauen, die sonst um die Tische herumstanden und miteinander diskutierten, saßen jetzt schweigend und mit dunklen Ringen unter den Augen da. Volle Styroporbecher standen auf den Tischen.

Der Teamleiter stand auf und räusperte sich. Er begann zu reden, während Paul auf die Bildschirme zuging, aber Paul nahm ihn kaum wahr. Er war ganz auf die Weltkarte konzentriert, als wäre er in Trance, als zöge sie ihn magisch an.

Orchid-Distrikt Boston: 22% der Gesamtbevölkerung verstorben.
Orchid-Distrikt Chicago: 18% der Gesamtbevölkerung verstorben.

Er betrachtete die Statistiken.

Im Mittelmeer, südlich von Italien, leuchtete eine einzige Insel grün auf, als wäre ein Pixel des Bildschirms beschädigt.

Paul drückte auf den Touchscreen, und die Karte wurde vergrößert.

Malta
Orchid-Distrikt Valletta: 0% der Gesamtbevölkerung verstorben.
Orchid-Distrikt Victoria: 0% der Gesamtbevölkerung verstorben.

»Was hat das zu bedeuten?«, fragte Paul.

»Eine List«, rief einer der Analysten.

»Das wissen wir nicht genau«, warf ein anderer ein.

Der Teamleiter hob die Hand. »Wir bekommen ansteigende Opferzahlen aus der ganzen Welt, Sir.«

»Malta hat noch nichts gemeldet?«, fragte Paul.

»Doch. Es meldet, dass es keine Todesfälle gibt.«

Ein weiterer Analyst meldete sich zu Wort. »Der Malteserorden hat ein Statement abgegeben, in dem er behauptet, er würde ›wie schon zuvor Schutz, Fürsorge und Trost in den dunklen Zeiten der Krise bieten‹.«

Paul sah auf die Karte und wusste nicht recht, was er sagen sollte.

»Wir glauben«, begann der Teamleiter, »dass sie nur versuchen, den Mythos der Malteserritter aufrechtzuerhalten oder schlimmstenfalls wehrfähige Menschen anzuziehen, um die Insel zu verteidigen.«

»Interessant«, murmelte Paul.

»Die meisten anderen melden im Moment Sterberaten zwischen fünfzehn und dreißig Prozent. Wir vermuten, dass die Zahlen ziemlich ungenau sind. Der Orchid-Distrikt im Vatikan berichtet von zwölf Prozent, Shanghai Alpha von fünfundvierzig, während Shanghai Beta ungefähr die Hälfte ...«

Paul dachte fieberhaft nach, während er zur Tür ging.

»Sir? Gibt es eine andere Therapie?«

Paul wandte sich zu dem Analysten um. Er fragte sich, ob das Weiße Haus jemanden in das Team eingeschleust hatte, der die Regierung dezidiert über den Erfolg der neuesten Therapie unterrichtete, einen Informanten, der ihr sagte, ob sie Continuity übernehmen und das Euthanasieprogramm ausführen sollte.

»Es gibt ... noch etwas anderes«, sagte Paul. »Etwas, an dem ich arbeite. Es hängt mit Malta zusammen. Ich möchte, dass Sie Kontakt zu den Leitern der Distrikte von Victoria und Valletta aufnehmen. Finden Sie so viel wie möglich heraus.«

Pauls Assistent stürmte herein. »Sir, der Präsident ist am Telefon.«

75

Über dem Mittelmeer

Es war still in dem großen Helikopter, und David schrieb es den leichten Vibrationen zu, dass Kate so schnell eingeschlafen war, nachdem sie an Bord gekommen war. Er setzte sich auf und sah aus dem Fenster. Kamau flog den Hubschrauber, und Shaw saß neben ihm im Cockpit. Janus und Chang saßen David gegenüber. Ihre Mienen waren erschöpft, aber gelassen.

Kates Kopf lag auf seiner Schulter. David wagte nicht sich zu rühren. Unter dem rechten Bein hielt er seine Pistole, um sie notfalls sofort einsetzen zu können.

Mit Kate an seiner Schulter, der Pistole in der Hand und allen vier Verdächtigen vor sich fühlte er sich besser als je zuvor, seit sie Martin tot aufgefunden hatten. Zu wissen, dass sie ein Heilmittel geliefert hatten, schadete auch nicht.

Kates Atem ging gleichmäßig und ruhig, anders als bei den schweißtreibenden, quälenden Träumen, unter denen sie auf der Jacht gelitten hatte. David fragte sich, wo sie war, was sie träumte ... oder woran sie sich erinnerte.

Janus sprach leise, um Kate nicht aufzuwecken. »Ich muss Sie loben, Mr. Vale. Ich war selten so von jemandem beeindruckt wie bei Ihrem Auftritt auf dem Boot. Ihr Geschichtsverständnis ist ... außergewöhnlich. Ich hatte Sie für einen einfachen Soldaten gehalten.«

»Keine Sorge, das kommt öfter vor.« David vermutete, dass Janus etwas aushecke, sonst hätte er ihm nicht Honig um den Mund geschmiert wie einem Verdächtigen, der wertvolle Informationen besaß, aber hatte keine Ahnung, worauf der Wissenschaftler hinauswollte.

»Meiner Meinung nach ist ein Rätsel noch ungelöst.«

David zog die Brauen hoch. Jedes überflüssige Wort erhöhte das Risiko, Kate zu wecken.

Janus hielt ihm das Blatt mit Martins Code hin, damit er ihn noch einmal lesen konnte.

PIE = Immaru?
535...1257 = Zweites Toba? Neues Verteilsystem?

Adam => Flut / A$ versinkt => Toba 2 => KBW
Alpha => Fehlendes Delta? => Delta => Omega
Vor 70T => vor 12.5T => 535...1257 => 1918...1978

Mysterium von Atlantis liegt tief in Alpha?

»Die letzte Zeile: ›Mysterium von Atlantis liegt tief in Alpha?‹ Was, glauben Sie, bedeutet das?« Janus faltete das Blatt wieder zusammen. »Ich finde es auch merkwürdig, dass Martin die Notiz über die Immari an den Anfang gesetzt hat. Das erscheint unnötig – wenn unsere Theorie stimmt, dass das Heilmittel in dem Genom von Kate und den Überlebenden der beiden Ausbrüche der Beulenpest zu finden ist.«

David musste zugeben, dass er damit nicht ganz unrecht hatte. »Es könnte Tarnung oder eine falsche Fährte sein, falls die Notizen dem Feind in die Hände fallen.«

»Ja, vielleicht. Aber ich habe eine andere Theorie. Was, wenn wir etwas übersehen haben – einen weiteren genetischen Wendepunkt? Alpha. Adam. Die Einschleusung des Atlantis-Gens.«

David dachte darüber nach. »Vielleicht ... aber es ist nicht ganz einfach, Pesttote aus dem sechsten und dreizehnten Jahrhundert zu finden, obwohl Millionen von ihnen in ganz Europa begraben liegen. Und Sie reden von einer einzelnen Leiche, die irgendwo in Afrika bestattet wurde, vor siebzigtausend Jahren. Es ist unmöglich, sie zu finden.«

»Das stimmt.« Janus seufzte. »Ich habe es nur erwähnt, weil Sie den besten Einblick in die Aufzeichnungen zu haben scheinen. Seltsamerweise ist Ihr historisches Wissen hilfreicher als mein wissenschaftlicher Hintergrund.« Er warf einen Blick aus dem Fenster. »Ich frage mich, ob Martin ihn gefunden hat. Ob er irgendwie Adams Überreste ausfindig machen konnte, ob er einen Hinweis in seinen Aufzeichnungen hinterlassen hat.«

David ließ sich seine Worte durch den Kopf gehen. Gab es da noch etwas? »Eine weitere Überlegung«, sagte Janus, »betrifft Martins Absichten. Er wusste offensichtlich, dass Kate Teil des genetischen Puzzles ist, aber sein Hauptziel war, ein Heilmittel gegen ihre Sicherheit einzutauschen. Wenn er alle anderen Teile identifiziert hatte, hat er den entscheidenden Hinweis, wo sich Adam befindet, extra für sie gestaltet.«

»Aber es gibt keinen Hinweis, keine Daten, keinen Ort. Nur: ›Mysterium von Atlantis liegt tief in Alpha?‹ Wir wissen nicht einmal, was das Mysterium ist.«

»Ja, ich habe trotzdem eine Theorie. Wenn wir an den tibetanischen Gobelin denken, den wir alle für den Schlüssel zu Martins Code halten, dann gibt es dort eine eindeutige

Darstellung eines Schatzes: die Lade, die die primitiven Menschen zur Zeit der Flut und des Untergangs von Atlantis in die Berge trugen.«

David nickte unwillkürlich. Warum war ihm das nicht schon vorher aufgefallen? Und was hatte es zu bedeuten? Wie konnte Adam zu dem Mysterium führen? Und was war in der Kiste – der Lade? »Ja ... das ist interessant ...«, murmelte David.

»Noch ein letzter Punkt, Mr. Vale. Die erste Zeile des Codes: ›PIE = Immaru?‹ Was glauben Sie, warum Martin das eingefügt hat?«

»Um uns auf den Gobelin hinzuweisen?«

»Ja, aber Kate wusste schon davon. Könnte es eine Spur sein? Es scheint ... überflüssig. Die Zeittafel würde auch ohne es funktionieren. Weder diese noch die letzte Zeile über das Mysterium liefert eine zusätzliche Information. Es sei denn natürlich, sie führen uns zu Adam und lüften das Geheimnis des ›Atlantis-Experiments‹.«

Chang blickte auf, als wäre er gerade aus einem Traum erwacht. »Sie glauben ...«

»Ich glaube«, sagte Janus, »dass noch mehr dahintersteckt. Und ich frage mich, ob wir Kate wecken sollten, um sie nach ihrer Meinung zu fragen. Sie scheint der Schlüssel zu dem ganzen Rätsel zu sein.«

David zog Kate näher zu sich. »Wir wecken sie nicht.«

Janus musterte sie kurz. »Geht es ihr nicht gut?«

»Doch.« Zum ersten Mal, seit Beginn ihrer Unterhaltung, erhob David die Stimme. »Sie braucht Ruhe. Wir sollten alle eine Pause einlegen.«

»Gut«, sagte Janus. »Darf ich fragen, wo wir hinfliegen?«

»Das sage ich Ihnen, wenn wir ankommen.«

76

Kate dachte, dieser Traum wäre viel klarer als die anderen. Aber es war kein Traum, es war ... eine Erinnerung. Sie trat in die Dekompressionskammer des Schiffs und wartete. *Alpha Lander,* so hieß das Schiff.

Ihr Raumanzug flatterte ein wenig im Luftstrom.

Als die Türen sich öffneten, lagen der Strand und die felsigen Kliffs, die sie schon einmal gesehen hatte, vor ihr. Die Ascheschicht, die das Land bedeckt hatte, war verschwunden.

Die forsche Stimme in ihrem Helm ließ Kate zusammenzucken. »Ich schlage vor, du nimmst einen Streitwagen. Es ist weit.«

»Verstanden«, sagte Kate. Ihre Stimme klang ungewohnt, mechanisch, gefühllos.

Sie ging zur Wand und hielt die Hand vor die Konsole. Als eine Wolke aus blauem Licht auftauchte, wackelte sie mit den Fingern. Die Wand öffnete sich. Ein Streitwagen schwebte in den Raum und wartete auf sie.

Kate stieg auf und bediente die Steuerung. Der Streitwagen drehte sich und flog aus dem Raum, aber Kate spürte die Bewegung kaum – das Gerät erschuf eine Blase, die die Fliehkräfte aufhob.

Während sie mit dem Streitwagen über den Strand flog, blickte Kate auf. Der Himmel war klar – keine Spur von

Asche. Die Sonne schien hell, und Kate sah grüne Vegetation hinter den Kliffs, die den Strand umgaben.

Die Erde heilte. Das Leben kehrte zurück.

Wie viel Zeit war vergangen, seit sie die Therapie verabreicht hatte, die die Menschen später als Atlantis-Gen bezeichnen würden? Jahre? Jahrzehnte?

Der Streitwagen stieg über den Felsgrat auf.

Kate bewunderte die grüne unberührte Landschaft. Der Dschungel kehrte zurück, erhob sich aus der Asche wie eine neue Welt, die aus dem Nichts entstand – ein riesiger Garten als Zuflucht für die frühen Menschen.

In der Ferne stieg eine schwarze Rauchsäule in die Luft. Der Streitwagen schwebte weiter, und am Horizont tauchte die Siedlung auf. Die Menschen hatten sie am Fuß einer hohen Felswand errichtet, um sich nachts vor Raubtieren zu schützen. Es gab nur einen Zugang, der scharf bewacht wurde. Hütten und Schuppen bildeten einen Kreis, wobei die größten Bauwerke direkt an der Felswand standen. Das Lagerfeuer in der Mitte der Siedlung half ebenfalls, Raubtiere zu verscheuchen.

Kate wusste, dass die Menschen später lernen würden, Feuer zu machen, aber an diesem Punkt ihrer Entwicklung konnten sie nur Feuer erhalten, die durch natürliche Ursachen wie Blitze entstanden waren. Und es war eine absolute Notwendigkeit, das Feuer am Leben zu erhalten, denn es bot Schutz und ermöglichte ihnen, Essen zu kochen, das die Entwicklung ihrer Gehirne beförderte.

Vier männliche Exemplare standen um das Feuer, legten Holz nach, schürten es, sorgten dafür, dass es niemals erlosch. Es brannte in einer rechteckigen Steingrube. Eine Felsmauer hielt die Kinder von den lodernden Flammen fern. Und es gab viele Kinder, vielleicht hundert, die umherrannten, spielten und gestikulierten.

»Die Bevölkerung explodiert«, sagte Kates Partner. »Wir müssen etwas unternehmen. Wir müssen die Größe des Stamms begrenzen.«

»Nein.«

»Wenn wir sie nicht kontrollieren, werden sie ...«

»Wir wissen nicht, was passieren wird«, beharrte Kate.

»Wir machen es noch schlimmer für sie ...«

»Ich untersuche die Alphas«, sagte Kate, um das Thema zu wechseln. Das schnelle Bevölkerungswachstum gab Anlass zur Sorge, aber es musste nicht zu einem Problem werden. Auch wenn diese Welt klein war, bot sie genug Raum für eine viel größere Population – wenn sie sich friedlich verhielt. Darauf würde Kate sich konzentrieren.

Der Streitwagen landete, und sie stieg ab. Die Kinder in der Siedlung blieben stehen und starrten sie an. Viele kamen auf sie zu, aber ihre Eltern stürmten zu ihnen und stießen sie zu Boden. Dann warfen sie sich ebenfalls auf die Erde, senkten die Köpfe und streckten die Arme aus.

Die Stimme ihres Partners klang jetzt noch ernster. »Das ist ganz schlecht. Sie halten dich für einen Gott.«

Kate ignorierte ihn. »Ich gehe weiter in die Siedlung hinein.«

Kate bedeutete den Menschen aufzustehen, aber sie blieben mit dem Gesicht auf dem Boden liegen. Sie ging zu einer Frau in der Nähe und hob sie hoch. Als sie dem nächsten Menschen auf die Beine geholfen hatte, standen alle auf und liefen auf sie zu. Sie umringten Kate, während sie an dem knisternden Feuer in der Mitte der Siedlung vorbeiging.

Die Hütte des Anführers sprang Kate sofort ins Auge. Sie war größer und mit Stoßzähnen aus Elfenbein geschmückt. Zwei muskulöse Männer hielten vor dem Eingang Wache. Sie traten zur Seite, als Kate sich näherte.

Im Inneren saßen ein älterer Mann und eine Frau in einer Ecke. Die Alphas. Sie sahen so alt aus, so welk. Sie hatten sich nie ganz davon erholt, dass sie damals in der Höhle beinahe verhungert wären. Drei Männchen saßen um einen Steinquader in der Mitte der Hütte und sprachen über etwas, das aussah wie eine Karte oder eine Zeichnung. Sie standen auf. Das größte Männchen kam auf Kate zu, aber der ältere Mann erhob sich auf zitternden Beinen und winkte ihn zurück. Er verbeugte sich vor Kate, dann drehte er sich um und zeigte auf die Wand. Dort befand sich eine Reihe von primitiven Zeichnungen. In Kates Helm leuchtete die Übersetzung auf:

Vor dem Himmelsgott gab es nur Dunkelheit. Der Himmelsgott formte den Menschen nach seinem Abbild und erschuf eine neue üppige und fruchtbare Welt für ihn. Der Himmelsgott brachte die Sonne zurück und versprach, sie werde so lang scheinen, wie der Mensch nach dem Vorbild Gottes lebe und sein Königreich beschütze.

Es war ein Schöpfungsmythos, ein überraschend genauer. Ihre Gehirne hatten sich sprunghaft entwickelt, sodass sie über Selbsterkenntnis und neue Problemlösefähigkeiten verfügten. Ihr Verstand konzentrierte sich auf die größten aller Fragen: *Woher kommen wir? Wer sind wir? Wer hat uns geschaffen? Was ist unsere Bestimmung?*

Zum ersten Mal nahmen sie die Geheimnisse ihrer Existenz wahr und suchten nach Erklärungen, wie es alle entstehenden Spezies taten. Da sie keine endgültige Antwort fanden, hatten sie ihre Sicht des Geschehens aufgezeichnet.

Kates Partner klang nervös. »Das ist extrem gefährlich.«
»Nicht unbedingt ...«
»Sie sind noch nicht bereit dafür«, erklärte er bestimmt.
Sie waren zu jung für eine Mythologie, aber wenn ihre Gehirne sich bereits so weit entwickelt hatten, könnte die dar-

aus entstehende Religion ein mächtiges Werkzeug sein. »Wir können es reparieren. Es ... könnte sie retten.«

Ihr Partner antwortete nicht.

Die Stille belastete Kate. Es wäre einfacher gewesen, wenn er widersprochen hätte. Das Schweigen verlangte nach einer Begründung für ihre Behauptung.

»Wir müssen das Experiment sofort beenden, ehe wir es für sie noch schlimmer machen«, sagte ihr Partner schließlich mit sanfter Stimme.

Kate schwankte. Es war in der Tat gefährlich, so früh eine Religion auszubilden. Sie könnte missbraucht werden. Egoistische Stammesmitglieder könnten sie zu ihrem Nutzen einsetzen, andere damit manipulieren und sie als Rechtfertigung für alle möglichen Frevel verwenden. Aber wenn sie richtig eingesetzt wurde, konnte sie auch eine unglaublich zivilisierende Wirkung haben. Als Leitfaden dienen.

»Wir können ihnen helfen«, beharrte Kate. »Wir können es in Ordnung bringen.«

»Wie?«

»Wir geben ihnen den menschlichen Kodex. Wir können die Lehren und die Ethik in ihre Geschichten einpflanzen.«

»Das wird sie nicht retten.«

»Es hat schon einmal funktioniert.«

»Es wird nicht lang anhalten. Was, wenn sie aufhören zu glauben? Geschichten können ihren Geist nicht ewig zufriedenstellen.«

»Um dieses Problem kümmern wir uns, wenn es auftaucht«, sagte Kate.

»Wir können nicht bei ihnen sein, um sie an der Hand zu nehmen. Wir können nicht all ihre Probleme lösen.«

»Warum nicht? Wir haben sie erschaffen. Ein Teil von *uns* ist in ihnen. Wir sind für sie verantwortlich. Und ihnen zu helfen könnte das Wichtigste sein, was wir jemals getan haben. Nach Hause zurückkehren können wir jedenfalls nicht.«

Kates Worte riefen Schweigen hervor. Ihr Partner hatte eingelenkt, vorläufig. Die Unstimmigkeiten belasteten sie, aber sie wusste, was sie tun musste.

Sie streckte den Arm aus und tippte auf die Bedienelemente im Anzug. Der Schiffscomputer analysierte schnell die Hieroglyphen an der Wand. Sie waren primitiv, aber der Computer erstellte ohne Schwierigkeiten ein Wörterbuch. Kate hielt die Handfläche zur Wand, und ein Lichtstrahl projizierte die Zeichen gleich unter die Zeilen, die der Stamm geschrieben hatte.

Das Alpha-Exemplar nickte. Zwei Männchen liefen aus der Hütte und kamen mit zwei großen grünen Blättern zurück, die mit einer dicken burgunderroten Flüssigkeit gefüllt waren. Kate dachte erst, es wären zerstampfte Beeren, doch dann begriff sie, was sich wirklich in den Blättern befand: Blut.

Die Männchen begannen, die auf die graue Steinwand projizierten Symbole nachzumalen.

Kate schlug die Augen auf. Sie war mit David im Hubschrauber. Die Tür stand offen, und unter ihnen glitzerte das Meer. Als sie die frische Brise einatmete, bemerkte sie, wie sehr ihre Brust schmerzte. Sie wischte sich den Schweiß von der Stirn. Davids Blick ruhte auf ihr.

Er zeigte auf einen Kopfhörer, der in der Mitte herabhing. Kate setzte ihn sich auf. David beugte sich vor und betätigte einen Drehschalter.

»Wir sind jetzt auf einem privaten Kanal«, sagte er.

Sie sah unwillkürlich zu Chang und Janus, die ihnen gegenübersaßen.

»Was ist los?«, fragte David, ohne die teilnahmslos wirkenden Wissenschaftler zu beachten.

»Ich weiß nicht.«

»Sag es mir.«

»Ich weiß es nicht.« Kate wischte sich erneut über das feuchte Gesicht. »Die Erinnerungen tauchen auf. Ich kann sie nicht aufhalten. Ich durchlebe es noch einmal ... es ist, als würden sie ... von mir Besitz ergreifen. Ich weiß nicht genau. Ich habe Angst, dass ... etwas von mir verloren geht.«

David sah sie durchdringend an und schien nicht zu wissen, was er darauf sagen sollte.

Kate versuchte sich zu konzentrieren. »Vielleicht bin ich in dem Alter, in dem die Behandlung der Atlanter – was auch immer die Röhren machen –, die Wiederherstellung des Gedächtnisses mich vereinnahmt und ...«

»Nichts vereinnahmt dich. Du bleibst genau so, wie du bist.«

»Da ist noch etwas. Ich glaube, wir haben etwas übersehen.«

Davids Blick zuckte zu den beiden Wissenschaftlern. »Was?«

»Ich weiß es nicht.«

Kate schloss die Augen, aber dieses Mal kamen keine Erinnerungen. Nur der Schlaf.

77

Über dem Mittelmeer

Kate wurde von Vibrationen an ihrem Oberschenkel geweckt. Das Erste, was sie sah, waren Davids Augen.

Sie zog das vibrierende Telefon aus der Tasche und sah auf die Nummer. Die Vorwahl lautete 404. Atlanta, Georgia. Die Seuchenschutzbehörde. Paul Brenner. Die Benommenheit des Schlafs fiel von ihr ab, als sie den Anruf entgegennahm. Sie hörte zu. Paul Brenner war in Panik. Er sprach schnell, und jeder Satz traf sie wie ein Faustschlag. *Versuch fehlgeschlagen. Keine andere Therapie. Euthanasieprogramm angeordnet. Können Sie helfen?*

»Warten Sie«, sagte Kate ins Telefon.

Sie setzte sich auf. »Es hat nicht funktioniert«, sagte sie zu David, Chang und Janus.

»Da ist noch etwas, Kate. Ein weiteres Teil des genetischen Puzzles«, sagte Janus. »Wir brauchen mehr Zeit.«

»Wir haben etwas«, sagte Kate in das Telefon. Sie hörte zu und nickte. »Ja, okay. Was? Okay, nein, wir sind …«

Sie sah zu David. »Wie weit sind wir von Malta entfernt?«
»Malta?«
Kate nickte.
»Zwei Stunden, vielleicht ein bisschen weniger bei Höchstgeschwindigkeit.«

»Die Orchid-Distrikte auf Malta melden keine Todesfälle. Irgendwas passiert da.«

David entgegnete nichts. Er kniete sich neben Chang und Janus auf die Sitzbank gegenüber und sprach mit Shaw und Kamau im Cockpit – um den Kurs nach Malta vorzugeben, vermutete Kate.

Sie rieb sich die Schläfen. Ihre Wahrnehmung hatte sich verändert. Sie fühlte sich losgelöst, taub, emotionslos. Fast wie ein Roboter. Sie konnte ihre Gedanken kontrollieren, aber sie erlebte das Geschehen, als beträfe es jemand anderen. Die Lage war extrem bedrohlich – neunzig Prozent der Menschheit könnten ausgelöscht werden –, trotzdem fühlte es sich für sie an wie ein wissenschaftliches Experiment, dessen Ausgang ungewiss war, aber keine Auswirkungen auf sie haben würde. *Was geschieht mit mir?* Ihr Gefühlsleben, ihr emotionaler Kern schienen sich aufzulösen.

David ließ sich wieder neben sie auf die Sitzbank fallen. »Wir können in zwei Stunden in Malta sein.«

Kate hielt das Telefon ans Ohr und sprach mit Paul. *Wir sehen es uns an – Können Sie sie aufhalten – Wir wissen nicht, was da los ist – Geben Sie Ihr Bestes, Paul – Es ist noch nicht zu spät.*

Sie beendete das Telefonat und sah zu den anderen.

Janus meldete sich zu Wort, ehe sie dazu kam. »Es war die ganze Zeit hier, gleich vor unserer Nase.« Er zeigte auf das Blatt mit Martins Notizen. »Mysterium von Atlantis liegt tief in Alpha. *MALTA.*«

Kate beobachtete, wie David den Code betrachtete. Seine Miene veränderte sich. Machte er sich Vorwürfe?

Sie unterbrach die Stille. »Martin hat lang danach gesucht – was immer es auch ist. Er dachte, es wäre in Südspanien, aber er hat mir gesagt, dass er sich mit dem Ort geirrt habe. Den Hinweis auf Malta muss er erst danach hinzugefügt haben.«

»Wissen Sie, was das ist?«, fragte Janus. »Das Mysterium von Atlantis?«

Kate schüttelte den Kopf.

David zog sie dicht an sich. »In ein paar Stunden werden wir es wissen.« Doch der Ausdruck in seinen Augen sagte etwas anderes: *Erinnerst du dich?* Kate schloss die Augen und versuchte sich zu konzentrieren.

Das Rascheln des Anzugs in der Dekompressionskammer war unverkennbar.

Eine forsche Stimme ertönte in Kates Helm. »Es gibt jetzt zwei Siedlungen.«

»Verstanden.«

»Sende die Koordinaten der ursprünglichen Siedlung.«

Kates Helmdisplay zeigte eine Karte. Ihr Schiff, der *Alpha Lander*, lag noch immer vor der Küste Afrikas, wo sie das Atlantis-Gen verabreicht hatte.

Ein Streitwagen wartete reglos in der Mitte der Kammer. Die Türen öffneten sich und gaben den Blick auf die Umgebung frei. Kate stieg auf und schwebte aus dem Schiff.

Die Erde war jetzt noch grüner. Wie viel Zeit war vergangen?

Bei der Siedlung wurde es ihr klar. Es gab mindestens fünfmal so viele Hütten wie zuvor. Eine ganze Generation musste verstrichen sein.

Und die Siedlung hatte sich verändert. Muskulöse Krieger, bekleidet und mit Kriegsbemalung, patrouillierten an der Außengrenze. Sie hoben drohend ihre Speere, als Kate auf sie zuschwebte.

Kate griff nach ihrem Betäubungsstab.

Ein älterer Mann humpelte zu den Kriegern heraus und brüllte sie an. Kate hörte verblüfft zu. Die Fortschritte in ihrer Sprache waren erstaunlich: Sie hatten schon eine komplexe grammatikalische Struktur entwickelt, auch wenn die Wörter, die gerade verwendet wurden, eher »umgangssprachlich« waren.

Die Krieger ließen ihre Speere sinken und wichen zurück.

Sie stellte den Streitwagen ab und wagte sich in die Siedlung hinein.

Dieses Mal verbeugte sich niemand, und keiner warf sich in den Staub.

Die Hütte des Stammesführers war ebenfalls gewachsen. Das einfache Holzgebäude hatte sich in einen steinernen Tempel verwandelt, der in die Felswand hineingebaut war.

Kate marschierte darauf zu.

Die Dorfbewohner reihten sich in gemessenem Abstand zu beiden Seiten auf und drängten, um einen Blick auf sie zu erhaschen.

An der Schwelle des Tempels traten die Wachen zur Seite, und Kate ging hinein.

Auf dem Altar am hinteren Ende des höhlenartigen Raums lag ein Toter. Die dunkelhäutigen Menschen knieten in einem Halbkreis davor.

Kate ging zu ihnen. Sie wandten sich um.

Aus dem Augenwinkel sah sie, dass sich ein altes Männchen näherte. Alpha. Kate war überrascht, dass er noch lebte. Die Behandlung hatte beachtliche Ergebnisse hervorgebracht.

Kate sah zu dem Leichnam und las die Schrift über dem Altar. *Hier liegt der zweite Sohn unseres Anführers. Niedergestreckt vom Stamm seines Bruders, der nach den Früchten unseres Landes giert.*

Kate las schnell den Rest des Textes. Offenbar hatte der älteste Sohn des Anführers seinen eigenen Clan gebildet –

eine Gruppe von Nomaden, die auf der Suche nach Nahrung durch die Gegend streiften.

Der jüngere Sohn des Anführers hatte das Land übernommen, auf dem sein eigener Stamm jagte und sammelte. Er wurde als Nachfolger seines Vaters gesehen. Seine Stammesbrüder hatten ihn unter den abgeernteten Bäumen und Büschen tot aufgefunden. Er war das erste Opfer der Überfälle seines älteren Bruders, und sie fürchteten, es würden weitere folgen. Sie bereiteten sich auf den Krieg vor.

»Wir müssen das stoppen«, ertönte die Stimme ihres Partners in ihrem Helm.

»Und das werden wir auch.«

»Krieg wird ihren Verstand schärfen und die Technologie voranbringen. Es ist eine Katastrophe ...«

»Wir werden sie verhindern.«

»Wenn wir einen der Stämme umsiedeln«, sagte ihr Partner, »können wir uns nicht um das Genom kümmern.«

»Es gibt eine Lösung«, sagte Kate.

Sie hob die Hand und projizierte Symbole an die Wand.

Ihr werdet keine Vergeltung üben an den Unwürdigen. Ihr werdet diesen Ort verlassen. Euer Exodus beginnt sofort.

Kate öffnete die Augen und bemerkte, dass David sie ansah.

»Was?«

»Nichts.« Sie wischte sich den Schweiß von der Stirn. Die Erinnerungen veränderten sie immer schneller. Vereinnahmten sie. Sie wurde allmählich zu der Frau, die sie in ferner Vergangenheit gewesen war, während die Frau der Gegenwart, diejenige, die sich in David verliebt hatte, mehr und mehr verschwand. Sie rutschte dichter zu ihm.

Was kann ich tun? Ich will, dass es aufhört. Ich habe die Tür selbst geöffnet, aber kann ich sie auch wieder schließen? Sie hatte das Gefühl, die Erinnerungen würden ihr gewaltsam eingetrichtert.

Kate stand in einem anderen Tempel. Sie trug den Anzug, und die Menschen vor ihr drängten sich um einen Altar.

Kate sah nach draußen. Die Umgebung war grün, aber nicht so fruchtbar, wie sie in Afrika gewesen war. Wo war sie? In der Levante vielleicht?

Kate trat näher an den Altar.

Dort stand eine Steintruhe, die sie schon einmal gesehen hatte – auf dem tibetanischen Gobelin in der Darstellung der Sintflut, als das Wasser die Küsten überspült und die Siedlungen der alten Welt ausgelöscht hatte. Die Immaru hatten die Truhe in die Berge getragen, da war sie sich sicher. War das das Mysterium, das in Malta auf sie wartete?

Die Stammesmitglieder erhoben sich vom Boden und drehten sich zu ihr um.

In den Nischen zu beiden Seiten des Hauptgangs sah Kate nun Dutzende von Menschen knien, die meditierten und den inneren Frieden suchten.

Aus ihnen würden die Immaru hervorgehen, die Bergmönche, die die Lade ins Hochland getragen und ihren Glauben bewahrt hatten und versuchten, ein rechtschaffenes Leben zu führen.

Kate ging den Gang entlang.

»Du weißt, was getan werden muss«, sagte ihr Partner.

»Ja.«

Die Menschenmenge am Altar teilte sich, und sie stieg die Stufen hinauf und blickte in die Steintruhe.

Darin lag der Stammesgründer und Anführer, starr, kalt, tot. Seine Miene ähnelte auf unheimliche Weise der, die er zur Schau gestellt hatte, als Kate ihn zum ersten Mal gesehen hatte, in der Höhle, wo er seiner Gefährtin den verrotteten Fleischklumpen gebracht hatte und an der Wand zusammengebrochen war, um zu sterben. Damals hatte sie ihn hochgehievt und gerettet. Jetzt konnte sie ihn nicht retten.

Sie wandte sich zu den um den Altar versammelten Menschen um. Sie konnte *sie* retten.

»Das ist gefährlich.«

»Es gibt keine andere Möglichkeit«, sagte Kate.

»Wir können das Experiment an Ort und Stelle beenden.«

Kate schüttelte den Kopf. »Das geht nicht. Wir können jetzt keinen Rückzieher machen.«

Als sie die Modifikation beendet hatte, trat sie vom Altar herunter. Die Umstehenden liefen hinter die Lade, hoben etwas hoch – einen steinernen Deckel – und verschlossen die Truhe.

Kate sah zu, wie sie eine Reihe von Zeichen in die Seite ritzten.

Ihr Helm übersetzte für sie:

Hier ruht der Erste unserer Art, der die Dunkelheit überlebte, das Licht sah und dem Ruf der Gerechten folgte.

Kate öffnete die Augen.

»Ich weiß, was in Malta ist und was die Immaru beschützt haben.«

Davids Blick sagte: *Behalte es für dich.*

»Ist es Teil der Therapie?«, fragte Janus.

Chang beugte sich vor.

»Vielleicht«, sagte Kate. Sie sah zu David. »Wie lang noch bis Malta?«

»Nicht mehr lang.«

Dorian zog das Satellitentelefon aus der Tasche und las die Nachricht.

Auf dem Weg nach Osten. Ziel: Malta. Wo zum Teufel bleibt ihr?

Er ging über das Deck des Seuchenschiffs und stieg in den Helikopter. »Abflug.«

78

Kate stand in einem weitläufigen Kontrollraum. Die holographischen Anzeigen an der gegenüberliegenden Wand waren anders als alles, was sie bisher gesehen hatte. Karten zeigten die menschlichen Populationen auf sämtlichen Kontinenten.

In der Ecke des Raums blinkte ein Alarm auf.

Schiff im Anflug.

Ihr Partner rannte zu einem Steuerpult und bewegte die Hand in der aufsteigenden blauen Lichtwolke. »Es ist eines von unseren«, sagte er.

»Wie ist das möglich?«

Vor fünfzigtausend lokalen Jahren hatten Kate und ihr Partner eine Nachricht erhalten: Ihre Welt, die Heimat der Atlanter, war zerstört worden, innerhalb eines Tages und einer Nacht. Wie konnte es Überlebende geben? Hatte es sich um falschen Alarm gehandelt? Sie hatten die Konsequenzen gezogen und ihre Expedition im Verborgenen fortgeführt. Die ganze Zeit waren sie davon ausgegangen, dass sie die Letzten ihrer Art waren, allein im Universum, von der Außenwelt abgeschnitten, zwei Forscher, die niemals zurück nach Hause konnten.

»Es ist ein Wiedergeburtsschiff«, sagte ihr Partner.

»Sie dürfen nicht hierherkommen«, entgegnete Kate.

»Zu spät. Sie landen schon. Sie wollen das Schiff unter der Eisschicht auf dem Kontinent am Südpol vergraben.« Ihr Partner bediente das Steuerpult. Er schien sich anzuspannen. *Ist er nervös?*

»Wer ist in dem Schiff?«, fragte Kate.

»General Ares.«

Angst breitete sich in ihr aus.

Die Szene veränderte sich. Kate war nicht mehr auf dem *Alpha Lander*, sondern auf einem anderen Schiff. Es war riesig. Glasröhren erstreckten sich kilometerweit.

Schritte hallten durch den Raum.

»Wir sind die Letzten«, ertönte eine Stimme aus dem Schatten.

»Warum bist du hergekommen?«, rief ihr Partner.

»Um das Störfeuer zu schützen. Und ich habe eure Forschungsberichte gelesen. Das Überlebens-Gen, das ihr den Primitiven gegeben habt. Ich finde das ... äußerst vielversprechend.« Der Mann trat ins Licht.

Dorian.

Kate wich einen Schritt zurück. General Ares war Dorian. Wie war das möglich? Er hatte nicht Dorians Gesicht, aber Kate hatte das überwältigende Gefühl, dass Dorian in ihm steckte. Oder war es umgekehrt? War Ares in Dorian, und Kate spürte es – sah es in der reinsten Form? Als Kate Ares anblickte, nahm sie nur Dorian wahr.

»Die Bewohner hier gehen dich nichts an«, sagte ihr Partner.

»Ganz im Gegenteil. Sie sind unsere Zukunft.«

»Wir haben nicht das Recht ...«

»Ihr hattet nicht das Recht, sie zu verändern, aber jetzt ist es passiert«, sagte Dorian. »Ihr habt sie in Gefahr gebracht, indem ihr ihnen einen Teil unseres Genoms gegeben habt.

Unser Feind wird sie jagen, so wie er uns jagen wird, bis ans Ende des Universums. Ich möchte sie beschützen. Wir werden sie weiterentwickeln und zu unserer Armee machen.«

Kate schüttelte den Kopf.

Dorian sah sie an. »Du hättest vorher auf mich hören sollen.«

Die endlosen Reihen von Röhren lösten sich auf, und Kate war in einem anderen Raum auf demselben Schiff. Ein halbes Dutzend Glasröhren standen in einem Halbkreis vor ihr. Es war der Raum, den sie schon einmal gesehen hatte – in der Antarktis, als sie David und ihrem Vater begegnet war.

Jede Röhre enthielt eine andere menschliche Subspezies.

Die Tür hinter ihr öffnete sich.

Dorian.

»Du ... führst deine eigenen Experimente durch«, sagte Kate.

»Ja. Aber ich habe dir schon gesagt, dass ich es nicht allein tun kann. Ich brauche deine Hilfe.«

»Du machst dir was vor.«

»Ohne dich werden sie sterben«, sagte Dorian. »Wir alle werden sterben. Ihr Schicksal ist unser Schicksal. Die Entscheidungsschlacht ist unvermeidlich. Entweder du gibst ihnen die genetische Ausstattung, die sie brauchen, oder sie gehen zugrunde. Unser Schicksal ist vorbestimmt. Ich bin gekommen, um ihnen zu helfen.«

»Du lügst.«

»Dann lass sie sterben. Tu nichts. Sieh zu, was passiert.« Er wartete. Als Kate nichts entgegnete, fuhr er fort. »Sie brauchen unsere Hilfe. Ihre Umwandlung ist erst zur Hälfte vollbracht. Du musst zu Ende bringen, was du angefangen hast. Es gibt keinen Weg zurück. Hilf mir. Hilf ihnen.«

Kate dachte an ihren Partner, an seinen Widerspruch.

»Das andere Mitglied eurer kleinen Expedition ist ein Narr. Nur Narren kämpfen gegen das Schicksal an.«

Kates Schweigen sprach für sich. Dorian schien sich an ihrer Unschlüssigkeit zu weiden.

»Sie entwickeln sich schon auseinander. Ich habe die Kandidaten eingesammelt und meine eigenen Experimente durchgeführt. Aber mir fehlt das Fachwissen. Ich brauche dich und deine Forschung. Wir können sie umwandeln.«

Kate spürte, wie sie in seinen Bann geriet. Es war genauso wie damals – aus heutiger Sicht – in San Francisco. Sie versuchte es rational zu betrachten, um eine Abmachung mit ihm zu treffen, aber ihre Gedanken kehrten zu ihren Erlebnissen in Gibraltar und in der Antarktis zurück, als er sie in die Enge getrieben hatte. Die Geschichte wiederholte sich. Dieselben Darsteller, die ein anderes Stück auf einer anderen Bühne aufführten, aber es endete immer gleich. Nur dass sie sich gerade weit in der Vergangenheit befand, in einem anderen Leben, in einer anderen Ära.

»Wenn ich dir helfe«, sagte sie, »brauche ich die Garantie, dass niemandem aus meinem Team etwas passiert.«

»Ich verspreche es. Ich begleite eure Expedition – als Sicherheitsberater. Ihr müsst zusätzliche Maßnahmen treffen, um unsere Gegenwart hier zu verschleiern. Und ihr werdet eure Wiedergeburtsröhren auf mein Strahlungssignal programmieren, nur für den Fall, dass mir ein Unglück zustößt.«

Dorian lehnte den Kopf gegen den Sitz des Helikopters und schloss die Augen. Es war kein Traum. Es war keine Erinnerung. Er war dort, in der Vergangenheit.

Und Kate war auch dort gewesen, hatte sich ihm erst widersetzt und ihm dann geholfen. Er hatte ihre Forschungsergebnisse benutzt und Kate betrogen, als er mit ihr fertig war.

Über die Zeiten hinweg spielten sie dasselbe Spiel, dessen Ziel es war, die menschliche Rasse zu transformieren: Kate trat für sie ein, und er versuchte eine Armee zu schaffen, um einem überlegenen Feind entgegenzutreten.

Wer war im Recht?

Er spürte noch etwas: Kate erinnerte sich gleichzeitig an die Ereignisse, als wären sie mit demselben Netzwerk verbunden und würden beide Signale erhalten, Erinnerungen aus ferner Vergangenheit, die sie in eine bestimmte Richtung lenkten. Sie würde auf diese Art den Code empfangen. So hatte Ares es geplant. Hatte er den Koffer dafür programmiert?

Kate zu sehen hatte Dorian neuen Schwung gegeben. Ihre Angst, ihre Verletzlichkeit. Es war dasselbe wie zuvor. Damals hatte er die Macht, und er würde sie auch jetzt haben. Sie hatte die Informationen, die er brauchte. Und bald würde *er* sie haben. Sie musste sich bloß erinnern.

Aber es ging nicht nur darum, was passiert war. Es war eine Information – ein *Code,* an den sie sich erinnern würde. Ares hatte das gewusst. Dorian war Kate auf den Fersen, und sie stand kurz davor, sich an den Code zu erinnern, den er brauchte. Er hatte es perfekt getimt. Bald würde er sie gefangen nehmen und ihr das letzte Geheimnis entreißen, das, was ihr lieb und teuer war, und dann würde ihre Niederlage vollständig sein.

79

Vor Malta
Mittelmeer

Am Horizont sah David die beiden größeren Inseln des Archipels auftauchen.

In den letzten sechshundert Jahren hatte die nur gut dreihundert Quadratkilometer große Inselgruppe zu den am meisten umkämpften Orten der Welt gehört. Während des Zweiten Weltkriegs fielen nirgendwo so viele Bomben pro Quadratmeter wie auf Malta. Die deutsche und die italienische Luftwaffe hatten es dem Erdboden gleichgemacht, aber die Briten hielten dagegen.

In einigen Städten wie in Rabat hatten sich die Einwohner unter die Erde zurückgezogen und lebten in steinernen Räumen, die durch kilometerlange Tunnel verbunden waren. Die Katakomben dort waren legendär. In der Römerzeit waren sie als Grabstätte verwendet worden, aber während des Blutbads des Zweiten Weltkriegs retteten sie unzähligen Maltesern das Leben.

Fast vierhundert Jahre, bevor die deutsche Luftwaffe die Hölle auf Malta entfesselte, stand ein anderer Teufel vor der Tür: die Armada des Osmanischen Reichs. 1565 kam Sultan Süleyman der Prächtige mit einer Flotte aus fast zweihundert Schiffen mit etwa vierzigtausend Soldaten an

Bord nach Malta – die größte Streitmacht der damaligen Zeit.

Die folgenden Monate gingen als die Belagerung von Malta in die Geschichte ein und veränderten den Lauf der Welt. Die Belagerung verlief unglaublich brutal und führte zu einer der blutigsten Schlachten, die jemals ausgefochten wurden. Schätzungsweise hundertdreißigtausend Kanonenkugeln wurden auf die Insel abgeschossen. Jeder dritte Einwohner Maltas kam ums Leben. Der Malteserorden verteidigte die Insel mithilfe einer bunt zusammengewürfelten Truppe von ungefähr zweitausend Soldaten aus Spanien, Italien, Griechenland und Sizilien vier Monate lang, bis die osmanische Flotte, die Zehntausende von Toten zu beklagen hatte, abdrehte und nach Hause segelte.

Viele Historiker sind der Meinung, dass die Osmanen, wenn sie 1565 Malta erobert hätten, leicht das europäische Festland einnehmen, die Renaissance unterbrechen und das Schicksal der Welt für immer verändern hätten können.

Die Bewohner Maltas hatten bis zum Tod gekämpft. Hatten sie außer ihrem Leben noch etwas anderes verteidigt?

David sah auf den Zettel. *Mysterium von Atlantis liegt tief in Alpha?*

Was war dort auf Malta? Was konnte es mit der Seuche zu tun haben, die die Welt verwüstete?

Als Historiker glaubte David an Tatsachen: an die Wahrheit, die aus mehreren Quellen zusammengeklaubt und von verschiedenen Augenzeugen, möglichst mit unterschiedlicher Herkunft und Motivation, bestätigt wurde.

Schätze waren ein Köder für Idioten. Genau wie mythische Gegenstände. Die Bundeslade. Der Heilige Gral. Er glaubte nicht an so etwas. Militärgeschichte war verlässlicher. Generäle zählten ihre Toten. Irgendwo zwischen den Zahlen beider Seiten lag die Wahrheit.

Und die Wahrheit war, dass zahllose Armeen im Laufe der Zeit um Malta gekämpft hatten und es nur selten gefallen war.

Die Erinnerungen waren jetzt klarer, und Kate hatte fast das Gefühl, sie könne sie kontrollieren und sich in der Zeit vor und zurück bewegen.

Sie trug den Atlanter-Anzug und stand in einer primitiven einräumigen Hütte. Sie sah aus der Tür. Es schien eine andere Klimazone zu sein. Es war schwül und regnerisch und die Vegetation tropisch. Nicht mediterran. Vielleicht befand sie sich in Südasien.

Drei Frauen saßen auf dem Boden und arbeiteten fieberhaft an etwas. Kate ging zu ihnen. Der tibetanische Gobelin. *Sie erstellen die Warnung, falls wir scheitern sollten,* dachte sie.

Die Atlanter hatten sie ihnen übermittelt – *sie* hatte sie ihnen übermittelt –, als Notfallplan, das begriff sie jetzt.

Sie ging aus der Hütte und durch das Dorf. Es wirkte nomadisch, als wäre es eilig errichtet worden und würde bald wieder verlassen.

Ein improvisierter Tempel ragte in der Mitte auf. Sie näherte sich ihm. Die Wachen am Eingang traten zur Seite, und sie ging hinein. Die steinerne Lade stand dort. Mönche saßen im Schneidersitz und mit gesenktem Kopf in einem Kreis darum herum.

Als er ihre Schritte hörte, erhob sich ein Mann und lief zu ihr.

»Die Flut wird bald kommen«, sagte Kate.

»Wir sind vorbereitet. Morgen ziehen wir in die Berge.«

»Habt ihr die anderen Siedlungen gewarnt?«

»Wir haben Bescheid gegeben.« Er blickte zu Boden. »Aber sie werden die Warnung nicht beachten. Sie sagen, sie hätten sich die Welt untertan gemacht. Sie fürchten das Wasser nicht.«

Der primitive Tempel verschwand und wurde von Wänden aus Stahl und Glas ersetzt, die größtenteils von holographischen Anzeigen bedeckt waren.

Kate stand neben ihrem Partner in der Kommandozentrale des *Alpha Lander* und sah auf die Weltkarte.

Die Küstenlinien in Südasien flackerten. Das Wasser stieg, veränderte den Kontinent für immer und überspülte die Küstensiedlungen, von denen einige für immer verloren sein sollten.

Das Hologramm zeigte jetzt die Satellitenaufnahme einer Gruppe, die auf der Flucht vor der Flut in die Berge wanderte. Die Menschen trugen die steinerne Truhe mit sich, die Kate gesehen hatte – die Lade.

Kate konnte ihren Partner nicht sehen, aber aus dem Augenwinkel erkannte sie Dorian, der steif dastand und die Anzeigen mit mäßigem Interesse betrachtete.

»Es hat auch Vorteile«, sagte er. »Eine Bevölkerungsreduktion könnte uns ermöglichen, das Genom zu stabilisieren und einige Probleme abzustellen.«

Kate wollte ihm nicht antworten. Dorian hatte recht, aber sie kannte die Lösung und fürchtete sie. Die »Probleme«, die er angesprochen hatte, hatten in den letzten zehntausend Jahren zugenommen: unkontrollierbare Aggression, die Neigung, Krieg zu führen und präventiv jede erkannte Bedrohung auszuschalten. Die Tendenz beruhte auf einer grundlegenden Funktionsstörung des Überlebensgens. Die

Menschen erkannten mit ihrem logisch arbeitenden Verstand, dass ihre Umwelt nur endliche Ressourcen bereitstellte und dass der Lebensraum beim gegenwärtigen Stand ihrer Technik nur eine begrenzte Anzahl von Menschen ernähren konnte. Sie wollten sicherstellen, dass es *ihr* Volk und *ihre* genetische Linie waren, die überlebten. Krieg – die Vernichtung von Konkurrenten um die begrenzten Ressourcen – war ihre Lösung. Aber ihre Neigung zum Genozid entwickelte sich zu schnell, als mischte sich jemand anderes ein und arbeitete gegen sie.

Kate hatte noch eine andere Möglichkeit im Hinterkopf: Dorian war es. Hatte er sie betrogen? Hatte er ihre Forschung benutzt und modifiziert? Sie hatte ihre Zusammenarbeit mit Dorian / Ares vor ihrem Partner geheim gehalten. Sie wusste, dass er damit nicht einverstanden wäre, aber sie sah keine andere Möglichkeit. Die menschlichen Stämme würden jeden genetischen Vorteil brauchen, den sie bekommen konnten – falls Dorians Behauptungen über ihren Feind der Wahrheit entsprachen.

Was hätte ich sonst tun sollen?, fragte sich Kate. Sie hatte den einzig logischen Weg beschritten.

Die holographische Anzeige veränderte sich. Die Karte färbte sich rot; Opferzahlen tauchten auf.

Ihr Partner wirbelte zum Steuerpult herum. »Bevölkerungsalarm.«

»Wir müssen eingreifen«, sagte Dorian.

»Nein. Nicht auf diesem Niveau«, entgegnete Kates Partner scharf. »Wir halten uns an unseren eigenen örtlichen Präzedenzfall – nur wenn das Aussterben droht.«

Kate nickte. Ihr »Präzedenzfall« hatte sich vor siebzigtausend Jahren ereignet, als sie beschlossen hatte den Menschen in der Höhle das Atlantis-Gen zu verabreichen.

Sie öffnete den Mund, um etwas zu sagen, doch an der Wand mit den Hologrammen blinkte ein Alarm nach dem anderen auf.

Bevölkerungsalarm: Subspezies 8471: 92% Aussterberisiko.

Kate lokalisierte die Spezies. Sibirien. Die Denisova-Menschen. Die Flut konnte sie dort nicht erreicht haben. Was geschah mit ihnen?
Ein weiterer Alarm an einem anderen Ort wurde angezeigt.

Bevölkerungsalarm: Subspezies 8473: 84% Aussterberisiko.

Diese Subspezies gab es nur auf den indonesischen Inseln. Die Homo floresiensis. Was verursachte den Einbruch der Bevölkerungszahlen? Der Andrang der Flut in Kombination mit den aggressiven Menschen, die die Inseln vor relativ kurzer Zeit besiedelt hatten? Kate kannte das Ergebnis schon. Sie würden aussterben. In welchem Jahr befand sie sich? Sie warf einen Blick auf das Hologramm und rechnete das atlantische Datumsformat um.
Die Erinnerung spielte ungefähr vor dreißigtausend Jahren. Ein Gedanke schoss ihr durch den Kopf: Sie würde den Untergang von Atlantis miterleben. Sie würde sehen, was passiert war. Das fehlende Delta.
Eine dritte Warnmeldung leuchtete auf.

Bevölkerungsalarm: Subspezies 8470: 99% Aussterberisiko.

Neandertaler. Gibraltar.
Ihr Partner lief zu einem Steuerpult und bediente es mit den Fingern. Er wandte sich zu Dorian.

»Du warst das!«

»Was? Das ist *euer* wissenschaftliches Experiment. Ich bin letztlich nur ein militärischer Berater. Ich will euch nicht in die Quere kommen.«

Ihr Partner wartete, was Kate dazu meinte.

»Prioritäten setzen. Die retten, die wir retten können«, sagte sie.

Er bediente die Steuerung, und Kate spürte, wie das Schiff abhob. Die Karte zeigte die Flugbahn. Es flog über Afrika hinweg nach Gibraltar.

Dorian stand reglos wie eine Statue da und sah sie an.

Ihr Partner ging zur Tür. »Kommst du?«

Kate war in Gedanken versunken. Drei Warnungen vor dem Aussterben – gleichzeitig. Was hatte das zu bedeuten?

Vernichtete Dorian alle anderen Subspezies? Testete er seine Waffe und beendete das Experiment? Hatte er erreicht, was er wollte? Hatte er sie betrogen? Oder spielte sich etwas anderes ab?

War es das Werk ihres Feindes?

Reiner Zufall?

Das alles war möglich, wenn auch unwahrscheinlich.

Kate würde die Wahrheit bald erfahren.

Ihr Partner hatte ihr den Rücken zugewandt.

Eine andere Frage beschäftigte sie. Wer war er?

Sie musste sein Gesicht sehen, um herauszufinden, wer ihr Verbündeter war.

Kate brauchte Antworten.

Sie musste sich zusammenreißen. »Ja. Ich komme.«

Dr. Paul Brenner sah auf die Monitore in dem Raum der Orchid-Arbeitsgruppe. Die Todesraten stiegen.

Orchid-Distrikt Budapest: 37% der Gesamtbevölkerung verstorben.
Orchid-Distrikt Miami: 34% der Gesamtbevölkerung verstorben.

Der Countdown in der Ecke zeigte: 01:45:08

Weniger als zwei Stunden bis zum fast vollständigen Aussterben der Menschheit. Oder zumindest bis zum nächsten Schritt in der menschlichen Evolution.

Nach Ausführung des Euthanasieprogramms würden zwei Gruppen von Menschen übrig bleiben: die sich weiterentwickelnden und die degenerierenden. Zum ersten Mal seit Tausenden von Jahren würde es zwei getrennte Subspezies geben. Paul wusste, dass dieser Zustand bald enden würde, mit dem gleichen Ergebnis wie in der Vergangenheit: mit einer einzigen Subspezies. Und es würde nicht die weniger entwickelte sein.

Die Überlebenden würden die Welt für sich haben, und die genetisch Unterlegenen würden aussterben.

80

Sie hören BBC, die Stimme des menschlichen Triumphes am 81. Tag der Atlantis-Seuche.

Das ist eine Sondermeldung.

Ein Heilmittel, meine Damen und Herren.

Die Führer der Orchid-Allianz, unter anderem aus den USA, England, Deutschland, Australien und Frankreich, haben verkündet, dass sie endlich ein Heilmittel gegen die Seuche gefunden haben.

Diese Ankündigung hätte zu keinem besseren Zeitpunkt kommen können. Die BBC hat geheime Dokumente und Berichte von Augenzeugen aus aller Welt erhalten, in denen behauptet wird, die Todesrate in einigen Orchid-Distrikten sei auf vierzig Prozent gestiegen.

Die Neuigkeiten wurden in knappen Statements bekannt gegeben, und die Staatsoberhäupter haben alle Interviewanfragen abgelehnt, sodass sich die Experten fragen, was es mit diesem geheimnisvollen Heilmittel auf sich hat, und vor allem, wie es anscheinend über Nacht hergestellt werden konnte.

Die Direktoren mehrerer Orchid-Distrikte, die sich nur anonym äußern wollten, beharrten darauf, dass die vorhandenen Produktionsstätten schon darauf vorbereitet seien, das neue Medikament zu produzieren, und es in wenigen Stunden ausgeliefert werde.

Sie hörten eine BBC-Sondermeldung.

81

Kate war wieder in der Dekompressionskammer und trug den Raumanzug. Sie drehte sich schnell zu ihrem Partner um. Er steckte ebenfalls in einem Anzug.

»Die Drohnen haben nur einen Überlebenden ausfindig gemacht.«

Ein Überlebender. Unglaublich. Zu ... passend. »Verstanden«, sagte Kate.

Sie wandte sich um. Dorian stand dort. Er trug keinen Anzug. »Ihr beide geht raus. Ich kümmere mich um das Schiff.«

Kate versuchte, in seiner Miene zu lesen. Ihr Partner legte die restliche Ausrüstung an.

Dorian lief aus dem Raum, als die letzte Luft abgesaugt wurde.

Zwei Streitwagen wurden aus den Wänden gelassen, und sie und ihr Partner stiegen auf und flogen aus dem *Alpha Lander*.

Der Anblick war atemberaubend: eine prähistorische Siedlung, die von steinernen Monumenten umgeben war, wie ein Amphitheater, von dessen Feuerstelle in der Mitte Flammen in den Himmel schlugen.

Mehrere Menschen führten einen Neandertaler zu dem Lagerfeuer, aber sie ließen ihn los und wichen zurück, als sich die Streitwagen näherten.

Kates Partner packte den Neandertaler, injizierte ihm ein Sedativum und warf ihn über den Streitwagen. Sie wendeten und rasten zurück zum Schiff.

»Ich traue ihm nicht«, sagte ihr Partner auf einem privaten Kanal.

Ich auch nicht, dachte Kate. Aber sie hielt sich zurück. Wenn Dorian sie hintergangen hatte und dafür verantwortlich war, dann war es zum Teil ihr Fehler. Sie hatte die Forschung durchgeführt, die er brauchte.

Dorian sah zu, wie das glitzernde Mittelmeer unter ihm vorbeizog. Er war erschöpft vom Schlafmangel und befand sich in einem halb wachen Zustand.

Die Erinnerungen stürmten auf ihn ein, als würde er gezwungen, einen Film anzusehen. Eine neue Szene tauchte auf, und er konnte sich nicht abwenden, konnte nicht entfliehen. Vor seinen eigenen Gedanken gab es kein Entrinnen. Der Helikopter und das Immari-Sonderkommando auf den Sitzen gegenüber lösten sich auf, und ein Raum nahm um ihn herum Gestalt an.

Dorian kannte ihn gut; er war in dem Schiff in Gibraltar.

Von der Kommandozentrale aus beobachtete er, wie Kate und ihr Kollege losrasten, um den Primitiven zu retten.

Idioten.

Sentimentale Schwachköpfe.

Warum können sie das Unvermeidliche nicht akzeptieren? Ihre Wissenschaft und ihre Moral machen sie blind für die Wahrheit, die unverkennbare Realität: Auf der Erde und im gesamten Universum gibt es nur Raum für eine empfindungsfähige Rasse. Die Ressourcen sind begrenzt. Und diese Rasse sind *wir.* Wir führen einen Krieg um unser Überleben. Diese Wissenschaftler werden als diejenigen in Erinnerung bleiben, die sich von der Moral haben verführen lassen. Der Kodex, den wir den Primitiven gegeben haben und der sie zum Frieden anhält, dient nur dazu, eine Lüge aufrechtzuerhalten: dass Koexistenz möglich ist. In einer Umwelt mit begrenzten Ressourcen und unbegrenztem Bevölkerungswachstum muss sich eine Spezies gegen die anderen durchsetzen.

Dorian bediente die Steuerung, um die Bomben zu programmieren.

Er verließ die Kommandozentrale und rannte den Gang entlang.

Nachdem er mehrmals abgebogen war, erreichte er einen Raum mit sieben Türen. Er schaltete sein Helmdisplay an und wartete. Kate und ihr Partner betraten das Schiff.

Dorian zündete die erste Bombe, die er im Meer versenkt hatte. Die Explosion löste eine Flutwelle aus und warf das Schiff aufs Festland. Als es vom zurückfließenden Wasser wieder auf das Meer hinausgezogen wurde, aktivierte Dorian die anderen Bomben. Sie würden den *Alpha Lander* in Stücke reißen.

Er ging durch eine der sieben Türen und wusste, dass er in der Antarktis war, in seinem eigenen Schiff. *Bald werde ich mein Volk befreien, und wir werden das Universum zurückerobern.*

Er ging an dem Steuerpult vorbei und hob ein Plasma-Gewehr auf.

Er kehrte in die Mitte des siebentürigen Raums zurück.

Es gab nur einen Fluchtweg für sie. Er würde warten.

Kate sah zu, wie ihr Partner den Neandertaler in eine Röhre warf.

»Ares hat uns hintergangen. Er arbeitet gegen uns.«

Kate schwieg.

»Wo ist er?«

»Was sollen wir ...«

In ihrem Helm leuchtete eine Warnmeldung auf.

Eine Flutwelle.

»Er hat eine Bombe auf dem Meeresboden gezündet ...«

Die Druckwelle traf das Schiff und warf sie gegen eine Schottwand.

Schmerz schoss durch ihre Glieder. Und noch etwas anderes geschah mit ihr.

Sie verlor die Kontrolle. Die Erinnerungen waren jetzt zu real.

Sie versuchte sich zu konzentrieren, aber alles um sie herum wurde schwarz.

David streckte den Kopf zwischen Kamau und Shaw in das Cockpit des Helikopters und sah Valletta, Maltas Hauptstadt, unter sich liegen. Der neue Hafen war voller Boote. Sie nahmen beinahe die ganze Wasserfläche ein und drängten sich auch außerhalb des Hafens bis weit auf das Meer hinaus. Ein scheinbar endloser Strom von Menschen rannte über die verlassenen Boote, die für sie einen schwimmenden Steg zum Land bildeten. Von oben aus dem Hubschrauber sahen sie aus wie Ameisen. Als sie das Land erreichten, verschmolzen die vier Ströme zu einem einzigen, der durch die Hauptstraße von Valletta zum Orchid-Distrikt floss. Die Sonne lugte hinter der Kuppel eines hohen Gebäudes hervor, und David schirmte seine Augen mit der Hand ab.

Wohin flüchteten sie? Was gab es hier, das ihnen Schutz bieten konnte?

Der Hubschrauber bebte, und David wurde zurück auf den Sitz geworfen.

»Sie haben Boden-Luft-Raketen!«

»Bring uns außer Reichweite!«, rief David.

Er griff nach Kate und hielt sie fest. Sie wirkte teilnahmslos, ihr Blick abwesend.

Kate schlug die Augen auf. Eine weitere Druckwelle erfasste sie, aber diesmal kam sie nicht aus dem Meer. Sie war wieder bei David im Hubschrauber. Er sah auf sie herab.

Was geschah mit ihr? Sie fühlte sich anders. Die Dinge, die sie gesehen hatte, die Erinnerungen, hatten sie auf unbeschreibliche Weise verändert. Die Menschheit war ... ein Experiment. Gehörte sie dazu?

»Was ist los?«

Sie schüttelte den Kopf.

»Alles in Ordnung?«, fragte er.

Sie schloss die Augen, um sich nicht der Realität stellen zu müssen.

David schnallte Kate auf der Sitzbank des Helikopters an und hielt sie fest, während die Sprengköpfe um sie herum explodierten und sie hin und her warfen. Malta wurde, wie schon in der Vergangenheit, gut bewacht.

Bootsflüchtlinge wurden aufgenommen, aber niemand konnte Malta aus der Luft erreichen.

David nahm das Satellitentelefon. »Ruf Continuity an«, sagte er zu Kate. »Sag ihnen, dass wir zwar in einem Immari-Hubschrauber sitzen, aber auf ihrer Seite sind. Sie sollen Malta befehlen, das Feuer einzustellen. Wir müssen landen.«

Er sah zu, wie Kate die Augen öffnete, ihm einen kurzen Blick zuwarf und dann mühsam die Nummer wählte. Kurz darauf redete sie mit Paul Brenner.

Paul Brenner legte den Hörer auf. Kate und ihr Team waren vor Malta.

»Verbinden Sie mich mit dem Direktor das Orchid-Distrikts Valletta«, sagte er zu seinem Assistenten.

Dorian beobachtete die Explosionen in der Ferne. Valletta schoss auf jedes sich nähernde Flugzeug.
Er schaltete sein Helmmikrofon an.
»Suchen Sie uns ein Flüchtlingsboot.«
»Sir?«
»Los. Wir können die Insel nicht aus der Luft erreichen.«
Zehn Minuten später schwebten sie über einem Trawler.
Dorian sah zu, wie die Seile herabgelassen wurden. Seine Männer sprangen auf das Deck und hoben die Waffen. Die Crew und die Passagiere des Schiffs zogen sich in die Kabinen zurück.
Dorian landete auf dem Schiff und ging zu den zusammengedrängten Menschen.
»Niemand tut Ihnen was. Wir brauchen nur eine Mitfahrgelegenheit nach Malta.«

David spürte, wie der Helikopter auf der Landefläche aufsetzte. Er strich Kate das Haar aus dem Gesicht. »Kannst du laufen?«
Ihre Stirn war so warm, kein Fieber, aber zu warm. *Was passiert mit ihr? Ich darf sie nicht verlieren. Nicht nach all dem.*
Sie nickte, und er half ihr aus dem Helikopter, legte den Arm um sie und führte sie von dem Landeplatz hinunter.
Sie hatten einen Feind hinter sich: Chang, Janus oder Shaw. David wusste nicht, wer es war. Aber er wusste, dass Kamau ebenfalls hinter ihm war und ihm den Rücken freihielt. Seine größte Sorge galt Kate.
»Dr. Warner!« Ein Mann mit Designerbrille und einem Anzug, der aussah, als hätte er darin geschlafen, empfing sie.

»Dr. Brenner hat uns über Ihre Forschung informiert. Wir sind hier, um Ihnen zu helfen ...«

»Bringen Sie uns ins Krankenhaus«, sagte David. Er wusste nicht, was er sonst sagen sollte. Kate brauchte Hilfe.

David traute seinen Augen kaum. Das Krankenhaus war auf dem neuesten Stand, trotzdem lagen überall Sterbende, und niemand schien sich um sie zu kümmern.

»Was geht hier vor? Warum behandeln Sie die Leute nicht?«, fragte David den Direktor des Distrikts.

»Das ist nicht nötig. Die Flüchtlinge kommen krank hier an und erholen sich innerhalb von Stunden.«

»Ohne Behandlung?«

»Ihr Glaube rettet sie.«

David sah zu Kate. Es ging ihr schon besser. Aus ihrer Stirn drangen keine Schweißtropfen mehr. Er führte sie zur Seite. »Glaubst du das?«

»Ich glaube, was ich sehe, aber ich weiß nicht, wie es passiert. Wir müssen die Ursache finden. Hol mir was zu schreiben.«

David nahm einen Notizblock von einem der Beistelltische.

Kate begann, schnell zu zeichnen.

David sah zu dem Direktor, der sie mit Argusaugen beobachtete. In einer Ecke des Krankenhausflügels stellte Janus Kates Laptop und das thermoskannenähnliche Gerät auf, in dem die Proben gesammelt wurden. Kamau und Shaw standen daneben und belauerten sich, als warteten sie darauf, dass die Glocke zur ersten Runde ertönte und der Kampf begann.

Kate reichte dem Direktor ihre Skizze. »Wir suchen das hier. Es ist eine steinerne Truhe ...«

»Ich ...«

»Ich weiß, dass sie hier ist. Schon seit sehr langer Zeit. Eine Gruppe namens Immaru hat sie hier vor Tausenden von Jahren versteckt. Bringen Sie uns hin.«

Der Direktor wandte den Blick ab, schluckte und führte sie dann außer Hörweite der anderen Leute. »Ich habe sie noch nie gesehen. Ich weiß nicht, was ...«

»Wir müssen sie unbedingt finden«, sagte David.

»Rabat. Es gibt das Gerücht, dass die Ritter des Malteserordens sich dort in die Katakomben zurückgezogen haben.«

Dorian ließ sich vom Strom der barbarischen Horden in die maltesische Hauptstadt treiben. Mein Gott, wie sie stanken. Sie trugen ihre Kranken und drängten und schoben in der Hoffnung, sie an einen rettenden Ort zu bringen.

Dorian hielt sich die kratzige Decke vors Gesicht, um sein Äußeres zu verbergen und nicht den widerlichen Gestank einatmen zu müssen. Da sollte mal einer sagen, er würde keine Opfer für die Sache bringen.

In der Ferne, hinter dem Krankenhaus, sah er einen Immari-Helikopter aufsteigen und weiter ins Inland fliegen.

Dorian drehte sich zu dem Soldaten aus der Spezialeinheit, der neben ihm ging. »Sie fliegen weiter. Besorgen Sie uns einen Helikopter. Wir müssen hier verschwinden.«

82

Malta

Aus dem Hubschrauberfenster konnte David ganz Rabat überblicken. Es war anders, als er erwartet hatte.

Rabat war verlassen, ausgestorben, als wären sämtliche Bewohner nur mit den Kleidern, die sie am Leib trugen, aus der kleinen Stadt geflohen. Als die Seuche ausgebrochen war, mussten sie zu den beiden Orchid-Distrikten geströmt sein, entweder nach Victoria oder nach Valletta.

David musterte die Gesichter von Janus und Chang, die ihm gegenübersaßen. Ausdruckslos. Gelassen. Durch den Spalt zwischen den Sitzen konnte er Shaws und Kamaus Mienen in der Spiegelung der Frontscheibe sehen. Ausdruckslos. Hart. Konzentriert. In Rabat würden sie sechs allein sein, und Martins Mörder würde handeln – ob es ihm um Kate ging, das Heilmittel oder irgendetwas anderes.

David sah erneut aus dem Fenster, und seine Gedanken schweiften zu den Gewissheiten der Geschichtsschreibung, zu dem, worüber er am besten Bescheid wusste.

Rabat lag gleich neben Mdina, der alten Hauptstadt Maltas, von der Historiker annahmen, dass sie seit 4000 v. Chr. bewohnt war.

Malta selbst war zuerst von einem geheimnisvollen Volk,

das um 5200 v. Chr. aus Sizilien auswanderte, besiedelt worden.

Im zwanzigsten Jahrhundert hatten Archäologen überall auf den beiden Hauptinseln megalithische Tempel entdeckt, insgesamt elf, von denen mittlerweile sieben von der UNESCO zum Weltkulturerbe erklärt worden waren. Es waren wahre Weltwunder. Einige Wissenschaftler hielten sie für die ältesten freistehenden Gebäude der Welt. Aber niemand wusste, wann oder warum sie erbaut wurden. Sie stammten aus der Zeit um 3600 v. Chr. oder vielleicht sogar noch früher. Ihr Alter und die gesamte Geschichte Maltas waren eine Anomalie, etwas, das nicht in das allgemeine Verständnis der Menschheitsgeschichte passte.

Die Geschichte des antiken Griechenlands reichte nur bis 1200 v. Chr. zurück. Die ersten Zivilisationen, die ersten Städte an Orten wie Sumer entstanden um 4500 v. Chr. Akkad wurde gegen 2400 v. Chr. besiedelt, Babylon vermutlich 1900 v. Chr. Selbst Stonehenge, dessen monolithische Monumente denen von Malta am Nächsten kamen, wurde nur auf ein Alter von 2400 v. Chr. geschätzt – das war ein Jahrhundert, nachdem das mysteriöse Volk die Tempel auf der abgeschiedenen Insel erbaut hatte. Es gab keine Erklärung für die megalithischen Bauwerke; ihre Geschichte und die des Volks, das sie errichtet hatte, verlor sich im Laufe der Jahrtausende.

Historiker und Archäologen diskutierten noch immer den Geburtsort der Zivilisation. Viele behaupteten, Städte entstanden zuerst am Indus im heutigen Indien oder am Gelben Fluss im heutigen China, aber die überwältigende Mehrheit war sich einig, dass Zivilisationen im Sinne von funktionierenden dauerhaften Siedlungen um 4500 v. Chr. in der Levante oder der größeren Region des Fruchtbaren

Halbmonds entstanden, Tausende von Kilometern von Malta entfernt.

Doch die Überreste dieser primitiven Siedlungen im Fruchtbaren Halbmond waren spärlich und zerfallen; ein starker Gegensatz zu den beeindruckenden und technisch fortschrittlicheren Steinbauten in Malta – die möglicherweise vorher entstanden. Eine isolierte Zivilisation war hier gediehen und hatte für eine höhere Macht Bauwerke geschaffen, war jedoch verschwunden, ohne eine Spur in der Geschichte zu hinterlassen, bis auf ihre Kultstätten.

Die ersten Siedler auf Malta, die historische Aufzeichnungen hinterließen, waren die Griechen, gefolgt von den Phöniziern um 750 v. Chr. Ungefähr dreihundert Jahre später traten die Karthager die Nachfolge der Phönizier auf Malta an, aber ihre Herrschaft wurde 216 v. Chr. durch die Ankunft der Römer beendet, die die Insel in wenigen Jahren eroberten.

Während der römischen Regentschaft auf Malta ließ der Präfekt den Palast in Mdina erbauen. Fast tausend Jahre später, 1091, eroberten die Normannen Malta und veränderten Mdina für immer. Die nordischen Invasoren bauten Festungsanlagen und einen breiten Wassergraben, der Mdina von der nächsten Stadt, Rabat, trennte.

Die vermutlich am weitesten verbreitete Legende von Mdina war jedoch die vom Apostel Paulus. Im Jahr 60 nach Christus hatte er vor Malta Schiffbruch erlitten und dort gelebt.

Paulus war auf dem Weg nach Rom – gegen seinen Willen. Der Apostel sollte als politischer Rebell vor Gericht gestellt werden. Paulus' Schiff geriet in einen fürchterlichen Sturm und zerschellte an der maltesischen Küste. Alle zweihundertfünfundsiebzig Menschen an Bord konnten sich an Land retten.

In der Legende wurden Paulus und die übrigen Schiffbrüchigen von den Bewohnern Maltas aufgenommen. Laut Lukasevangelium:

Als wir gerettet waren, erfuhren wir, dass die Insel Malta heißt. Die Einheimischen waren uns gegenüber freundlich; sie zündeten ein Feuer an und holten uns alle zu sich ...

Lukas berichtet weiter, dass Paulus, als das Feuer entzündet wurde, von einer Giftschlange gebissen worden sei, jedoch keinen Schaden erlitt. Die Inselbewohner deuteten das als ein Zeichen dafür, dass er ein besonderer Mensch war.

Gemäß der Tradition nahm der Apostel in eine Höhle in Rabat Zuflucht, entschied sich für ein demütiges Leben unter der Erde und wies eine komfortablere Unterkunft zurück.

Im Winter lud Publius, der römische Präfekt von Malta, ihn in seinen Palast ein. Während seines Aufenthalts dort kurierte Paulus Publius' Vater von einer schweren Krankheit. Daraufhin soll Publius zum Christentum konvertiert und zum ersten Bischof von Malta ernannt worden sein. Tatsächlich war Malta eine der ersten römischen Kolonien, die sich zum Christentum bekannten.

»Wo sollen wir landen?«, unterbrach Kamau über Funk Davids Träumereien.

»Auf dem Platz«, sagte David.

»Vor der St.-Paul's-Kirche?«

»Nein. Die Katakomben sind ein Stück weiter weg. Lande auf dem Platz. Ich führe euch hin.«

Er musste sich konzentrieren. Ein mysteriöses Volk hatte Malta besiedelt, und danach hatte die Welt jahrtausendelang um die winzige Insel gekämpft. Legenden von Wunderheilungen, megalithische Steintempel, die vor den übrigen Zivilisationen auf der Welt entstanden waren, und jetzt etwas, das die Menschen vor der Seuche schützte. Wie passte das alles zusammen?

Er wandte sich zu Kate, als der Hubschrauber aufsetzte. »Kannst du laufen?«

Sie nickte.

David hatte den Eindruck, dass sie abwesend war. Ging es ihr gut? Er verspürte den unwiderstehlichen Drang, den Arm um sie zu legen, aber sie war schon aus dem Hubschrauber gestiegen, und die beiden Wissenschaftler standen auf und folgten ihr.

Shaw und Kamau schlossen sich ihnen an.

»Ich dachte, die Katakomben wären unter der St.-Paul's-Kirche«, sagte Janus.

»Nein«, brüllte David durch den Lärm des Helikopters hinter sich. Er warf einen Blick auf die Kirche, die im siebzehnten Jahrhundert über der St.-Paul's-Grotte, in der der Apostel gewohnt hatte, errichtet worden war.

Sobald die Gruppe sich von dem ausschwingenden Rotor entfernt hatte, setzte David zu einer Erklärung an. »Die Katakomben sind gleich da vorn. Aus hygienischen Gründen haben die Römer den Bürgern nicht erlaubt, ihre Toten innerhalb der Mauern der Hauptstadt Mdina zu bestatten. Sie haben ein ausgedehntes Netz von Katakomben – unterirdischen Grabkammern – hier in Rabat, gleich hinter den Stadtmauern, angelegt.« David hätte gern noch weitererzählt – der Historiker in ihm konnte sich kaum zurückhalten. In den Katakomben von Rabat lagen die Leichen von Christen, Heiden und Juden Seite an Seite, als hätten sie dieselbe Konfession, ein Akt religiöser Toleranz, wie man ihn aus römischen Zeiten, in denen Religionsführer oft verfolgt wurden, kaum kannte.

Zur selben Zeit, als Heiden, Juden und Christen ihre Angehörigen nebeneinander in den Katakomben des römischen Malta bestatteten, verfolgte ein Mann namens Saulus von Tarsus mit Feuereifer die Anhänger Jesu. Saulus versuchte, die christliche Kirche in ihren Anfängen gewaltsam zu zerstören, konvertierte jedoch später auf dem Weg nach Damaskus selbst zum Christentum – nachdem Jesus am Kreuz gestorben war. Aus Saulus wurde Paulus, und die Katakomben in Rabat wurden ihm zu Ehren umbenannt.

David widmete sich wieder der bevorstehenden Herausforderung. Sie liefen durch eine weitere Gasse, und er blieb vor einem Steingebäude stehen. Auf einem Schild stand:

MUSEUM DEPARTMENT
S. PAUL'S CATACOMBS

Janus schob das Eisentor sowie die schwere Holztür auf, und die Gruppe ging in das Foyer des Museums.

In dem großen Raum mit Marmorboden war es unheimlich still. An den Wänden hingen Plakate, Fotos und Gemälde. Steinobjekte waren in Glaskästen ausgestellt, und in den Gängen, die von dem Hauptraum abgingen, standen kleinere Artefakte, die David nicht richtig erkennen konnte. Aller Augen richteten sich auf ihn.

»Was jetzt?«, fragte Chang.

»Wir schlagen hier unser Lager auf«, sagte David.

Kaum hatte er die Worte ausgesprochen, schon räumte Kamau einen Tisch frei, stellte seine Reisetasche ab und begann, ihre Waffen zu sortieren: Pistolen, Sturmgewehre und Schutzwesten.

Janus lief zu Kate und griff nach ihrem Rucksack. »Darf ich?«

Kate überließ ihm abwesend den Rucksack, und Janus richtete einen Forschungsplatz ein. Er fuhr den Laptop hoch und verband ihn mit dem thermoskannenähnlichen Gerät für die DNS-Proben.

Dann legte er das Satellitentelefon auf den Tisch. »Sollen wir Continuity anrufen? Und Bericht erstatten?«

»Nein«, sagte David. »Wir rufen erst an, wenn wir etwas gefunden haben. Es gibt keinen Grund ... unseren Aufenthaltsort preiszugeben.«

Er warf einen Blick auf das Telefon. Ein Mitglied ihres Teams hatte genau das getan – ihren Aufenthaltsort verraten. Er nahm das Telefon und gab es Kate. »Pass darauf auf.«

Shaw stand neben Kamau und beobachtete, wie er die Waffen und die Schutzausrüstung sortierte. David sah ihm in die Augen, und sie starrten sich eine Weile an.

Shaw wandte zuerst den Blick ab. Er schlenderte zu einem der Tische an der Treppe, die in die Katakomben hinabführte, nahm eine Faltbroschüre und begann, sie zu lesen.

»Was jetzt, David?«, fragte er wie beiläufig. »Warten wir darauf, dass ein Ritter herausspaziert kommt, und fragen ihn, ob er eine alte Steinkiste gesehen hat?«

Janus ergriff das Wort, um die Anspannung, die in der Luft lag, zu lösen. »Ich möchte nur darauf aufmerksam machen, wie dringlich unsere Situation ...«

»Wir gehen rein«, sagte David.

Kamau legte sofort seinen Körperpanzer an und reichte David ebenfalls einen.

»Es ist eine Nadel im Heuhaufen«, sagte Shaw. Er hielt die Broschüre hoch. »Das ist ein weitläufiges System. Nur ein paar Katakomben sind normalerweise für die Öffentlichkeit zugänglich, aber dieses ... *Ding* könnte überall da unten sein. Wir reden hier von kilometerlangen Tunneln.«

David versuchte, in Kates Miene zu lesen. Sie war ausdruckslos, fast kalt. Hatte sie wieder eine Erinnerung?

»Ich finde, wir sollten uns aufteilen«, sagte Janus. »So können wir einen größeren Bereich abdecken.«

»Wäre das nicht gefährlich?«, fragte Chang kleinlaut.

»Wir könnten in Zweiergruppen gehen, jeweils ein Wissenschaftler und ein Soldat«, meinte Janus.

David dachte über den Vorschlag nach. Die andere Möglichkeit war, jemanden zurückzulassen, hier im Museum, wo er die Katakomben verriegeln oder Verstärkung anfordern könnte. Das war keine gute Option.

»Okay«, sagte er. »Shaw und Chang gehen voran.« David wollte, dass seine beiden Hauptverdächtigen zusammen waren und zuerst hinabgingen, sodass sie etwas Abstand zu ihnen hätten. »Danach kommen Kamau und Janus. Kate und ich gehen zuletzt.«

»Wir haben keine Ahnung, was da unten ist«, sagte Shaw erregt. »Ich gehe nicht unbewaffnet runter. Erschießen Sie mich doch, wenn Sie wollen, David.«

David ging zum Tisch, nahm ein Kampfmesser und warf es mit der Spitze voran zu Shaw hinüber. Shaw fing es am Griff auf. Seine Augen funkelten.

»Jetzt sind Sie bewaffnet. Sie gehen zuerst, oder ich erschieße Sie wirklich. Verlassen Sie sich drauf.«

Shaw zögerte einen Augenblick, dann drehte er sich um und ging, dicht gefolgt von Chang und den vier anderen, die Treppe hinab.

83

Katakomben von St. Paul
Rabat, Malta

In den Katakomben war es muffig und dunkel. Die Beleuchtungsanlage des Museums funktionierte nicht, aber im Schein der LED-Laternen konnte man die Glaskästen und Hinweistafeln erkennen, an denen gewöhnlich die Besucher stehen blieben, um sich über die Kammern zu informieren.

Nach ungefähr zehn Minuten teilte sich der Gang.

»Wir treffen uns in einer Stunde im Foyer, egal, was passiert. Drehen Sie um, wenn Sie nichts finden«, sagte David. »Und machen Sie eine Skizze, damit wir wissen, wo Sie überall waren.«

»Okay, Mama. Ich bin in einer Stunde zurück und mache meine Hausaufgaben«, stichelte Shaw. Er drehte sich um und führte Chang den dunklen Gang entlang.

Kate, David, Kamau und Janus gingen schweigend weiter. Fünf Minuten später teilte sich der Tunnel erneut. Kamau und Janus ging auf die Abzweigung zu.

»Viel Glück, David«, sagte Kamau.

Janus nickte ihnen zu.

»Dir auch«, sagte David.

Er und Kate gingen still ein Stück weiter. Als sie sich außer Hörweite der anderen befanden, blieb David stehen. »Sag mir, was hier vor sich geht. Was schützt die Menschen in Malta vor der Seuche?«

»Ich weiß es nicht. Ich habe in der Vergangenheit die Lade gesehen, aber ich habe keine Ahnung, was damit passiert ist. Ich weiß nur, dass die Immaru sie in die Berge getragen haben.«

»Auf Malta stehen megalithische Steintempel, die fast sechstausend Jahre alt sind – die ältesten Ruinen der Welt. Es gibt Legenden von Wunderheilungen aus der Römerzeit, als Paulus auf Malta gestrandet ist. Könnten die Immaru die Lade hierher in Sicherheit gebracht haben?«

»Möglich.« Kate wirkte abgelenkt.

»Wie kann sie diese Menschen heilen?«

»Ich weiß nicht ...«

»Was ist darin?«

»Die Leiche von Adam, unserem Alpha – der erste Mensch, dem wir das Atlantis-Gen gegeben haben. Mittlerweile nur noch seine Knochen.«

»Wie können seine Knochen heilen?«

»Ich ... ich weiß nicht. Wir haben damals etwas mit ihm gemacht. Ich war da, aber ich konnte es nicht sehen. Ich konnte nicht mal das Gesicht meines Partners erkennen. Das menschliche Genom hat sich gespalten – wir hatten Probleme, das Experiment zu kontrollieren.«

»Das ... Experiment.«

Kate nickte, ging jedoch nicht weiter darauf ein. »David, irgendwas passiert mit mir. Ich kann mich kaum konzentrieren. Und noch etwas: Dorian war da ...«

»Hier?«

»Nein. Er war in der Vergangenheit. Ich glaube, er hat die Erinnerungen eines anderen Atlanters, eines Soldaten namens Ares, der erst nach den Forschungsreisenden zur Erde kam.«

David war verblüfft.

»Was?«

»Er war auf dem Forschungsschiff, in Gibraltar. Die Röhren wurden auf sein Strahlungssignal umprogrammiert. Als Dorian aufgewacht ist, nachdem er während der Spanischen Grippe in die Röhre gesteckt wurde, muss er Ares' Erinnerungen gehabt haben, so wie ich die der Wissenschaftlerin bekommen habe.«

»Unglaublich«, flüsterte David. Eine neue Befürchtung breitete sich in ihm aus. Dorian wusste über die Vergangenheit Bescheid, vielleicht besser als Kate. Das gab ihm einen taktischen Vorteil.

»Was hast du vor, David?«

David wurde in die Gegenwart zurückgerissen, in den schwach beleuchteten Steintunnel. »Wir finden, was auch immer hier unten ist, sehen, ob es uns hilft, ein Heilmittel zu entwickeln, und dann machen wir uns so schnell wie möglich aus dem Staub.«

»Und die anderen?«

»Einer von ihnen ist ein Mörder und Verräter. Wir lassen sie hier unten. Wir müssen weg von ihnen. Nur so kann ich dich in Sicherheit bringen.«

Kate folgte David durch den Gang.

Die Katakomben erinnerten sie an die Tunnel unter Marbella, durch die Martin sie geführt hatte. Rabat selbst hatte in gewisser Hinsicht Ähnlichkeit mit Marbella.

Kate hatte das Gefühl, eine Erinnerung läge zum Greifen nahe – der Abschluss ihres alten Lebens, die endgültige Wahrheit über das, was in Gibraltar geschehen war. Aber wenn sie sie zuließe, würde sich der Rest ihrer Persönlichkeit auflösen. Und sie würde David verlieren. Für sie war die auftauchende Erinnerung der schlimmste Feind hier unten, aber sie wusste, dass David recht hatte: Ein Mörder lauerte in einem der anderen Tunnel.

84

CDC
Atlanta, Georgia

Dr. Paul Brenner öffnete langsam die Tür zu dem Einzelzimmer seines Neffen in der Krankenstation.

Der Junge lag reglos da. Paul wurde von Panik erfasst.

Nach einer Sekunde hob sich Matthews Brust ein wenig. Ein Atemzug.

Paul zog vorsichtig die Tür zu.

»Onkel Paul!«, rief Matthew, während er sich hustend auf die Seite drehte.

»Hallo, Matt. Ich wollte nur mal nach dir sehen.«

»Wo ist Mama?«

»Deine Mutter ... hilft mir bei etwas.«

»Wann kommt sie mich besuchen?«

Paul versteifte sich und wusste nicht, was er sagen sollte. »Bald«, murmelte er abwesend.

Als Matthew sich aufsetzte, bekam er einen neuen Hustenanfall, und winzige Blutströpfchen spritzten auf seine Hand.

Paul starrte auf das Blut, das langsam über die Haut des Jungen floss und sich zu kleinen roten Bächen vereinte.

Matthew betrachtete seine Hand und wischte sie sich am T-Shirt ab.

Paul hielt seinen Arm fest. »Nicht abwischen ... warte, ich hole eine Schwester.« Er flüchtete aus dem Zimmer und ging schnell davon, obwohl Matthew ihm nachrief. Er konnte es nicht mit ansehen, konnte keine Sekunde länger in diesem Zimmer bleiben. *Jetzt ist es so weit,* dachte er, *ich bekomme einen Nervenzusammenbruch.*

Er wollte in sein Büro gehen, die Tür abschließen und warten, bis alles vorbei war.

Seine Assistentin hielt ihn auf dem Gang auf. »Dr. Brenner, ich habe eine Nachricht ...«

Er winkte ab und ging schnell an ihr vorbei. »Keine Nachrichten, Clara.«

»Sie ist von der WHO.« Clara hielt zwei Zettel hoch. »Und eine vom britischen Geheimdienst.«

Paul riss ihr die Zettel aus der Hand und las sie schnell. Dann las er sie noch einmal. Er drehte sich um und taumelte in sein Büro, ohne den Blick von den Zetteln zu nehmen. *Was hat das zu bedeuten?*

Sobald er die Tür geschlossen hatte, rief er Kate Warner an. Das Satellitentelefon klingelte nicht. Er wurde direkt mit der Mailbox verbunden. War es abgeschaltet? Hatte es keinen Empfang?

»Kate, hier ist Paul. Äh, Brenner.« Natürlich wusste sie, welcher Paul es war. Irgendwie machte es ihn schon nervös, ihr nur eine Nachricht zu hinterlassen. »Also, mein Kontakt bei der WHO hat zurückgerufen. Es gibt dort anscheinend keine Akte über einen Dr. Arthur Janus. Und der britische Geheimdienst hat sich auch gemeldet. Sie haben keinen Agenten namens Adam Shaw. Sie haben sogar in den geheimen Akten nachgesehen.« Er wusste nicht recht, was er noch sagen sollte. »Ich hoffe, es geht Ihnen gut, Kate.«

Dorian schlug die Helikoptertür zu und beobachtete, wie der Menschenauflauf unter ihm kleiner wurde, als er und sein Sonderkommando über Valletta aufstiegen.

»Wohin, Sir?«, rief der Pilot nach hinten.

Dorian zog sein Handy hervor. Keine Nachrichten.

»Sie sind nach Westen geflogen«, brüllte er. »Wir müssen nach ihrem Hubschrauber Ausschau halten. Versuchen Sie es zuerst bei den Städten.«

Kamau und Janus gingen durch die Katakomben von St. Paul. Der große Afrikaner schritt mit seinem Sturmgewehr voran. Die Taschenlampe, die er am Lauf befestigt hatte, beleuchtete den breiten Tunnel. Janus trug eine LED-Laterne, aber sie spendete weniger Licht.

»Woher kommen Sie, Mr. Kamau?«, fragte Janus leise.

Kamau zögerte, dann sagte er: »Afrika.«

»Aus welchem Teil?«

Wieder zögerte er, als wollte er nicht darauf antworten. »Kenia, aus einem Ort bei Nairobi. Wir sollten uns jetzt ...«

»In der Nähe der Wiege des modernen Menschen. Ich finde es sehr passend, dass jemand aus Ostafrika zu unserer Expedition gehört, die nach dem Afrikaner sucht, der die Geschichte verändert und die Menschheit auf ihren Kurs gebracht hat.«

Kamau wandte sich um und leuchte ihm mit der Taschenlampe ins Gesicht. »Wir sollten still sein.«

Janus hielt sich eine Hand vor die Augen. »Wie Sie meinen.«

In einem anderen Teil der Katakomben ging Dr. Chang vor Shaw her. Der englische Soldat hatte ihn nach vorn geschickt. »Aus Sicherheitsgründen«, hatte er gesagt.

Chang blieb stehen und drehte sich mit der Laterne zu Shaw um.

»Zeichnen Sie den Weg auf?«, fragte er.

»Klar, und ich streue Brotkrumen. Gehen Sie weiter.«

Der Laternenschein beleuchtete Shaws Gesicht nur zur Hälfte, deswegen wirkte der Mann, der wahrscheinlich Anfang dreißig war, viel jünger.

Sein Gesicht – das jüngere Gesicht – kam Chang bekannt vor. Wo hatte er es schon einmal gesehen?

Vor Jahren, nein, Jahrzehnten. Gleich nachdem er Kate aus dem Leib ihrer Mutter, die in der Röhre gewesen war, geholt hatte.

In seiner Erinnerung saß Howard Keegan, der Direktor von Clocktower und einer von zwei Mitgliedern des Immari-Rats, an einem riesigen Eichenholzschreibtisch in seinem Büro.

»Ich möchte, dass Sie den Jungen, den Sie aus der Röhre geholt haben, genau untersuchen. Er heißt Dieter Kane, aber wir nennen ihn jetzt Dorian Sloane. Er hat Probleme ... sich einzugewöhnen.«

»Ist er ...?«

Keegan zeigte mit dem Finger auf Chang. »Sie sagen mir, was mit ihm los ist, Chang. Übersehen Sie nichts. Untersuchen Sie ihn einfach auf Herz und Nieren, und dann melden Sie sich wieder bei mir, verstanden?«

Als Chang die Untersuchung beendet hatte, kehrte er in Keegans Büro zurück und nahm wieder seinen Platz vor dem überdimensionierten Schreibtisch ein. Er schlug seinen Block auf und berichtete. *Körperlich in gutem Zustand. Zwei Zentimeter größer als der Durchschnitt in seinem Alter. Mehrere frische Blutergüsse. Einige nicht unbedeutende Narben, auch aus jüngerer Zeit ...* Chang blickte auf. »Vermuten Sie Missbrauch?«

»Nein, um Himmels willen. *Er* ist derjenige, der andere missbraucht. Was zum Teufel ist los mit ihm?«

»Ich fürchte, ich verstehe nicht ...«

»Hören Sie mir zu. Als er vor sechzig Jahren in die Röhre gesteckt wurde, war er der netteste Junge der Welt. Als er rauskam, war er so gemein wie eine Schlange. Er ist ein Soziopath. Die Röhre hat irgendwas mit ihm gemacht, Doktor, und ich will wissen, was.«

Chang saß da und wusste nicht, was er sagen sollte.

Die Tür zum Büro flog auf, und Dorian stürmte herein.

»Raus mit dir, Dorian! Wir arbeiten hier.«

Ein zweiter Junge kam hinterhergerannt, prallte gegen Dorians Rücken und spähte über seine Schulter. Das Gesicht.

Die beiden Jungen gingen hinaus und zogen die schwere Tür hinter sich zu.

Keegan lehnte sich auf seinem Stuhl zurück und massierte sich den Nasenrücken.

Chang konnte die Stille nicht ertragen. »Der andere Junge ...«

»Was?« Keegan beugte sich vor. »Ach, das ist mein Sohn, Adam. Ich habe Dorian als seinen Bruder aufgenommen, weil ich gehofft habe, dass ihm das Halt und Familiensinn gibt. Dorians Familie ist tot. Aber ... ich habe wahnsinnige Angst, dass Dorians dunkle Seite, seine Krankheit, Adam ansteckt. Und es ist wirklich eine Krankheit. Etwas stimmt ganz und gar nicht mit ihm.«

Changs Erinnerung verblasste, und er war wieder in dem schwach beleuchteten Steingang. Er sah Adam Shaw an, die Seite seines Gesichts, die im Hellen lag. Ja, er war es. Dorians Adoptivbruder. Keegans Sohn.

»Was ist los?«, fragte Shaw.

Chang trat einen Schritt zurück. »Nichts.«

Shaw folgte ihm. »Haben Sie etwas gehört?«

»Nein ... ich ...« Chang suchte nach Worten, nach einer Ausrede. *Denk nach. Sag etwas.*

Auf Shaws Gesicht zeichnete sich ein Grinsen ab. »Sie erinnern sich an mich, stimmt's, Chang?«

Chang erstarrte. *Warum kann ich mich nicht bewegen.* Es fühlte sich an, als hätte ihn eine Schlange gebissen, deren lähmendes Gift sich in ihm ausbreitete.

»Ich habe mich schon gefragt, ob das passieren würde. Blöde Sache. Martin hat sich auch an mich erinnert.«

»Hilfe!«, schrie Chang den Bruchteil einer Sekunde, bevor Shaw das Messer aus dem Gürtel zog und ihm die Kehle durchschnitt. Blut spritzte an die Steinwand, und Chang ging gurgelnd zu Boden, umklammerte seinen aufgeschlitzten Hals und schnappte vergeblich nach Luft.

Shaw wischte sein blutiges Messer an Changs Brust ab, dann stieg er über den Sterbenden hinweg. Er legte einen Sprengsatz auf den Boden, machte ihn scharf und rannte tiefer in den Tunnel hinein.

Kamau blieb stehen, als er das Geräusch hörte. Es klang wie ein Hilfeschrei. Er drehte sich zu Janus um. Der Mann hielt etwas in der Hand. Eine Waffe?

Kamau hob das Gewehr.

Ein grelles Licht, heller als alles, was Kamau bisher gesehen hatte, attackierte ihn. Ein Geräusch wie von einer Stimmgabel breitete sich in seinem Kopf aus. Er fiel auf die Knie. Was machte Janus mit ihm? Es fühlte sich an, als würde sein Gehirn anschwellen, bis der Kopf explodierte.

Janus ging wortlos an ihm vorbei.

Der Hilfeschrei ließ David abrupt stehen bleiben. Wer war das? Der Mörder schlug zu.

Das Geräusch kam aus der Nähe. Aus einem parallel verlaufenden Tunnel? Oder aus einem kreuzenden Tunnel?

»David ...«, flüsterte Kate.

»Pst. Wir müssen weiter.« Er lief voraus. Vorher war David an jedem Durchgang stehen geblieben und hatte das Sturmgewehr von einer Seite zur anderen geschwenkt.

Jetzt kam es auf Schnelligkeit an. Sie mussten sich so weit wie möglich von dem Geräusch entfernen und eine Stelle finden, die sich gut verteidigen ließ.

Der Gang endete in einer großen Grabkammer mit einem Steintisch, der aus dem Fels gehauen worden war.

David lief langsamer und überlegte, was er tun sollte. Umdrehen?

Als er stehen blieb, spürte er ein unheilvolles Prickeln im Nacken. Er wollte sich umdrehen, aber eine Stimme rief: »Keine Bewegung!«

85

Katakomben von St. Paul
Rabat, Malta

David hob die Hände. Er spürte Kates Blick auf sich ruhen. Wahrscheinlich fragte sie sich, ob er sich umdrehen und auf den Mann hinter ihnen schießen würde. David zögerte, denn er wusste nicht, wer und vor allem wie viele dort waren.

Eine andere Stimme durchbrach die Stille, eine Stimme, die David kannte.

»Waffen runter. Das sind die, auf die wir gewartet haben.«

David und Kate drehten sich langsam zu dem jungen Mann um, der aus dem Schatten trat.

»Milo«, flüsterte Kate.

»Hallo, Dr. Kate.« Milo nickte David zu. »Mr. David.«

»Kommen Sie mit«, sagte Milo. Er führte sie, begleitet von zwei schwer bewaffneten Soldaten – Ritter des Malteserordens, vermutete David –, in einen rechteckigen Raum, der viel größer war als die übrigen Grabkammern. Ein halbes Dutzend Wachen standen mit Gewehren im Anschlag an den Wänden.

Am hinteren Ende der Kammer stand eine Steintruhe auf einem niedrigen Altar.

Kate lief darauf zu und setzte ihren Rucksack ab. Sie wandte sich an die Soldaten: »Können Sie den Deckel abheben?«

Milo nickte ihnen zu, und vier Wachen ließen ihre Waffen sinken und gingen zu der Lade.

»Milo, wie bist du hier unten gelandet?«, fragte David.

»Das ist eine lange Geschichte, Mr. David, aber sagen wir einfach ... ich möchte es nicht noch mal durchmachen.«

»Ja, ich verstehe, was du meinst.«

Am Altar beugte Kate sich über die Lade. David trat neben sie und warf einen Blick hinein. Im schwachen Licht konnte er nur die Knochen eines einzelnen Menschen ausmachen.

Neben ihm bediente Kate ein Gerät, das David unbekannt war, irgendwas aus ihrem Rucksack. Er wusste, dass sie eine Genprobe nahm, aber er hatte keine Ahnung, wie es funktionierte.

Er wandte sich zu den um den Altar verteilten Männern. Milo stand still in ihrer Mitte. David dachte, dass der junge Mann, dem er zum ersten Mal in dem tibetischen Kloster begegnet war, sich stark verändert hatte. Er wirkte reifer und gelassener.

David sah zu Kate. »Hast du alles, was du brauchst?«

Sie nickte.

»Milo«, sagte David, »wir müssen nach oben, zu unserem Laptop, damit wir die Probe analysieren können.« Er zögerte. »Vermutlich läuft hier unten ein Mörder herum.«

»Uns kann nichts passieren, Mr. David.« Milo zeigte auf die Soldaten. »Sie bewachen diesen Ort schon sehr lang. Und sie können Sie sicher aus den Katakomben herausbringen.«

Mehrere Soldaten lösten sich aus der Gruppe und gingen in den Tunnel, der nach oben führte. David und Kate folgten ihnen.

Aus dem Augenwinkel entdeckte Dorian einen Helikopter am Boden. Ein Immari-Helikopter.

Er zeigte darauf. »Da! Sie müssen irgendwo in der Nähe sein.«

Als die ersten Sonnenstrahlen in den Tunnel fielen, bemerkte David, dass er die Schritte der Wachen nicht mehr hörte. Er drehte sich nach ihnen um, aber sie waren verschwunden. Verwundert schüttelte er den Kopf. *Noch ein kleines Rätsel,* dachte er.

Im Foyer rannte Kate zu dem Laptop, legte ihren Rucksack auf den Boden und machte sich sofort an die Arbeit.

David überprüfte das Magazin des Gewehrs – ein nervöser Tick – und schritt im Raum auf und ab, ohne den Tunneleingang aus den Augen zu lassen.

»Wie geht es weiter?«, rief er Kate über die Schulter zu.

»Ich schicke den neuen Datensatz an Continuity und hoffe, dass sie daraus eine Therapie entwickeln können.«

»Wie lang dauert das?«

Sie rieb sich die Schläfen und sah auf den Bildschirm. »Ich weiß nicht ...«

»Warum nicht?«

Sie warf ihm einen Blick zu. »Ich bin mittlerweile ziemlich wirr im Kopf, und beim letzten Mal hat Janus es gemacht – er kann das viel besser als ich.«

David gestattete sich, den Blick eine Sekunde vom Tunneleingang abzuwenden. »Okay, okay, ich meine ja nur ... Eile ist das Gebot der Stunde.«

Ein Piepsen durchbrach die Anspannung.

»Was ist das?«

Kate zog das Satellitentelefon aus der Tasche. »Eine Nachricht auf der Mailbox.«

Sie legte das Telefon auf den Tisch und widmete sich wieder ihrem Laptop. »Du kannst sie dir anhören, wenn du willst. Ich habe gehört, Eile ist das Gebot der Stunde, und ich muss meine Arbeit erledigen.«

David warf einen Blick auf das Telefon, dann wirbelte er zum Tunnel herum und hob das Gewehr. Er nahm sich vor, Kate nicht mehr bei der Arbeit zu stören und keine albernen Phrasen zu benutzen, die ihm später um die Ohren gehauen werden konnten.

Tief in der Höhle, jenseits des Lichts, hörte er leise Schritte. Sie klangen behutsam, als näherte sich jemand dem Ausgang, der nicht gehört werden wollte.

David erregte Kates Aufmerksamkeit, hielt den Finger vor die Lippen, ging ein paar Schritte zur Seite und positionierte sich neben dem Ausgang. Er richtete das Gewehr auf die Öffnung. Es musste Shaw sein, da war er sich sicher – und er war bereit für ihn.

Dorian beugte sich in das Cockpit und betrachtete den Hubschrauber auf dem Platz unten.

»Soll ich daneben landen?«, fragte der Pilot.

»Klar. Da können wir ihnen genauso gut eine SMS schicken, dass wir hier sind. Oder eine Leuchtrakete abschießen.«

Der Pilot schluckte. »Sir?«

»Landen Sie irgendwo anders. Vielleicht liegen sie bei dem Hubschrauber im Hinterhalt. Wir kundschaften die Gegend zu Fuß aus.«

Dorian sah auf sein Handy. Keine Nachrichten. Warum nicht?

War Adam tot?

Er hoffte nicht. Das wäre ein schwerer Verlust, denn er war alles, was von seiner Familie übrig war, sein einziger Verwandter. Sein Bruder. Der einzige Mensch auf der Welt, dem er zutraute, Kate Warner gefangen zu nehmen. Und Dorian spürte, dass er irgendwo in Rabat war. Aber warum? Was gab es hier? Dorian war sich sicher, dass der Grund dafür in der Geschichte zu finden war, in dem Wissen um die genaue Bedeutung Rabats, aber wen interessierte das schon? Geschichtsstudium war so viel Arbeit.

»Kennt jemand die Geschichte von Rabat? Irgendwelche bedeutenden kulturellen Ereignisse?«

Die Soldaten sahen ihn mit leeren Mienen an.

Der Pilot meldete sich über Funk. »Mdina war in der Römerzeit die Hauptstadt. Die Phönizier und Griechen haben vorher auch schon von da aus die Insel regiert.«

Wer bringt denen so nutzlosen Scheiß bei?, dachte Dorian. »Sehr interessant, aber wir sind nicht in Mdina, oder? Was ist in Rabat?«

»Da haben sie ihre Toten bestattet.«

»Was?«

»Die Römer haben großen Wert auf Hygiene gelegt. Und auf Sicherheit. Sie haben Mauern um ihre Städte gebaut und nicht erlaubt, die Toten innerhalb zu begraben. Rabat war ein Vorort ...«

»Worauf wollen Sie hinaus? Kommen Sie auf den Punkt.«

»Es gib hier Grabkammern. Aus der Antike. Die Katakomben von St. Paul.«

Dorian dachte darüber nach. Ja, das musste der Grund sein, aus dem David und Kate hier waren – Tote, uralte genetische Spuren, die zu einem Heilmittel führen könnten. Wie viele tausend Jahre Geschichte lagen in den Steinkammern unter dieser uralten Stadt begraben? Hatte jemand einen Leichnam in den Grabkammern verborgen, weil niemand an einem so naheliegenden Platz danach suchen würde? Es spielte keine Rolle. Alles, was er brauchte, war Kate, ihren Code, das Wissen in ihrem Kopf.

Langsam tauchte die Gestalt aus der Dunkelheit auf. David legte den Finger auf den Abzug und drückte leicht.

Der Mann trat heraus und hob die Hände.

Janus.

Kate stand an ihrem Tisch auf. »Gott sei Dank. Ich brauche Ihre Hilfe.«

Janus ging zu ihr. David folgte ihm instinktiv mit der Waffe im Anschlag.

»Haben Sie es gefunden?«, fragte Janus.

»Ja.«

»Die Lade aus dem tibetanischen Gobelin? Sie war hier? Die ganze Zeit. Alpha. Adam?«

Kate nickte.

»Unglaublich ...«, murmelte Janus, während er auf den Bildschirm sah. »Darf ich?«

»Natürlich, bitte.« Kate trat zur Seite.

»Wo ist Kamau?«, rief David von hinten.

»Nach dem Schrei haben wir uns verloren.«

»Lebt er?«

»Das will ich doch hoffen.« Janus tippte auf der Tastatur, während seine Augen über den Bildschirm wanderten.

Eine Minute verging, während der sich David auf den Tunneleingang konzentrierte und Kate und Janus auf den Laptop blickten.

Schließlich nickte Janus. »Das ist er – der Startpunkt, der erste Mensch, der das Atlantis-Gen erhalten hat. Wenn wir das Genom mit den Proben der Leichen von der Beulenpest und der Überlebenden der Spanischen Grippe kombinieren, wird sich alles aufklären. Ich glaube, Continuity kann aus diesem Datensatz alle endogenen Retroviren isolieren.« Er wandte sich zu Kate. »Das war's.«

Kate nahm das Satellitentelefon und verband es mit dem

Laptop. Sie tippte auf der Tastatur. »Die Daten werden übertragen.«

Janus drehte sich um und ging auf den Eingang des Tunnelsystems zu.

»Sie können da nicht runtergehen«, sagte David.

»Leider habe ich keine Wahl«, antwortete Janus. »Für einen Wissenschaftler wie mich ist das die größte Gelegenheit aller Zeiten. Der erste Mensch eines völlig neuen Stamms, der genetische Wendepunkt, der alles Folgende bestimmte. Die Geschichte, die Wissenschaft. Trotz des Risikos muss ich es mit meinen eigenen Augen sehen.«

»Bleiben Sie hier ...«

Janus lief in den Tunnel, bevor David ihn aufhalten konnte.

Kate trennte das Satellitentelefon vom Laptop und wählte schnell eine Nummer. David positionierte sich zwischen ihr und dem Tunneleingang.

Paul, ich habe gerade einen neuen Datensatz geschickt – Ja – Was – Nein, ich habe die Nachricht nicht abgehört.

Kate riss die Augen weit auf. »Nein ... ich ... danke, dass Sie mir Bescheid sagen. Rufen Sie mich an, wenn Sie die Daten haben.« Sie beendete das Gespräch. »Janus und Shaw. Sie sind beide nicht, was sie vorgeben.«

David hörte, wie sich aus dem Tunnel Schritte näherten. Er hob schussbereit das Gewehr, aber die Gestalt, die aus der Dunkelheit auftauchte, blieb stehen.

86

Katakomben von St. Paul
Rabat, Malta

Kate strengte ihre Augen an, um zu erkennen, wer dort aus der Dunkelheit kam. Ein Mann trat mit erhobenen Armen heraus.

Kamau.

Er stand im Eingang und schirmte sich mit den Händen gegen das Licht ab, als würde es ihn verbrennen.

»Alles in Ordnung?«, fragte David.

»Ich ... kann nichts sehen.«

David lief zu Kamau und half ihm aus dem Tunnel zu einem Stuhl an der Längsseite des Tischs, an dem Kate saß. Auf Kate wirkte er irgendwie verwirrt und geschwächt.

»Was ist passiert?«, fragte David.

»Janus. Er hat mich mit einer Lichtwaffe geblendet. Ich war eine Weile außer Gefecht.«

David sah zu Kate. »Er könnte die Daten manipuliert haben.«

Kate wollte etwas entgegnen, aber das Satellitentelefon auf dem Tisch begann zu vibrieren. Sie griff danach und nahm den Anruf entgegen.

Ein Ergebnis – Nein – Ich glaube, Sie müssen es tun – Das glaube ich auch, Paul – Rufen Sie mich wieder an, wenn Sie Bescheid wissen.

Sie beendete den Anruf. Die eine Therapie war ihre einzige Chance. Aber ...

»Sie haben eine Therapie gefunden«, sagte sie. »Sie machen weiter.« Sie sah David an. »Wir müssen mit Janus reden.«

David ging näher zu Kamau. »Was machen deine Augen?«

»Es wird besser. Alles noch ein bisschen verschwommen.«

Er will gegenüber seinem vorgesetzten Offizier keine Schwäche zeigen, dachte Kate.

David reichte ihm ein Sturmgewehr vom Tisch. »Ich will, dass du auf alles schießt, was aus dem Tunnel kommt.«

Er wandte sich zu Kate. »Chang ist tot, garantiert. Es sind nur noch Shaw und Janus da unten. Wir wissen, wo Janus hinwill. Ich hole ihn zurück.« Zu Kamau sagte er: »Wenn ich wieder oben bin, rufe ich ›Achilles kommt‹, bevor ich rauskomme.«

Kamau nickte.

David verschwand in der Dunkelheit des Tunnels.

Kate ging zum Tisch und nahm eine Pistole. Sie strich mit dem Finger über die an der Seite eingravierte Schrift. *SIG SAUER.*

»Können Sie damit umgehen?«, hallte Kamaus tiefe Stimme durch den Raum.

»Ich lerne schnell.«

Adam Shaw brachte eine weitere Sprengladung in der Aussparung im Steintunnel an. Wohin als Nächstes? Er hätte eine Karte zeichnen sollen, wie er zurück zum Foyer kam; die Tunnel nahmen kein Ende. Irgendwo in der Ferne hörte er Schritte. Er schaltete seine Laterne aus.

Schnell zog er sich tiefer in die Grabkammer neben dem Gang zurück. Der gummierte Messergriff machte ein leises Geräusch, als er die Klinge aus der Scheide zog.

Der Unbekannte, der sich näherte, trug eine Laterne. Das Licht wurde mit jeder Sekunde heller.

Shaw ging in die Hocke und wartete. Die Grabkammer war klein, vielleicht zwei mal drei Meter, eine von vielen Nischen, die vom Haupttunnel abgingen.

Er versuchte die Entfernung der Schritte abzuschätzen, denn er wusste, dass er nur den Bruchteil einer Sekunde Zeit haben würde, um sich auf sein Opfer zu stürzen.

Näher.

Noch näher.

Die Gestalt tauchte auf.

Janus.

Shaw ließ ihn vorbeigehen. Er stieß den angehaltenen Atem aus. Aber hinter Janus ertönten weitere Schritte. Kamau?

Sie waren zusammen gewesen.

Shaw erstarrte.

David.

Er verfolgte Janus.

Dann war er vorbei. Und Shaw war froh. Tief in seinem Inneren musste er zugeben, dass Vale ihn im Kampf Mann gegen Mann besiegen könnte, selbst wenn das Überraschungsmoment auf seiner Seite war. Er hatte Davids Akte gelesen, die Berichte von Clocktower, ehe er zu seinem Einsatz aufgebrochen war. Seit er ihn zum ersten Mal gesehen hatte, seit David aus dem Wasser des Mittelmeers aufgetaucht war, ihn auf das Wrackteil des Seuchenschiffs geworfen und ihm eindrucksvoll demonstriert hatte, wie gut er den Nahkampf beherrschte, hatte Shaw nach einer Möglichkeit gesucht, ihn zu töten.

Aber jetzt musste er sich keine Gedanken mehr um ihn machen – David lief tiefer in den Tunnel hinein, weg von

Kate, die ihm mehr am Herzen lag als alles andere, und gab Shaw die Gelegenheit, sie einzufangen, seinen Auftrag zu erfüllen und sich zugleich an David zu rächen.

Er trat aus der Grabkammer, wandte sich nach links und folgte dem Weg, den David freigegeben hatte, zu Kate.

Janus rannte, so schnell er konnte. Vor ihm beleuchtete der sanfte Schein von Laternen den Steinraum.

Er würde bewacht sein – wenn man von der Vergangenheit ausging.

Janus nahm den Quantenwürfel aus der Tasche und lief langsamer. Jetzt konnte er die Lade am anderen Ende der Kammer sehen. Erstaunlich. Sie hatte sich überhaupt nicht verändert.

Janus schaltete den Würfel an und tauchte die Umgebung in grelles Licht. Er erhöhte die Intensität.

Die Wachen vor der Kammer brachen zusammen, und er hörte, wie auch im Inneren Menschen auf den Steinboden fielen.

Er trat ein und sah sich um. Sechs schwer bewaffnete europäische Soldaten und ein jugendlicher Asiat in einer Robe.

Janus ging zur Lade und sah hinein.

Da war er. Der Erste. Sie hatten ihn aufbewahrt. Seine Geschichte weitererzählt. Es war eine bemerkenswerte Spezies. Sie hatte all seine Erwartungen übertroffen. Doch das änderte nichts an dem, was getan werden musste. Er hatte keine Wahl.

Er nahm Alphas Oberschenkelknochen, holte aus und schlug ihn gegen die Steintruhe.

Ein kleiner Metallchip fiel heraus und wurde sofort von einer Wolke aus grauem Staub bedeckt.

Janus wischte den Staub zur Seite und suchte den Chip.

Es hatte Monate gedauert, ihn zu finden. Es war das letzte Stück. Wenn es weg war ...

Er hielt den Chip ans Licht und betrachtete die Technologie, die er und seine Partnerin vor fast siebzigtausend Jahren eingepflanzt hatten. Das kleine, Strahlung emittierende Implantat hatte es ihnen ermöglicht, über Zehntausende von Jahren hinweg Änderungen am menschlichen Genom vorzunehmen. Jedes Mal, wenn sie eine neue Strahlenbehandlung programmiert hatten, beeinflusste sie die Gene derjenigen, die sich in Reichweite befanden, und somit die Entwicklung der Menschheit. Das Gerät war jetzt alt und die Energiequelle nahezu erschöpft, sodass die Reichweite stark nachgelassen hatte. Janus hatte sich gefragt, ob er es überhaupt finden könnte. Aber angesichts der gegenwärtigen Seuche hatte es planmäßig funktioniert, indem es das Notfallprogramm startete, das Atlantis-Gen aktivierte und diejenigen rettete, die sich um es scharrten. Es war eine Schande, dass so viele sterben mussten, damit Janus es finden konnte. Aber ohne den Chip stand der endgültigen genetischen Transformation, die er bereits ausgelöst hatte, nichts mehr im Weg.

In diesem Moment wurde Janus von seiner Neugier überwältigt. Er schaltete das Speichermodul des Implantats ein und sah sich die Daten an. Die Aufzeichnungen begannen mit dem Stamm, den sie verändert hatten. Die Menschen hatten die Lade aus den tropischen Gefilden in die Berge getragen, durch die Wüste und auf ein Schiff. Sie segelten hierher, nach Malta, wo sie in der Hoffnung blieben, die Abgeschiedenheit der Insel würde sie schützen, bis Janus und seine Partnerin zurückkehrten. Aber sie waren nicht gekommen, und die Insel hatte ihnen keinen dauerhaften Schutz bieten können.

Barbaren gelangten auf die Insel und brachten etwas mit, das der isolierte Stamm beinahe vergessen hatte: Gewalt. Die Immaru waren den Eindringlingen so unterlegen wie Janus' eigenes Volk einer anderen gewalttätigen Rasse. Die Geschichte hatte sich wiederholt. Hatte er sie in die falsche Richtung gelenkt? In einer Welt, die zu zivilisiert war, um zu kämpfen, wurden die letzten Barbaren Könige.

Die Barbaren, die Malta übernommen hatten, begannen, die megalithischen Tempel der Immaru zu erkunden. Tief im Inneren einer dieser Tempel, wo die Lade mit Alphas Überresten verborgen war, wurde eine Gruppe dieser Menschen durch die Strahlung des Implantats verändert. Erst traf es die Phönizier, dann die Griechen, die Erstere verdrängten. Die griechischen Eroberer brachten den genetischen Vorteil mit in ihre Heimat zurück, wo die Änderungen in der Gehirnvernetzung über Jahrhunderte gediehen.

Die griechische Gesellschaft brachte kultivierte Geister hervor, wie es sie nie zuvor gegeben hatte. Einige wenige erleuchtete Individuen hatten Zugriff auf eine gemeinsame Erinnerung, die im Unterbewusstsein vergraben lag. Sie äußerte sich in Form eines Mythos – einer Geschichte über eine weit entwickelte Stadt namens Atlantis, die vor der Küste von Gibraltar versunken war. Janus begriff es jetzt: Das Implantat hatte die gemeinsame Erinnerung eingepflanzt, damit eine zivilisierte Gesellschaft das Schiff fand und Janus und seine Partnerin rettete. Und in gewissem Sinne hatten das Implantat und der Atlantis-Mythos, den es übertrug, ihn auch gerettet. Die Griechen waren die Ersten, die von Atlantis erfuhren, die Geschichte aufschrieben und über die Welt verbreiteten, aber in den folgenden Jahrhunderten verankerte sich der Mythos im Unterbewusstsein aller Menschen.

Janus sah, wie die Griechen das gleiche Schicksal ereilte wie zuvor die Phönizier. Sie wurden immer zivilisierter und dadurch unfähig, sich gegen eine riesige Armee vor ihren Mauern zur Wehr zu setzen – die Römer.

In den Jahren nachdem die Römer sich Griechenland einverleibt und Malta erreicht hatten, breitete sich das Reich und mit ihr die Zivilisation aus. Die Römer bauten Straßen, führten Gesetze ein und erschufen einen Kalender, der noch immer in Gebrauch ist. Die Menschheit war auf ihrem Höhepunkt angelangt. Die römische Expansion schien kein Ende zu nehmen, aber je mehr die Grenzen erweitert wurden, desto schwieriger waren sie zu verteidigen. Schließlich verfiel das römische Reich ebenfalls, und die barbarischen Stämme drangen über die schlecht verteidigten Grenzen ein, besiedelten das Land und belagerten die großen Städte.

Während Rom unterging, spie ein Supervulkan in der Nähe des Äquators, im heutigen Indonesien, Feuer und Asche. Der Ascheregen brachte die größte Pandemie der bekannten Geschichte mit sich, die Justinianische Pest, und löste eine neue Welle von genetischen Veränderungen aus. Weil der Handel zum Erliegen kam, riss der Menschenstrom, der über Malta floss, ab. Die Strahlung des Implantats konnte nicht genügend Überlebende erreichen, um eine Wende herbeizuführen. Die Menschheit fiel in eine primitivere Lebensweise zurück und wartete auf Hoffnung und Erlösung.

Dunkelheit folgte. Fast tausend Jahre lang gab es keine großen Zivilisationen. Malta und die gesamte Menschheit sehnten sich nach Führung. In dieser Situation brach ein weiterer Vulkan aus, und der Schwarze Tod schlug zu.

Flüchtlinge landeten auf Malta, und eine neue Strahlungswelle des Implantats brachte wieder genetische Veränderungen mit sich. Diese Überlebenden segelten von Malta zurück in ihre Heimat, verhinderten Ares' endgültige Umwandlung der Menschheit und leiteten die Renaissance ein.

Danach war das Implantat untätig – bis zur Atlantis-Seuche. Das globale Versagen von Orchid reaktivierte es schließlich, sodass Janus es finden konnte.

Janus sah jetzt alles vor sich: den Lauf der Geschichte seit dem Untergang von Atlantis. Das winzige Implantat hatte Krieg geführt gegen die Dunkelheit und die genetischen Änderungen, die Ares mithilfe der Asche und der Pest im sechsten und vierzehnten Jahrhundert und schließlich der Atlantis-Seuche ausgelöst hatte.

Jahrtausendelang hatten sich die Menschen ans Leben geklammert. Und wie sie gekämpft hatten. Die Widerstandskraft der Spezies 8472 war außergewöhnlich. Jetzt würde die Geschichte ein Ende finden. Aber die Menschheit würde sicher sein, davon war er überzeugt.

Er warf den Chip in die Lade und zerdrückte ihn.

Hinter sich hörte er Schritte, die abrupt endeten. Janus drehte sich um und sah David mit einer der primitiven Waffen, die Projektile aus gehärteten Elementen verschossen, im Eingang der Kammer stehen.

Janus griff nach dem Quantenwürfel.

»Nicht, Janus. Ich schwöre, ich erschieße Sie.«

»Aber, Mr. Vale. So geht man doch nicht mit Leuten um, die einem das Leben gerettet haben.«

87

CDC
Atlanta, Georgia

Paul Brenner ging in den Symphony-Kontrollraum. Es herrschte Jubelstimmung. Zwei Worte blinkten auf dem Bildschirm in der Mitte:

EIN ERGEBNIS

Sie hatten eine neue Gentherapie gegen die Atlantis-Seuche. Eine neue Hoffnung.

»Los«, sagte Paul. »Setzen Sie sie in allen Distrikten ein. Übermitteln Sie die Daten an alle Schwesterorganisationen.«

Er rannte den Flur entlang und stürmte ins Krankenzimmer seines Neffen.

Der Junge lag still da. Er drehte sich nicht zu Paul um. Offenbar war er nur halb bei Bewusstsein.

Aber es war noch nicht zu spät, dachte Paul.

Im Foyer, das zu den Katakomben von St. Paul führte, lehnte sich Kate am Tisch zurück und fragte sich, was sie noch tun konnte.

Die Gestalt, die aus dem Tunnel schoss, verschwamm vor ihren Augen. Kate wirbelte herum, aber der Angreifer war zu schnell. Er riss Kamau von seinem Stuhl. Das Sturmgewehr landete klirrend auf dem Marmor, als die beiden über den Boden rollten und in einer der Glasvitrinen des Museums landeten. Kamau schlug nach dem Angreifer, aber Kate sah, dass er orientierungslos und blind war. Er hatte keine Chance.

Kate taumelte nach vorn und hob die Pistole.

Die beiden wälzten sich wild über den Boden. Kate versuchte, einen Blick auf den Angreifer zu werfen. Tief in ihrem Inneren wusste sie, dass es Shaw war, aber sie wollte es nicht wahrhaben. Sie war schon einmal von jemandem verraten worden, dem sie vertraut hatte, und hatte geschworen, es nie wieder zuzulassen. Shaw hatte sie in Marbella gerettet, aber ...

Der Angreifer stand mit einem Messer in der Hand auf. Blut floss über den weißen Marmorboden. Kamau zuckte ein paarmal, dann regte er sich nicht mehr.

Der Mann drehte sich zu Kate um.

Shaw.

Kate wollte abdrücken, aber sie war wie erstarrt. Sie konnte es nicht.

Shaw riss ihr die Pistole aus der Hand.

»Das ist nichts für Sie, Kate. Seien Sie froh darüber.«

Die Tür auf der anderen Seite des Foyers wurde geöffnet, und Dorian Sloane kam hereingeschlendert. Die vier Männer, die ihm folgten, schwärmten aus. Zwei positionierten sich links und rechts des Tunneleingangs, die beiden anderen sicherten das Foyer.

»Wo zum Teufel warst du?«, fragte Shaw.

»Bleib locker«, sagte Dorian ruhig. »Eine kleine Panne unterwegs.« Er ließ den Blick durch den Raum schweifen. »Vale?«

»In den Tunneln«, sagte Shaw.

Dorian nickte den Soldaten am Eingang zu.

»Nein«, sagte Shaw. »Es gibt nur einen Ausgang.« Er zog ein Kästchen aus der Hosentasche und drückte einen Knopf. Detonationen hallten durch die Katakomben wie ein fernes Donnergrollen. Er sah zu Dorian. »Jetzt gibt es keinen mehr.«

Dorian grinste. »Schön, dich zu sehen, kleiner Bruder.«

David hörte die Explosionen, bevor er sie am Rücken spürte. Die Decke fiel herab.

Am Rande seines Blickfelds sah er Milo leblos auf dem Boden liegen. Er warf sich über ihn und schützte ihn mit seinem eigenen Leib.

Steine fielen auf ihn und hämmerten um ihn herum auf den Boden. Milo unter ihm fühlte sich so zerbrechlich an. Würde er überleben?

David zuckte zusammen, als ein weiterer Stein auf ihn herabstürzte. Dann wurde sein Bein getroffen. Der Schmerz war überwältigend, aber er rührte sich nicht von der Stelle. Er wartete auf das Ende.

Und es kam, aber anders, als er erwartet hatte. Eine Kuppel aus Licht spannte sich über ihn und hielt den herabstürzenden Fels ab. Noch immer bewegte er sich nicht.

Kate sah Dorian wütend an. »Ich helfe dir nicht. Wir haben schon ein Heilmittel.«

Dorians Grinsen wurde breiter. »Ach, Kate, ich habe nichts anderes von dir erwartet. Aber das Heilmittel interessiert mich nicht im Geringsten. Ich bin wegen des Codes in deinem Kopf hier.«

»Ich habe keinen ...«

»Wirst du aber. Du wirst dich erinnern, und dann haben wir, was wir brauchen.«

Einer von Dorians Männern packte sie und zerrte sie aus dem Foyer des Museums.

88

Katakomben von St. Paul
Rabat, Malta

David spürte, wie eine Hand seine Schulter packte und ihn umdrehte. Es war jetzt dunkel und still in der Grabkammer. Er konnte nichts sehen.

Allmählich breitete sich ein gelbes Licht im Raum aus.

Der Mann schien die Kammer aus seiner Handfläche zu beleuchten. Darin lag etwas – ein kleiner, funkelnder Würfel.

David sah zu dem Gesicht auf. Janus. Er hatte David mithilfe des Würfels vor den herabstürzenden Felsbrocken geschützt.

»Verdammt, wer sind Sie?«, fragte David mit heiserer Stimme.

»Nicht fluchen, Mr. Vale.«

»Im Ernst.«

Janus erhob sich und sagte ruhig: »Ich bin einer von zwei Forschern, die vor sehr langer Zeit hierhergekommen sind, um die Homini auf diesem Planten zu untersuchen.«

David hustete. »Ein Atlanter.«

»Was Sie einen Atlanter nennen, ja.«

David betrachtete sein Gesicht. Ja, er kannte es. Er hatte Janus schon einmal gesehen. Vor einigen Tagen in der Antarktis hatte er bemerkt, wie dieses Gesicht ihn vom anderen

Ende des Raums aus ansah. Dann war es verschwunden. »Sie waren das – in der Antarktis.«

»Ja, wenn auch nicht in Fleisch und Blut. Was Sie gesehen haben, war ein Avatar, ein ferngesteuertes Abbild von mir.«

David setzte sich auf. »Sie haben mich gerettet. Warum?«

»Ich muss leider gehen, Mr. Vale.«

»Warten Sie.« Während David sich erhob, warf er einen Blick auf das Gewehr und überlegte, ob er es aufheben sollte. Nein. Janus hatte die Soldaten mit dem Würfel außer Gefecht gesetzt. Er könnte dasselbe mit ihm tun. Und Janus hatte ihm das Leben gerettet – zweimal schon. »Die Therapie, die Sie an Continuity geschickt haben, die war nicht echt, oder?«

»Sie ist ziemlich echt ...«

»Heilt sie die Seuche?«

»Sie heilt, was die Menschheit plagt.«

David gefiel weder die Antwort noch Janus' Verhalten, das ihm signalisierte: Die Unterhaltung ist beendet.

Janus konzentrierte sich auf den Würfel in seiner Hand. Er hielt die andere Hand in das Licht, das er ausstrahlte, und bewegte die Finger. Er schien ihn zu programmieren.

David dachte über seine Lage nach. Jemand hatte hier unten Sprengsätze angebracht und gezündet; es war keine Bombe von oben. Während des Zweiten Weltkriegs hatten die Deutschen und Italiener zahllose Bomben auf die Katakomben geworfen, ohne dass sie eingestürzt waren. Shaw. Er hatte den Zugang verschlossen. Und er musste Kate in seiner Gewalt haben. Hatte er sie schon an Dorian ausgeliefert?

»Shaw hat Kate«, sagte David.

»Ja, vermutlich«, sagte Janus, ohne aufzusehen.

»Sie hat die Erinnerungen Ihrer Partnerin.«

»Was?« Entsetzen breitete sich auf Janus' Gesicht aus – die erste Gefühlsregung, die David bei ihm bemerkte.

»Die Erinnerungen haben vor ein paar Tagen eingesetzt, zuerst in ihren Träumen, dann auch im Wachzustand, sie kann sie nicht unterdrücken.«

»Unmöglich.«

»Sie hat gesagt, ein Dritter habe sich der Expedition angeschlossen – ein Soldat. Sie hat mit ihm gemeinsame Sache gemacht, um das Genom zu verändern. Sein Name ist Ares.«

Janus stand schweigend da.

»Dorian hat Ares' Erinnerungen. Er hat Kate entführt – das war Shaws Auftrag. Da bin ich mir jetzt sicher. In der Immari-Basis in Ceuta gab es Gerüchte. Dorian soll einen Koffer aus dem Schiff in der Antarktis gebracht haben. Das Ding hat eine Art Portal geschaffen. Er bringt Kate dorthin. Sie ist in Gefahr.«

»Falls es stimmt, was Sie sagen, Mr. Vale, dann sind wir alle in Gefahr. Wenn sie das Portal erreichen und Kate an Ares ausgeliefert wird, sind wahrscheinlich alle auf diesem Planeten und noch viele mehr dem Untergang geweiht.«

89

Katakomben von St. Paul
Rabat, Malta

David näherte sich Janus bis auf Armeslänge. Das weiche gelbe Licht beleuchtete ihre Gesichter von unten und erweckte den Anschein, die beiden Männer säßen an einem Lagerfeuer.

»Helfen Sie mir, sie zu retten«, sagte David.

»Nein.« Janus' Tonfall war jetzt scharf und bestimmt. »*Sie* helfen *mir,* sie zu retten.«

»Was ...«

»Sie haben keine Ahnung, in was Sie da verwickelt sind, Mr. Vale. Das ist größer ...«

»Dann verraten Sie es mir. Glauben Sie mir, ich kann's kaum erwarten.«

»Zuerst müssen Sie mir schwören, dass Sie meine Befehle befolgen werden – dass Sie tun, *was* ich sage und *wenn* ich es sage.«

David sah ihn an.

»Ich habe beobachtet«, fuhr Janus fort, »dass Sie in heiklen Situationen gern das Kommando übernehmen oder, besser gesagt, an sich reißen. Sie haben Probleme, Befehle entgegenzunehmen und Risiken einzugehen, wenn Leben auf dem Spiel stehen, vor allem, wenn es Kate betrifft. Das ist eine Schwäche. Es ist nicht Ihre Schuld. Es ist vermutlich eine Auswirkung Ihrer früheren ...«

»Auf Psychoanalyse kann ich verzichten, vielen Dank. Hören Sie, wenn Sie mir versprechen, dass Sie alles tun, um Kate zu retten, mache ich, was Sie sagen.«

»Glauben Sie mir, ich werde alles tun, was in meiner Macht steht. Aber ich fürchte, unsere Chancen stehen nicht gerade gut. Jede Sekunde zählt, Mr. Vale. Und wir beginnen jetzt.«

Janus streckte den Arm aus, und der glühende Würfel flog aus seiner Hand und gegen die Steinwand. Eine Staubwolke bildete sich um die Einschlagstelle.

David sah fasziniert zu, wie der Würfel sich in den Stein fraß wie ein Laser.

Er betastete die Wand des Lochs. Sie war glatt, genau wie bei dem Gang, der aus dem Schiff vor der marokkanischen Küste geführt hatte. *Das übersteigt wirklich meinen Horizont,* dachte er.

»So haben Sie das also gemacht.«

»Dieser kleine Quantenwürfel hat mir auf meinen Reisen schon ein paarmal aus der Klemme geholfen.«

David sah auf die Staubwolke, die aus dem neuen Tunnel drang. »Ja, Gott sei Dank ... gibt es Quantenwürfel.«

Milo rührte sich auf dem Boden. David ging zu ihm und kniete sich neben ihn. »Kommt er wieder auf die Beine?«

»Ja.«

David drehte Milo um. »Wie fühlst du dich?«

Milo öffnete träge die Augen. »Zerquetscht.« Er hustete, und David half ihm, sich aufzusetzen.

»Ganz ruhig, wir kommen hier raus.«

»Wir?«, fragte Janus.

»Ja. Wir lassen ihn nicht hier.« David unterbrach sich und schüttelte den Kopf. Es würde eine Weile dauern, bis er sich an die neue Kommandostruktur gewöhnt hatte. »Oder, besser gesagt, ich bitte Sie untertänigst zu erwägen, ob wir ihn nicht mitnehmen sollten. Er ist ein Immaru. Er hat die Lade vor uns gefunden. Mit seinem Wissen könnte er uns helfen.«

Janus kam näher und betrachtete den jungen Mann. »Unglaublich. Nach all den Jahren. Wie viel von euch sind noch übrig?«

Milo blickte auf. »Nur ich.«

»Eine Schande«, sagte Janus. »Ja, bitte, komm mit uns ...«

»Milo.«

»Freut mich, Milo. Ich heiße Arthur Janus.«

Milo verbeugte sich, so gut es ihm im Sitzen gelang.

Der Würfel bohrte sich weiter in den Fels, und sein gelbes Licht verblasste allmählich, während er tiefer in den neuen Tunnel vordrang. David fragte sich, wie lang es dauern würde, bis er die Oberfläche erreichte, und vor allem, ob sie rechtzeitig zu Kate gelangen würden.

Kate hörte auf, gegen Shaw und die Wachen an ihrer Seite anzukämpfen, sobald der Hubschrauber abhob. Wo konnte sie jetzt noch hin? Sie war gefangen, bis sie landeten. Und dann? Konnte sie dann fliehen?

Sie hatten sie auf dem Sitz festgeschnallt und zur Sicherheit auch noch ihre Hände gefesselt.

Sie starrte Dorian an, der ihr gegenübersaß. Er hatte die Mischung aus Lächeln und Grinsen, die er ständig zur Schau stellte, inzwischen perfektioniert. Seine Miene schien zu sagen: *Ich weiß etwas, das du nicht weißt. Etwas Schlimmes wird dir zustoßen, und dann grinse ich richtig.*

Sie hatte das Bedürfnis, ihn zu schlagen. Neben Dorian saß Shaw. Er sah interessiert aus dem Fenster, wie ein Kind, das sich über seinen ersten Flug freut.

»Sie haben Martin getötet.«

»Nein, das waren *Sie*«, murmelte er.

»Sie haben ihm das Genick gebrochen ...«

»Er ist in dem Moment gestorben, als Orchid nicht mehr wirkte. Sie haben seine Qualen verlängert.«

Es war eine Lüge. »Warum, Adam?«

Zum ersten Mal wandte er den Blick vom Fenster ab. »Ich wusste, wenn er zu sich kommen würde, würde er mich erkennen und verraten. Ich dachte, er würde ohne mein Zutun sterben, aber Changs Therapie hat seinen Zustand verbessert. Als Sie mit David ... in die Kabine gegangen sind, hatte ich zum ersten Mal die Gelegenheit. Ich habe getan, was ich tun musste, um meinen Auftrag auszuführen. Es war nicht persönlich gemeint.«

Dorian beugte sich vor. »Hör nicht auf ihn, Kate. Wir wissen doch beide, dass es persönlich ist. Das ist es schon seit, mal überlegen, siebzigtausend Jahren? Das ist dein blinder Fleck, stimmt's? Die Menschen. Du kannst sie einfach nicht durchschauen. Du bist so verdammt schlau, aber nie ahnst du etwas von dem großen Verrat. Das liebe ich an dir. Es ist irrsinnig komisch.«

Kate schloss die Augen und zwang sich, nicht zu reagieren. Sie spürte Wut in sich aufsteigen. Wie konnte er sie immer wieder verletzen? Er konnte sie so leicht manipulieren. Dieser Unmensch schien genau zu wissen, welche Saiten er anschlagen musste. Er spielte sie mit solcher Leichtigkeit, grinste die ganze Zeit und wusste genau, wie sie reagieren würde.

Sie versuchte ihn zu ignorieren. In der Dunkelheit rief eine Stimme: »Er hat uns verraten.«

Kate schlug die Augen auf. Sie sah einen Stahlraum, in dem vier Röhren standen. Eine davon enthielt einen Neandertaler. Sie war in Gibraltar, in der Kammer, die ihr Vater 1918 entdeckt hatte. Es war die letzte Erinnerung, die sie zuvor nicht zu fassen bekommen hatte. Dorian und seine Worte hatten sie ausgelöst.

»Hast du mich gehört?«, rief die Stimme.

Ein Video tauchte in Kates Helm auf. Ein Kopf in einem Helm, wie auch sie ihn trug: Janus. Er war das andere Mitglied ihres Forschungsteams, ihr Partner.

»Hast du ...«

»Ich habe dich gehört.« Kate lehnte an einem Tisch in der Mitte des Raums. Sie drehte sich zu Janus um. Sie musste es ihm sagen.

»Ich ...«, stammelte sie. »Ja, Ares hat uns verraten ...«

Eine weitere Explosion erschütterte das Schiff.

»... aber ich habe ihm geholfen.« Die Videoübertragung in ihrem Helm wurde ausgeblendet, und sie blickte auf Janus' verspiegeltes Visier. Offenbar wollte er nicht, dass Kate seine Reaktion sah. »Er hat mir gesagt, er wolle helfen. Um sie zu schützen. Uns alle«, fügte sie schnell hinzu.

»Er hat uns missbraucht – und unsere Forschung. Wahrscheinlich hat er jetzt die Gen-Therapie, die er braucht, um eine Armee aufzubauen.«

Kate sah zu, wie Janus zu einer Steuerkonsole ging. Er bediente sie schnell.

»Was machst du?«, fragte Kate.

»Ares wird versuchen, das Mutterschiff zu übernehmen. Er braucht es, um seine Armee zu transportieren. Ich habe es abgeschaltet.«

Kate nickte. Die Befehle scrollten über ihr Helmdisplay. Jede Zeile brachte weitere Erinnerungen und neues Verständnis mit sich. Das Schiff, in dem sie sich befanden, war nur ein Landefahrzeug. Sie waren in einem größeren Forschungsschiff, das für weite Raumreisen geeignet war, hergekommen. Ihre Vorschrift lautete: So wenig Spuren wie möglich hinterlassen und nicht gesehen werden. Sie brauchten das Mutterschiff nicht, während sie Experimente auf dem Planeten durchführten, deshalb hatten sie es tief auf der abgewandten Seite seines einzigen Monds vergraben. Durch die Portale in dem Lander konnten sie jederzeit das Schiff betreten, aber Janus Kommandos schalteten es soeben ab, sodass niemand es von Gibraltar oder der Antarktis aus steuern konnte. Weder sie noch Ares konnten jetzt auf das Schiff, zumindest nicht durch ein Portal.

Janus gab weitere Kommandos ein. »Ich stelle ein paar Fallen, falls Ares es irgendwie auf das Schiff schaffen sollte.«

Kate las die Befehle auf dem Display. Eine weitere Explosion erschütterte das Schiff, viel heftiger als die vorige.

Janus legte eine Pause ein. »Das Schiff zerbricht. Es wird auseinandergerissen.«

Kate stand da und wusste nicht, was sie tun sollte.

»Hat Ares die Therapie schon verabreicht? Hat er die Menschen umgewandelt?«

Kate dachte angestrengt nach. »Ich weiß nicht. Ich glaube nicht.«

Janus arbeitete jetzt wieder fieberhaft an der Steuerkonsole. Kate sah DNS-Sequenzen aufleuchten. Der Computer führte Simulationen durch.

»Was machst du da?«, fragte sie.

»Das Schiff wird zerstört. Die Primitiven werden es finden. Ich programmierte die Zeitdehnungsanlagen am Eingang, sodass sie Strahlung emittieren, die sämtliche Therapien rückgängig machen. Die Menschen werden so sein, wie wir sie angetroffen haben, vor der ersten Therapie.«

Das erklärte einiges – die Glocke war Janus' Versuch, sämtliche genetischen Änderungen der Atlanter zu widerrufen. Nur dass Janus in dieser Erinnerung aus einer Zeit vor dreizehntausend Jahren von dem falschen Genom ausging, als er die Glocke programmierte. Die Primitiven, wie er sie nannte, würden das Schiff erst 1918 finden, wenn Kates Vater die Grabungen unter der Bucht von Gibraltar leiten würde. Janus hatte die Zeitverzögerung nicht mit einberechnet, die genetischen Änderungen, die sich ereignen würden, bis die Glocke gefunden wurde. Und Kate wusste, dass es zwei sehr große Änderungen geben würde – die Deltas aus Martins Zeittafel, die Pestausbrüche im sechsten und dreizehnten Jahrhundert. Ja, das mussten Ares' Eingriffe gewesen sein, die Verabreichung der Therapie, bei deren Entwicklung Kate ihm geholfen hatte. Warum war das so spät passiert? Warum hatte er zwölftausend Jahre gewartet? Wo war er gewesen? Und wo war Janus gewesen? Hier in der Vergangenheit lebte er, und in Kates Gegenwart war er auch aufgetaucht.

Eine weitere Druckwelle traf das Schiff und warf Kate gegen die Wand. Als ihr Kopf gegen die Innenseite des Helms schlug, sackte sie zu Boden. Sie konnte nichts mehr sehen, aber sie hörte Schritte. Janus' Stimme dröhnte in ihrem Helm, doch sie verstand kein Wort. Sie spürte, wie er sie hochhub und wegtrug.

90

Katakomben von St. Paul
Rabat, Malta

David schaltete eine Laterne an und sah zu Janus. »Antworten. Ich will wissen, womit wir es zu tun haben.«

Janus warf einen Blick auf den runden Tunnel, den der schwebende Würfel langsam in den Fels fräste.

»Gut. Wir haben ein wenig Zeit. Stellen Sie Ihre erste Frage.«

Womit soll ich anfangen?, dachte David. »Sie haben mich gerettet. Wie und warum?«

»Das können Sie mit Ihrem begrenzten wissenschaftlichen Verständnis nicht ...«

»Vereinfachen Sie es für mein primitives Hominidengehirn, das offenbar siebzigtausend Jahre atlantischer Intervention nicht perfektionieren konnten.«

»Sicher. Das Wie hängt mit dem Warum zusammen. Ich werde damit beginnen. Ich muss Ihnen ein paar Hintergrundinformationen geben. Vorhin habe ich gesagt, dass Sie mich in der Antarktis nicht in Fleisch und Blut gesehen haben. Es war mein Avatar. Haben Sie eine Vermutung, warum?«

»Sie waren in Gibraltar.«

»Ja. Sehr gut, Mr. Vale. Ihr Dr. Grey hat tatsächlich eine

Menge über die Geschichte der Atlanter auf diesem Planeten herausgefunden. Es war erschreckend für mich, seine Zeittafel zu lesen. Sie war ziemlich genau, aber natürlich gab es Lücken, Dinge, die er nicht wissen konnte.«

»Zum Beispiel?«

»Was er als ›A$ versinkt‹ beschrieben hat – der Untergang von Atlantis, die Zerstörung unseres Schiffs vor der Küste von Gibraltar. Es war ein Angriff. Wie Sie wissen, waren wir zu zweit. Wissenschaftler, die durch die Galaxien reisten, um die menschliche Evolution auf zahllosen bewohnten Planeten zu erforschen.«

»Unglaublich«, murmelte David.

»Diese Welt, Ihre Spezies, ist unglaublich. Unsere Spezies ist alt. Vor langer Zeit haben wir unsere Aufmerksamkeit auf andere Welten gerichtet, besonders auf solche, die menschliches Leben beherbergen. Es wurde zu unserer Obsession. Vor allem eine Frage beschäftigte unsere Expeditionen, das größte aller Rätsel: Woher kommen wir?«

»Evolution ...«

»Das ist nur der biologische Prozess. Es steckt viel mehr dahinter; Ihre Wissenschaft wird das eines Tages ans Licht bringen. Sie wissen bereits, dass das Universum die Entstehung menschlichen Lebens befördert. Es ist sogar darauf programmiert. Wenn eine der Konstanten nur ein wenig anders wäre – Schwerkraft, die Stärke des Elektromagnetismus, die Dimensionen der Raumzeit –, gäbe es kein menschliches Leben. Es gibt nur zwei Möglichkeiten: Entweder ist das menschliche Leben entstanden, weil die Gesetzmäßigkeiten des Universums es zufällig begünstigen, oder das Universum wurde geschaffen, um menschliches Leben entstehen zu lassen.«

David dachte über Janus' Aussage nach.

»Unsere erste Annahme war, dass es sich nur um Zufall handelte; dass wir existieren, weil wir einfach eine von unendlichen vielen biologischen Möglichkeiten in einer unendlichen Anzahl von Universen im Multiversum sind. Die Theorie lautete: Wir existieren, weil wir mathematisch betrachtet in einem der Universen existieren müssen, vorausgesetzt, es gibt unendlich viele mögliche Universen und wir sind ein mögliches Produkt. Wir existieren in diesem Universum, weil es das einzige ist, das unsere Gehirne wahrnehmen können.«

»Klar.« David wusste nicht, was er sonst dazu sagen sollte.

»Dann haben wir eine Entdeckung gemacht, die dazu geführt hat, dass wir unsere Annahmen infrage stellten. Wir fanden eine Quanteneinheit, eine subatomare Substanz, die das Universum durchzieht. Es war Konsens, dass diese Quanteneinheit nur eine weitere Naturkonstante war, etwas, das im Universum vorhanden sein muss, um menschliches Leben heranwachsen zu lassen. Aber einige von uns beschäftigten sich eingehender mit diesem Rätsel. Durch jahrtausendelange Übung lernten wir, auf diese Quanteneinheit zuzugreifen, aber wir stießen gegen eine Mauer ...«

David hob eine Hand. »Okay, ich komme nicht mehr mit. Ich habe keine Idee, was eine Quanteneinheit ist.«

»Kennen Sie sich mit Quantenverschränkung aus?«

»Äh, nein.«

»Also gut. Sagen wir einfach, wir stellten fest, dass alle Menschen durch die Quanteneinheit verbunden sind. Einige Mitglieder unserer Gesellschaft, bei denen diese Verbindung besonders stark ausgeprägt ist, können auf diese Weise sogar über weite Strecken hinweg kommunizieren.«

David musste an die Träume denken, die er mit Kate gemeinsam hatte.

»Können Sie das nicht glauben, Mr. Vale?«

»Doch. Ich glaube es. Fahren Sie fort.«

»Wir bezeichnen diese Quanteneinheit, die alle Menschen verbindet, als ›die Ursprungseinheit‹. Ihre Erschaffung, unsere Erschaffung zu studieren ist unsere große Aufgabe. Wir nennen es ›das Ursprungsgeheimnis‹. Wir glauben, die Ursprungseinheit übt Einfluss auf das ganze Universum aus und ist zugleich Ursprungspunkt und letzte Bestimmung des menschlichen Bewusstseins.«

Milo nickte. »Das ist der Schöpfungsmythos, den Sie uns gegeben haben.«

»Ja«, sagte Janus. »Euer Verstand hat sich so schnell und so weit entwickelt. Ihr sehnt euch nach Antworten, besonders auf die Frage nach eurer Entstehung. Wir haben euch die einzige Erklärung gegeben, die wir haben, und sie so modifiziert, dass ihr sie verstehen könnt. Und wir haben euch unseren Kodex übermittelt – moralische Werte, Praktiken, die uns der Ursprungseinheit näherbringen, Praktiken, die die Menschen stärker aneinander und an die Harmonie, die die Ursprungseinheit bietet, binden. Wir haben auch betont, dass jedes menschliche Leben wertvoll ist, denn jeder Mensch ist mit der Ursprungseinheit verbunden und könnte dazu beitragen, mehr über ihr Geheimnis herauszufinden.« Janus legte eine Pause ein. »Ein Großteil unserer Botschaft ist allerdings im Laufe der Zeit verloren gegangen.«

»Manche haben ihren Glauben bewahrt«, sagte Milo.

»Ja, eindeutig. Letztlich ist unsere Mission hier gescheitert, obwohl sie so vielversprechend begonnen hat. In all den Jahren unserer Erforschung des Ursprungsgeheimnisses sind wir nie auf eine Spezies wie die eure gestoßen. Wir überwachen alle menschlichen Welten. Als Historiker wissen Sie das sicher zu schätzen, Mr. Vale. Auf diesem Planeten hat ein relativ unbedeutendes geologisches Ereignis vor dreieinhalb Millionen Jahren eine Umwälzung verursacht, die direkt zur Entstehung des Menschen führte. Die Kollision zweier tektonischer Platten hat den Meeresboden in der heutigen Karibik angehoben und den Isthmus von Panama gebildet. Zum ersten Mal waren der Atlantik und der Pazifik getrennt, und ihr Wasser konnte sich nicht mehr im großen Maßstab vermischen. Das löste eine Kettenreaktion aus, die zu einem noch immer anhaltenden Eiszeitalter führte. Im Westen Afrikas begannen die Urwälder zu schrumpfen. Zu dieser Zeit lebte eine Reihe von weit entwickelten Primaten in den Bäumen. In den folgenden Jahren verdrängten die Savannen allmählich den üppigen Dschungel und trieben die Primaten aus den Bäumen in die Steppen. Die Quellen ihrer vegetarischen Ernährung waren größtenteils verschwunden. Viele Primaten starben, aber eine kleine Gruppe beschritt einen anderen Weg: Sie passte sich an. Sie wagte sich in die weiten Ebenen und suchte sich neue Nahrungsquellen. Zum ersten Mal fraßen diese Primaten Fleisch, und das veränderte ihr Gehirn, genau wie die Jagd selbst. Diese prähistorischen Überlebenskünstler wurden schlauer als alle Primaten vor ihnen. Sie fertigten schließlich primitive Steinwerkzeuge und jagten in Gruppen. Dieses Muster – Klimaveränderung, drohendes Aussterben in einer sich schnell wandelnden Umwelt, Erholung des Bestands durch Anpassung – wurde zum Markenzeichen dieser Spezies. Es wiederholte sich immer wieder, bis sie ihren heutigen Zustand erreichte. Wir sind hierhergekommen, um euch zu untersuchen, als ihr noch in eurer Kindheit wart, und haben gehofft, eine Spezies mit einem so meteoritenhaften Aufstieg könnte etwas Neues über das Ursprungsgeheimnis enthüllen.

Wir haben all unsere üblichen Vorsichtsmaßnahmen eingehalten. Wir haben ein Störfeuer installiert, das der Laufbahn des Planeten folgt.«

»Ein Störfeuer?«

»Einen Schleier, der verhindert, dass jemand eure Entwicklung sieht oder ihr andere menschliche Welten wahrnehmt. Das sogenannte Fermi-Paradoxon – der Widerspruch zwischen der Tatsache, dass es zahlreiche, von Menschen besiedelte Planeten geben muss, ihr jedoch keinen entdeckt habt – ist ein Ergebnis des Störfeuers. Es filtert das Licht, das ihr sehen könnt, und das Licht, das eure Welt ausstrahlt. Wir haben auch alle anderen Vorschriften befolgt. Wir haben unser Schiff vergraben ...«

»In der Antarktis?«, fragte David.

»Nein. Das ist ein anderes Schiff. Das erkläre ich gleich. Wir verstecken unsere Raumreise-Schiffe normalerweise in einem lokalen Asteroidengürtel oder wie in diesem Fall hinter dem Mond – eine zusätzliche Sicherheitsmaßnahme, falls eine Sonde das Störfeuer passiert. Das Universum ist ein gefährlicher Ort, und wir wollen keine Aufmerksamkeit auf unser Studienobjekt oder uns selbst lenken. Wir sind mit dem Landefahrzeug auf die Erde gekommen und hier geblieben. Danach sind wir genauso verfahren wie auf anderen Planeten: Wir haben Proben genommen, die Ergebnisse analysiert und uns in den Schlafzustand versetzt, aus dem wir in regelmäßigen Intervallen aufwachten, um den Prozess zu wiederholen. Vor hunderttausend Jahren wurden wir jedoch von einem Notruf früher als geplant geweckt. Unsere Heimatwelt wurde angegriffen. Kurz darauf folgte eine weitere Nachricht. Unsere Welt war von einem unglaublich mächtigen Feind besiegt worden. Wir bekamen die Anweisung, zu unserer eigenen Sicherheit auf unserem getarnten Planeten zu bleiben. Wir glaubten, dass unser Feind die letzten verbliebenen Atlanter bis ans Ende des Universums jagen würde. Unsere Befürchtung war, dass sich das Armageddon auf alle menschlichen Welten im Universum ausdehnen würde. Über das nächste Ereignis wissen Sie gut Bescheid. Vor siebzigtausend Jahren brach ein Supervulkan im heutigen Indonesien aus, spuckte Asche in den Himmel und löste einen vulkanischen Winter aus, der eure Spezies an den Rand des Aussterbens brachte. Der Bevölkerungsalarm riss mich und meine Partnerin aus dem Schlafzustand. Das war unsere größte Angst. Wir dachten, wir könnten die letzten unserer Spezies sein: zwei Wissenschaftler, die niemals heimkehren konnten. Und wir sahen, wie die letzten Menschen, die unser Feind noch nicht gefunden hatte, aussterben könnten. Deshalb traf meine Partnerin eine schicksalshafte Entscheidung.«

»Uns das Atlantis-Gen zu geben.«

»Ja. Sie machte es ohne mein Wissen oder meine Einwilligung. Sie behauptete, es wäre ein Experiment, sie würde euch das Überlebens-Gen verabreichen, um zu sehen, wie ihr euch damit entwickelt. Sie war fast fertig, und ich stimmte zu.

Ungefähr zwanzigtausend Jahre später traf ein anderes Schiff aus unserer Welt ein. Es landete in der Antarktis, wo es unter dem Eis verborgen blieb. Das Schiff enthält die Letzten meines Volks.«

»Ist es eine Gruft?«

»So in der Art. Aber es hat mehr damit auf sich. Es ist ein Wiedergeburtsschiff. In unserer Welt ist jedem ein hundertjähriges Leben erlaubt. Es gibt allerdings Ausnahmen, zum Beispiel für Weltraumforscher wie mich. Wir haben es in der Medizin weit gebracht, aber Unfälle kann man nicht verhindern. In diesen Fällen werden unsere Bürger in so einem Schiff wiedergeboren.«

»Es sind also tote Atlanter auf dem Schiff?«, fragte David.

»Ja. Sie wurden massakriert, als unsere Welt angegriffen wurde. Alle, bis auf einen. Gelegentlich stimmt unser Volk darüber ab, ob jemand archiviert wird. Jemand, der Großes geleistet hat. Es ist eine Ehre in unserer Kultur. In diesem Schiff war General Ares archiviert. Er ist ein Relikt aus unserer Vergangenheit, die wir weit hinter uns gelassen haben. Er wurde zur Mahnung aufbewahrt, denn er war einer unserer berühmtesten Soldaten. Während des Angriffs hat er es irgendwie geschafft, das Schiff aus unserer Heimatwelt herauszubringen. Er ist damit hierhergekommen.«

»Die anderen in dem Schiff in der Antarktis ... können die nicht aufwachen? Die Röhren verlassen?«

»Doch. Aber wir sind eine nicht-gewalttätige Spezies. Der Angriff auf unsere Welt, die Brutalität, das Blutbad ... die Röhren können nur die physischen Wunden heilen. Die Atlanter in der Antarktis können aufwachen, aber sie behalten ihre Erinnerungen bis zur letzten qualvollen Sekunde ihres Tods. Es wäre zu grausam, sie aufzuwecken. Ihre Gehirne funktionieren ein bisschen anderes als eure. Das Trauma, das sie erlitten haben, ist zu groß. Sie können den Erinnerungen nicht entkommen. Sie befinden sich in einer Art permanentem Fegefeuer, unfähig, endgültig zu sterben oder wiedergeboren zu werden.«

David hätte es nicht geglaubt, wenn er es nicht selbst erlebt hätte – Tod und Wiedergeburt in der Röhre. Dorian hatte ihn erschossen, und er war in einem neuen Körper, einer genauen Kopie des alten wieder aufgewacht. »Das ist also mit mir passiert, nachdem Dorian mich erschossen hatte. Es war genau wie bei den Menschen aus deiner Welt.«

»Ja.«

»Wie funktioniert das? Die Wiedergeburt?«

»Da steckt ziemlich komplizierte Wissenschaft ...«

»Vereinfachen Sie es für mich. Ich will es verstehen.« David drehte sich zu dem Quantenwürfel um und stellte fest, dass er noch immer in Sichtweite war. »Wir haben Zeit.«

»Gut. Die Gentechnologie, die ihr das Atlantis-Gen nennt, hat mehrere Funktionen. In diesem Fall besteht die wichtigste darin, dass es die Strahlung des Körpers in einen Datenstrom umwandelt. Jeder Mensch emittiert Strahlung. Das Atlantis-Gen verwandelte diese Isotope in eine zellulare Blaupause, in der auch sämtliche Gehirnzellen, die die Erinnerung bis zum Augenblick des Todes enthalten, gespeichert sind.«

»Beim zweiten Mal, als Dorian mich getötet hat, bin ich in dem Gibraltar-Schiff aufgewacht. Wieso?«

»Das ist der Punkt, an dem sich unsere Wege kreuzen, Mr. Vale. Als das Wiedergeburtsschiff vor vierzigtausend Jahren ankam, hatten wir den Menschen schon das Atlantis-Gen gegeben. Ares war äußerst interessiert. Er sah in den Menschen seine Chance, eine neue Armee zu schaffen und es unserem Feind heimzuzahlen. Er beharrte darauf, dass das Atlantis-Gen die Menschen in Gefahr bringt und zu einem Ziel für unseren Gegner macht. Er hat meine Partnerin überzeugt. Sie arbeitete hinter meinem Rücken mit ihm zusammen, modifizierte die Therapie und suchte nach einer Möglichkeit, eure Überlebensfähigkeit zu verbessern. Ich habe Veränderungen beobachtet und war misstrauisch. Ich wusste, dass eure Spezies sich viel zu schnell entwickelt, aber natürlich hatten wir nie an einer Spezies so herumgepfuscht. Ich wusste nicht, womit ich zu rechnen hatte. Und ich hätte mir nicht vorstellen können, dass sie mich hintergeht. Aber ich weiß, warum sie es gemacht hat: Schuldgefühle wegen etwas, das sie auf unserem Heimatplaneten getan hat, eine Tat, die zu unserem Ende geführt hat.«

»Was ...«

»Das führt jetzt zu weit. Hier auf der Erde hatte Ares, was er brauchte: die Gentherapie, um seine Armee zu schaffen. Er hat versucht, das Landefahrzeug und uns vor der Küste von Gibraltar zu vernichten. Wir vermuteten, dass er als Nächstes die Kontrolle über unser Raumschiff erlangen wollte. Ich schaltete es ab, sodass man es weder von dem Lander noch von der Antarktis aus erreichen konnte. Ich habe auch eine Reihe von Alarmen und Gegenmaßnahmen installiert. Unser Lander brach auseinander. Meine Partnerin war bewusstlos. Ich habe sie aufgehoben und an den einzigen Ort gebracht, an den ich gehen konnte.«

»In die Antarktis.«

»Ja. Und Ares hat dort auf mich gewartet. Er hat sie erschossen. Natürlich hatte er für uns beide in der Antarktis die Wiedergeburtsfunktion ausgeschaltet. Das war sein Plan. Er hat auch auf mich geschossen und mich in die Brust getroffen, aber ich bin zurück durch das Portal getaumelt und in einem anderen Teil des Landers in Gibraltar angekommen.«

Davids Gedanken überschlugen sich. Ja. In dem Raum, in dem er zum zweiten Mal wiedergeboren wurde, hatte ein beschädigter Anzug gelegen. »Der Anzug auf dem Boden.«

Janus nickte. »Das war meiner. Als ich in diesem Teil gelandet bin, habe ich als Erstes das Schiff abgeriegelt, um mich zu schützen. Ich konnte mich in eine der Röhren schleppen, in denen auch Sie wiedergeboren wurden. Nachdem ich geheilt war, habe ich meine Lage analysiert. Sie war verzweifelt. Der Teil des Schiffs, in dem ich mich befand, lag tief unter Wasser und weit von der Küste entfernt. Wenn ich ausgestiegen wäre, wäre ich ertrunken, und ich hatte keine Möglichkeit, eine Sauerstoffflasche zu replizieren.« Er sah zu David.

»Die Immari-Uniform, die ich für Sie repliziert habe, war viel einfacher.«

»Wie haben Sie ...«

»Dazu komme ich noch«, sagte Janus. »Ich war eingeschlossen. Und allein. Meine Partnerin war tot, und zu meiner eigenen Überraschung schweiften meine Gedanken als Erstes zu ihr. Die Wiedergeburt ist eine streng regulierte Technologie. Eine Todessequenz, die vom Atlantis-Gen ausgestrahlt wird, kann man unmöglich fälschen. Und so muss es auch sein; stellen Sie sich vor, Sie wachen auf und stellen fest, dass es ein Double von Ihnen gibt. Zunächst habe ich versucht, ihre Wiedergeburt zu erzwingen, indem ich dem System vorgaukelte, sie wäre gestorben. Die echte Todessequenz war an das Schiff in der Antarktis geschickt worden, und Ares hatte sie gelöscht. Meine ganze Strategie bestand darin, dem Computer in meinem Teil ihren Tod vorzuspielen, und sie in dem Teil des Schiffs wiederauferstehen zu lassen, der am nächsten an der Küste lag, damit sie entkommen und Ares aufhalten konnte. Ich habe alles versucht. Es hat nicht geklappt. Aber dreißigtausend Jahre später hatte ich auf gewisse Weise Erfolg. 1918 brachte Patrick Pierce seine sterbende Frau mit Kate in ihrem Bauch in die Röhre. Dann muss der Computer die Wiedergeburtssequenz ausgeführt haben, aber das Kind reifte nicht heran wie ein normaler Fötus bei der Wiedergeburt, weil es im Körper seiner Mutter gefangen war. Aber als es aus ihrem Bauch geholt wurde, begann das Kind, Kate, zu wachsen, und anscheinend sind jetzt ihre Erinnerungen zurückgekehrt. Die Erinnerungen meiner Partnerin haben die ganze Zeit in Kates Kopf geschlummert. Bemerkenswert.«

»Wieso hat Dorian Ares' Erinnerungen?«

Janus schüttelte den Kopf. »Wie gesagt, ich war verzweifelt. Ich habe alles versucht. Ich muss *sämtliche* Wiedergeburten zugelassen haben. Ares war zu unserer Expedition gestoßen, und wir hatten seine Strahlungssignatur und Erinnerungen. Aber ... die Erinnerungen müssten Tausende von Jahren in der Vergangenheit enden ...«

»Dorian ist in der Antarktis ebenfalls zweimal gestorben, wenn die Berichte stimmen. Ares könnte die Lücken aufgefüllt haben.«

»Ja ... das ist möglich. Ares könnte leicht Erinnerungen hinzugefügt oder sie Dorian während seiner Wiedergeburt gezeigt haben. Wie bei Kate könnten die Erinnerungen aus dem Unterbewusstsein heraus Einfluss genommen und seine Entscheidungen gesteuert haben.« Er schritt durch den Raum. »Sie wurde Genetikerin und wollte Anomalien in der Gehirnvernetzung studieren. Unterbewusst hat sie nach einer Möglichkeit gesucht, das Atlantis-Gen zu stabilisieren und ihr Werk zu Ende zu bringen. Eine erstaunliche Geschichte.« Janus schien mit seinen Gedanken woanders zu sein.

»Und ... was ist mit Ihnen passiert?«, fragte David, weil ihm nichts anderes einfiel.

»Nichts. Dreizehntausend Jahre lang passierte nichts. Ich dachte, meine Versuche, zu entkommen und meine tote Partnerin zurückzuholen, wären fehlgeschlagen. Meine letzte Chance bestand darin, mich selbst zu töten und meine Wiedergeburt in einem anderen Teil des Schiffs zu programmieren. Aber dazu war ich nicht in der Lage. Ich hatte gesehen, wie es den Leuten aus meiner Heimat ergangen war, die eines gewaltsamen Todes gestorben sind, den Menschen in den Röhren in der Antarktis, die im ewigen Fegefeuer gefangen sind. Deshalb bin ich in eine Röhre gestiegen und habe dreizehntausend Jahre gewartet und gehofft, dass sich irgendwas ändern würde.«

David wusste sofort, was sich »geändert« hatte. Er hatte in der Antarktis Dorian und seine Männer aufgehalten, damit Kate und ihr Vater fliehen konnten. Kates Vater hatte in Gibraltar zwei Atomsprengköpfe gezündet und so das Landefahrzeug, das er ausgegraben hatte, zerstört. »Die Atombombenexplosionen.«

»Ja. Dadurch wurde der Teil, in dem ich mich befand, dichter an Afrika geschoben. Nach Ceuta, genauer gesagt. Ich habe sofort meine Verbindung zu dem Schiff aktiviert und gesehen, was in Gibraltar passierte. Dann habe ich mich in der Antarktis eingeklinkt und mir die Aufnahmen von dort angesehen. Ich wusste, dass Sie sich für einen Mann, eine Frau und zwei Kinder geopfert haben. Der andere Mann, von dem ich damals nicht wusste, dass es Dorian ist, war weniger ritterlich. Sie haben sich an unseren Moralkodex gehalten. Sie hatten Respekt vor dem menschlichen Leben. Ich kannte Ares und wusste, was als Nächstes geschehen würde. Sie und Dorian waren Feinde. Er würde Sie beide auf Leben und Tod kämpfen lassen und den Sieger für seine Zwecke benutzen. Ich habe beschlossen, Ihre Daten zu speichern. Ich musste meinen Avatar kurz auftauchen lassen, um Ihre Strahlungssignatur einzufangen. Den Rest kennen Sie. Nach Ihrem Tod sind Sie in dem Teil des Schiffs aufgewacht, in dem ich eingeschlossen war. Ich habe die Röhren so programmiert, dass sie sich selbst zerstören – um sicherzugehen, dass Sie das Schiff verlassen.«

»Warum? Was haben Sie sich von mir erwartet?«

»Dass Sie Leben retten. Ich hatte gesehen, was für ein Mensch Sie sind. Ich wusste, was Sie tun würden. Und Sie haben noch etwas anderes getan: Sie haben mich zu einem Heilmittel geführt.«

»Das konnten Sie vorher nicht wissen«, sagte David.

»Nein. Ich hatte keine Ahnung. Zum ersten Mal seit dreizehntausend Jahren befand sich mein Teil des Schiffs in Küstennähe. Ich konnte entkommen. Die Welt, die ich vorgefunden habe, hat mich entsetzt, vor allem die Immari. Aber ich bin Wissenschaftler und Pragmatiker. Von Continuity wusste ich damals nichts. Aus meiner Sicht führten die Immari die fortschrittlichsten genetischen Experimente durch. Ich schloss mich ihnen an, um ihr Wissen dazu zu nutzen, ein Heilmittel zu finden.«

»Ihr Heilmittel. Es ist eine Täuschung, oder?«

»Es ist ziemlich echt.«

»Was bewirkt es?«, wollte David wissen.

Janus sah zu der steinernen Lade, die am Rand des sanften gelben Lichtscheins stand. »Es korrigiert einen Fehler, etwas, das ich vor sehr langer Zeit zu beenden versäumt habe.«

»Sprechen Sie Klartext.«

Janus ignorierte Davids Aufforderung. Er blickte einfach weiter auf die Lade. »Alpha war das letzte Teil, das mir noch gefehlt hat. Ich kann kaum glauben, dass sie ihn die ganze Zeit gehütet haben.«

»Das letzte Teil wovon?«

»Einer Therapie, die sämtliche genetischen Änderungen rückgängig macht – einschließlich des Atlantis-Gens. Die verbleibenden Menschen auf diesem Planeten werden wieder so sein, wie wir sie angetroffen haben.«

91

Vor der italienischen Küste

Dorians war sich sicher, dass sein letzter Stich Kate mitten ins Herz getroffen hatte. Er kannte sie. Sie war so verletzlich, so leicht zu manipulieren. Er wusste genau, welche Saiten er anschlagen musste.

Sie hatte die Augen geschlossen, aber er wusste, dass sie an ihn dachte.

Als er den Kopf gegen den Sitz lehnte, löste sich der Helikopter um ihn herum auf. Es fühlte sich an, als fiele er in einen Brunnenschacht. Er konnte die Erinnerungen nicht aufhalten.

Dorian stand in einem Raum mit sieben Türen. Er hielt ein Gewehr in der Hand.

Eine Tür öffnete sich, und jemand in einem Raumanzug kam mit einem anderen in den Armen hereingerannt. Dorian schoss auf den schlaffen Leib, den der Mann trug. Der Treffer riss eine tiefe Wunde und warf beide zurück gegen die Tür.

Der Lebende umklammerte die Leiche. Dorian lief zu ihm und hob das Gewehr. Der Mann stand auf. Dorian schoss und traf seinen Anzug mitten auf der Brust, aber sein Opfer entkam durch eine andere Tür.

Dorian überlegte, ihm zu folgen. Er rannte zurück zum Steuerpult und bediente es mit den Fingern. Nein. Sein

Feind war in einem Teil des Schiffs vor Gibraltar, aus dem es kein Entrinnen gab. Es geschah ihm recht – für immer in einer Gruft unter dem Meer.

Dorian programmierte eines der Portale so, dass es ihn in das Mutterschiff der Forscher bringen würde. Er hatte die Gentherapie, die er brauchte, um die Transformation zu vervollständigen. Sobald er das Schiff hatte, würde er sein Volk rächen.

Das Steuerpult reagierte nicht. Dorian starrte es an. Die Forscher hatten ihr Schiff abgeschaltet. Raffiniert. Sie waren ziemlich schlau, aber er war schlauer.

Er verließ den Raum mit der Türreihe und ging einen Gang entlang, den er schon einmal gesehen hatte. Zischend öffnete sich eine Tür.

Derselbe Raum. Dort hingen jetzt drei Anzüge, und auf der niedrigen Bank standen drei Koffer.

Dorian zog einen Anzug an und nahm zwei der Koffer.

Er ging aus dem Raum zu einem Labor. Dort programmierte er die Koffer und steckte dann einen silbernen Zylinder ein, der die endgültige Therapie enthielt.

Er verließ das Schiff.

Vor dem Ausgang befand sich die Eiskuppel, in der er schon einmal gewesen war.

Er stellte einen Koffer ab und tippte auf die Steuerelemente, die im Arm des Anzugs integriert waren. Langsam verwandelte sich der Koffer. Er schmolz zusammen, dann stieg die silbrig-weiße Flüssigkeit der Legierung vom Boden auf und schaukelte dabei wie eine Kobra, die aus ihrem Korb gelassen wurde. Zwei Arme lösten sich aus der silbernen Säule und stießen zusammen. Tentakel spannten sich dazwischen, bis das glitzernde Portal vollständig war. Dorian wusste instinktiv, worum es sich handelte: ein Wurmloch. Eine Pforte zu dem Ort, den er erreichen musste.

Dorian trat hindurch.

Er stand auf einem Berg. Nein, es war kein gewöhnlicher Berg. Ein Vulkan. Flüssiges glühendes Gestein brodelte unter ihm. Die Inseln in der Umgebung glichen einem tropischen Paradies.

Er warf den Zylinder in das Magma.

Was sollte das?

In seinem Kopf tauchte die Antwort auf. *Ein Notfallplan. Wenn ich scheitere – wenn ich auf dem Schiff der Forscher festsitze –, geht die genetische Transformation trotzdem weiter.* Es war nur eine Frage der Zeit, bis der Vulkan ausbrach und die Therapie in die Luft schleuderte und über die ganze Welt verteilte.

Er stellte den zweiten Koffer ab, und ein weiteres Portal entstand. Dorian trat hindurch.

Er gelangte auf die Brücke des Forschungsschiffs. Das Schiff war natürlich eingegraben, aber das konnte er schnell ändern.

Dorian griff auf die Steuerung zu und schaltete ein System nach dem anderen an. Er drehte sich um.

Hatte er gerade etwas gespürt?

Die Luft ... sie wurde abgesaugt. Ja, jetzt fühlte er es deutlich.

Dorian hatte gewusst, dass er ein Risiko einging – dass die Forscher versuchen könnten, ihn einzuschließen oder zu töten –, aber er hatte keine Wahl gehabt. Warten wäre sinnlos gewesen. Er konzentrierte sich auf das aktuelle Problem.

Wie viel Zeit blieb ihm?

Er rannte aus der Brücke. Im Kopf ging er seine Möglichkeiten durch.

Der Shuttle. Nein. Er konnte nirgendwo hin. Das Schiff lag mindestens zweihundert Meter unter der Oberfläche, vielleicht auch tiefer. Wie waren die Vorschriften?

Hatten sie die Technik an Bord, um ein Portal zu schaffen? Durften sie so etwas dabeihaben? Selbst wenn, er würde es niemals finden.

Raumanzüge. Ja, ein Anzug würde Sauerstoff haben.

Dorian spürte, wie die Luft von Sekunde zu Sekunde dünner wurde. Er blieb stehen und drückte mit der Hand gegen die Wand, um eine Karte des Schiffs aufzurufen. Raumanzüge. Wo wurden sie aufbewahrt? Bei einer Schleuse.

Sein Atem ging stockend.

Er schluckte, bekam aber keine Luft herunter.

Er tippte auf die Karte. Es musste eine andere Möglichkeit geben. Die medizinische Abteilung. Sie war in der Nähe.

Er taumelte den Gang entlang. Die Türen öffneten sich, und er brach im Inneren zusammen.

Sechs leuchtende Glasröhren standen vor ihm.

Er kroch darauf zu.

Wie passend, dachte er. Für immer in einer Röhre eingesperrt, tief unter der Erde. Das ist mein Schicksal. Ich kann ihm nicht entrinnen. Ich kann niemals sterben, niemals meine Bestimmung erfüllen. Meine Armee wird sich niemals erheben, und ich werde niemals Ruhe finden.

Die Röhre öffnete sich.

Er kroch hinein.

Dorian war zurück im Hubschrauber. Der Wind blies ihm ins Gesicht, und das Knattern der Rotorblätter dröhnte in seinen Ohren.

Zum ersten Mal ergab alles Sinn. Die Teile passten zusammen; das Bild war klar.

Das Portal in Deutschland. Es führte zu dem Schiff, zu Ares. Brillant.

Kate. Sie hatte die Erinnerungen der atlantischen Forscherin. Sie konnte das Schiff aktivieren und Ares befreien. Gemeinsam konnten Ares und Dorian ihr Werk auf der Erde vollenden und die Armee in die Entscheidungsschlacht führen. Der Sieg stand unmittelbar bevor.

Dorian sah Kate an. Sie saß ihm mit geschlossenen Augen gegenüber.

Ares Worte hallten durch seinen Kopf. *Sie ist der Schlüssel zu allem. In Kürze wird sie eine Information erhalten – einen Code. Dieser Code ist entscheidend, um mich zu befreien. Du musst sie gefangen nehmen, nachdem sie den Code erhalten hat, und sie zu mir bringen.*

Dorian bewunderte Ares' Genialität. Das ganze Ausmaß des Plans des Atlanters wurde ihm bewusst. Er empfand ... Ehrfurcht. Endlich hatte er das Gefühl, einen Ebenbürtigen gefunden zu haben. Nein, einen Überlegenen. Dorian wusste jetzt: Ares hatte den ganzen Ablauf auch für ihn geplant – damit er daran wachsen konnte. Die Geheimniskrämerei in der Antarktis, sein Auftrag, Kate zu finden. Es schien, als förderte Ares ihn. Aber Ares war mehr als ein Mentor für Dorian. Ein Teil von Ares war in ihm, seine Erinnerungen, seine Wünsche, seine unerfüllten Träume.

Ein Vater. Das war der passendste Ausdruck. Ares war wie ein Vater für ihn.

Und bald würden sie wieder vereint sein.

Dorian versuchte sich vorzustellen, wie sie zusammenkamen, was Ares sagen würde, was er selbst sagen würde. Und danach ... was konnte Ares ihm noch beibringen? Was würde Dorian über sich selbst erfahren? Er erkannte jetzt, dass sein tiefster Wunsch war, endlich das größte aller Rätsel zu lösen: Wie war er zu dem geworden, was er war?

Ares und die Antworten auf diese Fragen warteten hinter dem Portal. Sie würden bald dort ankommen.

92

CDC
Atlanta, Georgia

Paul Brenner öffnete die Tür und trat an das Bett seines Neffen.

»Wie geht's dir?«

Der Junge sah zu ihm auf. Er machte den Mund auf, aber es kamen keine Worte heraus. *Was passiert mit ihm?*, fragte sich Paul.

Er überprüfte die Vitalfunktionen. Alles normal. Körperlich hatte der Junge sich überraschend schnell erholt.

Paul rieb sich die Schläfen. *Was ist los mit mir? Warum kann ich nicht klar denken?* In seinem Kopf schien sich eine Nebelwolke auszubreiten, die er nicht durchdringen konnte.

David versuchte, Janus Worte zu begreifen. »Sie schicken uns zurück in die Steinzeit? Sie lassen uns ... *degenerieren?*«

»Ich sorge für eure Sicherheit. Haben Sie kein einziges Wort von dem verstanden, was ich gesagt habe? Ein unvorstellbar mächtiger Feind jagt mein Volk. Ihr habt etwas von uns in euch. Regression ist eure einzige Chance. Das wird eure Spezies retten.«

»Vorausgesetzt, wir sind überhaupt dieselbe Spezies. Hören Sie, wir können keinen Rückschritt machen. Das akzeptiere ich nicht.«

»Ich respektiere Ihre Meinung, Mr. Vale. Das ist sogar der Grund, aus dem ich Sie ausgesucht habe – Sie kämpfen für Ihre Mitmenschen und opfern sich für sie. Sie halten sich an den menschlichen Kodex. Aber in dieser Situation führt er Sie in die Irre. Sie haben nur die Geschichte Ihrer Spezies und Ihrer Welt gehört. Die Primaten, die aus den Bäumen herabgestiegen sind und in den Savannen Nahrung gesucht haben, waren diejenigen, die sich durchgesetzt haben. Fragen Sie doch mal die Schimpansen und Gorillas, was sie von ihrer Entscheidung halten, in den Bäumen geblieben zu sein. Es war einfacher dort, aber die, die sich hinabgewagt und den schwierigen Weg beschritten haben, wurden stärker, haben sich angepasst und weiterentwickelt – die wenigen Überlebenden. Die Stämme, die während der Toba-Katastrophe ans Meer gezogen sind, waren auch die, die überlebt haben. Das ist die entscheidende Eigenschaft eurer Spezies. Und so werdet ihr diesen Versuch überleben.« Janus wandte sich abrupt dem neuen Tunnel zu. »Der Würfel ist durch ...«

David nahm eine Laterne. »Darüber ist noch nicht das letzte Wort gesprochen.«

»Doch, schon seit sehr langer Zeit, Mr. Vale.«

David führte Janus und Milo durch den Tunnel auf das Licht zu. Der gelb glühende Würfel schwebte vor dem neuen Ausgang in der Luft.

David trat als Erster hinaus ins Foyer. Er schwenkte das Sturmgewehr von links nach rechts. Nichts rührte sich. In der Ecke breitete sich eine Blutlache aus. David ging langsam darauf zu und rechnete mit dem Schlimmsten.

Kamau. Eine Stichwunde in der Brust.

David bückte sich und legte die Finger auf den Hals seines Freunds. Er spürte die kalte Haut. Obwohl er keinen Puls fühlen konnte, ließ er die Hand dort liegen und weigerte sich, seinen Tod zu akzeptieren.

Janus und Milo sahen zu und wussten offenbar nicht, was sie sagen sollten.

Schließlich erhob sich David und ging zu Kates Laptop. Er klappte ihn zu und packte ihn mit der übrigen Ausrüstung in den Rucksack. »Verschwinden wir von hier.«

Draußen führte David die anderen zurück zu dem Platz. Ihr Hubschrauber war weg.

Er drehte sich zu Janus um. »Wie ist der Plan? Wir können unmöglich vor ihnen in Deutschland sein. Ihr Vorsprung ist zu groß.«

»Es gibt noch eine andere Möglichkeit«, sagte Janus. »Wenn wir rechtzeitig hinkommen.«

»Der Malteserorden hat ein Flugzeug«, sagte Milo. »Können Sie es fliegen, Mr. David?«

»Ich kann alles fliegen«, sagte David. Bei der Landung hatte es gelegentlich Probleme gegeben, aber das erwähnte er nicht. Es gab keinen Grund, sie zu beunruhigen.

Dorian sah, wie das Meer unter ihm vom Festland abgelöst wurde. Italien. Bald würden sie die Grenze nach Deutschland passieren und kurz darauf das Portal erreichen.

Die Seuche hatte Kontinentaleuropa zertrümmert. Die NATO hatte schon früh aufgegeben und ihre Ressourcen für humanitäre Zwecke zur Verfügung gestellt. Nichts konnte ihn jetzt mehr aufhalten.

Kate schlug die Augen auf. Dorian sah sie an.

Sie blinzelte nicht. Sie hatte keine Angst mehr vor ihm.

Sie wusste, wer er war und was er war. Die Geschichte würde sich nicht wiederholen.

»Alles in Ordnung, Kate?«, fragte Dorian spöttisch.

»Mir geht's gut«, entgegnete sie in demselben Tonfall.

Eine halbe Stunde später setzte der Helikopter auf, und Dorian zerrte sie hinaus.

Militärjeeps umringten das funkelnde Portal, von dem weiße Lichtfäden in die kalte stille Nacht zuckten.

Als sie an den Jeeps vorbeigingen, sah Kate tote Soldaten auf dem Boden liegen. Seuchenopfer. Die deutsche Regierung musste Soldaten geschickt haben, um das Tor zu untersuchen, aber sie waren krank geworden. Die Überlebenden waren anscheinend geflohen.

Dorian zog sie auf das Portal zu.

»Bleib bei mir«, rief er Shaw über die Schulter zu. »Es schließt sich hinter uns.«

Shaw schloss zu ihnen auf, und sie traten alle drei hindurch und fanden sich an einem anderen Ort wieder.

Für Kate fühlte es sich an wie auf dem Schiff in der Antarktis. Aber die Gänge hier waren enger. Sie erkannte es wieder. Es war ihr Schiff – der Raumtransporter, mit dem sie und Janus hergekommen waren.

Kate versuchte, Luft zu holen, aber sie konnte nicht richtig atmen. Dorian sah sie durchdringend an, aber ehe er etwas sagen konnte, begann Luft in den Raum zu strömen. Erkannte das Schiff Kate? Erwachte es wegen ihr zum Leben? Ja, so musste es sein.

Dorian zog sie am Arm den schwach beleuchteten Gang entlang.

An einer Kreuzung blieb er stehen. Er versuchte sich anscheinend zu erinnern, wohin er gehen musste. Oder gegangen war?

»Hier lang«, sagte er.

Die trüben, perlenartigen Lichter an Boden und Decke schienen heller zu werden. Nein, Kate merkte, dass sie sich an das Halbdunkel gewöhnte.

Und noch etwas ging in ihr vor. Sie passte sich an. Die letzte Erinnerung an ihre Ermordung durch Ares oder Dorian hatte sie verändert.

Kate hatte immer Probleme mit anderen Menschen gehabt. Sie konnte sie nie ganz verstehen. Obwohl sie sich nach befriedigenden zwischenmenschlichen Beziehungen sehnte, ergaben sie sich nie auf natürliche Weise. Es war immer Arbeit gewesen.

Sie hatte angenommen, dass dieser Wunsch sie zur Autismusforschung getrieben hatte, um den Menschen zu helfen, deren Gehirnvernetzung das Verständnis von sozialer Interaktion und Sprache erschwerte. Jetzt wusste sie, dass es tiefere Gründe dafür gab.

Dorian hatte recht gehabt: Sie hatte keine gute Menschenkenntnis. Man konnte sie leicht in die Irre führen. Aber in diesem Spiel ging es um Strategie. Sie kannte die Vergangenheit und die Mitspieler. Und sie wusste, wie es sich entwickeln würde. Sie war schlauer als er, und sie würde gewinnen.

93

Vor Ceuta

David hatte das Flugzeug auf Höchstgeschwindigkeit beschleunigt. Es bestand keine Gefahr, dass ihnen der Treibstoff ausging.

Am Horizont tauchte Ceuta auf. David schaltete das Funkgerät ein und meldete sich bei der Flugüberwachung. Die Railguns konnten das Flugzeug leicht vom Himmel holen, und er war sich nicht sicher, welche Antwort er erhalten würde. Aber ihm blieb nichts anderes übrig.

Die Antwort kam prompt. »Sie haben Landeerlaubnis, Mr. Vale.«

Davids Landung konnte man bestenfalls als holprig bezeichnen, aber keiner der Passagiere gab einen Kommentar dazu ab. Sie waren am Boden, und sie lebten. Und Kate auch, soweit er wusste. *Ein Schritt nach dem anderen.*

Als David, Janus und Milo ausstiegen, fuhr ein Konvoi auf die Landebahn. Unwillkürlich umklammerte David das Sturmgewehr.

Der Konvoi hielt an, und die Tür des vorausfahrenden Humvee schwang auf. Die Anführerin der Berber, die ihm vor wenigen Tagen das Brandzeichen verpasst und ihm bei der Eroberung der Basis geholfen hatte, stieg aus und schlenderte zu ihm. Ein Lächeln breitete sich auf ihrem Gesicht aus.

»Ich dachte nicht, dass ich dich noch mal wiedersehen würde.«

»Geht mir genauso.«

Sie wurde ernst. »Bist du zurückgekommen, um wieder das Kommando zu übernehmen?«

»Nein. Ich bin nur auf Durchreise. Ich brauche einen Jeep.«

Fünfzehn Minuten später fuhr David in halsbrecherischem Tempo auf die Hügel zu, in denen er vor Kurzem in einer Immari-Uniform das Schiff der Atlanter verlassen hatte.

»Ich weiß nicht, wo der Eingang ist«, rief er nach hinten zu Janus.

»Ich leite Sie«, antwortete Janus.

David hatte das Gefühl, dass sie noch eine Ewigkeit weiterfuhren. Der Hang wurde steiler und das steinige Gelände tückischer. Mit jeder verstreichenden Sekunde sanken die Chancen, Kate zu retten, dachte er.

Schließlich tippte Janus ihm auf die Schulter. »Hier anhalten.«

David steuerte den Wagen neben eine steile Felswand. Noch bevor sie ganz angehalten hatten, sprang Janus hinaus und ging entschlossen los. David und Milo liefen ihm hinterher.

»Was haben Sie vor, Janus?«, rief David. Janus hatte sich auf dem Flug geweigert, irgendwelche Einzelheiten seines Plans mitzuteilen, und das machte David nervös.

»Später«, antwortete Janus. Er bog um eine Ecke, und als David ihm folgte, war er verschwunden. David sah sich suchend um. Die Felswand zu seiner Linken sah aus wie die, aus der er herausgekommen war, aber David war sich nicht sicher.

»Hey!«, rief er. Er rannte zu der Wand und betastete sie. Sie war massiv. Er schritt unruhig auf und ab. Milo stand einfach da, als wartete er irgendwo in einer Schlange.

»Janus!«, brüllte David. Janus hatte ihn betrogen. Er hatte die ganze Zeit den Plan gehabt ...

Janus tauchte aus dem massiven Stein auf, und im selben Moment löste sich die Projektion der Felswand auf. »Ich musste das Kraftfeld ausschalten. Kommen Sie.«

»Oh. Also, Sie hätten ruhig ...« David schüttelte den Kopf und folgte Janus durch den Tunnel, den der Würfel in den Stein gefräst hatte. Sie nahmen denselben Aufzug, den David vor Kurzem benutzt hatte.

Als David hier gewesen war, waren alle Türen verschlossen gewesen. Jetzt öffneten sie sich, während sich die drei Männer näherten.

Janus bog nach links und führte sie in einen Raum mit vier Türen.

»Was jetzt?«, fragte David.

»Jetzt warten wir. Wenn ich recht habe, weiß Kate, was sie tun muss. Sie wird nicht nur die Röhre öffnen, in der sich Ares befindet, sondern das gesamte Schiff freigeben. Für das, was wir tun müssen, wird sich nur eine sehr, sehr kurze Zeitspanne auftun.«

Janus legte seinen Plan dar, und David nickte nur. Das war nicht sein Fachgebiet; ihm blieb nichts anderes übrig, als Janus zu vertrauen.

David wandte sich zu Milo und streckte ihm seine Pistole entgegen.

Milo betrachtete sie, dann wich er einen kleinen Schritt zurück.

»Milo, wenn jemand außer uns beiden durch dieses Portal kommt, musst du ihn erschießen.«

»Das kann ich nicht, Mr. David.«

»Du musst aber ...«

»Ich weiß, ich muss es tun, um zu überleben. Aber es ist

gegen meine Natur. Wenn es so weit ist, kann ich den Abzug nicht drücken. Ich kann niemanden töten. Auf meiner Reise zu der Lade auf Malta habe ich vieles gelernt. Das Wichtigste davon ist, wer ich wirklich bin. Es tut mir leid, Sie zu enttäuschen, Mr. David, aber ich kann Sie auch nicht anlügen, und ich werde nicht vorgeben, jemand zu sein, der ich gar nicht bin.«

David nickte. »Glaub mir, ich bin nicht enttäuscht, Milo. Und ich hoffe, die Welt zwingt dich niemals, dich zu ändern.« Einen Moment lang dachte er an seine eigene Studienzeit zurück, bevor der Turm über ihm eingestürzt war und er seinen Rachefeldzug angetreten hatte.

Janus ging zur Wand. Ein Fach öffnete sich. Er nahm einen weiteren gelben Würfel heraus und bewegte die Finger in dem Licht, das er ausstrahlte.

Er ging zu Milo und reichte ihm den Würfel. »Dieser Würfel ist so ähnlich wie der, den ich in den Katakomben benutzt habe. Er tötet nicht, aber er setzt jeden im Umkreis außer Gefecht – dich auch, Milo. Natürlich funktioniert es nicht bei Atlantern. Aber vielleicht verschafft er dir ein bisschen Zeit, sodass dir jemand zu Hilfe kommen kann.«

»Haben Sie noch irgendwelche Hightech-Waffen?«, fragte David.

»Nichts Nützliches. Halten Sie sich einfach an den Plan, Und folgen Sie dem Würfel.« Janus näherte sich vorsichtig dem Portal und hob den Würfel, bereit, ihn loszulassen.

»Ich will ein Heilmittel gegen die Seuche, bevor wir durchgehen.«

»Ich habe Ihnen schon gesagt, Mr. Vale, diese Diskussion ist abgeschlossen. Sie und Kate haben das reine Atlantis-Gen. Sie werden beide unverändert überleben.«

»Damit bin ich nicht einverstanden.«
»Ihre Zustimmung ist nicht erforderlich.«

Dorian ließ Kate vor einer Doppeltür anhalten.

Er bediente die Steuerung, und die Türen öffneten sich.

Sieben Röhren standen in dem Raum. In der mittleren befand sich Ares. Seine Augen folgten ihnen, kalt und ohne zu blinzeln.

Dorian betrachtete ihn eine Weile. »Lass ihn raus«, sagte er, ohne Kate anzusehen.

Sie hob die gefesselten Hände und wackelte mit den Fingern. »Binde mich zuerst los.«

Dorian wirbelte zu ihr herum. »Das geht auch so.«

»Nein.« Sie zeigte auf das Steuerpult. »Es ist unmöglich, es mit gefesselten Händen zu bedienen. Binde mich los, dann lass ich ihn raus.« Sie wartete. »Was ist los? Hast du Angst, dass ihr zu zweit nicht mit mir fertigwerdet? Oder zu dritt?«

Dorian nickte Shaw zu, der daraufhin sein Kampfmesser zog und Kates Fesseln in der Mitte durchschnitt.

Kate ging zum Steuerpult. Sie spürte, wie Ares ihr mit dem Blick folgte.

Ihr nächster Schritt würde ihr Schicksal und das vieler anderer bestimmen.

Die Erinnerungen waren jetzt klarer, und die lebhaftesten handelten von Menschen, nicht von Orten. Janus. Im Laufe von Tausenden von Jahren hatten sie gemeinsam Hunderte von Welten erforscht. Er war immer derselbe geblieben, aber sie hatte sich auf ihrer Reise verändert. Sie war ein wenig mitfühlender, nachdenklicher und engagierter geworden. Und sie sehnte sich danach, mit jemandem zusammen zu sein, der ihr ähnlicher war, jemandem mit Intellekt *und* Leidenschaft. Jemand wie David.

Aber etwas war ihr an Janus mehr in Erinnerung geblieben als alles andere: Er war der klügste Mensch, den sie kannte. Und darauf verließ sie sich. Die Gelegenheit, die sie ihm gleich schaffen würde, ließ keinen Raum für Fehler.

Sie bewegte die Finger in der blauen Lichtwolke, die von dem Pult aufstieg.

Um sie herum flackerten die Lampen auf, und die übrigen Steuerungen erwachten zum Leben.

Die Röhre glitt auf, und Ares trat heraus.

»Gut gemacht, Dorian.«

»Jetzt, David!«

Das Portal öffnete sich, und Janus lief dicht gefolgt von David hindurch.

Janus warf den Würfel in den Gang. Er flog davon und zog einen gelben Lichtschweif hinter sich her.

Der Würfel würde Kate finden, sodass David sie zum Portal bringen konnte. Janus hatte David versprochen, sich um das Schiff zu kümmern. Er konnte nicht zulassen, dass es Dorian oder Ares in die Hände fiel.

Dorian rannte dem Würfel hinterher. Er hörte, wie Janus' Stiefel durch den Gang nebenan polterten.

Sobald Ares aus der Röhre stieg, stürzte sich Kate auf Dorian. Ihr Angriff überraschte ihn. Sie traf ihn mit der Faust genau am Kinn, sodass er gegen die Wand prallte und zu Boden rutschte. Kate fiel auf ihn und spürte, wie Shaw sie packte und herunterzog. Aber ihr Ablenkungsmanöver hatte funktioniert. Hatte sie den anderen genug Zeit verschafft? Die Antwort kam in Form eines blendenden gelblich-weißen Lichts, das in den Raum eindrang.

David lief immer schneller den Gang entlang. Vor ihm flog der glühende Würfel in einen Raum und blitzte auf. David hörte einen Schrei. Er stürmte weiter.

Shaw schrie vor Schmerz auf, fiel neben Kate und Dorian um und wand sich auf dem Boden.

Kate sprang auf und lief aus der Tür, aber jemand hielt sie fest. Sie versuchte sich loszureißen, doch die starken Hände wirbelten sie herum.

David.

»Los, komm«, sagte er, bevor er zurück durch den Gang sprintete.

In Dorians Ohren klingelte es, und er sah Punkte vor seinen Augen. Jemand zerrte an ihm. Die Konsole an der gegenüberliegenden Wand explodierte. Was war hier los?

Er spürte, wie das Schiff bebte.

Ares verpasste ihm eine Ohrfeige und nahm sein Gesicht in die Hände. »Reiß dich zusammen, Dorian. Janus setzte die Selbstzerstörung in Gang. Wir müssen hier weg.« Er zog Dorian auf die Beine und aus dem Raum.

Aus dem Augenwinkel sah Dorian, wie Shaw sich schmerzerfüllt über den Boden rollte. Dorian hielt sich am Türrahmen fest. »Adam!«

Ares zog ihn weg, und die Doppeltür schloss sich. »Wir müssen ihn zurücklassen. Sei kein Idiot, Dorian.« Er zerrte ihn den Gang entlang.

Eine weitere Explosion warf sie zu Boden.

Dorian sprang auf und trat einen Schritt auf den Raum zu, in dem Shaw noch immer schrie.

Ares packte ihn an den Schultern und drückte ihn gegen die Wand. »Ich lasse dich nicht allein. Wenn du ihn nicht zurücklässt, bringst du uns beide und alle da unten um. Entscheide dich, Dorian.«

Dorian schüttelte den Kopf. Sein Bruder, seine einzige Verwandtschaft ... Diese Entscheidung konnte er nicht treffen.

Ares schüttelte ihn, sodass er mit dem Kopf gegen die Wand schlug. »Entscheide dich.«

Dorian spürte, wie er sich von Shaw abwandte, dem einzigen Menschen auf der Welt, der ihm wirklich etwas bedeutete. Dann rannten er und Ares los. Eine weitere Explosion. Sie würden es niemals schaffen.

Janus gab die letzten Befehle ein, trat zurück und beobachtete auf dem Monitor, wie die einzelnen Schiffsabschnitte explodierten und Druck verloren. Das gewaltige Schiff würde bald nur noch ein ausgebranntes Wrack sein.

Aber sie würde in Sicherheit sein.

Das war das Einzige von Bedeutung – der einzige Grund, aus dem er hierher oder zu den anderen Hunderten von Welten gekommen war.

Eine weitere Erschütterung ging durch das Schiff. Gleich würde er sterben. Er hatte es endlich getan – sein Leben geopfert, um sie zu retten, etwas, das er sich seit dreizehntausend Jahren in der Kammer unter der Bucht von Gibraltar gewünscht hatte. Es fiel ihm jetzt so leicht. Er wusste, er würde niemals wiedergeboren werden. Er musste nicht erwachen, um sich an seinen eigenen Tod zu erinnern und dieselben endlosen Qualen zu erleiden, die die Menschen auf Ares' Wiedergeburtsschiff erfuhren. Er würde in dem Wissen sterben, dass er den einzigen Menschen, der ihm jemals etwas bedeutete, gerettet hatte. In diesem Augenblick verstand er die Geschichten von Kates Vater. Sein Opfer in Gibraltar. Und Martin. Vielleicht hatte sich die Subspezies 8472 weiter entwickelt, als er gedacht hatte. Selbst wenn, es würde bald keine Rolle mehr spielen. Eine weitere Explosion ließ die Brücke beben, und Janus musste sich festhalten.

Wie lang bleibt mir noch?

Vielleicht hatte er genug Zeit, um einen letzten Fehler zu korrigieren. Er schaltete die Tiefenraumkommunikationsanlage des Schiffs an, räusperte sich und stellte sich so aufrecht hin, wie er konnte.

»Mein Name ist Dr. Arthur Janus. Ich bin Wissenschaftler und Bürger einer längst untergegangenen Zivilisation ...«

Eine Doppeltür öffnete sich zu einem Raum, in dem sich drei Tore befanden. Ares steuerte die Lichtwolke über der Konsole. Dorian fühlte sich betäubt, wie gelähmt. Ares zog ihn durch ein Portal, als die Explosion die Wände durchbrach.

Dorian taumelte in den Raum mit den sieben Türen, den er schon kannte. Ares stützte keuchend die Hände auf die Knie.

Als Ares wieder zu Atem gekommen war, richtete er sich auf. »Jetzt verstehst du es, Dorian. Sie schwächen dich. Sie appellieren an dein Herz. Sie halten dich klein. Sie versuchen, dich zu hindern, das zu tun, was für das Überleben notwendig ist.« Er verließ den Raum.

Dorian folgte ihm mechanisch. Es war, als betrachtete er sich von außen. Er empfand nichts mehr.

Ares blieb vor der Halle mit den endlosen Reihen von Röhren stehen.

»Jetzt bist du bereit, Dorian. Wir werden sie retten. Sie sind jetzt dein Volk.«

94

Bei Ceuta

Eine Sekunde nachdem Kate durch das gebogene Portal geflogen war, landete David neben ihr. Das Tor schloss sich hinter ihnen.

Milo kam zu ihr, um ihr aufzuhelfen.

»Alles in Ordnung, Dr. Kate?«

»Mir geht es gut, Milo. Danke.« Sie lief zu dem Bedienpult neben dem Portal. Ja, die Verbindung zum Schiff war geschlossen; es war zerstört worden. Janus hatte es gut gemacht. In dem Augenblick, als sie David allein gesehen hatte, hatte sie gewusst, welchen Plan sie verfolgten. Janus war tapfer gewesen.

Bei Davids Anblick war ihr klar geworden, dass das Feuer, der kleine Rest ihres alten Ichs, die Flamme, die sie angefächert hatte, noch vorhanden war. Und sie musste schnell handeln, um es am Leben zu erhalten.

Sie rief einen Plan des Schiffs – oder vielmehr des Abschnitts, in dem sie eingeschlossen waren – auf. Dort gab es eine Medizinabteilung in einem der Labore. Es könnte funktionieren. Sie begann den Ablauf zu programmieren – eine Gentherapie, die den Wiedergeburtsprozess, der ihr Gehirn neu vernetzte, rückgängig machte. Sie würde ihre atlantischen Erinnerungen verlieren, aber sie könnte wieder sie selbst sein. Ihre Finger bewegten sich flink über die Konsole.

David setzte sich auf, blickte einen Moment auf das geschlossene Portal, dann rannte er zu Kate. »Janus müsste schon hier ...«

»Er kommt nicht.«

Sie hatte das Programm fast fertig. Das Labor war nicht weit entfernt. Ein paar Etagen.

»Er hat uns eine falsche Therapie gegeben.«

Kate gab einige letzte Änderungen ein.

»Hey!« David packte sie am Arm. Er hielt einen Rucksack hoch. »Die Therapie, die er an Continuity übermittelt hat, macht alles rückgängig. Bald sind wir wieder bei Familie Feuerstein.« Er sah sie an. »Ich habe deinen Laptop mitgebracht. Kannst du das reparieren?«

Sie blickte auf. »Ja. Aber dann bleibt mir keine Zeit, mich selbst zu reparieren.«

»Dich selbst ...« David versuchte, in ihrer Miene zu lesen. »Das verstehe ich nicht.«

»Die Wiedergeburt. Die Erinnerungen. Ich verliere die Kontrolle. In ein paar Minuten werden die letzten Stufen des Prozesses ausgeführt. Ich werde aufhören ... ich zu sein.«

David ließ den Rucksack auf den Boden fallen.

»Was willst du tun?« Kates Stimme klang mechanisch. Sie wartete.

»Ich weiß, was ich will, und das bist du. Aber ich kenne dich – die Frau, die ich liebe. Und ich weiß, wofür du dich entscheiden würdest: für das Opfer. Vor ein paar Tagen hast du mich in der Kabine einer Jacht auf dem Mittelmeer daran erinnert, wer ich wirklich bin, und jetzt erinnere ich dich daran, wer du bist. Das schulde ich dir, egal, was ich will.«

Kate betrachtete ihn. Sie sah die Situation vor ihrem inneren Auge. Er war von einem irrationalen Blutdurst erfüllt gewesen, und sie hatte ihn besänftigt und daran erinnert, was auf dem Spiel stand. Jetzt war es dasselbe, nur dass sie zu rational, zu kühl war. Sie wusste, was sie wollte und was auf dem Spiel stand. Aber wenn sie sich selbst rettete, wenn sie die Erinnerungen löschte, würde sie aus diesem Schiff in eine primitive Welt zurückkehren, deren Bewohner sie sich zu beschützen geweigert hatte. Es würde ihr genauso ergehen, wie den Atlantern in ihren Röhren, die niemals glücklich sein konnten und von der Vergangenheit heimgesucht wurden. Diese Entscheidung würde sie den Rest ihres Lebens verfolgen.

Die Wahl war einfach: Entweder rettete sie die Menschen, die unter der falschen Therapie litten, die Janus an Continuity übermittelt hatte, oder sich selbst. Aber andererseits war es auch nicht so einfach. Falls sie sich für sich selbst entschied, würde sie nicht mehr dieselbe sein. Falls sie sich für die anderen entschied, könnte sie den letzten Rest ihres Ichs verlieren.

In diesem Moment verstand sie endlich Martin. Die schweren Entscheidungen, die er hatte treffen müssen, seine Opfer, die Last, die all die Jahre auf seinen Schultern ruhte. Und warum er so verzweifelt versucht hatte, sie von dieser Welt fernzuhalten.

Sie nahm den Rucksack und zog den Laptop heraus. Schnell startete sie das Continuity-Programm und tippte auf der Tastatur. Sie sah, was Janus getan hatte. Er war sehr schlau. Die ganze Zeit hatte er nach der reinen Form des Atlantis-Gens gesucht. Der Bereich ihres Landefahrzeugs, in dem sich ihre Forschungsdaten befanden, war völlig zerstört worden, und ihr Raumschiff war abgeschaltet, sodass niemand auf die Daten dort zugreifen konnte. Seine einzige Chance war gewesen, Alpha zu finden.

Es war erstaunlich: In den kartierten Genen konnte sie jetzt alle endogenen Retroviren erkennen – sowohl die, die sie und Janus verabreicht hatten, als auch die Überbleibsel derer, die sie Ares/Dorian zu entwickeln geholfen hatte. Es war wie ein Rätsel, das sie als Kind nicht hatte lösen können, aber jetzt als Erwachsene mit ihrem Wissen und ihrem gereiften Verstand endlich meistern konnte. Martin hatte richtiggelegen. Die Eingriffe im Mittelalter hatten Genveränderungen mit dramatischen Folgen bewirkt. Und sie hatten die Rückabwicklung verhindert, die Janus mithilfe der Glocke hatte auslösen wollen.

Zum ersten Mal begriff sie all die Änderungen, sah sie vor sich wie kleine Lichter in einem Haufen Schutt. Sie konnte sie heraussuchen, einander gegenüberstellen und verschiedene Modelle mit unterschiedlichen Ergebnissen erstellen. Sie ließ den Laptop mehrere Szenarien durchrechnen.

Die Datenbank von Symphony – Millionen Genproben, die in den Orchid-Distrikten weltweit gesammelt worden waren – war das letzte Puzzleteil. Es war eine Schande, dass die Welt kurz vor der Vernichtung hatte stehen müssen, damit sich eine so unglaubliche Möglichkeit eröffnete.

Die wahre Herausforderung für Kate war es, sämtliche Genänderungen zu stabilisieren. Im Wesentlichen schuf sie eine Therapie, die alle aneinander anglich: Die Sterbenden, die Degenerierenden und die sich schnell Weiterentwickelnden mussten ein einheitliches stabiles Atlantik-Gen entwickeln. Ein menschlich-atlantisches Hybridgenom.

Eine Zieltherapie identifiziert.

Kate begutachtete sie. Ja, das würde funktionieren.

Sie hätte Euphorie, Stolz oder Erleichterung empfinden sollen. Das war der Augenblick, auf den sie ihr ganzes Leben lang hingearbeitet hatte, als Atlanter und als Mensch. Sie hatte eine Gentherapie geschaffen, die die Menschheit retten und alle Fehler aus der Vergangenheit reparieren würde. Trotzdem fühlte es sich an, als hätte sie lediglich ein wissenschaftliches Experiment zu einem Abschluss gebracht, den sie ihr ganzes Leben lang erwartet, vermutet, *vorhergesehen* hatte. Statt Freude verspürte sie kaltes, klinisches Interesse am Ergebnis. Vielleicht empfanden Atlanter nicht auf dieselbe Art Freude. Vielleicht waren sie darüber seit vier Millionen Jahren hinaus.

Ihre nächste Herausforderung war, sich selbst zu reparieren, wieder zu der zu werden, die sie vorher gewesen war. Sie fragte sich, wie die Chancen bei diesem Experiment standen.

Sie griff zu dem Satellitentelefon. »Wir müssen über die Erde.«

Sie folgte David aus dem Schiff. Vom Hügel aus warf sie einen kurzen Blick auf Ceuta. Tote Pferde und Menschen lagen auf dem verkohlten Streifen vor der gewaltigen Mauer. Dahinter war der Boden blutrot gefärbt von dem Massaker, das David ausgelöst hatte. Die letzten Überreste des Seuchenschiffs schwammen vor dem Hafen im Wasser und trieben langsam auf die Küste zu.

Dieser Anblick ... Ja, sie hatte die richtige Entscheidung getroffen, selbst wenn es bedeutete, dass sie den letzten Rest ihrer Persönlichkeit aufgab. Jetzt hatte sie keine Zweifel mehr.

Kate verband das Satellitentelefon mit dem Laptop und schickte die Ergebnisse an Continuity.

Als die Daten übertragen waren, steckte sie das Telefon ab und rief Paul Brenner an.

Er meldete sich sofort, klang jedoch unkonzentriert. Kate musste alles mehrmals wiederholen. Sie begriff, was geschehen war: Paul hatte Janus' falsche Therapie verabreicht – an seine eigene Kohorte. Continuity war nun der Ausgangspunkt für die Strahlung von Janus' Regressionstherapie, und Paul hatte sich infiziert. Aber Kate konnte ihm nicht helfen. Sie konnte nur hoffen, dass er die Ergebnisse fand und sich erinnerte, was zu tun war.

Sie legte auf. Jetzt konnte sie nur noch abwarten.

Dorian ging in die dunkle Halle. »Was jetzt?«

»Jetzt kämpfen wir«, sagte Ares, ohne den Blick von den kilometerlangen Reihen von Röhren abzuwenden.

»Wir haben kein Schiff«, sagte Dorian.

»Stimmt. Wir können den Kampf nicht zu ihnen tragen, aber wir können sie zu uns holen. Es gibt einen guten Grund dafür, dass ich dieses Schiff hier in der Antarktis vergraben habe, Dorian.«

95

CDC
Atlanta, Georgia

Paul Brenner lehnte sich gegen die Wand. Er hatte große Mühe, sich zu konzentrieren. Wo waren alle?

Die Flure waren leer. Die Büros waren leer. Sie versteckten sich vor ihm. Er musste sie finden.

Nein. Er musste etwas anderes erledigen. Sie hatte ihm etwas geschickt. Die Hübsche aus den Filmen.

Eine gläserne Doppeltür glitt auf. Die Monitore dahinter blinkten.

EIN ERGEBNIS

Ein Ergebnis? Wovon? Ein Versuch. Er war der Leiter.

Was für ein Versuch? Eine Behandlung. Für die Seuche. Er war infiziert. Mit einer Behandlung. Nein, das konnte nicht sein. Wie kann man sich mit einer Behandlung infizieren? Etwas stimmte nicht.

Er sah sich in dem Raum um. Leer. Überall Kaffeebecher auf dem Boden. Befleckte Papiere auf Tischen und Stühlen.

Paul setzte sich und zog eine Tastatur zu sich.

Er hatte einen klaren Moment. *Ein Ergebnis*.

Er tippte, bis ihm die Finger wehtaten.
Die Anzeige auf dem Bildschirm änderte sich.

Neue Therapie wird an alle Orchid-Distrikte übermittelt ...

96

Sie hören BBC, die Stimme des menschlichen Triumphes am ersten Tag nach der Atlantis-Seuche.

Die BBC hat in Erfahrung gebracht, dass die Orientierungslosigkeit und Benommenheit, von denen in ersten Berichten über die neue Therapie gesprochen wurde, nur vorübergehende Nebenwirkungen sind.

Die Orchid-Distrikte aus aller Welt melden eine hundertprozentige Heilungsrate, ohne das weitere Orchid-Behandlungen nötig sind.

Regierungschefs bejubelten den Durchbruch und verwiesen auf die beispiellosen Investitionen in die medizinische Forschung und ihre Standhaftigkeit in diesen dunklen Zeiten.

In anderen Medien berichteten Quellen aus dem Geheimdienstmilieu, dass den Bürgern der Länder, die von Immari International kontrolliert werden, befohlen wurde, die Küstenregionen zu evakuieren. Die Bevölkerung ganzer Landstriche in Südafrika, Chile und Argentinien ziehen sich, nur mit Wasser und Nahrungsmitteln ausgestattet, in die Bergregionen zurück.

Dr. Phillip Morneau vom Thinktank Western Tomorrow äußerte sich dazu folgendermaßen:

»Sie haben verloren. Sie haben darauf gesetzt, dass die Seuche ihren Lauf nimmt und die Menschheit zugrunde geht. Aber wir haben es durchgestanden, wie immer. Und jetzt machen sie sich aus dem Staub.«

Zurückhaltendere Beobachter haben spekuliert, dass die Aktion der Immari Teil einer größeren Strategie sein könnte, vielleicht der Beginn einer Gegenoffensive.

Wir berichten weiter, sobald wir neue Einzelheiten erfahren.

97

CDC
Atlanta, Georgia

Paul Brenner schlurfte durch den Flur der Continuity-Abteilung. Er fühlte sich, als erholte er sich gerade von einer starken Erkältung. Aber er konnte wieder klar denken und wusste, was er tun musste. Er fürchtete sich davor.

Während er an den Glastüren des Lagezentrums vorbeikam, bemerkte er eine junge Analystin, die allein im Inneren saß und auf den Bildschirm starrte. Die Tische standen immer noch ungeordnet, und Kaffeebecher und zerknülltes Papier lagen herum.

Paul ging auf die Türen zu. Als sie sich öffneten, wandte sich die Analystin mit einer Mischung aus Überraschung und Hoffnung in den Augen zu ihm um. Oder war es Erleichterung? Es brachte Paul ein wenig aus dem Konzept.

»Sie können jetzt nach Hause gehen«, sagte er.

Sie stand auf. »Ich weiß ... ich habe nur das Gefühl, ich sollte nicht ... allein sein.«

Paul nickte. »Und die anderen?«

»Müssen gegangen sein. Manche sind auch ... noch hier.«

In der Leichenhalle, vervollständigte Paul in Gedanken ihren Satz. Er ging zu dem großen Bildschirm und schaltete ihn aus. »Kommen Sie. Bei mir zu Hause ist auch niemand.«

Sie verließen gemeinsam das Lagezentrum, und Paul bat sie, vor dem Zimmer seines Neffen zu warten. Er stieß die Tür auf und wappnete sich für das, was ihn erwartete ...

»Onkel Paul!«

Sein Neffe drehte sich im Bett um. Er war putzmunter, aber als er sich aufzurichten versuchte, ließen ihn seine Muskeln im Stich und er fiel zurück auf die Matratze.

Paul lief zum Bett und legte dem Jungen die Hand auf die Schulter. »Immer mit der Ruhe, Kleiner.«

Der Junge lächelte ihn an. »Du hast mich geheilt, stimmt's?«

»Nein. Das war eine andere Ärztin. Sie ist viel schlauer als ich. Ich war nur der Überbringer.«

»Wo ist Mama?«

Paul beugte sich vor, nahm den Jungen auf den Arm und ging zur Tür. »Ruh dich erst mal aus.«

»Wohin gehen wir?«

»Wir gehen nach Hause.«

Paul würde es ihm erzählen, wenn er stärker war.

Wenn sie beide stärker waren.

Kate hatte den Laptop schon lange zugeklappt und war bis zur Kante der Steilküste gegangen.

David wartete schweigend hinter ihr.

Er schien zu spüren, dass sie Abstand brauchte, wollte sie aber offenbar trotzdem nicht aus den Augen lassen.

Gemeinsam sahen sie zu, wie die Sonne im Atlantik unterging. Die letzten Strahlen fielen auf den Berg, der seinen langen Schatten über den Schauplatz der blutigen Ereignisse bei Ceuta warf. Kate wusste, dass auf der anderen Seite der Meerenge dasselbe geschah, nur dass es dort der Fels von Gibraltar war.

Als die Nacht hereinbrach, sagte Kate schließlich: »Was wird jetzt aus uns?«

»Es verändert sich nichts.«

»*Ich* habe mich verändert. Ich bin nicht mehr derselbe Mensch ...«

»Was du gerade getan hast, hat mir gezeigt, wer du bist. Alles wird gut mit uns. Ich kann warten.« Er trat an die Felskante, damit er ihr in die Augen sehen konnte. »Ich habe noch nie jemanden im Stich gelassen, den ich liebe.«

Als er diese Worte aussprach, begriff Kate, dass der wichtigste Teil ihrer Persönlichkeit noch da war. Sie war nicht mehr ganz sie selbst, aber etwas von der alten Kate blieb noch übrig, und darauf konnte sie aufbauen. Sie lächelte.

David versuchte, ihre Miene zu lesen. Er zuckte die Achseln. »Was? Zu dick aufgetragen?«

Sie nahm seine Hand. »Nein. Es hat mir gefallen. Komm. Sehen wir, was Milo macht.«

Am Eingang zum Tunnel sagte sie: »Ich glaube, du hast recht. Alles wird gut.«

EPILOG

Arecibo-Observatorium
Arecibo, Puerto Rico

Dr. Mary Caldwell bewegte die Maus hin und her, um den Computer aufzuwecken. Der Bildschirm leuchtete auf und zeigte die Daten, die über Nacht gesammelt worden waren. Das Radioteleskop vor ihrem Fenster hatte einen Durchmesser von über dreihundert Metern – das größte der Welt mit nur einem Reflektor. Es war auf einem Hochplateau zwischen den grün bewaldeten Bergen in den Boden eingelassen und sah aus wie ein glatter, grauer Teller.

Die ersten Sonnenstrahlen lugten über die Berge und fielen in die Schüssel. Mary ließ sich diesen Anblick nie entgehen, aber es war nicht mehr dasselbe wie früher, vor allem wegen der Verluste, die sie erlitten hatten.

Vor dem Ausbruch der Seuche hatte ein Dutzend Forscher im Observatorium gearbeitet; jetzt waren es nur noch drei. Durch Budgetkürzungen hatte Arecibo seit Jahren Personal verloren. Die Seuche hatte den Rest besorgt.

Trotzdem trat Mary jeden Tag ihre Schicht an, wie sie es seit sechs Jahren tat. Sie wusste nicht, wohin sie sonst sollte. Die US-Regierung würde in den nächsten Tagen die Stromversorgung einstellen, aber sie hatte beschlossen, bis zum Ende zu bleiben, bis die letzten Lichter ausgingen. Dann würde sie sich hinaus in die Welt wagen, um zu sehen, ob es irgendeine Arbeit für eine Astronomin gab.

Sie hätte ihr Leben für eine Tasse Kaffee gegeben, aber er war ihnen schon vor Wochen ausgegangen.

Sie konzentrierte sich auf den Computer. Da war ... Sie klickte auf einen der Datenströme. Ihr Mund wurde trocken. Sie startete eine Analyse, dann noch eine. Beide bestätigten, dass es sich um ein strukturiertes Signal handelte. Keine zufällige kosmische Hintergrundstrahlung.

Es war eine Botschaft.

Mehr als das: Es war der Moment, auf den sie ihr ganzes Leben lang gewartet hatte.

Sie sah zum Telefon. Sie hatte diese Szene zwanzig Jahre lang, seit sie zum ersten Mal davon geträumt hatte, Astronomin zu werden, im Kopf durchgespielt. Der erste Impuls war, die National Science Foundation anzurufen. Aber seit dem Ausbruch hatte sie einmal in der Woche dort angerufen, und nie hatte sich jemand gemeldet. Sie hatte es auch bei SRI International versucht – mit demselben Ergebnis. Wen sollte sie anrufen? Das Weiße Haus? Wer würde ihr glauben? Sie brauchte Hilfe, jemanden, der das Signal analysierte. Das SETI-Institut im kalifornischen Mountain View? Dort hatte sie es noch nicht versucht. Sie hatte keinen Grund dazu gehabt. Vielleicht ...

John Bishop, ein anderer Wissenschaftler des Projekts, kam in das Büro gestolpert. Er war nach dem Aufwachen meist nur eine Stunde lang nüchtern.

»John, ich habe etwas gefunden ...«

»Bitte, lass es Kaffee sein.«

»Es ist kein Kaffee ...«

ANMERKUNGEN DES AUTORS

Danke fürs Lesen.

Die Zeit nach der Veröffentlichung von *Das Atlantis-Gen* war surreal, anstrengend, aufregend und alles Mögliche dazwischen.

Ich hoffe, es hat sich für Sie gelohnt, auf *Das Atlantis-Virus* zu warten. Ich habe mir die Zeit genommen, um den Roman so gut zu schreiben, wie ich nur konnte.

Viele von Ihnen waren so freundlich, eine Rezension zu *Das Atlantis-Gen* zu schreiben, und dafür bin ich auf ewig dankbar. Diese Rezensionen haben dazu beigetragen, Aufmerksamkeit für mein Buch zu erregen, und ich habe mir Mühe gegeben, dem gerecht zu werden. Außerdem habe ich aus den Rezensionen eine Menge gelernt, und die vielen ermutigenden Kommentare haben mich inspiriert.

Falls Sie Zeit haben, eine Rezension zu schreiben, würde mich das freuen; ich bin wirklich an Ihrem Feedback interessiert.

Ich freue mich schon sehr auf *Die Atlantis-Vernichtung*, den letzten Teil der Trilogie. Erfahren Sie mehr auf meiner Webseite: AGRiddle.com. Dort gibt es auch eine »Facts vs. Fiction«-Sparte, in der die wissenschaftlichen und historischen Hintergründe von *Das Atlantis-Virus* erläutert werden (AGRiddle.com/atlantis-plague/facts).

Noch einmal vielen Dank fürs Lesen und alles Gute,

Gerry
A. G. Riddle

PS: Scheuen Sie sich nicht, mir Ihre Gedanken oder Kommentare per E-Mail (ag@agriddle.com) mitzuteilen. Manchmal dauert es ein paar Tage, aber ich beantworte jede einzelne Zuschrift.

DANKSAGUNG

Es ist kaum zu fassen, wie vielen Menschen ich zu Dank verpflichtet bin.

Ich habe erlebt, dass es viel einfacher ist zu schreiben, wenn man einfach nur schreibt (statt ein »Schriftsteller zu sein«). Ich liebe das Schreiben, aber ein Schriftsteller zu sein, Mann, das kostet Zeit!

Es gibt eine wachsende Gruppe von Leuten, die mir hilft, mich auf das Schreiben zu konzentrieren und das Beste herauszuholen, wenn ich tippe, hin und her laufe und nachdenke (so läuft das Schreiben bei mir ab).

Zu Hause sorgt Anna dafür, dass ich regelmäßig bade und nicht völlig vereinsame (nützlich, wenn man nicht-atlantische Figuren entwickelt). Und jetzt befasst sie sich auch noch mit dem verzwickten Autorengeschäft, indem sie Korrektur liest, Marketing betreibt und fast alles andere macht, außer Sätze aneinanderzureihen (irgendwie muss ich ja meine Daseinsberechtigung aufrechterhalten).

Außerdem möchte ich danken:

Meiner Mutter für ihre Anleitung und Ermutigung.

David Gatewood, meinem exzellenten Außenlektor, der dieses Manuskript schneller handhabte als einen Quantenwürfel.

Carole Duebbert, meiner Redakteurin, für hervorragendes Korrekturlesen und großartige Verbesserungsvorschläge.

Juan Carlos Barquet für die brillante grafische Gestaltung von *Das Atlantis-Gen* (und bald auch *Das Atlantis- Virus*).

Und schließlich bedanke ich mich bei zwei Gruppen, denen ich nie persönlich begegnet bin.

Die erste sind Sie, die Leser, die bis zu den Anmerkungen und der Danksagung dabeibleiben, die Website besuchen, sich auf dem E-Mail-Verteiler eintragen, auf Amazon Rezensionen verfassen und mir manchmal schreiben, wenn sie die letzte Seite umgeblättert haben.
  Es war eine unbeschreibliche Erfahrung, immer wieder von Ihnen zu hören. Das werde ich nie vergessen. Es ist der schönste Lohn für alle Mühen. Ich kann Ihnen nicht genug dafür danken, dass Sie mich zu einem so frühen Zeitpunkt meiner Karriere unterstützen.

Die zweite Gruppe sind meine Testleser. Es tut mir leid, dass ich erst jetzt dazu komme, aber ich möchte Ihnen von Herzen danken: Andrea Sinclair, Annette Wilson, Christine Girtain, Dave Renison, Dr. Andrew Villamagna, Drew Allen, Jane Eileen Marconi, Joe O'Bannon, John Schmiedt, Joseph DeVous, Markel Coleman, Richard Czeck, Skip Folden, Steve Boesen, Ted Hust, Tim Rogers und Tina Weston.
  Und vielen anderen, die hier nicht aufgeführt sind.

Nick Cutter

»*Das Camp* ist so nervenzerfetzend, dass ich es kaum aushalten konnte - faszinierender Horror der Extraklasse!«
Stephen King

978-3-453-43779-1

Leseprobe unter **www.heyne.de**

HEYNE